【法】玛格丽特·尤瑟纳尔——著
Marguerite Yourcenar

Souvenirs pieux

虔诚的回忆

Le labyrinthe du monde I

世界迷宫 Ⅰ

王晓峰——译

上海译文出版社

图书在版编目（CIP）数据
世界迷宫三部曲．虔诚的回忆 /（法）玛格丽特·尤瑟纳尔（Marguerite Yourcenar）著；
王晓峰译．—上海：上海译文出版社，2019.8（2022.9 重印）
ISBN 978－7－5327－8039－6

Ⅰ.①世… Ⅱ.①玛… ②王… Ⅲ.①自传体小说—
法国—现代 Ⅳ.①I565.45

中国版本图书馆 CIP 数据核字（2019）第 096354 号

MARGUERITE YOURCENAR
Souvenirs pieux: Le labyrinthe du monde I

图字：09-2010-418 号

世界迷宫三部曲	MARGUERITE YOURCENAR	出版统筹　赵武平
	玛格丽特·尤瑟纳尔　著	责任编辑　周　冉　缪伶超
Le labyrinthe du monde	王晓峰　陈筱卿　苏启运　译	装帧设计　人马艺术设计·储平

上海译文出版社有限公司出版、发行
网址：www.yiwen.com.cn
201101　上海市闵行区号景路 159 弄 B 座
上海市崇明县裕安印刷厂印刷

开本 890×1240　1/32　印张 28　插页 6　字数 521,000
2019 年 8 月第 1 版　2022 年 9 月第 2 次印刷

ISBN 978-7-5327-8039-6/I·4941
定价：198.00 元（全三册）

如有质量问题，请与承印厂质量科联系，T：021-59404766

在您的父亲和您的母亲尚未相遇时，您是什么模样？

禅宗公案

目 录

分娩

我这个人是在一九〇三年六月八日星期一将近早晨八点钟在布鲁塞尔来到世上的，父亲是法国人，出身于法国北方一个古老的家族；母亲是比利时人，她家几个世纪以来都住在列日，后来又在埃诺定居。我家的老宅在路易丝街一九三号，这事就发生在那里，对于父亲和母亲以及他们身旁的几个人来说，所有的孩子都在那里出生，但五十年来这所老屋已荡然无存，被一座大厦吞噬掉了。

我说明了几个本身并无意义的小事，这些小事却比我们每个人的历史，甚至比历史本身都有更深远的影响。那些烦琐复杂的事故和变化多端的时局多多少少决定了我们每个人的命运，面对这些我感到惶惑，就此打住不提。这个女孩已与基督教时代以及二十世纪欧洲的各个坐标尺度联系在一起，这个在蓝色摇篮里哭泣的粉红色肉团儿让我不得不提出来一系列的问题，这些问题极其平凡，所以就更可怕，一个深知自己行当的文学家绝对不肯把这些问题说出来。这个孩子就是我，我无论如何也不能怀疑。但我还总感觉到这并不是真实的，为了部分地克服对我自己身份的怀疑，我就像重新创造一个历史人物一样，不得不让我挂靠上一些回忆的残丝碎片，那都是二手材料或经过十多次辗转反复得到的，从人们不经意地扔到纸篓里的残缺信件和笔记中采录些信息，除此之外，我们还贪婪地想得到更多的东西。或者到市政府和公证处去查看正式的文件，那些行政和法律上的套话已消除了一切具有人情味的内容。我不是不知道，因为通过许多人物的回忆的重新诠释后，这些事情大多子虚乌有或是暧昧不清，有如申请护照时在横线上填写的内容那么呆板，像家族中代代相传的琐事那么无味，也像长了青苔的石头和蒙上黄锈的金属那样被我们心头层层叠叠的积淀啃噬。这些大家熟知的事件留下的零星碎屑却是那个孩子与我之间唯一有效的通道，也是唯一的浮标，支撑着我们俩在时间的大海中沉浮。在这里我怀着好奇之心把这些片段补缀在一起，看看合起来是个什么样式：那就是一个人和相关几个人的形象，是一个地方、一个地点，或者偶尔一闪即逝的没有姓名的人、没有形态的物。

地点本身是随机的，就像我一生当中许多别的事情一样；毫无疑问，深究之下整个人生也是如此。克夫妇[①]刚在黑山的家宅里度过了一个相当暗淡无光的夏天。那所房产坐落在佛兰德法语区的一处小山丘上，这个地方自有它的秀丽之处，特别因为那时还未曾遭受兵燹的蹂躏，就更是美丽。他们又一次觉得这里可以消除他们的无聊烦闷。克先生的前房夫人留下了一个儿子，他在这里没有给这次假期增加情趣。这个性情乖戾的十八岁男孩对他的继母蛮横无理，他的继母倒是小心翼翼地努力讨他欢喜。只在九月末他们才出了一次门到斯帕镇小住了几天。克先生爱好赌博，这里有他能找到的最

① 作者的父亲名叫米歇尔·克里纳韦克·德·克莱伊昂古尔，母亲名叫费尔南德·德·卡蒂埃·德·马尔西安。文中以克夫妇的形式出现。

近的赌场，他可以尽情地玩几局牌，不用让费尔南德到奥斯坦德海滨去淋秋分时节的暴雨。冬天到来，一家人住到里尔马莱街的老宅去度过寒冬的前景并不比在黑山避暑时更为宜人。

克先生的母亲诺埃米让人无法忍受，在所有女人当中她的儿子单单对她恨之入骨。五十一年以来，她掌管着这两处房产。她是里尔大法官的女儿，生就的富家小姐，因为家境殷实富裕才顺利出嫁，而这家人还一直在抱怨大革命时损失了大量家财。她不许别人有一刻忘记如今的殷实富裕主要是靠她得来的。作为居孀的母亲，她紧抓着钱袋口上的绳子，精打细算地供给她四十来岁的儿子日常用度。这个儿子借了许多债，快快活活地一文不名了，只等着她寿终正寝。她特别喜欢用表示东西属于她的字眼，不厌其烦地说："把我的客厅门关上；去看看我的花匠是不是把我的小路上的沙子耙平了；看看我的挂钟上几点了。"克先生和克太太喜欢美丽的风景和明媚的阳光，往往出门旅行来应付母亲这种唠叨。但克太太怀了孕不能旅行，德国、瑞士、意大利、法国南部暂时都不能去。他们想找一个自己住的地方，不常请可怕的诺埃米来做客。

另一方面，费尔南德也想念她的几个姐姐，特别是她的大姐，德·卡·德·马家的让娜小姐。她生来就是个残废。既然结婚和入修道院都对她不合适，就自己在布鲁塞尔选了一个很简陋的住所安顿下来。费尔南德同样或者也许更为热切地怀恋她从前的德国裔女家庭教师，这人如今就和让娜小姐住在一起，当她的伴当和家务总管。这是一个严肃的女人，穿着缀有煤精黑玉的上衣，但自有日耳曼人那种天真无邪和乐观快活的脾气。她仿佛给自幼丧母的费尔南德充当了母亲。其实随后费尔南德姑娘很想挣脱这两个人的影响。从某一方面来说，她是为了逃脱这个女性的、虔诚的，也有些平淡无味的环境才嫁给克先生的。而现在结婚两年之后，她倒又觉得让娜小姐和弗罗兰小姐才体现了理性、道德、安稳和生活中的一种安静温馨。再说，她这样的人，始终是在与德国文化有或远或近的关系中长大的，她坚持要由一个从日耳曼人办的医学院毕业的布鲁塞尔医生来给她接生，而且她已经出嫁的姐姐们在怀孕时受过他的照顾，对他的医术赞不绝口。

克先生同意了。他前后两个妻子的意见他几乎总同意，正像他后来也同意他的女儿，也就是我的意见。这显然是由于他宽容大度，他是我生平所见最宽容的人，对于在他身边他所爱的甚至所忍受的人，他宁愿说“行”不愿说个“不行”。当然也因为他内心深处觉得这都无所谓，不愿意搅进伤感情的争论中去，觉得说到底都是一些无关紧要的事。最后也是最主要的，是他并没有固定的主见，至少任何一个新的建议都会令他高兴一阵。费尔南德要在布鲁塞尔安家，那里有一个大城市的方便之处，是里尔这个烟雾腾腾、阴霾灰暗的地方所没有的。思虑周详的男人可能会租一所房子，住上几个月。克先生认为他所有的决定都是一辈子的。他委托一家房产代理处为他找一所理想的房舍。他还亲到现场，在候选的房屋之间选择。可想而知，在那些房产中，他觉得只有最贵的那所才合适。他当场买了下来。这是一个小小的宅第，里面已有四分之三的家具，有个小花园，墙上长满了常春藤。特别让克先生高兴的是在一楼有个帝国风格的大书房，壁炉上赫然摆着一座密涅瓦[①]的白色大理石雕像，头戴战盔，身穿铠甲，威严地竖立在绿色大理石的底座上。让娜和弗罗兰两位小姐安排寻找用人，还请了一个保姆照顾费尔南德，她们自己也留下来住了几个星期看护母亲和新生

① Minerva，罗马神话中的智慧女神，相当于希腊神话中的雅典娜。

儿。克家夫妇搬到布鲁塞尔来了，随身带着数不清的箱笼，其中许多箱子里装的是专为摆在书房架子上的书籍，还有一条名叫特里埃的短腿猎狗，那是米歇尔和费尔南德到德国旅行的时候买的。

收拾新家简直就是一场娱乐消遣。他们逐一查看了仆役：厨娘阿尔德贡德，她的妹妹巴尔巴拉或称巴尔贝是贴身女仆。她们俩都生在荷兰边境的哈塞尔特附近，一个男仆兼作园丁和马夫，负责养马备鞍伺候主人到附近的树林里去散步。他们尝到了安置在新家的愉快，但很快又索然无味了。大批的亲戚拥了来。克先生很看重他的大姨子让娜，她坚强冷静，尽管有残疾但仍保持着生活的勇气。他不太喜欢弗罗兰和她那孩子式的快活脾气。再加上弗罗兰把德语教给了她的两个女学生，简直成了她们的第二母语，她们来看费尔南德的时候偏偏只说德语，这让克先生很不痛快。倒不是因为他听不懂女人家的闲聊天，他也并不特别想听懂，而是因为这种没有礼数在他看来不可忍受。

费尔南德的几个哥哥来吃晚饭：大哥泰奥巴尔德自吹大学毕业得到过工程师的正式文凭，但从来没有参加过任何工程，也不屑于操这份心。他从三十九岁起就沾上了各种恶习，生活在下流圈子里，满嘴那个阶层的粗口。他的脖子很粗，总是卡在又硬又紧的领子里，跟他的妹夫合不来。奥克塔夫年岁较小，他这有点浪漫气息的名字按布列塔尼的规矩取自他的表舅奥克塔夫·皮尔麦茨，他是一位爱沉思和遐想的随笔作者，也是十九世纪比利时优秀的散文作家——更因为在一家十个孩子当中，他排行第八[①]。这人中等身材，一副

① Octave 与拉丁文中的 octo（“八”）相近。

招人喜欢的脸现出些平庸的面相。就像他的奥克塔夫表舅喜欢富有诗意的回忆录一样，他喜欢旅行，热衷于独自一人骑马或是坐着他发明的轻便马车走遍欧洲。有一次他甚至乘船横渡大西洋到美国去观光，那个时代有这样兴致的人不多。虽然他表面上抹着一层薄薄的文学亮光，其实并没有什么文才（他曾自费印刷了一本小册子，叙述他的几次旅行见闻，文笔并不流畅可读），奥克塔夫对古迹与美术也提不起兴趣，他仿佛只是寻找沿途美景（当时从《崎岖的旅行》的作者老托普菲尔到写出《驴背旅程》的斯蒂文森，所有出门旅行的人都很珍视这样的景色），也许还要享受一下在布鲁塞尔所没有的自由。

三个嫁到外省的姐姐来访的时候较少，她们受到孩子的牵累，还有家庭主妇和绅缙夫人非办不可的事情。她们的丈夫为了办事或消闲倒常来布鲁塞尔转一遭。克先生跟他们一起抽几支雪茄，听他们讨论当时一些热门的话题，例如卡米尔·巴莱尔主张的法意交好、孔布内阁可耻的激进主义、巴格达的铁路、德国侵占中东地区以及比利时对外贪得无厌的贸易和殖民扩张。这些先生消息比较灵通，知道一些与交易所行情的涨落多多少少有关的事。在政治方面，他们一次又一次地重复着保守派的老生常谈，这些话题并不太让克先生感兴趣。他已没有资金可以投在有风险又有赚头的生意里，对于他来说，所有的政治新闻都是假的，起码也是真实之中掺和着大量谣言的大杂烩，用不着费心去辨别孰是孰非。他决定向费尔南德求婚的一个理由就是她是个孤女，没有父母来滋扰。到现在他才看出来，一个男人有五个大舅子和四个大姨子跟有一个丈母娘一样麻烦。他年轻的妻子直到那时对于布鲁塞尔一无所知，只认识她上过学的那个修道院，社会上能跟她来往的人也就是她的亲戚们了。她在寄宿学校的那些女友都风流云散，其中才貌双绝的荷兰女子乔·莫尼克小姐，是她十五岁豆蔻年华的好朋友。费尔南德结婚的那天，她穿着粉红色的衣裙当伴娘，着实让克先生倾倒。后来她嫁了一个俄国人，到千万里以外去生活。两位少妇还严肃而温情地相互通信。克家夫妻以为已经摆脱了可怕的诺埃米，然而她的阴影还沉重地压着这小小的家庭，因为还是要靠她付给儿子生活费。还有一件烦心的事：克先生是法国北方人，却只喜欢明媚的南方。这里也像在里尔一样，雨下个不停。他时常抱怨说："只有搬家才能好一点。"现在到了布鲁塞尔，却并没有特别的改善。

第一房太太死去不久，克先生就决定举办这门已经有小小裂痕的亲事，第一次婚姻持续了十五年，是在互相钟情、嫌弃抱怨的风风雨雨中过来的。克先生第一房太太死的时候情况非常悲惨。这个男人说话一向毫无遮拦，但对这件事尽量不提。他指望着一个新鲜迷人的脸蛋能重新带给他生活的乐趣。可是他打错了算盘。倒不是他不爱费尔南德，如果他不依恋、爱怜这个女人，就没有办法跟这个女人一起生活。她的外表在这里姑且不说，留待我以后深入探讨，费尔南德有一种独特的魅力，最让人喜欢的是她说话的声音。她口齿伶俐，没有一点让这个法国人不快的比利时口音。叙述起一件事来，说得生龙活现，充满才气。他听着从她嘴里说出她儿时的回忆，背诵他们喜爱的诗句，永远不会餍足。她想学什么就学什么，了解一些古代的语言。她读过或是正在读当代流行的作品，也读时尚波及不到的典雅古籍。她跟克先生一样，酷爱历史；也跟他一样，热衷于在历史中搜求浪漫的或有悲剧气息的逸事掌故：有的是具备高风亮节的楷模，有的在不幸之中保持着浩然的正气。晚上他们在家里没有事情时，就玩一个小游戏：克先生从书架上抽出一本大部头的历史词典，随手翻开，指出一个人名，也许是神话中的半神英雄、英国或斯堪的纳维亚的一位君主，也许是个已经被人遗忘的画家或作曲家，很少有费尔南德不知道的。他们最好的时光是在书房里密涅瓦女神的目光底下度过的，雕刻那座雕像的艺术家曾得过一八九〇年的罗马奖。费尔南德可以静静地一连好几天读书或沉思冥想，她绝不跟丈夫闲聊家长里短，也许她把那些话题留着跟让娜和弗罗兰小姐用德语去说了。

这么多的优点只是她的一个方面，作为家庭主妇，她就不够格了。有人来吃饭的日子，克先生代替了她的位置，跟阿尔德贡德商量很长时间，一定要避免在桌子上出现某些比利时厨娘钟爱的菜式，例如白米炖鸡再在盘子边上镶上土豆块，或者用李子干馅饼当甜点。下饭馆时，他有意要几样简单的菜，看到她偏偏要挑烹制麻烦的菜，最后却只吃了个水果，他心里就不痛快。怀孕挑嘴并不是主要原因。他们共同生活的初期，有一次他建议她再试试里希咖啡馆的特色菜，她说："怎么，还有一些素菜没有吃完哩。"听了这话他着实恼火。不论是什么处境，他都会享受当下，看到她偏偏不肯接受现成的愉快，或者说，他在世界上最恨的就是小资产阶级反复灌输的精打细算。他弄错了，没有看出来费尔南德已有些许苦行禁欲的倾向。总而言之，哪怕两人都最不讲究吃喝，吃得又少又慢，共同生活的一部分就是一起吃饭。克先生和克太太在饭桌上却吃不到一块。

她的梳妆打扮也可以评论一番。她的衣服做工极为考究，但她对衣服毫不经心，这是她特有的风度。但这种潇洒散漫让她的丈夫生气，他总在妻子的卧房里踩上一顶扔在地上的精致帽子或是皮制的暖手笼。新衣服只要穿一次，马上就变得皱皱巴巴，或是开丝绽了线，连扣子也掉了。费尔南德的纤纤细指戴不住戒指，一天，她正从拉开的车厢门扬手让她的丈夫欣赏美丽的风景，她的订婚戒指就这么丢了。她留着二十世纪初的升平年代男人们特别喜欢的一头长发，却让理发师连声叹气，他们不清楚为什么这位夫人竟不知道把发卡或小梳子别在哪儿最合适。她就是个不食人间烟火的仙女，但如果相信童话上说的，再也没有跟一个仙女共同生活更让人受不了的了。最糟糕的是她胆子特别小，他曾送给她一匹温顺的小母马，养在黑山的马厩里无事可干越来越弱。夫人只在由她丈夫或马夫紧紧牵着时才敢骑，那牲口毫无危险的盘旋就把她吓坏了。大海也并不比马更能引起她的兴趣。他们最后一次渡海到科西嘉岛和厄尔巴岛时，海上微风徐拂轻波荡漾，可她几乎有二十次以为船要沉底了。在利古里亚的海岸上，她才有一次例外，答应在已在港口抛锚的狭小游艇上睡觉，但她坚持吃饭的时候要把桌子支在码头上。克先生仿佛又清楚地看到了他第一房太太栉风沐雨的黧黑面容，每到有风雨时就帮他操纵船只，有时穿着裙子或女骑手的服装，尽管马匹性格暴烈，还能稳稳端坐在女式马鞍上，一直到被马颠得呕吐起来。

只有知道他们在床笫之间的夜半私语，才能更好地了解如此结合起来的这两个人物。根据我猜测到的一点我父母的爱情生活，可以断定他们是典型的一九〇〇年代的夫妇，当然有他们的问题和偏见，这在我们这一代都不存在了。米歇尔温情脉脉地爱怜费尔南德那一对微微下垂的乳房，对于她的娇小身材来说，稍嫌肥重了一些。但就像他那个时代的很多男人一样，在女人的欢娱面前他为一种矛盾心理而困扰，坚持相信一个贞洁的女人委身相许只不过是要满足她所爱的男人，他的伴侣无论是冷淡还是激动他都不如意。大概是因为费尔南德读了许多浪漫小说，觉得续弦太太该对第一房的回忆心怀嫉妒。她提出了许多问题，米歇尔觉得这些问题荒唐离奇，都不合时宜。几个月过去了，很快又过了几年，她小心翼翼地提出来想要个孩子，这在以前她仿佛没有表露过。克先生第一次也是唯一一次当爸爸的经验并没有让他在这方面信心十足，但他的原则是，一个想要孩子的女人就有权利有一个。不过除非出了差错，只要一个，不能再多。

一切就按照他的愿望进行，至少，事情就自然而然地发生了。不过他却觉得自己掉进了陷阱。当初他母亲打算让他将来当家产的管理人，就像以前他父亲那样，专门听佃户来诉苦，跟他们争论新的租约。为了抵制他母亲的这个计划，他一声不响，报名参了军，后来他也觉得掉进了一个陷阱。他倒是喜欢军队，但决定参军完全是跟家里闹翻的反弹，是对自己的亲人拙劣的赌气威胁。随后他又一次掉进了陷阱，由于一个英国女孩的漂亮脸蛋，他离开了军队，也没有预先打个招呼。随后一次掉入陷阱是为了让患了不治之症的父亲高兴，他斩断了跟那女人维持很久的关系（英格兰碧绿的田野上，景色多么宜人！无论是阳光灿烂还是下雨的日子，他们一起在原野徜徉，品尝农庄里的点心，多么惬意！），娶了贝尔特小姐。这人跟他门当户对，两家是世交，有同样的社会地位，特别是两人都爱骑马，那就是他母亲所说的快马飞驰的生活。（跟贝尔特过的那段日子并不都难受，有的很好，有的过得去，也有的一团糟）。然而到了四十九岁，他又因为一个女人掉入了陷阱，他对这女人动了真情，时不时对她有一点点的恼火，还有了一个孩子。关于这个孩子一切还处于未知，只知道他会喜欢这孩子，如果是个男孩，最后一定会父子争论不休，让他灰心丧气；如果是个女孩，他会大操大办把她送出去跟一个陌生人睡觉。那个时候克先生很想一走了之，然而住到布鲁塞尔有好处。要解决这个僵局不能离婚，在他这个阶层这是不可想象的，只能不事张扬地分居。克先生借口外出办事、出门旅行或回到法国去的时候，费尔南德带着孩子跟她的亲人们一起留在比利时，这是再自然不过的事。如果她生个男孩，在这军备竞赛的年代也有一个好处，他有一天可以选择一个中立国的国籍。很清楚，克先生满打满算在军队里待了三年，却没有成为一个决心送自己的儿子去光复阿尔萨斯和洛林地区的爱国人士。他把这份爱国激情留给他的表亲皮先生，这人是个右派的议员，他在议会发表长篇说教，来歌颂法兰西的人丁兴旺。

我不太清楚这年冬天费尔南德的情绪如何，顶多推断一下她在不眠长夜中的所思所想。她躺在一张桃花心木的单人床上，跟另一张一模一样的单人床中间隔着一块小地毯，米歇尔在那里想他自己的心事。费尔南德看到一个农妇给她的婴儿喂奶或在博物馆看到劳伦斯[①]的儿童肖像画时，总表示她也很愿意当母亲，根据我对她不多的了解，我怀疑这种愿望是不是像她自己和米歇尔想象的那么深刻。母性的本能并不像人们说的带来那么多约束，无论在哪个时代，许多所谓属于特权阶级的女人把年幼的本来还该吃奶的孩子托付给仆役照管，心里觉得很轻松。只要父母觉得方便或条件允许，从前把孩子交给笨手笨脚漫不经心的女仆，如今交给没有个性的托儿所。我们还可以想到，有那么多的女人轻易地把她们的孩子献给军队里的摩洛[②]，反倒把这种牺牲的光荣归于自己。

现在回过头来再说费尔南德。当母亲是一个理想女人不可少的一部分，她周围的老生常谈就是这样把她的脑子弄乱的。一个结了婚的女人应该当母亲，就像应该实践男欢女爱的技艺来爱她的丈夫一样。然而有关这个主题的说教又混乱又矛盾：孩子是神赐的恩惠，是上帝的礼物。一般认为夫妻之间干的事粗俗甚至应该斥责，有了孩子连那些行为也合情合理了。生孩子让整个家族都高兴，同时，怀孕好像背上了十字架，但一个虔诚的、知道自己义务的女人甘心

① 指英国肖像画家托马斯·劳伦斯（Thomas Laurence，1769—1830）。
② Moloch，古代中东各地所崇奉的神灵，信徒以儿童为牺牲向它献祭。

情愿。从另一方面说，孩子是个小玩意儿，更是一个奢侈品，比起逛大街游树林，孩子是一个更结实的生活理由。添了个孩子就一定要添置蓝色或粉红色的襁褓，就得懒懒散散地穿着缀有花边的睡衣接待人家对产妇的看望。不能想象一个什么礼物都能得到的女人单单缺少这样一件礼物。总而言之，有个孩子就说明一位少妇的生活获得了圆满的成功，费尔南德也许不会不考虑这一点，她结婚本来就晚，到二月二十一日她就满三十一岁了。

不过尽管她跟姐姐们的联系很紧密，她还是在尽量晚的时候把她怀孕的消息告诉她们，只除了让娜，她在一切事上都给她出主意。一个巴望着有个孩子、有了之后就欢欣鼓舞的女人不会这么做。几个姐姐是她来到布鲁塞尔以后才知道的。预产期越近，那些虔诚而又关切的老一套嘱咐只会赤裸裸地显露出一种极为单纯的情感，那就是恐惧。她自己的母亲分娩了十次已筋疲力尽，生了她一年以后“因一种酷烈的急病”去世，也许是因为又怀了孕，结果送了性命。她的祖母二十一岁时也是在产褥中死亡的。家里的女人压低声音口口相传的掌故中，有一部分是难产时服用的药剂，还有生出了死胎、婴儿还没有受洗礼就夭折，以及死于产褥热的年轻女人的故事。在厨房或洗衣间，仆役讲这些事时连压低声音也不用。然而在她心里纠缠不休的恐惧还很模糊。在她那个时代和环境里，女孩子要保持童贞，无知无识是必不可少的，连已婚妇人做了母亲后，也不肯把受孕和生产的知识弄得太清楚，说不出相关器官的名称。跟身体里边有关的事儿由丈夫、助产士和医生去料理。费尔南德的几个姐姐给了她一大堆有关饮食方面的告诫，并且说人们会很爱将要降生的孩子，但这都没有用，她呕吐不休，浑身不舒服，身子越来越重，而那个小小的生灵将要以她想象不到的痛苦方式从一个最隐秘的通道里钻出来，这小人儿像蜡做的耶稣那么招人喜欢，她已为这婴儿购置了缀着花边的小衣服、绣着花的小帽子，在这一切之间她建立不起来一种联系。在这次的考验中，她只粗略地预见到前方的艰险，而她只能用自己的勇气和力量去面对，所以心里忐忑不安。祈祷给了她一些帮助，想到请求过修道院的修女们为她诵九日经，她心里安静了下来。

最难熬过的时光显然是漫漫的长夜，她又习惯性地牙痛起来，可以听到最后的几辆车从路易丝街的石板上驶过，每辆车之间隔很长的时间，车里载着参加了晚会或看过戏的人们，当时已栽种的四排树木把车辆行驶的噪音减低了。很实际的一些细节安排让她暂时忘记疼痛：六月十五日才到预产期，而护士阿洁丽五日就到家里来上班。不要忘记给住在腓力三世街的贝夫人写一封信，阿洁丽目前在她那儿工作，要感谢她让看护比预定早几天来。身旁有一个经验丰富的人，一切都会容易一些。不知不觉她又睡着了，醒来时看看床头柜上面的挂钟，已到了服用补药的时间，那是医生给她开的。一缕阳光穿过了厚重的窗帘；天气晴朗，她可以坐车去买东西，或者跟小狗特里埃一起到小花园去散步。她不再感到未来沉重的压力，只有一些琐碎小事要操心，有一些是赏心乐事，有一些稍显麻烦，但都能消磨时间，打发掉好几个钟头。就在这个时候，地球仍在转动。

四月初，费尔南德牙痛得不能再拖延下去，医生决定给她拔掉一个长歪了的智齿。她流了许多血。卡代尔曼牙科大夫到家里来出诊，按照常例建议她小心保养：嘴里噙一块冰，休息几小时，不要进固体食物和热饮料，绝对不要说话。克先生守在她身旁，完全按照医生的嘱咐，给了她一支铅笔和一张纸，她要什么东西就写下来。随后，他把这张纸保留了下来，上面写的字几乎无法辨认：

博杜安也拔过牙。

……………………

卡代尔曼很聪明，又勤奋又亲切……跟昨天那个杜布瓦大夫不一样。

……………………

我跟特里埃一样，也不会说话了……

……………………

这样一来，我吃面包干都疼……

……………………

热水里没有……

……………………

打铃……让他们拿点酒……

……………………

隔壁房间里，在壁炉的火上？

只有这些。但这已足够让我明白六十九年前这两个人肩并肩坐在一幢现已不复存在的房子里说话的亲密口气和节律。我并不去揣测克先生为什么要保留这张纸，但他把这个保留着，就让我相信在布鲁塞尔的这些晚上，他的回忆并不都是不愉快的。

六月八日，将近早上六点钟，阿尔德贡德在厨房里走来走去，给巴尔巴拉和兼作园丁的仆役往碗里倒咖啡。大煤火炉子已烧得通红，各式的盆盆罐罐里都装满了开水。尽管已是夏天，这热气还很宜人，厨房在地下室，原来就很凉爽。昨夜没有一个人合眼。阿尔德贡德要给先生和大夫准备夜宵，大夫从昨晚起就没有离开过太太的房间。还要熬粥和鸡汤给太太增加力气，其实她几乎碰也没碰。一整夜巴尔巴拉端着托盘、单耳水壶和毛巾，在厨房和二楼之间上上下下。克先生原则上觉得不该让这个二十岁的女孩子目睹分娩的全过程，但是对待这么一个林堡省佃户家的女儿总跟对待城里的小姐不一样，何况阿洁丽随时要她帮忙。巴尔巴拉不得不在这两层楼上上下下了二十来次。

不难想象这三个仆人坐在炉子旁边，长条的面包片搭在碗边上，每吃一口都往碗里沾一下，他们在怜悯太太，她的事儿仿佛不太顺利。然而他们也高高兴兴地享受着这片刻的休息和适口的饮食，说不定一阵铃声或叫声就把这休息打断了。说实话，从半夜开始，人们就听惯了那叫声。安静下来时，没有叫声倒让人害怕。女人们走到楼梯口仆役用的半开的门前去，断断续续的呻吟仿佛让她们放了心。送牛奶的赶着那辆由一条大狗拉着的小车过来了。阿尔德贡德拿着个小铜锅迎了上去，那人把白铁壶里的牛奶给她把小锅装满，如果壶里的奶已经不多了，最后几滴就用来喂狗，那狗的挽具上吊着一个小勺子。面包房的小伙计跟在送奶的后面，拿着刚出炉还热乎的早饭吃的小面包。接着是做零活的女工。家里的仆役居高临下地看着她，她的任务是打扫门前的台阶和一段人行道，擦洗打光门铃、门把手和刻着房主姓名的信箱盖子。每次她来，都要跟人闲聊一会儿，说些淡而无味的老套段子，也夹杂着人人都懂的道理。在这方面，善心的上帝让有钱人跟穷人都一样……他们没有听到阿洁丽太太按铃，过了一会儿，她下楼来喝咖啡吃面包片，她说大夫已决定动产钳。这时候还用不着巴尔巴拉，多一个人会碍事，不能妨碍大夫工作。

二十分钟以后，阿洁丽急促地打铃叫巴尔巴拉，她惴惴地走进太太的房间。那漂亮的卧房竟像是谋杀案的现场。巴尔巴拉忙着执行看护给她的命令，但偷眼也看到了产妇那可怕的面容，她的膝盖弯曲着，两脚伸在毯子外面，抵住了一个长枕头。孩子已离开了母体，躺在一个筐子的被子底下啼哭。先生和大夫刚才激烈地吵了一架，大夫的手和脸颊还在哆嗦。先生骂他是个屠夫。阿洁丽司空见惯，劝了几句，让两个压不低嗓子的男人平静下来：大夫已经累坏了，最好回家休息。阿洁丽不是第一次面对这样的难产了。先生气哼哼地命令巴尔巴拉把大夫送走。

大夫抢在巴尔巴拉前面，几乎是跑着下了楼梯。他从前庭的衣钩上取下胶皮大衣，穿在血迹斑斑的西服上面，走出了门。

两个女人又叫阿尔德贡德来帮忙，她们帮着把乱成一团的房间收拾干净，把沾血的床单和分娩产生的废物都卷成一卷，交给洗衣房。成年人很难想象自己竟曾经与生俱来这些黏黏糊糊的东西，仆人们把这些都在厨房里的炭火上烧掉。给新生儿洗个澡。那是一个健壮的小姑娘，头顶上有一层耗子毛一样的黑色小毛毛。眼睛是蓝色的。人们又重复千百年来女人一次又一次做的动作：女仆小心翼翼地在盆里倒满水，助产士把手放进水里，看是不是冷热适中。疲劳不堪的母亲转过头，看人家抱给她的孩子。人们把婴儿放在一个天蓝色缎子铺着的美丽摇篮里，安置到隔壁的小房间去。克先生觉得，无论是在平凡或是特殊的日子，费尔南德总有独特的表示虔诚的方式，不管将来孩子是什么性别，她都要让孩子用七年蓝色的东西来纪念圣母。

新生儿扯开嗓子喊叫，试验她的力量，已表现出可怕的生命力，每一个生灵，甚至大多数人漫不经心挥一下手弄死的昆虫都充满了这种力气。如今的许多心理学家无疑认为，她从母体被放逐出来了，不得不穿过狭小的通道，所以在恐惧地叫喊，显然，她害怕来到这个一切都稀奇古怪的世界，甚至连呼吸都飘缈不定，她只能模模糊糊地看到一些亮光，那是一个夏天早上的晨曦。也许她在另一段时间已经经历过类似的出口和入口，也许还有成年人已泯灭的记忆的残片，恰恰是有关萌芽和出世的回忆，在她那颅缝还没有弥合的小小脑袋里浮动。有关这些我们还一无所知：生之门和死之门都是不透明的，这两个门都很快严严实实地关上了。

这个才出生一个钟头的小女孩，已像落入网中一样，被现实中生物的痛苦和人类的不幸控制住了。她也被时间的流逝网住，被扔在前庭板凳上的报纸登载的或大或小而今日无人有空关心的新闻网住，被流行或是惯例网住。在她摇篮的上面吊着一个十字架，上头有一个小天使的头。出于莫名其妙的偶然，我竟还保留着这个十字架。东西平淡无奇，是表示虔诚的小物件，跟同样有仪式意味的缎带蝴蝶结放在一起，也许当初费尔南德让这些东西受过祝福。象牙来自在刚果森林里被猎杀的一头大象，牙被当地的土人低价卖给比利时的商人。这种身躯庞大的聪明生物至少可以追溯到地质时期的更新世，却落个这样的下场。这个小玩意儿原来属于一个吃青草喝河水的动物，它在温暖的泥浆里洗澡，用这牙跟敌手战斗或是起码抵挡过一阵人类的袭击，还用长鼻子讨好过与它交配的雌象。雕刻象牙的艺人只能用它做一个有关宗教信仰的华丽摆设：小天使代表守护神，孩子有一天觉得它与这个面颊丰满的丘比特很像，这小爱神也是希腊和罗马的手艺人成批量制造的。

工艺精细的抽丝编花床罩是由女工在自己家里做的，位于富裕街区的精品女红商店的老板或是给她们揽活的中间商付给她们的工钱很少。这些帕耳开[①]们不声不响地织嫁衣绣襁褓，克太太虽然心地善良，大概也从来没有想到她们到底在什么条件下生活。克先生有点做好事的心愿，想着照顾黑山脚下圣让-卡佩尔村的穷人：他去过女工住的小破房子，那里的女人大清早就坐在靠窗户的小垫子上，在操持一整天累人的家务之前，先织花边挣一点小钱。他觉得靠着精致的内衣卧具获利的人并不光彩，但人家出账单要他付钱时，他还是不声不响地签了字。也许不管怎么说，那些女人喜欢她们手指底下编出的花样，有时候她们的眼睛也在那花纹上久久流连。费尔南德的丈夫反对雇奶妈，觉得一个母亲不管自己的孩子而让一个为挣工资的陌生女人来喂奶是一件可憎可恶的事。法国北部那些贫民窟里的勾当他很清楚。一个穷人家的姑娘，随便找一个过路的情人，这事往往早就跟她母亲串通一气了，十个月或十一个月之后，这姑娘就可望戴上奶妈专用的花边软帽，在大户人家谋个不错的位

① Parcae，希腊神话中专司生、死和命运的女神。

置，如果日后她能由奶妈提升为照顾孩子的女仆，就可以干许多年，克先生为此义愤填膺。他就像当时的许多男人一样，有一种蒙蒙眬眬的托尔斯泰精神，尽管不情愿，还受着时俗习惯的约束，没有勇气和愿望完全从陋习中解脱出来。绝不可能让费尔南德的乳房变形。孩子得用奶瓶来喂养。

奶汁平息了小女孩的哭叫。她很快就学会了几乎是狠命地吮吸那橡皮奶头；美味的汁水流到她嘴里显然是她尝到的第一个愉快。营养丰富的流质出自一头专产奶水的牲畜，丰饶大地的象征，它不仅把奶水供给人类，到后来汁水轧干之后还把瘦肉献出来，最后贡献出它的皮、筋和骨头，人们用来造胶水或骨炭。这牲口差不多总是死得很惨，被人从它住惯了的牧场上拉出来，在专运牲口的车厢里赶很长的路，到屠宰场时已经满身伤痕，车厢里没有水，摇晃和噪音都让它害怕。或者被人赶到炎炎烈日底下的大路上，如果它不肯向前，人们就用戳棒狠狠地打它、折磨它，它气喘吁吁地来到执行死刑的地方，脖子上绑着绳子，几乎瞪爆了眼睛，被交到屠夫的手里，那种卑劣下流的职业让屠夫个个粗鄙暴烈，它还没有完全死，就被大卸八块。它的名字在对于它所养活的人类来说，本来该是很神圣的，但在法语中很可笑，我这本书的读者大概会觉得我的看法和之前的那些议论也是很可笑的。

在孩子所生的那个时代和阶层里，雇佣仆役是一种制度。克先生和克太太当然有一些“下人”。至于阿尔德贡德和巴尔巴拉是不是比古代的奴隶或是工厂的工人更对她们的命运满意，根本用不着去考虑。在这里只需说明，这刚刚降生的婴儿一生当中，将会看到比仆役工作更没有自尊的奴役形式。当时，巴尔巴拉和阿尔德贡德大概会说，她们没有什么可抱怨的。她们俩中间的一个或是阿洁丽太太不时地看一眼摇篮，然后匆忙回到太太的房间去。孩子还不知道（或者说已经不再知道）人的脸是什么，只看到一个模模糊糊的圆东西凑近来，那东西在动，还发出了声音。许多年过去以后，她在弥留的混乱中也许会看到护士和医生的脸凑过来看她。我很愿意相信，短腿狗特里埃被人从它习惯待的好地方——费尔南德的床底下赶了出来，竟设法钻到了摇篮边，它嗅着这个新东西那还不熟悉的气味，摇着长尾巴表示它可以信赖，然后朝着厨房挺起前半身，那里有好吃的东西。

将近下午两点，仿佛已没有大出血的危险了。克先生到他的内兄泰奥巴尔德那圈子里去找他，又去找从列日来到让娜家里小住的连襟乔治。克先生早就写信给让娜，告诉她今天早上发生的事。这三位先生到依塞勒镇公所去给孩子作登记。克先生也许不知道，这座房子位置不佳，五十年前是有名的歌星玛丽布朗的房基地，她的早逝启发了缪塞的灵感，写出了一首费尔南德和他都很喜欢的诗，他们曾不止一次互相背诵过（“显然现在说起她为时已晚 / 自从她去世已过了十五天……”）。离那里不远就是依塞勒的公墓，几年前安葬了一个自杀的法国人，克先生最近还满怀尊敬地去瞻仰过他的坟茔，那就是心眼实诚的布朗热将军。在咖啡歌厅唱的歌曲中对这将军大加赞赏。当时右派的议员们正阴谋酝酿一个有利于他的政变，他却临阵溜了号，到布鲁塞尔去看望患了结核病濒临死亡的情妇彭纳曼夫人。克先生觉得老实的将军在政治上是个可笑的人物，却很看重他作为一个忠实的情人毅然赴死（“已经没有你，我怎么能再活一个星期？”）。不过，现在不是想这些丧气事的时候。身份登记员规规矩矩记下了小姑娘的出生情况：父亲，米歇尔–夏尔–热内–约瑟夫·克·德·克，房地产主，生于里尔（法国北部）；母亲费尔南德–

路易丝–玛丽–吉丝莱娜·德·卡·德·马，生于那慕尔，夫妻双方在圣让–卡佩尔居住（法国北部）。姓氏中的第一个克是正式记录在案的佛兰芒一个古老姓氏的第一个音，这姓氏在日常生活中用得越来越少。另一个完全法国味的姓氏更常用，那是由于十八世纪得到的一块领地而起的。

然而这个正式文件却跟古代或是中世纪的抄本一样，充满了不实之辞，费尔南德的名字就有两处错误。有关证人的姓名和身份的文字中，住在列日的企业家（我不知道那一年他领导什么企业，但我知道后来他经营法国酒的进口生意）乔治·德·塞·德·依男爵，尽管他的签名清楚明了，却跟他的姻亲泰奥巴尔德拥有同样的姓氏，泰奥巴尔德住在布鲁塞尔，他本人也并不是男爵。由于一种不明不白的亲密称呼，乔治算是新生儿的大舅，其实他是费尔南德的表兄，又是她的大姐夫。这只是小小的差错，或者说不过是不太精确。要是更重要的文件的话，就会让好几代博学人士大伤脑筋了。

人们请来一个新医生代替杜布瓦大夫，他仔细检查了之后，说他对产妇的情况相当满意。随后的两天安全地过去了。让娜和弗罗兰每天早上到加尔默罗会教堂望完弥撒之后，总来看望一下费尔南德，让娜小姐无论如何也不肯耽误早上的弥撒。然而到了星期四，阿洁丽太太发现产妇有点发烧。第二天克先生决定让看护每天早晚两次记录病人的体温和脉搏。他还顺手抓了一张卡片，上面不经意地印有两家的纹章，一开始就写了上一天的日期，他要逐日记下当天的温度和脉搏。后来无论是他还是阿洁丽太太对这些都记不得了。他的记录是这样的：

六月十一日　　早八点

　　　　　　　晚八点　　脉搏　　3……

六月十二日	早八点	38.7	脉搏	100
	下午四点	39.9		120
	晚八点	39		100
	中午	38.2		108
	下午四点	38.7		106
	晚十点	39		120
六月十四日	早八点	38.5		108
	晚十点	39.6		110
六月十五日	早八点	38.2		……
	中午	38.2		……
六月十六日	早八点	39.6		130
	中午	38.3		108
	下午四点	40.3		130
	晚九点	40.4		135
六月十七日	早八点	39.7		134
	中午	38.7		124
	下午四点	37.2		……
	晚五点	39.6		134
六月十八日	早八点	38.6		130
	下午四点	39.6		133

费尔南德患了产褥热并发腹膜炎，十八日晚上就死了。在克先生的记录上唯一没有写日期的是十三日，尽管这天的体温和脉搏都登记了。大概是由于迷信，他略过了这个数字。

这个星期还发生了一些不太重要的小事：第一件就是洗礼。仪式是在圣十字堂区的普通教堂里举行的，没有什么大排场。这教堂建于一八五九年，在我写这部书时又马马虎虎地翻修了一下，显然是为了好歹跟近旁雄伟的广播电视中心协调一致。两年半以前，也就是在这个堂区教堂里米歇尔娶了费尔南德。除了本堂神甫和唱诗班的孩子之外，参加洗礼的只有婴儿的教父泰奥巴尔德先生和教母让娜小姐。一如既往，让娜由她所说的两根拐棍，也就是弗罗兰和她的女仆扶着。还有阿洁丽太太抱着孩子。她得赶紧回到病人的床边去，在那里先生和巴尔巴拉正需要她。

孩子的教名中第一个为玛格丽特，因为那位亲爱的德国家庭教师的名字曾是玛尔卡雷塔，后来大家才叫她弗罗兰小姐；第二个叫安托瓦内特，跟阿德里安娜相应，讨厌的诺埃米叫这个名字，而且如今肯定过时了，还显得有点滑稽；第三个用了有残疾的让娜的名字，而且费尔南德的一个朋友也叫让娜，她注定会在我的一生当中起相当大的作用；第四个叫玛丽，来源于那位时时刻刻尤其是在我们死亡的时候为我们这些罪人祈祷的圣母的名字；最后一个叫吉丝莱娜，在法国北部和比利时有这样的习惯说法：圣吉斯兰能保佑儿童不生病。早就订购了好几盒糖衣杏仁，单等着把孩子的教名用银色的斜体字写在乳白色的硬纸盒盖上，就分送给大家，那盒子上面还装饰着一幅弗拉戈纳尔[①]表现母爱的画。巴尔巴拉把她的那一份保留了很久。多年之后，我沉思着吃那裹着糖衣的杏仁，白色的糖块又硬又脆，是从我的洗礼上留下来的。

接下来的一天发生了一件更为重要的小事，至少在克先生看来是如此。费尔南德还有力气表达某些愿望时，就要给自己找些精神上的支持。她回忆起她曾跟让娜一起去过加尔默罗会教堂，她向那里陈列的圣骨顶礼膜拜过许多次。在危机时刻，如果病人提出要求，有时会把这圣骨拿到病人家去。她让克先生为她恳请修道院院长开恩。

可是她的手边就有圣骨。他们夫妻的卧房角落有一个架子，她常一个人在那里祈祷，底座上竖立着一尊十七世纪的耶稣受难像，是从苏阿雷城堡的小教堂里拿来的，她在那个城堡里一直长到成人。底座和十字架的横臂上凿着许多小小的龛孔，透过一块凸面玻璃可以看到在褪了色的红天鹅绒上镶着圣骨，每块圣骨下面还有一块羊皮纸的牌子，说明是来自哪个殉道者。用拉丁文写的字迹已经发白，所谓殉道者也已湮没无考了。人们只知道，有某个前人从罗马把这些神圣的宝物带了来，这些骨头渣子是从地下墓穴的尘土里拣的。也许是因为费尔南德不知道这些都是哪位圣人的遗骨，对于形象已模糊的基督、有些损伤的玳瑁边饰以及阴森森的骨头，她也过于熟悉了，不太相信那么灵验。而相反，在本地区内，加尔默罗修会教堂的那些圣骨却灵验得很。

---

① Jean-Honoré Fragonard（1732—1806），法国画家，擅长风景、肖像和历史题材。

当天就来了一个小教士，他小心翼翼地走进二层楼那间美丽的卧室，从袍子的皱褶里掏出了圣骨盒，毕恭毕敬、小心翼翼地放在费尔南德的枕头上，但她已昏昏沉沉，根本没有看见她那么盼望的能助她一臂之力的灵物已经到来。年轻的加尔默罗会教士跪下，背诵了几段拉丁文祈祷词，接着又默默地祈祷。克先生也跪了下来，只不过是出于礼仪，倒不全是为了信仰，他看着那人祈祷。过了很长时间，穿棕色袍子的客人站了起来，神情凝重地看那病人。克先生觉得他的脸上显出深刻的悲哀。他轻轻地拿起那圣物，重新包好，向门口走去。克先生一直把他送到街上。他觉得那年轻教士的悲哀不只来自对濒死病人的同情，而是由于他本人对他带来的圣骨是不是真有法力本来就将信将疑，他希望做一个试验，能一下子使他那有罪的疑心烟消云散，他灰心丧气地走了出去。但这一切也许都是克先生自己瞎想的。

第二个来访的是诺埃米。因为她心疼克先生的儿子，尽管那孩子已十九岁，身材高大，她还管他叫小米歇尔，所以她不赞成她的儿子续弦，尤其不赞成费尔南德怀孕。宣布添丁进口大喜事的电报只引得她把手掌往大腿上一拍，这是她不高兴的习惯动作。这样的粗俗让家里人都很不快。她嚷道："小米歇尔被切成两半了。"这个比喻的意思是说她钟爱的孙子只能得到他父亲一半的遗产了。然而她最后还是来到了布鲁塞尔。大概是因为女人家的好奇心，尤其是这位老妇人禁不住要看看产妇的房间。还因为克先生为这一切变故要付很大一笔花费，早就要求他母亲提前给他几千法郎。她亲自把钱带来了，就像往常在这种情况下一样，她还要痛痛快快地跟儿子说几句尖酸刻薄的话。尽管她年事已高，还时而到比利时的首都来买东西。巴黎实在太远，在里尔又挑选不到中意的物品。唯一不方便的是回去的时候某些商品要在海关交税。但一般地说，她都能打点妥帖，一分钱都不交。

刚从包租的马车下来，她就知道了费尔南德的病况。事实上，在一九三号门前的马路上，铺上了厚厚的一层稻草，为的是减轻车辆的噪音。家里有情况危急的病人时，总采取这样的防护措施，告诉邻居产妇已病入膏肓。巴尔巴拉请老夫人进了屋。她不肯到底层的小客厅去，也不肯松开她的小阳伞。她在前厅的板凳上坐了下来。

克先生得到通报，从二楼的楼梯口他就认出了他母亲那有些胖大臃肿的身影，以及她把黑色的皮包紧紧抱在肚子前面的样子，仿佛有人要把它抢走似的，皮包上还装饰着一个花哨的伯爵冠冕，让米歇尔看了很生气，不过有时候他也糊糊涂涂地任凭他的供货商把他当伯爵。走到那老妇人身边，他立刻毫不隐讳地大体叙述了一下病情。对于救活费尔南德已不存任何希望。然而她的热度反而降下来了，可以接受短暂的来访，没有任何障碍。这个时候她很清醒，对她婆婆的关心十分感动。

然而那老妇人感到了死亡的气息。她的脸皱缩起来，把皮包搂得更紧了：

“你看我不会被传染上这病吧？”

克先生强忍住没有向他母亲说，产褥热这种致命的疾病她再也不会得了，她可以尽管放心。老夫人昂然端坐在那条板凳上，不肯吃点心，米歇尔也不硬劝她吃。阿尔德贡德看守着费尔南德过了大半夜，炉火差不多已经灭了。老婆婆又爬上了那辆仍然等着她的车，没有多做停留，径自回黑山去了。后来她想到，当时她激动之余，忘了把那几张钞票给她儿子。

又过了一会儿，最后一个人来看望费尔南德。但这一次既不能交谈，也不能对他微笑。这人是摄影师，他带着他那些变魔术似的家什走进房来：硬玻璃的感光板，即使不能永久也能较长时间地固定住物体的影像，仿造眼睛制作的暗箱，可以填补记忆的空缺，三角架和一块黑布。除了克太太最后的面容之外，这个陌生人还给我留下了房间装饰的片段，借助着这些，我才能重新构筑起已遗忘的内室景象。在费尔南德的床头有两个带五个枝杈的烛台，但每个烛台上只点着三支圣礼上的长明蜡烛，这使这个只有庄严平静的场面多了一种说不清的悲凉。床帷子上面显出来桃花心木的床栏，左边可以看到另一张一模一样的床，整整齐齐地罩着绗成蜂巢纹样的踏花被。昨晚肯定没有人在这张床上睡过。但是我弄错了：仔细查看照片，我发现在踏花被的角上有一块黑东西，那是特里埃的前爪和鼻子，它蜷卧在主人的床上，克先生大概觉得这样很好，心里一感动就由它待在那儿了。

三个女人仔仔细细地给费尔南德安排收拾，她给人的印象是干干净净，无懈可击。汗迹和渗出的恶露都洗净擦干。在生和死交汇相融的当儿，似乎出现了一个短暂的停摆。这具一九〇三年的遗体穿着细麻布的睡衣，袖口和领子上都镶着花边，一块半透明的白绢蒙上了脸，又在头发底下作成光轮模样。在雪白的被单衬托下，头发显得漆黑。她的双手套在一串念珠里，放在肚子上面，由于腹膜发炎，肚子肿胀着，顶得被单鼓了起来，仿佛她仍然怀着个孩子似的。她变成了人们所看到的死人模样：完整的封闭的一块，感觉不到光、热和触摸，不呼不吸也不发声说话，不再摄取食物，随后再部分排泄出。然而，克太太结婚以前和以后的肖像上，可看出姣好的面容，从她死后的几张照片上，还可以感觉到她的美丽。由于生病消瘦下来，死使她极为平静，如今再也没有取悦和维持仪表的愿望，也许摄影师高超的照明技术更突出了这张人脸的端庄，描画出了鼓起的颧骨、凹下去的眼眶、细瘦精致的鼻子，让她有了一种尊严和让人捉摸不透的坚毅。她宽大的眼睑合了起来，让人似乎觉得她在沉睡，给她抹了一层她也许恰恰缺乏的温情。嘴唇苦楚地扭着，露出死人常有的高傲的皱纹，仿佛如今的下场是他们花了高昂代价得到的胜利。看得出三个女人精心整理了被单，那上面有新熨的像是刻出来的平行宽褶子。她们把这被单满满地摊在灵床上，还把太太的枕头拍得松软些。

就在这个星期，几乎同时给亲朋好友发出了两封邮件，一个是精致的小信封，边上框着蓝色的装饰线，也像成盒的糖衣杏仁一样，是预先定做的。在跟信封相配的信纸上，也用天蓝颜色的意大利斜体字印刷着他们的启事，说克先生和克太太欣喜地告知亲友，他们的千金玛格丽特降生了。第二种信封边上框着粗黑线，克太太的丈夫、女儿、继子、婆母、兄弟姊妹、妯娌、姑姨以及姑表姨表亲戚怀着沉痛的心情宣告，克太太已逝世，这对他们是不可弥补的损失。六月二十二日十点悼亡弥撒之后，在丧家位于苏阿雷的家族墓地举行葬礼，八天以后在布鲁塞尔举行另外一次安魂弥撒。由里斯纳车站出发，有车辆在此等候早上八点四十五分发自布鲁塞尔的火车。

典礼按照预定的计划举行了，我不知道是冒着雨还是有明媚阳光。婆母和前房儿子仍留在黑山。早饭也许比平常略微丰盛一点，匆匆吃罢之后，参加葬礼的人们就按时到雷奥波尔区的车站去。在里斯纳，由那慕尔来的马车夫们赶着马车沿着大路在等候，对于他们来说，这天能做一笔大生意。马匹不时低下头，啃一口丰美的青草。费尔南德被抬到紧靠村里教堂外墙的家族墓地，有一道栅栏把这个地区与墓地的其余部分隔开。在克先生身旁过了三年零三个月之后，她又回到了她的亲人中间。这一小片竖着十字架的家族园子早就住着她的父母、夭亡的两个哥哥和一个姐姐。举行过宗教仪式之后，克先生跟本堂神甫交谈了几句。神甫向他暗示教堂太穷。的确，那教堂很丑陋，又老又旧，或者说没有好好维修，里面刷着棕黄色的粉浆。让神甫最伤心的是没有祭坛后面必备的彩色玻璃窗。在一个美丽的彩色玻璃窗上绘制圣费尔南德的肖像，立在她家墓地的旁边，肯定是纪念亡人的最触动人心的建筑。那个丧妻的鳏夫拿出了他的支票簿。

几个月之后，他收到了从黑山寄来的照片，新的彩色玻璃窗已安好了，他觉得奇丑无比。随照片还附了神甫写的一封卑躬屈节的信：当然，彩色玻璃窗让教堂的祭坛显得好看一些，对比之下，左面的窗子镶着白色的玻璃，比以前更显寒碜。说不定可以再把它装饰一下，来代表圣米歇尔，作为那彩色窗的呼应。克先生把这封信放进了纸篓。

在这忙碌多事的几天，没有人花许多时间照顾孩子，时常给她喝甚至没有烧开的凉奶，这倒对她很有好处，与她有关的严重事件只有一次。当费尔南德清醒地意识到她的病情将会如何发展时，她当着让娜小姐和弗罗兰的面这样嘱咐她的丈夫：

“万一小姑娘想去当修女，就不要阻拦她。”

克先生从来没有把这话告诉过我，让娜也很当心不露口风。那个弗罗兰就不一样了。每次我到让娜姨妈家小住几天时，弗罗兰小姐就啰啰唆唆地对我讲我母亲的临终遗言。这个可怜的德国老小姐对我的温存呵护和大吵小嚷的逗弄已经让我恼火，这些话我就更受不了。我对母亲几乎一无所知，父亲从来不给我看她的照片（让娜小姐有一张她的相片，跟许多别的照片一起放在钢琴上，但她从来没有想对我指出来是哪一张），我刚到七八岁，就感到那个母亲似乎不公正地干涉了我的生活，侵犯了我的自由，试图在众目睽睽之下把我推到某一个方向去。当然，修道院对我毫无吸引力，但如果我知道母亲在临终前为我安排了将来的婚姻和我要接受的教育，我无疑也会执拗着不肯就范。人们要给狗戴项圈时，狗会扭开脖子，我也像狗一样，悄悄地退开。

仔细想来，我觉得这个嘱托并不出于弗罗兰所崇尚的虔诚，而是有别的考虑。费尔南德从少女时期就充满了幻想和花季特有的感情波澜，克先生在婚姻和以后的生活中试图让她感到充实，但一切迹象都让我觉得这两方面都没有让费尔南德完全满足。在极为强烈的痛苦当中，她觉得自己那不长的过去没什么可多说，绝望像是一条断断续续的黑线，自然其间也星星点点包含着一些幸福。她希望她的孩子不走她的旧路。总而言之，这几句嘱托包含着对丈夫审慎的谴责，他却坚信对妻子做了对一个女人该做的一切，没有什么亏欠。她就向丈夫表示，她也像跟她同时代的歌星梅丽桑德一样，过得并不幸福。

并不是克太太没有宗教感情，我早就证明过恰恰相反。很可能费尔南德在弥留之际奔向了上帝，在死亡那迷蒙的光线底下，她觉得不仅她自己的生活，连所有大地上的生灵都是虚无造作的。也许她希望孩子过她回忆中修道院里的那种平静生活，极力为小姑娘推开她认识的唯一的门，那里通到人们说的人间世以外的地方，通到她知道的唯一超凡脱俗的境界。到后来我想，我确实以自己的方式入了教，克太太的愿望已经实现了，但所用的方式她既不赞成也不理解。

五十三年过去了，我才第一次去拜访苏阿雷。那是在一九五六年，我从荷兰和德国过来，穿过比利时；我刚刚到威斯特伐利亚去呼吸蒙斯特的空气，为了写我的一本已经开头的书。我到达这个阴暗的城市时正值一个爱国主义和宗教节日：人们正庆祝一个在一九四四年的轰炸中损坏了一半的天主教堂又恢复使用。老城里到处都是巨幅旗帜，扩音器里传出慷慨激昂的演说。那座教堂曾见证过莱顿的约翰[①]的疯狂，十六世纪经历过对再洗礼派[②]的血腥镇压。如今教堂前黑压压地挤满了人群，回忆起教堂被毁则群情激愤，说到从废墟中重建又满怀豪情。我本人、陪伴我的一位美国女友和给我们开车的荷兰司机，对于一九四四年每人也有各自激动的回忆，但跟那些威斯特伐利亚人并不一样。面对着盛大庄严的场面，我们觉得成了入侵者，感到不太自在，我们完全了解对于这个德国城市这盛大的集会具有多么重要的意义，然而在这中间我们曾是他们昨天的敌人、今天的外国人。我们赶紧离开了蒙斯特。

在海牙，报纸上满是本·贝拉[③]被劫持的消息，那是非洲北部的一出闹剧。在电台和报纸上大肆传播之后，经过笨拙的准备，苏伊士倒霉的动乱开始了。在比利时佛来芒区的一个大城市里，我在法国官方一个歌舞节目中听到了一阵沙文主义的胡言乱语，他们为不知道对谁取得的胜利而干杯。英国的企业家们已为明天甚至后天作了打算，热烈响应穷兵黩武的号召。人们谈到了黑市，比利时的家庭妇女抢购了好几公斤的白糖。最精明的人购置了铅皮，把自家的窗户包上，铅皮能够阻挡核辐射。就在这个时候，苏联利用西方忙着干其他事的当儿，巩固了他们自己的前沿阵地。我到布鲁塞尔时，正好传来苏联坦克包围布达佩斯的消息。给我开出租车的那位生性快活的司机的话更增添了黑暗的气氛：“苏联人在那里扔了加磷的燃烧弹，会烧起大火的，等着瞧吧！”这小伙子也很激动，当然不是兴高采烈，他也怕苏联人；四分之三的

① John of Leiden（1509—1536），再洗礼派领袖。
② 十六世纪欧洲宗教改革运动中的激进派或左派，主张唯成年受洗方有效。
③ Ahmed Ben Bella（1916—2012），阿尔及利亚军人、革命家、政治家。

人面对一场熊熊大火或严重的列车事故都会现出兴奋甚至欢喜的样子，他也如此。我应邀到一位很和善的老夫人家里做客，现在她已经去世了。我在她家听到了另一种声音。这家的女主人理所当然地仇恨苏联人；然而她却非常倨傲地看待匈牙利的起义。她鄙夷地说道："就是工人的叛乱！"让人感觉到，一直到最后她还遵循原则，或者说这种原则推动着她生平第一次认为克里姆林宫干的事有道理。在这一片混乱当中，法国在印度支那酿成的悲剧是更为阴暗的悲剧的先兆，反倒被人遗忘了。然而，我到巴黎之后，穿过大街走进圣罗克教堂，看到一个神甫和几个穿丧服的女人为在奠边府死亡的人祈祷。

离开布鲁塞尔之前，我到古典美术博物馆去瞻仰勃鲁盖尔的画，他的《伯利恒的户口调查》以及他笔下那些散布在雪地里的平民都淹没在十一月下午灰色的光线里。在《叛逆天使的堕落》中，恶毒的天使长着非人的嘴脸。《伊卡洛斯的坠落》中，农民对这历史上第一起"空难"丝毫不感兴趣，还继续播种。让人想到别的博物馆里另外的画：《疯狂的葛兰特》在一个村子的灰烬中间呼喊着发泄他正义然而毫无用处的愤怒，《无辜者的屠杀》与《调查》形成悲哀的对比，《通天塔》和它的首领受到为它筑造错误的工人们毕恭毕敬地欢迎，《死亡的胜利》是一队由骷髅组成的军团。在这些寓意画中最为贴切的大概就是《盲人引导盲人》。粗暴、贪婪、对别人的痛苦漠不关心、疯狂和愚蠢比任何时候都严密地控制着整个世界，再加上人类第一次配备了终极毁灭的工具，而这样的人类在无限繁衍。目前的危机也许只波及一小群人就宣告结束。但是新的危机又会产生，因前面的危机影响变得更严重：不可避免的事态已经发生。看守迈着军人的步伐在博物馆的大厅里走来走去宣布闭馆，仿佛也宣布一切都关门大吉了。

在那慕尔小住的几天却很悠闲。我第一次来这里观光，看了一个旅游者该看的所有名胜。我仔细认真地走遍了这里的天主教堂，奥地利的唐胡安[①]的心脏就保存在这儿，与马德里埃斯科里亚尔修道院的墓穴相对应，人们把他的遗骸运到了那里。我还参观了圣鲁教堂，巴罗克风格的建筑杰作，波德莱尔特别欣赏"阴森的小客厅"，他在那里第一次被"愚蠢的风"吹倒，他长久以来总感到这风会吹来。我登上了小城堡，小费尔南德大概也曾被领到这里，眺望秀丽的景色，过去凯尔特部落的武士、妇女和孩子在这里蹀躞，固守城堡防备恺撒大军的进攻。我去看了考古博物馆，有高卢–罗马的小件青铜器和野蛮人入侵时代的沉重首饰。下午用来参观苏阿雷。这里我只说在墓地的见闻。

自从米歇尔在这里安葬了他的妻子之后，这家庭的墓地又添丁进口了。让娜、泰奥巴尔德和得了疯病死的奥克塔夫都埋在这里。已结婚的姐妹们都不在，她们跟她们的配偶葬在另外的墓地。浅浅刻出的碑铭已难于辨认，让人无限思恋古代铭刻中那美丽而又坚毅的书法，延续好几个世纪，亘古长存，使人缅怀第一批出世特立的魂灵。我没有去弄清弗罗兰是不是在费尔南德和让娜之间占有一个位置。尽管她们热爱并尊重老资格的家庭女教师，但恐怕也不行。家人就是家人。

无论如何我都不能在这里安息的人与我之间建立起联系。在他们中间我只认识三个：两个舅舅和一个姨妈，而且我将近十岁起就没有再见过他们的面。我跨过了费尔南德，我在几个月之间依靠她的滋养，但这事实就像教科书上的道理一样冰冷。比起出于偶然向我叙述临终情形的陌生女人，她的坟并不引起我更多的温情。同样，

① John of Austria（1545—1578），神圣罗马帝国查理五世的私生子。

我更难想象那个阿尔蒂尔·德·卡蒂埃和他的太太玛蒂尔德是什么样的人，我对他们的了解还不如对波德莱尔和奥地利的唐胡安的母亲知道的多哩，只不过我身上的某些成分来自他们。然而，从封闭在他们那十九世纪的这位先生和太太开始，可以重重叠叠地追溯千百代人，一直到史前时期，以致大地上面目模糊的生命本源。组成我的一半大杂烩就在这里。

是一半吗？在这样的翻转搅拌之后，上帝把我们每个人创造成独一无二的生灵。但如何推测他们身上道德或体质的特殊成分的百分比呢？这就像剖开我的骨头来分析或衡量所包含的矿物质。再说，我每天都更强烈地认为，组成我们的并不只是血液和体液，这样的计算从一开始就是错的。然而，阿尔蒂尔和玛蒂尔德仍是把我与一切联系起来的那两根线索的第二次交汇。我们从一个幽晦暗昧的处所出来，又将回到那里去，关于这个地方，无论我们作什么样的假设，总不该从精神中扬弃那些最简单的事实以及平凡而明显的成分，尽管这些东西是外来之物。阿尔蒂尔和玛蒂尔德是我的外祖父和外祖母，我是费尔南德的女儿。

另一方面，端详着苏阿雷的这些坟墓，我发觉我没有必要把这些人跟我拉在一起。如果说阿尔蒂尔、玛蒂尔德和费尔南德跟我几乎没有什么牵扯，那么我对于他们来说就更毫无关系。在我母亲生活的三十二年零四个月中，我在她的念头里顶多占八个月多一点的时间：对于她来说我首先是一团不确定的东西，接着是一个希望，一种感知，一种恐惧；在几个钟头之内，又是折磨。在我出生之后的几天里，她对我有时候会感到温情、惊异，也许还有点自豪。当阿洁丽太太向她宣布新生儿已娩出时，她感到或者自以为脱离了危险而觉得轻松快意。接着，发烧把这一切都赶走了。大家都看出来，在刹那之间她曾为她留在身后的孩子的命运担心，但显然她对自己迫在眉睫的死亡比对我的未来更为关切。阿尔蒂尔先生和玛蒂尔德太太，一个是在他们的女儿结婚前的十年死的，一个是在女儿结婚前的二十七年死的，对于他们来说，我只不过是他们结婚的弥撒中所希求的一个模模糊糊的小外孙，弥撒祝愿他们长寿，有一天能儿孙绕膝。

我把手放在栅栏上，手掌上沾满了铁锈。自从这栅栏门打开让最后一个亡灵——我不知道是奥克塔夫还是泰奥巴尔德——进来，已长出了一茬又一茬的杂草。在阿尔蒂尔和玛蒂尔德的十个孩子中，有七个已长眠在这里。在这七个人当中，到如今的一九五六年，只剩了一个孑遗，那就是我。我应该在这里做一点什么事情。但做些什么呢？如果在两千年前，我可以向那些以胚胎状埋在这里准备降生的逝者贡献食品，这样的埋葬姿势是人类给自己发明的最好的不朽的象征。在高卢-罗马时期，我可以在一个装满了灰的骨灰堂一角倒些牛奶和蜂蜜。在基督教文明的几个世纪里，我可以祈祷，祝他们安息，或者经过几年炼狱的净化之后，去享受天国的真福。这些愿望都彼此矛盾，但无疑表达的是同一的意思。就像我现在一样，假定这些人都在某个地方，我们只能祝愿他们在路上交到好运，这条路人人难逃，我们将来也必定要走。这也是一种祈祷的方式。当然，我还可以把栅栏重新油漆一遍，把地上的杂草锄净。但是我第二天就要走，我没有时间，再说，也没有这样的心思。

费尔南德死后又过了大约十五天（显然现在说起她为时已晚，自从她去世已过了十五天……），亲戚和她生前的好友从邮局收到了最后一件与她有关的通讯，这就是人们所说的“虔诚的回忆卡”。那是一个小小的纸笺，可以夹在祈祷书里，正面有一个表示追思的图样，带有一段或几段祈祷文，每段下面用极小的字精确地注明读这段祈祷能让炼狱中的灵魂赦免罪恶的年、月、日；在背面写着在上帝前追思已故男女的要求，下面有从《圣经》或其他宗教书籍中引出的摘录和简短的悼词。费尔南德的“虔诚的回忆卡”很是简朴。祈祷文字往往是那个年代刻字印刷社为丧家选定的人云亦云的几句话，是教皇庇护九世于一八五八年七月三十一日推荐给基督徒，让他们为受难灵魂祈祷的文字，但没有天真地与人间的日历或时钟挂上钩。在背面，简短的悼词和祈祷赎罪的套语后面，有两句话没有注明作者，我估计是克先生本人撰写的：

> 不要为烟消云散而哭泣；应该为曾经存在而微笑。
>
> 她从始到终，都试图尽心尽力。

第一句话让我很有感触。在我们用于安慰自己的那可怜可悲的武库当中，这是一件有效的武器。丧妻的那个男人的意思是说，那年轻女人曾经活过就是个成就，本身就是美好的，尽管转瞬即逝，但死亡并没有把它泯灭。在这个格言中却缺少克先生惯常的坦白真率。人们因怜悯而微笑，因蔑视而微笑。因怀疑、因温情和爱情微笑的时候也很多。克先生大概一开始想写："应当为曾经存在过而欢喜雀跃"，接着大概发现这个词对悲戚的文字来说反差太大，或者追求对仗工整让他词不达意。第二句话也同样暧昧费解。米歇尔肯定以为，说一个人尽心尽力是对一个人最好的赞扬。这句话让人想起来范·艾克[①]的格言"Als ik kan"[②]，我总用来当我的座右铭。但这句话本身就显得局促牵强："她从始到终，都试图尽心尽力。"言外之意似乎是费尔南德只得到了部分的成功。读到这个赞扬的亲戚朋友中，有些人会觉得这很像一个心地良善的人给不再为他家服役的仆从的一份能力品德的《鉴定书》，他不愿意撒谎，但又找不出那人有什么特殊的才能值得赞颂。这句话也许表示他宽宏大度，也许让人觉得真率感人。克先生希望这话真率感人。

再说，丧妻之痛也渐渐减弱了。有人听到他对他的一个内兄说，无论如何分娩是女人分内的职务：费尔南德是在属于她的战场上死去的。米歇尔用这个比喻真让人惊奇，他绝对不想让那少妇为他传宗接代，我觉得倒可以说他对那少妇作出了让步，没有阻拦她当母亲的欲望。他这种人也绝不相信上帝勒令一对夫妻必须繁衍儿女。他一定觉得这话从一位以前的重甲骑兵嘴里说了出来是自然而

---

① Jan Van Eyck（1390—1441），佛兰芒画家。
② 双关语，如我（艾克）所能。

然的，而那时也没有什么别的话好说。现实是一笔丑陋的糊涂账，克先生把这笔糊涂账好好歹歹塞到一句人云亦云的套话里，泰奥巴尔德和乔治肯定赞同这说法。

这个星期非常忙。杜布瓦大夫匆匆走掉时，把他的产钳和围裙忘在费尔南德卧房的一个角落里了。克先生让人把这些东西包好捆好，亲自送到大夫家里去。一个女仆开了门，他把包裹扔到门缝里，一句话也没有说就走开了。

接着，他到一家房产经营处，要卖掉他在路易丝街的那所房子。他要再次越过边界，带着婴儿回黑山去，看护阿洁丽也会陪侍。他说服阿洁丽留到夏末，教会巴尔巴拉担负起带孩子的新职务。阿尔德贡德和那个园丁都被辞退了，他们拿到了丰厚的酬金。他把马带了回去，那马又被放到黑山那碧绿的牧场上。小狗特里埃因为是在特里尔降生的，所以起了这么个名字，他们每次出门旅行这狗都跟着，显然比那孩子更是亡妻的一个纪念。

克先生也把书都带回去，他要把书房里的那张大桌子留下来，他和玛格丽特的母亲（从这时候起，他这样来称呼亡妻）所喜欢的作家的著作并排堆在那上面。东西很重，必须请专业的搬家人员，这都让他发怵。穿甲胄的密涅瓦女神雕像也是一样，她最后留在了绿色大理石的基座上，像往常一样，对房产易主毫无所谓。

搬走之前，克先生最后一次上街。他到一家古玩店去，当初费尔南德曾在这里买过几件东西。他把费尔南德拿去试用的一件送了回来。古玩商是一个老犹太人，面相温厚而又精细，是个有欣赏品位的人。以前几次见面时，克先生很高兴跟他交谈几句。住在布鲁塞尔时，能让他轻松愉快聊天的也许只有这一个人。这一次，他直截了当地说要退货。古玩商看到顾客身上的丧服，小心谨慎地打听情况。克先生把发生的事对他说了。

“那么孩子呢？”老犹太人按惯例表示哀悼之后问他。

“孩子活着。”

“真遗憾。”老人轻轻说了一句。

克先生也像回声似的重复一句：

“是的，真遗憾。”

时常听到这样一种论断：幼年丧母永远是件伤心事，一个失去了母亲的孩子一生当中都会感到缺憾，都会对故去的母亲感到思恋，我认为这种说法是错误的。至少在我这里是另外一种情况。巴尔巴拉不仅在我长到七岁之前代替了我母亲的位置，她简直就成了我的母亲。后来第一件让我肝肠欲断的事并不是费尔南德的死亡，而是我的保姆离开。随后或者在同时，我父亲的诸位情妇或准情妇以及后来他的第三任太太，都保证了我作为女儿对于母亲的需要：受宠爱时高兴，失宠时悲伤；模模糊糊地想要以温情报答温情。有时怀着迷恋和尊敬去欣赏一位漂亮夫人，有时对于一个并不很有城府的良善人儿更多地怀有略带恼火的善意。

然而这里不来说我的事。假如不是这场意外，费尔南德也许还能再活三四十年。有时候我想象她的生活。如果米歇尔预计中的分居真实现了，费尔南德就会成为一个灰败无光的弃妇，这在我们这个圈子里并不少见。她不会像别人一样找个情人来给自己安慰，即使这么做也一定怀着痛悔之心。如果正相反，生了我之后家庭关系巩固了，建立起的和谐也不太可能达到天衣无缝的程度。当然，时间会让费尔南德多长些见识，会消磨她的愁闷和悲伤，那是一九〇〇年上流社会女人的典型情绪。但经验证明绝大多数人本性难移。我的少年时代也许会受她的影响，也许会被她激怒；可能倾向于柔婉顺从，也可能倾向于勃然叛逆。而将近一九二〇年时，一个十七岁少女的叛逆行动几乎是不可避免的。如果费尔南德寿命很长，这在她家并不多见，我能清清楚楚地想象她晚年寄居到修道院或是一家瑞士旅店去。出于义务我会偶尔去看望她。但我爱她吗？对于一个根本未曾认识的人，这是一个不能贸然回答的问题。从一切方面来估计，最初我会像绝大多数的孩子一样，用一种自利和漫不经心的态度去爱她，随后这感情成了习惯，但穿插着许多争执，感情也越来越淡漠，许多成年人爱他们的母亲就是这个样子的。我这样写并不是要惹他们不高兴，只是要正视现实。

如今我旧事重提，叙述她的故事，心里倒充满了在此以前对她还没有过的同情。她就像以我自己为养料想象出来的或实际存在的人物，我让她生活或者重生了一次。另外，时间的流逝颠倒我们的关系。我目前的岁数是她在一九〇三年六月十八日的两倍多，我俯下身仔细观察她，就像尽量要理解一位少女却未能如愿以偿。我的父亲在七十五岁过世，同样由于时间的原因，如今我觉得他不单单是个父亲，而更像我的长兄。当我二十五岁时，他的确就给了我这样的印象。

这年的六月份，克先生还要办一件事，这比在苏阿雷举行的仪式更让人伤心。因为没有更好的说法，我姑且称之为掩埋遗物。亡妻的内外衣裙都送给了姊妹会，让她们卖掉之后用得来的款项周济穷人，让娜也赞成这样做。还剩了一些即使是天性超脱物外的人也总会有的七零八碎。克先生把费尔南德的遗物都装在一个盒子里：他们结婚以前她写给他的一封温情脉脉的信，她们姊妹之间的家书，生病时期他作的一些记录。寄宿学校的几个平平常常的纪念品，文凭，小学时的作业或分数单，最后还有一个练习本，后来被我扔掉了，在那上面有费尔南德结婚以后写的一部相当低劣的文学作品：一部传奇式的短篇小说，背景是布列塔尼的一个庄园（克太太并没有去过布列塔尼），小说描写庄园主人的第二位夫人对第一位夫人的嫉妒，因为第一位夫人的阴魂总纠缠着她。克先生在里面变作了一个有布列塔尼风度的运动员。我绝不用这么一篇小文章来评价费尔南德，这只证明了她很想把自己的生活写成小说。

米歇尔还把他妻子的照片都放到这个盒子里，有她生前拍的，也有遗照，还有他们旅行时拍的快照。他把玛格丽特的母亲生孩子前一天剪下来的头发装在一个信封里，仔细捆好。一九二九年我仔细检视时，发现那头发很细，是极深的棕色，几乎发黑，跟我的一模一样。

还有一些微不足道的遗物让我嫌恶。几个沉甸甸的圆形发辫，头发是深棕色的，夹有一些棕红的发丝，大概是费尔南德的母亲或祖母留下的。整个发辫已硬得像金属一样，完全不像是从人的皮肤里长出来的东西，就像精密加工的皮革已完全失去了动物身上剥下来时那原来的模样。因为上面的扣子是金的，我把它甩卖掉了。一个摩洛哥皮子的小盒子，里面除了几个沙龙舞用的坠饰之外，还有一串在那不勒斯买的珊瑚项链，大概是克太太从帕特诺普街上的饭店出来或从波西利波坐车兜风回来时买的。那脆弱的枝杈几乎已变成了粉末，摊在丝光纸上。比较正经一点的首饰放在银行的保险箱里，某天我手头紧就卖了一些，其他的重新镶嵌，面目全非，大概连克太太也认不出来了。盒底还有一个指环，也被重新熔化，这样的戒指只有留在一个死去的女人手指头上才有一点神圣的意义。受过祝福的小牌我送了人，我已忘记给谁了。乌木嵌螺钿的圣骨匣在一个修道院里找到了栖身之地。

在这些杂物中，还有一些东西：博絮埃[1]的一本书，他的《福音书探微》，卡尔尼埃兄弟出版社的版本，红皮封面的精装本，书脊上烫着金。还有一个用哥特字体有棱有角写的题词，说明这是儿时的亲密女友佐埃送给弗罗兰的生日礼物。带有十个古老银色菱形的藏书章证明弗罗兰更青睐德文的宗教书籍，把这书送给了苏阿雷书房。这本《福音书探微》还保持着不常读的新书模样。《忠实信徒的祈祷书》分两册，于一八九七年由代斯克雷和勒非布尔公司在图尔奈出版，已读得很旧，因为软羊皮的封套都磨损了。在费尔南德婚前的名字首字母上画着一个花冠，让素净的封面有了个虚荣的污点。这本祈祷书里还有一个万年历，我不时就去查看。我也在那里面读过几段风格高贵的拉丁文祈祷词，费尔南德大概认为一直到世界的末日都应该引用的，然而如今的教廷已经把这些祷文抛弃了。

一个做成折扇形的舞会上用的名笺，象牙的扇骨上用铅笔写着费尔南德的几位男舞伴的名字，我认出来了几个。有两个巴黎出的摩洛哥精细皮件，大概是米歇尔送的礼物。一个是名片夹，完全是战前的风格。在浅紫和水绿的底色上，画着日本式雅致的五彩鸢尾花。用名片夹的时尚已经过去了，一九二九年左右，我把写着诗句或一时灵感的纸片夹在里面，这些句子为我所珍视，也能够引导我的生活。这个圣物跟钥匙、钢笔和女人手提包里的各样金属小物件放在一起，磨破了，沾上了墨水和口红的污迹，最终也要到一切东西都注定的归宿。另一个皮件更为豪华，是一个帝国绿的钱包，皮子光滑得像是上了漆，一只金质的孔雀，尾巴伸展开来构成了扣襻

① Jacques-Bénigne Bossuet（1627—1704），法国高级教士、神学家、作家。也译作博叙埃。

和滚边。尽管它更适合装刻着播种农妇的金路易，而不是我们的镍币和脏钞票，但我不愿意让东西躺在抽屉里不用，一九五二年我就决定用这个钱包。两年以后到陶努斯去游历时又把它弄丢了。如果所有用旧的东西都能回到已死去的原主人那里，克太太会很高兴地知道，她的女儿也到德国的大路上去漫游过。

米歇尔封好的这个匣子完成了使命，让我想到了这一切。然而这些虔诚的废物倒让我们羡慕那些动物，它们除了生命之外什么都没有，而我们时常掌握着它们的生死，也让我们羡慕苦行僧和遁世的隐士。我们知道，对于某个人来说，这些小玩意儿是珍贵的，有时是有用的，特别是由于这些东西有助于确定或提高那人本身的形象。东西的主人死了，东西也就没有用了，就像从坟墓里的冥器一样。再也没有比这些东西更能证明个人无足轻重了，我们却对此那么在乎，而代表或象征着它的东西也飞快地消散、损坏或丢失。

城堡的巡礼

前面的几个章节我写得很是顺畅，趁着这个笔势我再写一些有关费尔南德的家庭和她幼年时代的情况。为了深入了解先人的过去，我引用了一些家谱和类似地方志的作品中收集的零星材料。关于近代的事，我依据的是米歇尔引述的费尔南德的回忆。父亲这一边的家族历史我知道得很详细。通过父亲对我多次重复的只言片语我可以约略估计父亲的一生，而这又与我自己的历史紧密地联系在一起。对背景地点和我度过幼年时期的那些地区的描写也是如此。这些都跟我自己的回忆密不可分。接下来描述的绝大部分回忆对我而言却十分陌生。

根据地方志的记载，加蒂埃（一直到十七世纪中叶都是这样拼写）是列日地方一个古老的家族。一个叫做里比埃·德·加蒂埃的骑士娶了依德·德·奥罗涅，成了一三六六年列日城的“当政主事”。这就差不多像是执政官，十四世纪城里双雄并立，一位凭的是“门第出身”，另一位靠着“闯荡事业”。加蒂埃家族最终也走上了大多数旧家贵胄所走的路：衰败没落。若不是一个叫做让·德·福尔威的人于一四二七年娶了加蒂埃家的一位玛丽小姐，承继了这个姓氏和族徽，那么这个家族就几乎湮没无闻了。这样一来，加蒂埃一家进入了一个新的世系，继续在列日这个奇怪的享有教廷爵位的领地上繁荣昌盛，一七八九年以前，列日隶属于神圣罗马帝国。这些人严格地在他们的阶层之内通婚，嫁妆一定是肥沃的土地，或者是有个父亲或叔舅，在主教府和市政府有影响力，能当后台。他们的财产光明正大地越滚越多。一直到十八世纪末叶，户籍清单上还有福尔威这个姓氏。一五四五年出现了福雷马尔这名字，到了一七一四年才出现路易-约瑟夫·德·卡蒂埃的字样（从这时起，就用‘卡’这个比以前的姓氏更为典雅的字头了），这人是苏格松的领主，来自一个叫做蒙的村庄和一个叫凯尔舍拉德的地方，他又从一个姑妈那里承继了大福雷马尔领主的名号，早年间大福雷马尔曾是医院骑士团的封地。

可以发现这个家族里有许多成员先后或同时在做官：有爵位的市政长官，拥有高级、中级或低级裁判权的法官，首席法官，列日政府的终身议员，财务秘书，马克西米连-亨利·德·巴维尔主教大人的私人顾问，约瑟夫-克雷芒·德·巴维尔主教大人的私人顾问及财务总管，圣约翰天主堂及于伊圣母院宗教事务委员会的长老。在这些人中间，有五个人在十八世纪曾当过列日的市长，有三个还连任一次。一个世纪以前，这些荣誉也带来了危险：十七世纪，曾有五个列日的市长死在断头台上，还有第六个被刺杀。这些死于非命的市长都属于主张改革的党派。费尔南德的祖先属于拥戴主教的那一派。即使在这种情况下，当官办事也不是轻松的差事。一六三七年，一个有爵位的市政长官据闻因参加了诛杀市长拉吕埃勒的密谋，而被聚集的人群撕成了碎片，据说造反的人喝了那个倒霉鬼的血，用牙咬下了他的肉。

说起一个家族的历史，如果我们不把它当做一扇窗，通向古老欧洲一个袖珍小国的历史，那就毫无意义了。有人说，这个宗教气息很浓的城市是由传说中的圣于贝尔建立的，是查理大帝的家族发祥之地，对错暂且不论，我们总觉得查理大帝是我们的一位祖先。这城市紧密地与第一次十字军东征这个法国气息很重的事件纠缠在一起，其传说丰富了我们的武功歌。列日似乎更像一个相当遥远的法国大城市。从一切看来我们都觉得，与我们的奥依语十分相近的瓦隆语（列日人不该抱怨，我对他们说，我只要跟当地的一个农妇交谈几句，我就觉得仿佛回到十三世纪了）；科明尼斯①所说的“蠢笨的百姓”，他们暴躁易怒也开朗快活，虔诚笃信也反对教权，以自己居住的城市为荣，“因为每天举行的弥撒和罗马一样多”，在主教宣布把他们驱逐出教会之后，倒舒舒服服地过了五年好日子；十八世纪华宅高第的法国味道很浓的布局；格雷特里②及后来的塞扎尔·弗兰克③的音乐；宣布《人权宣言》引起的轰动；一直到泰罗涅·德·梅里古尔的大胆作为。我们很有理由把列日的居民区看做是巴黎圣安托万的延伸，而乌尔特省的首府列日正是由大革命造就的。

这里是对偶的历史背景中的一个方面，与之相对的是摩泽尔和莱茵地区。早在十世纪，列日就因这些文化达到了繁荣。象牙雕刻，珐琅工艺，福音书的印刷，卡洛林王朝及奥托王朝时的全盛时代。这里的艺术通过艾克斯拉沙佩勒④与古代艺术相通，又经过那里与拜占庭互相联系，显然是具有帝国气象的艺术。风格高雅的圣巴托罗缪领洗池是一一一〇年刻制的，似乎提早了四个世纪，或晚了一千年。一方面，它为吉贝尔蒂⑤雕刻的着衣或裸体圣徒奏

① Philippe de Commynes（1447—1511），法国历史学家、政治家，生于佛兰德地区。
② André Grétry（1741—1813），列日大主教领地作曲家。
③ César Franck（1822—1890），比利时作曲家、管风琴家。
④ 今亚琛。
⑤ Lorenzo Ghiberti（1378—1455），意大利文艺复兴时代的建筑学家、雕刻家。

响序曲。另一方面，刻在洗礼盆上的哲学家克拉东那肌肉发达的背部，使我们想起奥古斯都时代罗马的浅浮雕。这是一个叫做勒尼埃·德·于伊的艺术家的作品，他师法古人，又强烈地让人想到一个列日地方的哲学家，一个世纪后遥想古人，却因从阿那克西曼德、塞内卡以及迪南的大卫那里汲取了灵感，于一二一〇年在如今成为巴黎中央市场的地方被活活烧死：上帝是什么？是无所不包的心灵。自然，加蒂埃家的远祖与这个雕刻家和异端的精英毫无联系。他们顶多会为其中一人作品的精美感到诧异，也会被另一个人的思想激怒，如果他们有所耳闻的话。我提起这个作品和那人非同一般的命运，因为有太多的人不知道，在那些来自古代的粗大血管里的东西，流淌在我们误以为的顽固不化的中世纪。列日位于圣大阿尔伯图斯[①]居住的科隆与阿伯拉尔[②]居住的巴黎之间，常有教士和教廷人员来来往往，与罗马和克莱尔沃保持着联系，一直到十三世纪末，在思想交流的大路上，列日始终是个驿站。接下来二百年的内部纷争使城市力量衰竭，十七世纪又充满了社会动乱，耽误了这城的文艺复兴，只有几个意大利化的艺术家勉力维系一缕线索与文艺复兴的中心保持着联系。很早就有一些“大师”受到法国优秀的影响，正如同以后的启蒙思想照亮了逐渐形成的自由派资产阶级。尽管让-路易，路易-约瑟夫，让-阿尔努尔和皮埃尔-罗贝尔在巴维尔家族的采邑主教宫廷里说的是凡尔赛的法语，但还是有一点点瓦隆地方的乡音，一直到旧制度结束时，他们的语调和气氛仍带有德意志小公国的愉悦古风。

被商人和银行家瞧不起的这些高门大户人家的子弟，都是，或

---

① Albertus Magnus（1200—1280），天主教多明我会的主教、哲学家。
② Peter Abelard（1079—1142），法国神学家、哲学家。

者说得更精确些都愿意成为领主、打仗的武士和教士。在中世纪，这些佩剑的贵族议事司铎触怒了科明尼斯。如同神圣罗马帝国的贵族一样，以自己的名衔、爵位、门第世系以及豪华贵重但毫无用处的那些玩意儿为傲，法国的高门绅缙当然也珍视这些虚华，但他们却没有学会按照法国的礼节规矩，说起来时面带微笑。这些贵族尽管跟富有的资产阶级联姻，后者也巴不得融入其中，他们还是形成了一个要保持某种现状以维持其利益的阶层，他们在“小百姓”面前施展手腕，就像在敌手前面挥弄武器一样。在比利时的其他城市里，我们时常感到（并非完全正确），尽管党派和阶级之间斗争激烈，贵族、豪绅、资产者和手艺人有时也结成共同战线：造反的大老爷们和乞丐军[①]觉得得到了佛兰德平民的支持，他们也以此为荣。布鲁塞尔的百姓曾为爱格蒙伯爵[②]的死而哭泣。这种短暂的神圣联盟式的冲动在采邑主教之间却没有发生过。大人物和小人物的力量永远此消彼长摇摆不定，每一方面都总要争取外来的联盟。智慧和力量完全不起作用，或者只起破坏作用，使列日的历史成了政治动乱最好的例证，这就是城邦的政治历史中四分之三的时间内的特点，连虚有盛名的佛罗伦萨和雅典也不例外。

一三一二年列日的手艺工人把二百个骑士关在圣马丁教堂里活活烧死了，犯下跟奥拉杜尔[③]一样的罪行。一四〇八年，让·德·巴维尔主教经过了许多周折，把手艺工人的领袖、他们的妻子和站在他们一边的教士都扔到了默兹河里。大人物一派得到了历代勃艮第公爵的支持，对后者而言，封建制度已经被日薄西山的灿烂余晖笼

① 十六世纪荷兰的游击队，大部分由基督教加尔文派信徒组成。

② Comte d'Egmont（1522—1568），西属尼德兰的将军、政治家。

③ 1944 年，德国纳粹在奥拉杜尔把 643 个居民关在教堂里烧死，其中有 247 名妇女和 205 名儿童。

罩，把无限的回味留给了哈布斯堡王朝。而小人物的一派却相反，路易十一把他们当成了西方这盘棋里的过河小卒，让他们去冲锋陷阵，必要的时候让他们送命。当勃艮第公爵勇士查理逼迫法兰西这只狐狸目睹叛变的列日被洗劫，逃出来的小人物在阿登的旷野上，因“寒冷、饥饿和困乏”而死，或者被想回去求饶的叛变的老爷们绞死。里贝尔·德·加蒂埃和他的夫人伊伏特·德·吕坦冈无疑赞同这种清洗的办法，也许他们为勃艮第人把散布在树林中的“铁制风车”捣毁了而感到痛惜。这种风车的收益丰厚，是那个地区未来重工业的雏形。

在接下来那个世纪的动乱当中，宗教贵族忠实于外国主子，从而获益匪浅。瓦隆地区卫兵的长矛也许就是在列日铸造的。连奥朗日的纪尧姆手下士兵的长矛也如此。无论任何时候，武器制造商几乎公开走私。小人物一派忙忙碌碌，却没有卷入尼德兰其他地方的人民起义中去。佛兰德的命运还有待考虑。像黑死病一样的异端思想在列日人这里仿佛不像别处的毒性那么强：人们很快摆脱了再洗礼派那些扫兴的家伙，该教派的理论在穷苦人中倒很有吸引力。一个起义军的遗孀到斯特拉斯堡去，在那里嫁给了一个叫加尔文的人。一五八五年，让·德·加蒂埃续弦娶了市政府一位官员的女儿，巴尔贝·德·夏多。在婚宴上，男人们一定兴高采烈地评论安特卫普和莱克卢斯两地又被西班牙军队占领的消息；而女人们，我估计，关心的尤其是新娘子的穿戴装束。三十年过后情况相反，当让的儿子跟也是市政官员的女儿伊萨贝尔·德·斯克莱塞联姻时，与外国人关系密切或串通一气惹来了麻烦。尼德兰七省共和国的新教徒和想反对神圣罗马帝国的法国国王都收买争取小人物一派的支持。但小人物的首领们下场很惨。在订立《奈梅亨条约》时，谈判会议上拒绝接见他们的代表。主教最后赢得了决定性的一局，也就是说，在一个世纪之内占了上风。

在王公贵族和官吏的升沉起伏当中，就像整个的欧洲一样，洛可可风格的列日沉溺在专制体制和生活的旖旎温柔之中，过着积极的、相对平静的日子。戴着假辫子、穿着黑缎短裤的“希鲁”[①]，不时地也要受到穿燕尾服或者工作服的“格里努”[②]侮辱。手艺工人行业工会前期的活动归根到底也就是自相残杀，然而那种热情也已熄灭了。手艺工人为无产阶级所代替，然而他们还不知道自己的这个名字。显然，费尔南德家的历任市长心惊胆战要预防的火灾，就是这个充满了铁匠和武器制造工匠的城市里发生火并。大概就是由于这个原因，几个烫着他们族徽和市徽的煮沸皮桶成了他们的标志，当火灾威胁着工场、贫民窟以及富裕人家的华宅时，就用类似的桶运水救援。我参观这家族的一个城堡时，有人还把几个这样的皮桶给我看过。可以估计到，路易-菲利普，弗朗索瓦-德尼，让-阿尔努尔，皮埃尔-罗贝尔和让-路易也曾竭尽心力扼杀从法国传播来的新思想，因为那些思想会燃起小人物一派的怒火。

任何地方都是如此，现实的利益迫使小人物和大人物不管愿意不愿意都必须保持一种怀有敌意的共生关系。如果没有武器制造的产出，主教只是个人微言轻的亲王，他的财务总管让-阿尔努尔也不知道如何装满钱柜。然而工人的生计也全靠着生意兴隆，也就是说要看时局的发展。七年战争[③]中需要火枪，卡尔杜什[④]在大路上抢劫

---

① 出身资产阶级的以维持列日城秩序为己任的青年志愿者。

② 列日的代表社会大众利益的党派，与“希鲁”针锋相对。

③ 1756—1763 年英国与法国各自集结追随者为争夺殖民地和海上霸权而发动的战争，以英国的胜利告终。

④ Cartouche（1693—1721），出没在巴黎及其郊外的强盗首领，最终被捕并处死刑。

旅客，维特[1]打碎自己的脑袋都要用轻便手枪，还有绅士们在布鲁塞尔的客厅里要弄着带有镂花圆头的细瘦长剑，大家的生计都取决于有人来买这些武器。在这个时期，人口增长了两倍，手工业的产值和货币都大大增加，可以补救各式各样的弊病，伏尔泰反映出了人民的声音，反对教会规定一些不许工作的节日，剥夺工人天天工作的权利。发展工业包括制造火器都会带来利益，这成了会惹恼不少人的世俗教义。让-阿尔努尔和皮埃尔-罗贝尔对于这一点并没有异议。

渐渐地，随着局势的自然发展，这些经营企业的贵族与富裕的资产者区别越来越小了。从法国吹来的风将把他们的封建权利扫除殆尽，但其实很久以来，领主们的财富取决于从农庄主那里得到的优厚分成，而不仅仅是像过去那样直接取自地租。也是很长时期以来，这些出身高贵的人把他们的资金投在工业和贸易上，同时也通过银行家的经营周转进行投机活动。从十八世纪开始，使用煤炭越来越普遍，这样也逐渐使半手工式的制造业转变为大工业。第一批高门大户人家在他们那毫无出产的牧歌式的田园牧场底下发现了煤田，他们的高兴劲儿肯定跟拥有一口油井的得克萨斯农庄主或阿拉伯王子一般无二。时移事易，在这个越来越热衷于贸易买卖的比利时，某一个卡蒂埃男爵当上了企业家，另一个卡蒂埃先生荣获工程师的头衔，一直受到重视的贵族身份更多地是保证在行政参议方面得到一个好职位。

① Werther，歌德的小说《少年维特之烦恼》中的主人公。

在十八世纪最初几年，我的一个远房的外祖路易-约瑟夫·德·卡蒂埃，由他的夫人玛格丽特-佩特罗尼耶襄助着，把当年医院骑士团在福雷马尔的封地遗址改造成了一座现代化的宜人住宅。他的夫人是市政长官的大书记官兼列日大法院的首席书记官吉列·杜萨尔的女儿。他们在那里安家落户很有意思，就像是一种动物在很久以前与它们同属的另一种动物废弃的窝里住下似的，这是些半修士半军事的大社团留下的空壳，当年那些人耀武扬威的时代已属遥远的过去。蒂埃里·德·福雷马尔、康拉德·德·隆山，纪尧姆·德·福雷马尔、医院骑士团和圣德尼宗教事务委员会离路易-约瑟夫已很遥远，比路易-约瑟夫距离我们更遥远。那时还没有到关注中世纪的前浪漫主义兴趣蓬勃流行的时代，哥特这个在以前有些贬义的词，如今已开始烘热了人们的想象力。不知路易-约瑟夫和玛格丽特-佩特罗尼耶的清梦是不是曾被身披红色十字的骑士的幽灵打扰过。

福雷马尔城堡全景图是一个不爱惜艺术品的人从一七一八年出版的豪华书籍《列日地方撷英》中裁下来的，放在一个镀金的玻璃框里，是费尔南德留下来的一个稀奇古怪的遗物。我在那上面看到一个有圆形塔楼的城堡，就好像在荷兰时常见到的那样，似乎比建造的时间还早了一个世纪。当地的泥瓦匠比他们在法国的同行滞后许多。而花园却相反，就像当时所有的花园一样，模仿着凡尔赛宫的花圃。北面的围墙也许就是当年封地的断壁，拐角上还有昔日里的瞭望楼。另一方面，城堡坐落在小山上，通过一片果园、葡萄园和庄稼地连接着默兹河。一个庞大的谷仓和一个保持中世纪风格的小教堂在城堡的两边作为辅翼。一条小路直通默兹河。在陡峭的河岸上有二十来座尖顶的房屋，其中有些泥墙里镶着木头柱子，构成了大福雷马尔村，两三只小船泊在水面上荡悠。人们如果想到对岸的圣朗贝山谷修道院去就可以乘这些船。当然，那时候修道院周围还没有如今这些乱七八糟的厂房。人们也坐着这些船去垂钓，或者乘坐它们沿着一个叫做乌鸦岛的树木葱茏的小岛去捕鱼猎鸟。如果穿过村子和城堡北面那草木繁茂的小山，再走几公里就可以到达通厄伦，这是当年比利时高卢的首府。再过去一些，就是林堡采邑主教领地的边界了。

让我们考察一下那些水边的住所。对于十八世纪的雕刻家来说，这些房子使风景更加秀丽。它们比路易-约瑟夫城堡和在它以前的医院骑士团的领地更值得尊重。二世纪初本地还不知道基督教的时候，这些房子就存在了，只不过更加矮小，房顶上铺着茅草。有一个老兵拿着刻在铜牌上的退役证，到这里来终其天年，后来这个人在默兹地区声名昭著。他服役时曾驻扎在一个岛上，那个岛就是以后的英格兰。他的退役证上标明的日期是图拉真①统治的最初几月。我估计他所在的部队从海外回来就是在科隆登陆的，那里是下日耳曼军队的集结地，图拉真将军就在那时收到了他的侄子哈德良

① Trajan（53—117），罗马帝国皇帝。

快马加鞭带来的要他继承帝位的消息，他的这个侄子是一位前程万里的青年军官。人们可以想象到，那老人坐在一群光着屁股在草丛中打滚的孩子中间，一遍遍地叙说当时的景象。给军队分发了啤酒和银钱，士气高涨，欢呼雀跃。那青年军官还没有从奔驰的激情中回过神来，就开始诉说驻扎在特里尔摩泽尔河岸的敌人给他设下了埋伏，但被他凭着机敏和二十岁的血性击溃了……要是那些偶尔途经科隆的旅客说得没错，这位青年军官后来也成了皇帝，从罗马新铸的钱币上可以看到他的侧面肖像。至于图拉真，打了无数的胜仗以后就死了……那个通厄伦人打击与他们为敌的蛮族，取得了胜利时，大概参观过整个城市……于是，他就夸大其辞地描写那高大的平顶房屋，宏伟的寺庙，车水马龙的大路，商品齐全的店铺，要价太高的姑娘，大兵们只凭军饷不能染指，还有人与兽、人与人、兽与兽之间的野蛮游戏，这是他一辈子看到的最好看的表演。腿脚不灵的老兵艰难地站起身，想到如今他已扛不动沉重的铠甲装备，他从百夫长那里学的拉丁文也差不多都忘了。不久，在漆黑的夜里，他会从纤道潮湿的泥土里听到追索生命的魂灵在骑马奔驰，还有猎犬的吠叫声，它们将把死人带到另一个世界去。

不要以为我尽说些题外的话，路易–约瑟夫和他的继承人当时就喜爱收集古董，这在他们那个时代是品位高雅的标志。他们一定曾经毕恭毕敬地摩挲着那些园丁松土时挖到的小玩意：生锈的钱币和红色的陶器碎片，上面有朴拙刻板的浮雕，然而却很精美，高卢罗马时代的穷人就用这种陶器吃煮蚕豆和大麦粥。他们引用从学校学来的拉丁文诗句，因为记不清了，稍稍有些残缺不全，不时对光阴的飞逝、帝国的衰亡以及贵族的式微发出些老一套的感慨。现在也轮到了我在这里做同样的事。然而，说些老生常谈总比转过身闭住眼不看要强。

玛格丽特-佩特罗尼耶要规规矩矩地完成城堡女主人的义务，就得时不时下到村子里去，拿几件旧衣服、两三口酒和一碗强身的药粥送给一个病人或产妇，在泥泞的小胡同里，她得把裙子提得高高的，那里有母猪在吞食垃圾，母鸡在肥料堆上啄食。路易-约瑟夫有时候拄着他那银头的手杖敲响一个身份比别人高的农民的门槛，这人能代表福雷马尔的平凡百姓，正如这个大贵族在列日一呼百应，所以套个近乎还是合乎策略的。小型工业在这里立定脚跟，期望着发展壮大。让-路易把资金投在一家制造缝衣针的工场里，还打算开发一个采石场。在村子和城堡之间有些微的不满和仇恨（稍后就会看到例证），有时候也有共同的利益和宽容，甚至超出了阶级界限的同情。例如假如先生亲吻了一个漂亮姑娘，太太出于激愤，会把她的不安私下告诉女管家。大家一起在教堂里祈祷，虽然路易-约瑟夫和他太太的板凳摆在特殊的位置，当然还绘着他家的族徽。

大家一起沿着栽满芬芳枝叶的大路参加圣体瞻礼节的游行仪式，每个人按部就班，站在该站的位置。夏天，山上山下绿荫婆娑果实累累。接着，收获葡萄和用葡萄渣制作饮料的时节到来了。比起来这种饮料，先生更喜欢勃艮第的葡萄酒。到了秋天，城堡和村子里的牲口棚里都传出杀猪的嚎叫，从每家厨房的灶堂里升腾起火腿的香气。狩猎得来的野味充当谈话时品尝的点心，在先生家里是用银盘子端上来的。他们还另外有大的托盘，端到临水的房子里去大吃大喝，食物就是偷猎或偷渔得来的，也能成为吹嘘的谈资和绝妙的故事。我们生活在圣于贝尔的国度，这个残酷的猎人看到一只鹿含着眼泪朝他走来，鹿角上还挂着一个基督受难像，所以才改宗皈依了基督教，现在却变成了猎人以及跟班猎犬的保护神，有点像法庭上挂在法官旁边的十字架。谁也没有感觉到这种颠倒具有讽刺意味。因为讲究，先生和太太不得不用一个善于烹制调味汁的法国厨子掌勺，但厨房里打下手的男仆女仆都是本地人，对精美菜肴的追求上行下效。在城堡的饭桌上，本堂神甫哀叹必须解散尚代尔圣母院的乡间社团，那里的收益差不多全花费在吃喝上了，结果酒宴不断，招人议论。先生和夫人答应和他一起谴责村民贪馋饕餮的恶习。

采邑主教显然曾经抽出时间去看望他的私人顾问，这是礼节，再说他的避暑宅子在塞兰，如今成了克科里工厂，去一趟很方便。一个世纪以后欧洲大陆的第一辆机车就是在那里诞生的。无论是城堡里的老爷，还是他花园里的树木飞鸟（高高的炉子很快将在那里日夜燃烧），都没有想到采邑主教的拜访，就像他们从来没有想到曾在这里徜徉的史前巨兽会把它们的足迹和骨殖留在大河的泥泞里，对我们来说只比一八三五年的火车车头更古老一些而已。在这个世纪，来游玩的贵宾很多。斯帕就像这个洛可可风格贵族领地中的摩纳哥，以它的温泉休养地特别是它的赌场吸引了上流社会的人物，城堡的老爷从中拿走十分之一的捐税。可以估计到，某个从巴黎来或是到巴黎去的显赫过客，取道那慕尔的大路，在福雷马尔歇脚让他们的马匹喘一喘气，同时从当年的市长及其私人顾问那里得到饮料和殷勤的致意。

在这些旅客当中身份最为显赫的行路时隐姓埋名，将近一七一八年，彼得大帝尽管穿的棕色衣服没有领子也没有袖子，假发上也没有扑粉，但却是个专制君王，他的脸时而抽搐一下，显得捉摸不透而又阴森可怕。市长必然让这个人参观了全城所有的工场。彼得大帝利用他旅行的机会推动俄国的工业化。这位木匠出身的君主把他的儿子处死了，认为他保守落后，其实他本人更像一个拿刀弄锤的匠人，跟他那些胆小怕事的继承人不一样，后者都死在叶卡捷琳堡的一个地窖里。到一七七八年，法尔肯施泰因伯爵，也就是自由派的君主约瑟夫二世又是一个来参观工场和收容院的尊贵客人，他也让主人忙得不可开交，不过他姐姐玛丽-安托瓦内特的出言无忌和胖妹夫的懒惰麻木已占了他不少的心力。再早一些，哈加宫的伯爵，就是意大利的供应商一边叹气一边说的“买的东西多，付的钱少的那个人”，别称古斯塔夫三世，生来擅长艺术和寻欢作乐，他到斯德哥尔摩歌剧院的化装舞会去，在那里，一发火枪子弹穿透了他的化装上衣，打中了他的肚子，正倒下时被他的心腹冯·艾森扶住了。在这些到福雷马尔留连踟躇、欣赏美丽景色的旅客中间，我要配合其堂皇的派头，隆重地提到一个塞伽尔骑士，又名贾科莫·卡萨诺瓦，他曾有好几次匆匆穿过列日城，最初是骑马飞驰而过，因为他得了花柳病，急着要到德国去找一个好大夫。后来就更为匆忙了，他要让他的新情妇——一个十七岁的布鲁塞尔姑娘逃脱她家里人的追逐。

姑且先不说那些顺乎常情的过客，人们肯定地说十八世纪这城堡曾有两次被外国军队占据过，但说不准是在西班牙王位继承战、波兰王位继承战、奥地利王位继承战还是在七年战争时期发生的，也说不准占领者是奥地利人、普鲁士人、为英国国王陛下服役的汉诺威人还是法国人，但那是个连打仗也讲究分寸的战争年代，住在城堡里的那些先生行为举止显然还规矩有礼。也许几个汉诺威人用羽管键琴为城堡女主人吟唱拉莫[①]的乐曲伴奏，还有几位微醺的火枪手在路易-菲利普或者让-德尼划出来的甬路上跳舞，他们以为这些甬路还能留存一百年哩。至于社会底层，在郁金香方方[②]的时代，他们习惯于打家劫舍，或多或少用暴力手段把姑娘抢夺过来。

---

① Jean-Philippe Rameau（1683—1764），法国作曲家。

② Fanfan la Tulipe，法国十七和十八世纪在民歌和民间故事中流传的潇洒快活的大兵形象。

有关另外一个路易-约瑟夫或让-巴蒂斯特，福雷马尔城堡建造者的儿子或孙子（我手头的文件互相矛盾，必须作许多研究工作才能得出明确答案，这并不值得），从传说中我们可以知道三件事：他是一个鳏夫，当上了圣约翰教会的土地资源议事司铎，这也就是说他可以经手该教会的收益。他对文学的兴趣很浓。佃农恨他，他死的时候农民额手称庆，狂欢了好几天。文学方面的兴趣似乎不能如人们想象的那样，说明他的人品。姑且就叫他让-巴蒂斯特吧，当然很容易重新整理一下他的藏书，无论是在福雷马尔城堡的还是在城里他的教堂附近某处住宅里。所有拉丁文作者作品和一些希腊文作者的书，虽然这些大概都是经达西埃夫人[①]翻译过来的。有具备神学知识的司铎的必备读物和教文著作，如果这位让-巴蒂斯特的思想很深刻，他就有莱布尼茨和马勒布朗什[②]的作品，但绝不会有斯宾诺莎，后者被认为过于亵渎宗教。有路易十四那个世纪所有大作家的作品，加上有关纹章学的论文和一些游记。在当代作家中，也许有丰特奈尔[③]，让-巴蒂斯特·卢梭的《颂诗》，伏尔泰的优秀作品，例如《高雅的庙堂》或《查理十二的历史》，一定会有他的《悲剧集》。如果司铎还关注那种恣肆放纵的文学作品，而且觉得卡杜尔和马提亚尔还不够劲，那么大概有毕龙的作品，以及精装的《童贞女》，在书脊上端端正正地印着一个严肃的书名，但也许没有《天真汉》，这部作品显然是超出底线了。这些优秀的作品，连同其中的爱情作品，培育了那些有识之士，使他们摆脱了当时的偏见，教他们为自己去思考，有时候要为反对自己而思考。这些品味高尚的人遇到不幸时，用塞内卡的作品安慰自己或是用拉辛的“人心精微”来

① Anne Dacier（1645—1720），法国学者、翻译家。

② Nicolas Malebranche（1638—1715），法国奥拉托利会教士、哲学家。

③ Bernard Le Bouyer de Fontenelle（1657—1757），法国哲学家、作家。

教育自己，这是再好也没有的事。但时常阅读这些作品只不过证明了受的是一种合乎规矩的教育，能够在饭桌上引证贺拉斯和莫里哀，在不容辩驳的权威底下加上一点人情事理的评论，并且能够像一个深知底细的人那样谈论家谱世系和当地的历史。

农民们对让-巴蒂斯特的仇恨也并不能证明什么，他也许是个贪婪小气或者粗鲁凶暴的主人，不仅是一个自大傲慢的绅士，还是一个高傲镇静的教士；也许正相反，是个循规蹈矩的地主，但冷淡孤介，缺少能令无赖恶棍都显得面目可亲的圆滑变通。不管他生性如何，一想到这个垂死之人从打开的窗户里听到他即将到来的死亡引起了欢笑和喧闹，我还是对他充满了怜悯。这个让-巴蒂斯特好像跟他的亲人和佃户相处得都不好，他把福雷马尔城堡留给了他的两个女管家。有关十八世纪一位议事司铎的传言，引出了两个戴着齐楚的头巾、穿着长袜的可爱女性，她们每天早上给慈爱的主人送去巧克力。但是波拉埃尔家的两位小姐也许已经超过了给教士做女佣的年龄[①]，而且道德操守很严。她们的名字只在福雷马尔城堡主人的名单上匆匆出现了一段时期，血缘上的继承人用了一点手腕又把所有权收了回去。作为交换条件，她们大概得到了一些现款，买了一所长满忍冬的小白房子，或者在她们以前的相好里各自选择了一个丈夫。这些事都说不准的。

但这城堡不久就脱离了这个家族。一七五三年列日的市长弗朗索瓦-德尼，他的妻子让娜-约瑟芬是荷兰海尔德斯王室顾问团主席的女儿，他们没有孩子。他死的时候，也许是出于善心，也许是因为对他兄弟那一房人的憎恨，把城堡赠给了圣米歇尔儿童福利协会。大革命到来了，圣米歇尔儿童福利协会的资产并入了列日收容院，

---

① 教廷规定，40 岁以上的女人才可以给教士当女佣。

收容院又把城堡卖掉了。以后，城堡先后落入两家人的手中，随后，强有力的煤炭公司这一至今还在本地称王称霸的财团买下了已经残破不全的城堡。可以肯定地说，一九四五年有些从东部地区逃亡过来的人整个冬天都在废弃的城堡里扎营，睡在拼花地板上，在没有生火的绘有族徽的壁炉前冻得发抖，或者至多用从花园里捡来的一把枯枝点火取暖。

一九五六年，当我到比利时小住时，还留在手中作为纪念的雕版画激起我去看一看福雷马尔的愿望。一辆出租车载着我从列日出发，穿过关厢地带工人居住的一条似乎永远没有尽头的街。那里一片灰黑，没有一根草，没有一棵树，我们到达了一条街道。只有熟视无睹和漠不关心才让我们相信这里是住着人的（住的不是我们这类人），当然，我在二十来个国家里也见过与这相仿的，跟二十世纪的劳动适应的住处。默兹河岸的美丽风光已全被遮挡住了。重工业把大河和工人区之间变成了一个地狱。十一月的天空是个肮脏的锅盖。司机问了当地人之后，把车停在一座花园遗址打开的栅栏门前面。园子中间有一堆石块和瓦砾，表示那里曾有一所房子倒塌了，只留下了令人诧异的断壁颓垣。一条考究的楼梯搭在一段横梁上，通向已经消失了的二楼，那横梁又岌岌可危地由塌陷的承重墙支撑着。台阶已经缺损，但十八世纪的铸铁扶手栏杆还很完整。几个星期以前城堡被卖给了一个拆房的商人，能卖和能运走的东西都星散了，这个扶手栏杆显然是留在这里，等着把它买到手的古董商运走。我正好在拆房结束的这一天到来，等待着我的是比拉奈兹[①]的木刻上那么一幅景象。这断成一截的楼梯欢欣鼓舞地直指天空，那位司铎如果看到这个场面，肯定会觉得是个象征。

① Giovanni Battista Piranesi（1720—1778），意大利腐蚀版画家、建筑家。

绝大多数的领地破败时景象都很悲惨，露台和花园都没有了，就像纯种的骏马，变成了要送去屠宰的骨瘦嶙峋的老牲口。据说，花园要改成一块街心绿地。但是在我们这个时代，所有经市政府表决建造的街心绿地都难免会变成停车场，这是一条规律。我不仅痛惜这所房子的下场，以及园子里五棵一丛的树木，还痛惜整个一片土地，遭受到工业的蹂躏，就像经过了兵燹。福雷马尔的水和空气也像匹兹堡、悉尼或东京一样，受到了致命的污染。我想到那个古老村落里的居民，受着大河里突然而至的洪水威胁，河岸还没有规划治理过。村民们由于无知，也污染了土地，浪费了资源，但他们没有有效的技术加剧这个过程的迅速发展。他们把便盆里的东西、宰杀了的牲口骨骼以及鞣制皮革的肮脏废物都倒到河里；他们却还没有向里面扔有毒甚至致命的副产品。他们过量猎杀野生动物，砍伐树木。然而他们的这些破坏比起我们来则小巫见大巫了，我们制造出了一个动物和树木都无法存活的世界。当然，他们在忍受痛苦，十九世纪的那些天真的进步人士以为那些痛苦都永远成为过去了。歉收的时候他们缺少食物；丰收的时候又吃得撑到了我们想象不到的程度。他们却没有沦落到吃含有潜在毒素的变异食物。有很大百分比的幼儿不幸死去，然而在自然界和人类之间也建立起了某种平衡，他们没有人口过度繁衍的问题，而这个问题引发的全面的战争，使个体失去尊严，腐化了整个人类。他们时而遭受暴力入侵，但却没有无休无止地生活在核威胁当中。他们受到自然力量的限制，但还没有受疯狂生产再愚蠢消费这个怪圈的制约。在不到三、五十年前，从牲口的生活过渡到在白蚁窝里熙熙攘攘的昆虫生活，对于所有人来说，这仿佛是个不容争辩的进步。今天，我们就要开始用另一种方式来思考。

一九七一年，我突然想要到列日的一家博物馆去看看福雷马尔那个老兵的证明文件，同时也再次参观一下那个地方。这一次，是五月的一天，却早早地像入了夏那么炎热。离工业区还有一刻钟的路程，司机就劝我关上车窗，防备漫天发臭的黄色烟雾。谁都知道，不习惯的人就得防护一点。道路上的工程使我们不能从福雷马尔地区穿过，但有人告诉我正在酝酿一个抵制工业发展的计划。生态环境的保护在这里谈不到，而是我们这个时代土地并购的典型现象，与中世纪封建领主的所作所为并无两样。向对岸喷火的恶龙吞食了面前更弱小的族类。离福雷马尔不远的老山煤矿已关门大吉，改变了用途的建筑物就像黑色魔法师的宫堡，在《帕西法尔》剧终的时候，颓然倒塌。远远望去，这个被十九和二十世纪一连五代人的贪欲及缺乏远见所侵蚀的场地，整个还保留着《列日的乐景》雕版画上的模样，甚至也许，那退伍老兵时代的模样，沿着大河和高高的丘陵之间曾有过人烟，其遗迹仍依稀可辨，没有被工业发展所破坏。

近两个世纪以来，人们决定全面使用碳氢物质，在利用这种能源的同时，人们贪婪地滥用了这种物质的威力，走上了一条不能逆转的道路。煤是从人刚会思想的时候算起百万世纪以前枯死的森林变成的；石油是油母页岩分解生成，或由百万亿微小动植物缓慢演化来的。就是这两种物质，使我们原先慢悠悠的历险变成向末日冲刺的疯狂赛马。在这两种危险的燃料中，煤炭首先占了上风。我的故乡里尔地区和与我母亲的两个家庭有联系的两个城市，偶然有了煤，就被糟践得面目全非。福雷马尔城堡当初是“列日的乐景”，那一天呈现在我面前的就是一个样板，证明我们犯了无法弥补的错误。

也是在十八世纪初叶，我的一位远祖，福雷马尔城堡主人的亲戚，生于一六七七年的让-路易·德·卡蒂埃，结了一门亲事，使他来到了埃诺城。他娶的是纪尧姆·比尔甘或者纪尧姆·德·比尔甘的女继承人（墓碑上没有刻“德”字）。比尔甘是桥头马尔西安，山上马尔西安和比乌尔几块领地的领主老爷，开着铁匠铺，还是奉国王旨令管理桑布尔河和默兹河之间所有森林的执法官。从肖像上看，这位有钱人是个美男子，尽管肖像也许美化了他。他戴着浓厚的假发，身披路易十四太平盛世年代流行的锦缎大氅。家里传说他的祖先在他以前就经营锻造铁器的行当，那是一个高贵的职业。其中一位祖先还给查理五世[1]打造过一副胸甲和一把宝剑。这很有可能。这位在根特地方占有领地的查理经常让奥格斯堡给他供应武器，但大概也时不时到荷兰的制造商这里来订购。比尔甘的妻子玛丽-阿涅斯穿着锦缎衣裙，体态稍显丰腴。她出身于自中世纪以来就在埃诺和阿图瓦两地树大根深的家族。巴扬古这个姓氏是兰达斯地方的领主，从罗戴尔时代起，就出现在出资建造教堂的行善名单当中。另外一个年代较近的祖先在那名字后添加了“短脖儿”这个外号，据说是在克里西战场上得来的。那是我们从遥远的百年战争图景中隐约窥见的一摊血肉模糊的泥沼。法国在这里打了败仗，骑兵误把自己的步兵践踏致死。如今对于普通法国人来说，这个地名只不过是一种肉汤的名称罢了。但是，如果到格洛斯特郡的杜克斯伯里修道院，看到参加过克里西战役的休·勒德斯宾塞爵士和参加过普瓦提埃战役的他的儿子爱德华[2]的坟墓，那战争的场面就有声有色，栩栩如生了。石像上的爱德华双手虔诚地合在一起已经有六百年，石头上画着他明亮的黑色眼睛，小胡子兜在锁子甲里，有一种野猫一般残酷的快活神气，那是在封建老爷们的面相上经常见到的。萨谢弗雷尔·西特韦尔说这一形象仿佛“突然被揭开的往昔给了我们一记重击”，真是一语破的。应该想象到，外号“短脖儿”的博杜安·比尔甘就生活在弱肉强食的人中间，应该是膀大腰圆，长着一双蓝眼睛。

继承了比尔甘和短脖儿巴扬古遗产的那个姑娘带来的嫁妆中不仅有大片的领地，还有一座差不多全新的城堡，那是十七世纪在马尔西安建造或者修葺的。按照这家的传说，身兼列日市长和市政顾问的让-路易只不过把这份地产当作临时的落脚地罢了。然而他的后代却在那里安了家，最后还把这地产的名称加在他们的姓氏上。接下来的让-弗朗索瓦-阿尔努娶了宾市首席审判官的女儿，他一辈子的伟大事业就是要弄清楚他能不能受邀请当上里涅亲王的座上客，后者是比利时外省最显赫的人物；还有能不能接到荷兰总督洛林的查理的召唤，去参加在他马理蒙领地上进行的野鸟围猎。在围猎期间，让-弗朗索瓦-阿尔努向年老的上司女伴大献殷勤。那是好好先生查理的情人，外号叫“线团”的默兹夫人。她的到来使马理蒙的

① Charles V（1500—1558），神圣罗马帝国皇帝。

② Hugh Le Despenser（1286—1326），Edward Le Despenser（1310—1342），父子都是英国国王爱德华二世的宠臣。

山水生辉。她每年能得四万里弗尔[1]作为她自己的私房钱，而一个泥瓦匠一年才挣二百。这位好心肠的贵族老爷，只对轻薄浮躁、到处蹭食的人才疾言厉色，自己却忍受着屁股和大腿长满脓疮的痛苦，这是他的日记上揭露的。一七八〇年，腿上的疮让他送了命，所有人都为他痛哭不已。奥地利属荷兰的洛可可时代末期也沾染了当时佛兰德附庸风雅的年轻画师的静物画上黏黏糊糊的回味。他们画的是水果，结着硬皮的鹅肝酱和放在珐琅托盘或土耳其毛垫上的野味尸体。

一七九二年，马尔西安领地的主人是皮埃尔-路易-亚历山大。四十多岁上娶了大概比他小十多岁还带着五个孩子的安娜-玛丽·德·菲利帕尔。迪穆里埃[2]的军队受到瓦尔密战役的鼓舞，越过了边界。城堡位于战略要冲，马上就被占领了。北方军队的特派员圣茹斯特就是在这里起草了他给罗伯斯庇尔的绝大部分报告和信件。年轻特派员的忠义之心大大促进了那些无套裤汉的爱国热忱，于是在这里的平原和河流沿岸又搬演了大规模的历史事件，仍然是法国国王的军队和对手之间来来往往延续了几个世纪的拉锯战。然而共和的思想意识使这次入侵有了新的意义。旧的世界崩溃了，列日的主教塞尔西希姆谨慎起见，离开了城里的公馆，搬到默兹河畔于伊镇一个堡垒去。从巴黎来的消息把那些心里或利益上与旧制度紧密相连的人吓得面色苍白。皮埃尔-路易和安娜-玛丽作为房子被敌人占据的房东，过了两年困顿疲惫的日子。在一个小教堂的夹壁墙里藏着一个神甫，得给他秘密地送去食品，同时把屎尿倒干净，也许

① 法国古时的记账货币单位，相当于法国 1 公斤银子的价值。
② Charles-François Dumouriez（1739—1823），法国将军，曾率领法军在瓦尔密地方与普鲁士军队战斗。

还有人夜里来祈祷。比利时公民德·卡蒂埃大概有许多次冒着危险向法国军官和可怕的特派员告发法国军队打家劫舍。安娜–玛丽大概也有许多事情要做：防备孩子们泄露机密，尽量保护女仆免于法国士兵的骚扰，也许还由唯一的仆人帮着，偷偷地照顾在热马普或是弗洛吕被马刀砍伤的一个叫做凯塞里克的人，让他藏在一个谷仓里。

就像跟我同时代的法国人一样，我从幼年时起就非常崇拜圣茹斯特。我曾经长时间地留连于卡纳瓦莱博物馆，端详这位毁灭天使的画像，那是一个无名氏画家的作品，但像格勒兹[1]笔下的人物一样，有一种温馨的魅力。他美丽的脸庞两旁披拂着鬈发，女人一般的脖子周围，纯净无瑕地围着一大块精致的围巾，在我对罗伯斯庇尔的这位桀骜不驯的朋友的崇拜里，相貌是关键因素。从这时起，我的想法改变了：对他的悲伤怜悯取代了以前的崇拜，他在成功前就速朽了。圣茹斯特十八岁时，是个外省到巴黎来胡闹的普通淘气鬼。他母亲忧心忡忡，要求把他关进皮布斯少年管教所。他就在那里写出了那个世纪最平庸的情色作品《奥尔刚》，整个是拙劣地抄袭了他在中学偷看的全部禁书。二十二岁，他在布雷朗古的住处远远地热情澎湃地跟随着大革命初期的脚步，二十四岁他在精神上变成了“不可腐蚀者[2]的地狱伴侣”，他是给在汹涌的云团中打出雷鸣电闪的阿拉斯的马克西米连[3]提供建议和支持的不朽搭档。他那似是而非和铁面无私的论断让路易十六掉了脑袋，把吉伦特派、丹东派、埃贝尔派成员的头颅推进了断头台下面的柳条筐子。他也干掉了卡米尔·德穆兰，这个巴黎小伙子曾经是他的朋友，但反对他的很多

---

① Jean-Baptiste Greuze（1725—1805），法国画家。
② 即罗伯斯庇尔。
③ 即罗伯斯庇尔。

观点。他是莱茵地区和北方地区的特派员，负责清除怀疑派和温和派，就像他自己说的，他冷酷无情并卓有成效地进行了打击。到了二十六岁，尽管一连三十六个小时等待着死亡，却还保持着高雅的风度，燕尾服和灰色的短裤都整洁笔挺，无懈可击，只不过飘拂的长发剪掉了，耳环也取了下来，白围巾没有了，露出了美丽的脖颈，显得有些凄凉。他在坚韧不屈地等待轮到他上断头台。在他前后的是他的同事，腿脚已不灵的库东①和他的上帝，下巴已被打碎的罗伯斯庇尔。

这些被魔鬼附了身的人一生的命运值得仔细观察。然而着魔并不总意味着天分和超凡脱俗。在这个才能如此之高的小伙子身上，除了宗派主义外，没有任何迹象表示了那个世纪，甚至那十年的开放精神。他的演说里充满了哗众取宠的奇谈怪论，像是给事实穿上了格言的束腰紧身衣似的，再加上他长得漂亮，在文学家的眼里，就成了年轻的天才政治家的理想形象。他所吹嘘的就是我们已经看到甚至觉得恶心的东西，在所谓强权制度下大肆破坏，最终分崩离析。巧妙地维持互相的不信任，这样就可以停留在战争状态，而战争状态又有助于决定采取更极端的措施。这种理念使他恬不知耻地向罗伯斯庇尔提出建议："不要过分地赞扬我们的胜利。"集中化的方式有可能削弱甚至失去制度的敌人，取消社会提供给自己以弥和不公正的小小福利保障，再加上傻瓜白痴总会接受的保险。这些可恶的措施成效显著。在王后玛丽-安托瓦内特被控告期间，这位《奥尔刚》的作者在"普罗旺斯兄弟"吃晚饭时，说了这么一句话：不管怎样，对王后提出的那些肮脏的诉讼有助于"提高民众的道德水

① Georges Couthon（1755—1794），雅各宾独裁和恐怖时期罗伯斯庇尔和圣茹斯特在救国委员会中的同事。

平”。从他年轻的嘴里吐出来的这种虚伪的道德就是革命发出的臭气。粗线条地看过了遥远的普卢塔克[1]笔下共和派人物，也看过马里-约瑟夫·谢尼埃[2]写的那些古典悲剧以及弗洛里昂[3]先生的有关罗马人的小说，显然，他了解理想的人道主义，为了这个，他曾对一个朋友说，他准备“牺牲十万人的头颅，其中也包括自己的”。所有壮年早逝的人，在历史面前总戴着一副青春的面具。谁也不知道某一个政客是不是年轻的满脑子暴力想法和满嘴浮夸言辞的圣茹斯特又重生了。我们并不能很容易地推论他就是那个葡月十三日向圣罗克大路上行军的部队开炮的科西嘉小中尉、制定法典的执政，在蒂尔西特与沙皇会盟并被囚禁在圣赫勒拿岛的那个人。不过波拿巴·拿破仑在他这么大岁数时，尽管不可避免地有些恶迹，但在政治上还可以说是清白的。在拿破仑面前还有他整个的前途；而圣茹斯特却相反，头脑发热时就死了。

这并不是说我们可以否认他的伟大。用比历史还要深刻的神话的观点来看，他像涅墨西斯[4]一样，能杀人，也毁灭了人的化身，而她恰恰是选择了这个化身来完成她的杀戮。他最高的道德就是勇气，这当然不是人类最难得最崇高的品质，但是如果没有勇气，别的一切就要化为一摊烂泥，变成一堆尘土。他这种赌徒般的勇气在公共安全委员会的一个沉重的夏夜表现得淋漓尽致，在那里，他在同事的睽睽目光底下没完没了地起草控告他们的诉状，并且还自吹自擂，却没有一个人敢把他刺死或是用椅子把他砸死。他当特派员

---

① Plutarch（46—119），希腊作家。

② Marie-Joseph Chenier（1764—1811），法国诗人、剧作家、政治家，法国大革命的支持者。

③ Jean-Pierre Claris de Florian（1755—1974），法国小说家、剧作家、诗人。

④ 希腊神话中的复仇女神。

时，冷静地出入于奥地利人的枪林弹雨，这种大无畏的精神一直持续到罗伯斯庇尔派的人在市政府被围捕而分崩离析的时候，一幅表现史实的版画画着他扶着受伤的罗伯斯庇尔，大概是据实描绘。最后一点尤其重要，一个人跟另一个人生死与共的关系永远是高贵的，哪怕是两个相辅相成的疯子之间的生死与共。这个神采飞扬、狂妄傲慢甚至蛮横无理的青年似乎是心甘情愿地在那个吹毛求疵、狐疑不定而又顽固死硬的马克西米连身旁当上了二把手，因为后者受到周围的人尊敬，并且总能激发出一种不屈不挠的精神，这种事看起来也是很美的。

圣茹斯特与马克西米连相识初期，曾给他写信说："您就像上帝一样，我只知道您的优点。"在他们被捕和被处死这短暂而又无穷无尽的间隔期间，圣茹斯特什么也没有说，显然他已没有什么可说的了。他是不是在静默中居高临下地审视着他周围的这一小群人呢？在施行专政的人中间，他们都是突出的典型。臭名昭著的西蒙[①]，以前当过修鞋匠和监狱看守；老实的勒巴斯[②]，他在莱茵军队里的同事自杀未遂，差不多已吓得半死；醉鬼昂里奥[③]，应该为最后的惨败负一部分责任，他已经昏迷了，不知是因为喝多了酒还是受伤过重；库东比任何时候都显得更衰弱，他被士兵们从藏身的大柜子里拉出来时，曾受到粗暴的对待。奥古斯丁·德·罗伯斯庇尔也被处死了，他曾抢过了圣茹斯特忠诚的棕榈枝然后从容自如地跟他的兄弟一起被杀死。还有另外十五个没有台词的角色，他们是被那些主角拉到这里，糊里糊涂地结束了生命。"您就像上帝，我只知道您的优点……"他是不是曾对马克西米连产生过怀疑，重新评判

① Antoine Simon（1736—1794），法国大革命期间曾看守路易十七。
② Philippe-François-Joseph Le Bas（1764—1794），法国大革命期间加莱海峡省议员。
③ François Hanriot（1761—1794），法国大革命期间担任师长。

他这个被推倒在地的偶像？直到这模糊不清的弥塞亚的末日都仍是圣约翰，看到他歪歪斜斜地躺在他统治全法国的公共安全委员会的办公桌上，笨拙地把纸团塞到嘴里，擦出来血块和被打掉的牙，他是不是感到了痛苦？他是不是留恋这个他曾尝到过欢乐的世界？而在这个世界中，他的野心和个人观点有朝一日会让他反对至死不渝的朋友？圣茹斯特在某个地方曾经写过，说只有死亡才是真正共和派的栖身之地，这句夸张的话并不能对我们掩饰他面对自己死亡的那种紧张情绪。他没有让自己成为例外，用这种他喜爱的血腥的办法一了百了，这血的气味使他更接近萨德，而不是罗伯斯庇尔。我们仿佛可以想象到他在那群可怜巴巴的人中间，从高喊革命口号的夸夸其谈里生出对他人的蔑视，他冷静地施展勇气，一个又一个地抵拒住让他不能坚持到底的想法和冲动。

当然，在想入非非爱编小说的年龄，我或许很高兴想象着在英俊的圣茹斯特与我的外高祖母安娜-玛丽之间有点温存的感情，但保持体统的起码教养就让我不能多想，倒不是因为如今我十分容易地接受了圣茹斯特始终保持贞操的传说，无论在任何时候这对于一个理想主义左派都是重要的。一旦成为寻欢作乐的老手，就不那么容易戒除掉。这位年轻的革命领袖在动荡不定的生活中，很可能时常发泄他肉欲的冲动，就像他设法过一把骑马的瘾似的。但即便是安娜-玛丽的眼睛在乡下人看起来相当漂亮，一个荷兰奥地利的前贵族妇女不大可能引起他的激情，正像儿女绕膝的少妇也不太会勾起当时一个淫棍的欲火。另一方面，在安娜-玛丽看来，那漂亮的三色绶带沾满了鲜血，就像当丑陋狱卒拉着桶到圣奥诺雷街的肉铺去装满水来冲洗罗伯斯庇尔的尸身时，他在囚车里的模样。如果我的外高祖母有意欺骗她的皮埃尔-路易，那该是跟一个穿白制服的军官。不过在马尔西安城堡，圣茹斯特比我那些面目模糊的先祖跟我的距离更近。我愿意想象他骑着从公民德·卡蒂埃手里征用来的骏马飞腾奔驰，挥洒着他无尽的青春精力，就好像热月九日的早晨，经过失眠的一夜，他在布洛涅森林公园纵马驰骋一样。他口袋里装着折叠起来的讲演稿，要在演说中孤注一掷，他只往好的方面想，没有想到将来他也许会身首异处，埋在艾兰西斯的公墓里。

动乱的年代结束以后，安娜-玛丽又恢复了中断已久的生育。这个停顿让我估计皮埃尔-路易早就让他的夫人离开了被占领的城堡，以前我想象的有关我外高祖母在那些无套裤汉中间生活的情况纯粹是我自己的杜撰。不管怎样，她已经有五个孩子了，后来又添了四个。其中一个叫约瑟夫-吉斯兰，生于一七九九年，就是我的外曾祖父。他的长子，就是我的外祖父，在一八五五年终于离开了马尔西安领地，但他续弦生的几个孩子仍旧留在那里，他们的后代一直到第二次世界大战结束时还住在那儿。

我小的时候，曾经有一次到马尔西安城堡去观光，只记得那里的花坛和吱吱叫的孔雀。一九二九年到比利时逗留稍长的时间，我又到那里去了一次，自那以后，再也没有回去过。那时我与我母亲的娘家又有了联系，而这一切对于我都只不过是个传说。我的舅姥姥路易丝热情地接待了我，还稍许带着些拘谨，那是当时有教养的英国女人的特点。路易丝·布朗·奥米拉生在伦敦，是纯粹或者部分爱尔兰人的后裔。喜欢她的人说她出自名门，心怀不善的人也不否认第一种说法，但断定我的舅姥爷埃米尔-保尔-吉斯兰是在布赖顿遇见了路易丝并且娶了她，那时候，她只不过是个年轻的家庭女教师。有些暧昧不清的说法，论及他们第一个孩子出生的日期，但户口登记驳斥了这些恶意的传闻，不然就是根据需要作了完全不正确的更改。有一位天真的家谱作者说：“一个正派严肃的男人娶了一个他钟爱的女人”，也同样远远地不符事实。这传奇性结合的头几年是在荷兰的一处宅邸中度过的，这房子属于埃米尔。他暂时远离他的家人，从那里给他一个有点厌恶女人的表兄弟奥克塔夫·皮尔麦茨寄了许多信，夸示他夫妻间和美的生活。

他的儿子埃米尔在交易所工作，天性就是个保守主义者，都用不着用政治原则去支持保守主义。他本是老礼宾司的官员，是个浸透了华盛顿上流社会趣味的交际场上的人物，在华盛顿曾有过两次风光体面的婚姻，但两位夫人都没有孩子。我这样说仿佛是在描绘一个诺尔布瓦①式的人物，其实，这个混有爱尔兰血统的瓦隆人自有一种生活趣味，是普鲁斯特笔下那彬彬有礼的外交官所缺少的。他喜欢漂亮姑娘、美味佳肴和高雅的绘画。由于有佳肴和绘画，从一九四〇到一九四五年，他在伦敦的宅邸成了流亡中比利时政府要员温馨的避难处。他性格有些沉闷，至少并不热衷家庭聚会。他像那些只管自己欢乐的男人一样，有些怪癖。义和团运动之后，他马上当了驻中国的公使。当慈禧的政府同意出资修复被损毁的公使宅邸时，他获准按照马尔西安城堡的样式修建，不仅是图样，连砖和石板都从比利时用编着号码的包裹寄去。这个奇特的建筑如今仍然存在，据说在中国政府收回它的所有权之前，由比利时暂时租给了缅甸大使。这个稀罕建筑的内部相当现代化。埃米尔·德·卡·德·马发出了请帖，居然请到了两位有皇家血统的年轻公主出席晚宴，直到那时两位公主从来没有出过紫禁城。喝咖啡的

① Norpois，普鲁斯特《追忆逝水年华》里的人物。

时候这些身份高贵的人物欠身告退，而且很长时间不回来，引起了不安。大家开始找她们：原来她们没完没了地拉最讲究的马桶水箱，小小瀑布的哗哗流水应和着她们清脆的笑声。这次晚宴是我埃米尔舅舅一次社交上的胜利。

将近一九五〇年，这个阅历如此丰富的人死于伦敦，作为高级外交人员，享受到豪华的丧礼，让人印象深刻。这一方面是对走向消亡的一类人表示敬意，同时也显示了他长久以来所代表的被两次大战蹂躏的国家荣誉。我从他的一个同事那里得知，他逝世以前的几个月，曾感到非常悲哀后悔，仿佛他的一生只不过是个官方的木偶，一个衣着华丽的幽灵，由外交部牵着线，在布景前扮演着皮影戏，而那布景刹那之间就不复存在。这种懊悔心情本身就证明了他的确不止于此。

他的弟弟阿诺尔德从来就没有任何雄心壮志，只是漫不经心地经营着马尔西安和在荷兰其他地方拥有的地产，倒是个可爱的上流社会人士。他跟他这个圈子里的一个颇具眼光的女人分了手。他们的儿子让，比我小几岁，他对野生动物的兴趣很招我喜欢。他驯养了一只狐狸，总紧紧地牵着。狐狸的脖子上有个蓝色天鹅绒的项圈，长着一对聪明的眼睛，蓬蓬松松的毛皮，颜色像秋天的枫叶，很驯服地跟着他，但仍保留着迂回前进又忽而飞奔的习惯，就像人们拉着绳子训练的小狗常有的步态。

一九〇七年版的《贝德克尔[①]手册》对游客保证说马尔西安城堡的藏画值得一看，但是一九二九年这些藏画已经不在城堡里了，我估计是在装饰着埃米尔的公使馆。一种库尔贝式的、很有浪漫气息的现实主义巨幅家庭成员肖像，挂在第二帝国风格的客厅墙壁上。

---

① 德国出版社，以收集和出版旅游作品而著名。

拿着手杖的先生们在林间小路里散步，身着猎装的女士优雅地依靠在她们的马匹身旁。十八世纪布鲁日的主教，一个叫做巴扬古-古尔克的人，在一个角落里留下了革命前旧时代的一本笔记。路易丝舅姥姥把一个装满细密画的纸盒子放在我的膝盖上。我被一位少妇的形象吸引住了：她穿着一袭白纱裙，身材娇小，脸色白得像葡萄牙女人或巴西女人，黑色的鬈发笼在一顶白色透明的软帽里。背面写着画中人的名字，墨水已褪色了：玛丽亚·德·里丝贝亚。关于这个人我的舅姥姥一无所知，只知道她不属于我的直系长辈，似乎出自某一位长辈的二房夫人。我之所以在这里提起，是因为我有时候很想把她的名字和她的相貌放在我的一部小说或者一首诗里。

路易丝舅姥姥把茶端到露台上，精致考究的派头让我想起了英国。儿时看到的几只孔雀和玫瑰花丛宛然仍在。在这里，我不再提有关福雷马尔的话头，肮脏的天空，被污染的土地和水，我们的祖先还诚心诚意地以为那是进步，我们不能再以此为借口。不管怎样，大福雷马尔的命运也威胁着马尔西安城堡。在池塘的另一边，在已被逼缩得狭窄的花园旁，工厂的烟囱吐出浓烟，算是给工业强权的祭品。工厂创办人分得的红利大概装满了埃米尔和阿诺尔德的钱包。路易丝舅姥姥在倒茶之前，小心翼翼地用绣花手帕的一角擦了一下细瓷茶杯，那里刚刚落下了几粒黑屑。

一九五六年，我把马尔西安城堡写在我到比利时要再一次观光的名单上。花园已变成了公园，我觉得比以前窄小了些，但仍然还看得出记忆中的浮华张扬。公园维护得很好，带有冷静的行政味道。那个不再有人居住的城堡得到了能够有的最好的命运。不久以前成了社区的图书馆，底层的几间房却像市政府经管的公共场地那样，有些小家小气，卡片箱和摆着贴有标签书籍的书架放在这里也许比第二帝国式的美丽家具更为和谐。我再也没有看见当年金碧辉煌的中式暖阁，也没有看到那个小教堂，从前曾经让舅姥爷带我看教堂里牧师的藏身地，为此还挪开了沿墙排列的从坟上起下来的墓石。圆雕或浮雕的墓主石像如今都存放在教区的教堂里，与其他一些仍旧镶在底座上的年代更近的文物在一起。我看到了纪尧姆·比尔甘及其遗孀的墓，后者的娘家正是短脖儿巴扬古，在黑色的底座上装饰着列柱和白色的骨灰罐，显示出十八世纪那种干巴巴的优雅来。有几块石版画平躺在那里，有的是十五世纪初那庄严肃穆的风格，另外一些是后期饰有花朵的哥特式或模仿哥特式的文艺复兴风格。太太小姐的脚边蜷卧着小狗，让这些残骸遗像也显得温馨可爱。一位叫做伊德·德·卡的女士墓碑上的铭文告诉我，这墓是属于福雷马尔那个古老的小教堂的，但我在纹章学方面的知识实在过于浅薄，说不清楚这些横幅和锈蚀的古币有什么名堂。

一位上了年纪的妇人到图书馆来还书，她认识我，或者听说过我的名字。原来是路易丝舅姥姥当年的贴身使女。从她那里我了解到了这一家最后的差不多全部情况。舅姥姥她老人家在战前就死了。有几个心怀不善的人幸灾乐祸，曾告诉我一些消息，描述那个爱尔兰女人暮年下世的光景，在这里我就不说了。据说路易丝舅姥姥思乡心切，恋上了家乡的威士忌。她一直由阿诺尔德和让两人照顾，两人不在以后的其余时间，几个年老的使女伺候她，使女把医生不允许买的酒都截留下来。舅姥姥就改用比较保险的代用品：薄荷香草烧酒。传说在她的房间里，找出了不计其数的空酒瓶子。跟我说话的这个老妇人当然愤慨地驳斥了这些传言。即使这些传言都是真的，那也一定是个又愚蠢又刻薄的人才能这样糟践一个老女人，她已感到日薄西山，只用尽自己所能振作精神，即使她选用的办法从医学上来说不是最好的。薄荷烧酒，凉得像刀刃一样；黑色的香草精以及苦涩的威士忌，在我的这三座城堡中最阴暗烦人的一处，变成了抵御死亡的符咒，然而像任何符咒一样，一点效用也没有。

给我提供消息的老女仆跟我一起坐在花园的板凳上，继续她的叙述，然而她要说的话也不多。一九四〇年让老爷离开了外交部门转到皇家空军，这部分力量间接由比利时爱国人士控制，那时国家在中立主义和参加战争两派之间不能统一。后来他参加了一个抵抗组织，一九四四年被一颗流弹打死了。他年幼的女儿还活了下来。后来我才知道这个女儿在我跟老仆谈话后不久就结了婚，过了不久又突遭车祸死了。如果我的埃米尔舅舅在死前没有从远亲那里过继了后人，那么随着让的过世，他这一支和他的姓氏就会湮没无存。所幸这个姓氏仍然存在。

阿诺尔德死前不久，已相当穷愁潦倒，又回去跟让的母亲一起生活。让的母亲曾断断续续当过职业的预言家，居孀以后又重操旧业。有人告诉我说看见过流传的小传单，传单的左下角标明她接受咨询的时间。最后这个细节是在比利时一个大城市的招待会上由一个“时髦”的文学青年告诉我的。这个结局引得大家一阵哄笑。而我自思自忖，那位从爱尔兰来的女预言家是不是在那几年曾经在马尔西安的城堡墙根底下哭泣过。我很怜悯这位老母亲，她的命运像所有的预言家一样，明知悲惨的未来，但却没有能力去阻止。

我的外曾祖父约瑟夫-吉斯兰于一八二四年二十五岁时，从尼德兰的威廉一世手里接受了贵族的封号。维也纳会议把比利时交给这位威廉一世托管，来抵御法国方面从古到今的觊觎。有不少比利时人认为在社会制度变动频繁的时代，采取这个措施是必要的。六年以后，一八三〇年的革命使比利时脱离了尼德兰的托管，我们发现约瑟夫-吉斯兰当上了民团的上校甚至兼任马尔西安地方的行政长官。他结过两次婚，活到四十来岁死在马尔西安，这里只说他的第一次婚姻。在多事的一八三〇年初，他在离那慕尔不远的苏阿雷镇的波维里城堡娶了一位继承了大宗财产的富家小姐，弗洛尔·德里雍。这位太太死得很早，却生下了我的外祖父阿尔蒂尔。

直到近期，我才略微调查了一些德里雍家的历史。那是个半贵族半资产者的富裕家庭，当地的豪门缙绅。目前这家的代表对我说："我们这一支缺少能打仗的男人。"他是个要笔杆的。然而这一家却出过四五个上尉或是掌旗官，都在西班牙服役。还有一个叫雷克莱的，是教皇克雷芒十一世派到中国去的特使，由于他穿着这身衣服，在中国礼仪之争中，当然得站在方济各修会这一边，据说耶稣会的人唆使凶手把他暗杀了。一六九二年，路易十四煊赫张扬地到那慕尔来出巡，当时的德里雍家曾有幸迎接圣驾在吉里的宅邸歇息了一宿。布瓦洛[①]曾卑躬屈节地歌颂过这次盛事。那个时候，激烈的民族主义时期还没有开始，这位查理二世的优秀子民觉得尊敬有礼地接待一位敌国的君主是自然不过的事。法国国王大概不耐烦外省宾客的陪伴，要求只让居停主人的直系亲属列席御前晚宴。当他步入宴会厅时，却瞧见了一大堆人，城堡主人对他说："陛下，这里的都是我的儿子女儿和孙子孙女。"他的孙子阿德里安，又是一个子孙满堂的家长，更是出类拔萃，因为他是比利时的沙勒罗瓦城里六个炙手可热的大官人之一，他们曾受到勒索，在两个钟头之内，向一七九三年占领了该城的雅各宾党支付了一万里弗尔的现金。这差不多跟上断头台一样让人痛苦。

传说这个家族的一个人在滑铁卢战役的前夜曾请法国元帅米歇尔·内伊吃过饭。有一个小女孩那一晚坐在宴会桌的一边，她一辈子都回忆得起大汗淋漓的信使骑在筋疲力尽的马上，把拿破仑十万火急的信件送交给元帅。如今有个德里雍家的人像史家那么精密审慎，特别指出那时拿破仑觉得胜券在握，根本没有必要三番五次地给内伊传达命令。而我倒信任孩子的记性，我认为皇帝即使对第二天的战役满有把握，也还会给元帅传达个把指令，这是他的习惯。我们这个时代另外还有一个德里雍先生就不那么博学多闻，他觉得他祖先醇酒的香气熏得内伊直到打仗那天也昏昏沉沉。这些野史自有其价值，可以让我们感觉到，每一个家庭都跟这个国家一个世纪接一个世纪接连不断的战火交织在一起。

这些古老的谱系无论是公开承认还是心照不宣，几乎都与婚姻的安排谋略有关系。野心勃勃的人尽可能地娶社会地位比自己高的

① Nicolas Boileau（1636—1711），法国诗人、文学评论家。

女人为妻，这样有利于后代的高升。另外一些例如卡蒂埃家的人，就在一个极狭小的圈子里选择对象，也在这个圈子里划分大小不同的谱系。德里雍的儿子们似乎更多地寻找资产阶级或者乡下土财主的小姐，不过当然都有丰厚的嫁妆，也许还出自红火健壮的血统，能带来某些平民百姓的生命力。无论如何，这个家族的长寿与卡蒂埃家的相对早夭是个强烈的对比。通过皮埃尔·乔治和玛格丽特·德尔波尔的女儿玛丽或尼古拉·蒂博和伊莎贝尔·迈特皮埃尔的女儿玛丽–卡特琳娜，通过巴尔贝·勒维尔吉和让娜·马苏尔，我仿佛看到了一个乡野气息浓郁的埃诺。

在这个环境中，经常有人对文学或科学感兴趣，据说，也经常有些独立的思想："皮尔麦茨家的一切坏习惯都来自德里雍家。"在一次打猎的时候，皮尔麦茨家的一个成员对德里雍家的人曾经这么说过，显然，两家并不和睦。如果说对于文学和艺术的爱好会带来危险，那未免有些夸大。我的高舅姥姥伊雷内·德里雍一生有名地严格执拗坚持原则，她膝下的两个儿子，奥克塔夫·皮尔麦茨写小说，他的兄弟费尔南又叫雷莫，一辈子都是个激进主义者，也在一个传统的家庭里作为一个激进主义者而死。我们在奥克塔夫和雷莫父系家族的后代中还可以找到具有启蒙开放思想的优秀人物，甚至有几个不安分的人喜好印度的佛经和斯维登堡①的学说。

有个叫费迪南·德里雍的，开着几爿玻璃店、制钉场和榨油作坊，一八二九年快到六十岁才在他苏阿雷的宅邸里寿终正寝，妻子是在十五年前去世的。这位慈祥的父亲死前不久亲自把他的钻石分给他由十七岁到二十二岁的四个女儿。有位罗博莱斯夫人是死者的姐姐，先后嫁过三个法国人，她最后一次嫁人的时候已年过六十，

① Emanuel Swedenborg（1688—1772），瑞典科学家、神秘主义者、哲学家、神学家。

第三任丈夫才二十五岁，这老太太是年轻姑娘们的良师益友。她显然很有情趣，把她的几个侄女送到布鲁塞尔的马尔尼斯大楼去受教育，那里成立了一所女子寄宿学校，专收被大革命从巴黎赶出来的年轻女子。虔诚的女教师差不多都出身于革命前的贵族家庭，许多人的父母还是在绞架上被处死的。她们向姑娘们仔细传授了旧时代那些高雅的礼仪。德里雍家的几位小姐人人艳羡，她们每人都有几处煤窑作嫁妆。苏阿雷的那个秋天和冬初，四位小姐在罗博莱斯夫人的呵护下生活，人们不断谈论着她们的珠宝首饰。爸爸已经在十月份去世了，她们向裁缝定做的不仅是丧服，还有结婚的礼服和去当宫廷女官的朝服。刚到二月，弗洛尔就在苏阿雷嫁给了约瑟夫-吉斯兰·德·卡·德·马。六月，她肯定参加了她姐姐阿梅丽的结婚舞会。阿梅丽跟当过威廉国王御前侍卫的维克多·皮尔麦茨喜结连理，他是当地一个大财主的儿子。第二年的四月份，伊雷内也结婚了。她嫁了她姐夫的弟弟邦雅曼·皮尔麦茨，于是也就有条件进入了比利时的文学史。这倒不是因为她后来署名发表了几篇散文，而是因为她的两个儿子。这一次，弗洛尔没有参加结婚舞会，四天以前，她在马尔西安生下了她的儿子阿尔蒂尔，后来就是我的外祖父。弗洛尔三天以后就死了，伊雷内正在巴黎作蜜月旅行，当天晚上做了个噩梦，梦见了这个结局。

接下来的秋天，十一月份，佐埃刚刚过了为姐姐服丧六个月的期限，就嫁给了一个年轻的治安法官，路易·特鲁瓦，他是荷兰国务会议的议员夏尔-斯塔尼斯拉斯的儿子，他本人在仕途上也会有灿烂的前程。从一八四九年到一八七〇年担任埃诺的总督。二十多年以后，佐埃夫妇的几个女儿中有一个叫玛蒂尔德，嫁给了她的姨表兄阿尔蒂尔，这样一来，在我的曾外祖母一辈中，有德里雍家的两姊妹。

一八五六年的春夏之交，阿尔蒂尔似乎是在蒙斯跟他的岳父特鲁瓦总督住了几个月之后，终于带着太太玛蒂尔德和他们头生的女儿小伊萨贝尔到苏阿雷安家。玛蒂尔德又怀孕了，十一月份她在苏阿雷产下一个男孩，取名费尔迪南，但幼年就夭折了。按照我儿时仍旧流行的风俗习惯，阿尔蒂尔先生和玛蒂尔德太太在一个装饰着青枝绿叶的拱门和表示欢迎的横幅底下穿过家里的栅栏门。一九一〇年左右在佛兰德法语区，即使才离家三个月也至少要有这么个仪式。阿尔蒂尔是个纨绔子弟，如今还有这个时期的一幅华丽的肖像，他身穿大礼服，打着质地贵重的领结。与他相对的是面容清瘦的玛蒂尔德，穿着撑开的曳地长裙和大袒胸的礼服，然而这画像并不能告诉我们更多的东西。更晚一些时候画了一幅玛蒂尔德的很优秀的肖像，不那么奢华富丽，表现出了一位面色白里透红的可爱少妇，长着浓密的微显红光的金色秀发，可以看到被我变卖掉的箍发的镯子。她一脸笑容，又有些调皮。那天晚上，这对年轻夫妇大概很早就向他们的房间走去，尽管还不到季节，房里早就生了火，以抵御长期无人居住的阴冷气息。阿尔蒂尔从他母亲弗洛尔手里继承了苏阿雷的城堡，大概弗洛尔办完婚礼以后就不住在这里，她逝世以后也从来没有人在这儿住。搬家时的气氛往往像要举行野餐一样，仆役们大概用了许多时间才打开装着帽子的纸盒以及装着卧具和方便食品的箱笼包袱。小伊萨贝尔睡得正熟。阿尔蒂尔先生在苏阿雷生活了差不多三十四年，搬来以后的第十七年，玛蒂尔德生了她的第十个孩子，产后过了十四个月就死在这里。

苏阿雷，或者说我的外祖父母在那里生活了一辈子的博维里城堡，四分之三世纪以前就不存在了。从一张褪了色的照片上我可以看到住宅的主体，两边的小角楼和排成直角的下房。从保存到如今的纪念物里，可以发现阿尔蒂尔和玛蒂尔德给这所宅子添置了一大批流行的家具。黄檀木的屏风和红木的桌椅都带着繁复的镂空雕饰。但是，这古老的宅邸还存留着让人惊异的东西。十五年以前，我踏上这别墅的水泥楼梯，风格已完全像个海滨浴场，不再有当年绅士宅邸的景象，房东的女儿来接待我，那是个可爱的人儿，哀叹着十九世纪末的俗气。她在一个相册里找到了老房鼎盛时期的照片，就是要拆房前拍的。厚实的木材让人想起天主教堂的房梁。城堡遗留下来的椽檩像大树枝条般纵横交错，底下有中世纪的猪群在漫步。当年阿尔蒂尔先生和玛蒂尔德太太的孩子们，以及在他们以前的德里雍家的小孩们，穿着缀有花边的长裤，也一定在这里玩耍过。下雨天，他们玩藏猫猫，彼此吓唬，假装在树林里迷了路，他们的叫声与小鸟的鸣啭相互应答着。我把相片簿还给那小姐，跟她一起对这么美丽的房屋被拆毁了表示惋惜。

让我们尽力回忆一下一八五六年到一八七三年这所房子的情况。不仅是要取得经验，这经验永远有效，可以说还占据着过去的某一个角落；更重要的是想从穿着大礼服的先生和身系曳地长裙的太太那里，探索到我们仍然感觉到其后果的那错综复杂的原因，在我们的眼里，他们只不过是那个时代人类的样品，我们要从他们身上找出与我们不同的或尽管表面不尽然其实与我们相似的特征。首先，他们像庇护九世教皇长期治下死心塌地的信众一样，都是优秀的天主教徒，在这个国家里盛行着耶稣会的虔诚和洛可可风，它们的特点就是遵奉死硬的教条，同时又追求反对宗教改革的几乎是世俗的舒适惬意。他们常看的报纸是带有天主教色彩的。圣诞前四周的将临期、四旬斋、圣诞节、复活节、诸圣瞻礼节和诸灵节与四季的循环以及家庭的婚丧庆吊，共同构成生活中的节律。上午做早祷，下午做晚课，晚上还要到村里的教堂去参加瞻礼。梳洗打扮得齐齐楚楚到教堂去，占了每个星期日的大部分时间，除非是宣布在那慕尔要举行大规模的宗教音乐集会。对于有产阶级来说，这种天主教的思想意识，还没有完全成为团结的信号和后来的进攻武器。然而，当天主教徒，就是当保守主义者，这两个词密不可分。在这些人身上，毕恭毕敬地完成宗教义务源自对惯有体制的尊敬，然而又渗入了某些冷漠和一种小心翼翼或者模模糊糊的怀疑态度。死亡的时候自然应当在圣教廷的圣母面前虔诚地忏悔，家里人听得清清楚楚，讣告上也写得明明白白，即便是意外暴卒来不及找神甫或是发生了极为例外的丑闻，死者拒绝接受临终的圣事。众所周知，女人总是特别容易接受祈祷所给予的温暖。

他们的宗教教育和神学知识都处在极低的水平，对于宗教的了解并不完全来自教士，更多的出自神秘主义的冲动。阿尔蒂尔先生和玛蒂尔德太太也许从来没有和一个新教徒或者犹太人打过交道，这是他们怀着不信任远远眺望到的人。对于具有自由思想的人也是如此，他们以为那些人比无神论者更为粗俗。人们猜想，完全没有信仰的人是不可想象的，这样的人假充好汉，在死亡面前就会后悔了。他们不大读福音书，只糊里糊涂地在祭坛底下听过其中的零星段落。淡而无味的、诱导无限崇拜的书籍却汗牛充栋，几乎成了玛蒂尔德唯一的精神食粮。人们时常谈论好心的上帝，却很少论及作为神的上帝。这个好心的上帝包括对于儿时房间的记忆，最初家庭的轨迹，上帝就像家长那样掌握着儿子的生死大权，当他打雷时，就是在威胁警告，他照顾善良的人，责罚凶恶的人。但往日里的经历也证明了相反的情况：家里遭受了大灾小祸，全都是上帝的意志。上帝按照他的愿望创造了世界，打消了这些资产者基督徒推动任何社会进步和改革的意图。在孩子们的眼里，上帝是介于民间故事和神话之间的人物，跟穿着宽袖长袍，戴着教皇的三重冠，长着一部大胡子的圣尼古拉①没有什么区别。如果他们很乖，这上帝就会在十二月六日给他们带来糖果。

大家只看到耶稣基督的两种面貌：在马厩里的可爱婴儿和银质或象牙的基督受难像，但那上面没有一点中世纪受难像上那种摄人心魄的痛苦迹象。耶稣是干干净净地接受了酷刑，没有淋漓的鲜血，没有临终的痉挛。大家都知道他是为了拯救世界而死的，但只有几个具有沉思天分并且出奇虔诚的信徒，或者被听忏悔的神甫仔细引导的人，才能努力体会到基督牺牲自己的悲剧意义。人们不断地提醒孩子，每人都有个守护的天使护卫着他的睡眠，孩子调皮捣蛋，守护天使就要谴责，万一小男孩儿犯了手淫的罪，天使就哭泣了。但这洁白光辉的形象随着乳牙、围嘴儿和小学生的护巾一起消失了。而成年人再也不会想到在他们的身旁还有个沉默无言但比他们自己更纯洁的天使关注着他们。玛蒂尔德的孩子们大概的确是小天使，他们昙花一现又消失了，但如果她诚心诚意地以为孩子们会在天上保护她，从而得到安慰，那她准是个疯子。纯洁的圣母是最

---

① Saint Nicholas，四世纪时米拉主教。在北欧传说中，他是圣诞老人。

慈悲的，在天上的神灵中人们更多地是对她呼吁。在那几年里，人们对她的无玷受孕谈得很多，但百分之九十九的信徒都不再去论证马利亚在生理上是不是还有童贞，明智的教士也不再枉费唇舌去解释这只意味着圣母决没有生活本身固有的外来或内部的恶，并无其他含意。久而久之，心怀好意但不知趣的人和死抠字眼的白痴改变了这微言大义的内涵，就好像怀疑论者和开玩笑的人谈论起别的问题时那样。有些家庭很愿意把他们的女儿献给上帝①（并不是每个女儿都嫁得出去），但是如果让一个儿子进教会当神职人员，大家就会感到是个重大的牺牲。在小人物看来，家里出了个教士，是在精神上有了优势，也带来社会地位的上升。在神学院的学生中，农民的儿子比财主的儿子比例大得多。村子里的本堂神甫的社会地位勉强比医生高一点，有的时候连医生都不如。每个星期日，人们按时请他吃晚饭，人们是通过他的手来接纳上帝，但总带着某些纡尊降贵的意味，说到底，他爸爸也是他这么个社会地位的人。

但真正的神灵是人们日日夜夜发自内心去崇拜的，不这样自己就觉得不行，人们不可能触犯这种神灵的律法，这样的神灵甚至也用不着人们去信仰或崇拜。真正的神灵是掌管钱柜的神祇普路托斯②；罗马人信奉的守护地界的戴尔默大神；酩酊大醉的普里阿普斯③，新娘子秘密崇拜的神灵，他的职权在于让一切行动都合理；护卫产房的鲁西娜女神④，最后，说得尽量远一些，然而在服丧期间和承继的系统之内无处不在的送终女神，专管丧葬的利比提娜。玛蒂尔德太太是鲁西娜的婢女。您想一想，在这个多子女

① 指让女儿去当修女。
② Plutus，希腊神话中的财神。阿里斯托芬在他的喜剧《财神》中曾把普路托斯描写成个瞎子，说明世上财富分配的不公。
③ Priapus，酒神狄俄尼索斯的儿子，男性生殖力之神，也是果园、酿酒和牧羊的保护神。
④ Lucina，宙斯的配偶，赫拉的别名，保护婚姻的女神，也是产妇的保护神。

的家庭里，在正常分娩中又加上好几次流产，在那个时期，产后的谢神感恩意味着长长的六个星期休息（只有农妇才在分娩几天之后马上开始干活，这证明当时平民百姓中的女人是很结实的）。在十八年的婚姻生活中，有十多年玛蒂尔德太太在侍奉这位繁衍生殖的女神。十年的时间她一天天地数着日子，自问是不是“怀上了”，要忍受怀孕这小小的不便，而当时她在俄国的同代人、《安娜·卡列尼娜》中的杜丽[①]觉得怀孕比生孩子还要难受。前面的孩子无论是死是活，她要用他们穿过的旧衣服来为新生儿准备襁褓衣物，更为隐蔽的一件事就是在一个抽屉里放好她自己死后的穿戴装裹，惴惴地别上遗嘱，防备着这次分娩时上帝把她召回去。考验结束后，她又重新等待着看到“某些迹象”，怀着恐惧或者渴望，也许两者都有的心情期望夫妻重新亲密结合，这样又把她拉到一次新循环的开始。创造世界的那股力量把这个穿镶边长裙打小阳伞的妇人紧紧地攥住，直到把她榨干了才放开她。

十九世纪的卧房也是个神秘的洞穴。夜里点着蜡烛或者油灯，那摇曳的火苗像生活本身一样飘忽不定，但照不亮我们的智慧尚且解释不清的那些未知的幽暗角落。从糊着罗纱遮着天鹅绒帘子的窗户里，只能透进来星星点点的天光，却吹不进一丝清风和夜气。英国人习惯夜里把窗户开着，这里认为是有碍健康的，也许在这个潮湿的地区，对于易得气管炎的人来说，的确对健康不利。阿尔蒂尔和玛蒂尔德在他们那天花板很高的卧房里，紧闭着门窗睡觉，就像他们睡在矮小的茅屋里的祖先一样。房间里塞满了现在和过去的生活用品：真正的羊毛，真正的蚕丝，安乐椅里垫着鬃毛，人的屁股坐上去很有弹性。在便盆或便桶里装着女仆们用隐讳的说法称之

① Polly，托尔斯泰的小说《安娜·卡列尼娜》中的人物，是安娜的嫂子。

为“水”的东西。皮肤的分泌物和碎屑，肥皂里的动物脂肪在上面浮着或贴在壁上。带颜色的或无色的，清亮或浑浊的尿液在桃花心木的床头柜隐蔽处一直放到清早；小桌子上供着插有橙花的花瓶；一些小物件，戒指上镶嵌着的幼年时掉下的牙，圆牌似的小盒子里装着的几缕卷发，都留在首饰盒里过夜。小摆设、礼品、“纪念品”堆放在架子上，具体地说明了过去生活的片段。干枯的花，从瑞士买来的时而下一场大雪的镇纸，一个夏日在奥斯坦德海岸拣来的贝壳，据说那里的海涛仍然在奔腾咆哮。瓶子里装着净水，劈好的木柴准备晚上生火，这都是生活的必备物品。在圣水盆里有水和祝圣的黄杨枝。大家都知道，那个圆肚的五斗橱，上面铺着一块白桌布，将在临终的敷油圣事上当作祭坛用。床边围着精致的栏杆，沾染过新婚之夜破苞的鲜血、分娩的恶露和临终的汗渍。新婚旅行是近几年时兴起来的。到医院里生孩子、死在医院或疗养院里也是以后才有的风气。无怪乎这充满杂物的房间很容易产生幽灵鬼魅。人们在这里做爱，在这里做梦，神游物外，到另一个甚至连配偶都进不去的世界。人们在这里祈祷，已死去的先人从古老的照片上看着他们。吵架的日子里，厚重的帘幕挡住了唇枪舌剑的争论声。当然，阿尔蒂尔和玛蒂尔德跟我们一样，并不对他们房间里的成分多做分析。我们的卧室对我们来说只是个睡觉的处所，外面的嘈杂和收音机的噪音可以传进来，摆着金属的、合成纤维或胶合板的家具，跟海滩上、公园里或汽车座椅上的爱情作着竞争。然而，这对夫妇模模糊糊地感到这个退居之地有些庄严意味，孩子们从来不进他们的卧室，这里从来不接待客人，除非是缠绵病榻的严重时刻。如果把没有整理好的床铺让人看见，那就是疏忽失礼，甚至有些淫秽下流。

看样子玛蒂尔德夫人不是个不崇尚爱情的人。她爱她的阿尔蒂尔吗？这就不完全是一回事了。也许她从来没有向自己提出过这个问题。她是带着热情、清白纯洁的感官享受，作为妻子的正当快乐，带着隐忍、厌恶和疲倦，有时是对天长日久的习惯已无所谓的态度来接受阿尔蒂尔？大概在十年共同度过的夜晚中，她一一经历过这些心境。无论如何，玛蒂尔德如果感到嫌弃或恐惧，她支支吾吾找不到任何援助。她支支吾吾去请教神甫，神甫教导她说，这是自然的规律，是上帝的意志，或者说这两个原因都存在。有人甚至肯定地对她说，遏制情欲就会有其他的结果。她慈爱的母亲佐埃为她心疼的小女儿生孩子过于频繁有点担心，但是这个问题是夫妻之间的事，何况慈祥的上帝总为幸福的家庭祝福。至于是否纵欲无度，无论是自然规律、教会还是父母都不打算弄清楚。如果她向母亲承认阿尔蒂尔做爱的方式并不让她快活，那她就又丢人又可笑，就像她对人抱怨他打呼噜似的。

但毫无疑问，她爱丈夫。就像差不多所有的女人一样，她肯定也爱她的孩子们，特别是头几个孩子，给她带来的快乐时常比女性肉欲的满足还要强烈。她满心欢喜地给他们洗脸梳头，拥抱那小小的身体，而这些孩子满足了她表示慈爱的需要，体现了她对美的理解。她经过了体态臃肿、行动怠惰的怀孕时期，分娩时母亲来对她细心照顾，她很感激。每个星期日，她亲爱的孩子们比较乖巧地坐在教堂祭坛左面绘有家族徽章的长凳上，她也觉得满心欢喜。除非她是个傻瓜，而这一点是非常可能的，她大概也为前途担心：那么多的孩子要教育，那么多的婚事要安排，要在仕途上找那么多像爸爸那么好的位置，要给几个女儿那么多份丰厚的陪嫁，要找那么多像她本人对阿尔蒂尔那么好的儿媳妇。但这一切都还很远，她的长女伊萨贝尔还是个留着长长鬈发的半大姑娘。好心的上帝自会照料一切。她才三十七岁，也许下一个就是最后一个孩子，一切自会好起来，或者糟下去，她只有可能再生一两个。于是，她嘴里还喃喃地作着祷告，一边沉沉睡去。

有关这个问题，如果阿尔蒂尔先生也考虑过的话，他的想法就不那么容易猜透了。他是不是相信一个出身高贵的基督徒生来的职责就是作出表率，维系一个人丁兴旺的家族呢？他是个模范丈夫，十八年当中，他是不是把玛蒂尔德看作所有女人的集合体，是不是有时中断了对她的欲望？或者说，他与“那慕尔的女人”或其他女人相好并不是在玛蒂尔德死后才开始的？他是不是曾经费心思去照拂玛蒂尔德，长年以来把她安置在热热闹闹生孩子的气氛中？对于这个男人来说，保持家庭和社会的 statu quo[①]是最要紧不过的事，当然不会去找个什么人要他破坏家里的平衡。他所学的那一点拉丁文还没有让他考虑到“无产者”一词的原意。无论是阿尔蒂尔还是玛蒂尔德都没有预见到，人类这样以算数级数，尚且不说以几何级数的增殖繁衍，用不了一百年，就会把我们的星球变成一个蚁巢。尽管发生过只有神圣历史里才有的大规模屠杀，也不会减少人口。然而，比阿尔蒂尔先生更有见识的人虽然预想到这个结果，却没有想到它的可怕程度。对于阿尔蒂尔先生来说，马尔萨斯[②]是个下流的名字，他也不太清楚这人是谁。他不是尊重风俗习惯并且有家庭的良好传统吗？在革命时期，他的祖父公民卡蒂埃就有九个孩子。至于玛蒂尔德，我们一定会想到托尔斯泰笔下的杜丽，但她可从来没有遇见个安娜·卡列尼娜来向她解释如何节制生育。就算她像杜丽一样，也遇见过这么一个人，她也一定会尴尬地退后一步，心里想：“这是邪恶的。”在我们中间也有某些这样的反应。而在世界上还充斥着更糟糕的事。既然宗教禁止男人们学会利用各样的小窍门去节

---

① 拉丁文，现状。
② Thomas Robert Malthus（1766—1834），英国经济学家、近代人口问题研究的先驱。

制生育，那么除了保持贞洁，戒除淫乐之外别无他法了，但阿尔蒂尔，也许甚至玛蒂尔德也都不愿意。

过去的生活好似一片脆弱的枯叶，没有汁液也没有胶质，对着光看去，只能看到细小易碎的叶脉网络，必须下一番功夫，才能想象出原来那新鲜娇嫩、青翠欲滴的模样，才能让历经沧桑的人想起各种事件和变故的全部内容，不至于把它们想象成另外的样子。阿尔蒂尔和玛蒂尔德的生活真是太充实了。阿尔蒂尔要拿出浑身解数跟他的农户们纠缠（他们贪求不已），如果租赁合同上规定这些事由东家管，他就得拒绝或同意他们修理什么或翻新什么的要求，添置或更新农具（他们用得那么不经心），装点侍弄花园。买马，养马，以及马具车辆都得主人关心，还不要说维护城堡，购买地窖里储藏的醇酒。阿尔蒂尔如果给客人摆出来的勃艮第葡萄酒比不上相邻地主长年窖藏的醇厚，他就会羞得满脸通红。本地财东狩猎器具的豪华讲究是出了名的。到了秋天，如果不在自己的领地上举行几次流血漂橹的打猎那就算不上出身高贵的男人。挑选猎场的看守人，看他们是不是跟偷猎者串通一气，都要花费他许多力气。换新的钱包，每个季度要仔仔细细地把衣服上的污渍去掉，有许多事情要做。在地方的选举中扶持思想最正统的候选人也不是一件省心的事。

玛蒂尔德除了在她身上要完成的某些生理性的操劳之外，还有各式各样的事要操心。她不经常下楼到阴暗的厨房去，对于这位经常怀孕的女人来说，那里的楼梯太危险。但是她决定菜谱并且核查厨娘的“流水账”。她照管花草，仆人的选择和辞退由她经管，只在极少的例外才把仆人扫地出门。孩子们牙疼或肚子疼她得管，要尽可能把他们捅的稍大些的娄子瞒过父亲，这经常是她要动脑筋的问题。幸亏这位蜂后得到了仆役下人的一致崇敬。雇佣了年轻的弗罗兰给女孩子们当家庭教师，她表现出了非凡的管理才能。除此以外，她还善于用奶油做成贝壳形的小花，放在凉菜盘子的菜叶上。举行坚振礼[①]以后吃饭时，她用奶油花做成主教冠的模样，放在装餐巾的小碟子里，老爷打开他的餐巾时，总会开几句无伤大雅的玩笑。主妇要操心的事还有从那慕尔请来女裁缝，并带来纸样，费尽脑筋“搭配”衣料的色调，忐忑不安地考虑某一套衣裙是不是穿出去的次数太多了。

他们在苏阿雷请客的时候不多，这要归功于在这个僻静的地域里，社会上几乎还没有兴起钻营攀附的风气。就如同他们不会想到跟园丁们一起吃饭一样，他们也不会想到要跟甲王爷或乙公爵套近乎，请他们来吃饭或是到人家的府邸去恭陪盛宴。在生意场上同样也是一片潇洒大方、满不在乎的氛围（但很快就结束了）。阿尔蒂尔积攒钱财，但并不投入风险很大的投机事业，重大的收益只在土地的买卖上。家族亲戚的关系却很要紧。每个叔叔舅舅，叔祖舅祖，内亲连襟，姑表姨表，有瓜葛连带的远亲都按照严格的亲疏远近程度交往庆贺，就好像有朝一日人们也严格地按照亲疏的界限为他悲伤哀悼一样，不多一分也不少一分。这个圈子里的某个人如果有点什么毛病，怀疑他的近亲有什么疾患，不能联姻，有点不妥帖的嗜好或是恶癖，只要是能够保持沉默或否认，大家通常的反应就是缄默不言或者矢口否认。如果出了什么丑闻，大家就把这闯了祸的人弃置不顾，似乎就是这人得了暴病，不复存在了。同样的规则也适宜于“相好”或是愚不可及的婚姻上，如果一门亲事结得门不当户不对，那么结亲的男方或女方就会跌入深渊。亲戚间的来往拜访代

---

① 天主教徒重要的七件圣事之一。受过洗礼的人经过坚振礼，特别领受圣神，使超性生命更加圆满。

替了如今的旅游观光，而玛蒂尔德根本谈不到出门游览。她有时在婆家住很长时间。反正她生第一个女孩让娜时，正住在她的婆家，那孩子夭折了。这仿佛说明了那年是在蒙斯过的冬天。男人们带着浩浩荡荡的随从去进行大规模的田猎。

在客厅和人们经常来往的饭厅里，一切都眉目清楚，井井有条：一件件的小家具，列祖列宗的画像，围桌而坐的宾客和每个厨娘的拿手菜。阿梅丽姨妈的胃炎，玛蒂尔德有喜后的不适，阿尔蒂尔的异母兄长与他那位爱尔兰女子出乎意料的结婚都是大家谈不完的话题。人人都有极高的教养又行事谨慎，即使在自己人的圈子里，也极少议论别人的是非。万一听到些蜚短流长，只表现出些微的同感或惊讶，立刻断定这些流言都不真实，表示出激愤或嫌恶模样。这些六代以来互为姻亲的人的特点只是无关大体的癖好和十分外在的细枝末节：某位叔叔口味偏甜，某一位表姐嗓音美妙。人们从不越过雷池。如果某人有些好色，某人对习俗或他人的见解有点非议，就都得隐藏起来，就像如今在极权国家隐瞒自己的政见一样。有独立思想是行不通的，对一切事物人们都有统一的思想，只有谈到分配遗产或某处田野的行猎权时，才会产生争执。

于是，在这些环境中，笼罩着一股凝滞的氛围，可这里的生活并不比别处更糟糕，甚至从某些方面来说，比我们的生活还更明智。这些早已不起领导作用的领导阶层越来越没有见识，也不再吹嘘他们的智力。艺术家是个遭人蔑视的贬义词。对于天主教堂里的彩色玻璃窗或壁画，阿尔蒂尔了解得比犹太古董商或是英国圣公会的艺术鉴赏家还要少。“基督诞生的子夜”是夜半弥撒中最好的时刻。有关缪塞，他们只记得他影射伏尔泰的“丑陋的微笑”那些话。维克多·雨果是个危险的革命党，他糟践了比利时对他的好客情谊，他在布鲁塞尔的街垒广场挨了几下石头那是活该。特鲁瓦总督的老朋友，临时政府的前阁员，火暴性子的让德比安竟然把这些计策与原则都不清不楚的法国流亡者请到家里去，真让人惊异不已。每逢到阿克兹做客，阿尔蒂尔总要愤愤地评论费尔南表弟的激进主义和奥克塔夫表兄带些玫瑰香水气味的自由主义论调。伊雷内姨妈真不该为了讨好她的两个儿子，邀请那个被驱逐法国的邦塞来开文学讲座，除非她约定讲座中要谈一谈博絮埃的作品。

在前几代某些成员的生活环境中，老百姓的精神状态本来还很活跃，但很快也变得迟钝麻木了。他们觉得国家是觊觎家庭遗产的敌手。对于故去先人毫无例外的谀墓悼词就是说老人家善心大度，其实这一点大可怀疑。实际上，基督徒慈悲行善的顶峰时代在这个圈子里早已结束了。从那以后，照顾囚犯、弃儿和疯子这类慈善事业都由公众机构去管，人们再也不过问管理得怎么样，再说，对待囚犯太好反倒是不对的。一个理想主义的瑞士人费尽力气创办的红十字会，大家还并不看好，就是因为那瑞士人出身于新教。一直到第一次世界大战中，玛蒂尔德夫人即将诞生的一个小女儿才在红十字事业中贡献了她一部分的年华。夫妇俩给天主教的慈善事业慷慨解囊，精心分配着善款数额，不过如果玛蒂尔德为村子里的善举捐助的款项超出了阿尔蒂尔预定的数目，她就巧妙地提醒他早就答应过这件好事，于是也就得到了必要的现钱。严寒的冬天，他们给安分守己的穷人分发木柴和被褥，刁顽的穷人什么也得不到。矿井里发生的灾难事故震动了每一个人，但阿尔蒂尔从来也没有想到利用他矿井股东的影响力去给死伤的矿工家属谋求一丁点的抚恤津贴，也没有想到采取任何最初步的安全措施：这些都是公司经理们的事，他们的职责首先在于给股东的资本带来赢利。有一个来历不明的法国人写了一些诗，因为伤风败俗受到谴责，他用恐怖的笔触描写一些眼睛被挖掉的白头翁，在店铺的鸟笼或比利时人的后院里发出令人心悸的呼叫声。如果说苏阿雷的厨房窗台上就有这么一个鸟笼，那也很可能，心地善良的玛蒂尔德绝对不会提出任何抗议。这就是习惯成自然的恶果。

阿尔蒂尔和玛蒂尔德是享有特权的人，但他们却不自知，凭借着他们的地位或上帝的意志才占有了财富，他们甚至没有想到应当庆幸。住在苏阿雷的这对夫妇也一点没有意识到，生活在安全暂时丝毫不受威胁的时代和国度是一种福气。他们的祖先可不像他们这么幸运。他们的后代更是倒霉，被若隐若现的革命吓得发抖。这里也像法国一样，很可能闹起革命，而人们并没有把握能将革命及时地遏制下去。的确，每个时代都有打仗的份额：恰好足够填满报纸上的新闻和给《画报》提供悲剧性的题材。皮埃蒙特①战役像是一次潇洒的远距离军事巡游；在索尔费里诺②这个屠宰场，法国佐阿夫轻步兵团的红裤子比流出的人血还要使人惊诧。新大陆，南北战争的炮声隆隆，阿尔蒂尔认识的人中没有一个人去过，也没有一个人愿意去：那是美洲新教徒之间要算清的账。对墨西哥的征服成了个悲惨的传奇，大公干脆被处决，他的妻子，比利时的公主发了疯，这一切在苏阿雷引起了震动，从城堡的主人到厨下的丫头都惊骇不已。石勒苏益格和荷尔斯泰因的战争只不过是地方性的冲突，没有引起什么兴趣。但萨多瓦③战役就招致了更多的不安：天主教的奥地利被普鲁士人打败了，这是件可怕的事，但终于建立起了德意志邦联，弗罗兰不禁露出欢欣模样。

在凡尔赛宫的明镜厅宣布成立德意志帝国时，弗罗兰的欢欣更

---

① Piedmont，意大利西北部的一个地区，自 1796 年到 1814 年被法国占领。

② Solferino，意大利北部伦巴第地区的一个村庄，1859 年 6 月 27 日，法国军队与普鲁士军队曾在此激战。

③ Sadová，捷克的一个村庄。1866 年 7 月 3 日普鲁士人在此打败了奥地利，成为欧洲最强大的国家。

增长了，她在孩子们的课室里挂了一幅戴着黑白红三色领带的皇帝陛下的雕版画像，大家也没有想起让她把这画儿摘下来。说到底，她的主人并不是法国人。由列强允诺的比利时的中立地位让大家感觉到事不关己。但是这一次，可怕的现实已经临近，听到有些地主被当做人质枪毙了，阿尔蒂尔吓得发抖。玛蒂尔德很可怜那些饥寒交迫的巴黎人。接下来的巴黎公社也造成了恐慌。但人们还算放心，觉得在那个吵吵闹闹的南方邻居那里，暴力事件是经常发生的。凡尔赛宫枪毙人的放枪声，预告着要恢复秩序，这枪声只隐隐约约地传到苏阿雷，那是一八七一年美丽的五月傍晚，玛蒂尔德正怀上了她最后一个孩子费尔南德。就在同一个时期，在里尔或是阿拉斯一所耶稣会办的中学里，那个后来有朝一日娶了费尔南德的十八岁男孩，流着愤怒的眼泪撰写了一篇颂词，赞美死难的公社烈士，为此，他差一点遭到流放。

我说过，在这个圈子里，笃信虔诚特别是女人的事儿。每天早上只要有可能，玛蒂尔德就早早起床，夏天在五点半，冬天六点钟。为了不吵醒阿尔蒂尔，她小心翼翼地下了床，准备到村子里的教堂去参加早晨的弥撒。一个女仆起得比她还要早，在盥洗室里放一罐热水。玛蒂尔德把最后几个发卡别到头发上，匆匆照一下在熹微晨光里仍然发灰的镜子。虽然她对赶时髦的兴趣减弱了许多，但穿裙子时仍感到有些遗憾：多么不凑巧，撑开的曳地长裙已经没有人穿了。那种裙子那么宽大，在某些时候穿起来特别舒服……她从一张独脚小桌子上拿了她的祈祷书，蹑手蹑脚地走出家门，把宅子交给仆人们，让他们打扫灰尘，用茶水刷洗地毯上的污渍。

教堂离城堡只隔着一片草场。玛蒂尔德很喜欢这条捷径。她谨慎地用木底皮面鞋踏着棕黄色的草丛，尽量避开冰块和雪堆。夏天，走这短短的路程是一件乐事，但玛蒂尔德并不完全承认除了能赶上早祷之外，在田野里自由自在地漫步也是一种愉快的体验。经常有这样的情况，但并不是每天，走进教堂之前，她先到小院子里看看，那里住着她钟爱的两个幼子。为了表示谦逊，她不坐城堡专用的长凳，而跟大家一起坐在正殿里。此外，教堂里只有寥寥数人，玛蒂尔德像当时许多忠实的信徒一样，并不读祈祷书里拉丁祷词的译文，虽然这些她也能背诵。她随着她自己的祈祷时跪时起。她大量祈祷，也许有时朝寒酸丑陋的教堂里聊作装饰的一座石膏塑像喃喃低语。当伊雷内姨妈周日要来串门时，她就乞求天气晴朗，为的是可以把桌子抬到露台上的几棵栗树底下，希望阿尔蒂尔满意她挑的水果和鲜花；她的身体原本娇弱，她为自己的健康祈祷，乞求有足够的力气把身上的包袱背负到底；如果她的力气不够，就求上帝原谅她的缺陷。无关紧要的要求和深刻的企愿搅合在一起，就像在生活中毫无来由的兴致和深刻的激情混杂不清一样。头几个愿望微不足道，很快就被遗忘了。后面一些愿望天长日久竟有一部分得以实现。玛蒂尔德结束祈祷时比她开始祈祷时心境更为安详。

她为亲人们祈祷，这跟她为自己祈祷差不多是一回事。她为她的女儿们祈祷，望她们都能找到好丈夫，当出色的妻子；她祈愿她亲爱的爸爸在拉巴斯杜尔清新的空气里早日恢复健康；她为可怜的弗罗兰祈祷，她刚刚在感情上遭受了重大的打击；她祈求好心的上帝开启表兄费尔南的智慧，据说他是个有自由思想的人（像他那么有天分，竟然会走上糊涂的路，真是不可思议）。她祈祷她的小让娜有一天能学会走路；为她十三岁的加斯东终于会念书而感恩；她为阿尔蒂尔祈祷，望他不要因为对婚姻不忠而遭到惩罚，这是她近来才知道的，觉得又愤怒又恐怖，然而有谁说得清她自己是不是也应该负一点责任呢？自从她最后几次分娩之后，对这类事情有时表现得那么厌倦……总而言之，就像当时所有虔诚的天主教徒一样，她为神圣的教皇祈祷，他被囚禁在梵蒂冈，有人说他是自愿的，其实是受了共济会的胁迫。不管这些祈愿是不是被上帝接受了，她全身心沉浸在这些良善的愿望里。谁也不敢说这些祈祷任何用处都没有，甚至世界的进程也不会因此发生一点变化。反正玛蒂尔德因为发出了这些愿望收获颇丰：人们越是为别人祈祷，就越是喜爱他们。

本堂神甫匆匆做完了弥撒，他想到他的这些羔羊们每家田里都有活儿，也有点惦记他自己的菜园和花园。玛蒂尔德太太把两个小钱投进为穷人捐款的箱子孔里，向唱圣诗的那个孩子问了声好，那是苏阿雷一个马车夫的儿子。她踏着自己的脚印穿过了草场，小心着不把牧草践踏得太多。她并不知道，在教堂里的短暂停留让她放下了身份，在这片刻间恢复了她的青春，而她本以为她的花季早已结束了：那时她的生命跟她十八岁时一样。她不时地停下脚步，摘下挂在她裙子上的草荚，像孩子一样，让草籽从指间落下去。有时不顾礼节仪容，大着胆子把帽子摘下来，让风吹拂着她的头发。在草丛中吃草或睡觉的家畜跟她只隔着一道小小的绿篱，而波维里这个地名正因它们而起[①]。佃农把畜群中最好的一头奶牛叫做美人瓦格，它正轻轻地在带刺的栅栏上蹭痒痒；八天以前，它还在绝望地哞哞叫，因为屠宰场的小车把它的小牛拉走了，但现在它已忘记了，心满意足地细嚼着鲜美的牧草。为了夸奖这头乖牛，玛蒂尔德又找到了她遥远的高祖们用过的手势和声调。再走几步，她在车夫家门口停住脚，那人正在马厩的门槛上擦拭马笼头。她早又把帽子戴上了，她向车夫道贺，说他的儿子在弥撒时唱得不错。

从饭厅里飘出一股热咖啡和新鲜面包的香味。玛蒂尔德把她的

---

① 波维里的词根为 bovin，即牛。

祈祷书放在前厅的桌子上，把东西在衣钩上挂好。大家都到齐了。弗罗兰压低声音用德语跟三个女孩说话，为的是不打扰正在看报的先生。玛蒂尔德不放心地瞥了一眼加斯东：他正乖乖地吃着东西，没有为难任何人。女仆在饭桌的另一边伺候坐在高脚椅子上的小让娜喝粥，那椅子是专给小孩子坐的。小奥克塔夫看见母亲进来了，就向她跑过来，笑得喘不过气，嘴里还说着谁也听不懂的什么话。玛蒂尔德慈爱地呵斥他一声，让他坐到哥哥泰奥巴尔德旁边去，这个大哥倒是很乖的。从阿尔蒂尔的椅子后面走过时，她也许惴惴地轻轻抚摸一下这个冷漠男人的肩膀，但仍然不免小心翼翼，只用这个微小的爱抚感谢他昨夜对她还算有情义的话语或行动。但这一刹那也就是一切了。阿尔蒂尔还在看报。另外，他也觉得有些怅然若失：他刚刚看完一篇很重要的文章，说的是德国的关税制度；他想跟人聊聊这篇报道，但是女人对这个不感兴趣。

玛蒂尔德坐上了她自己的位置，把咖啡壶和装热牛奶的罐子拿了过来。但发生了一件糟糕的事：一个金属物件掉在地板上，砰的一响，又哗啦啦地一路滚着，直滚到桌子腿旁才停住。玛蒂尔德瞧了一眼阿尔蒂尔：他仿佛什么也没有听见。女仆涨红了脸，卖力地擦着顺桌布流下来的牛奶。她又让孩子自己去拿高脚杯，跟往常一样，孩子抽起风来，把漂亮的银杯子摔到地上了……小姑娘年纪太小，这以后也许会好的。听说在布鲁塞尔有这方面的专家。不然的话就到卢尔德[①]去……是的，到卢尔德。玛蒂尔德掀起糖罐子的盖儿，通常，为了苦行节欲，她自己不吃糖，但是必须好好地喂养腹中的孩子，她在浓稠的奶汁中放了一块糖，又放了第二块。玛蒂尔德默诵了一段饭前祝福经，选了一片带麸子的黑面包和黄油，然后

① Lourde，法国西南部上比利牛斯省的一个市镇，是法国最大的天主教朝圣地。

郑重其事、心满意足地吃起饭来。

我觉得现在应当介绍一下玛蒂尔德的十个孩子，并不是作为她眼里和当时一些蹩脚诗中所称呼的“黄毛小脑袋”，而是作为已经在各自的生活中找到位置的成年人。他们中某些人的肖像已在本书的头几页勾画过了，但是将他们总体地描绘一下有助于我在这些人身上发觉到仍存留在我身上的某些特性，尽管我说不出一些人的最终归宿，或者说一些人根本就没有归宿，在一个动荡的世界上，任何事都不会终结。当然，我的话说得远了一点，因为描写这些人的篇章已超出了苏阿雷的范围。但这些虚无飘缈的舅舅姨夫和姨母舅妈很快就从我的生活中消失了，即便是在我母亲的生活里他们的影响也十分微小。如果不在这里提一提他们，我就不知道该把他们安排在哪儿了。

两个夭折的孩子我只一笔带过，第一个叫让娜的女孩一岁就死了，费尔迪南死时有四岁半。大概只有玛蒂尔德才能比较清楚地记起他们俩。一个折叠式的相框保留着五个来过人世间的女孩的照片，中间有皮质的框把相邻的肖像隔开。说实在的，这些女人每人也像是生活在各自的世界里，各有各的特色。她们的面貌彼此不同，别人甚至以为她们不是亲姊妹。姑且先不说让娜，我以前说过，以后还要再提，她像平常一样安安静静，有点冷漠。也不说有些招人嫌弃的费尔南德，据说照相的那天她正在赌气。在这里，我想说说三个长女的不同面貌。长女伊萨贝尔又叫伊萨，是个风度绰约的妇人。但我觉得她已显露老态，一条又轻又薄的纱巾围着她单薄清秀的脸庞，露出些许说不清是金黄还是银灰色的头发，一双明亮的眼睛漾出含着惆怅的亲切微笑。我幼年时代看到的伊萨贝尔姨妈就是这个样子。她那时已得了心脏衰弱的病，很痛苦，几年以后就死于这个病症。我刚在客厅里坐好，晃荡着我的两条小腿，人家还来不及命令我站起来向姨妈问安，她就已经累了。

伊萨贝尔嫁给了她的表兄德·塞·德·伊男爵。我在我的出生证上看到过他的签名。她有三个孩子，长子承续了家庭的世系和传统；大女儿百病缠身，二十来岁就死了。最小的女儿，精力充沛的路易丝年纪轻轻的就从事了高尚的事业，是第一次世界大战中一位英勇的女护士。她性格粗放开朗，又坚毅果断，伤员们很喜爱这个金发碧眼的强壮女人，医院里的同事们都有点怕她，但也极尊重她。停战以后，她一生中的其余时间都在一家天主教肿瘤医院里领导X光照相的工作。她竟然死于她所操作的这种危险的射线。一九五四年，我匆匆去看了她一眼。她躺在她那家医院的一间单人病房里，像个女王似的被赶来问候的亲友簇拥着，走廊里还播放着教堂圣歌作为背景音乐。她最喜欢的女护士专门照顾她，当初战场上的助手最后给她的上司来送终。我新近出版的一部书获得了成功，让路易丝很高兴，虽然这本书她永远也读不成了。她觉得这是给全家人争了光。她得的奖章和十字军功章，也是一样。

二姐乔吉娜是位风华正茂的少妇，穿着胸前系带子的紧身大开领女上衣，短短的鬈发紧密地堆在头顶上，有点像与亚历山德拉王后同时代人的雕像。她的脸眉目端正，却没有什么表情。这张照片是在维也纳举行舞会的时候拍的，乔吉娜正跟丈夫在那里小住。她丈夫是那慕尔一个银行家的儿子，据说是荷兰一个商业世家的后裔。他是个不信教思想自由的人，每个星期日把他太太送到教堂门口，弥撒结束以后再来接她。据说还有更不像话的：有时他用这个空当到咖啡馆里去。

这位四十八岁的美人儿如今只剩了一具骷髅。一个女仆领着脊背伛偻、老眼昏花、患着糖尿病的来客朝冬季花园里摆着的一张藤椅走去，让娜在这里接待她。乔吉娜已经晃动的牙齿还勉强咬得动小脆饼干，发黄的脸皮两旁，头发竟然仍显黑色。在我看来，她不仅是个病人，简直就是疾病的可怕化身。只有在维也纳的照片上那么凝固的一双栗色眼睛才发出又温和又生动的光辉，像个专爱打听是非的俏皮女人那样看着周围的人和事。我记不起来在两姊妹之间交谈的任何一句话，也不知道乔吉娜的秉性脾气和她的个人生活。关于她，我只记得在一张憔悴枯萎的脸上那双仍然热情的眼睛。

她的儿子叫让，跟他母亲一起住在布鲁日的郊区，为了让他生病的母亲有机会呼吸一些与那慕尔不同的新鲜空气。他在当地娶了一个世家的女儿，那家里至今还佩戴着十字勋章和军功绶带，但这家人参加的战争却不是他路易丝表姐服役的一九一四年的那场战争。如果没有两拨敌对的占领军，他本来可以在布鲁日过个大资产阶级的安稳生活，但是第一拨占领军给他穿上卡其布的军装，把他推上攻击法国的大路，又在伤病员的床上裹进了第二拨军队。[①]他死于一九五〇年左右，没有留下后代。

我跟让的妹妹苏珊的交往较多，她是个年轻的有些肥硕丰腴的库柏勒[②]女神，长着一双跟她母亲一样的栗色眼睛。我在黑山衬着松林的美景中看见过她，她身后跟着的那条美丽的长毛猎犬我记得特别清楚。二十年之后，我又见到了苏珊。到了大龄她才在阿登山区的一处地产上结了婚，已是一个小女孩的母亲。但她只在夏季才到这个地方来，其余的时间跟她的丈夫塞先生到北非去，他在那里有一个农业垦殖场。我觉得苏珊变得粗陋了些，在这阿登山区的府第中，可以感到一种粗率不拘、马虎随便的殖民地气氛。有一条从

---

① 第二次世界大战时，比利时曾被德国法西斯占领，后被盟军光复。

② Cybele，希腊神话中的“大神母”，专司大自然的死而复苏，并赐给人类丰收。

非洲带回来的鬣狗，在一个大笼子里来回转圈，用狐疑的眼光看着人们的一举一动，整夜都发出野性的嚎叫。

佐埃是我母亲费尔南德最喜欢的姐姐，我对她的几张照片很感兴趣，特别是因为我从来没有见过照片上的真人。第一张照片上是个穿着苏格兰花格子布衣裙的少女，两手合在一起，拿着一个什么东西，大概是一本书吧。浓密的头发被一阵风吹得有些零乱，估计她的头发是剪短了的。她看着镜头以外的地方，好像在等着什么人，又仿佛不该这么等待似的，当然就是等德先生了。一八八三年她就嫁给了这个人。她的面容有些平板，整个的结构比例有些奇特，列奥纳多[①]认为，这样才符合美的定义。晚一些的一张照片上是个四十来岁的夫人，显得有点紧张局促。眼神也像让娜和泰奥巴尔德时而露出的那样，有些呆滞。我们以后将会看到她在生活中的遭遇。

没有任何一张照片能给我提供资料，让我描绘三个男孩年幼时的情况。我不再去努力想象我大舅的模样，他在十六岁，我还没有出世的时候就死了。下面的加斯东是个谜，一些大族的房舍角落里时常遇到这样的人。他在一八五八年生于苏阿雷，一八八七年死于苏阿雷。长到了二十九岁，但仿佛从来没有到过这个岁数一样。然而这个加斯东并不是个幽灵，还在摇篮里时，因为比他刚大一点的哥哥死了，他竟变成了继承家庭传统的长子，因而，人们必须对他加以呵护，他应当承担起大家的希望和未来的宏图。然而，关于这个将近三十才死的男人，我没有任何他这些年的信件和口头的传说，家里没有一件他儿时或上学时的纪念品，没有提起过他爱上哪个女孩或有个未婚妻，没有筹划或中断过任何婚事，没有任何迹象说明

① 即列奥纳多·达·芬奇。

他准备或从事过某种职业。他的弟弟妹妹只要聚在一起，就没有一个钟头不谈起他们的少年时代。弗罗兰一听到跟这家的兴盛时代有些距离的闲谈就受不了，竟都没有哪怕是用隐语提到过他，除了关于他死亡的一些或真或假但都很悲惨的细节，费尔南德告诉过我的父亲。他死的时候，让娜和费尔南德分别是十九和十五岁，都颇有怜悯之心。而对于两个妹妹来说，一个哥哥，不管她们是爱还是恨，通常总要占很重的分量，竟也三缄其口，说起来真令人费解。如果加斯东像让娜一样，也是个残疾人，大家一定会告诉我们。人们却绝口不提，直到以后，才由可靠的来源证实了这个假设：他就是个白痴。

泰奥巴尔德和奥克塔夫我记得很清楚。泰奥巴尔德时常来看他的妹妹让娜。我见过他十一二次，但是，这位肥硕庞大的先生天生不能讨一个六岁小姑娘的欢喜。我已经说过他在布鲁塞尔优游闲散的生活。到了晚年，他住在一个旅馆里，旅店经理跟他同在一个俱乐部，曾经是他从前的仆人。这乖巧的老仆和他的老婆对他们的房客关怀备至。到了这个时候，喜欢过宽裕日子的泰奥巴尔德才发现，他父亲给他留下的丰厚遗产仍然让他落到窘困的境地。他本来应当从本金中提出比以前更多的款项另作经营，比干吃有限的利息合算得多。他这才精心算计起来。自从他准备考取工程师名衔以来，大概从没有这么用心过。他得出结论，如果小心一点的话，就能维持到终其天年，在存款的余额栏上也变作了零。

他也是这么做的，大概也因为他得的病预后不良。他的麻痹症逐渐加重。很久以来他就发现这病在暗中不断发展。到我二十来岁时，远离我母亲的那个家已有十年之久。在圣诞节和元旦之间的一个晚上，我忽然想到理应给这个舅舅寄个贺卡，因为我刚刚知道了他的地址。他给我寄回了一张他的名片，从此开始了简单的礼尚往来，一直持续了若干年。他的用词差不多总一样，字迹又细又长："特致同样的祝贺。麻痹症状尚无变化。"有一次，他的字迹几乎辨认不出了，说明情况有变："麻痹已到最严重的状态。"以后我没有接到任何信息，连个讣告都没有。

然而，几个月之后，旅店主人写信告诉我，说这忠实的老仆夫妇俩曾到苏阿雷的墓地上去给先生扫墓。那是个夏天，他们在他的坟头上发现了一只拍动着翅膀的白蝴蝶。那个布鲁塞尔的老光棍，竟像神话里的普赛克[①]似的复活了，这故事让我感叹不已。

奥克塔夫在精打细算方面不如他哥哥成功。他时而利用旅行的间隙到他的妹妹让娜这里来喝一杯清茶。这人中等身材，面容清秀，裤线笔直，戴着浅黄色的手套，搭在椅子的扶手上，比他哥哥更让我喜欢。但是像我那时的一个怕生的小姑娘，对任何大人都不能完全信任。我姨妈和她的哥哥评论家里的新闻，谈论天气，特别叙说往日里共同的旧事。如果我没有记错的话，当着我的面，奥克塔夫从来没有提起过他的旅行，在他出的一本薄薄的小册子里曾叙述过，语言平淡无味，只给几个圈子里的人看。这个满世界乱逛、不爱动脑子的人，是跟他同名的表舅奥克塔夫·皮尔麦茨的拙劣翻版。他表舅还出版了在意大利、德国的旅游日记以及他对生活的见解，从而声名大振呢。然而对于让娜和弗罗兰来说，这个没有什么要紧的来客却是血浓于水的亲人，她们把他看得无比重要，无条件地给予他一切温情，恰是因为他也曾是这苏阿雷的老宅里的人，何况，他

① Psyche，希腊神话中人的灵魂或灵魂的化身，时常被描绘成一只蝴蝶或长着蝴蝶翅膀的少女。

缺乏文学才能一点也碍不着这两个女人的事。

他的脸光滑滋润，皮肤白皙，胡髭漆黑，就像格雷万博物馆[①]里陈列的面具。在这张脸的后面有些什么东西呢？是离家出走的激情？在家人的语言中，亲切地把这个叫做他的恶癖、发神经，是在伦敦的酒吧里经常听到的一个词汇，不该在让娜面前说得太多；有在巴黎那些表演歌舞的咖啡馆的走廊里搭讪上来的姑娘？有在临时租用的房间或磨坊的角落里偶尔遇到的云雨恋情？显然还有欠下的债务？这些事让娜一定都不知道；也许还有早晚他会沉溺于其中的无以名状的焦虑？或者，那张脸后面干脆什么东西也没有？两人同样教养很高但内心生活的距离很远，他们隔着一张小茶桌谈到身上的瘰疬，五脏六腑的状况，各自的经历和心里的想法，在我看来，都是使人诧异的话题。就在他还没有落魄的时期，我坐在地上放着的一块垫子上，仔细端详着奥克塔夫那双修长崭亮的靴子。但是孩子的耳朵很尖，我听见一片安静的间隙，或是在不经意拉长的交谈中的只言片语。不久，说过人人都用的彬彬有礼的客套话，这个平庸懈怠的舅舅就走了。

出门游历的花费很大，就在这个时候，奥克塔夫开始采用他哥哥的办法来摆脱经济上的困境，然而他算错了辞世的日子。差不多在一九二〇年，凌晨两点钟，有人发现他在布鲁塞尔大广场附近的小巷子里，衣衫褴褛，也忘了自己是谁。人家把他领到警察局，他在那里才说出了自己的名字，但又记不起来他住在哪里，实际上他住在一个很不起眼的小旅店。人家问他有没有家，他说没有，家里的人都死光了。对他来说恐怕的确如此。到了第三天，一个公务员拿着给他检查了身体的医生开的精神异常诊断书，找到了让娜家，

① 法国人格雷万于 1882 年在巴黎创办的博物馆，专门展览蜡像、面具和戏装。

原来电话簿上登录着让娜的住址，她才通知了泰奥巴尔德以及仍然活着的侄子侄女。大家一致同意积攒一笔基金，用来把可怜的奥克塔夫安置到赫尔的疯人院去。那是一所古老的建筑，宗教的虔诚和诗意的传说使那里有了些神圣的氛围，坐落在从前风景如画的坎彭地区边界上。不会造成危害的疯子通常住在赫尔镇，跟当地的居民共同生活共同劳动。我不知道没有攻击性的奥克塔夫在那里过了多少时间，给奶牛备料，给土豆田锄草。他在那里也许很快活，大概也找到了他一直那么缺乏的安全感。我暗下决心，一旦我再到比利时去，一定到赫尔这个退居之地去看看奥克塔夫。但是，一九二九年在比利时全家聚会时，我竟然没有去。这个疏漏并不是因为我把他完全遗忘了，而是表明我在那个时期有点害怕跟一个疯子谈话。自那以后，我时常感到后悔。

一位批评家指出，我在作品中特别喜欢表现将近死亡的人物形象，而死亡与一切生命的意义格格不入。不过，一切生命哪怕是一条虫子也自有其意义。对于活过一世的生灵来说，有些人认为生命就是填饱肚子，少数精英将生命比作燃烧的流星，在长空中画一条曲线，消失在地平面以下，但都能感到生命的重要，生活内容的广博乃至自己独一的特色，这种感觉只能加强，决不会削弱。我一点也不打算把我的舅舅姨妈比作流星，但他们生活的轨迹告诉了我一些东西。用不着说明我在这些人物与我之间并没有找到共同的成分。一旦仔细查考，随处可见的相似之点却像断了线的珠子，迤逦而出不绝如缕。这不是别的，就是在上帝所创造的世上的生灵之间彼此都很相似。这里我又要赶紧说明，研究了我父系的一家人之后，在这一点上，我得出了同样的结论。一向如此，首先油然而起的，是对我们这些渺小人类的无限悲悯，同时，与这正相反的，是对这一套复杂而又脆弱的结构感到尊重和好奇，就像竖立在深渊边上的护栏柱子一样，每一根与另外一根又决不完全相同。

描绘了在苏阿雷城堡居住的这些兄弟姊妹的肖像之后，还不得不进一步详加说明。我首先发现虽然玛蒂尔德生了众多的子女，她的下一代并不人丁兴旺。在她长大成人的八个孩子里，只有四个女儿留下了后人，加在一起也就是九个孩子。而在这九个人中，如果我没有弄错的话，只有三个又有了下一代。这种减缓生育的现象不管原因如何，绝对应当庆幸。这里我不可能不指出某些方面会有脱漏。从某个角度来看，玛蒂尔德子女众多使人想到结子过于稠密的果树，长了锈斑，生了看不见的寄生虫，或是贫瘠的土壤里养分不足。这个比喻对于今天人类的无限度增殖大概也合适。

费尔南德出生之后过了十四个月，玛蒂尔德出人意料地得了暴病突然死去了。我最近得到了奥克塔夫·皮尔麦茨未曾出版的几行文稿，从中知道那可怜的女人得了义膜性喉炎，必须做切开喉管的手术。紧接着又有一次小产，倒霉的女人就没有熬过来。分发给亲友的“虔诚的回忆卡”只隐约提到“一种来势凶猛又为时短暂的疾病”。这类的文件上很少说明生病和死亡时的身体情况，但只这么几个字就足以向我们显示玛蒂尔德的猝死多么让她的亲人们惊诧和悲伤。在阿尔蒂尔或者弗罗兰到那慕尔一家纸品印刷社定制的镶有黑框的讣告上，画着上帝的羔羊躺在耶稣受难的刑具当中。不知道那个遭丧妻之痛的男人和泪流满面的家庭女教师是不是认为这个形象对无辜的死者特别合适。

就在那“虔诚的回忆卡”上，人们还为死者杜撰了庄严的最后告别辞。那是从某一部描写母亲死亡的虔诚的小说中抄袭而来，并不是临死的玛蒂尔德亲口说的：“永别了，亲爱的丈夫，亲爱的孩子们，我多么爱你们。我走得很突然，匆匆离去。这是上帝的安排，实现了上帝神圣的意志。为我祈祷吧。我临死时只对你们有两个要求，这两点我很重视：信仰的精神和家族的精神……保持这两种精神，并将它们发扬光大……永别了。我将为你们祈祷。”

假如这矫揉造作的告别辞真是玛蒂尔德说的，那么自然只有阿尔蒂尔一个人听到了。在这美丽的五月初，三个年长的女孩，伊萨贝尔、乔吉娜和佐埃大概在布鲁塞尔的寄宿学校，或者在奥杜耶的英国贵族女子学校，忙着兴致勃勃或无精打采地积攒下好分数，为了获得六月末的学期奖励。得到母亲突然死亡的消息，三个女孩恐怕很难及时赶回苏阿雷听这最后的嘱告。头脑简单的加斯东什么也不懂。泰奥巴尔德和奥克塔夫分别只有九岁和七岁，大概已经上了那慕尔的拉佩圣母小学。如果他们俩五月份还在城堡里，人家一定嘱咐他们不要大声吵闹，免得打扰生病的母亲。结论是这篇演说不是对他们讲的。让娜一定坐在草地边上的儿童车里，牢牢地用皮带绑着，因为一般残废的孩子都又灵巧又坚韧，能顺利地把带子解开，从安置好的位置滑出来。至于费尔南德，还在摇篮里睡觉，跟后来她死的时候安排自己的女儿睡在摇篮里的情况一样。玛蒂尔德临终时，她慈爱的父母路易·特鲁瓦和佐埃显然也都不在场。这位前地方长官也患了病，两年以后去世，他大概也很不容易从他的住地拉巴斯杜尔匆匆赶到相当遥远的苏阿雷。佐埃没有他陪着决不可能独自一人来。只有阿尔蒂尔和弗罗兰亲眼目睹了这临死的场面，再有的就是城堡里的仆役以及列席死亡事件的专业人物：医生和当地的本堂神甫。十九世纪，医生、神甫再带着个公证人组成了主持丧葬的三位一体。但是，公证人大概也没有什么为玛蒂尔德作证的：她所有的一切都属于阿尔蒂尔。

来参加葬礼的人相反倒不少。这一回，死者的父母有足够的工夫作个短途旅行；从布鲁塞尔赶来了她的姐姐阿丽克斯和姐夫让·采斯特凡；从阿克兹来了伊雷内姨妈和她的儿子奥克塔夫，两人还分别为儿子和亲爱的弟弟号称雷莫的费尔南佩戴着黑纱。伊雷内的另一个儿子埃米尔通常因为政治和社交活动留在首都，大概也带着他年轻的妻子来了。阿尔蒂尔十八年以前离开了马尔西安城堡，在苏阿雷安家之后，似乎并没有跟那个城堡里住着的亲戚保持太经常的联系，但他的姨表兄埃米尔–保罗由他年轻的爱尔兰妻子陪着有时来串一串门。玛蒂尔德丢开了金红色厚实的花边襁褓，把这些都留给费尔南德，又一次从小城堡到村子里的教堂去，但抬着她的送葬队伍走的是大路，没有走她熟悉的那条穿过草地的小径。弗罗兰把给女主人服丧当成了全部的生活。

关于阿尔蒂尔的感情我们一点也不知道，但是，突如其来地失去共同生活了二十年的伴侣总是一件让人震惊的事。他还有八个孩子。再婚对于他并不重要，不像他父亲那么看重。也许神话般的“那慕尔的女人”此时已经存在了，由他秘密地养在外省小城，在一条合适的街道上找了一所简朴的房舍。弗罗兰直到最后一息都对那女人咒骂不止。不然的话，这段婚外恋情也没有花很长时间来露头。我的外祖父结婚以来，生活肯定是暗淡无光，这一桩毫不精彩的艳遇也许是唯一新奇别致的部分，唯一由他自己做主的选择。我不像弗罗兰那么苛刻，我不忍心为这事谴责他。

两个走向永恒之邦的过客

一年的秋天，奥克塔夫·皮尔麦茨把身体不适的母亲交给他的兄弟埃米尔照料，跟他同样也患着病的太太到阿克兹来过几个星期。大清早他让人给他备好马鞍，要到图恩附近的拉巴斯杜尔去，趁着还来得及的时候去看看他生病的姨夫，市政长官路易·特鲁瓦。

在我作为参考的他写的几页书里，他本人也叙述过这一天的情况。我尽量从他其他的作品中摘录出些片段，把他那简短的描绘补缀完整，进入这人的精神世界。我是他的远亲，这样，就仿佛在九十七年以前跟他共同生活了一天。对于奥克塔夫来说，去探望我垂危的外曾祖父是他对这个家必须尽的义务，这个行动也符合他在一件事的终了时沉溺于冥思默想的癖好，一个正在家居的旅行家看来，不管愿意还是不愿意，闭门不出就是墨守成规，而走区区的十五公里路程就打破了他的习惯。他要在这段路程中得到许多印象，看到许多景致，跟他到奥地利的蒂罗尔或是意大利的阿马尔菲地区游历的收获一样多。

他避开沙勒罗瓦和这个地区的烟雾，取道桑布尔山谷里的大路。过去，他曾跟他的表妹夫阿尔蒂尔一起，在马尔西安城堡小住过很多次，这地方让他怀着怜悯的心情想到玛蒂尔德死后那个鳏夫的生活，独自住在苏阿雷，带着那些年幼的孩子。但是他又稍稍硬起了心肠：他对玛蒂尔德的丈夫从来没有真正同情过。一座修道院的废墟，在十月份光秃秃的田野中间堆积着断壁颓垣，将他带到宗教气息浓厚又充满诗意的中世纪，有关那时的任何一点传说都会使他感动不已。就在这个地方。雷莫……他年轻的弟弟，二十八岁突然死了，已经有三年了。有关弟弟的回忆从来没有远离过他。在秋季的阳光底下，那淡色的幽灵仿佛镀了一层金，也像刚从东方旅行回来的雷莫一样，棕褐的脸色，容光焕发……三年了……草丛中开着秋水仙，和谐的灰褐色地面上，还有一大片蓝色的紫菀。天空中一只迁徙的鸟急速地转了个弯，不由得打乱了他在每一丝气息中颤动的思绪。他推敲着词句，今晚给约瑟·德·科潘写信正好用来描写这一切。这人是他在乡间的年轻邻居，是他的知己同伴。在一家旅店的院子里他停了下来，给他的马喂些草料。一张俊俏的脸打动了他的心旌（这件事他对约瑟一点也不提）。他向一个女人问路，她那浓郁的乡谈提起了他的兴致，从这里似乎又找到了古法语的措辞；几个拾枯枝的小姑娘让他想起即将来临的冬天，这对于穷人来说非常严酷。就像往常一样，每一次他走向外部世界时，生活就会扑面而来，有出乎意料的事物，深沉的哀愁，让人迷惑的温存以及几乎使人招架不住的、无所不包的大千景色。

然而，他必须让自己一段又一段地重新走完路易·特鲁瓦的路程，因为他就是要见他最后一面才启程的。奥克塔夫二十来岁死了父亲，他把他的一部分亲子之情寄托在他姨夫身上（这姨夫也是他的教父）。他对这人十分尊重，又保持着一点距离，就像家里长幼之间那样。他尽力想象他姨夫儿时的情况，接着想象他勤奋的青年时代，就在这条河旁，周围就是这样的景致，就在滑铁卢战役的炮击之后不久。路易的父亲——斯塔尼斯拉斯·特鲁瓦，在拿破仑治下是热马普地区的行政长官，接着，又在荷兰的政府里当议员，在那动乱时代顶着个官职，有一日算一日地敷衍着公务，这事比政权的持续更要紧……他好像是从他的母亲，伊萨贝尔·杜·乌兹那里继承了这种完美的举止，其实就是品位高雅、彬彬有礼的外在表象。当年比利时新从荷兰划分出来，还是欧洲地图上的一个新国，一提起那时布鲁塞尔议会中的唇枪舌剑，奥克塔夫就不太自在：路易·特鲁瓦作为特万地区的年轻议员，曾经参加过那些已被遗忘的争论……奥克塔夫大致回顾了他姨夫为官为宦的生涯，特别是当着埃诺的市长，在蒙斯过了二十一年。雷莫不那么看重这高级职位，他总觉得在我们认为是公正的后面潜伏着不公正，而且在国家机构最为合法的惯例中，表面的命令底下总隐藏着不清不楚的东西。一个十二岁的童工在博里纳日的矿井里一天要干十二小时，周日才能看到天光，这样的世界他不感兴趣。然而路易·特鲁瓦却相反，他这样的人，无论社会怎么样，他都打算恪尽职责。

在这个人人都爱发火的国度，一切规章制度都在草创时期，新近兴起的工业化又引起了激烈的利益冲突，当个埃诺市的市长必须有不少的手腕才行。相邻的法国总觊觎着把埃诺事实或名义上吞并过去，而小拿破仑又似乎时常在比利时寻衅。高层之间流传着谣言：法国皇帝私下里向荷兰提议将比利时一分为二，法国占其中的一份，他还极为小心地探听边境地区的兵力。拿破仑三世在法国要保证已经建立起来的秩序。这个友好邻邦同时也是个危险的国家。在不信任和对于流亡的自由思想的法国人极端友好之间，要维持某种平衡。路易·特鲁瓦善于在这些险滩里航行，他佩戴的荣誉团绶带就是证明。

还有一些地区性的骚乱；有一天过激分子在蒙斯围攻一座修道院；黑帮土匪在乡村肆虐，引起了恐慌，接下来的是过于严酷的镇压。这个时候，大家认为路易·特鲁瓦处理得既巧妙又合乎人情。同时他还能够果断坚定。全区最丢人的一桩官司就是在蒙斯发生的，博卡尔迈伯爵和他的夫人被控先挥霍了残疾内弟的遗产，后来又把他谋杀了。两人对此供认不讳。从巴黎请了拉肖律师为他们辩护。开庭时法院里人声鼎沸，埃诺的市长、议会的主席和一位身穿军服的将军甚至觉得有必要在法庭两旁的台子上派来士兵。全国的贵族都骚动起来，就像一个多世纪以前在巴黎审判一个叫什么奥尔恩伯爵的有名案件一样。倒不是要救那坏蛋的一条命，只是设法改变一下让所有的高门贵胄觉得难堪的判决，他们都跟罪犯有亲戚关系。市长和布鲁塞尔的当权人物都坚持了原则。市长这个大资产者有意与仍有封建意识的叫嚣顶撞，仿佛从中找到了某些愉快。那个伯爵在蒙斯的广场上被处决了。面对广场的贵族俱乐部和几家有爵位的宅邸都关上了窗户，连护窗的百页板也拉了下来。那时雷莫还是个孩子。从那时起，尽管他怕看执行死刑，但他毫不犹豫，认为他姨夫做得对。

在与拉巴斯杜尔相邻的小村子玛尔百拉杜，大家都认识奥克塔夫先生，人家告诉他市长的情况不好。走到了城堡，他感到一阵悲伤：在二楼他姨夫卧室的窗帘都垂了下来。莫非他来晚了？但佐埃正来到小客厅休息一下，在窗前看见了他，亲自过来给他开了门。她可怜的路易很衰弱，但感谢上帝，仍然保持着他所有的特性。见到外甥他一定会很高兴。佐埃年轻时很漂亮，年龄、悲伤、疲倦令她变得虚弱浮肿。整个的魅力如今只包含在她的温柔慈祥之中。自从她的女儿玛蒂尔德在两年前的五月里死去之后，她就戴了一块很宽的黑纱，好像预先就露出了寡妇的模样。她告诉来客，上一个星期她的路易就怀着虔诚的心愿接受了圣油。大家还希望他有所好转，但病情一点也没有减轻。善良的上帝肯定是要把这可怜的病人召回去了。奥克塔夫觉得，或者说努力觉得自己在恭恭敬敬地聆听她的话，但也不禁暗自地想，路易姨夫的感觉是不是跟他的妻子处于同一个水平。他记得曾在某个地方写过，在生与死面前只有两个有用的态度：基督教的态度和斯多葛主义的态度。他佩服他姨夫，特别是由于他的斯多葛主义的精神。

佐埃把他交付给一个跟随路易·特鲁耶四十年的老仆布瓦尔，他们一起上了楼；男人对男人的忠心耿耿使奥克塔夫很感动，他发现那老仆脸上布满了皱纹，几个月以来，他都一整夜一整夜地侍候他的主人。奥克塔夫觉得，这个年老的仆人比善良的佐埃跟路易的关系更近。

布瓦尔悄悄地打开了一扇窗子的百页护板，帮先生倚着枕头抬起了身，然后轻手轻脚地离开了房间。那病人兴奋地大声说：

“亲爱的外甥，在我死前还能再看您一眼，我多么高兴呀！”他的声音衰弱了下来：“是呀，我一向不怀疑您心里绝顶聪明……无论如何，我本来早该派人去叫您……也许是我有点倚老卖老了……”

奥克塔夫很尴尬，赶紧设法道歉。他怎么会拖延了这么长的时间才来看这个临死的人呢，这个人跟他这么亲近，而且愿意向他表示眷恋的感情。他的姨夫是不是对他有一个最后的嘱托，而他也许没有力量去完成？路易·特鲁瓦喜欢辞章文藻，很看重他外甥这么个优秀的作家，他明白，那一段欢迎词里面似乎包含着一点谴责，于是，又用庄严肃穆的声调继续说下去，在十九世纪这似乎是不可少的。

“亲爱的外甥，您的来访使我觉得无限荣幸。就像我周围的人对我无微不至的关怀一样，您的造访比我一生中所得到的一切荣誉都更让我感动……”

他停了下来，考虑了一下，又犹犹豫豫地说："我觉得我的确得到过一些荣誉……"

这些话大概是让奥克塔夫受到了触动，否则他不会不厌其烦地用文字记录下来。如果是我，我觉得一个已经被亲人们评价为出类拔萃的人，临死时能对自己的过去抱着相当淡泊、相当洒脱的态度，不必自问是否得到过荣誉，就已经足够让我尊重了。

路易·特鲁瓦的声调又显得更为亲密了些："自从我在这里卧床不起，对我来说死亡就不再是个不速之客……我不再害怕死亡了……但是，我本来还希望陪着我的亲人们再多过几个月。"

来客想说些让他放心的客套话，但是姨夫打断了他：

"算了，我的疼痛一阵接一阵，停的时候不多，甚至越来越重。死了倒是个解脱。再说，死了也许就能看到我亲爱的女儿……"

当年他常跟那个小姑娘在铺着沙子的小路上玩耍，后来小姑娘长大了，差不多总在怀孕，体态臃肿，她跟她的丈夫去看望伊雷内姨妈，奥克塔夫就借口给姨妈采一束花，从客厅里溜出去。那两个女人都没有让他特别注意。但是一向微不足道的玛蒂尔德身价突然高贵起来，这临死的人希望在天上看到她，从而竟得到了安慰。奥克塔夫时常自思自忖，说不定将来还能看到雷莫，现在要不要对姨夫肯定地说他坚信在另一个世界还会遇到他们？他曾在他的某一本书里写道："我们相信灵魂的永生。如果我们不相信这一点的话，一想到这一切都是上帝安排好的，我们也会心平气和地安息。"这是作者一句典型的话，这话肯定了那种信仰，仿佛比人们对他的期望还要强烈，然后又惴惴地屈曲在他所选择的那种假说里。如果死亡就是安睡，那么与亲人团聚莫非只不过是最后一次睡眠中的梦境？幸亏路易·特鲁瓦并不指望外甥证实或否认这个假说。他把眼睛闭上了。

奥克塔夫从来就钦佩他姨夫的仪容气度，抬眼望着陈设在宽敞卧房一个角落里的市长的豪华肖像。画像里的路易·特鲁瓦还很年轻，穿着表示他职位的镶着金色绦子的制服，纯净的面容上显出的安宁几乎带有希腊气息。来访的外甥满怀温情地回想起三十多年以前，被流放到布鲁塞尔的老大卫的高足纳维兹①曾给风度翩翩的路易画过一幅美丽的素描，就像一个古代浅浮雕的孩子，紧紧搂着心爱的羔羊……这一切都落到如今的下场……他为濒死姨夫最后这痛苦的模样感慨不止。他衬衫里面的上身已见消瘦，衬衫有些发潮，是路易特意穿上来接待外甥的，皮包骨的脸，棱角突出的额头，凹陷的太阳穴。诗人觉得这些地方仍然美丽，它们组成了一种精神的堡垒，而这堡垒是不会陷落的。路易·特鲁瓦又睁开了眼睛，彬彬有礼地打听他大姨子伊雷内的偏头痛，埃米尔的太太、他外甥媳妇的慢性病，她秋天曾到阿克兹来住过几天。客人完全明白，那些小病小痛一点也不会让这濒于死亡边缘的人感兴趣。路易·特鲁瓦只不过仍然遵守着他的原则：关心别人胜过关心他自己。奥克塔夫痛心地想到他与姨夫亲密相处的时间已所剩无几了。他没有好好利用机会跟他敞开心扉谈一谈，把自己与这个生活经历比他丰富得多的人做个比较，他从来没有把他个人的理解、怀疑、焦虑和不安告诉过他，而这些才是织成全部生活的经纬。让他提供一些建议是不是为时已晚呢？起码，能够跟他谈论一会儿他写的有关雷莫的那本书该有多好……但是，用一个连自己都不敢面对的问题去打扰一个病人是多么不合时宜！正好在这个时候佐埃进来了，她怕谈话的时间

① François-Joseph Navez（1787—1869），比利时画家，自 1813 年起在巴黎师从大卫，大卫被流放时他也一同来到布鲁塞尔。

太长。她请外甥跟她一起到花园里转转。

"Consilium abeundi[①]."路易·特鲁瓦微笑着说，直到临终，他还是个拉丁文的学者，"亲爱的外甥，您姨妈建议您走，那您就走吧。您在上路之前再来看看我。"

奥克塔夫和佐埃沿着池塘散步，这个时候，池边上堆满了枯叶。佐埃喋喋不休地说着话。她提起来她的两个孩子阿丽克斯和玛蒂尔德，曾在这一带高坡上跟着奥克塔夫玩滚铁环的游戏。她仿佛又看到一八四八年路易得到蒙斯市长职位前不久，在布鲁塞尔那动乱的日子。那时奥克塔夫暂时躲到他姨夫家里来，因为他就读的圣米歇尔教会学校里的好心牧师认为，在这兵荒马乱的时候，最好打发学生各自回家。但幸亏人民群众并没有像巴黎的民众那样，被心怀叵测的人引入歧途……她又提起了一桩辛酸的回忆：说起一八三〇年那些动荡的日子。那时她正跟姐姐伊雷内住在一起，伊雷内新近刚跟奥克塔夫的爸爸订了婚。两位小姐在公园里散步，听到从那慕尔方向传来了炮声。大路上挤满了身穿工作服手拿标枪的人，她们俩决定冒着危险，从这条路上逃到大姐阿梅丽家里去。亲爱的奥克塔夫，她不久之前嫁给了你的伯伯，维克多。平头百姓也掺和到政治里来了，有谁知道会有什么下场？农民起义的可怕形象在小姐们的眼前晃动……到了皮尔麦茨家，发现从前给威廉国王当过侍卫的维克多正亲自为造反的人们制作子弹袋呢，她们真是大吃一惊。不久之后恢复了秩序。是阿尔蒂尔的父亲殷勤妥帖地把两位小姐送到布鲁塞尔，去参加比利时国王的登基典礼。那个阿尔蒂尔大概从来也不能让我们可怜的玛蒂尔德得到幸福……我们的弗洛尔

① 拉丁文，下逐客令。

那时已经有喜了，就留在马尔西安……这个出色的女人伤心地一个个数过她死去的亲人：美丽善良的弗洛尔，才二十一岁，就被好心的上帝召回去了；还有阿梅丽和她的丈夫维克多、善心的邦雅曼，您的父亲，打猎的好手，又精通音乐……到最后，我们亲爱的玛蒂尔德又那么突然地离开了我们……

老妇人那温厚绵软的声音听得奥克塔夫觉得很累。这些絮絮叨叨的话他已听他母亲讲过许多次了，情节更为确切。他不知道佐埃是不是觉得也应当评论一下雷莫。而她竟然没有提，正像他所希望的，她放弃这个权利了。他们又回到了城堡。现在，佐埃姨妈说到了波雷昂，四位小姐养的小猫，她满怀温情地回忆起，每年她们都把自己攒钱的扑满打碎，花钱给这苏阿雷的小可怜买衣裳。在台阶上，佐埃表示跟外甥这么愉快地谈谈，她高兴极了。她给他准备了一点点心，他也接受了。又过了一小会儿，他上楼去向病人告辞。

但这一次，路易 · 特鲁瓦甚至没有企图倚着枕头抬起身来，他只拉住了外甥的手，握了很久。奥克塔夫觉得，有些事情说不说都无关紧要，这紧紧的握手就把一切意思都表达了。他又走上了回阿克兹的路。

大路还跟早上来时一样，但黄昏时的风和寒气仿佛把景致都改变了。早先缀着金黄色的树叶仍然美丽非凡的树木，现在却像一个个乞丐，冷风阵阵地吹着，撕走了它们最后的几片褴褛衣衫。云影遮蔽了田野。雷莫又来陪伴他的哥哥，但已不是今天早晨那位葬礼上的赫尔墨斯[①]，苍白的嘴唇上还带着微笑，而是德国中世纪歌谣中描写的那种满身鲜血的鬼魂。仿佛他姨夫濒死的景象一下子把奥克塔夫带到了另一个临终的场面，他似乎又看到他弟弟的最后时刻，就像仆人们对他说的一样。那是在列日，城区尽头码头旁边的一座房子里，从阳台上可以看到高低不平的美丽山丘。客厅里，桌子上放着雷莫从德国带回来的一个东西：那是一个匣子，发动之后可以忠实地放送年轻人最喜欢的乐曲，歌剧《汤豪舍》的一段曲子。那天早晨，雷莫作了长时间的散步之后，小心翼翼地开动了机器，然后走进隔壁的卧室，让门开着，为了不漏掉粒粒珠玑般滚落而出的音符。过了一会儿，突然一声炸响掩过了音乐，仆人们跑过去，发现他们的主人浑身是血，面色变得苍白，靠在镜子上。子弹穿透了他的心脏，他颓然倒下之后乐曲才奏出最后几个音节。

在奥克塔夫看来，雷莫是个烈士。这个年轻人，生活充实，热衷于旅游和阅读，有着奥克塔夫永远也赶不上的自由洒脱，他常常默默地把“这个朝气蓬勃的灵魂”跟渐觉迟暮的自己相比。是什么样的不幸逼他走了绝路呢？是“在这不幸的世界的边缘，每一个伟大的灵魂都会感受到的那种不幸”。很早的时候雷莫就同时感到了愤懑和怜悯。他是魏玛和耶拿大学的学生，十分推崇费希特[②]和黑格尔，热诚地阅读达尔文、奥古斯特·孔泰[③]和普鲁东[④]的作品。他这个热情的青年，时常一连几个钟头跟他朋友中的一个年轻医生争论印度以及斯维登堡所涉及的哲学问题，同时他也热衷于叔本华。雷莫提起他自己短暂的过去时，曾经说过：“我一直只不过是一个活着的思想。我觉得我就像一个正在爬山的旅客，回头眺望时，只见到无数已不复存在的人曾经渡过的一片泪海。”他需要抓紧时间为仍然存活着的人服务，就是这一点促使他从事政治活动。雷莫还是个孩子时，就竭力地捍卫弱者、被侮辱与被损害者的利益。稍后一些，他去旅行并不像某些人，只是要在用功的间隙或两件事的空当去品味风土人情，从而寻找出美。在非洲，最触动他心灵的是奴隶制度下的悲惨不幸，而喜气洋洋的阿尔及尔城以及雄伟庄严的金字塔倒在其次。在阿克兹，他的卧房里挂着威尔伯福斯和林肯的肖像。奥克塔夫在意大利醉心于生活尤其

---

① Hermes，希腊神话中宙斯的传令官，也是奥林匹斯山上诸神的使者。最初，他曾是牧人的保护神，也管把灵魂引导到冥界去，所以称为亡灵的接引者。

② Johann Gottlieb Fichte（1762—1814），德国哲学家，先验唯心主义运动的第一位代表人物。

③ Auguste Comte（1798—1875），法国哲学家，社会学和实证主义的创始人。

④ Pierre-Joseph Proudhon（1809—1865），法国社会学家、社会活动家，信奉意志自由论。

是醉心于梦想，而在这个国度，平民地区的卑劣肮脏，劳苦的大地上的人们脸上清晰可见的恐惧和奸诈，成群结队的贪婪的乞丐，所有在阿斯泼蒙特战役和门塔纳战役的现场上出现的腐朽丑恶现象对于雷莫都有重要意义，甚至胜过了他也同样重视的事：去探寻维吉尔[①]的遗踪。他曾在信里严肃地对他哥哥说："你仿佛只用你诗人的角度去看待这劳苦的大地。仿佛只有《农事诗》的作者来当你的向导。塔西佗能够给你更好的启示。"在这充满了阳光的篇章中，"除了人类以外，一切都光辉灿烂"。

他像朝拜圣地似的到希腊去，在那里，他仿佛又见到了普卢塔克那样伟大的人物和希腊独立战争时期的民兵。他在阿克兹的小树林里；曾读过这个作家的皇皇巨著，一直心仪不已。但是一个小旅店的店东把他洗劫一空，那旅店孤零零地在基克拉泽斯群岛的一个小岛上，店东本人也害怕强盗。雷莫坚持要把店东绳之以法。这件事让他接触到了地中海沿岸永不断根的贼窝、英雄的后裔以及希腊诸神的庙堂的残垣断壁。回到家乡之后，他谴责那些探险家，说他们"用人类的手制造出了地狱"。说那些雇佣童工的人"不赞成义务教育，但对去打仗的义务兵役却没有一个字的谴责"。就在这时，也只是在这时，奥克塔夫才明白了，雷莫"从对公正越来越高涨的需求之中，产生了对世界不共戴天的仇恨，而对不公世界必定报复的仇恨正是热爱世界的另外一个方面"。

---

① Virgil（前 70—前 19），罗马文学鼎盛时代的主要诗人，其作品有《埃涅阿斯纪》和《农事诗》。维吉尔引导但丁游历三界是但丁《神曲》的主要脉络，所以文中说以《农事诗》的作者为唯一的向导。

奥克塔夫回忆得起雷莫心中这阴郁的火苗燃烧得最旺的那几天。那是在巴黎，兄弟俩又见了面。雷莫到巴黎来过许多次，也住过很长时间，但他并不太喜欢“这个豪华的大城市”。然而他也能轻松愉快地潜入这五光十色的涡流，就像在波浪中游泳似的，不过他很快就忍受不了那些喧闹和人群。只有在这里能听到美妙的音乐，才能给他的烦恼以补偿。瓦格纳已经把他征服了。年纪更小一些时，有一群人狂热地捍卫创作了《汤豪舍》的那个音乐家，他就是其中的一分子。而赛马俱乐部的成员们串通一气，每人拿着一个银哨子，上面刻着他们憎恨的那出歌剧的名字，兴高采烈地去喝倒彩。“一奏乐他们就闹腾，一唱歌他们就起哄。”“要想不捧腹大笑除非不是法国人。”真是恬不知耻……就在那个高卢-罗马废墟附近的玛蒂兰圣雅克街，雷莫有一所住宅，据说那废墟当年是尤里安皇帝的宫殿，住在这宅子里的雷莫是另外一个急风暴雨式的大学生。在他还没有利用不多的机会聆听大师的那部作品之前，就先把他珍爱的乐谱抄录了下来。《汤豪舍》的乐曲又一次像重锤似的在奥克塔夫脑海中敲击。他又伤心地回忆起，雷莫最终竟然从自己身上彻底清除了他称之为“豪华多余的感情”。重提这段旧事时，他曾对哥哥说：“你怎么会想不到，从诗歌和艺术那里倒转过身来对于我是多么大的牺牲？……有时候我想，看到了美丽的事物我就会平静下来，但美却带着强烈的痛楚直钻进我的心，我带着这美丽的痛楚，一直到它化为溢出的眼泪。”

一八六九年……一八六九年的八月……两个几乎是陌生的兄弟又一次沿着塞纳河畔的滨河街以及卢浮宫的列柱漫步，但几乎没有看周围的景物，接着又走到杜伊勒利花园的树木底下，杜伊勒利宫里的王宫守卫队当时还把宫堡的门窗紧紧关闭着，然而这宫堡不久以后也变成了焦土[①]。他们陷入了无边的形而上学论辩中，剩下来的只有神经的极度疲劳和情绪低落。这两个迷失在大城市的瓦隆人已在不知不觉中与这永恒的巴黎融为一体，巴黎永远在变化更新：从中世纪争论共相是否存在[②]的文人，一直到我们这个时代的小青年；中世纪迪南地方的大卫离我们还不远，仍在火焰中呼叫，而当代的年轻人则交谈着他们对海德格尔或毛泽东的看法。他们具有该城市暂住公民的称号，在这里，也许比在其他的城市有更多的思想论争。

巴黎最招人注意的是明星拉帕伊娃、奥尔当斯 · 施奈德、声音洪亮的德雷萨以及带歌舞表演的咖啡厅里的轻歌剧，然而这些对他们都毫无意义。另一方面，第二帝国的豪奢淫靡朝欢暮乐他们也从不注意。他们信步来到在夏日淡蓝色的暮霭中已灯火辉煌的香榭丽舍大街。街上挤满了人群，大家在闲逛或吃冰淇淋。再过几个月，色当[③]的屈膝投降正等待着他们，把他们变为围城中的耗子。奥克塔夫也许是要安慰一下那焦虑不安的年轻人，就让他看看周围的一片欢乐景象。任何别处都没有这种勃勃的朝气与闲适安逸混合在一起的氛围；像是抹了润滑油的弹簧似的，滋润滑爽的文化，上面又包着一层美味的表皮，简单说就是生活的甜蜜和惬意。雷莫摇了摇头。既然知道全世界的痛苦，那么他觉得这些幸福只不过是毫无价值的奢侈淫逸和苟且怠惰，那些人对于不可避免的明天竟然全无察觉。他让他的哥哥观察那一个个陌生人，他们坐在桌子旁，面前摆

---

① 1869 年正处于风雨飘摇的第二帝国末期，1870 年开始普法战争，帝国被推翻；1871 年成立了巴黎公社。这正是法国大动乱的时期。

② 共相即一般、共同的属性，西欧中世纪经院哲学常用的一个术语。共相是否真实存在是唯名论与实在论的争论焦点。

③ 1870 年 9 月 2 日拿破仑三世在色当被德军打败，举起白旗投降，德军长驱直入，于 9 月 18 日占领巴黎。

着一杯苦艾酒或是冰咖啡，脸上一副目空一切的傲气或是蠢相，有的在微笑中露出一点微妙的恶意。这些猥琐小人，论人断事极为肤浅，根据不同的情况，有时趾高气扬，有时又极力隐藏起他们真正的嘴脸。忽然，奥克塔夫看到弟弟用友善的眼光看着一个衣衫褴褛穷困潦倒的流浪汉，他的眼神变得阴郁了，在他看来，这流浪汉比那些心满意足的小人离现实更近。

“为了生活，我必须感觉到我自己有用，这对我是必不可少的。”雷莫知道，他的观点中自由的倾向太重，不容易让已有的报刊杂志接受，他就由一位战友帮忙，在比利时创办了一家周刊，“为了捍卫人民的事业”。“不减轻人间的痛苦死不瞑目……”自然，他成了众人讽刺挖苦的目标。那些道貌岸然的伪学者，从来不为别人的不幸担心，无论他们在什么地方，埃诺这里一旦有风吹草动，威胁到他们的个人利益，他们就马上跳了起来。这些人斥责雷莫，说他不关心地方公益，反倒为加勒比人或卡菲尔人①的命运悲痛不已。渴望着行动的年轻理想主义者辩驳道：“我们的灵魂足够宽阔，能够容纳所有不幸的人，无论是黑人还是白人；我们的智力足够机敏，能够给他们以援助。”也就是这种为他人服务的精神使雷莫成为和平军团的一个创始人。这是一个孤立无援的小团体，有点可笑，企图把一八六九年在滑溜溜的斜坡上滚入战争的欧洲支撑住。无论是老谋深算的卡福尔②掌权的皮埃蒙特地区，陷在政治威望的陷阱中的法兰西，还是铁腕俾斯麦的普鲁士都不会听几个疯子的瞎嚷嚷。为了他的事业，雷莫花费了父亲留下的一部分遗产，翻译并印刷了

---

① 非洲东部沿海一带说班图语的居民。

② Camillo Benso Cavour（1810—1861），意大利政治家，曾任议长、财务大臣、外交大臣等。

千万份呼吁和平的传单，在他旅行时散发出去。当然，结果好比是一阵风把传单吹走了。自由宽松的帝国引起了一股希望，他的一位共和主义的朋友邦塞尔，十二月二日曾被流放过，此时在选举中得到了胜利，也让他高兴了一阵子。紧接下来一八七〇年的国难是更为深刻的悲剧，还有二十万人尸陈战场的血腥噩梦。

那时的比利时人，谴责普鲁士人的野蛮粗暴，但又从他们的胜利中占些便宜，至少认为谁打胜了谁就有理，年轻人看到这种现象不禁又羞又恼。在那“恐怖的一年”冬天，邦塞尔经过“反对现有制度，呼吁追求的一生”之后，筋疲力尽，英年早逝。他的朋友本不多，又失掉了这个人的支持。接着，一八七一年五月份，居斯塔夫·弗路朗[①]被打死，他已经是个有名的年轻生物学家，因为他是无神论者，又攻击了帝国的权威，才二十七岁就被拉下了他心爱的法兰西公学的讲台。雷莫跟居斯塔夫一起从布加勒斯特旅行到君士坦丁堡。就是从那里，血气方刚的法国青年动身去参加了希腊的克里特岛上的人民起义。奥克塔夫怀着一点艳羡想着那两个同路的伙伴热情的谈话会有什么内容。居斯塔夫被任命为几处防御工事的统领，在夏杜的一个旅馆的门口被凡尔赛的军队打中了，那时他正掩护公社部队撤退。雷莫很是悲痛，尤其是想到在一段时期他曾跟这个人抱有同样的希望，他想象不到如何才能给他恢复名誉，心里就越发痛苦。他家里的任何人都不理解也不能容忍这种破坏性的胡闹。奥克塔夫伤心地轻声说道：“在他们和你之间的联系早就断了。你还只不过是个愤世嫉俗的绅士的时候，他们就认为你在造反；如果你拒绝从公正的严格原则上迈开一步，他们就认为你古怪刻薄不近情理

---

① Gustave Flourens（1838—1871），法国革命家、教授，参加了巴黎公社。据《罗贝尔专有名词词典》记载，他被处死的日期是 4 月 3 日。

了。”雷莫本人把他哥哥这温和的看法更推进了一步：“就像苍蝇成群地麇集在受了伤的身体上一样，恶毒的话像下雨似的，都射在我身上。”然而他还在战斗，又创办了一个杂志来继承那个办不下去的周刊，并且给外省的日报为他死去的朋友写悼念文章。奥克塔夫专注地目睹了他这孤独的斗争，让他想起易卜生笔下的培尔·金特在同一个时代的生活。他低声为他弟弟的一生作了概括：“与其所作的努力得不到成功，宁愿去死。”

雷莫在一生的最后一年，也改变方向涉猎一些不太让人厌倦的事：他在耶拿已经接触过的哲学和自然科学。然而在这里面也隐藏着危险。他对植物的研究倾向于众人嗤之以鼻的达尔文主义，他阅读黑格尔和叔本华的作品，但他已不是那个在阿克兹的小教堂里祈祷并且虔诚地到圣日耳曼奥塞尔大教堂领取圣体的少年了。奥克塔夫和伊雷内夫人保存了他的信，很早就感觉到在他的书籍里有一股让人不安的叛离宗教的阴影向他们袭来。丧失信仰不仅是精神上的灾难，而且是社会上的一桩罪恶，是邪恶地背叛了从摇篮里就建立起来的传统。“对于这个心潮起伏思绪不定的人，周围有许多人怀着高尚的激情向他进行聪明智慧的劝说，这其实是错误的。本来应当让这个焦虑而又敏感的人平静下来，劝告和斥责只能让他激动。他们毫无用处地刺激这个已很痛苦的灵魂，对他说是他自己错了。他们不如让他感到，对周围景象斩钉截铁的判断本身就是个不幸。”奥克塔夫又模模糊糊地继续想道：“如果我有什么可谴责自己的，那就是曾经跟雷莫辩论他所相信的道理。”像往常一样，他一面自责一面又原谅了自己，“我本来应当通过心灵的路去提高他的勇气。他一直希望在他的社会斗争中能得到我的支持……他的新理论引起了我的惊恐，而且，在没有清清楚楚地看到结果之前决不采取鲁莽的行动，这是我的天性。他发现了这一点，内心深处万分悲哀。”

作为大哥，奥克塔夫一直到最后都死心塌地不逾旧轨，他以为要让雷莫转变思想只要“遇见一个虔诚的女人，值得他尊重和爱护”就足够了。奥克塔夫有自知之明，意识到了自己的弱点，他从感情上就不再希望由他本人去启发暴烈如火的幼弟。他们的母亲肯定也没有抱这样的希望。奥克塔夫没有看清这种思想上的悲剧在雷莫心里埋藏得多么深，他一点也没有发现人在忧心如焚的时候家里人的关心能够起某些抚慰的作用。在信仰虔诚的母亲和循规蹈矩的哥哥看来，那年轻人唯物主义的理论和极端的乌托邦思想是一种疾病的征候，他们不知道如何去治疗。接下来的几年中，奥克塔夫和伊雷内夫人不知又把那些事件思索过多少次，他们自问应当怎么办才能救出雷莫，把他领到正路上来。的确，有时候“光辉灿烂的灵魂”使奥克塔夫约略看到来自另一处天际的使人目眩的闪光。“他看到链条上新的一环，在无限的一体中，把所有生灵都连在了一起。”(六百年以前，迪南的大卫曾在熊熊燃烧的火焰中轻声说：“Quis est Deus？ Mens universi.[①]”)。哥哥听到过幼弟有时对他说的莫名其妙的知心话，他就预见到了最坏的灾祸：“当我这个人不再有任何感觉，总而言之当我不复存在时，我才能满意。但这刹那间的愉快只是一时的闪光，在我漆黑一团的日常生活中出现这样的闪光是一件好事。”这种不食人间烟火的神秘主义，对于一直受浪漫形态的天主教思想支持或者说哄骗抚慰的奥克塔夫来说是一个谜。奥克塔夫发展到另外一个境界，这也惹恼了雷莫：“你以为你驾着美丽的翅膀升上了天，也许你其实是钻入了你那理想主义的害人的波涛底下。”兄弟俩继续保持着通信联系。雷

① 拉丁文，上帝是什么？只不过是一种普遍性的原则。

莫曾在家里的一块地产上给自己经营了一个静居之所，他两次到那里小住时却没有写信。明智而又胆小的大哥站在家庭一方，对他进行谴责。雷莫却跟那些可怕的精灵在一起继续孤独地战斗。“他无论是在人间还是在天上的诸神那里，都没有得到任何支持。”

奥克塔夫蓦然停住脚，思绪又激烈地翻腾起来：对了，他在他的书里就是试图这样来说明他的境况……哥哥面前竖立着一块白色大理石的碑……雷莫的坟墓……雷莫本来以为他要与虚伪战斗到最后一息，然而这虚伪不正在他墓碑的铭文上凸现着吗？一开始就是“致命的事故……”底下又说：“他不知道那枪里装了子弹……”显然，那位精细的铭文作者很清楚，在昔日的法文中，不仅是偶然射出的一颗子弹，连所有悲惨的事件都冠冕堂皇地用“事故”这个词来特指。而伊雷内夫人尽管写了有关“伟大世纪”的几位妇女的文章，对这事却没有仔细观察，她认为她的奥克塔夫接受了家里人都认可的那篇文章：雷莫在胸前漫不经心地玩弄一把他不知道已上了子弹的手枪，因而被打死了。当然，提起“他不知道枪里装了子弹”，这说明大家认可这种看法。真是虔诚的谎话。然而，一个爱好瓦格纳的年轻人，把他从德国带回来的精细而又贵重的音响玩具上好了发条之后，马上到隔壁的房间去作如此的安排，这种事可信吗？奥克塔夫很后悔曾经写过这样荒谬可笑的句子：“旋律使他完全陷入了精神的世界，竟然忘却了手里玩弄着可怕的武器……”然而他也不会再把这话涂掉。莫不是那么喜爱音乐的弟弟宁愿在这“异域而又悲凉的乐曲”陪伴之下，跨过最后的门槛？雷莫靠在镜子上，看着自己死亡。这年轻的文人也一样，直到最后还是个拉丁文的学者。惊慌失措的仆人们去叫邻居，他一面吐出他最后的气息一面迎着邻居发出维吉尔那句悲哀的慨叹："En morior！[1]"莫非这是一个人遭受到突然的打击，被吓傻了的征象，而他还巴望着得到一点物质或精神上的帮助？……显然，都不对……然而雷莫刚刚向家里的人宣布他要回来跟他们一起过几天……自杀难道是跟这个意味着亲近也许甚至是改变观点的计划相并而行的？奥克塔夫在内心深处已约略地意识到，雷莫早就料到又会发生惯常的斥责和争论，这可能推动他采取破釜沉舟一了百了的行动，而他所估计的，"扑向深渊的死者"还有"一阵子后悔的情绪"，那也是毫无根据的假设。

雷莫没有留下一句告别的话，但是有兄弟之间每一次炽烈的谈话，在那年轻人写的信里，每一行都似乎大声呼喊着他对生活的厌恶："你并不了解我，科西莫……我生活中所有的牵累都没有了，如果你真正了解我的工作，你就不会珍视它的价值。你斥责我是个唯物主义者，难道不是恰恰因为我只愿意在精神世界里生活？不正是因为混迹于人间的有福之人中，我才认出了《圣经》上所说的'粉饰的坟墓'的真正面目？有时候，我曾到你这里来寻求建议和支持。回忆起过去，又激起了我的痛苦。现在，我试图以我的见解来胜过你的。这样做时，我赤裸裸地捧出我的灵魂，你可以包扎住这灵魂上的伤口，也可以拿它当靶子，重新向它射箭……我都心甘情愿。有多少次，我整天走来走去，脑子里思潮澎湃，回到我的房间，在那里找不到一点安慰。然而我一点也不后悔！如果我的青春能重新开始，我也要像我做过的一样，再一次把它燃烧净尽。我不觉得这样的生活值得抱怨。当然，我只愿意忍受应当分在我名下的那一份痛苦。但我承认，面对着我的思想意识，很难永远保持一种'星座般阴沉的宁静'。一直到死都不被人了解，是一件残酷的事。"

① 拉丁文，死了！

这种喷薄而出的少年意气已沉沦在黑夜里，奥克塔夫否定了雷莫那最后解决的办法，反倒把它说成像小报上花边新闻似的，笨拙的结束生命的模式，这岂不是抹杀了这自杀的全部美丽？这样做岂不是彻头彻尾残酷无情的背叛？岂不是同样也损害了他自己的那部作品？令其失去了所有想要赋予他的意义？他那么小心地选择摘录出的文字，举出细节，推敲合适的词句来说明他向幽冥的地域进发的历程："雷莫不了解生活，他对生活的索取太多"；"他的灵魂已失去了生活的兴趣"；"他所作的努力都没有成功，就宁愿去死……"……但是肯定地说，对于善于领会的人他已经说得很清楚了。在他这个圈子里自杀是个不光彩的字眼。他这样的作家，很久以来就习惯于出言谨慎，有所避忌，觉得为保全面子不得不做一两处修改。比起来为这英勇的灵魂作长久的礼赞，这些改动无妨大体，也让他更为安心……再说，他怎么能反驳身穿丧服的母亲的意思？想到她那么担心的儿子临死还犯了重罪她一定受不了[①]。他想起来守灵那天晚上的全部情景，遗体周围有鲜花和蜡烛，还围绕着一群黑衣的修女在祈祷。这时"整个的村子保持着一片静谧，但私下里流言四起，每个人都按自己的想法去评论这悲惨的事件"。如果家里人不否认他是自杀的话，那么，给一个浪费了自己智力的孩子光明正大地保全名誉，从而让家里人虽然悲哀但也觉放心就都不可能了。奥克塔夫的天性就不能违抗公众的舆论，更不能去撼动家里人那些虔诚而又让人感慨的假话。再说，无论何时何地，无论是做什么，不是都有一些真实情况不该说破吗？顶多只能小心翼翼地压低声音稍作透露，如果连闭口不谈都不会，那就是一种罪孽。奥克塔夫心安理得了。连严肃刻板的特鲁瓦姨夫也不会有另外的做法。

① 天主教认为人的生命是上帝给的，所以自杀是一种罪过。

夜幕降临了，疲倦袭来。但现在他已走到了自己的地界，进入了他自己的树林，这就让这个山林之神般的凡人心情平静下来，再也没有比柔软厚实的苔藓和蔓延的美丽的树根更使他惬意的了。阿克兹城堡就夹在他家的领地里，二十年前，是奥克塔夫的母亲买下来并且修葺得可以住人。领地上的几座森林中有一块块纵横交错的荒凉沼泽，始终是奥克塔夫孩提时的嬉游之所，当他成为一个忧郁的青年时，是他沉溺于梦想的幽境。接下来到意大利的几次旅行给了他一些美好的印象。但他主要的偏好还是在这里："我觉得南方的土地多么贫瘠！……我爱茂盛浓密的树林里那种湿润空气和半明半暗的光线，棕黑色滑溜溜的小路，千奇百怪的各种蘑菇，溪水蜿蜒流过树根，乌鸦在橡树梢头吵嘴，绿啄木鸟迫不及待地在虫蛀的树皮上啄食，在孤独之中听到各种各样几乎微细难辨的声音……"青年时代，他怀着无以名状也描绘不出的激情到这里来，在树干上刻下他喜爱的人的名字。家人送他到城里完成学业，当他忍受不了城市的喧嚣时，就带着书本躲到这里来继续学习。他在这里看着雷莫长大；就在这些小径上，他告诉雷莫那些树木花草叫什么名字。他们的父亲去世时，雷莫十一岁，他二十二。他对父亲的回忆并不都是美好的。对于邦雅曼·皮尔麦茨来说，“狩猎可以填补一种无所事事的生活中的空虚，他有一群猎犬，有时候，他不得不把成窝的小狗杀掉。那时，可怜的雷莫就难受得要死，他想把这些注定要死的小小生灵救出来。他瞒着别人把那些小狗拿走，给它们起名字，在矮林的深处挖个土坑，把它们藏起来，再盖上秸秆。别人发现了他的计谋时他是多么伤心绝望呀！他痛苦地叫喊，涕泗滂沱。他把他要保护的那些小生物的悲惨命运偷偷地写了下来，加上他幼小的想象力去描写那些狗的皮毛颜色和性情。这些手稿那么天真无邪，让人感动，是我从一个柜子底下找到的。他早就给这些手稿写上了题目:《我亲爱的小狗们的悲惨命运》”。

奥克塔夫很熟悉古典文学，他很明白，那个时候他自己那么英俊，简直就像诸神的使者赫尔墨斯，怀里抱着孩提时代的酒神狄俄尼索斯。雷莫本来就早熟，当岁月几乎把他们之间年龄的差异消除掉时，他们也是在这片树林里一起激动地阅读他们都喜爱的诗歌和哲学作品。在读书的过程中，他们选出一些名字送给对方，觉得它们仿佛比受洗时取的教名更能表现出他们的个性。于是，费尔南永远变成了雷莫，他还叫做阿尔吉罗斯或者斯拉沃伊；奥克塔夫给自己取名为科西莫，或是扎波伊，更喜欢叫赫里贝尔。在一处林间空地上，他们从地下挖出来几把青铜剑、盔甲和几杆标枪，都跟一些无名的骸骨混在一起，他们又把那些从野蛮人的墓葬中弄出来的遗骸毕恭毕敬地埋到土里，这说不定就是祖先哩。有几天，在一个小山丘前，中世纪时曾经在这里烧死过一个女巫，雷莫宣布他反对盲目的信仰，认为统治着那几个世纪的愚昧不能作为借口来原谅这类罪行，在任何时代都有一些有理性、有同情心的人表达他们的愤愤不平。他把这些虔信者的野蛮行径与九三年狂热的雅各宾党的暴行相比。那时奥克塔夫竭力打断这些话，而伊雷内夫人却只觉得这些话不太谨慎，有些傲气而已。

后来，大概在三年零一个月以前，一个刮风的季节，“无边黄叶纷纷落”在奥克塔夫身旁，也是在这里，村子里的一个孩子交给他一封好像晴天霹雳似的电报：“出大事故，速来。”他赶紧奔向马厩，备好了一匹马。快马加鞭赶到最近的一个车站，在夏特里诺等着路过的火车，在三个虽生犹死的小时里，心里已经什么都猜到了。他怕雷莫没有死成，只把自己弄得毁了容……又过了几天，一支送葬的队伍在松明子摇曳的光亮底下沿着这里的小路走过……然而他估计，当他不断带着他的那些小狗在清晨徜徉，或深夜中到这里来游荡时，这些注定了要陪伴着他一直到死的回忆也会逐渐消散。他对这里的小径那么熟悉，所以有胆量在月黑风高的夜里来冒险。就是在这里，在命运给予他的阳光灿烂或薄雾朦胧的日子，他曾跟附近一个大地主的儿子约瑟一起闲逛，他很热衷于当他的大哥哥。如今特别是在这里，他是孤独的。

大路上猛烈吹在旅人身上的风，到了这静寂得几乎使人窒息的密林里完全停止了，但高处的树枝还发出铁器相撞的砰啪声，从东面刮来的横扫整个大陆的风吹弯了树梢，再吹几百公里到了欧洲大陆的尽头，就会扬起沙丘的尘土，掀起浪中的飞沫。就在这样的夜晚，奥克塔夫提起邦雅曼 · 皮尔麦茨领地上那险恶的海岸。邦雅曼又怜悯又恐惧地说：“这样的时候，有人会死在海上。”接着，他陷入长时间的沉默。但是人们并不只死在海上。奥克塔夫大概是从他父亲那里继承了事过之后才感到痛苦的才能，他心里想，路易 · 特鲁瓦汗津津地躺在床上，弥留之时显然还能多活几个时辰；而在各处不那么富裕的人，临死时只能在夏特里诺或格尔皮涅的破房子里盖着一条薄薄的被子辗转反侧。从森林的空隙里透进来一股红通通的光，从高炉里冒出的火也许有一天会吞噬掉这些树木。奥克塔夫觉得自己就是人世间一个孱弱的过客，当他不复存在不能保护这块地方时，这片覆盖着野草和苔藓等千百万生物的土地就会风化变质，堆满了矿渣。这些深深地扎根在黑土里并从大地中汲取力量的绿色神灵，并不像动物或人类那样，有能力去抗争或逃避；它们在斧头和锯子面前不能保护自己。奥克塔夫在幽暗的光线中仿佛看到周围的一片树木是注定要被砍伐的。

他这个人不会受某几个季节的繁茂葱茏所欺哄，他很明白，秋天树叶纷纷飘落，不能再给动物以庇护，对于它们来说这是肃杀的季节，而冬天就是挨饿的时候了。他想到那些长着毛皮的小兽看着鹞鹰向它们俯冲而来，还有那些啃啮硬树根的田鼠。一旦他不在了，谁知道会不会把偷猎者引到这里来？就在这覆盖着初霜簌簌作响的一堆枯叶底下，说不定就有一只小兽在捕兽夹子里奄奄待毙，有一根套索，正绑在树根上……守林人显然是到村子里玩滚球戏去了。在这个季节，远处如果有一声枪响不会惊动任何人……如果在夜里，遇见一个流浪汉蹑手蹑脚地拖着一只怀着小鹿的血肉模糊的母鹿，他该怎么办呢？突然想起来，他一反常规，没有带武器。他很着急，但更强烈地感到对暴力行为说不清的厌恶，而不是生理上的恐惧，这种强烈的感觉足以克制住他家传的猎人本能，这本能只在不多的时候才表现出来。倒不完全是地产主人对偷猎者的仇恨，而更像神庙的主持憎恨那些亵渎圣灵的人。他放开缰绳，由那识途的马信步前行，马儿快步朝着暖乎乎的马厩跑去。

拐过小径，城堡在黑色的背景上现出模模糊糊的黑影，仿佛里面住的人突然都离开了，只有从餐具室里发出一缕昏黄的光，颤抖抖地射在护城沟的水面上。狗群吠叫起来，表示感觉到主人回家了它们很高兴。他的脚刚离开马镫踩到地面，那只雪团般浑身白毛的爱犬就友好地跳着扑到他的胸前，其余的狗也挤在一起欢叫着。他呵斥一声让它们安静下来，怕这热烈的欢迎打扰他的母亲。是的，夫人在休息，她一天都没有下楼。她让少爷明天早上等着她，对她说说到拉巴斯杜尔做客的事。埃米尔少爷宁愿在楼上跟他的太太一起吃晚饭，他太太身体已好些了。奥克塔夫坐在一张大桌子的一端独自吃饭，他的那些狗卧在他的脚边。

他倒很乐意在几个钟头之内独自保留着他这一天各种各样的印象。他知道，当他向母亲和弟弟叙述他去姨夫那里探病的经过，再转达佐埃姨妈对他说的，姨夫完成他基督徒最后圣事的情景时，那些印象也就会淡化了。所有这些占据我们全部精力，使我们激动不已、心潮汹涌、怒火迸发的东西，不知不觉地在亲人们的谈话中竟消失净尽，这是怎么一回事呢？家里人和伊雷内的精神导师都认为伊雷内是一位值得赞颂的母亲。在这个圈子里，她的文化教养是出色的。她不是还写过几篇随笔吗？其中值得注意的一篇是有关蒙庞西埃①小姐的。文风正如当时的女性作品。评论家圣伯夫提到时，还特意说这些文章写得很细腻。她不是还编纂过一本总汇？其中收集了一系列名人庄严得体的死亡，树立为榜样，反衬出无神论者临死还不信上帝，那样的死亡该多么恐怖。她不是还记了一本有关她精神生活的日记？她拿给她的奥克塔夫看，让奥克塔夫在里面找出一些小小的语病。伊雷内夫人觉得上帝就在她身旁，那就是传统、原则、已有的和有待得到的科学成就。在很大的程度上她给奥克塔夫画出了个形象，他就按照这个形象去塑造自己。母子两人彼此赞赏。她为这个作家感到自豪，这作家仿佛已抽身退步，沉溺在淡淡

---

① Anne-Marie-Louise d’Orléans Monpensier（1627—1693），奥尔良公爵之女，号称“伟大的小姐”。参加过投石党的起义，写有《回忆录》。

的哀愁里，而他那发人深思触动心脾的作品表达的都是美好的感情。而雷莫很早就跳出了家庭的小圈子，对她敬而远之，显然就是因为没有无休无止地接受母亲的训导，奥克塔夫承认，他弟弟才落得如此下场。对于他来说，出行变得不那么有冒险性，当他要再次旅行时，尽量把时间减短，为了不把他那永远感受着痛苦的母亲长时间一个人丢在家里。他死后母亲又活了十二年。至于埃米尔，三兄弟中的老二，平凡世俗的"大蜂鸟"，差不多总住在布鲁塞尔，或是到他自己的汉吉奈尔宫堡去。奥克塔夫十分疼爱他。

他回到自己的卧房。手里端着的灯盏还没有把内室完全照亮，壁炉里的火映照着，墙壁发出红色，就让这十月夜晚的空气活跃起来。奥克塔夫坐在壁炉前面，一个接一个地把松果扔到炉子里去，那是他独自沿着一条小路散步时亲自拣到一个大篮子里的，他看着迸出了跳动的火苗。这个砖头和大理石的方形建筑属于火这种元素。奥克塔夫喜欢阅读《完美之鉴》，想起来圣方济各，他为了强调对火焰的尊敬，禁止人们把还在燃烧的木柴拨开。新鲜的空气可以从高处的窗格子里自由通过，即使窗子关着或者蒙着红色的窗帘。还有一个窗子在里面，朝向小教堂。奥克塔夫经常想，等到他一生最后一次生病时，可以在病榻上听到举行圣事的声音。但是小教堂并不只通往天堂。有一些让人不安的东西抵消了天使的存在。有的时候在这里斯维登堡胜过了圣方济各。奥克塔夫瞥了一眼这深井般的阴暗处所，那里只有一盏长明灯在荧荧闪烁，然后，仿佛迷信似的把玻璃窗上的窗帘拉上，让他的卧室重新现出人间的温馨气氛。就像当初雷莫在列日那样，这时奥克塔夫也靠在壁炉上的小台子上，凑近镜子仔细打量他那分外俊美的年轻人的脸，也稍稍现出了老相。

他已四十三岁，并不像姨夫路易·特鲁瓦那样，是公认能够活到七十的材料。他余下的时间已不多，这更让他感到生活的空虚，不值得付出那么多的努力。不过，还是鼓起勇气吧！他写的有关雷莫的那本书只不过是个序言。在他自己认为是自私自利的一辈子里唯一要尽到的义务就是出版死者的遗稿。他的弟弟在坟墓里等待着他帮这个忙。他本该在当晚就着手这件事。然而在路上的思想斗争接下来却越发激烈："不行！我不能透露出去，雷莫那些披肝沥胆的话和他的思想，所有表达他悲哀心情的词句，只有在他的努力获得成功时才能披露于光天化日之下……"他书中的几段摘录已经足够了……而其余的，尽管他不停地为雷莫哭泣，难道对他真正了解吗？他明确无误地计算出他们在一起过了几天，几个星期，几个月。在他弟弟活过的二十八年中，他们在阿克兹山谷共同生活的时间总共就两年。一起出去旅行只能再加上六个月……但那又怎么样呢？沉甸甸的回忆是那么强烈。在那些晴朗的下午，阿尔吉罗斯和科西莫；斯拉沃伊和扎波伊；雷莫和赫里贝尔坐在两棵枝叶纵横交错的百年椴树下，周围放着他们的笔记和书本，这浅浅的青草地是他们绿色的课堂……赫西奥德[①]的《工作与时日》，他作品中那种神圣的粗犷豪迈；忒奥克里托斯[②]笔下那阳光灿烂的景物，还有提布卢斯[③]，卢克莱修[④]。奥克塔夫把他们贬为神秘的唯物主义者，而雷莫却在行动上投入了唯物主义。他们还喜欢读布封[⑤]的作品和雨果的《静观集》……往日里这些无意记住的旧事就像在缀满繁花的枝头嗡嗡作响令人昏昏欲睡的蜂群一样……晚上，他们又偶然来到通向热那亚的沿峭壁走的邮路的一个驿站前面……虽然雷莫也很不舒服，他还坚持要他大哥坐

① Hesiod，公元前 8—7 世纪的希腊诗人。
② Theocritus（前 300—前 260），希腊诗人。
③ Albus Tibullus（前 55—前 19），罗马诗人。
④ Lucretius，活动于公元前 1 世纪的拉丁诗人。
⑤ Georges-Louis Leclerc Buffon（1707—1788），法国博物学家、作家。

邮车里面那唯一的空位，他自己冒着夜里哗哗下着的大雨坐在马车[1]外面……“我不能忘记这次深夜中的旅行给我们留下的印象。我们只能在到达一个新驿站时通过车门交谈一下，新换上的马匹又开始飞奔起来，我们又面对着一片漆黑的夜色。虽然隔着一层车篷，但觉得我们还是在一起，而且也确信，我们的心在一起跳动。”

然而，他必须承认，遗忘还是会到来。珍贵的记忆会淡化。他强烈的同情与剧烈的痛苦渐渐变成间歇性的难过。他再也不像弟弟死后的头几个月那样，听到隔壁房间里传来“高亢的发牢骚的声音……”再说，在那个胡须满面、已经谢顶的年轻革命分子身上，还真的有往日里那个温柔的雷莫的什么遗迹呢？……只有那脉脉的眼神还没有变……“如今，许多日子已经过去了，死去的人那亲爱的身影再也没有出现在眼前。只间或有时我看一看钉在他卧房角落里的几张肖像。只在不多的几次，我重读他的信件。如果我一人独处，已经不再感到惊讶；如果我写作，也再也不会想得到他的赞赏；如果我在伤心，再也记不起曾有一个人永远会赶来安慰我。我独自匆匆地赶路，去完成我命中的定数……我会捶胸顿足吗？我难道不能为这个先我而去的兄弟稍作祭奠，他几乎是死无葬身之地，因为在他周围的人都是一片冷漠。我可以这样做，但是已经死去的人们都已摆脱了我们的弱点，他们不愿意阻碍仍旧活着的人前进……是的，在所有我爱的人的身上体现着对我那命运多舛的兄弟的爱；我在你们身上体现着我对他的爱，哦！我那些只有一日缘分的朋友！”这样，至少在这个晚上，这

---

① 最初专门运送邮件的马车捎带顺路的客人，算是车夫的外快。后来才出现了商业性的长途客运马车。

英勇就死的人的坟墓就合上了。

友谊，爱情，对其他生灵的寻求……爱情对于雷莫来说完全无所谓。大哥曾婉转地对幼弟说："这种情感也许能够愈合科学那冰冷的光线给你造成的痛楚的创伤。"但雷莫的态度又热诚又谦卑："我有一种看法，显然是错误的，但它在我心里深深地扎了根。那就是我们不应当只爱一个人。我在这种感情中发现了自私自利和专制独裁的意味，它会使我们忘掉对整个人类的博爱情感。"但奥克塔夫曾经爱过。"对于荣誉的追求，我蔑视；从家庭中我不能得到所有的愉快；祖国并没有给我机会去为她战斗；至于爱情，我尝试得太多了！""要我直说吗？美使我热情涌动；但也让我害怕。只一个眼神就足以平息我的心潮。"他之所以忧郁愁闷地面对着他青年时期的爱情，是因为那些女性远远地、清纯如水地出现在他面前。"我像一个从来没有爱过的孩子那样去爱……在树木之间和这草地上，我耗费了多少感情……谁采摘了呢？只有风……樵子和农夫呀，把这些情思斩断割舍了吧！好让我忘却我昔日里的傻天真，它让我如今的良心觉得羞愧。"

雷莫吃了什么禁果卡在喉咙里了？那并不是智慧之果。二十六岁，奥克塔夫从意大利回来，觉得灰心丧气，回忆起沿途有那么多可意的人儿更增加了他悔恨的分量。四十年过去了，今天又怎么样呢？"一个促使人去发现的精灵，怂恿人去冒险的魔鬼让我到陌生的领域去游荡。我浪迹天涯，为一些转瞬即逝的人或物浪费了我的精力，总是碰得鼻青脸肿，但从来没有失去勇气……啊，我的灵魂，闭上眼睛吧！是的，对于那些弃我们而去的东西视而不见吧；必须抱这个态度才能在爱情中享受片刻的安宁……如果我们走到人来人往的大路，如果我们穿过城市和乡村，成千成百致命的眼光会吸引我们的注意，钻到我们心中，让我们热血沸腾……的确，有许多这样透明的幢幢人影在我们不断受着撞击的心灵中已湮灭无存，然而还有许多仍旧鲜活地留在那里，而且在多年以后，还有深刻的、令人迷惑的力量。这大概是因为觉到了怜悯之意所以激情更增加了一倍……尽管时光流逝，我愿意给这些情感一个确实的藏身之地……我的爱情是多么好的刹那间的庇荫处所！”情欲就这样得到了宣泄，他至少希望不一定对“肉体里面天使般的生命”构成一种障碍，他憧憬着那样的生命，但他知道，他达不到那个境界。然而，在通往“精神死亡的墓地”途中，还有多少陷阱、地道，还有多少情欲！他恨自己的灵魂，怎么不会衰老呢！

炉火熄灭了，诗人怕冷地披上了睡袍，他坐在桌前给约瑟写差不多每天一封的信。说到去路易·特鲁瓦那里问病时，他有意写得崇高感人，不由自主地用了夸张的文笔。偏偏在这时，他不合时宜地想起伊雷内夫人收集的描写庄严死亡的那些文字。约瑟难道很愿意阅读这些说教吗？当然，跟这个生长在高贵人家，很有文化教养的年轻人结成友谊是诗人要感谢上天赐予的一个幸运。在他朋友的纹章上有两个世界上最纯洁的象征；一个十字架和一只天鹅。约瑟的年龄差不多就像雷莫当年那么大。“怎样才能让他品尝到深刻愉快的时刻呢？让他看到一个纯洁无邪的心灵，这才是一个田园牧歌般的美丽场景。”他们在基督教的灰蒙蒙的埃诺树林中相会好比是一首希腊式的纯洁抒情诗。有时候，这些会面是那么激动人心，奥克塔夫一直很注意保持自己的平静（我一连三夜失眠），只愿意把时间用在他的工作上，决定暂时拉长见面的间隔。（“让我们在精神上经常交往吧，让我们那无影无形的守护天使一起来保护我们……”）这些相会对于约瑟意味着什么呢？他有他自己的家，去年新娶的妻子和在静默中交换的信件，他可以跟一个新朋友“发挥他过于充沛的精力”。他首先有个“极幸福的青春时期”。

奥克塔夫怀着某些尴尬的心情回忆起他曾对这个朋友说过古往今来诗人们都说的欺人自欺的大话：“我可以向您保证，我能让您像我一样，过文学家的生活。”莎士比亚和老泰奥格尼斯[①]也像这样，对他们的朋友们吹牛说自己会不朽，只不过用词更有抒情意味。莎士比亚当然有这份权利；泰奥格尼斯也兑现了他那大言不惭的保证，因为某些像奥克塔夫这样的文人至今还在读他的作品……然而他呢？这个把独自的沉思付诸字纸的比利时绅士又将如何呢？“我十分清楚我们在地球上只不过是一点微尘！我很明白在世纪的接替中我们只不过是刹那的过客。我自甘沉沦于子虚乌有。当您看到我不巧穿着黑衣服，您要明白我深刻地感觉到，对于一个人的灵魂来说，打扮得这样奇形怪状是多么的可笑，只有燕尾服的衣襟来当作升腾的翅膀了。”一百年以后，甚至五十年以后，有谁还能记得奥克塔夫呢？

就这样，他这时躺在这张床上，曾经在这里千百次地想象着他将来临终的景象，体会着死亡的滋味。不是他母亲胆战心惊地想到的那最后挣扎的苦恼；不是意大利比萨圣贤公墓壁画上所画的肉体的分解和腐朽，那场面对他极有吸引力，但又让他心怀惴惴；甚至也不是遗忘，大家还都以为仍旧活着的人能够遗忘，而是黑夜，是那绝对的空虚寂寥。他曾经推心置腹地对他的弟弟说过他对死亡的恐惧，那个那么温柔厚道的雷莫坦坦荡荡地回答道：“怕什么？你本一钱不值，只有上帝是存在的。”但是奥克塔夫感觉得到，雷莫的那个上帝，村子的教堂里和他们儿时的那个上帝已不复存在了；上帝是像汪洋大海似的一种冷漠无情的神灵，无形无定，一片混沌，而又野蛮暴戾。在这样的力量面前奥克塔夫感到一种神圣的肃然。奥

① Theognis，公元前六—五世纪的希腊哀歌体诗人。

克塔夫不爱这样的神灵，他爱万物生灵。他回忆起他在意大利的卡普里岛泛舟的情景，在那危机四伏的海上，他把自己的性命托付给“大玛利娜号”上年幼舟子们的灵巧技艺。万一船沉没了，海流会把他的尸体和那几个孩子的尸体冲到岛边的沙滩上，那些意大利人的母亲们会为她们的儿子流多少眼泪，做多少次祈祷……人家会为他祈祷吗？但这都无关紧要：孩子们也许已把他的灵魂带到上帝的宝座旁边……他可以接受这样的一种弃世的方式。但是在一张床上盖着被单，这么一种死亡的现实……莫非还要再点起一盏灯，拿起一位哲学家、诗人或圣贤的著作？……那些人的文字他都熟记在心了……不如打叠起铁石心肠，就像那些树林里的生灵一样，在黑暗的冬季，不需要一座由狗看守着的屋子，不需要一间备有钢琴和书籍的卧房……要找到没有被痛苦和怀疑所污染的任何一种思想或形象……如果约瑟实践诺言，明天能来，为了欢迎他，他会在树林和沼泽的边缘点起孟加拉火[①]……孟加拉火……在他终于有了睡意的脑海里掠过一阵民间的乐曲；他又回忆起一次散步的情景。但这时，他已不知是真正的闲步还是梦中的漫游……从一家小旅店的院子里传来喧闹声，男孩子和姑娘们在那里跳舞……附近的乡村是多么穷苦，偏远，无人问津……昏黄的暮色……点缀着几处茕茕独立的房舍，窗玻璃上有时反射着斜阳的余晖，里面有些老人，跳不动舞了……天气很冷，他的几只狗瑟缩着，挤在他的脚跟上。一个赤贫的老人在大路边上拣拾燧石为了打磨他的大镰刀……打磨镰刀……“思虑重重的夜晚，现在结束了！”

① 一种发焰筒，可以在没有爆炸的情况下提供光与热。

十月三十一日[1]星期日，奥克塔夫最后一次探望路易·特鲁瓦以后的第八天，早祷时分，他又走上通马尔拜拉图的大路。但这次不再需要揣摩拉巴斯杜尔宫堡的窗户是开着还是关着。他接到过阿尔蒂尔的一封信，知道等待他的是什么。他在前厅受到“泪流满面的一家人”的接待，也就是说佐埃还有陪侍着的女儿阿丽克斯，她的丈夫以及他们的两个孩子。记录上没有提到阿尔蒂尔本人，也许他刚刚出发，也许正相反，他还没有赶到苏阿雷。布瓦尔在停灵的房间里守灵。奥克塔夫仿佛看到了路易·特鲁瓦熬过最后的考验临终的模样。躺在那里的那个人只过了一个星期就像老了十岁。面对着这具似乎被死亡融化了的蜡人，奥克塔夫跪了下去，流出了眼泪。这一次，他怀着从儿时就默默地藏在心底的无邪稚气，感谢上天让他姨夫度过了对他适宜而又荣誉体面的一生；他也感谢死者对他怀有的感情。

来到了客厅，像往常一样，对这家人情真意切，他发现，心里虽然悲痛，但很高兴跟表姐阿丽克斯和表姐夫让聊一聊。小男孩和小女孩束着黑色的腰带和臂纱。奥克塔夫天生有哄孩子的本事，跟小马克谈了起来，发现他小小年纪竟然已明白他外祖父的死是很大的损失，不禁十分感慨。过了不久他就告辞，回到阿克兹去。

葬礼在十一月三日举行。伊雷内夫人发着烧，不能参加。自从她到拉巴斯杜尔小住，为了玛蒂尔德的死来安慰她的姐姐和姐夫，她就没有回去过。不过，她嘱咐奥克塔夫从阿克兹拿来葬礼上用的所有菊花。埃米尔和他的太太当然从布鲁塞尔直接赶到特万。沿着大路，奥克塔夫发现一反常例，拥来大群的人，心里很感动。全城的人都聚拢来参加特鲁瓦市长的葬礼，让这服丧的日子变成了一个假期。在教堂里，奥克塔夫沉思地注视着高高的灵柩上面放着死者的制服和官阶的绶带，就像百足之虫脱下来的轻薄而又闪着金光的遗蜕。继任路易·特鲁瓦市长职务的塞亲王宣读了悼词。他也穿着同样的制服，佩着同样的饰带和十字架。这样的反差引起奥克塔夫阴郁的思绪，他要把这个告诉约瑟。"Pulvis et Umbra.[②]"

这一次，奥克塔夫没有费心去查点在祭榻上跪着的家庭成员的数目，但他差不多能肯定阿尔蒂尔也参加了这个追悼仪式，还有他长大成人地位显赫的孩子们陪侍着。追悼仪式完成之后，他还参加了按规矩一直吃到晚上的午餐。绝大多数的客人长途跋涉之后，也觉得应当吃些东西。念完了饭前经之后，教士们出场，为敬爱的死者作了一段祈祷。接着，参加追思弥撒的庄严典礼之后，大家的心情明显地松弛下来，再加上佳肴美酒，让人兴高采烈，这是人们一般的反应；同时又要与这家人一同表示深切的悲痛，保持举止的高雅就是要在这两者之间拿捏分寸，适可而止。塞亲王叙述了他的前任几件让人感到亲切的逸事，都过于琐碎亲昵，不便在教堂里的演

① 原文如此。

② 拉丁文，尘土与阴影。

说中提及的。佐埃强忍住悲痛，留待以后去煎熬，小心谨慎地指挥着布瓦尔，这老仆适时地伺候着宴席。埃米尔这只“大蜂鸟”曾给阿尔蒂尔写信，追忆他当年在杜伊勒利宫，穿着黑色的及膝紧身裤和白色的袜子，参加法兰西皇帝和皇后举行的豪华舞会。这些先生们一致认为，在共和制度下，巴黎已永远恢复不了当年巴黎的模样了。奥克塔夫答应把一只他驯养好的猎狗送给年幼的马克。生活的车轮又重新开始转动。

前面的篇章是个“蒙太奇”。因为顾及真实可靠，我尽量从奥克塔夫的作品中摘录出他自己的独白。我没有使用引号的片段，也是我经常仔细掂量这位诗人作品里冗长而无法原样照搬的注释。我自己造出的字句只不过是粗针大线的连缀，然而我还试图在里面加上他本来节律的印痕。我当然知道，在一天之内要把他整个一生数十年展现的感情和冲动集中起来，这样的方法很有缺陷。但是肯定地说，我们发现这种感情、这种激情在奥克塔夫作品中始终持续不断，无休无止地干扰着这个深思熟虑到有点病态的人。只有一个细节肯定是杜撰的：没有任何迹象表示那位诗人在一八七五年是骑着马走过从阿克兹到拉巴斯杜尔的大路。但他保证骑马走过更远的路。如果那天他在这段路上是乘车的，就像随后的两次一样，那他一路上的思绪也不会有任何改变。

我发现，这个仿佛是召唤亡魂的工作很是奇特。差不多隔了一世纪之久，我召唤的并不完全是奥克塔夫的幽灵，而更像是他本人，一八七五年十月二十三日在这里往返，毫不知情地由他的“外甥孙女”陪伴着。而这外甥孙女是他死后二十年才出生的，在选择让他返魂还阳的那一天，差不多已正是伊雷内夫人当年的岁数。这真像时间在玩着镜子反射的游戏。

我承认，我费了许多时间才提起对这位“奥克塔夫舅舅”的兴趣。第一次回到阿克兹探望时，只是到成年才有了这些事后的追忆，而且，每当我们尽力找回儿时的记忆，这些线索就乱成了一团。我父亲的藏书中，连一本费尔南德的亲戚的作品都没有，大概作品中那种灰色的文风和严肃刻板的修辞手法让他很厌恶。我母亲儿时特别喜爱的这个诗人的某些话，由母亲告诉他再从他的嘴里说出来，都变成了一钱不值的东西。在有关兄弟俩的故事当中，最让他激动的是围绕着雷莫的死那些模棱两可模糊不清的话。这些话让我父亲恼火，仿佛也让母亲不高兴。对某一时代、某一阶层的约定礼法表示愤怒并不特别适合像我父母这样只有一半叛逆精神的人。多年以后，我有幸得到了泰奥巴尔德舅舅留给我的一批装帧精美的书籍作为遗赠，其中有薄薄的一小本，装着摩洛哥软皮子的书脊。里面有一八九七年出版的有关奥克塔夫·皮尔麦茨的文章。其中一篇文章我留待以后再谈。第二篇对雷莫死于一桩事故作了评论。泰奥巴尔德把“事故”这个词涂改掉了，而且在空白处加了一个惊叹号。

一九二九年我到比利时小住时，曾到阿克兹去看望皮尔麦茨男爵和男爵夫人（岁月推移，这家得到了爵位封号），就是那位诗人的侄孙和侄孙媳妇。他们的儿子和媳妇，埃尔曼和埃米丽年轻力壮，精力充沛，面相端庄，生活充裕，帮着他们为这古老的宅邸尽地主之谊。孩子们占据着育儿室，其他的许多人也都还在。我在客厅里又见到了那十七世纪的织着神话故事的华丽壁毯。当年奥克塔夫就是在这里为他的母亲读《朗塞的一生》[①]。他的画像色彩已相当暗淡，是当时一个学院派的画家冯·勒里尤的作品。看那面相，若不是有一抹淡淡的胡须和下唇底下小小的黑痣，让人觉得面前是一位六十年代的纨绔子弟，人们满可以把他归入天使一般的人物；一只白皙的手仿佛出自凡·戴克[②]之笔。我也看到了小教堂。我没有看那间卧房，奥克塔夫在死前的六年再也不打算进这间房了，就把它恢复到他弟弟离开时的那个样子。仍然活着的哥哥在那里堆放着死者的许多画像、手稿和在旅行后带回来的版画和素描，他走到哪里带到哪里的手风琴，夏夜里支起来望天的望远镜。作为一个不太讲究整齐的学者，他把雷莫最后翻阅过的几本书挪到他从列日带回来的书桌上，八音盒放在壁炉上面，停留在那不祥的乐曲最后几个音节上，挂钟停止在离去的那个时刻……真是一个奇特的博物馆……自然，他也在玻璃板底下放着雨果和米什莱[③]在"致命的事故"之后，给家里寄来的唁函，这是大师们给予一个崇拜他们作品的年轻人的荣誉。但是，半个世纪的光阴和一场世界大战不可避免地引起了许多变动和遗忘。如果这间房还存在，那也不会有任何人去提及这个召唤幽灵的渊薮。

况且，一天的时间并不都搞文学。里亲王要来吃午饭，还要参加鸽子射猎。狩猎在花园中间的一个亭榭式的建筑附近举行。如果我记得还算清楚，没有把亲王跟乡下其他的邻居弄混的话，亲王是个又矮又胖的人，带着有些乡土气的精细考究，这是许多亲王的共同特点。我生平唯一一次目睹了这场体育盛会。美丽的鸟儿闪着青

---

① 法国浪漫主义作家夏多布里昂于1844年出版的小说。

② Sir Anthony van Dyck（1599—1641），佛兰德油画家，在他所作的肖像中极善于表现面部及手臂的暖色皮肤。

③ Jules Michelet（1798—1874），法国历史学家、作家。

灰色带波纹的丝光，早被看林人装在一个白色的木头箱子里，这时从一个篮子里一只接一只地放出来，客人们在枪里装上弹药。鸽子以为获得自由了，快乐地鼓起翅膀。一声枪响马上把它打中。如果是打死了，就像一块石头一样直落下来；也许相反，飘飘摇摇地掉下，在地上挣扎很久，一直到看林人手脚麻利地结束了它们的性命，而人们又开始新的一轮射击。

第二天，我到特万的保罗·乔家里去，他是奥克塔夫在服丧期间在拉巴斯杜尔城堡的客厅里看见的那个小路易丝的儿子，娶了“大蜂鸟”的一个孙女。他们的房子里幔着印花的壁布，很有外省老宅的那种魅力。我估计这就是路易·特鲁瓦的老家。一个全家照片的相册放在独脚小桌上，有两三页专门留给“奥克塔夫舅舅”。奥克塔夫正在写作，据说他在大白天也关起百叶窗，点起两支蜡烛，为了隔开外面的世界；奥克塔夫戴着半截面具，用它换了另一个面具；奥克塔夫和一只骷髅；奥克塔夫捧着一束鲜花，就像他在圣灵降临节的前夜也手持花束献给贞女罗拉的圣骨盒一样；奥克塔夫和他驯养的野猪。当然，这些具有诗意的相片引起了我的遐想。我问保罗在他的藏书中有没有我“舅姥爷”的书，他只找出来了第一本《树荫集》，还有伊雷内姨姥姥收集的那本庄严死亡的总汇。

我曾对我的曾姨姥姥稍有微词。我觉得伊雷内·德里雍属于那种无懈可击然而又违背常情的母亲，她们充塞在整个时代，像梦中的恶魔似的压迫着她们儿子的命运。一九二九年，我还对她毫无了解，但是她的作品中没有任何批判精神和她那淡而无味的说教让我惊异。那里头什么都不缺，如果我没有记错的话，还说到不信上帝的伏尔泰把他自己的大便吃了下去。必须翻阅一下这类的作品，才会明白为什么在我儿时的那些激进分子身上会有反教权主义的病原体，甚至在列宁格勒还开了一间可怜巴巴的无神论博物馆，以及接下来的事件。对于我曾姨姥姥这本抄录编辑的东西我并非全无敬意。这位身穿带撑架长裙的夫人试图正面地审视最高的现实。她收罗了许多现成的范例以完成这伟大的历程，这种事情在她那个时代并不像在我们这个时代那么少见。哪怕只听到一句她们认为猥亵下流的话就会气得昏厥过去的圣女们，在客厅里也会从容自在地交谈有关临终的人那丑陋肮脏的细节。我们把这一切都改变了：我们的爱情是公开的，我们的死亡就是消失。在这两种不便公之于众的行为之间，没有任何其他选择。

刚看到头几页，伊雷内的儿子所写的书就让我读不下去了。它的内容、包含着的所谓“思想”，以及他始终喜欢但又与他缺乏明快犀利的风格不太适应的形式，差不多跟他母亲那老生常谈的虔诚一样，让我感到不痛快。我青年时代的初期，跟“奥克塔夫舅舅”年轻时一样，热衷于古典著作，在这以后，我一下子发现了跟我同代的作品：《追忆逝水年华》、《梵蒂冈地窖》、《杜伊诺哀歌》、《魔山》。对我来说，这些完全是崭新的珍宝，跟这相比，在阿克兹索居生活中写出的东西就格外显得苍白了。但是如果保罗·乔在那天晚上把《雷莫，一个兄弟的回忆》借给我，他那古旧的风格大概仍然会使我感动。对于一个善于读书的人而言，他的每一页上字字句句都像在流血。如果他给我《致约瑟的信》，我会沉溺于年长的奥克塔夫向比他年幼的朋友诉说的、令人心碎的青年时代的回忆。我一定会发现那孩子突然面对学校的墨守成规、同学们的粗鲁放肆和学业的庸常无聊所感受的苦恼，于是逃匿到音乐中去；他那孱弱的体质，使家里最终决定任凭这个男孩留在他喜爱的孤独当中。所有这一切，与一位奥地利的年轻贵族的历史惟妙惟肖地相似，就像我一年以前在

《阿莱克西》中所叙述的一样。我也许还会发现在奥克塔夫与普雷斯堡[①]那个大学生之间的一些更为隐秘的事。不管怎样，如果说贫穷对于亚莱克西是个决定性的问题，而比利时的一个年轻人，他母亲继承了一座煤矿，就根本不把穷富放在考虑之列。我看，幸亏保罗的书架子上没有这两本书，或者至少那天晚上没有找出来。不应该过早地让家里的这些幽灵把自己缠住。

我在那里曾待了四十年。其实，一九五六年我到阿克兹去探亲并不是要研究奥克塔夫。那次去与诗人并没有太大的关系。他的侄孙女埃米丽带着她的两个孩子接待了我。她的丈夫和长子在达豪集中营被枪毙了。这件旧事我到很晚的时候才知道，对于我来说是个新闻。一个居孀的妇人由一个儿子和一个二十来岁的女儿陪伴着，在一座弥漫着十一月的暮色的老宅里，直接就进入了诗的境界。奥克塔夫和雷莫曾时常在一起读欧里庇得斯[②]的《请愿的妇女》，也许在当时就会想到安德洛玛刻追忆她死去的亲人。尤其是雷莫，那些特洛伊妇女们的哀怨之声更加强了他自己对和平主义的信念[③]。我也想起在天空飞翔的鸽子突然被打死。

直到去年，着手撰写这部作品的几个月之后，我才又认真地去追寻那已变得苍白的幽魂。那时我得到了奥克塔夫的两部作品，然而对于我的计划来说，那两部是最不重要的。我必须感谢一位比利

① 今称布拉迪斯拉发。
② Euripides（前 484？—前 406），希腊悲剧作家。
③ 特洛伊王子赫克托尔的妻子与出征前的丈夫惜别的场面是史诗《伊利亚特》中最悱恻动人的一幕。赫克托尔战死之后，她率领特洛伊的妇女到雅典娜的神庙去，请求女神帮助她们领回丈夫或儿子的尸体，这就是欧里庇得斯的悲剧《请愿的妇女》的主要情节。

时朋友的豪爽大度，他给了我好几本一九〇〇年作者死后“根据作者的遗愿，在巴黎由佩兰学院书局及那慕尔的出版商雅克·戈代纳”出版的毛边本。原来这些书是阿克兹城堡的主人馈赠给那人的父亲，那人又把书给了我。那时他父亲还是鲁汶大学的一个大学生，城堡主人感谢他帮助了皮尔麦茨家的一个年轻人准备考试，这孩子并不像奥克塔夫那样，也喜爱文学。（从日期上考校，这人不是后来给德国子弹打死的那个埃尔曼。）不管我能不能用咒语让“奥克塔夫舅舅”从这几部书页已微微发黄的书籍里走出来，我希望至少在若干时日之内，使他脱离周围人对他礼貌的冷漠态度，从某些方面来说，这样的态度在公墓一般的图书馆里过度保护了许多出色的作家，而他们的作品从来没有被人好好读过。

奥克塔夫·皮尔麦茨的风格可以作为一个例证，说明一个人的教养与他的文风之间时常有很大的距离。奥克塔夫是如今已不复存在的那种文人，在他那个时代这种人也很少，即使说他并非出身于一个文学的环境（在这一点上，伊雷内夫人是个例外），至少他周围的人都热爱音乐，并且具有十八世纪的世家早一辈人中常见的科学观点。邦雅曼·皮尔麦茨跟他的兄弟亨利和维克多以及妹妹亚森特组织了一个小型的室内音乐会，从吠叫的狗群中偷得片刻休憩。莱奥纳昂叔叔曾写过一本天文学概论，大概把他的望远镜和对天文学的兴趣都一并留给了雷莫；亚森特姑姑让奥克塔夫读《摩诃婆罗多》。乍一看，那个时代两兄弟关于希腊拉丁文化的广博知识是一种很平常的现象，其实特别是在法语国家里，除了科学家和教授的圈子之外，这种现象始终并不常见。即使在专家的圈子里，希腊拉丁文化方面的知识一般也表现在更为狭窄的语文学和学术的范畴。只在德国或特别是在英国，人们才能看到年轻人利用他们的闲暇时间在公园的大树底下阅读赫西奥德以及忒奥克里托斯的作品。奥克塔夫的第一部作品上，有一段马克·奥勒留的希腊文语录作为题铭，他的《思想集》与圣奥古斯丁的《忏悔录》还有《楷模集》始终充实着他的精神生活。在意大利文方面，他还是属于学习并欣赏彼得拉克的那一代人，同时他们这一代也了解并赞赏雅克波纳·达·托迪[①]了。在那些法国的大师们中间，他不断地恢复蒙田的风格，而且实践圣西门的原则。要向一个作家讲授写作技巧，再也没有比他们更雄健更现成的向导了。但这些伟大的古典派人物，仿佛是某些特别富于营养的食物，必须加上其他的一些更容易分解的食品使之稀释，多加一些甜味才能被人消化。奥克塔夫的作品中有《忒勒玛科斯历险记》[②]中的细腻和夸张，又有夏多布里昂的梦幻。还很年轻时，他就觉得雷莫是他的上帝和第二个化身。这些厚重的帷幕一直到最后都束缚着他真正的个性。同样，到了二十世纪，我们发现，模仿兰波的结果就是阿尔蒂尔一整套的放荡不羁的作风。

除了对普卢塔克书中英雄人物的崇拜之外，再也没有别的东西能够帮助他正视这个自杀事件，经常阅读古代诗人的作品也不能让他在表现爱情时摆脱几乎是维多利亚时代的那种羞恶之心，遵循昔日里大师们的原则并没有使他获得免疫性，抵拒住三位具有基督教感情的女文人的影响：加斯帕兰夫人；斯威奇娜夫人，同时欧也妮·德·盖兰夫人不断地到莫里斯那里去，就像伊雷内总去找她的儿子一样。人们在阿克兹城堡的客厅里多次高声朗读这些夫人的作品，还伴随着捍卫正确原则的辩论。其间，蒙塔朗贝尔[③]因为娶了

---

① Jacopone da Todi（1231—1306），意大利诗人。

② 法国小说家费奈隆于 1699 年出版的长篇小说，讲的是希腊英雄奥德修斯与珀涅罗珀的儿子忒勒玛科斯的故事。

③ Charles Montalembert（1810—1870），法国政治家、历史学家。

一个梅罗德家的姑娘受到格外的重视，还有杜庞卢[①]大人，奥克塔夫把他称为“奥尔良出色的主教”，而普鲁斯特却责备他促使整个一代法国贵族青年说一种十分蹩脚的法语。尽管奥克塔夫的态度显然极为真诚，但从他的篇章中淋漓尽致地表现出来的出自扭曲灵魂的高贵风格，以及那种被改造得狭隘局促、经常显得纤巧孱弱的语言，都要由这些出色的作家来负责。当然，我们不至于像纪德那样，认为只有怀着善良的愿望才能制造出蹩脚的文学作品。我们明白，即使怀有恶意，任何的文学作品也都能弄出来，而且弥漫在地狱里的谬误并不比在天堂里少。无论如何，奥克塔夫使用的在当时已有些过时的风格并不像人们所想象的，来自他是法国的外省人和比利时人这双重的身份。就是这个萎靡不振而又庄严轩昂的法国人，在巴黎严肃正经又有些谈玄倾向的各个客厅里还被大家认为是个出色人物：在当布勒斯夫人和维尔巴黎西侯爵夫人周围的那些人，无论是说还是写，都弄不出来别样的东西。

如果奥克塔夫·皮尔麦茨从意大利和德国带回来的，不是与他的家乡比照着描写的游记《孤独的日子》，如果他带回来的是一系列关于这同一主题的浸透了浪漫的忧郁和迷茫的绘画，我们就可以在某些画中品尝到比拉奈兹的回味，另外的画中看到萨尔瓦多·罗萨[②]笔下的风景，而几乎每张都有石版画上那种使人怦然心动的魅力和得过罗马大奖的名画上的无懈可击的庄严。也就是这样，我们这个时代的艺术爱好者面对着一幅已不流行的绘画，还不会像时髦的读者们披览一本陈年旧书那么快地觉得扫兴。在最能表现奥克塔夫雄心壮志的作品《哲学的时刻》中，那些让人难以忍受的老生常谈式

① Félix-Antoine-Philibert Dupanloup（1802—1878），奥尔良的天主教主教，十九世纪中叶法国天主教开明派的代言人。

② Salvator Rosa（1615—1673），意大利画家、雕刻家、诗人、音乐家。

的唠叨肯定会很快转移我们的注意，使我们忽略了那些虽有瑕疵但仍很纯净的思想花朵，特别是他的那些并不像人们所想象的那么平庸的感情。即使在他那部感人的《雷莫》一书中，重笔描写了那么多的“诚挚的兄弟之情”、“勤奋的青年时代”、“痛苦的责任”以及“忠诚的感情”，也使我们刚看到头几页就失去了兴致，妨碍了我们了解奥克塔夫所经营的目标确实获得了成功。那其实是一方面画出他弟弟逼真的肖像，同时又写一出凄婉动人的悼亡悲剧。如果有一个胆大冒失的文选编者来研究奥克塔夫，实际上就会像我们对待维吉尔那样（我们中间最为饱学的人也只读过他作品中的三十来页），从这里摘下一句，从那里录下一行或一段，也许更相反，不顾前后地拿出一个孤立的佳词警语，凑成一个薄薄的小册子，正像作者所希望的，混到图书馆的某一个角落里，放在吉兰和塞纳古尔之间。一个有时值得敬佩的灵魂在这一过程中把一切无关宏旨的东西都洗刷掉了。

有些文学的教科书只是怀着尊敬的态度对这位皮尔麦茨略作评论，说从史家的角度来说，他是十九世纪比利时第一位散文随笔的作者。这已经算不错了。人们强调说，在他以前的这个领域中，为了找到一个有点代表性的散文家，就得越过两次革命，追溯到利涅亲王的时代，那时的世界跟十八世纪的欧洲完全不同。在他以后，他那忧郁的节奏和梦幻冥思连带着若干瑕疵都传到莫里斯·梅特林克[①]那里，但也有了“阿克兹的隐士”所不具备的威力。不管梅特林克有意还是无意，他最优美的散文集《智慧与命运》都是《哲学的时刻》的延续。即使从诗意与神秘颤动的角度说，这个写了《贝

① Maurice Maeterlinck（1862—1949），比利时诗人、剧作家、散文作家。

阿特里丝妹妹》的佛兰德人，与那个为圣罗兰德虔诚的爱情所感动的瓦隆人距离也并不那么遥远。

如果哲学就像专家们所希望的那样，旨在精辟地阐明概念并且理顺系统，那么奥克塔夫并没有达到起码的哲学尺度。他本人超越了我们这个时代流行的某些论据，发现形而上学归根结底就是一种语义学。如果正相反，哲学是超乎我们对事物通常概念以外的一个通道，一个在内心朝着遥远的、明知可望不可即的目的缓慢而又持之以恒的行进过程，那么奥克塔夫就有权利被冠以哲学家的名号。有些蛛丝马迹表明，他发现了一种方法。他列举出冥思生活的几个基本要素，但他宣称他自己并不具备，那就是：温和，平静，纯洁和力量……看到他信奉神秘，却不敢多言神秘，触及灵魂中一些本原的东西以及所有生灵的共性而又没有适当的语汇，这是很有意思的现象（“我们的生活好比一个很长的菱形，表示几何形体的线条彼此展开，一直到壮年时期，然后不知不觉地收拢，直到临终的弥留期，让我们停止呼吸……”），小心翼翼地在梦的长廊里探索，试图亲眼目睹思想本身萌发的过程，脱离了时间（“此刻是不存在的。只有从过去到未来的飞逝……”），他要给隐蔽的思想与外部的现实之间的关系下一个精确的定义（“我们的精神就像一种雌性的生物，只有情感给它授精之后才能受孕”），终于窥见了与印度的智慧并不遥远的境界，他的弟弟曾对印度智慧很感兴趣：“眼光盯住虚空中的一点，对于邻近的形体无知无觉……这是一个多么奇妙的镜子，从这人身上再现出流动和永恒，变异和静止……态度始终如一，沉醉于造物之始的元气中，比死亡还要静寂，但却比任何生物更有活力，生活在一个超凡脱俗的境界里……他眼底观察的事物越发广阔，变得无边无际，囊括一切生灵，而他梦想中的广阔空间又逐渐缩小，直到成为一点凝思。他把自己的心灵扩大，一直吞没了整个世界，并且包容了上帝。”

也许他在不自知的情况下所探求的，是一种神秘的形态。他还是个十六岁的少年时，第一次由父母带到北海的岸边去，他走在伸到海里的防波堤上，闭住双眼，不看波浪的形状，为的是听清楚那千变万化的涛声，就像在音乐会上，从整个乐队里听出不同乐器的声音。他尽力想确定什么样的形态能与这样的咆哮、这样的怒吼形成理想的呼应，于是仿佛从内心有了视觉。有时候，他像一个俄耳甫斯教派的信徒或是纯洁派的信徒那样，说道：“灵魂也许是在别处萌发的，被囚禁在一种形状奇特的物质外壳里。”再稍后一些，他又指出：“我们所有的思想，都围绕着尘世的语言形式在绕圈子。”他仔细考虑着动物的形体与人类可以互相比拟；他有关拉瓦特尔[①]的暗示出自一个在这个领域中认为思考跟做梦差不多的人之口。他在田野和树林里漫步，陪伴着他的不仅有他那几只狗，还有几只小狐狸崽儿和一只驯化好的野猪。四季的景物更迭交替，城里的人根本想象不到那变化的微妙。在严冬已能感到春的气息，在盛夏潜伏着冬季，帮助他一点一滴地在“永恒的演说中的字句”之后再进一步变换新的句式。奥克塔夫捍卫雨果的真知灼见，反对愚鲁粗俗的人对他的攻击，显然也是在为自己辩解：他对一个大鱼缸的长篇描写使人想起《静观集》中的诗句，在文章里，深渊中丑陋的动物象征着处于罪恶中的人类。某些似乎出于一个自然主义作家笔下的线条使经常轻松的描写有了沉重的分量。他想到食肉植物是多么凶恶，使他倾向于一种摩尼教派的一劳永逸的解决办法：“既然大自然是狡诈的，深于筹谋，精于算计，我们岂不是在其中看到一种恶的精灵？……就是因为想到了这些，今晚我独自深入思索的深渊，决不

① Johann Kaspar Lavater（1741—1801），瑞士作家、爱国者、新教牧师。

把你们一起拖下去。我只要让你们看到这些就够了。”他对动物的感情，从理性的这一部分来说，产生于对发现跟我们人类不同的生命模式的兴趣。只有对它们静观冥想，才能使我们逃脱人类的生活环境。“每一个动物都是一个囚禁在某种形式中的生命，这囚徒的灵魂通过大自然在监狱的顶端开出的两个窗户看到天光。”这种同情扩散到整个生长着爬行动物的尘世。为了向伴随着他的一个孩子证明他是多么灵巧，他把脚扭伤了，不得不待在房间里（一直到最后，他都这样顽皮好胜），他就玩弄蛇来消遣。“这些蛇是我从前跟一个专门抓蛇的老头儿从枫丹白露的森林里捉来的，我让它们爬到我的桌子上，缠绕在水果篮子里，从里面昂起它们狡诈的头，一边伸出像黑色的火焰似的分叉的舌头。我对所有那些小心谨慎而又雍容高雅的动作都极感兴趣。我看着它们缠绕在家具上，形成的花纹让人想到某些雕刻装饰。”

这么一个喜爱收养野猪和蛇，并且认为自己“与所有生物都属于一个大家庭”的人，竟然尖酸刻薄地反对达尔文主义，还因为要他纡尊降贵也属于灵长类而很不高兴，这是一件奇怪的事。他接受这样的概念：有一个阶梯，将黑夜般的动物引导到光天化日的人类，但是，达尔文主义者那得意洋洋的实证主义使他的人本主义和基督教精神同时都受到了伤害。我们大家都忘记了，革命理论很快从科学的假说发展到论证阶段，这使奥默先生与布尼贤神甫[①]势不两立。在这个思想水准上，表明人是动物的后代实际上就是一种反唯灵主义的立场，与其说其目的在于阐明造化的神秘锁链，还不如说干脆要贬低人的价值，而这一点科麦斯咖啡馆里的那些达尔文主义者乃至实验室里的那些人都没有怎么太注意。奥克塔夫·皮尔麦茨不能

① 均为福楼拜的小说《包法利夫人》中的人物。

预见到德日进[1]的情况，也没有预见到，宗教内部一些思想先进的精英们到一定的时期终会归顺进化的理论，而那时候进化论在科学界已经不是坚如磐石的教条了。

这个对由来已久的大自然的壮丽景色如此心仪的人，面对着地质学及古生物学的新发现竟然皱起了眉头，因为这些发现不符合《圣经》上所说的历史。但是尽管普通的常识显而易见，他厕身其中的为数众多的精英们，一代接一代地竟满足于犹太基督教文化对过去的六千年那贫乏单薄的解释，大概是因为这六千年从宏观上符合人记忆的现成数据，仿佛为大多数人制造出了一个受理性支配的最高界限。千百个世纪的地质演变对于奥克塔夫来说没有任何意义，就像天文学上的光年跟今日里大报的读者毫无关系一样，尽管他们还想象着到南门二上去着陆。在奥克塔夫看来，在他和亚当之间隔着一百二十代，这已足够让他感到如临深渊般的昏眩了，在这期间，少不了危险的、说不清楚或者混沌蒙昧的角落。这个奥克塔夫为上天造物之雄伟而感叹，有时也会想到，就在他从窗户到书桌走这几步的时间，地球已沿着它的轨道运转出千百公里了，他却没有发现，如果在十六世纪，他可能反对哥白尼，而在十九世纪，他是反对拉马克和达尔文的。

在雷莫的热情中也有那个时代的恶劣习俗和偏见。他通过更令人筋疲力尽的精神苦行也达到了实证主义，但他的这种实证主义像一切教条戒律似的僵硬古板。他在多瑙河口旅行时，一天晚上遇到了一帮茨冈人。一个老妪走到他身旁要给他算命，他把手抽了回来，仿佛被一种邪恶下流的请求惹恼了，嘴里嘟囔着："迷信就是肆意滥

---

① Pierre Teilhard de Chardin（1881—1955），法国哲学家、古生物学家。

用了一些精神上怯懦的人的轻信盲从。”他一点也没有想要试一试，看看在那些职业预言家的老生常谈中是不是也夹杂着一丝说明真实的纤细线索：研究超心理学的时代尚未开始。超心理学是个好的词汇，它让人研究昔日里不加考察就扔到魔术妖法的废品堆上去的那些东西。这个可敬佩的青年背负着这样的一个缺陷，那就是他的乐观主义，几个世纪以来这是左派思想的一个特点。他跟他的偶像米什莱和雨果一样，相信人是善良的，不仅是神话或历史之初的那些人，甚至到如今，大街上的那些人也是善良的。他接受他那个时代的先进人物特别喜欢的这种假设。如果发展工业能够解决赤贫的问题，那么工业企业侵吞了他哥哥那么珍视的阿克兹的树林和田野又有什么要紧呢？他认为，要经过许多世纪才能解放非洲的黑人，并为此感到很失望；相反，他觉得美国的奴隶制已经由林肯彻底消灭了；他甚至想象不到，有色人种的屈辱地位会以另外一种名称用另外一种方式长期持续下去。

就在他的身旁，普通百姓在他的笔下显露出绘画般的面貌。他在巴黎对他的哥哥说：“跟我一起来吧，让我们一起走进这个外表寒酸的小酒馆，观察工人们的约会。听一听这些伙伴们如何互相倾诉他们的情谊，他们那黢黑粗糙的双手是如何紧紧地握在一起。他们就是人类灵魂的化身……你能相信这些劳苦的人们愿意做坏事吗？”

“咳，我相信他们会做坏事，由于无知。”奥克塔夫惴惴地轻声说。

“那么，就应该跟这种无知作斗争……这些宽宏豪爽的灵魂，应该给他们一个能思考的头脑作武器……他们应当知道不要靠强权人物来给他们支持，要通过教育建起坚固的堡垒，从他们本身寻找到拯救自己的力量。”

这种煽动性的辞藻并不比奥克塔夫的论辩更有价值。雷莫没有发现，他倾向于平民百姓的一部分热情出自一个站在远处把“下等阶级”理想化了的少年，他在经常来往的人中间受到太多的拘束，迫切需要扩大他同伴的范围。这些工人跟奥克塔夫的卡普里渔夫一样因袭传统，是些传说中的人物，跟兄弟俩那么崇拜的斯拉夫叙事诗中的武士或克罗克特洛尼斯[①]的游击队员似的，临死时还互相说一声永别，再加上个亲吻。奥克塔夫和雷莫在不知不觉中向往着一个单纯的、英雄式的、血气方刚、精力充沛的世界，与他们在其中长大的资产阶级世界完全不同。那个热情的年轻人并没有错：我们一切错误的根底就是无知，而知识才是治疗无知的药物，但这里说的是一种比某个文盲更可怕的无知，只上个小学是消除不了的。雷莫感受到了人类本身的良善，他相信这一点，也感受到了人类社会的不完满，这让他处于矛盾窘困的境地，好像有铁钳夹住似的心痛欲裂，这也正像许多基督徒那样，一方面看到了现实的罪恶，另一方面又相信上帝无所不能。现实让他深恶痛绝，他需要相信“黄金时代”临近了：“让我们盼望着那个时代到来，那时，由于教育越来越普及，暴力和阴谋销声匿迹。这才是让我高兴的事。”这一种笨拙的信念发生在萨多瓦和色当战役以前的两三年，距离以后一九一四年的两军在战壕里相持还有五十年（那时，阿克兹村毁于兵燹，村子的本堂神甫和三个村民被枪毙了），距离德国大建集中营还有不到四分之三个世纪（埃尔曼和他的儿子也倒在纳粹的子弹之下），在广岛扔了原子弹，森林里的树叶全落了。然而，这个哲学上的小学生

① Theodoros Kolokotronis（1770—1843），希腊将军，曾领导希腊反对奥斯曼帝国的独立战争。

提出的命题还很正确：即使他明知道人类是由缺陷和贤德杂糅而成，他也还是相信人类未来的幸福，“如果没有自由意志，我敢肯定，善良注定会到来”。

奥克塔夫·皮尔麦茨曾在某处说过，的确，人们从对美的热爱发展到对真实的热爱，再从对真实的热爱发展到对公正的热爱，而不是顺着相反的方向发展。他显然想到了他的弟弟。然而他自己也经历了某些变化，让他部分地摆脱了浪漫主义的美学观点，必须承认，也就是这一点使他这个熟读普鲁斯特作品的人经常有像勒格朗丁·德·梅塞格里斯一样的疏懒慵怠。他既不是斗士也不是改革家，只是一种制度下的特权人物，而他却看到了这个制度令人憎恶的那一方面。对于他来说，发现贫苦工农的生活悲剧已经很了不起了，而他那个圈子里的许多人否认工农处于穷苦之中，而且全社会对此也视而不见。有人说，他的晚年，因为大量的施舍而破了产，这是他唯一能够行善的方式。必须掌握比我们手头更多的材料，才能弄清楚家里和周围的一些人对他轻易地作出如此的判断有什么意义，或者只不过是出于他们自己的原因。如果考虑到他这个圈子的人重视捍卫社会秩序，十分正统，那么他所说的公正社会的见解是很大胆的。他曾写道：“即便是所犯的罪过穷凶极恶，人们有时也应该找到减轻其罪过的理由。”他不知不觉已经成了陀斯妥耶夫斯基的信徒。显然在这里与他在蒙斯法院的审判台上审理案件是两回事，而且这个看法也更为现实。“要知道，人本身是道德和罪孽不可分解的混合体，两种因素由于一种神秘的法则紧密地结合在一起，道德有可能蜕变为罪孽，而罪孽也会转化为道德。”他在自己身上就有了这个具有基督精神的卓越发现：“所有的人身上都有黑夜的污点。”我们在这里已经接触到纪德的“不要去评断别人”。

当社会精英贪婪地从物质上的进步中获得好处（姑且不论这进步带给他们的利益），同时幻想着道德上的进步从而给自己以安慰时，他当然有理由谈论一下文明本身的脆弱性。“只要有人对铺满大地的芸芸众生瞥一眼，就会被人类的野蛮凶恶吓坏。文明只在几个小点上得以实现，一旦发展到顶峰，就会来一次抽风痉挛，把文明破坏殆尽。”然而他本人也像当年的雷莫一样，至少还试图希望“光明在不知不觉中扩散开来”。但是当前的现实和临近的未来情况都打破了这个梦想。约在一八八〇年，他向约瑟叙述他到莱茵河畔一座小山上散步的情况：

“放眼望去，莱茵河两岸一片肥沃的平原，到处耸立着上面筑有碉堡的山头。我想到那些不幸的年代，人们不得不建筑这些可怕的堡垒，只有它变为废墟时我们才能加以欣赏。但我的悲悯之心还是使我更偏爱那些寺院的废墟……在这些崩塌的城堡里，我看到的只是仇恨和凶暴的丑脸。

“我正在那里沉思默想，突然飞驰的马蹄声直传到了中庭。这是一队普鲁士的轻骑兵穿过了城里的街道，马刀在闪闪发光。野蛮和凶顽并没有彻底消逝，只不过在假寐，一到时候就会醒过来。我穿过平原回到我住的旅馆，走到了穆方多夫村，这里只有一条又长又窄的街道，两旁是泥土垒成的房子，里面脸色黧黑浑浑噩噩的人们在做彩绘镶嵌的手艺。再也没有比这更穷困污秽的地方了。一个繁花似锦的国度竟有如此的景象，真是令人惊奇。”

悲悯，比怜悯这个词更能说明问题，这个词表示跟可怜的人一起忍受痛苦。然而悲悯并不像大家所认为的那样，是一种懦弱的感情，也不是与威猛的正义相反的懦夫的情绪，它远不能跟日常生活中的情感概念相比，这种白热化的怜悯就像刀刃一样，只切入具有一种可怕天分的人的心，这天分就是敢于直面惨淡的人生，不管这种人是强壮还是孱弱，果敢还是胆怯，聪明与否（问题不在这里）。从这种一往情深而又违反常例的观点出发，人们就只能带着某些局限来谈论美了。就从《孤独的日子》这部作品说起，在他那浪漫的辞藻中间随处都会出现一个使人心碎的细节。人们指望读到，这个醉心于阅读忒奥克里托斯和维吉尔的二十六岁的年轻人，在罗马的郊区遇到牧羊人，会把那里描写成牧歌式的田园风光，把一切煞风景的事物都删除掉。“村旁的一块林间空地，与村子之间只隔着一道铁线莲种成的绿篱，我看到两只临死的羊羔被吊在一棵栲树的树枝上。牧羊人刚刚用刀割断了它们的脖子，当鲜红色的血滴到苔藓上时，几只山羊咩咩地叫着，低下脑袋，一只只地挤在一起。对于我来说，这就是意大利中部萨比纳地区的田园风光。”

奥克塔夫离开意大利时，取道阿尔卑斯回到了法国，他在冰霰风雪之中遇到了一小群破衣烂衫冻得发抖的徒步过路人，他们都筋疲力尽，头上戴着绽了线的破帽子。这都是加里波第[①]的老兵，离开家乡，要到远方的阿根廷去找一份工作。“他们中间的一个人，穷愁潦倒面色苍白，爬上了一个陡峭的山坡，心里痛苦得发了狂，用浊重的嗓音唱道：‘Dansa, canta, poverello[②].’他的同伴们苦笑着跟他应答，但这声音都被狂风吹散了。”这是多雷[③]式的浪漫场面。在意大利，看的是天主教堂、葡萄园和灿烂阳光下的历史遗迹，这段描写却以另一种形象结束了整个的旅行。也就在这次穿过阿尔卑斯山

① Giuseppe Garibaldi（1807—1882），意大利民族统一运动领袖。
② 意大利文，跳吧，唱吧，穷鬼们。
③ Gustave Doré（1832—1883），法国版画家。

时，奥克塔夫想到了拉马车的那些牲口："有十四匹勇气百倍而又耐心十足的马拉着我们的车。这些结满了白霜的可怜牲口摇晃着銮铃，披星戴月，在苍凉惨淡的天光底下奋力向前，这是多么悲壮的景象……我们走过了格朗克鲁瓦村。那时，只剩了一匹马，它的影子斜映在山石上，都改变了形状，就像个痛苦的幽灵一直陪伴着我们。马车在冰上咯咯吱吱地呻吟着，我们开始下山了。"尽管文字的风格正像当时流行的那样有些造作，但里面的怜悯和痛苦却也像冰雪一样砭人肌骨。

在以后的作品中这样的痕迹越来越多。终于，就像洒落一滴清冷的水似的，出现了犹如祷词和圣歌一样充满了怜悯的句子。几乎不像是写出的，我们简直如闻其声了："让蚕儿去结茧吧。不要触动这暖乎乎的蛋窝窝……当冰层又薄又脆时，不要从上面走过。不要践踏新生的幼芽。当迁徙的鹤寻找一块可以容它立足的地方时，不要出声去惊吓。当春天的汁液上升到树梢时，不要在树皮上刻画你的名字。不要在重载的船只上跳跃。任凭白雪覆盖着苔藓，因为它还会变绿……"在他临终前不久，诗人对约瑟推心置腹地说，他的记忆里布满了他所目睹的那些悲哀场面留下的伤疤。他能够为别人的不幸而痛苦，并且不仅认为自己属于将来的人类，而且还与广大的一切生灵同属一个类别，这些都是非常罕见的品质，不能不怀着敬意特别加以说明。

我们可以指望他与约瑟的通信能够让我们稍许深入到诗人的内心世界，但这些信件在奥克塔夫弃世前不久都经他亲自重阅和分检过，为的是在他过世以后出版，他希望这就像留给他的朋友一束勿忘我花似的。于是，我们所见到的这些通信是由多多少少已成功的文学篇章组成，关于日常生活的文字被删减到了必不可少的最低程度。在那么多时常显得有些书呆子气的梦幻和沉思中，我们终于惊喜地发现，奥克塔夫独自一人在德国旅行时，曾经为了约瑟的健康喝了一瓶子莱茵白葡萄酒，还有，这位四十来岁的先生曾梦想着跟他的同伴一起堆雪人、打雪仗。有时候，一个有些过分的真实细节让我们掩卷叹息：追忆他跟约瑟一起在阿克兹的树林深处度过美好的一天，奥克塔夫记录下猎狗群丢弃了猎获的一只野兔，猎场看守人家的几个男孩子特别高兴，巴望着来一次临时的野餐，就把啃剩下的那兔子用篝火炖熟了。这一天，他祖传的兴趣爱好在与“天使般的生活”较量时占了上风。

关于打猎这个题目，奥克塔夫一生中有许多变化。他二十岁时，家里邀请了许多先生来屠杀野物，这让他很气恼，特别是阿尔蒂尔·德·卡·德·马，他在行猎前的一星期就带着仆役马匹和车辆来到了。年轻人宣布他可以像“出官差”一样参加活动，但是他不带枪。到老来，他建议约瑟到树林里去散步，反而说到要带上他的卡宾枪，他总是枪不离手。但说定了决不触动那些野兽，只不过采几朵花儿，虽然这“对于印度智者来说，也似乎算个罪过”。他甚至为“脚底下踩折了一根草茎”而感到后悔。在别的时候，他又变成了那位邦雅曼·皮尔麦茨的子孙，这位老爷不太明白该怎么给他上中学的几个儿子写信，只豪气十足地对他们说，他在这个猎季已打死了第五十七只兔子。奥克塔夫陪伴着专门杀毒蛇的屠夫，身旁簇拥着他的野猪，六只仍有野性的狗，专门嗅猎物方向的狗和猎鹰，还有牧羊犬，瑞士产的像一团白雪似的圣伯尔纳猎犬以及一只名叫石奈尔的猎兔犬。大家都见过，他让这些狗追咬陌生人来取乐。他把捕获的猫头鹰和鸱枭的翅膀折断，防止它们飞走，这个人并不总是人们所传说的那个温情脉脉的梦想家。

他在中学的一个同学、一起收集版画的菲里西安·罗普斯曾在某个集子里写道：“这位对幽微玄妙问题的冥想者，归根到底是个快活的有血有肉的活人”，然而他还十分留意地为他的读者保留“一个面具式的理念空想”，说他在社交圈子里所表现的跟他在亲密朋友之间并不一样。他的这话意味着什么呢？莫非我们得想象奥克塔夫会是这样的形象：在老同学聚会的晚餐上抖落一些玩笑话，然后跟着他们去找女人，时而光顾大广场上的那些精致的小饭铺（“只有在饭桌上人们才能淋漓尽致地表现出来，这人能够控制粗鲁的天性，还是只能受这天性的控制”），热衷于弗布拉斯式的荒诞故事，或者在罗普斯那烟雾腾腾闲人免进的画室里兴高采烈地评论那位雕刻家的性爱作品？罗普斯没有充分估计到窝囊怯懦和忧郁愁闷的人会追求刹那间的快乐，这也许是有意要违反自己的天性，也许就像我们经常看到的那样，他们故意这样表现来掩人耳目。还要估计到，一个从伊雷内夫人所维持的局促虚假环境中出来的人，也可能要发泄一下。他这个假面具的爱好者，也可能时而装出老风流的模样，去作轻松愉快的冶游，或者干脆像个比利时的好好先生，不仅戴上年轻的浪漫王子的面具，还要戴上一个更为矫揉造作的假鼻子。不论他装出什么外表，他真实的面貌是藏在这一切下面的。

然而，有一封一八七四年三月二十日奥克塔夫给菲里西安·罗普斯的信证实了这位自由思想的雕刻家某些有点尖刻的看法。菲里西安有意在巴黎的一张小报上登载他本人给奥克塔夫的几封信，还画上图画和小小的爱神丘比特作为装饰。如果是真的，这些信件的“口气是轻佻和荒诞的”，恐怕人们很有可能会估计收信人回信时也用了同样的花招。

“我知道，你有这种自主的权利，可以公布你写给你朋友的几封信件，我如果反对这样做那就太不明智了，因为你有这份权利，也就是说，从你那方面有这个力量。只不过，我要你用你的良心和判断能力来对待。

“二十年来，我孜孜不倦持之以恒地工作着，为了创作出一部性质一致的，高尚的、其本质特性是严肃的作品，我牺牲我在精神上的一切荒诞想法，为的是在我身后只留下感情和哲学的那个方面，也可以说，我每天都在整理我殓衣上的皱褶，不让时间的风把它吹乱。

“我要表现的只是我严肃的那一方面。

“我曾跟你一同度过美好的时刻，那时，我们纵情表现出我们自然的天性，发挥出千百种荒诞的想象……但是，这种生活上的隐私应当公诸报端而且在咖啡店和小酒馆里传播吗？……我请求你，把我的真名换成假名。”

考虑到那个时代的礼法体面，这个已四十岁的人还为他年轻时的信件，乃至别人对这些信件的回应而局促不安，这让我们不得不再次想起，雷莫曾满怀凄楚地说过，就在他们那个社会圈子里，有许多“洗刷得发了白的墓碑”。首先，奥克塔夫跟家里人一起，把雷莫殓衣上的皱褶尽量整理得毫无瑕疵。他自己也承认，在他的余生，他也为自己做同样的事。罗普斯的作品让人触目惊心，也很阴郁，时而放纵淫逸，而且粗鲁俚俗。我们很理解，把两个男人之间的通信都公之于众会让这位理想主义的爱好者感到不快。我们也想到他大概也怕这些登载出的文字落到伊雷内夫人的眼里。她决不会很关切地阅读《巴黎生活报》以及其他这类报纸，罗普斯就是想在这些报纸上刊出那些信件。无论走到哪里，到处都充斥着谎言。二十世纪人们让假话蒙上一种粗鲁放纵、张张扬扬、吵吵嚷嚷的形式；十九世纪则有如裹上了绒布，减弱了声响，更是伪善。

有一个出自同代人之手的描写奥克塔夫的很有意思的肖像。不可思议地是一位铁路工程师写的，这个科技人员喜欢文学，就像安格尔[①]也喜欢拉小提琴一样。一八七九年，诗人逝世以前的四年，年轻的雅姆·旺德吕南受命到现场来考察怎样把两条铁路干线连接起来，这条线路可能经过阿克兹花园。显然这年轻人不知道花园的主人怎样对待这个计划，就登门求见。他与这片地产的主人在一个动物园似的长方形院子里见面，院子周遭有许多兽笼子。有奥克塔夫从他饲养的野兽中挑选出来放在身边的兽类在里面咆哮、腾跃、

① Jean-August-Dominique Ingres（1780—1867），法国画家。

嚎叫。据他说，这是为了“教给他表现出豪迈之气”。一大群狗龇牙咧嘴地向不速之客扑过来，温柔惬意的诗人没有出一声来喝止他这队猎犬。年轻的雅姆不得不靠着陪他来的铁路工人递给他的一根包铁皮的大棒让那些狗跟他保持距离。他心有余悸，向奥克塔夫介绍他的建议，奥克塔夫心不在焉地听着，终于打断了他的话，说他觉得在阿克兹办这事不合适。雅姆不知所措，走出了栅栏门，那门上还装饰着钉在那里的一头猫头鹰的凄凄惨惨的碎片。看得出，这座房产的主人还尊重着他的园丁那古老的风俗习惯。

过了几天，雅姆又来了。发现那位先生穿着深灰色的短外衣，头戴呢子礼帽，斜挎着一杆毫无用处的长枪，手里却拿着一本书。这一次，他受到了很好的接待，奥克塔夫就像愿意消愁解闷似的侃侃而谈，他建议年轻人到园子里去转一圈。就像我们这时代的一位建造高速公路的工程师面对着一个要占他地产的人一样，雅姆浑身不舒服，洗耳恭听着主人对铁路大肆诽谤诋毁，他说工业的定义就是“一团乱糟糟的声音和器械”，唯一的目的就是利润。那一天雅姆毫无所获（后来那个计划还是实现了），他又不知道如何去说服对手。在旷野丈量土地时，他经常看到这个人穿着一双套鞋又来散步，有时他激动地自说自话，向陌生的年轻人叙说他在形而上学上的怀疑和焦虑，有时则突然赌起气来，一声不响。两个人仿佛彼此都很好奇。雅姆一边走，一边偷眼观察着那张精致细腻、一团孩子气的脸，“现出微微的倦意”；嘴上露出“略带痛苦的笑容”，吐出“尖锐的声音”，谈话中露出不耐和愤懑，“就像一个女人在对付一把打不开的锁似的”。阿克兹的隐士也对跟他谈话的年轻人抱有浓厚的兴趣。他停下脚，看着他，提出了几个对方认为是与事无关的问题：

“您大概很神经质吧？”

神经质，他这个人的确如此，他跟他弟弟的关系中也露出这种极易激动的特性。理所当然，奥克塔夫开始时觉得自己是他弟弟的保护人，当时那孩子还没有自称为雷莫。他邀年幼的费尔南跟他一起去作第一次旅行，问他想到哪儿去，小家伙回答道：“很远很远的地方！”那一次，他把弟弟领到了德国的汉诺威。但在一切领域当中，雷莫走得都非常远，比他哥哥远得多。还在当大学生的时候，甚至到魏玛和耶拿去实习之前，他就变成了哥哥的守护天使，把他自己在布鲁塞尔大学的学业丢开，用了好几个星期来修改奥克塔夫第一次文学工作的手稿，逼着他把几年以来拿不准主意的五百页东西删减了一半。为了这事，大概他自己的考试都没有及格。这个十七岁的小伙子却有他这个年岁不常见的公正无私精神，他一点也没有把他哥哥作品中表现思想的字句修改得含蓄一些。(“你对我也会这样做吗？”后来，他曾满怀凄楚地这样问过；）他只是为那个犹豫不决的诗人总受一时的心血来潮所支配而感到不安。后来，他对哥哥说：“我劝你把去年冬天我为你写的那个小本子从头到尾再读一遍。你还记得吗？相信那上面的话吧，我的哥哥。我不是由于一种愚蠢的傲气才又提起这事。我希望我们的过去有助于你的未来。那样的话，我为你的思想而牺牲的许多年青春就得到足够的报偿了。”在希腊，他又说起奥克塔夫实实在在的郁闷和犹豫引起了他的不安，他一遍又一遍地给比他大九岁的哥哥几乎是母亲般的叮嘱(“尽量少骑马，不要去打猎。”)。雷莫死后，奥克塔夫回忆起，那青年跟他一起在悬崖上的小路或陡峭的河边散步时，总走在临近深渊没有屏障的那一边，怕的是他的同伴不小心失足或是一时昏眩。他记录了一个他重复做过许多次的梦，他受到死亡的威胁，而弟弟救了他的命。梦中的他惊异地喊道：“你不是死了吗？”雷莫用他独特的方式回答道：“不要跟我说我的事，这事我不知道。”

仅仅根据人们对我们叙述的一件小事来了解一个人的生活是非常不可靠的。在雷莫确实找到他生活中的位置之前，奥克塔夫已活了二十五年。他遭受过我们毫无所知的什么样的事故，旅行中遇到过什么人，就跟他不断喷涌而出的青年的热情一样，比雷莫的遭遇更能刻画他的面貌或压抑他的心情。人们在这个热衷于阅读忒奥克里托斯的人身上，很早的时候就能发现对于美少年的兴趣。他还年幼的时候，在桑布勒河边，他曾仔细端详村里的孩子们在钓鱼，他们优美的姿态和几乎半裸的身体使他忘掉了这些男孩子们在那里只是为了“伺机抓到一个猎获物”，却引起了他“一阵激动，跟后来看到帕特农神庙的三角楣时一样”。二十岁时，与其说他是个严肃的大学生，还不如说是个纨绔子弟，他曾梦想过给他的四轮轻便马车雇用一个少年车夫，俊俏得就像平图里乔[①]笔下的侍童或普拉克西特利斯[②]雕刻出的美少年。二十六岁，他从意大利带回来了个漂亮的年轻车夫乔万尼，这人不久就给他出了许多难题；接着，他忠实的侍童纪尧姆成了他在森林中游荡的伙伴。到老来，他保护着村子里的一个小男孩。有人告诉我们说，他不该“对村子里的几个孩子特别眷恋，而那些人有时候根本配不上这种慷慨。他对那些人却表现得像王侯那么豪爽大度”。在一个古墓旁，奥克塔夫看到墓志铭上写道那是主人和仆人合葬的墓穴，心里很感动，两人的地位估计并不平等，但他显然很赞赏从这两个人的亲密关系中散发出来的诗意。不过至少人们可以说，在这方面并没有什么流言。

正相反，有关他与他的两个弟弟中幼弟之间的友谊，人们却起劲地窃窃私语。在那“命中注定的事件”之后，的确，他几乎是怀

① Pinturicchio（1454—1513），意大利画家。

② Praxiteles（前 370—前 330），雅典雕刻家。

着像普鲁斯特那样的痛楚写下遗忘的效力，但这遗忘只涉及清醒的意识范围，漆黑的帷幕还继续充塞在最深的心田里。奥克塔夫对我们说，他爱他的弟弟，就像爱一个“只有一日之交的朋友似的”。仿佛他特别需要建立在兄弟之间推心置腹的激情；需要亲密无间的谈话，在言谈之间，两个人的精神像一次雄性的婚姻似的，化为一体，让思想的世界、原本的世界，以及想象的世界进入两人之间的关系；他需要是保护者同时也是被保护者这样一种迷离暧昧的处境。雷莫即便是远在他乡，情况不明，也在用他的力量支持着奥克塔夫。接下来的约瑟仿佛是那个鬼魂的苍白重影儿，人们并非不知道这种友谊能给一个疲惫不堪的人带来什么温馨。在我们从前描写过的那些散步中，雅姆·旺德吕南就取代了约瑟的地位。

奥克塔夫·皮尔麦茨的死仿佛跟任何一个人的死一样平淡无奇。几个月以来，他感到气闷，腰痛，腿部水肿。一八八三年二月份，他请来了村子里的本堂神甫听他的忏悔，并且要求家里全体仆役原谅他对待他们不够耐心。他年轻的侄女们决定念一次九日经为他祈福。病情随后有所好转；到了四月末，他甚至康复到可以接待客人。一天晚上他迟迟未睡，要给园丁几个命令，接下来的夜里，病情突然恶化："我不行了，就要死了。永别了，埃米尔。饶恕我，上帝！对不起了，母亲！"他死得像个乖孩子，永远保持着他本性中的某些方面。

伊雷内夫人记录了这些细节，为比利时失去了这位作家表示惋惜，"他发挥了他的天才，就是为了给上帝争得荣誉"。她指出，她儿子奥克塔夫的作品，除了《树丛》和《致约瑟的书简》之外，书名都是由她选择的，这样一来，有三个书名就都是她起的了，而这并不要求多么大的发明创造。她其实是想特别说明，一直到最后，她都给她的儿子提出告诫和建议。她说，她并不想在这个儿子死后再活很长的时间。然而有关死亡的事，人们总是估计错误。她又活了很久。不仅死在奥克塔夫后面，而且在第二年死的埃米尔以及她的小妹妹佐埃的后面。德里雍家的最后一位小姐的晚景凄凉。一八九四年，我的母亲曾经毕恭毕敬地对这位频遭丧子之痛的姨姥姥做过一次短暂的拜访。

奥克塔夫的临终这样不事张扬，仿佛不该给各种传言以口实。然而，就像每个诗人的死总会引发的那样，传言还是越来越多。其中一个说法浪漫得出奇，让人忍俊不禁，甚至被写进了书里：奥克塔夫在一个美丽的月夜，独自一人在树林里拉小提琴，受了风寒。但这也是唯一一个有部分事实基础的传闻。自从音乐在中学的忧郁气氛中给了他安慰后，就成了他最喜爱的一件事，就好像他弟弟一样。而且，他喜欢把音乐跟森林中的天籁与芬芳混合在一起。他的一封信里曾写道，他每天晚上到树林中间去，用他珍贵的瓜尔内里提琴演奏一首门德尔松的奏鸣曲。他又接着说，很久以来，他就给这种愉悦画上休止符号了。但伊雷内夫人写道，在她儿子去世以前的几天，看到他冒着四月晚上的潮气，拿着他的提琴留连在外迟迟不归，心里很不安。人们也知道，村子里几个微不足道的流浪乐手，玩手摇风琴的，在大路上用吉他一曲接一曲地弹奏那不勒斯小调儿的孩子，他都请到城堡里来，那些人还把他称呼为“少爷”。他也很乐意屏定声息，藏在小树林后面听他们海侃，那些贝克福尔地方路易二世时代的奇谈怪论显然给他留下深刻的印象。

还有另外的一些毫无根据的传言，说他挨过一个流浪汉或是偷猎者的冷枪。这当然是因为他总带着一支卡宾枪在夜里独自闲逛，而且大家都知道他轻易地接待一些闲人，施舍得也过于大方，特别是因为歹徒在整个乡间肆虐，引起了普遍的惊慌甚至恐惧。最后，人们压低声音，说到跟当年让雷莫丧命相似的一件事故，说的是这个散步的人不懂如何把枪装上子弹。关于那个年轻人的死亡，家人怀着虔诚的善意说了许多谎话，无怪乎荒诞不经的传言会那么多。这里还夹杂进来一个诗意的想象角落：大家一致认为或许导致诗人死亡的那个事故是在深夜的某个时刻发生的，就在这个对他来说十分神圣的树林里，他在许多地方的树干上，刻上了这样的文字：NOX—LUX—PAX—AMOR[①]。显然这就是他在森林的梦幻中不断重复出现的主题。

伊雷内的笔记和病人亲笔的信件写得都很清楚，不仅如此，如果需要的话，奥克塔夫的本性就没有自杀的倾向。这个题目，他自然涉及过。他觉得某些人适合于自觉自愿地死亡，在这些人里肯定就有雷莫，对生活有正面的炽热精神，他的本性不能容纳这过于充溢的力量。再加上基督教的精神把他推向了这个出口。我们很清楚，所有人，哪怕比奥克塔夫更为坚强，也会很容易地作出他本不赞成或他的信仰不容许的事，至少让他有一闪之间的错念，昏昏然不能自持。死亡的欲念也许是他的一个“黑夜中的暗斑”。他有这样的特性，二十岁时，他就为已不是十二岁而惋惜；到了四十四岁，他说他不再为莫里斯·德·盖兰[②]的早夭感到痛惜，他一直热诚地崇拜这位诗人的作品。“他死得好，不然的话到今天就得活到六十六岁了。”五十岁时，他一方面惧怕死亡，同时又觉得活着太疲惫，在两者之间摇晃不定。他向往着让他本身的一部分从时间当中脱离出去，时间是“汹涌澎湃的海洋，上面漂浮着皮囊形体”。在这种情况下，时常就像一个疲乏不堪的人自做主张，作出了精神理智不敢作的决定。奥克塔夫对生死的理解就停留在这个生理乃至炼丹术的水平上，就好像人站在自身以外，不自觉地旁观着一个他自己引起的分化瓦解的过程。任何暴力的动作，任何情节剧中的小插曲都不需要。“改变

① 拉丁文，黑夜—光明—平和—爱。
② Maurice de Guérin（1810—1839），法国浪漫派诗人。

形态是再自然不过的事。”用不着庄稼汉在瓜尔内里小提琴上狠狠打一拳或是不小心在枪里装上子弹。

乍一看，他的日子过得并不辉煌灿烂，倒有些轻佻放纵，然而却花尽了他的力气。无论在大事还是在小事上，他对他的家里人，外省的大资产阶级社交圈子，以及他始终遵从的高雅原则都作了让步，而有时候他也用跟他弟弟一样尖刻的语言去谴责外省的富户颟顸昏聩。在另外的方面，他同样表现出弱者怠惰性格的强大威力。他的父母，后来是他孀居的母亲大概曾经梦想着他在学业上精进不懈，一直上到大学。而他却没有这样做。接下来，他也完全可以从事一个有家学渊源的，在他看来也相当体面的职业，出人头地（“我一点也不经营我的土地，我不到任何别的地方去住，我紧紧地攀住我自己的山顶”）。在婚姻上他也同样。这个浪荡子承认，他的舞跳得很平常，也不会说俏皮话讨年轻姑娘的欢喜，他拿眼前的表兄弟阿尔蒂尔作他的榜样，阿尔蒂尔很长时期对夫妇之间的欢娱裹足不前，到最后才娶了表妹玛蒂尔德，一位出自名门的可人淑女。后来，埃米尔跟一个参议员的女儿结了婚，让伊雷内夫人心满意足（“这是我一生中最美的一天。”），也让她希望奥克塔夫学习这个好榜样。但她的希望落空了。当时的重重规矩把这件事反倒弄得复杂化了。奥克塔夫对一个思想很正统的老伙计承认，他跟“一个金发女郎”保持着恋情。那个规矩正经的伙计暴跳如雷，要求他如不斩断联系就立时把她娶过来。这两条道路大概他都没有考虑过。在这个道貌岸然的社会圈子里，心灵和情感上任何一点微妙曲折都没有立足之地。

他的幼弟，“那个可怜的孩子”在理智上迷失了方向，显然引起了家里人无休无止的争论，仔细阅读奥克塔夫的作品，就可以发现这些争论的痕迹。如今我们觉得，他有关雷莫的那本书出言过于谨慎，是个瑕疵。说到书中主角的最后一刻时，又用十分笨拙的语言来掩饰真实，简直成了败笔。据说奥克塔夫希望读者自会识破其中奥秘。压在奥克塔夫身上的禁令和忌讳一定是过于沉重，直到一九五二年，一位给诗人写传记的循规蹈矩的作者还推敲字句，用模棱两可的文辞来描写费尔南-雷莫，说他“在追逐他自己也弄不清的海市蜃楼”，一点也没有提起他的自由主义、和平主义和实证主义思想，同时也瞒过了他成了家里人中的异端所引起的悲剧。就是这位传记作者对那本“小说”弃之不顾，那是唯一一部以他弟弟的信件为素材的作品，在里面奥克塔夫总算鼓起勇气，稍稍正面地对待真实。这样的安排并不令人惊奇：写传记的人时常这样对事实的本质避而不谈，或者不动声色地抹杀掉。起初，奥克塔夫出版了他的那本小小的书，只印了十册，也没有署名。接着，某些人很赞赏，他得到了鼓舞，又出了一百册，同样也是匿名的。这个事实本身就说明了，在这布满地雷的地域中他已经走了很远。要出版这部小心翼翼的作品需要一些勇气。

奥克塔夫·皮尔麦茨曾说过：“有些人在奇特的、不能实现的愿望中耗尽了自己的生命。一种希望，不管多么不合常情，也都像情人似的，让人难以割舍。”这种以真实为目的的追求不可能实现，向他预示着结果是个悲剧，在他的思想里，这条路显然就是雷莫所走的；而对于美的追求，他觉得更像是他自己的探索。雷莫的朝圣之旅很快地就走上了年轻的希格弗里德[①]的巡游之路，这个英雄曾擎着火把沿着森林中的小路去探险；而他的朝圣却成了一首悲壮的交响乐，缓缓地告终。在他个人的忧郁中再加上世界的痛苦这个让人不能忍受的重量，只有他对自己具备作家能力的信任才在某种程度

① 德国民间史诗《尼伯龙根之歌》的主角。

上减轻其痛苦的程度。于是，他用严格的洞察力来剖析自己。早在一八六七年，他在给邦塞的一封信里就说：“我在这里承认，我一点天才都没有。我愚鲁笨拙。我从我身旁的人汲取思想。我背负着传统蹒跚而行，能够真切地说明我内心世界的语言还有待发现。”随着年龄的增长，这种灰心丧气的迹象不但没有减少，反倒增加了。他并非不了解，他本属于圣伯夫说过的那种缺乏天才的种族。他走到了他描写过的那条死胡同，在这个时候，这个囚徒在牛角尖里把自己憋死。

布鲁塞尔的各家报纸用尊敬的口吻宣布了他死亡的消息。《舆论回声报》简单明了地说：“他是一位有成就的作家。”《布鲁塞尔新闻报》的口气更为明晰谦和：“我们的作家不多，他是其中一个。”地方性的报纸谈论得更热烈，连篇累牍地说到他“出身于本地区最高贵最受人尊敬的人家”，“有一位尊贵的，德高望重的母亲”，“有相应身份的本堂神甫为这个英年早逝和蔼可亲的作家主持了丧仪”，“贵族和神职人员中的头面人物和本区的老百姓”也参加了典礼。有人还告诉我们，村子里的合唱团还在这个业余音乐家的葬礼上唱了歌。一直到最后一刻，他还是这个家的儿子，是个永远的年轻人，乐善好施的财主。当地的慈善机构为失去了他而感到痛惜。各篇悼词在宣读之前都经过丧家的筛选，怕的是悼词中把“可怜的奥克塔夫归入自然神论者，甚至唯物主义者之列”。

他埋在一座崩塌为废墟的古老教堂的祭坛底下，就在雷莫旁边。当年他曾由伊雷内夫人帮着，把那教堂改建成家族的墓地教堂，免得被彻底拆毁。一九二一年，雷火把房顶烧毁了，但那房子夹在村子里的新楼之间，仍然存在。这里已完全不是最初那充满浪漫气息的建筑，当年兄弟俩曾在这里掩起书本，抬起眼睛眺望着园子里的郁郁林木，心里想着，有一天他们会在那里安息。

在这里，我转录了奥克塔夫的“虔诚的回忆卡”，就好像诗人本身在他的《雷莫》一书中转录了歌德的讣闻似的。那是他那还在上大学的弟弟从属于上流社会的一位魏玛老妇人手里得来的。但这一次，我并不像奥克塔夫当年对《浮士德》的作者一样，把荣耀与死亡相比。这区区的几行字表明了，一旦入了土，一个人的独特面貌是多么迅速地消失净尽。

死在天主怀中的人是有福的。

虔诚地怀念
奥克塔夫–路易–邦雅曼·皮尔麦茨先生，
他在一八八三年五月一日于阿克兹城堡去世，
享年五十一岁，
举行过了神圣的临终圣事。

凡在人面前认我的，我在我天上的父面前也必认他。
(《马太福音》第10章第32节)

我知道我的救赎主活着，末了必站立在地上。
(《约伯记》第19章)

她张手周济困苦人，伸手帮补穷乏人。

(《箴言》第31章)

我只为自己要求一件事：你们在祈祷时，回忆起我。
（圣奥古斯丁）

圣母马利亚温暖的胸怀，是我的栖身之地。
（百日的赦罪）

慈悲的耶稣，给他永恒的安息。
（七年的赦罪）

如果我没有记错的话，奥克塔夫晚年曾说过，他只能在祈祷中找到一片绿洲，然而在他的作品中却只有两次提到耶稣。在《雷莫》一书中他指出，他那个时候的人在睡梦里可能要求福音书给以帮助；但在别处，他用更为动人的方式提起耶稣在拉撒路[①]坟墓前的眼泪。圣约翰的这篇福音，文辞如此华美动人，顺理成章地代替了人们在前面看到的到处风行的说法。显然，任何人也没有想到这一点，或者说，人们更喜欢习惯引用的那些平凡无误的章节。在这方面，他最喜爱的圣者，阿西西的圣方济各[②]也作不出什么贡献。

但是，为这个值得追忆的人物所选择的形象并非毫无动人之处。在这宗教风格的文字中，就在那时，也微微散发出十七世纪那

---

① 《圣经·新约·约翰福音》第11章中说，耶稣在拉撒路的坟前，看到他的姊妹和朋友哭泣，也流出了眼泪，耶稣终于使拉撒路复活，从坟墓中走了出来。

② Saint Francis of Assisi（1181或1182—1226），天主教方济各会和方济各修会的创始者。

庄严的气氛，从中我们可以看到一位圣约翰的形象，披着长长的鬈发，穿着高贵的粗毛衣服，用一只圣杯来接从耶稣的双脚滴下来的血。耶稣被钉在十字架上，人们只能看到下半部。这幅雕版画也许会让他高兴，他也尽力用同样的方法来接住雷莫的血。

然而奥克塔夫也有他的巅峰，说实话这人地位卑微，来去匆匆，并且来自一个人们意想不到的地区。奥克塔夫仿佛只是远远地、居高临下地跟随着他那个时代比利时的文学运动。他曾经给德·科斯特提出过一些具有梯尔·欧伊伦施皮格尔[①]老头儿那奇特天才的忠告，据说他也借给他了一些钱。但科斯特死时穷愁潦倒，他死前十五年就被遗忘了。至于《梯尔》，奥克塔夫否认其中有任何诗意，这并不公正，大概是因为那强烈的现实主义惹恼了他，再加上从那些文字中散发出一股叛逆的气味。年轻的乔治·罗登巴赫[②]向他致敬；年轻的朱勒·代斯特雷来热情安慰，但都来得太晚：他已经要死了。他没有亲眼目睹比利时诗坛的百花争艳，他曾经为这小心翼翼地作过准备。他不敢肯定他的古典主义和稍稍过时的浪漫主义是不是受到这些象征主义者的重视。自然主义的小说家，大吵大嚷地千方百计要钻透这个在当时欧洲市侩习气最浓的一个国家，且不说这种做法时而会刺激他本人的神经，也会惹阿克兹的那些人不高兴。人们几乎不能相信，他这个虚幻影像的爱好者竟会十分喜欢卡米尔·勒莫尼耶[③]那略嫌粗俗的肉欲主义，而这人隔着半个世纪的距离，正是劳伦斯[④]的先驱。然而，勒莫尼埃出版的有关《雷莫》的那篇文章深深地感动了他。他觉得，他以及他的弟弟得到了人们的理解。当这个小说家被人诬告，与法院方面有了麻烦，评委拒绝颁给他不知是哪一个国家级的文学奖，布鲁塞尔大学的年轻人为他开一次宴会来昭雪委屈树立荣誉。人家也邀请奥克塔夫出席宴会，他接受了邀请。但他在预定的日期以前的三个礼拜就去世了。一八八三年五月二十五日，宴会如期举行，在缺席的诗人的座位上有一大捧野花作为标志。有关他的信息暗淡了。他对自己的评价尽管不完美，但也得到了某些人的赞同和接受。他本来可以接触到那种荣誉，人们把那叫作“幸福的青年时代”。

在让这两个阴影重新渡过冥河之前，我要向他们提出几个有关我自己的问题。然而我首先一定要向他们说一声谢谢。经过了长时间一代接一代的直系和旁系先祖，对于那些人，我们除了他们的生卒日期之外一无所知，终于有了两个精神和肉体，两个声音，激烈昂奋或者相反，期期艾艾、欲言又止地表达自己的心意，两个生灵，我们有时听到他们的呐喊，有时听到他们在叹息。于是，借助家里一向残缺不全的纪念品，我描画出我的外祖母玛蒂尔德或是我的外祖父阿尔蒂尔的模样。此外，为了使他们的形象更加完整，不管有意还是无意，我使用了我所知道的有关十九世纪一位虔诚的妻子和一位品行端正的封建领主的材料。相反，我读到的奥克塔夫和雷莫的某些作品书简却充斥着他们本人的性格，在他们的那个时代里喷薄而出。

---

① Till Eulenspiegel，德国北部的农夫恶作剧者，他的欢乐的恶作剧是无数民间传说和文艺作品的源泉。

② Georges Rodenbach（1855—1898），比利时象征主义诗人。

③ Camille Lemonnier（1844—1913），比利时法语作家。

④ David Herbert Lawrence（1885—1930），英语短篇小说家、诗人、散文家。

为了把这两个人物放在正确的背景环境之中，让我们观察一下一个小群体，比他们俩更伟大，或者说肯定更显赫，这些人也在那个世纪的同一个阶段“紧紧攀住他们的顶峰”。一八六八年，当雷莫正慑于普遍的罪恶，苦苦挣扎时，托尔斯泰正在阿尔扎马斯一个小旅店的破茅屋里，度过苦闷和豁然开朗的夜晚，这给他打开了仍然关闭着的门（或者那些门在他不知不觉的当儿已经微微打开了），这也让他成了一个比天才更胜一筹的人。一八七二年九月，当雷莫在列日仔仔细细地准备自杀时，兰波和魏尔兰一起坐船抵达英国，经过这个阶段，再坐火车到哈勒尔，终于死在马赛的一家医院里。如果他早两年信步走进沙勒鲁瓦的碧绿酒家，就可以跟这位头发乱蓬蓬、裤兜儿里揣着《醉舟》底稿、徒步从夏尔维尔的那个小村子走来的小伙子肩并肩地坐在一起了。我并不是在杜撰一个小说情节：那时，兰波这位狂暴的天使对给他送来一大杯啤酒的长着一对丰乳的女招待有特别敏锐的感觉，他一定不会认为那个衣冠齐整的先生是一位面色苍白的六翼天使。而在奥克塔夫看来，这个打量他的人只不过是个流氓阿飞。到一八七三年，魏尔兰在布鲁塞尔放了一枪，如果这声音传到奥克塔夫的耳朵里，他大概会以为这两个莫名其妙的诗人之间的争执只是个低级下流的社会新闻，连在饭桌上谈谈都不值得。

一八八三年，离雷莫哥哥的死还不到三个月的时间，瓦格纳患上了胸部的炎肿，一蹶不振，退居到威尼斯的一个王宫里，随身还带着那些“奇妙乐曲”的秘密，这些乐曲还会吸引门槛外面的那些“欢欣的灵魂”。马克思也是在这一年逝世的，比巴枯宁早了七年。路德维希二世，施塔恩贝格的那个隐居者，还要苦熬三年，跟他的那些幻象以及他自己的肉体斗争（“多一些亲吻，上帝！多一些亲吻！”），然后才投湖自杀。鲁道夫[1]正因为是金枝玉叶，不能摆脱乃父独立施展其政治抱负，只得从一场狩猎到另一场狩猎，从一个情妇换到另一个情妇，于一八八九年一月一步步走到了玛耶林。他的母亲伊丽莎白皇后，仿佛是个美丽的幽灵，在希腊科孚她的花园里重读海涅的诗，把自己绑在桅杆上，昏昏然地驶进了狂风暴雨中的希腊海。战地护士弗洛伦斯·南丁格尔得了心脏病，从阿尔巴尼亚的斯库台回来之后定居在伦敦，躺在一张长椅上度过了几乎半个世纪的漫长日子。红十字会的创建者邓南特周游列国，为他的事业寻求支持，而当时，大家对他的提议普遍漠不关心或者心存疑虑，他又急又气，几乎半疯。一八八七年他要求瑞士阿彭策尔的一个养老院给他一个床位，他要在那里打发余生。尼采在锡尔马利看到德国资产阶级和俾斯麦分子的平庸苟且，很是愤慨，一八八三年左右开始构思有关超人的雷霆闪电。但他疲惫不堪灰心丧气，眼睛差不多半瞎了。一八八八年圣诞节的那天，扑到一匹被鞭打的马的脖子上，终于进入了他的漫长的黄昏。易卜生定居在罗马，动笔写他那预言性的作品《人民公敌》。作品中，一个人单枪匹马与全世界精神和肉体的腐朽败坏做斗争。福楼拜未老先衰，一八八〇年就谢世了，跟他的布瓦尔与佩居谢一样窘困潦倒。（“我仿佛穿过无穷无尽的寂寥走向不知何处的前方……我既是荒野，也是旅客和骆驼。”）奥克塔夫逝世的那年，约瑟夫·康拉德[2]正乘船在利物浦和澳大利亚之间来往穿梭。直到一八八七年，他才来到布鲁塞尔，得到一艘专跑刚果的轮船船长的职位。又过了两年，他又来到了这个城市，他饱览了剥削殖民地的那些“黑心肠”，从灵魂到肉体都几

① Rudolf（1858—1889），奥匈帝国皇储，因有自由主义的思想及亲法倾向，与其父政见不合，终于跟他的情妇一起，在玛耶林皇家猎苑自杀。

② Joseph Conrad（1857—1924），原籍波兰的英国作家。

乎崩溃。雷莫幸亏死得比较早，没有看到非洲的这种悲惨景象，否则他也会像康拉德一样，陷入沉思，并为此痛苦的。至于雨果，这位死于一八八五年的预言家，那时已是八十岁的老翁，还在写亚历山大体的诗句，闹恋爱，想念上帝，思虑重重地端详着裸女。丁尼生[①]一直到一八九二年才跨过了生死的藩篱。把雷莫写在这些光辉显赫的名字旁边，仿佛是在讽刺奚落。就像他哥哥说的一样，雷莫周围是民众的一片冷漠，好像连死后也无葬身之地，只有并无才华的奥克塔夫在有关比利时文学的手稿中才提到了几笔。不过，这哥儿俩也被那个时代从上而下吹来的一股罡风刮得无影无踪，而那个时代就像堆在二十世纪这个深渊边上的一道巨大的、密密实实的堤坝，远远地、沉甸甸地悬在我们头上。

按照布列塔尼或者埃诺的算法，这两位舅姥爷精确地说都不是近亲，然而，阿尔蒂尔和玛蒂尔德亲上加亲却把我与这两个死去的魂灵拉近了，因为我身上四分之一的血与他们身上一半的血出自同一个源头。不过对血液的分析并不能提供什么重要证明。对这类细节十分好奇的读者也许已经发现，在这兄弟俩（尽管彼此完全不同）和他们几代之后的外甥孙女之间有类似之处也有不同之点。不同之处来自时代和命运。性别的差异并不像人们想象的那么重要。一八六〇年的一个男青年所受的束缚与一九三〇年的一个少女受的拘束都差不多。我们之间的相似之处绝大多数都与文化有关，但从某一个程度开始，文化就代表着一种选择，使我们按照更为精微的同一性来聚分群类。就像那兄弟俩一样，我也在树下阅读赫西奥德和忒奥克里托斯的作品；我不知不觉地又像他们那样在比他们那时

① Alfred Tennyson（1809—1892），英国诗人，维多利亚诗歌的代表人物。

受到更多蹂躏和损害的世界上旅行。但如今，过了四十年以后来看，那时的世界反倒显得又干净又平和。按照社会地位或是钱财多寡来区别与你相同还是不同，其实并不那么容易。一九三〇年左右，社会地位远没有像半个世纪前对伊雷内的儿子们那么重要，或者说至少对我来说是如此。钱，il gran nemico[①]有时候也是个好朋友，又重要，又不太重要。

无论如何，在某一个领域之内，雷莫比我强很多。刚到二十岁，尽管他曾有过天真的愿望但没有保留下来，如同他哥哥形容的“永不枯竭的灵魂”，他就已经感受到了原本就神圣的生命，与人或社会——其实也就是复数的人——的作为二者之间的矛盾。他通过叔本华从佛经里借用了泪海这个词，我也在那海边留连了许久。我的头几部书就向我证明了这一点。在这个时候，我的回忆是模糊麻木的。直到近五十岁，我从灵魂到肉体才完完全全地感受到了他的痛苦。雷莫曾说他自己“只爱纯粹的思想，它是一位身穿粗毛衣服的处女”；我不能像他那样自诩。不过，在我很年轻的时候，思想甚至超越了思想的东西就占据了我的心；而我并不像他那样，只到二十八岁就死了。我也像雷莫那样，将近二十岁时，曾经相信有关人生问题的希腊式答案就算不是唯一的，至少也是最好的。到后来我才明白，并没有什么希腊式答案，那只不过是来自希腊人的许多答案，在其中还必须再进行选择。柏拉图的答案与亚里士多德的不同；赫拉克利特与恩培多克勒又不同。我也发现，这问题所涉及的基本数据过于繁多复杂，一个答案哪怕无比完美，也不能

① 意大利文，大敌。

覆盖全局。但是，在创作《从巴黎到耶路撒冷的行程》与《卫城上的祈祷》这两本书之间的某个时候，雷莫正处在希腊式的激情澎湃的阶段，也把我带回了我自己的青春时代。而且我还发现，尽管一切幻想都化为泡影，但我们当初并没有全错。他说："在这个废墟中间，我想起古人怎样想象如今的香榭丽舍大街：一个集会庆祝的场所，在那里人们可以跟大贤大德的智者谈话……这是多么高贵的梦想！人们想象着那种人，他们还没有受到道德的束缚，他们的青春可以自由自在地茁壮成长。人们没有把他们刚进摇篮就绑在极紧的襁褓之中……读柏拉图的作品时，那种思想自由驰骋的健康气氛深深地感动了我……我在旅行中得到的最好的印象就是感受到这种希腊精神的美，这美就像希腊帕罗斯岛的大理石似的，洁白坚实。"

那个时候的代罗斯还不像现在这样，挤满了成群结队的游客，雷莫这位年轻的旅客在那里短暂停步时，一天晚上曾到一个月桂树林中去漫步，如今那里经过接二连三的挖掘搜寻，月桂树肯定被砍伐净尽了。那时，他在那里发现了一个希腊时代的雕像。"月亮冉冉升起，仿佛一面银盘……大海奔腾澎湃，我只能听到重浊的涛声……"雷莫想描写美丽景色，这等于说他想传达出他在这个神圣的处所感受到的美丽，但他的才情远远比不上夏多布里昂或者勒南[①]，只把他领上了一个活跃的梦境，或者是在他在魏玛也许喜欢过的德国浪漫派的 Märchen[②]。在月光底下，他仿佛看到在那大理石的面孔上描画着难以形容的痛苦。他觉得他认出了那是

① Ernest Renan（1823—1892），法国哲学家、历史学家、宗教学家。
② 德文，童话。

三面的赫卡忒[1]，塞勒涅[2]是她在天上的形象。他想象着天上的月亮接受了女神的灵魂，她的形象就横陈在他的脚下，月光刹那之间就会使她复活。“我就是赫卡忒，主持着我自己为那么多无辜牺牲流血而举行的赎罪仪式。”

在一八六四年的这个青年与一九三〇年也来这片海岸游荡的、跟他也许有葭莩之亲的外甥孙女之间，已走过了成百上千的朝圣客，从那以后，又有人成群结队地来过这里，有多少人曾想过日复一日牺牲在那大理石祭坛上的牲畜？那大理石上还装饰着纯洁的卷叶花纹。同样的思虑把我们彼此拉近了。然而赫卡忒的统治并没有像雷莫想象的那样宣告结束。在上一个世纪，科学变成了女神，而且像所有的神祇命中注定不可避免的那样，成了血腥的异教偶像崇拜的女神，成千上万的生物变成了科学的牺牲。这些生物慢慢地窒息，失明，受到炮烙，活活地被人开膛破肚。它们的死倒让古代宰杀祭品的人显得清白无辜。也正像我们的屠宰场里，家禽牲畜被活活地倒挂起来，便于屠夫在流水线上的工作，让这百牲大祭的凶器显得干净一点，而且还在牺牲品上面摆上鲜花。至于希腊人在传说时代就已经放弃的人祭，如今千百万人仍然以祖国、种族、阶级的名义，杀戮另外千百万人，犯着同样的罪恶。大理石的面孔上那难以形容的悲哀忧愁，应该更加深一层。

奥克塔夫的轮廓已有些淡化，跟他之间的关系对比不太容易确定。我曾居高临下地分析过他那种只把他自己认为最好的一面表现出来的执着愿望。二十岁时，我很了解他。在那个年纪，我的野心只是

---

① Hecate，月亮、大地和冥界女神。
② Selene，月亮女神。

当一个匿名的作者，或者顶多有一个名字和两个彼此不相符合的日期为人所知，因为我写了五六首十四行诗，在整个一代人中，只得到了七八个人的欣赏。我很快就打消了这类想法。文学创作就像喷泻而出的洪水，卷走了一切。在这一股急流当中，我们的个人特性顶多是一些沉淀物。作家虚荣好胜也好，腼腆羞涩也好，在这戏剧性的自然现象前面只起很少的作用。然而，比起我们这个时代病态的张扬炫耀，我看奥克塔夫内向的收敛虽然也是病态的，却更有魅力。

我支起耳朵，听他阐述有关历史的几个见解：在他看来历史最多是个样板，昔日里许多贤哲也这么看，在艰难的岁月，历史就是我们大家遵循的榜样。然而，我听到在他内心深处还有一个声音。他坐在罗马斗兽场的台阶上，心里想着据说在这里殉教的年轻基督徒，他们为数众多，无名无姓，被总括在一个圣塞巴斯蒂安的美丽外形底下，不禁悲从中来。他始终无限怜悯这些年轻人。他永远不可能了解这样昏厥而死的震撼。同样，他想到一些同时代的陌生人，他本来可以爱护他们，但在大地的茫茫人海当中，他永远不可能跟他们相遇，又有些怅然若失；这两种感情相差无几。我曾尽力成为一个历史学家兼诗人和小说家，这使我直接突破了这种不可能性。奥克塔夫做不到这一点，但我爱他的就是这种张开怀抱的举动。

在每个偶然事件当中都有奇迹。一八六五年奥克塔夫曾参观过乌菲兹美术馆，顺便记录了最使他感动的绘画。在某些方面，他的爱好与我不同，审美永远在不停摆动。他还欣赏当时仍稳稳享受着荣誉的学院画派：多米尼基诺，圭尔奇诺，圭多以及跟他们一起的卡拉瓦乔那“光辉灿烂的现实主义”，所有那些接下来的两三代人引以为耻的东西。而到我们这个年代，他们又开始占据应有的地位。他已经喜欢波提切利了，在这位画家的作品面前，五十年以来，人们几乎要轻率地掩口而笑。然而他费时最久，用了整整一页的笔墨来描绘的画作是他以为微微有些笨拙的初级作品，《埃及的特巴伊德》。他那时候，大家以为是罗拉提的作品，以后又以为是别人画的。二十多年的时间里，我也观览过同样的这张绘画，还随身带着一张半圣像半护身符的照片。背景是纯净的沙漠，上面这里长着一片托斯卡纳的小树林，那里耸立着一座风格朴素的佛罗伦萨式小教堂。神秘派的修士在驯化羚羊，跟黑熊一起跳舞，给老虎套上缰绳和辔头，骑着温顺的鹿迈着溜步游逛，他们跟狮子谈话，一到傍晚，狮子就把他们埋到沙子里；他们跟野兔、苍鹭以及天使亲密相处。我心悦诚服，天真地以为，这个形象也许就意味着完满的生活，但对于“奥克塔夫舅舅”这形象代表着天使的生活。

整个一八七九或一八八〇年的夏天，诗人穿着一身漂亮的白色棱纹布西装，大概还戴着一顶从意大利买来的草帽朝海斯特沙滩走去。我把《苦炼》中的一段情节安排在这个西佛兰德的小渔村里。在作品中，泽诺从布鲁日这个死亡的陷阱逃脱之后，试图到英国或是荷兰的泽兰去，帮助他逃亡的人素质卑下，性格愚鲁，让他大失所望，就放弃了这两个计划。在那个时候，仔细研究佛兰德的公路交通地图，我发现了离布鲁日很近的几个地点，从那里出发，逃亡的人只要没有受到严密的监视，可以登船起航，那个五十八岁善于行走的人完全可以采纳，还要避开那些远在海边的几个偏僻地方：文敦纳，布朗肯贝格，奥斯当德，听上去像广告上的廉价度假地点。海斯特这个地名听起来就纯粹是佛兰德的，没有旅行的联想，而且离布鲁日又近，很适合我的小说。自然，我当时还不知道，八十年以前，奥克塔夫和他的母亲瞧不起时尚流行的四轮小车和旅行锅，找了这么个洞穴来过夏季的乡间生活。

这地方自十六世纪以来直到一八八〇年还没有任何变化，只不过在那里筑了一道堤坝，说实话就是一片海滨浴场，人们宁愿在那里设计一座演奏音乐的小亭子。精巧别致的别墅还没有污染海边纯洁的沙丘。“海滩上几乎空无一物，晚上只有十几条渔船在这里的沙滩上抛锚停泊，卸下在大洋深处打来的奇形怪状的鱼。一上午，几条客艇驶向海滩，人们可以看到从客艇上走下来洗海水浴的女人。年轻的外国姑娘有时候沿着堤坝散步，她们那高雅的薄纱衣裙与飞腾的浪花争奇斗艳”，她们那胆战心惊和孩子气的动作使他觉得那都是些高贵的可意人儿，证明她们是极娇弱的。

他把母亲安置在一把高脚的安乐椅上，让她呼吸清早的新鲜空气，她只需这些，也无需别的，他独自一人朝着退去的潮水走去。就像他说的，他想听“大海的轰鸣”。他心情郁闷。小心翼翼地绕过几小时以前退潮留下的波光潋滟的大水塘，注意不把鞋踩湿。他并不喜欢大海。（我敢肯定，精神分析学家会争先恐后地紧紧抓住这个独特的事实，其实只有在法语里这个文字游戏才成立[①]。）“啊，可怜的海斯特小镇，你是多么阴暗无趣，你的大海是多么苍白无光！”约瑟曾告诉他几天之后来看他，他希望约瑟早些到来，好在这一片混沌的景象中有一个人给他些安慰。“大自然的制动阀门已经锈蚀了，她不满足她的命运，切望着砸碎那无影无形的锁链，让极度的忐忑不安填满观察者的灵魂。看到这广阔无边受着束缚制约的现象，那观察者可以暂时忘却他兄弟们的痛苦；社会的不公，被剥夺者的沦丧暂时从他的眼前消失。他最终也许可以在力量里找到权利……人们都说大海高贵，我却看不到高贵在哪儿。我只看到大海的强暴粗鲁，桀骜不驯，恣肆鲁莽，起伏不定。”他从汹涌的波涛扑向防波堤的那威势中，看到了愤怒的人群那狂暴贪婪的模样。

---

① 在法语中，大海 la mer 与母亲 la mère 是同音词。

突然，在中午炫目的光线底下，一个破衣烂衫的人穿过他和那几个英国小姐的身体。Aqua permanens①。让奥克塔夫感到恐惧的这一片大水，书中的泽诺倒觉得仿佛像光线似的。汹涌的波涛有它的威势却没有愤怒，留在沙滩上的每个痕迹都表现着无垠无限，他觉得每个贝壳上的曲线都构成了一个数学般完美的世界，而这就补偿了他不得不在其中生活的真实世界的凶残。他让自己赤裸着；他已不仅是一个十六世纪的人，而直截了当地变成了一个普遍意义的人，一个清癯而强壮的、已经上了点年纪的人，双腿和两臂肌肉发达，肋骨条条突起，性器上的阴毛已成了灰色。他不久就死去了，死得很惨，在布鲁日的一所监狱里。然而，这弯弯的沙丘，这海浪留下的波痕是他真实死亡的抽象处所。就在这个地方，他从思想中消除掉了逃避与和解。把这个裸体的男人与那个身穿白色西装的先生划分开来的线条比时区的划分还要复杂。泽诺在世界上的这一地点时，比奥克塔夫整整早三世纪又十二年零一个月，但我的创作大约晚了四十来年。到了一九六五年我才想起在海斯特海滨入浴的那个细节。在这两个人之间的唯一联系当时还无影无踪，并不存在，然而这个联系却带出了十六世纪的衣服和附属物品，以及一八八〇年的那个浪荡子，又过了三年这浪荡子就成了死去的鬼魂。这个联系就是一个小姑娘，奥克塔夫曾经向她诉说过暂且搁置未曾实现然而却蛰伏潜在的故事，终有一天这成了我的一部分。至于雷莫，他似乎处于这个场景中，是他哥哥思想意识和阴郁情绪的一丝一缕。八年以前，他就经受过一个的确更为短暂也更为鲜血淋漓的死亡，可以与一五六八年那人的死相比。但到了一九七一年我才听到有人说起这件事。时

① 拉丁文，永恒不断的水。

间和日期又反射回来，就像阳光照射在水塘或沙粒上似的。我与这三个人之间的关系很简单：我炽烈地尊重雷莫；“奥克塔夫舅舅”有时让我感动，有时惹我恼火。而我爱泽诺，就像爱一个哥哥。

费尔南德

玛蒂尔德的死并没有给苏阿雷的生活节奏带来什么重大的改变。多年以来，弗罗兰就担当着教育孩子和总管家务的职务，她继续遵循着夫人留给她的或是她昔日里向夫人建议的方向操持着一切。她绝对按照已故女主人的口味来给年轻姑娘们穿衣打扮，必要时更换一块壁毯或帐幔。也许有一段时间这位女管家怀疑老爷要续弦，这可能会扰乱家里固有的习惯。但正如大家所知道的，什么都没有发生。比起来让家里的规则发生变化，从来没有出现在任何人眼前的那个那慕尔的女人倒是可以接受的妥协办法。只要一想到最好的水果、时鲜的菜蔬、当令的野味都归了那个值得争议的人儿，这真让人难以忍受。弗罗兰永远不会原谅德·卡·德·马先生。每顿饭她都感觉到这种对家庭持久的凌辱，就让孩子们也染上了这股子怨气。

我只能粗线条地叙说一下费尔南德的孩提和少年时代，她有七个兄弟姐妹，每逢这个时候，我就想象着在托尔斯泰和狄更斯小说里的那一大群孩子：喜笑颜开的一大帮人，散布在一所大宅子的各个客厅和走廊里，跳跃嬉闹，玩着集体游戏，圣诞节的晚上跟亲戚或同伴的亲戚互相亲吻，年轻的姑娘们穿着簌簌作响的丝质长裙彼此说着有关情郎或未婚夫的知心话。只不过埃诺既不在俄国也不在英国，在苏阿雷的生活环境似乎完全不是从那些优雅高贵的图画中抄下来的。我还忘了说明，在儿女众多的家庭里，孩子之间年龄的差异时常很大，特别是当活下来的孩子中间有几个死了。费尔南德两岁时，她的大姐伊萨贝尔已经二十多岁，在苏阿雷嫁了一个隔了三代的远亲，乔治·德·塞·德·伊。两家的职位和土地都旗鼓相当，是一桩显然筹划已久的门当户对的亲事，也许玛蒂尔德在死前早已首肯了的。婚宴的那天，费尔南德只在上饭后甜点心时才由弗罗兰抱着出来了一会儿，照规矩要受到太太小姐们的称赞夸奖。

乔吉娜和佐埃分别是十岁和九岁，比小费尔南德大得多，可以在较长的时间给她充当小妈妈和大姐姐的角色。就像日后费尔南德本人那样，她们俩也在修道院里完成了她们的学业。佐埃在帕西的几位英国贵妇人家里寄宿，从那里她给她的父亲写了几封聪慧明敏的短笺，里面谈到她为了健身养生吃了些生肉；在巴黎年轻姑娘要骑马会有许多困难；在香榭丽舍的骑马场很昂贵，而在河滨宫堡，又有许多不三不四的女人来来往往。奥克塔夫和泰奥巴尔德上中学。至于加斯东，已经差不多是个成年人了，我们看到，大家已接受并习惯了他的存在，对他没有一点温情，但似乎也没有智障的人在兄弟姊妹中引起的那种嫌弃和厌恶，还夹杂着一些恐惧。不过，费尔南德对她丈夫说过许多心腹话，却从来没有提到过这个不正常的大哥，这证明了有这么个不幸的人还是让家里觉得难堪。

弗罗兰冬天六点钟就把小姑娘们叫醒，夏天在五点钟。让娜穿衣服较慢，更要提早几分钟起床。她们悄悄地从爸爸的卧房前走过。让娜坐着从楼梯上滑下来，她一辈子都是这样下楼的，这引起了一些善意的玩笑，但只限于悄悄地说几句。弗罗兰和一个女仆架着那残废姑娘的胳臂。下雨天，这一小队人都打着雨伞，穿着雨衣和木底皮面的亮晶晶的套鞋到教堂去。下雪的日子，则一定要穿衬绒的大衣，戴上风帽，短统靴上再套上套鞋。夏季里，小姑娘鲜艳的衣裙和佐埃以及乔吉娜的阳伞构成一幅明快愉悦的图画。小费尔南德迈着碎步走在队伍的最后，到后来，这让她的法国小叔子博杜安[①]给她起了个外号："小慢步"。博杜安十分爱好骑自行车。每次从教堂里出来，弗罗兰都恭恭敬敬地在女主人的坟墓前停下脚步。

先生从来不跟大家一起吃早饭，可以说，早餐是德国式的，午餐也一样。三顿饭之间的时间必须学习，学习中间有一个小小的休息。午饭之后休息二十分钟。弗罗兰坐在小客厅的一张扶手椅上，强撑着不露出打瞌睡的样子。年岁大的小姐们从事刺绣，小让娜很快就显示出在这种技艺上惊人的悟性，她那双小手既拿不住勺子也拿不住杯子，却能灵巧稳当地捏住一根针。她们专心致志地把瓷器上的花样子描下来。两点钟又开始学习，一直到六点。中间作一次散步并且轻松愉快地吃点心。到了六点，弗罗兰带着小姐们，如果是在假期则还有男孩子们爬上楼梯，用一个小水罐子里的热水洗洗脸和手，水罐子是由女仆放在每个洗脸池底下的。小姐们解下她们的围裙，在头发上扎一根带子。让娜在楼底下由人侍侯着梳洗，免得爬楼梯。星期五和星期六，人们就烧热浴缸上的热水器，女孩子们穿着法兰绒的衬衣浸到水里。弗罗兰每天早晨和晚上都洗冷水浴，瞧不上这种过分讲究清洁的豪华方式。

德·卡·德·马先生差不多每天都坐在晚餐的主要席位上。餐桌上如果能说几句话，人们就说法语。然而通常笼罩着一片修道院式的寂静。大家静静地吃着自己那一份一道接一道的精美菜肴，所有的菜烧得都很好，分量很足又不麻烦。只不过，正如大家知道的，

---

① 费尔南德的丈夫已故的前房夫人的兄弟。

没有当令的鲜货，水果也难得一见。孩子们没有权利开口，除非爸爸首先向他们提了问题，而那爸爸也轻易不肯问他们一句。顶多他出其不意地打听一下男孩子们的学业和年纪大的小姐们家庭课程的若干情况，而被问到的男孩或女孩没有思想准备，不知如何回答。总之，这样静悄悄的晚餐似乎是苏阿雷的传统。伊雷内姨姥姥的日记上就说，五十年前，德里雍家的四位小姐在饭桌上也一言不发。

用罢晚餐，无论冬夏爸爸就坐在客厅里壁炉的旁边，浏览从布鲁塞尔寄来的那份报纸的各个栏目。接下来半个钟头的寂静比饭桌上更为深沉。弗罗兰在灯下拿着花绷子刺绣，每次她拿身旁独脚桌上的小剪子用时，都尽量不发出声音。孩子们沿墙坐成一排，挺直脊背靠在椅子周围的硬木条上，两手乖乖地放在膝头。估计这样一动不动的姿态是保持仪表和礼貌的练习。当年小奥克塔夫发明了一种不出声的游戏来打发时间：比赛做鬼脸。他把腮帮子鼓起来，瘪下去；眨巴眼，翻白眼，转眼珠子；咧开嘴露出牙显出凶相；下流地露出舌头尖或像一条破布似的吊出来；把嘴角倒挂下来像个没有牙的老头子，或者，怪模怪样地抽搐着，把一张年轻的脸变成中了风的病人；额头上撮出皱纹，鼻子像吃草的兔子似的抽动着。弗罗兰什么都看见了，但把头低在花绷子上，装作若无其事……做这种鬼脸的规矩就是要保持绝对的严肃，发出一点声响，迸出一声笑，也许就会让德·卡·德·马先生从他的报纸上抬起夹鼻眼镜。一想到可能引起的灾祸，大家就不寒而栗。德·卡·德·马先生阅读宫廷和城里议会斗争的新闻，连一行也不跳过，只约略瞥一眼外国的消息，却一字不漏地品味法院里的一个个案件，交易所里的传言，以及上演节目的评论，虽然他决不会去看。他平平整整地把他的报纸折好，放在一个木头筐子里，第二天引火用。沿墙的那一张张面孔把皱纹展平，又恢复了若无其事的模样。孩子们站起身，一个个地去拥抱爸爸，并祝他晚安。

夏天，在几棵椴树下有一刻钟的温馨时分，弗罗兰总让人给她端来一杯花茶，里面泡着这些树去年开的小花。夜游的顽强生命发出声音和闪光：明月的清凉光华照耀着摇动的树叶；孵卵的鸟雀受到一只猛禽的惊吓，啾啾唧唧地叫起来，湿漉漉的草地上一群青蛙在大合唱；飞蛾纷纷向大号的油灯扑来，差一点掉到女管家的椴花茶里去；一匹马在附近马厩的分栏里跺着蹄子；车夫提着马灯走过来，向他经管的那个世界致意；农夫推响了那边牛栏的沉重门扇，母牛罗丝刚刚产下一只牛犊。但是苏阿雷城堡的孩子们骨子里是城里人，虽然沉浸在这自然环境里，但什么也不能触动他们。他们看到阿尔蒂尔先生的阳台上闪动着雪茄头上的火星，觉得那比天上的星星还要明亮。大家要回房了，弗罗兰宣布天已太凉；每个人从前厅的靠墙小桌上拿起一支蜡烛。玩过了鬼脸之后，这时该在沿着楼梯的墙上玩影子。让娜用她早上下楼那样的办法爬上楼梯。走过爸爸的卧房门口时，大家都压低声音，估计他已经睡了。原则上，至少任何人在入睡以前都不会忘记祈祷。

按习俗，孩子们在十二月三十一日必须给他们的爸爸写一个贺年卡。显然，在达到正确表达意思的程度之前，他们多次地抄录同样的东西。我偶然保存着费尔南德在九岁到十二岁写的几张贺卡。下面是她十一岁时写的：

我亲爱的爸爸：

值此新年之际，请允许我再次向您表示我最美好的新年祝愿，祝您健康长寿，并向您表示我深刻的感戴之情。

亲爱的爸爸，我祈求善良的上帝，

在一八八四年，使您蒙被他最好的祝福，使您天长地久，福寿康健，并使您继续眷顾您的子子孙孙，特别是对您无限崇敬的幼女，

费尔南德

一八八四年一月一日于苏阿雷

不知道德·卡·德·马先生是如何回应儿女们表露出的这种感情。元旦的礼物当然是由弗罗兰到那慕尔去挑选的。无论如何，每个孩子都能得到一枚金币，他们有权保留到当天晚上，随后就要存入银行，放在每人名下的账户里。估计这样是要教会那孩子节约和以本逐利。

在我们这个时代，这样的家庭生活简直是离奇古怪，甚至令人憎恶，或者两样都有。但是苏阿雷城堡的孩子们对此却没有太恶劣的回忆。三十年以后，我听到已入老境的奥克塔夫、泰奥巴尔德、乔吉娜和让娜用温情的口气提起这段过去的时光，而且还审慎地微微笑着。这些有点孱弱的幼芽终于从石缝里钻出来，而且开出了花朵。

让娜在身体上有残疾；加斯东在智力上不健全，也许起了某些作用，使苏阿雷几乎完全没有社交生活。然而，某些官方的重大活动是必不可少的。德·卡·德·马先生肯定要去参加总督的招待会，而他的女儿们，在上寄宿学校和结婚这个狭窄的空当里，也要参加外省贵族圈子的舞会。她们为参加舞会准备很久，事后，也在很长的时间里思念那舞会。有时候，弗罗兰把姑娘们带到那慕尔去买东西，顺便去看望黑姊妹修道院的修女们。马车夫帮助让娜小姐上下车。

阖家出访，乘火车很方便。到一八八〇年，铁路就像我们这个时代的高速公路似的，已渐露端倪，而且好像要不断增加，越建越多。火车站是现代化和进步的象征。虽然车厢严格地分为三等，而且她们多次乘坐女客专用的包厢，以便一丝不差地保持礼仪，但是铁路还是让苏阿雷的年轻姑娘们接触到了大城市的火车站，例如那慕尔和沙勒罗瓦。小店员们目不转睛地盯着佐埃和乔吉娜，她们俩还差一点煽动起站在火车踏板上的老先生们过分专注的热情。再说，让娜的残疾使这样出游很不方便。弗罗兰更喜欢让她的小姐们乘坐老式的马车。或者，如果路程的确太长，就用混合搭配的方式。苏阿雷城堡的马车夫把他家的小姐们送到一个车站，而居停主人家的车夫再到另一个车站去接她们，这样就免去了她们“转车”的麻烦。马车是个小家，可以在上面打尖吃饭，弗罗兰在车里让她的学生们背诵功课，或者再讲述一个让人高兴的宣扬道德的逸事，她的这类存货很多，但一代人之后，这些东西却让我十分恼火。

有这样的一个故事，说的是一个老爷爷，已经有点老糊涂了。他的儿子和媳妇就不让他跟大家一起吃饭。把给他吃的东西盛在一个木勺里，这样失手掉下来时就不会摔碎了。有一天，他儿子看见自己的小儿子用小刀在挖一段废弃的木梁。“你在干什么呢？”“我做一个木勺子，给你老了的时候用。”还有一个故事，说一个小男孩跟他爸爸一起回村子，他爸爸从市场买了三公斤樱桃。那个小家伙不愿意提篮子，因为太重了。他爸爸就自己提。他爸爸边走边吃，还把核儿吐出来。他就这样一边吃樱桃一边吐核儿，但是出于善心，每五分钟他扔出来一个整樱桃，小孩儿不得不弯下腰，到尘土里去拣。不愿意干活就落得这样的下场。最后，她特别给两个已经订了婚的小姐讲述有关一个少女的可怕的故事，那个少女想在婚礼的那天让自己的一双手显得十分白皙，头一天晚上，她把两手叠在一起，放在后颈窝里，就这样睡了一整夜。大清早，人们发现她已经死了。这些故事把别人的心情弄得很糟，为了提振情绪，弗罗兰就抛出一个天真幼稚的小笑话，其实都是老一套，所有这些笑话都愚不可及。弗罗兰总无休无止地整治那些小姑娘，这出自她的天性，也是教育的原则。当时认为这是培养她们秉性品德的有效方法。她时而对车夫说一声，让他停车，让她们到野燕麦地的背人处方便一下。

他们不常到马尔西安城堡去。我没有关于这个城堡的文件证据，但我很难相信德·卡·德·马先生看到这房产落到二房太太生的孩子们手里而不觉遗憾。他的姓氏里还有这地产的名称哩。如果这也算作个遗憾的话，从那以后许多年已经过去了。在这个家庭里，花季早逝的女人们在传说中都戴着圣洁的光环，但却没有阿尔蒂尔的异母妹妹，奥克塔维·德·保尔·德·巴希封丹的份儿，她是二十二岁时在产褥中死去的。人们对他的异母兄弟费利克斯也不了解，这人住在巴黎。相反，住在马尔西安的埃米尔–保尔却是个我们都熟悉的人，还有他年轻的爱尔兰裔太太。我们跟他们俩的孩子，埃米尔和里丽一同玩耍，后来又生了阿诺尔德。但这一支比较疏远。然而任何人连一分钟也不肯承认，两家人没有很亲密的感情。

拉巴斯杜尔城堡永远是敞开大门的天堂。善良的佐埃，居孀之后形影相吊，慈爱殷切地接待她孙辈的孩子们。有时她啰里啰嗦地提到她亲爱的路易，每次她都让人瞻仰路易那穿着全套大礼服的肖像，还不忘记挂在对称位置的她自己的肖像，手指间捏着一条小手绢，身穿深色真丝的宽大衣裙，领子和袖口缀着花边，显得极为华贵。老太太让孩子们看那个有点发黄的衣服原件。她让客人饱饱地吃一顿自制的糕点，任何地方也没有像拉巴斯杜尔城堡这样色香味俱佳的点心。跟贤惠的路易丝表姐和英俊的表哥马克一起在池塘上泛舟是值得追忆的时刻，只不过，奥克塔夫和泰奥巴尔德一去，就威胁着要把小船弄翻，有点让人扫兴。佐埃死于一八八八年，享年七十多岁。在为她做的“虔诚的回忆卡”上，大家把她与《圣经》上的那些大圣大德的女人相比。她的女儿，阿丽克斯姨妈，在她死后不久也随她而去。丧了偶的让姨夫是特万市的参议员兼市长，倒是发扬了路易·特鲁瓦的优良传统。我刚刚收到有人给我寄的一张照片，向我显示了他一八九五年时的模样。头发全白了，正领着从布鲁塞尔来的费尔南德和她的哥哥奥克塔夫以及弗罗兰在拉巴斯杜尔城堡的花园里散步。弗罗兰穿着她那件黑衣服，缀着黑玉的纽扣，摆着一张德国管家嬷嬷的脸。费尔南德光艳漂亮又时髦俏皮，打着一把大阳伞遮太阳。奥克塔夫面容瘦削，胡子拉碴，但还没有变成他以后的那副模样。他流露出一种我也说不清的不安情绪，就是这个状态使他终于进了赫尔的疯人院。

还是回过头来说一说苏阿雷的情况吧。阿克兹城堡是费尔南德特别喜欢出门拜访的地方。小姐们一到，就在挂满壁毯的美丽客厅里坐下来。让娜坐在一张已经不能摇动的大摇椅上。由于她的身体状况，她受到大人物般的款待。这座宅子的女主人对她的教女佐埃表现出特别的偏爱。佐埃有几个教名，又从她的教母那里得到了一个男性的教名：伊雷内，不过这词的词尾大概还能让人以为这是个女人的名字，虽然在罗马历上记载着里昂有一位叫伊雷内的主教在马可·奥勒留治下受到了迫害。大家谈到了婚事。伊雷内夫人中肯地评论为两个女孩筹划的亲事，她们的未婚夫的姓氏上都没有表示贵族身份的“德”字前缀，也没有爵位称号，但她特别指出，他们的出身都很高贵。伊雷内和她已故的丈夫以及女孩子们由于与特鲁瓦和德里雍两家的血缘关系，都属于那种有贵族称号的资产者。但是，跟这位虔诚的女人交谈，话题不久就转到宗教方面。有关神奇庄严的死，或死得很特别，可谈的很多。附近修道院里有一位修女刚刚死去，死时有圣洁的香气缭绕，她的尸身在小教堂里陈列了八天，连一点腐烂的迹象都没有。另外还有一位嬷嬷，在另一个修道院里索居独处，差不多不与人来往，身上出了血汗。她们并不大肆宣扬这些奇迹，怕的是引起不信神的人和过激分子的嘲笑。弗罗兰和小姐们毕恭毕敬地听着，费尔南德却觉得无聊之至。

幸亏“奥克塔夫舅舅”亲自来拉住了那小姑娘的手，领她去看野兽和一群猎狗。小姑娘跟着他沿着花坛碎步小跑着。感谢上帝，她年纪还小，还不会假装胆怯并作出万种风情。她甚至并不漂亮，只不过身材苗条，并且像根嫩草那么娇弱。她的脸相还没有长成，但奥克塔夫觉得已经看出来他小弟弟的那种他很喜欢的窄窄的弧形轮廓。当他用两面镜子前后照着自己的时候，对这一点不能无动于衷。她的教名是雷莫曾用过的一个教名的女性形式[①]，后来他才改成了雷莫这个名字，一直用到最后。三十多年以前（真快呀），他也曾领着小费尔南到玻璃窗底下去看禾苗，孩子把那个叫做他“亲爱的小芽儿”。为什么这件无足轻重的小事勾起了人们以为已经结束了、遗忘了，或者已甘心认可了的往事，让人难以忍受呢？那女孩嚷嚷起来，她怕那几只大狗和野兽。然而，她喜欢花儿，她记得那些花儿的名字。她那小手时常伸出来，笨拙地掐下或拔下一根草或是一簇花。舅舅郑重地教训她：“要想到植物也会受伤，植物的根在辛勤吸水，汁液会从伤口流出来……”费尔南德抬起头，显出张皇困惑的模样，知道别人在训斥她，赶紧扔掉她攥在潮湿手掌里的那朵已经萎蔫的花儿。他叹了一口气。她明白了吗？她属于那少数一些可以教育可以培养的人吗？她将来会不会记得？为参加舞会，她在头上或衣襟上戴的花儿，雨果曾把那叫做一束垂死的东西。

如果天下雨，他就给她讲故事。只有一个传到了我这里，是有关当地民间传说中的一位出色人物，墨洛温王朝时代的隐修女圣罗兰德的故事。每年圣灵降临节后的那个星期一，有一队游行队伍，举着那个圣女和与她同时代的一位隐修士的遗骨，在方圆三十公里的田野间游行。阿克兹城堡正门里的大院子是游行队伍传统的休息场地。费尔南德有时候要帮助大家在地上撒满花朵。她也许曾用她那孩子的无邪眼睛看这一出奇怪的炫示，一切都让她惊叹不已，然

① 作者母亲的教名是费尔南德；雷莫原来的名字是费尔南。

而从不会感到惊讶：各个村子的军乐队和合唱队走在教士的前面，跟着走的人们穿着自家随兴所至设计缝制的制服，花色式样杂乱无章，使人想起来从地球的这个角落经过的各色军队。合唱队的孩子们衣冠不整，倒显得招人喜欢。她大概闻到了缭绕的香烟，被踩碎的玫瑰花的香味，以及与这香味混在一起的人群刺鼻的汗臭。“奥克塔夫舅舅”有幸捧着圣骨盒走了一段路。他显然也很重视这些同样具有神圣氛围的异教成分，这些习俗比杰尔班的虔诚处女还要历史久远，来自蒙昧的远古时期。而那些异教成分仍旧存在于这个庄严的仪式当中：选出最强壮的村夫和村女作为每支队伍的领头人。这种遴选通常在小客栈里进行，大家在那里开怀畅饮，一醉方休。农民们巴不得让游行队伍从他们的田里踩过去，这能增加收成。当活动达到高潮时，男孩们就像农牧神一般，围绕着圣骨盒跳起欢乐和恶作剧的舞蹈，跟围着圣约翰之夜的篝火跳舞似的。他们冲过去追逐那些女孩子，模仿着圣罗兰德传说中的一个情节。大家拿圣女和她那虔诚的隐修士朋友作话题，开些玩笑。按照当地的习俗，当两个圣骨盒相遇时，要自动地靠在一起。

奥克塔夫所说的罗兰德的生平，与十八世纪伪造的圣徒行传《逃亡的公主或圣女罗兰德的一生》中描写的浪漫模式相距很远，与那些据说是教廷出版的小册子中的文章也大不相同。一位诗人曾经浏览过这些。在这里我并不是要模仿那个讲故事的人的风格，后者与一位作家显然决不一样。读者在这个叙述中至少可以找到一个十一岁的小姑娘在奥克塔夫活着的时候，最后几次到阿克兹去拜访时，听他讲故事所记忆下来的东西。

伦巴第的国王迪第埃有一个美如天仙的女儿，名叫罗兰德。国王把她许配给他一个最年轻的忠实臣属：奥格尔。

大家都知道，这人是海外的一位王子，是苏格兰国王的亲生儿子。迪第埃和奥格尔都是异教徒，他们崇拜树木、泉水和旷野上矗立的石头。

罗兰德改变了原来的信仰，秘密地把自己奉献给上帝。她知道，她这种愿望既得不到父亲的同意，也得不到未婚夫的赞成，于是就决定逃亡。她轻快得像一片被风吹动的树叶，走过了阿尔卑斯的山隘和峡谷，接着走到了孚日山。一个对女主人不忠的女仆告诉了奥格尔，奥格尔就跑去跟踪她。他本来很容易赶上她，揪着她的头发把她拽回来。但是他爱她，不忍心把她当一个被猛禽抓住的小野物对待，于是他就跟她保持着一段距离。

当罗兰德走累了停下来睡觉时，他也停下来，藏在一块岩石或一丛树木的后面。当她在一个庄户人家的门口歇脚，乞讨一点面包和牛奶时，他也随后去讨取同样的食品。

只有一次他赶到了她的身边。一天早晨，她从树叶搭成的床上抬不起身，他大着胆子走近，发现她突然发了高烧，呻吟不止。他就悉心照顾了她好几天。她刚好一点，还没有认出他来，他就走开了，让她自己重新上路。

他们终于走到了阿登森林。罗兰德的脚步放慢了。在桑布尔河与默兹河之间的一个山谷里，他看见她突然跪下来祈祷，然后又站起身，在一个密林中拿了一些树枝，搭了一个窝棚。他就在山谷的另一面坡上也这么搭了一个窝棚。

几年过去了，他们就过着这样的日子。吃的是野生的浆果和村里的人给他们的一些食品。看到她祈祷的时候，他也远远地跟着祈祷。

有一天，农夫们发现罗兰德死在她那个简陋的祈祷棚里了。就决定把她放到一个异教的沉重石棺里，用牛拉到一个隐蔽的静修庵。

奥格尔在远处观看着这个葬礼。此后，他又用罗兰德教给他的方式活了若干年。有一天晚上，他也死了。村里的人觉得这两个隐修的人也是他们的光荣，就商量着把他们合葬在一个墓穴里。人们打开了那个大石棺的盖子，那圣女的骸骨张开手臂接受她的爱人。

这种被剥夺的爱情，或者说这种轰轰烈烈圆圆满满的爱情，或许两种特点都有，从这样的爱情中，奥克塔夫难道能汲取点什么来改变原来的传说？我去参考圣徒行传的那些小册子：这些东西大量引证了那位圣女光荣的家族谱系，七世纪时，他们定居的地方就是当今德国的哥达。书上说，罗兰德的父母也来追随他们女儿的步伐，跟着她也皈依了基督教；忠实的王子稀里糊涂地有一个男仆作为伴当，这人也很忠实，由这人来陪伴王子；而公主身旁还有一个女仆。奥克塔夫把这些都遗漏了，而罗兰德去看望一万两千个童贞女的事他也只字未提。相反，他对基督教的达佛涅女神被蛮族的阿波罗追逐的题目倒是大加发挥。特别是他杜撰了圣女死时那触目惊心的动作。也许是他在村子里某一个老妇人的嘴唇上找到了这种绝妙的表情，而在教廷的下级人员看来，有点太亵渎神灵。就这样，他所叙述的故事，在那些颂扬缠绵悱恻的爱情，直到死后才得以结合的传说中，也算聊备一格。这些传说也许是一个十分古老的凯尔特世界的花朵，然而，从爱尔兰到葡萄牙，从布列塔尼到莱茵地区，都把它们的花瓣捋掉了。我们寻思，如果费尔南德变成一个爱好瓦格纳歌剧的人，在拜罗伊特聆听伊索尔德的爱之死，她也会再想起杰尔班那对神圣的情侣。

仿佛从幼时就听到的故事，永远标志着一种女性的情感。这却没有妨碍费尔南德陷入女性杂志中知心通信的那种风格中去。然而总还存留了某些东西，那是夏日清晨的一根游丝。

奥克塔夫死了，完全符合基督教的规矩，人们记得，他死在一八八三年五月一日的夜里，那是个神秘的夜晚，按照传统说，是专门奉献给树林的精灵、仙女和女巫的。早在四月二日，佐埃在苏阿雷举办了婚礼。对于费尔南德来说，“舅舅”的死讯不如新婚夫妇蜜月旅行中寄回来的明信片更重要。入秋以后，德·卡·德·马先生就收到佐埃的一封信。佐埃那时已安顿在根特和布鲁塞尔之间的阿城的一个小城堡里。佐埃在信中感谢她父亲把她嫁给于贝尔这么个好小伙子，他彬彬有礼，教养很高。这些形容词真能引起遐想。过了四个月夫妻的亲密生活之后，佐埃谈起她的丈夫，还像个年轻姑娘谈起她在舞会上认识的一个可爱的陌生人一样。

然而，“这一切”还是让佐埃“受到了震撼”（仿佛这种说法可以形容婚姻，也可以形容在牙科医生那里治牙的许多场面），她欢天喜地地宣布要回美好的苏阿雷老家来看看。她的于贝尔陪她回来，参加狩猎。回去之前，她叫来了她的两个妹妹，领她们到布鲁塞尔的裁缝店去做衣服。小仙女费尔南德和残废的让娜就有了一次在女裁缝那挂满了镜子的客厅里试衣服的经历。但是这些新鲜事儿对于费尔南德只是一个序幕。这年的秋天，她经历了一个女孩子结婚之前最重要的大事：她进了寄宿学校。

我不会啰啰嗦嗦地描写那几年布鲁塞尔圣心女子寄宿学校的情况，让读者觉得厌烦。那地方的建筑装潢和里面的生活情况我一无所知。我所描绘的顶多是重复一下那个时代或与那时代相近的时期反映这类机构的小说中的某些篇章罢了。我手头拥有的、关于费尔南德这个时期生活最有实际意义的材料，是一沓子分数单，季度评语，还有一份用手工工整整抄在横线纸上的守则（墨水污迹：劣；上课未打开笔记本：劣；文具盒内物品不全：劣；三个错误：重抄作业；三次回答不明确：不懂课文。不用心：劣；未被提问擅自回答：劣。）有些分数单是粉红的（很好），或是蓝的（好）。黄的分数单（及格），和绿的（不及格）显然没有保存下来。一直到一八八六年，人们觉得她是个模范学生。费尔南德在宗教、法语、作文、历史、神话、地理、天文、书法、阅读、算术、图画、体育和卫生几个课程上都是第一名；文学、演说和博物课是第二名。到后来，情况变糟了。

弗罗兰时常当着我的面讨论费尔南德在成绩辉煌之后又直线下落的原因。弗罗兰觉得这是失魂落魄的结果，也就是说，费尔南德爱上了什么东西。有一个荷兰贵妇乔男爵夫人虽然是新教徒，却把她的女儿莫尼克交给圣心女子学校，为了进一步学习礼节并且进修法语。其实，乔小姐的法语，正像某些外国的世家所说的那样，已到了炉火纯青的地步，长期接触比利时口音反而有害无益。不管怎样，莫尼克·乔的到来（这里的姓名都是虚拟的），在静修学院这小小的世界里还是引起了不少的震动。那个时代，比利时人经常称她这身份的人为年轻的男爵小姐，她是个漂亮极了的美人儿，是人们有时可以在荷兰遇到的差不多像克里奥尔人的那种美[①]，她光艳射人，简直让人喘不出气来。费尔南德立刻爱上了金色脸庞上那一双深色的眼睛，还随意盘起了两条黑色的辫子。在这种惊叹佩服中，道德也起了某些作用。许多小姐只向往一些巴黎式的生硬做作的活跃，比起来那些人，莫尼克却发出一种宽厚大度的气息。在费尔南德看来，宗教首先是点亮一排排的蜡烛，在祭坛上放上鲜花，作出虔诚模样，胸前吊着圣牌，肯定对她女友身上所包含的恰到好处的热诚感到惊异：那位年轻的路德派女教徒热爱上帝，而那个年岁的费尔南德却很少想到上帝。另一方面，她也不像那些小姑娘，习惯于小心谨慎地去忏悔，严肃认真地考虑她们那小小的罪过。她热情的天性与安静的行为结合在一起，费尔南德受到这种魅力的吸引。

按弗罗兰说，咱们这个直到那时还是模范生的季度成绩突然下降，原因在于一件只有少年人才会干出来的英雄式的咄咄怪事：为了把第一名留给那个外来的女生，费尔南德自己收敛了起来，不好好用功，故意地胡乱答题。如果放到她那个时间和地点来考虑，这样差不多是最高的自我牺牲不是不可能的。大概也要考虑到，对那人的无限倾慕使费尔南德分了心（不用心：劣），她感到，比起来这

① 安地列斯群岛居住的白种人后裔。这里是说，这位小姐的美丽中，有点美洲的韵味。

件事，其余的一切，连登上圣心修道学院的光荣榜在内，都无所谓。

我知道，我如果把这种倾慕中夹杂的感官成分丢在一边，就会被人指责为疏忽大意或是故意隐瞒。然而，提出这个问题本身就毫无道理：我们所有的情绪都是感官的。我们顶多可以自问这种感官的成分有多少过渡到了行动上。在那个时代，在我们所说的环境中，女教师们尽量让人家交付给她们的姑娘们对肉体的欢乐停留在完全无知的状态。这就让圣心女子学校中两个寄宿生相对来说不太可能在这方面有什么具体的行为。当然，这方面的无知并不是不可克服的障碍，在许多情况下，这种无知只是表面现象。相同性别的两人之间肉体上的亲密关系就确实属于这类行为，不能在昔日里最古板的女子学校寄宿生中间清除掉。这种亲密关系肯定不只限于柯莱特笔下那些聪明伶俐胆大妄为的姑娘，或是普鲁斯特描写的那些有点造作的混血少女。

但是这种无知受到无微不至的保护，很早的时候有人就反复叮嘱她们要装出正经模样（思想起来，这真是个悖论），更加强了这种无知，这反倒让人们觉得，在那些神圣清白的家庭里，母亲、女仆、管家嬷嬷，以及后来负责教育的警惕性极高的修女们，本身也经受着挥之不去的肉体的烦恼而不自知。肉体上的惧怕和恐慌表现为千百条琐碎的禁令，人们自然而然地接受下来。一个少女从来不端详一下自己的肉体，当着女友或女性亲属的面脱掉衬衣跟肉体上的肆意放纵同样粗鲁不堪。拦腰搂着个女伴是淫秽下流的，就像散步时跟一个漂亮小伙子交换了个眼色一样。肉欲还并不是罪孽，大家模模糊糊地感觉到那是不洁净的，无论如何不能跟良好的教养相提并论。不排除这样的情况：两个少女，不管有意还是无意，越过了给女性订的那么严格的规矩，还谈不上身体的完全接触，只在一次接吻或匆匆擦过的爱抚中发现了肉欲的快感，或是这快感的征兆。

这不是不可能，只不过不肯定，也许是难以想象，只要想一想，一阵微风是如何把两朵花儿吹到一起就是了。

不管怎样，一八八七年四月份的鉴定表说明费尔南德的学习成绩一落千丈。往日里的优秀生如今在宗教教育和算术上落到第二十二名，文体写作课第十四名，地理第十三名。语法课她本来是第五名，但在一个季度之内偶然拿了两次第一。她在朗读课上断不清词和句，这很让人奇怪，因为后来她的朗读让她丈夫很着迷，而她丈夫在这方面相当挑剔。针黹女红课费尔南德放弃了，在四十四人中她位居第四十三。她在遵守纪律和节约方面有一些进步，老师同意说她作了努力，而这一点却可能打破弗罗兰的假说。她的衣着在班上是较好的，但却完全忽略了保持整洁，而且不作一点点努力去改正。她还继续热爱自然科学，还记得住“奥克塔夫舅舅”告诉她的花名。她的英语课“不太用心”。就像鉴定书上写的，“她的性格还没有形成”。

一篇更机密的书面通知隐约谈到费尔南德这时候所经历的精神危机，莫非就在这个时候送到了苏阿雷？可能教育机构也像政府似的，总爱用秘密文件来进行活动。反正德·卡·德·马先生把他的女儿叫回了家，也许是觉得把她留在什么也学不到的学校一点用也没有。再说，大家觉得她对一个新教徒的女孩这样眷恋并不妥当。何况德·卡·德·马先生年事已高，长期患病，好像身体已很虚弱，三年以后就是这样病死的。现在他在苏阿雷杜门不出的时间更多，而那里一方面有弗罗兰，另一方面有呆傻的加斯东和残废的让娜，在他们之间的生活并不特别愉快。他可能盼望身边有一个年轻、活跃和健康的人。

我眼前有一张费尔南德的肖像，显然是佐埃在这个时期画的。佐埃爱好美术，让我知道了画中人眼睛的颜色。那眼睛是绿的，就像猫眼时常显出来的那样。画的是费尔南德的侧面，睫毛微微下垂着，使她的眼光也仿佛“朝向下面”。她穿着一件碧绿色的衣裙，画家大概觉得跟眼睛的颜色很相配，还有一顶缀着格子布蝴蝶结的大帽子，在她那个时期轮廓明显的身材上很是显眼。她大概顶多十五岁。

另外的一张肖像，是两年以后那慕尔的一个摄影师“拍”的，纪念来苏阿雷拜访的伊萨贝尔和她的孩子们。费尔南德和让娜分别站在一个台座的两旁，台座上高高坐着一个小姑娘，身穿白色的衣裙，上面有白色网眼花卉绣饰。另有一个年龄稍大些的女孩，满脸病容，依在让娜的裙子上。用不着摇动水晶球就可以预卜这四个人的命运；仿佛明明白白地写在那里。让娜又娇弱又内向，眼光里露出聪慧和少许的冷漠，我到后来也看出来了。她还不到二十岁，但跟后来她四十几时已没有什么两样。那个有白色网眼花卉绣饰的小姑娘后来就是我的表姐路易丝。小小的鼻子高高地翘着，好像很满意她高高在上的地位。这个结结实实的小身体和充满自信的灵魂具有足够的力量去抵御四分之三个世纪的风雨坎坷。她君临在她的姨妈之上，就好像在两次世界大战中她管理着急救队的伤员病号，以及护士和担架队员似的。那个病病歪歪的女孩玛蒂尔德穿着一件海军衫，戴着一顶不服帖的贝雷帽，显得很丑，整个给人一种不对路的印象：她很早就离开了这个世界。

费尔南德比较神秘。显然，她已跻身于少女的行列。穿着一条巴斯克式的厚重长裙，一身成年女性的打扮，显得圆润丰腴。这大概因为她刚刚离开的那家寄宿学校里伙食很好，但更多的是因为她到了豆蔻初开的花季，而且新近从血到肉都大大发育起来。她的乳房填满了鼓起来的上衣。到照相馆来之前她大概梳了一下头，但仍有一缕头发耷拉下来（“费尔南德不注意保持仪表整洁”），而到以后这个特点或许会让她吃惊的。这一次她的眼睛看着正面，修长的睫毛微微向太阳穴翻起。这是这个地区经常出现的特点，如今比利时年老的画家们也是这样画的。在这个穿着宽大长裙的年轻人儿身后，我仿佛看到一些身穿条纹布的胆子大的姑娘们，跟在她们那穿着马其顿服装的男人们后面，或是站在卡皮托利尼山的斜坡上，还有一些在恺撒打了仗之后在拍卖会上售出的姑娘。我甚至追溯到几世纪之前，看到那些“生活在草棚底层的部落”中的女人们，据说，她们来自上多瑙地区，用灰色的陶罐汲水。我还想到那慕尔的布朗歇，她率领着一群宫廷女官，到挪威去嫁给了外号人称接吻大王的马格努斯七世，在一个极其自由的宫廷里过着极其自由的生活，于是她和她那耽于声色之乐的年轻丈夫都受到严厉的圣布里吉特的责骂。这些事费尔南德一点也不知道：她的历史课程没教那么多。她也不知道，她已越过了她生命的中线：还只剩十四年好活。尽管她是一位富家的年轻小姐，其实她与一个村姑或沙勒罗瓦的女工没有任何区别，她跟这些人并没有来往。她却跟她们一样，有的只是柔软温热的皮肉。就像人们在圣心女子学校所指出的那样，她的性格还没有形成。

接下来我要说的一件事过于丑恶，所以我犹豫着不愿把它交代出来，特别是只有费尔南德是此事的相关证人。一八八七年的九月份，也就是那年的秋天，那姑娘留在苏阿雷，没有按规定的日期回到布鲁塞尔的寄宿学校去，一天晚上，弗罗兰、费尔南德和让娜听到阿尔蒂尔先生的书房里传出激烈的争吵声，结结巴巴的吵嚷和打人的声音从关紧的门里传出来。过了一会儿，加斯东从他父亲的房里走出，一句话也没有说，上楼回到自己的房间。八天以后，他就发高烧死掉了。

这么叙述的话，打架的那件事不仅丑恶，而且荒谬之极。一个五十六岁的父亲竟然举起手来打一个二十九岁的儿子，这样的事不常见。特别是这儿子智障，父亲突然大发脾气就更匪夷所思。傻子加斯东能犯什么错误呢？不过一个大夫告诉我，智力迟缓的人时常性情暴烈，阿尔蒂尔可能合情合理地试图制服他的儿子，失手打了倒霉的一拳，可能引起了严重的后果，发了烧，死了。很容易把这个故事看成是有点患癔症的小姑娘的发明创造，或者至少这件事不过是父亲被一个傻儿子惹恼了，对他大声呵斥起来，仿佛不由自主地发出跟聋子说话的那种声音，也许还打了嘴巴，失手打了一拳，撞翻了椅子，发出喀喀嚓嚓的声音。至于发高烧，仿佛在这家人过的日子中，对于疾病的诊断并不明确，很可能这年秋初流行高热伤寒，与吵架的事件凑巧碰在一起，或者是费尔南德不准确地把加斯东的死与这时间拉近，以取得一个悲剧的效果。然而，即使所有的细节都是虚构的，费尔南德所说的话却足以向我们表明那个年轻的姑娘是如何编排她的父亲，或是简直是在反对他。

出于家丑不可外扬的心理，我们都已发现，费尔南德从来不向她的丈夫承认傻子加斯东是个智力上的残废。谈起来这件事时，她硬说那人只有十二三岁，反正这样一来，就接近他实际上的智力年龄了。奇怪的是米歇尔从来没有发现她说的这些事实上根本不可能：既然玛蒂尔德在生下费尔南德之后只又活了一年，费尔南德决不能有一个比她小两三岁的弟弟。但是，已故丈母娘死亡的确切日期显然是米歇尔最不关心的一件事。

对于费尔南德我描写了许多，也许现在也应当描写一下我外祖父在这几年的情况了。在比较早期，他四十来岁拍的一张照片里，这位当年的纨绔子弟显得有些胖，而且有点无精打采。另一张相片上，德·卡·德·马先生已五十来岁，倒恢复了他原来的风采。他那浓密的头发围绕着已见光秃的前额，显然经过理发师的细心梳理。一部沉重的胡须盖住了他的下唇和下巴，让人不能分辨出整个嘴唇的轮廓。眼睛上戴着夹鼻眼镜，现出机灵甚至俏皮的模样。人们可以想象相片里的这位先生一边嚼着雪茄烟一边讲一个有意思的故事，跟种地的庄户或公证人要心眼儿，或者用手掂量他刚刚宰杀的一只小山鹑的分量。我甚至想象他在咖啡店或小饭馆喝醉了酒打碎盘子，尽管据我所知他一生没有这事，至少在他结婚以后，很少去小吃店，也很少有机会打碎盘子。我不敢说，他的形象使我的身上响起了血缘的声音，不过，无论如何他这种人不能够揍一个残废孩子。

让我们来仔细研究一下这位模糊不清的阿尔蒂尔，因为这是我们关照他的最后机会了。他八岁死了母亲，十三岁又死了父亲，他是在他的继母（娘家是皮托尔·德·比丹让）和她的孩子们身边长大的。他在布鲁塞尔学习，跟他以后的姨表兄弟奥克塔夫上同一个教会学校，而且我发现他也跟他一起上诗歌课，这让我感慨不止。还要弄清楚，圣米歇尔中学的教师们在一八四八到一八四九这个学年之内，在诗歌课上对他们的学生都讲些什么，拉马丁和雨果，还是勒弗朗·德·蓬皮尼昂或德利尔？阿尔蒂尔在列日学法律，那时他好像首先是个时髦青年，只不过没有美学上的野心，也没有戴象牙骷髅头的领带扣，而这个时期在布鲁塞尔他表兄奥克塔夫就戴着一个。人们总说他迟迟不肯结婚，但二十三岁就下此断言显得有点早。他娶了他的表妹。我很惊奇他竟放弃了马尔西安城堡里心灵的快活，在那个时期的那个地方，每个家庭原则上都绕过《拿破仑法典》，尊重嫡长子的优先继承权利。我不知道他跟他的几个异母兄弟之间作了怎样的协调安排。阿尔蒂尔继承了他母亲的嫁妆又得到了妻子的嫁资，肯定不会没有钱。

临近结婚的时期，他给到国外旅行的奥克塔夫写了一封信，这封信也许能对我们解释他为什么更喜欢田园风格的苏阿雷和那慕尔郊区那外省的宁静，而不太喜欢被工业吞噬了的埃诺。他对那诗人肯定地说："我比任何时候都明白您被禁锢在我们中间的嫌恶心情……这是个悲惨的国度，一直没膝的污秽泥泞，人们都为一些与利益相关的事情忙碌，嘴里说着公斤、公顷、公尺、公分，或者是没收财产、订立合同、排空积水、挖掘矿藏；所有的人都在数字上举棋不定，筹划计算，没有一点空闲，也没有时间与人为善……"这封信证明了从一八八四或一八八五年开始，我的外祖父对于世界趋向丑恶的现象不是毫无察觉。然而，信的结尾处却有一大串的赞誉之词。给奥克塔夫写信的人下结论说，工业的入侵将会使马尔西安变成洒满煤灰的黑土，然而从这中间取利的人还是“诚实并值得赞赏的”。谁来谴责这些事呢？在那个时期，任何人都不否认进步的教条，如果为一处风景被破坏而感到痛惜就会被视为感情用事。有些人终会知道破坏了世界的美丽也就是破坏了世界的健康，但这样的人那时还没有诞生。剩下来的就是，在阿尔蒂尔看来，与边界上耸立着几座高炉的马尔西安相比，苏阿雷还是个宜人的退居之地。

不管怎样，他在那里生活了三十四年，其中的十七年是丧妻鳏居的。他生来就是个闲人，甚至从来没有试图从事过家里的传统职业，而他的岳丈特鲁瓦会给他提供方便的。如果说他没有像奥克塔夫一样攀登到“他才能的顶尖”，他至少紧紧抓住了他生活中那安静稳妥的进程。他的确十分精明地管理着他那一笔可观的家财，这也就是说，他一辈子强迫自己给自己当管家先生。我们还可以找到好几摞子账目文书，里面详细记录着家里的财务状况，他就是动用了这些财产嫁出去了他的几个女儿。这个永远家居的人羡慕他的姻亲奥克塔夫能到意大利去小住，他自己却可以说从来不从他的地产上挪动一下。这个人显然不爱小孩，却让他的妻子生出了十个，其中两个早夭，两个残废，而这两个残废活在家里显然是他的肉中之刺。只不过佐埃写的几封充满感情的小小信件，证明他对家里人并不总像让费尔南德吓坏了的面色阴沉的暴君。我们不知道他有什么特殊的嗜好。行猎仿佛首先是一种炫耀的方式。尽管他设计了美丽的藏书票，是在天蓝的底色上有十个银色的菱形，但我看到他那残存的藏书大多是玛蒂尔德的宗教信仰方面的书籍和弗罗兰订购的严肃正派的德国小说。那慕尔的那个女人是人们可以指责他的唯一堕落行为，但这并不意味着他没有别的。如果说阿尔蒂尔在怒火中烧失去控制的当儿打了他的傻儿子，这个可怕的场面却是他一生中唯一能让我想到他也有某种激情的事件，而这种激情是怜悯的基础。

不断侵蚀他的疼痛使他渐渐中断了到那慕尔的探望以及对各个农庄的巡视。从这时候起，他在他的书房里支配管理他的财产。人们也许没有详细记录，他的各种病痛使他逐渐失去了活动的自由。德·卡·德·马先生不久就杜门不出隐居在家，或是待在城堡的露台上。终于有一天他下不了楼梯了。剩下的事只是在床上吃饭或看报，不然就坐在轮椅上让人推到窗前去。有一天，连这两样选择也没有了，他卧床不起。

我没有理由认为阿尔蒂尔是个思想深沉的人，然而有时候他像大家一样，也会反复思量他的生活。您同意您的太太雇佣一个脸儿像小红苹果似的德国女人来照顾孩子们，她就在二十五年中招呼着添丁进口和死亡葬丧，她管理着全家，请来神甫和大夫，然后踮起脚尖悄悄地退出去，从来不给门轴上点油免得发出嘎吱嘎吱的声音。为这事他嘱咐过她二十来次。然而却是这个傻瓜女人抹下了他的双眼给他送了终：不是她也会是另一个女人。菲菲娜（我们都叫她菲菲娜）曾给了他美好的时光，但是在他患病的极度痛苦中再想起来这个，就像一个恶心欲吐的人回想起一次泛舟遨游似的。他已经到了这一天，自己也不明白为什么当初会觉得这个穿着睡衣的小个子女人那么有吸引力。不管怎样，他把事情安排得很好：他小心谨慎地为那慕尔的菲菲娜准备了一笔生前赠与的现款，并没有损害孩子们的利益，因为这只是他从交易所挣来的数目不大的钱。至于善良的上帝和最终的仪式，一切都将会按照规矩进行。没有任何理由为大家都会经历的事情自寻烦恼。

德·卡·德·马先生于一八九〇年弃世，是元旦之后的第三天。我不太清楚让娜和费尔南德是不是像往常一样，曾把她们那毕恭毕敬的小小新年贺卡放在门底下。在他的“虔诚的回忆卡”上有“忧患之子”作为装饰，暗示着可以净化灵魂的长期的痛苦。此外，他的回忆卡与加斯东的回忆卡十分相似。加斯东的回忆卡是两年前向版画雕刻师订购的，乞求天主不要把死者交给天主的敌人魔鬼。对于上帝从来没有赐给他智力的一个亡人，这仿佛是废话。阿尔蒂尔的“虔诚的回忆卡”上，请求大家作一个祈祷，让所有死者的罪孽得以宽恕。在葬礼之后，苏阿雷又举行了另外一个仪式，差不多跟葬礼一样庄严肃穆：开读遗嘱。

这个文件一点也不令人惊奇。德·卡·德·马先生把他的财产给他七个活着的孩子分成相等的七份。这财产相当可观，即使这样分割成几小部分，也足以让他的几个继承人过富裕的生活。除了价值不菲或被人估价很高的证券之外，几乎全部是不动产，大家都以为只有这种投资方式才是真正可靠的，要过二十五年遇到战争或通货膨胀才能损害这种投资的稳妥。不过泰奥巴尔德刚刚结束了他那好歹还算严肃认真的学业，即将得到一张工程师资格的文凭；而奥克塔夫却从来没有为任何一种职业作过准备。他们俩无论是谁都没有能力像阿尔蒂尔先生那样，为他们自己和他们的姊妹管理那份产业。从那时起，地租由经纪人或收租的定期交给老爷的几个继承人。这样的安排当然有点危险。不过这些人当初都是在阿尔蒂尔老爷的监督底下为他干活的，而且他们从父亲到儿子都为东家效忠。已故老爷的孩子们庆幸这种安排十分方便。没有一个人发现，这样一来他们就从大地主的档次落到干吃利息的小家相。就在同时，阿尔蒂尔先生与他的佃户之间并非永远和谐的脆弱联系也中断了。

苏阿雷城堡被出售了。不仅因为对于所得遗产份额中包括这房产的男孩或女孩来说，维持费用过于沉重，还因为没有一个人愿意住在那里过日子。已经结婚的女孩子都在别处有自己的地产。泰奥巴尔德早就下定决心，干脆把他的文凭压到抽屉里，到布鲁塞尔去过安安静静的单身汉生活；奥克塔夫打算去旅行；让娜清醒地意识到她的残废难以医治，决定到首都去购买一处体面而又方便的房屋，让弗罗兰为她经管，在那里度过她的余年。这个房子也是费尔南德的家，一直到她出嫁。希望费尔南德的未婚夫有他的贵族城堡或是绅士宅第。

不过，他们不愿意把这个老宅交到房地产商人的手里，他们把它卖给了一个远房亲戚，德男爵，这个人就把城堡弄成了大家看到的模样。大家都夸说动产也很值钱，就像当初分割地产一样，仔仔细细地加以分配。已经出嫁的姑娘得到了昔日里她们卧房、小客厅或吸烟室的家具，奥克塔夫和泰奥巴尔德也有了足够的家具，摆在他们的单身房间里。让娜和费尔南德得到的那一份把让娜在布鲁塞尔买的那所房子填得都要涨破了。所有的家庭中，一个父亲哪怕没有什么积蓄，人一死也是一个朝代的结束。三个月过后，持续了三十四年仿佛一成不变的装潢摆设和生活方式都荡然无存。而早先阿尔蒂尔先生大概想象过，在他身后一切会以这样或那样的方式继续存在的。

两位小姐和她们的管家嬷嬷出发之前（两个哥哥早已离开了苏阿雷），弗罗兰和费尔南德最后一次在小花园里走了一圈。费尔南德一心沉浸在对未来的梦想里，这次散步几乎肯定没有什么感伤成分；但弗罗兰就不一样了。她又看见一个高个儿男人侧身站在栅栏门旁，对于他的年龄来说过于肥胖了一点。面颊上有一块疤瘌，大概是用马刀决斗时留下的。不过那个时代的德国大学生时常把自己弄成这样。其实，来客既不是从前的大学生也不是决斗的勇士。他是杜塞尔多夫一个农业机械制造商的推销员，每年都来看看德·卡·德·马先生需要点什么。弗罗兰是在科隆郊区的不知哪个小村子诞生的，对于她来说，德国推销员一年一度的拜访是个节日。东家允许他们在小客厅一起吃一顿饭，佃户们来更换房梁时，也在那里吃便餐。玛蒂尔德夫人早就同意女管家订婚，女管家把她的积蓄交给答应娶她的人，为的是给他们将来在杜塞尔多夫的住宅添置一套家具。正像大家所猜想的，那个献殷勤的家伙一走就再也没有回来。阿蒂尔德先生到当地去打听，又通过比利时的领事馆了解，知道那个推销员还在卖农业机械，但是也许是自己提出要求，被指派到别的地方去活动了。他已经结婚，如今在波美拉尼亚跑买卖。

苏阿雷的仆役们不知怎么觉察到了，就拿这件倒霉事大嚼舌头。弗罗兰通常在主人的桌子上吃饭，仆人们都不喜欢她。孩子们对这一无所知。让娜小姐也是许多年之后才知道的。只有玛蒂尔德夫人知道，弗罗兰不但不生气，反而为“这可怜的人”祈祷，是她把她微薄的积蓄给了他，才引起了他的贪欲。这傻丫头具备圣女的某些素质。

苏阿雷这个词在法兰克语中意思是“头领的房屋”，在这里，人们不是第一次看到一个豪门大户离开故土，七零八散，流落他乡。世家贵胄往往如此。人们言之凿凿地说，在圣诞夜，埋着财宝的地方会冒出亮光，如果真有这等事，那么在静寂的乡下，除了村子里的灯光和将要出卖的小城堡里照亮了已没有家具的小客厅那微弱的烛光之外，还会有另外的光辉。那慕尔的博物馆里保存着晚期罗马帝国的美丽货币以及比利时-罗马风格的首饰，都是在苏阿雷找到的。这些古董的主人显然是在有人将入室抢掠的前夜小心翼翼地把它们藏了起来。他们仔仔细细地把土踩平，不让别人看出来这里的土曾新近动过，再在上面盖上草屑树叶。或者把贵重物品藏在墙洞里，再把墙皮或糊壁纸按原来的模样堵上。伊雷内和佐埃·德里雍就是这么办的，她们被一八三〇年的那些光辉的日子里耀武扬威的贱民们吓坏了，离开了家园，到阿梅丽·皮尔麦茨那里去藏身。她们不久才想起来，她们藏起来的那个镶满珍宝的挂钟还在走动，滴答的声音和报时的钟声一定会把藏宝的地点暴露无遗，就一起像少年人那样毫无顾忌地大笑起来。但这一次，那些爱国者却没有劫掠任何人，四分之一个世纪后，在佛兰德，阿尔蒂尔和玛蒂尔德的子孙们都是这么干的，他们再也没有回去寻找他们的财宝，或者说，即使回去也再也没有找到。苏阿雷城堡的那些文物古董也再没有重见它们的主人。

然而日常生活却保持着原样继续下去，仍然带着那些琐琐碎碎但却沉重厚实的习惯。从附近地区，人们从地里挖出来几只石头的小狗，又肥又胖，傻头傻脑的，忠实地反映了在尼禄时代城堡女主人座椅周围吠叫的小狗狗的模样。正好，让娜小姐就有一只这样的狗，她用带肉的饲料喂养着。她这个人办事永远十分理智，决定不把这狗带到布鲁塞尔去。她搬到自己的新家之前先要在别人那里小住几日，这狗会给居停主人找麻烦。她把狗付托给园丁。

出发的那天早上，这些小姐大概还在空荡荡的小教堂里作了最后的祈祷。德国女管家肯定想到了已故的太太，并为她念了《圣母经》。费尔南德心不在焉，心里想的是布鲁塞尔的煤气街灯。

新家位于当时还是贵族地区的路易丝大道附近的一条安静的小街上，一旦安置下来，让娜就坐在游廊底下的一张安乐椅上，只有每天早上徒步走到加尔默罗教堂去听弥撒才离开这张椅子。这样她就同时完成了祈祷活动和养生的锻炼。这个地区的人看到她一瘸一拐地走过，一边有一个穿着围裙的女仆服侍（围裙表示她女仆的身份），另一边由一位身穿剪裁过时的黑衣夫人搀扶，大家都习惯了。

望过弥撒回家以后，还有一个小时的各种曲子的钢琴练习，让娜弹得不动情感但十分准确。她感到手指头在键盘上很好使，显然觉得十分快活。绣制祭披和祭坛上的台布这种技艺占据了她其余的时间。随后，就把这些绣品送给不同的教堂。

她把当初阿尔蒂尔和玛蒂尔德那间挂着绯红色帷幕的夫妇卧房改成她自己的卧室。费尔南德的房间是绿色的，让娜的卧房是蓝色的，弗罗兰又在这间房里挂上了德国皇室家族的照片。从苏阿雷带来的一个女仆和一个厨娘分别占了楼梯下的亭子间和潮湿的地下室。她们又开始把银器打磨光亮，给家具上蜡，还要煎，烤，煮，炖。

由几位小姐绘制的装饰画盘挂在游廊的墙壁上；长方形的花园里种着几棵树，十二把亨利二世的椅子和两个一八五六年制造的大柜子满满登登地摆在一个中等大小的饭厅里。一张比原作还要大的《打破的罐子》，高高地挂在两个食品柜中间，那是阿尔蒂尔和玛蒂尔德到巴黎去蜜月旅行时，在卢浮宫从一个当场作画的艺术家手里买来的。任何人，连阿尔蒂尔也在内，都没有想到这个双颊飞红的天真少女，乳房在扯乱了的前襟里半掩半露，腰间挎着已打破了底的罐子，包含了隐约的淫亵之意。人们没有怀疑，一张从卢浮宫买来的复制品竟隐含了那样的淫邪。那美丽可人的提罐子姑娘就在这个闺房里高高悬挂了三十五年。

只是家里没有马车马具，使人感到她们的社会地位已处于衰败式微的境地。然而让娜并不出门。费尔南德出去交际时，就叫一辆出租马车。

人间的仙境很快让费尔南德大失所望，也许是因为她的成绩没有什么出色的地方。在布鲁塞尔，两姊妹的联系不多。当然，有几个有爵位或没有爵位的亲戚，几个已经居孀的世交朋友还惦记着邀请费尔南德这个年轻姑娘，或者到她这里来做客。她在寄宿学校的女同学都是大家出身，可以说都是她很好的进身之阶：她们的哥哥常来当费尔南德的舞伴。费尔南德在寄宿学校时，对首都并不熟悉，读寄宿学校时很少在街道上游逛，全城分为两个部分，“下城”闹闹哄哄的，挤满了小店铺和小酒馆，买卖人在里面品尝波尔图葡萄酒。拉着四轮货车的肥壮马匹在油渍渍的卵石路上踉跄前行。费尔南德从来不离开“上城”，那里有两边种树的美丽大街，跟班仆役在街上遛狗，女仆领着孩子散步，每天早上可以看到使女撅着屁股刷洗门前的台阶。但一到夜里，在一个“初涉世事”的女孩子看来，这些毫无田园气息的地方竟神奇地改变了模样。普通的富家住宅，砌着粗石的门面，在几个钟头之内竟变成了传奇中的王宫，从里面发出一派仙乐和闪烁的灯光。费尔南德有时也没有机会走进这些地方。人家只邀请她参加一些大型的招待会或是密友之间的晚会，极少在同样的宅子里见识这两种。在外省，德·卡·德·马家自然也包括在上层的社会当中。在这里，这个姓氏极为古老，也几乎被人遗忘了，在婚姻的市场中差不多已没有什么商品价值。那个时代，还没有扶摇直上的一代人，像表亲埃米尔从事着炙手可热的外交职业，给这个姓氏镀上一层金。让娜不邀请客人。她们年岁不大又父母双亡，不便这样做。费尔南德大概很羡慕她的女友们，她们在下午准备茶点招待朋友，那时，管家就戴着白手套送上各色的花式点心。她们还在家里组织舞蹈训练班。

她的财产并不是职业的求婚者寻找的那个“钱口袋”，这些人不能指望这个年轻姑娘还有个父亲、祖父、叔叔或是哥哥帮他们跻身政坛或者上流社会，让他们出国到刚果或是进入行政咨询机构。德·卡·德·马小姐的美貌还不足以让人一见倾心。再说，上流社会里根本没有一见倾心这么一回事，专讲爱情却没有结结实实的财产作为基础的婚姻会被人看作不体面。费尔南德的几个哥哥是贵族协会的会员，设法让她得到邀请参加协会举办的舞会。按照她笔记中的说法，她曾在舞会上大跳华尔兹。但是将近早上一点钟，大说大讲地走进来一群珠光宝气的布鲁塞尔年轻人，他们决定只在他们这个小圈子里跳八人组舞，不要外人。费尔南德和她的几个哥哥以及别的参加舞会又比较老成持重的人，模模糊糊地觉得受到了轻视，总而言之是被排斥到一边了。

她领会到了她自己小小的成功以及失败。有一张照片，她用尖细的笔迹写成大字，题献给她在圣心中学时代一个要好的女友，玛格丽特·卡尔东·德·维亚尔，为生活中的一个场景或由业余剧团演出的一个轻歌剧留下了永久的纪念。费尔南德风度翩翩地穿着一套真正那不勒斯地区农妇的衣裳。人们知道，那精细的刺绣、高雅的衣褶、镂花抽丝和透明的围裙决不是戏剧服装师的收藏品，也许是某个奥克塔夫从意大利带回来的，哥哥比舅舅的可能性更大。只有一个品位上的错误：费尔南德没有穿人们认为合适的平跟拖鞋，反倒在长裙底下穿了一双一八九三年流行的亮晶晶的高筒皮靴。她显然得到了热烈的鼓掌，好像出来谢幕，略显疲惫的眼睛作出讨人喜欢的模样。摄影师不合适宜地让她站在一个冬季花园里的绿色草坪上，显得既不是农妇也不在那不勒斯地区。她这模样让人想到易卜生笔下的娜拉，准备在克里斯提尼亚的客厅里跳塔兰泰拉舞。

人们开始责备她标新立异。她的文化底子很薄，就阅读到手的任何东西来提高水平，连黄色封皮的危险小说也不排除在外，这让那些当母亲的吓坏了。一个读《苔丝》、《菊子夫人》和《残酷的谜》的姑娘娶进来不完全稳妥。她时常讲述一些她喜欢的历史轶事，介绍一些她的男舞伴没听说过的历史名人，例如布朗卡斯公爵，或玛利亚·瓦莱夫斯卡之类。她请她认识的一个老教士来教她拉丁文，居然背出了几句维吉尔的诗句，这进步让她洋洋自得，就到处去说。她承认还买了一本希腊语语法书。在她这些谋划经营当中，没有一个人帮她的忙，也没有一个人赞同，于是就偃旗息鼓了，然而费尔南德却得到了有思想的年轻姑娘的名声，这并不符合实际，她其实不是那样的人。

让娜的住宅变成了已在外省结婚的姊妹们的歇脚处。她们通常分两次来，让做客的时间正好遇上纺织品降价或是有名的传教士讲道。佐埃特别经常到布鲁塞尔来，让大夫给她看病。

有时候，她仿佛并非情愿地邀请费尔南德到阿克兹去住几天，多年以来于贝尔一家就定居在佛兰德这一带安静的风景里，这家的宅子从一个十八世纪的雕刻家那里得到了辉煌的名声，那人雕刻的巴罗克式的天使和圣女装饰着荷兰和奥地利不少祭坛和宣扬福音的讲道台。小小的城堡舒适宜人，村子和村里可爱的古老教堂坐落在一段距离之外。早上忧郁的佐埃走出家门去望第一次的弥撒，夏天五点出发，冬天六点。每天早上，她用手握着门的把手，向前厅转回身来，远远地向假装打扫客厅的女仆发布命令，让那丫头在她回来之前做完几件零碎小事。她并不是不知道，塞西尔（那丫头叫塞西尔）这时候总钻到二楼的漂亮卧房去。做弥撒的这工夫是于贝尔风流缱绻的时刻。这个让人伤心的喜剧每天都换个新花样，为了瞒过厨娘和帮厨的小丫头，其实这两人早就跟他们串通一气了，还有睡在儿童房的小洛朗丝，她才八九岁，也什么都知道。佐埃略微显出疲惫模样，像要进城做客似的，十分体面地穿好衣裳，戴好手套和帽子，出发去望弥撒了，活脱脱是个甘心认命的象征。

只是到第二个孩子死去之后，一切事情才糟了糕。那是他们巴望已久的儿子，小小年纪就夭折了。天使般的佐埃把这一切归为上天的意志。头脑简单的于贝尔却破口大骂，用拳头捶着桌子，宣称善良的上帝并不存在。他女人吓坏了，对他进行规劝，更煽起了他的怒火。我不太清楚这个时期塞西尔那笑嘻嘻的脸儿是不是还夹在他们俩中间，不论怎么说，反正，即使就像我在上面所形容的，这个漂亮丫头还是这家的仆人，她也没有在这种附属地位上待很久，很快她就在村子里开了一个临街的商铺。这个公开情妇的父亲，本是个濒临破产的啤酒商，靠着与女儿同居的半婿才脱离了困境。这人是个激进分子，也许还是共济会的会员，因此为富门豪家所不齿。这种情况也影响了于贝尔先生，他早就为堂区的本堂神甫宣称要干预教民的家务事而愤愤不平。有那么一天，本区激进派报纸的读者们得知，著名的房地产主人于贝尔·德先生同意担任一个反对宗教干涉政务的俱乐部的主席，伴随着这条消息的还有对僧侣教士的野蛮攻击。当然，佐埃即使不能把于贝尔拉回自己的身边，也千方百计地要把他引回上帝的怀抱，这就使他们俩之间的关系彻底破裂了。

不过，夫妻之间还有一点微弱的爱情火焰。一八九〇年，德·卡·德·马先生的遗产在苏阿雷城堡分配；而佐埃也同时得到了父亲遗产中给她的份额以及路易·特鲁瓦给她的一份，在这以前，特鲁瓦的财产必须保持完整，不可分割。于贝尔马上卖掉了位于埃诺的土地，又在阿克兹附近买了另外的地产。这个算计并不坏，而且还增加了他的声望。他还用他妻子的私房钱买了村子广场上的一家饭店，把塞西尔的几个侄女安排在那里。在这由于金钱充裕所以生活安乐惬意的几年里，他的合法妻子生了两个儿子，但第二次怀孕让他女人落下了疾患，连布鲁塞尔的妇科大夫也治不好。这一次，他的夫妇生活彻底结束了。也许佐埃并不为此遗憾，只不过她决定退避到一边，把自由的空间留给了神甫在听忏悔时称为不洁的那种事，也就是说，留给了塞西尔。

她的悲悯之心更加重了一层。她每天都去领圣体，而且从此在教堂对面的天主教会开的小咖啡店里吃午饭，免得空着肚子走两趟。虽然佛兰芒语说起来叽叽咕咕含混不清，但她有时候也跟于贝尔的佃户们聊起天来，答应设法给他们减租或延长付款的期限，而于贝尔本人是决不会同意的。他新近才成了激进主义者，但这还不能让他变成一个慈善家。不过他也时常作些让步，施舍钱财时，显得像王爷般豪爽大方。下午或晚上，有晚祷或祈求赎罪的祷告，佐埃又到村里去了，她还负责几个小姑娘的教理问答课。于贝尔的绝大多数时间都消磨在塞西尔家里，或者到侄女们的饭店去。打猎之后，他在这饭店设宴请客，人们看到他在那里跟地方上的头面人物一起喝比利时的浓啤酒，当然也痛骂教士。

佐埃不大可能把她的烦恼传到仍未经人事的费尔南德耳朵里去，但是那姑娘自己长着眼睛。马马虎虎凑凑合合的气氛笼罩着整个小城堡。灰心丧气的佐埃不再向仆役发布命令，再说，绝大多数的下人也不懂法语。于贝尔有时候要求她支配仆役经管家务，随后也就不再坚持了。他对年轻的小姨子彬彬有礼，费尔南德显然感觉到这个混蛋是个可怜的迷失了方向的人。洛朗丝是个面容尖刻的小姑娘，表面上很早熟，她使劲敲打着客厅里的钢琴。两个男孩年龄还小，所有的孩子在这个岁数都是无邪的天使。佐埃把他们俩交付给一个使女，佐埃总咳嗽，不宜由她亲自照顾孩子。

也许这一家的日常景象以及其他的一些事让费尔南德极不愿意用传统的办法来解决她的终身大事：通过母亲那一辈的女人、堂区的一个教士或像伊雷内夫人这样大户人家的当家太太郑重其事地给她介绍一个远房的亲戚、乡下老邻居的儿子或那慕尔上流社会的子弟。几代人以来大家都遵从这种聪明的安排，但这个办法对于一八九三年的一个少女已不完全合适。她的情况给了她某些自作主张的空间。费尔南德有另外的向往，她还不太清楚内容到底是什么。

剩下来的就是只要她爱上一个既没有想到她也暂且没有想到结婚的男人就行了。赫男爵（这个姓是虚构的）出身于一个新近用钱买来贵族称号的家庭，他的父亲和他的祖父为他们自己和他们的合伙人巧妙地经营了几笔相当数量的金融交易，因而得到了一个贵族称号作为报偿。年轻的男爵（我不记得他的名字了）善于守成，人们说他异乎寻常地灵敏机巧。同时他也热爱文学，是个收藏家，也是个音乐狂。管风琴弹得很好，为自己是维多尔[①]的高才生而洋洋自得。他的财力使他购得一架专业的乐器，并且在他家宅邸的厢房里建造了一个音乐厅来安置这架管风琴。在我想象中，这个房间一半像小教堂，一半像风流幽会的香巢，那个时期的音乐厅往往如此，有彩色的玻璃窗和几张蒙着土耳其毛毯的大沙发。也许人们在里面还焚香哩。

费尔南德很喜爱音乐，虽然她除了弹钢琴之外不涉猎别的，却高高兴兴地投身到这热烘烘的密室气氛中去。“和声，和声，是才华为了爱情而发明出的语言……”正是这个定义，对于某些浪漫的感情来说，一丝不差地与费尔南德的激情契合，至少在这个季节。在她听来，巴赫和塞扎尔·弗朗克[②]的乐曲变成了波光潋滟的潺潺溪流。赫男爵毕恭毕敬地把他美丽的精装书籍和带有插图的手稿拿给她看，她对这些一窍不通。但说到底，她的谈吐还不像他听到的别的年轻女人那么愚蠢。在儿时的“奥克塔夫舅舅”之后，她第一次遇到这么精致、高雅的男人，人们已经开始把他叫做审美家了，而费尔南德本人把他描绘成了个天生的艺术家。实际上，这人并没有天使般的舅舅那英俊的面貌，谈到赫男爵的外表，人们说什么话的都有，但异口同声地说，他的脸相毫无特色。我倒宁愿作个估计：费尔南德不顾家里人的一切偏见，不自知地钟情于这个非贵族的资产者种族的成员，这个种族给世界提供了最多的银行家、预言家、音乐狂和收藏家。然而有关这位赫男爵的祖辈先人，我却一无所知。

按世俗的规矩看，他们的关系并没有超过一起跳几圈华尔兹（男爵舞跳得很好，只是不喜欢跳），有一两次，他们面对面地坐在小桌子旁吃顿饭。费尔南德宁死也不肯承认爱上了他，在那个时代，这是不可饶恕的罪过，但是她的默默无言和含情脉脉的美丽眼波替她说明了一切。年轻的男爵一门心思做生意，又沉溺于艺术，什么也没有看出来，或者是装做一无所知。他心不在焉或者是特别慎重。许多年之后，他娶了一个很丑陋的女人，毫无才气。据说，这女人几次怀孕的时候，他整整齐齐地把一些古代雕塑的复制品和多那太罗[3]的浅浮雕围在她的身旁，居然给他生了几个漂亮的孩子。不过，有两个冬天，费尔南德曾经历了这一段爱情，或者像弗罗兰所说的，这段单相思。晚上，她把她的羽毛饰品和毛皮衣服放回五斗橱的抽屉或衣柜里，她也像那个时代的许多女人一样，不好意思再穿戴这

① Charles-Marie Widor（1845—1937），法国作曲家、管风琴家，曾就学于布鲁塞尔。

② César Franck（1822—1890），比利时裔法国浪漫派作曲家、管风琴家。

③ Donatello（1386—1466），大理石和青铜雕刻家。

些东西，她明知道她只不过是要在原地踏踏脚，跳几下。算起来她的生活是一场空。同时，在她自己看来，充塞在她心中的无边的惆怅也改变了她的面貌，使她变成了小说中的女主角，她就在自己的穿衣镜前，欣赏她那苍白的双颊和忧郁的眼睛。

这次失败或许也增加了费尔南德出门游逛的兴趣。其实，这种旅行的兴趣在她的亲戚中倒很常见。对于一个自尊自爱的女性来说，独自出门是不可思议的。由一个女仆或陪侍小姐相伴旅行已经是大胆的行动了。但是费尔南德已经长大成人，她有她自己的生活方式，泰奥巴尔德出于漠不关心；让娜出于聪明乖巧都没有提出反对。这一家子也有它好的方面。已结婚的姐姐和哥哥都不答应她到巴黎去小住，在那里只有结了婚的女人还要由丈夫陪同才合适。意大利对于这些北方人来说总能引起一种说不清的肉欲的困惑，他们也不同意到那里去。而德国完全让人放心，何况弗罗兰盼望回去看看故乡，诚心诚意地吹嘘那里民心向善，风俗淳厚。有许多次，让娜把她片刻不离的女管家借给她的妹妹，空出来的位置暂时由修女们派来的一个人充任。这样，费尔南德就用了许多夏季和秋季，沿着莱茵河或内卡河游历，欣赏古老的城镇，详细参观了德累斯顿的西斯廷圣母，或者到慕尼黑的古代雕塑展览馆去看古董。从前弗罗兰曾经认为那些东西是淫秽下流的。尤其是在德国，歌剧演出的季节，音乐会上、音乐亭里和由饭店的乐队演奏的如涓涓不断的溪流似的乐曲，有的让她们昏昏欲睡，有的让她们心旷神怡。

她们在旅行指南推荐的膳宿公寓下榻，大家认为那里比旅店更合适。人们在那里可以遇到一些有文化的人。初出茅庐的作家，长年在大学里混的学生，搜索文物的外国人在那里多得很。海娜·加布莱瞥了一眼画廊的杰作，还到各个店铺去闲逛，这时，乔治·台斯曼正在写有关中世纪家常用品制造业的笔记；托尼奥·克鲁热和居斯塔夫·冯·阿森巴赫在去往意大利或从那里返回来的路上，在这里停了几天脚，仍然沉于梦幻似的谈论着那不勒斯的夜晚和威尼斯的黄昏。奥斯瓦尔德·阿尔万北上到挪威去，不放心他自己的头昏病，歇息数日，到法兰克福或慕尼黑去请教一位好大夫。对于一个年轻的心灵来说，难以祛除的旅行嗜好所引出的必然结果就是对爱情的执着追求。费尔南德围绕着每个景点，在每个塑像底座的旁边，巴望着出现一位小说和诗集中连篇累牍描写的高雅而又殷勤的意中人。这种梦幻的样式虽然平淡无奇，但不妨碍其中包含着主要的成分：她需要爱情，费尔南德用文学的云雾把这需要笼罩了起来；还包含着享受生活的渴望，这一点她并不承认。

一位可爱的某先生来借书或还书，彬彬有礼地建议陪伴小姐到公园去散步，或者只不过看到相邻的桌子有个年轻的陌生人在专心看书，第二天这人又不见了，这些大概都能让家庭式膳宿公寓萌发出模模糊糊的田园牧歌气氛。但是女性的气氛还是占上风。有一些一丝不苟的英国和美国小姐，二者之间除了口音不同以外，几乎难以分辨，她们来进修高尔夫的球技或弹奏钢琴的技巧。还有一些更为强壮的女性，有意穿着破烂的衣裳，公然打上领带，有时还戴着夹鼻眼镜，咄咄逼人而又毫不在乎地展示着她们的丑陋或美丽。这些女人在博物馆里临摹名画，作裸体素描，学习悲剧艺术，或者去散发社会问题的传单。有一两次，一个头发蓬乱的漂亮女孩，把她好好的一个婆家远远地丢在斯堪的纳维亚或是波兰，邀请费尔南德到她的房间去共同享用一块浇上德国樱桃酒的蛋糕。但是这种过激的女权主义，把爱情中的道德规范推倒重建的断然主张，吓坏了苏阿雷城堡的这位小姐，她把那个年轻的无政府主义者热情抚摸着的手抽了回来。

就跟她在阿莱克塞尔区的家里一样，她仍然是形单影只。她开始发现，人与人之间，只有相同的社会地位、教育、思想和共同的利益才能把他们连在一起，形成共同的语言，否则人与人并不互相接近，并不结成持续的联系，除非有默契，但这情况也很少。她并不说那些比她自己更为解放的过客们的语言。她跟他们不一样，没有在这里生活的理由：她并不要进修音乐；永远不想当诗人或文艺批评家；她连凑凑合合画一张水彩画的本事都没有。社会上的不公正让跟她同住一个楼层的那个戴着硬领的俄国女人愤慨不已，这种不公正在费尔南德自己的世界里，只不过是罢工工人的老生常谈罢了。她不明白一个女人怎么会有政治见解。不过，她的位置在哪儿？她应当怎么办？让娜介绍给她一些好的作品，让她消磨漫漫的冬季，呈现在她面前的这些作品描写的是些趾高气扬的贵妇人，一副军中上校的派头，缝制着儿童的衣服，还总教训那些未婚母亲。在她弥留的床上，她觉得进修道院是她女儿最好的一个出路，但那个时候，修道院对她本人尚且没有吸引力。她害怕修道院中那静思冥想的严格纪律；一想到要照顾病人，她就泛起一阵恶心，久久无法平息；圣心女中那些嬷嬷们的服装也不能吸引她。所有这些东西都不能填充她的生活。只有结婚是她唯一的出路。哪怕只是为了不落到未婚姑娘低人一等的行列中去。可是奥斯瓦尔德·阿尔万和托尼奥·克鲁热并不提出求婚。实际可行的办法只有在布鲁塞尔各家的客厅里遇见一个穿燕尾服的人儿了。

然而，她也有一段德国式的田园牧歌。有一年的九月份，她跟弗罗兰一起在黑森林边沿上的一家小旅店下榻。她独自一人出门去作个长途的散步。弗罗兰正患偏头痛，另外，她对日耳曼的道德威力很有信心，陪小姐出去散步的次数越来越少。这一天出来散步的人不多。通常有些大学生从树林里走过，有时唱着舒伯特的歌曲，有时高谈阔论，这时他们都回到学校去了。德·卡·德·马小姐沿着一条小路走去，在岔路口上都有蓝色或红色的标志，决不可能迷路。最后，她在一块林中草地的一条板凳上坐了下来。大概像平常一样，她身旁还有一本书。过了一会儿，一个穿着短裤的年轻的森林管理员坐到了她的身旁。这人很漂亮，就像金发的希格弗里德那么美。他跟她搭讪起来。这人并不完全是个粗鲁的乡下佬。他们互相说了一些普通的客套话，她说了她从什么地方来，而且说明她非常喜欢德国。他们慢慢地接近了：这个朴实的漂亮小伙子迷住了她。

她接受了一个亲吻，又回报他一个，接着又答应接受他的爱抚。他们的胆量并没有越过雷池，但是至少费尔南德把头靠在这男人的肩膀上；她委身于这狂暴的温情，这力量撼动了她的全身。她这才知道，她的身体并不只是个睡觉、走路、吃饭的机器，并不只是个裹着衣服的人肉做的傀儡，而是另外一种东西。森林中这种野性的温柔把她摄到了另外一个世界，在那里，她吃饭睡觉的家里束缚着她手脚的假作娇羞再也行不通了。弗罗兰又一次发现，新鲜的空气对小姐大有好处。

这件事太让她放心不下，后来还是把这小小的奇遇告诉克先生。对于未婚女子享有自由的问题，米歇尔的看法极为宽容：这类事情不会引起他注意，除非这种艳遇搞出了个孩子要他养活，而且有朝一日还借机来敲诈他。他认为费尔南德对他承认这事简直愚不可及，而且让他恼火。米歇尔从来不管那些操皮肉生意和疯疯癫癫的女人，把这些人排除在外，我说过，他坚持认为女人都是对肉欲的冲动茫然无知的生灵，只是出于温存贤惠才向有本事勾引她们的男人让步，而在这个男人怀中也只能体会到崇高的爱情。虽然他自己的经历时常打破了他这种观念，但在他一生中，这种观念一直隐藏在他心灵的深处，通常，某些我们自己珍重不肯割舍然而又被事实证明其谬误的看法总是留在那里的，这些想法时时刻刻地冒出来，一直到他生命的最后一天，除非有时候他跳到另一个极端，认为所有的女人都是梅萨利纳[①]，这也意味着刁钻刻薄。那时，他觉得费尔南德就是个小傻瓜，从那德国大老粗的眼睛中没有看出他称之为粗俗的欲望，反倒看到了爱情的光辉，而他本人感受到的欲望则不粗俗。尽管她得到了一种纯粹的快感，这种感觉不仅丢了她自己的脸，还让他觉得难以解释。不过克先生心里想，所有的女人都让人捉摸不透。

接下来的几天下了雨，费尔南德再也没有看到她的那位希格弗里德。冬天到了，她并不太愉快地回到上流社会的轨道。赫男爵在晚会上又见过几次，已只不过是昔日里的一场好梦。一种似曾相识的感觉将这一切都涂上了一层灰色。她的某几个舞伴身上那些实实在在的粗俗令她厌恶：他们纵情大笑，声音很吵，何况要用许多时间才能明白他们说的笑话，两位先生在冷餐桌前不期而遇，谈起话来，说的无非是交易所里的内幕新闻，打猎的排场或是女人。我从费尔南德这个冬天的笔记中得知，那时至少有两个年轻人跟她一起跳华尔兹，后来他们都在政界和文学圈子有了体面的职业。但在这两个舞伴之间大概不会谈到文学，即使他们谈起过某个部长下台，费尔南德也充耳不闻。也许就是在这个时期，她采用了不知在哪一本书上的一个想法来当她的座右铭："深刻地认识事物，就是要超越这些事物。"后来她让克先生很欣赏这话，他对此坚信不疑。我却时常要声明这想法不对。正相反，几乎总能在要认识的事物中发现出人意料的起伏和丰富内涵。于是，认识事物就是发现其新的相互联系和尺度，就是要修正我们由于没有仔细查考而得出的那种约定俗成的、笼而统之的平板形象。然而，从最深一层的意思来说，这

① Messalina Valeria（22—48），罗马皇后，以暴虐和淫荡著名。

句话倒是触及了某些最核心的真理。不过，为了把这些真理真正变成自己的，必须首先让肉体和灵魂得到满足。费尔南德并没有得到满足。

时间不知不觉地过去了。一九〇〇年二月二十三日，在冬季里灰蒙蒙的天空底下，她郁郁不乐地庆祝她二十八岁的生日。

差不多就在同一个星期，她接到世交的沃男爵夫人的一封信，要求立刻回信（沃夫人这个姓又是虚拟的，我应当把她叫做我的恩人，但她的名字我却记不起来了）。这位居孀的老太太十分疼爱费尔南德，邀请她到别墅去过复活节的假期。她在奥斯坦德的那所舒适的别墅位于一个僻静的地方，就在海边的沙丘上。这位沃男爵夫人完全不管四季的循环代序，只在春秋两季到那个别墅去，并在那里接待客人。她通知费尔南德说，这一次，会有德·卡·德·马小姐已经认识的另外几个熟人，还有一个四十来岁的法国人，一表人才，很有教养。跟这个人在一起她年轻的朋友一定会开心。克先生去年秋天刚丧偶；有一个儿子，十五岁了，大多时间由他的外祖父母看管着。克先生习惯旅行，但这次例外，他没有旅行，而到里尔的一所住宅来过冬。他在离比利时边境不远的佛兰德丘陵地带有一处房产，男爵夫人曾去欣赏过，从那里放眼望去，一直到北海的美景一览无余。她希望这几个亲切和蔼的人，一起在相识的老妇家里过几个星期，能让这个服丧的男人恢复愉快的心情和对生活的信心。费尔南德像以前的许多次一样，接受了这个居孀老妇的好意邀请。她也像一切女子在这种情况下所做的那样，给自己又买了一两件衣裙，并把另外的几件衣服让人修改一下。

晚上，当她来到男爵夫人的客厅时，看到人群中间有一个高个子男人，身板笔直，头扬得高高的，正在兴高采烈地讲话，一点悲哀的神色都没有。他是个大话匣子，那个时代像他这样的人相当多，而我们这个时代这样的人却很少，我们这个时代的人仿佛尽量不互相交往似的。他不是个自言自语的人，正相反，他要把比他所具有的更多的热情、智慧和愉快传达给谈话的对方。他脑袋顶上的头发剪得很短，长长的胡须却耷拉下来，使这法国的北方人模样像个冒充的匈牙利贵族。眼睛是浅蓝的，露出些许精明干练的样子，深陷在浓密蓬乱的眉毛底下，炯炯有神。费尔南德并不善于观察，也许这天晚上没有注意到克先生吹嘘的细长耳朵可以随心所欲转动一事。饭桌上，克先生坐在她的旁边，她大概很欣赏那一双骑士和锻工的大手，却没有发现左手的中指在第一个指节那儿被切断了。沃男爵夫人请来的客人身上若不是骑士和上流人士的做派显然占着上风，我顺便描绘的这些细节就很容易让人觉得他面貌诡异，使人起疑。他对卡小姐显出合情合理的关怀照顾（他曾收到了一封信，说到了这位小姐，就像费尔南德也收到了信，提到了他一样）。用罢晚餐，就该来点儿音乐了。费尔南德规避开来，对女主人说她既不会唱歌对钢琴也不太内行。克先生并不喜欢这类社交才能，对这个倒很庆幸。

男爵夫人出于她那个阶层和她那个年岁老妇的天性，自愿来说媒拉纤，尽量让他们独处。别的客人绝大多数都走了。大清早，费尔南德和米歇尔在海滩上散步。春寒料峭的四月，这里还杳无一人。费尔南德穿着长裙又戴着防备沙土的面纱，很不灵便，被风吹得迈不开步。米歇尔不得不放慢了步伐，象征着他将来也要作让步。他租了一匹马。费尔南德穿的不是骑马长裙，再说也只会勉强上马。

他心里想一定得教会她。她在游廊上看着他在沙丘上骑马盘旋。这片海岸美就美在，即便是那个时候美丽已受到了损害，但只要转过身，背过那一排丑陋的别墅，眼前就是广大无垠、不可名状也无法计年的流动物体，灰色的沙和不断被风吹动的白茫茫的水。费尔南德在一段距离之外，已分辨不清那男人的衣服和他坐骑身上的鞍辔。在时光起始的清晨当中，仿佛只有一个骑手和他的那匹马。海潮落了，米歇尔掉转马头向大海驰去，那牲口让海水直浸到膝弯，为了凉快凉快。这时，眺望着大海的骑手简直已在费尔南德的千里之外了。下雨的日子，在火炉旁边谈话是最好的办法。他发现，她有值得赞赏的叙述能力，像个诗人一样。感谢上帝，她一点外地的口音都没有。这个法国人就是受不了外省的口音。

他心里想，两三年前，他也来奥斯坦德乡间小住，那时，曾向他的第一房太太贝尔特建议到沙丘上去散步，她忽然昏眩起来（她跟所有女人一样，都把胸衣束得很紧，真是可笑）。他们从一座别墅的栅栏门前走过，一个仆人正在门廊前收拾几把椅子。克先生要求人家答应让贝尔特坐下。正在这个当儿，男爵夫人出现了，她接待了两个陌生人。于是建立起了友谊。不如说在老太太和米歇尔之间比她与贝尔特的关系更亲密，老太太认为贝尔特性情冷淡，态度生硬。莫非因为他忽然想到两三年前的那个秋天的沙丘上再去转一转，刚刚过去的一切又要重新再来一次吗？男爵夫人信中对费尔南德的描绘并不能说不准确：她美丽的头发梳理得很马虎，两只眼睛温柔亲切。这并不只是因为她要讨他喜欢，她看报亭里卖报的妇人和市府的扫街工都是这么一副眼神。对于一个像她这样阶层的姑娘来说，她很有学问。年岁倒是很合适。克先生断定，他一个四十来岁的人如果娶了个二十多的姑娘，乡下的邻居们肯定会“掐他的屁股”。（我让米歇尔说他自己的语言，否则，我就认不出他来了。）出于同样的原因，她并不那么光艳照人，这倒是件好事。她门第高贵，对于他这么一个三番五次地说门第无所谓，姓氏无所谓，社会地位无所谓，金钱无所谓（虽然他花钱像流水似的），总而言之一切都无所谓的人来说，无论如何，这倒是很重要的一条。

他指望他的母亲提出来一些又甜又酸的意见。但是谁都知道，良善并不是诺埃米的天性。他要为钱的事操心，或者说，如果他有本事弄到钱，他将会为钱操心。他已经预见到有了费尔南德花费会增加。但是为一个女人花钱是他从女人那里得到愉快的一部分。再说，卡小姐幸亏还有一小笔私房，他们两个之间如果有什么混不下去了，她还可以再去用这笔财产。在他母亲身旁过冬令人沮丧，一个人去旅行也并不总有意思。何况，对于他这个爱女人的人，还有女人的问题。像贵族圈子里常见的那样去通奸可以消磨时间。嫖妓谈都不要去谈，家里的女仆毫无情趣。当然，他本来可以娶贝尔特的一个妹妹，这也都不行。他用鉴赏家的眼光瞧着费尔南德那柔软娇慵的身体。

但是当他把话挑明时，德·卡·德·马小姐又犹豫了。倒不是男爵夫人没有跟她说实话：这个人不错。那个心怀友善的说媒人并没有把某些极为琐碎的小事说清楚，也许连她自己也未必完全了解。这个四十来岁的法国人精确地说已有四十六了。他第一位太太的突然死亡让他受到震动，但并不像男爵夫人的信里极力让她相信的那样，使他痛心疾首一蹶不振。里尔的那座房产实际上属于笨拙而又富裕的诺埃米，她还统治着黑山以及周围的一片美景，这些产业一直到她死后的遗嘱条文上她才肯放手。米歇尔在家里就像住不同的大旅店一样。这位假定的未婚夫过去的生活男爵夫人一点也没有谈，他一向过的是随遇而安的生活，这在十八世纪比十九世纪更为流行，这种生活大概更激起了费尔南德的兴趣，倒不太让她担心，她自己也说不清为什么。她也没有用我下面说的词汇，这不是她常用的词，她觉得在她面前的是个生活在广大空间的人物。不过在这个脾气急躁而又从容潇洒的法国人面前，她没有感到那种愉快的战栗，她觉得那才是爱情。她更喜欢天使一般的人，艺术中的人，像希格弗里德那样的人，而不太喜欢骑士式的、正儿八经的人物，这不是她的错。米歇尔不习惯面对女人的抵拒，显得狼狈不堪，马上就恼火了。他找到了一个建议来控制局势：

"您很想到德国去过冬吧。跟您一起到这个国家去看看我该多么高兴呀，我对那里还不太熟悉……我们领着您总谈起的那个弗罗兰一起去。必须尊重礼仪，起码这并不会引起太大的麻烦……"

这个建议让费尔南德无话可说，也让她很高兴。回到让娜那里，她向家里人宣布要作这次订婚旅行。他们都大吃一惊。在这件事中最让他们觉得丢脸的是克先生的国籍。过了将近十年以后，我曾听到我的表姐路易丝用鄙夷的口气说："费尔南德的女儿竟成了个法国人，无论如何这是倒霉透顶的事！"她有一腔的爱国主义和忧郁的情怀。还不止于此。泰奥巴尔德仍然提了几条意见，作为原则。让娜一条意见也没有提，她明知道费尔南德总会由着自己的性子去做。弗罗兰却愤愤然地咒骂着，上楼去收拾箱子了。

这些箱子是旅行中第一件意外事故。弗罗兰一时疏忽，用普通快件把它们托运到科隆去，三个人要离开这个城市的前一天，箱子才到。行李延迟让米歇尔有机会赠送给费尔南德一定数量她暂时缺少的小饰品，他到专卖英国皮货和巴黎新潮物品的商店里去为她选购。弗罗兰利用在杜塞尔多夫停脚的机会，到农业机械公司的办公室去了一趟，当年答应娶她的那个人就是这个公司的代表。人家告诉她，那位先生早就死在波美拉尼亚了。她请人为这骗子的灵魂做了一场弥撒，以后每年都举行这个虔诚的仪式，一直到她生命的最后一天。米歇尔和费尔南德正去参观一座洛可可风格的小教堂，心里想的是温馨的节日场面，对严肃刻板的女管家这种悼亡心绪毫不知情。这个德国老妇人把这件心事告诉了让娜的一个女仆，二十多年以后，当年伺候过让娜的那女仆拿这个故事当笑话，才对我叙述了一遍。

米歇尔和费尔南德沉浸在德国淳厚朴实的民风中。他们俩都喜欢村子里的节日，漂亮的小伙子在那里跟漂亮的姑娘一起跳华尔兹。慕尼黑的英国式花园里，一群群平和沉着的资产者在中国亭台前面品呷他们的啤酒。上阿默高的狂欢节让他们开心极了。米歇尔说服了费尔南德不再住在闲散松懈也不太舒服的家庭公寓里：弗罗兰对克先生从气愤怀疑转到无限崇拜（先生对她彬彬有礼，甚至有点殷勤讨好的样子），当这对不合常例的未婚夫妇坐着马车轰轰驶过时，她从旅店的房间里挥动手帕。她不愿意挤在他们中间碍手碍脚，自去探究城里和郊区的新奇事物。她总患着偏头痛，要求先生在药房里为她购买一些特效药，这些东西名义上药性猛烈，但疗效却只是一场笑话。她无心地给他们这一场浪漫喜剧提供了不可缺少的滑稽离奇的成分。

两个人一致赞美巴伐利亚的路易二世：这地方的景点和各个城堡让他们入了迷。但幸亏领着他们从一个客厅到另一个客厅参观的导游不会法语，听不懂他们对圣安托万堡的路易十四式的托架和路易十五式的座椅发表的评论，那位追求诗意的君主用那些东西来装饰他的某些居室。费尔南德温厚地指出，在品位上的这类错误还是能够让人感动的。他们在施塔恩贝格的湖上泛舟，乘的是一艘镀金的旧船，以前曾是王家的游艇。他们一起找寻传说中的洛林格林把给他看病的胖胖的神经科大夫推向死亡的地方，人家怀疑他得了神经病，那大夫还戴着眼镜，手拿雨伞。米歇尔的某些傲慢在费尔南德这里都烟消云散了：弗罗兰怀着敬意指指点点要她注意那些腰里拴着马刀的军官们，她连看也不再看。

在因斯布鲁克，已到了夏末，克先生的儿子从法国带来了一阵凉风，他已十六岁，人们还叫他小米歇尔。他父亲有失谨慎，让他到蒂罗尔来，跟他未来的继母一起过两个星期。在这以前他在外祖父母家过阴沉暗淡的假期，这以后还要返回里尔的某一个中学去，是阿拉斯中学或者巴黎中学，克先生弄不太清楚，那个不守纪律的孩子时常转学。当年，无论是米歇尔还是贝尔特都没有好好照管他们的儿子。一年多以前，这少年惹恼了他的父亲，他不肯进正要死去的母亲的房间。按他父亲的说法，在这痛苦的几天，他也许在市场上玩吃角子老虎机。克先生没有看出来，在这挑衅性的冷漠下面，是一个被剥夺了亲情的孩子的刻薄反应，他的父母之间虽不吵架但裂痕极深，这使那孩子也许比他们本人更难以忍受，最后，他母亲弥留的这一星期的恐怖景象使孩子的情况更为严重。克先生更没有觉察到，在一个少年人看来，四十六岁的鳏夫谨小慎微地关照要代替他母亲的女人，这简直可笑之至，甚至他模糊模糊地觉得有些下流。费尔南德尽力给他些母亲般的关怀，但没有用处，反而把事情搞得更糟。

五十多年以后，有关这些日子，我的同父异母哥哥写了一篇简短的文字，在这个期间，他的回忆变得更尖酸了。当年少年人的愤怒又加上了成熟的大人的偏见。这位业余的谱系学家把他的空闲时间都用来勤勤恳恳地记录许多人的诞生、结婚和死亡的年份，其中也包括费尔南德。他把他未来的继母估计为三十五岁，她命中注定永远活不到这个岁数。我们知道她那时才二十八。年幼的人总有把成年人看得更老一些的倾向，所以一个大男孩子犯这样的错误并不奇怪。但是尽管他本人在别的地方曾记录了正确的日期，而五十年以后他还重复这个数字就有点病态了。他嘲笑父亲的未婚妻那紧紧束出来的腰身以及他父亲认为富有诱惑力的曲线，他没有发现他是在用崇尚纤瘦线条的美学观点来评断二十世纪初叶的所谓升平时期的女人。几张费尔南德这几年的照片显示出了人们预计的样子：仿佛埃勒[1]笔下的女士剪影，现出精心修

① Paul César Helleu（1859—1927），法国画家、雕刻家，所画的女人肖像身材修长，体态柔韧娇美，很能代表二十世纪初叶所谓升平时期的情趣。

饰出的曲线。但我却暗自思忖，这个前房儿子是不是无心地把对他未来继母的第一印象叠加在我们保存着的生我以前的几个月拍的一张照片上了。在死后清癯的遗照之前，那一张仿佛是最后的照片。在这张照片上，她穿着紧身的旅行服装，突然显得肥胖起来，诺埃米奶奶和我的同父异母哥哥大概就是看着她这个样子离开了黑山，再也没有回来。

人家斥责她经常出风疹，这也许是有根据的。就像当时报纸上药物专家的小广告上说的，这种病痛时常发生。尽管扑上了粉，那中学生还投来恶意的眼光。克先生虽然一向对他女人外貌上的缺陷毫不留情，然而他并没有说什么，至少说明那一片红疹并没有让费尔南德破相。那时大街上流行矫揉造作，人家斥责她矫揉造作也许并非没有根据。无论如何，这个在自己中意的风景前朗读心爱的诗句的女人在一个不求上进的男孩子看来只能是个矫情的人物。我的同父异母哥哥不久以后就带着毫不掩饰的满意心情补充说，这个倒霉的陌生女人竟然出身于名门世家。我倒希望他更早一点发现这个，也希望一个十六岁的男孩子对于高门贵胄不像他那么看重。

阴郁的中学生回到外祖父母家去了，米歇尔和费尔南德在萨尔茨堡地区的湖泊之间享受了一个平静的夏末。紧跟着秋季到来了，某些事情就宣告结束：他们将来的旅行就再也没有婚前长途漫游的自由和梦幻的气氛。一天早晨，太阳透过迷迷茫茫的雾气，在忧郁的海尔布伦宫，他们走到甬路拐弯处一个没有雕像的台基前面，费尔南德让米歇尔欣赏从湿地里冒出的雾霭，它从基座上凝结起来冉冉上升，就像从贡献的牺牲身上冒出的热气，接着再袅袅升空，变换着形状，幻化出一个模模糊糊的白色仙女或山林女妖的模样。米歇尔一生中对诗歌十分着迷，他只是在书本上找到过诗，这也许是第一次，一个文学气息极浓的年轻女人通过美妙的想象在她周围的清爽气氛中幻化出了诗歌。他感觉仿佛进入了仙境。

但是仙境中的仙女总是刁钻古怪，有时简直不可理喻。米歇尔回到黑山，要到布鲁塞尔去两天，安排结婚通告的事情，他却发现费尔南德泪流满面，说她的一生都完蛋了，心都碎了，前途是一片愁云惨雾。就像一个天体从另一个天体附近经过会发生摄动作用似的，在某次社交晚会上瞥见的赫男爵，无意间引起了这场精神上的危机。费尔南德宣布，她如果结婚，必须穿着丧服。但这么一点小事并没有让克先生动气：

"怎么？亲爱的朋友！……黑色的尚蒂伊花边？……那可棒极了。"

费尔南德放弃了这一蒙眬的想法。

但是过了几天，米歇尔回到了法国，要给他第一房太太举办周年的弥撒，大概是在十月份一个灰蒙蒙的早晨，他收到了费尔南德的一封信，他随后保留了起来。一个年轻女子在信中十分得体地表明了心迹：

我亲爱的米歇尔：

我想让你明天收到我的这封信。这一天对你来说将是极其忧伤的一天，你将是那么的孤独……

你瞧，礼仪是多么的愚蠢……对于我来说，完全不可能陪着你，可是当人们相爱时，互相依偎、互相帮助是再简单不过的事呀……从这十月的最后几天起，把过去的一切全都忘掉吧，我亲爱的米歇尔。你该知道那个善良的富耶先生关于时间的概念所说的话，对于我们来说，过去只有在被我们忘记之后才真正地成为过去。

也请你要对未来的许诺和我有信心。我认为这个阴郁而灰暗的十月只不过是夹在两角青天——我们去德国的甜蜜之旅和我们未来的生活——之间的一片阴云而已……在那里，在旅行之中，在一片更加晴朗的天空下面，我们将重新找到我们全部无忧无虑的快乐，找到那种爱和亲密，找到对我们来说极其温馨的没有矛盾和冲突的爱。

我真高兴，再有不到三个星期了……而在这两天里，我将不说“你别忧伤”，而要说“你别太忧伤了”。你星期二回来时，我晚上等着你。

替我拥抱我们的小米歇尔。对我们周围的一切……保留着美好的回忆……我很爱你。

费尔南德

所谓善良的富耶先生大概就是哲学家阿尔弗雷德·富耶，他的作品当时很走红。这记录又一次证明费尔南德无惧涉猎严肃著作。“对我们周围的一切……保留着美好的回忆”仿佛是用一种模糊的方式暗示已经遭她嫌弃的诺埃米妈妈，但并没有指名。她提到了“小米歇尔”，表示天真无邪的费尔南德还暗中希望有一天她这个继子对她产生某种程度的感情。

米歇尔需要这一张护身符，不仅帮助他面对忌日周年的弥撒，还得面对结婚典礼，对于一个四十七岁的男人来说，第一次婚姻已经让他痛心疾首，这些事情都是考验。头一天晚上，在让娜家举行了一个庄严的仪式：首先把留给两姊妹的银器分开。所有的东西都包着薄绢在餐厅的桌子上摆好，弗罗兰忙着一次又一次地数餐具的件数，给每件东西的样式、价值和重量开列详细的单据。有一样东西没有写价值和重量，那是一个大的糖夹子，做成熊爪模样，上面盘着一条蛇。这东西太可怕，米歇尔大概宁愿放起来不用的。到了下午这么晚的时候，珠宝店铺都已经关了门。泰奥巴尔德戴上帽子，穿上外衣和防雨套鞋，到他认识的一个金银匠家里去，这个人愿意到他的商店里鉴定一下那些东西，并称一称重量。米歇尔觉得这些人谨小慎微，锱铢必较，颇有些小家子气。当初要跟他疼爱的妹妹玛丽分配父亲留下的首饰和小摆设时，兄妹俩闹着玩似的为每件东西抓阄儿，他做了手脚让玛丽赢到她最喜欢的东西。那个熊爪子模模糊糊地有些象征意味，败坏了这次婚姻的气氛。

十一月八日的清晨终于到来，我估计，就像布鲁塞尔通常十一月的早晨一样，雾气蒙蒙，寒意逼人。这样的气候无助于产生脉脉情意，也显不出幸福光辉的妆扮。本堂区的教堂平凡简陋，米歇尔请来的客人也不多。他的母亲和儿子从里尔来到了。那母亲已经担心将来的子女可能减少“小米歇尔”应得遗产的份额。她身着一件灰色或者说灰绿色的宽大衣裙，显示出一位美妇人令人目眩的仪态，当年她出嫁几乎与欧也妮·德·蒙蒂茹跟拿破仑三世结婚同在一个时期。米歇尔的妹妹，玛丽·德·博杜安大概是从加莱海峡省赶到的，还有她的丈夫，那是个彬彬有礼而又愁云满面的人，在他身上有冉森教派的严格和王室的古老高雅。贝尔特的哥哥博杜安，出于对米歇尔的忠诚也来参加典礼。和蔼可亲的介绍人男爵夫人当然占据着主祭台。费尔南德的家人坐的前后排凳子足足填满了中厅。必须把这些人跟大家隔开。

一个惊喜等待着米歇尔：直到最后一刻费尔南德才向他介绍了她的伴娘，荷兰美人儿莫尼克。她是前一晚从海牙来的，当晚就要回去。她身穿一袭粉红色天鹅绒的衣裙，深色的头发上戴一顶粉红色的大呢帽。莫尼克迷住了米歇尔，让他心旌摇荡。如果当年沃男爵夫人请的是这个美目流盼艳丽绝伦的人儿到奥斯坦德去过复活节假期的话……但一切都太晚了，何况这位小姐已经订了婚。再说，费尔南德穿着白色镂花的新娘装，也自有一份魅力。不过，他觉得她穿着旅行时的紧身装，抛开一切繁杂的事物，准备跟他一起走向远方时的魅力更大。

一九二七或是一九二八年，也就是我父亲死前的一两年，他从抽屉里拿出来十二张纸的手稿，就像普鲁斯特的手稿那样，宽比长的尺寸大，但好像在今天的市场上已见不到这种样式了。这是一九〇四年他开始写的一部小说的头一章，再也没有继续写下去。除了一篇翻译和几首诗以外，这大概是他唯一的文学著作。说的是一个上流社会的人，名叫乔治·德……大概有三十来岁，带着他当天早上在凡尔赛娶的一个年轻女子到瑞士去。在叙述的过程中，米歇尔由于疏忽，改变了他们的目的地，让他们在科隆过夜。那年轻女子第一次离开母亲，心中不免悲伤；那丈夫刚刚跟一个情妇分手，觉得松了一口气，而那时又伤心而又温存地想到了那个情妇。年轻的旅行女伴那天真和清纯让乔治感慨不已：他想到就在今晚，他本人只需一分钟，就会让她失去这个脆弱的性质，把她变成一个跟别人一样的妇人。两个刚刚在一起共同生活的人彬彬有礼而又有些局促，第一次单独面对面地待在他们包下来的卧车单间里的情景，都写得栩栩如生，也写出了他们怀着尴尬的心情特意在科隆的一家旅店里选了一间只有一张床的房间。乔治留下他的女人为那夜作准备。

他无所事事，到吸烟室里去找侍应生聊天。半个钟头之后，他避开了电梯，怕的是电梯员那探究的眼光，他爬上楼梯，走进了由一盏床头灯的微弱光亮照耀着的房间。他一件件地脱掉了衣服，怀着急不可待而又极清醒的心情完成了他时常在别处与邂逅相遇的女人们一起干的那件事，心里却有另外的期望，是什么他自己也说不清楚。

这篇叙述语调十分精确，没有无用的文学描绘，我被吸引住了。那个时期，我正在写我的第一部小说《阿莱克西》，我时而把其中的几个章节读给米歇尔听，他是个很好的听众，能够整个地投入与他极不相同的人物的内心世界。我估计就是我对阿莱克西的婚姻的描写才让他又想起了他昔日里的草稿。

有几份杂志已经在这儿登载我的一篇短文，在那儿出版我的一篇随笔或者一首诗。他建议用我的名字把这个短篇登出去。这个建议尽管出人意料很是奇特，仍然有我们之间亲密无间随随便便的性质，但我却拒绝了，理由很简单：这几页文字不是我写的。他还要坚持：

"你随便怎么改，把它变成你的就行了。还缺一个题目，而且显然还应当加以填充润色。已过了这么多年，我希望能登出来，但我这把年纪，不愿意亲自把我的手稿交到编辑部去。"

我也跃跃欲试了。米歇尔看到我写阿莱克西的心腹话并不觉得奇怪，于是，他也觉得由我的笔来描写一九〇〇年的结婚旅行更不会有任何不妥。他这个人，不断地说人世间的一切都不值得大惊小怪，年龄和性别在文学创作上只不过是第二位的偶然事件。有些问题后来让研究我作品的批评家无所适从，但这些问题在他身上都不存在。

我不知道我们中间是谁给这个短篇选了个题目叫《第一夜》，我也忘记了我是不是喜欢这题目。反正是我向米歇尔指出，把一个未完成的长篇小说的第一章变成一个短篇小说可以算是留着悬念，没有交代。我们找了个事件把口子封住。我们中间有一个人想出来，正当乔治上楼梯的时候，旅馆的门房给他送来一份电报，说他还牵挂着一半的情妇自杀了。这个情节并非毫不可信。我没有发现这个细节把这几页文字弄得庸俗化了，而这篇文字的最大价值就在于尽量地解决了任何冲突。这一次我们把新婚的一夜放在瑞士的蒙特勒。进行拼凑修改的时候，我们正在那个地区。我的所谓“稍稍添加润色”就是把乔治写成个知识分子，永远准备着深入思考遇见的任何问题。结果却跟我估计的相反，并没有使文章有所改善。就这样重新打了字，小短文就寄给了一家杂志，过了惯常的一段时间之后，退稿了；接着寄给了另一家，这次采用了。但这个时间，我的父亲已经去世。小小的作品是他死后的一年出版的，还得了一个微不足道的文学奖，这大概会让米歇尔觉得好玩，同时也会让他很高兴。

我有时候自思自忖，在这篇《第一夜》中包含了多少生活中的实际成分。克老爷仿佛是利用了真实的小说家的特权，那就是以他自己的经历为根据，再在这里那里加上一些杜撰。无论是昔日里我行我素而又胆大妄为的贝尔特，还是更为复杂并且父母双亡的费尔南德，都与那个那么眷恋她母亲的新娘子毫不相似。我们在这里说的只是他们的第二次结婚旅行，它远远没有成功：两个刚刚认识的人，第一次在颠颠簸簸的火车包厢里亲密相处。而且米歇尔也不太可能为了娶费尔南德就抛弃他名正言顺的情妇。正相反，他在里尔孤孤单单地过了一冬才让他下定决心试探着再交一次桃花运。披露个人的隐私更多的是用情意绵绵而又理智清醒的感官快意的语气进行的，其含义本来就暧昧不清，生活就是如此，很可能换个样子会更好。Mutatis mutandis[①]，我们就可以想象，意大利或法国海岸的一个大旅馆，十一月初生意还未见兴隆，克先生在吸烟室或临海的稍许潮湿的露台上度过了漫长的半个钟头。在那里，由于节约，只有几盏白瓷大灯泡的灯，在这个时分点亮了，装饰着豪华旅店的露台。他的本性一向如此，更喜欢爬楼梯而不喜欢乘电梯。他踏上用铜条箍着的红地毯，这路通到意大利人所说的高贵的楼层，他用不太快也不太慢的速度走上楼，心里思忖着这一切会有什么结局。

在漫长的婚前旅游以后，这次结婚旅行持续了差不多一千天。米歇尔和费尔南德倒更像流浪者而不是真正的旅客。他们不知疲倦地作着季节性的迁徙，重回一个个中意的景点和旅店。他们的行程包括里维埃拉海湾和瑞士，意大利的湖泊，威尼托的潟湖，奥地利，还游历了一点波希米亚的水城。然后拐到德国去，这几乎是弗罗兰的女学生的祖国。巴黎只是顺便看了看，为了去买东西或欣赏一出流行的戏剧。西班牙对他们没有吸引力，克先生对它的印象只停留在缪塞曾歌颂过的巴塞罗那的安达卢西亚女人。他们在圣塞巴斯蒂安的乡间小住一时，那是因为费尔南德想到卢尔德去旅行，这样，他们的注意力又转到了比利牛斯山的那一面。从前米歇尔曾跟贝尔特一起到匈牙利和乌克兰去旅游过，如今就不在他们的行程之内了。英国也一样，对他来说，那是另外一个女人的领地，而他目前疯狂地爱着这一个。费尔南德不惯乘船，根本谈不到把她拖到荷兰或丹麦的那些岛屿上去，从前，他曾围绕着那些岛屿泛舟游玩。米歇尔和费尔南德时而梦想着到加里曼丹的达雅克人中间去旅行，他们后

---

① 拉丁文，已做必要修改。

来也没有去成。但这梦想在米歇尔的某些诗句中留下了痕迹，那些诗无限向往地提到粉红色的朱鹭和银白的沙滩。

他们的目的首先是生活中的舒适熨贴。名胜和有名的建筑当然重要，但还不如温暖的冬季和爽快的夏季这样宜人的气候，以及一九〇〇年的欧洲还保存很多的秀美的景致更能吸引他们。另外，对于他们也像对于他们同时代的人们一样，旅馆是个魔术般神秘的地方，同时具有东方故事中的车马店、封建领主的驿站和王孙公子的宫殿性质。他们在餐厅里仔细品味着领班和酒务总管那职业的殷勤谄媚以及茨冈人即席创作的粗犷野性的音乐。在意大利的一个古老城市不干不净的小胡同里闲逛了一天之后，在尼斯摩肩接踵赶来看花的人群中挤了一天之后，他们回到达豪的旅馆里，那是巴伐利亚的一个可爱的小城，画家钟爱的地方，以收获葡萄的节日而著名。这旅馆是个享有特权的乐土，仿佛远离了尘世，在那里又豪华又清静，一切都无懈可击。门房对他们毕恭毕敬，经理对他们彬彬有礼。连巴尔纳布特，马塞尔·普鲁斯特，以及托马斯·曼，阿诺德·本涅特以及亨利·詹姆斯笔下的人物都不会有另外的想法和感觉。

不过，无论是米歇尔还是费尔南德都不属于在外国旅店的登记簿上时常出现的风头十足的阶层。当然，米歇尔并不讨厌亲吻住在二楼套房的大公夫人的手，这位夫人还对费尔南德显出亲热模样。他从萨酾酒家的一个雅座里出来时，劈头碰见大公从另一个雅座里出来，一边一个交际花，还拿着两瓶酒，他觉得滑稽可笑。腰缠百万的美国佬跟在导游身后穿过大厅，是些消闲解闷的人物。跟经纪人一起用晚餐的萨拉·伯恩哈特[①]更使这大酒店增添了一层妩媚。

---

① Sarah Bernhart（1844—1923），法国女演员。

不过，说来说去萨拉·伯恩哈特只在舞台上才有趣。人们并不那么热衷于结识美国人。克先生总喜欢说一句颇有些不敬意味的谚语：“俄国的亲王和意大利的侯爵都只不过是些小伙计。”甚至某些人情来往并不要求如他所说的卑躬屈节，他也认为大可不必：太浪费时间。

更何况，他们不是拿着介绍信的人，心急火燎地要看科罗纳亲王或罗斯柴尔德侯爵的收藏品。这些东西对公众并不完全开放，所以看到过是很有面子的。博物馆里的展品对于他们就足够了，甚至都超过了他们的胃口。他们参观画廊和展台，希望在那里间或找到一件立刻能吸引或触动他们的美丽物品。但是打着两个星号的杰作一下子没有吸引他们的注意，又没有机会让他们再看第二眼。这种疏忽洒脱并不能让他们成为目光犀利的业余收藏家，但至少使他们避免迷恋进而订购那些纯粹时髦的东西。米歇尔觉得美术沙龙中绝大多数的绘画都很可笑，实际情况也确实如此。他们把情节看得很重，过去的悲剧通过对比，让他们觉得还算活在一个十分安全的时代。熟知德国历史的费尔南德向米歇尔提起一六一八年扔出窗外事件的人物（约翰·马萨里克[1]在一九四八年的扔出窗外事件还没有到来）：民团的兵丁或服从新教政党的丘八们把两个天主教的总督从赫拉斯希安城堡的窗户里扔了出去，他们从七十尺的高处掉到护城河里。领着一大帮游客的一个导游听得懂法语，他向夫人指出她把那面墙弄错了。这么说，必是他们把热情用错了地方。他们哈哈大笑起来。这一天，他们感觉到，重要的历史典故也像其他一切事一样，只要信其有，就算是有了。

---

① Jan Masaryk（1886—1948），第二次世界大战中，在捷克斯洛伐克流亡政府中任外交部长，战后回国，继续任外交部长。1948 年留任外交部长，不久跳楼身亡（死因不明）。

在那人们也许说是“遗失的时代”的芸芸众生中，我知道是什么让我对这两个迷路的人特别眷恋。在这个世界上人人都想出人头地，而他们俩不这样想。我看到了他们文化内容上的空虚，然而他们的文化却让他们远远超出了众人：米歇尔很快地发现，大公的夫人什么书都没有读过。他这个人对所有遇到的动物都会建立起感情的联系，对打猎就深恶痛绝；对马匹特别痛惜，就不那么热衷于赛马。他在跑马大奖赛中像在其他一切事情中一样，也看到了弄虚作假和虚张声势。费尔南德对时髦饭店里的生熟菜肴和烹调方法都不感兴趣，宁愿吃个橘子加一杯清水作为晚餐。克先生有荷马史诗中人物那般的食量，却只喜欢最简单的菜肴：对于他来说，最最讲究的就是在拉律酒家要一份煮得恰到好处的带壳鸡蛋或是一份美味的煮牛肉。流浪汉常去的小酒店，楼梯上缺个台阶的地下室酒吧，一进门就遇到扑面而来的乱七八糟的喧闹声（简直像来了一群猪！），这些地方只能让他高兴半个钟头。他品尝着布律昂[①]那苦涩的天赋和里克蒂斯[②]那悲怆情调的俗语，同时也感到了下层人物对于上流社会的效颦。在这个寻欢作乐的社会圈子里，只有一件嗜好吸引着他：赌钱。不过费尔南德暂时把他身上的这鬼魅驱逐了。只是到了她死后他才再去过瘾。

时而有隆隆的雷声，预示着一场暴风雨，但暴风雨始终没有来，或是远处有闪电，极为遥远，人们感到不可能有暴风骤雨。一八九九年开始，布尔战争[③]就激起了法国人对英国的敌

① Aristide Bruant（1851—1925），法国通俗歌唱家，常在蒙马特尔的酒吧里歌唱他自己编写的歌曲。他的歌反映了城乡结合地带普通百姓的日常生活。

② Jehan Rictus（1867—1933），法国诗人，他的作品反映了穷苦人民的痛苦和希望。诗中常用俚俗语言。

③ 又称英布战争或南非战争。布尔人是居住在南非的荷兰人后裔。当地矿藏丰富。英国于一八九九年发动战争，迫使布尔人屈服，成立了受英国控制的南非联邦。

视。有人问米歇尔是站在克鲁格一边还是英国人一边，他回答道他站在卡弗尔[①]的人民一边。一九〇〇年，夫妻两个像大家一样，专心地阅读报纸上成篇累牍的报道，但米歇尔特别记住了那些外国使馆的夫人们，两手撩起长裙子，迈开大步，争先恐后地跑到圆明园去抢夺财宝。意大利的亨伯特一世被杀只不过是恐怖主义的一个花边新闻。巴尔干和马其顿有人在各处放火暴动只不过像烧了几把稻草。有时候，一份新闻简报，隐约提到教廷与国家之间的龃龉，又能重新激起米歇尔对这类问题的注意。出于对公正的热爱，他站在德雷福斯[②]一边；由于对自由的热爱，他站在受迫害的各个社团一边。在前一种情况下，他不自诩能够衡量多年以来在法国积累的招摇撞骗和仗势欺人有多么大的分量；而在后一种情况下，他谴责宗教的错误和纰漏，决不把自己和宗教牵扯在一起。他的愤世嫉俗跟他为个人的事发火都是短暂的。他陪着一个围着毛皮长围巾戴着面纱的夫人在欧洲游历，这欧洲仍然是个美丽的花园，在这里享有特权的人可以随心所欲地漫步，身份证首先是用来到邮局去取存局候领的信件。他暗自思忖，终会有一天，战争一定要爆发，那时，大家就会披甲执锐，接着就会把一切豪华付之一炬。他憎恨资本主义制度，但如果资本主义日暮途穷的时刻来临的话，那也一定会在他身后。英国就像英格兰银行一样，坚实雄厚。世上也永远会有一个法国。德意志帝国几乎

① 非洲东南部沿海一带说班图语的部分居民。

② Alfred Dreyfus（1859—1935），法国海军部的一个军官，出身于阿尔萨斯的犹太人家庭。1894 年被人诬告叛国，被捕入狱。法国进步人士左拉等不顾危险，仗义执言，形成进步和反动的大论争，称为德雷福斯事件。直至 1898 年，德雷福斯才得以平反昭雪。

刚刚新建，就像一个金属做成色彩艳丽的玩具，人们还想象不到它那么快就会解体。奥匈帝国恰恰因为老朽不堪而更显得威严庄重。米歇尔不是不知道，表面上和蔼可亲的老皇帝（“可怜的老人！他受了多少苦啊！”）当年被人叫做“吊死鬼的国王”。但是在匈牙利和伦巴第的那遥远的历史中，如何才能分得清孰是孰非呢？他和贝尔特约略觉得沙俄帝国仿佛像个莫卧尔或者达伊尔的君主国家，差不多远在东方的天涯海角。广大的基督教精神冻结在比西方古老得多的仪式底下。一片俄国农民的海，一片几乎尚未开垦的处女地，在基辅天主教堂的墓地中已经成了木乃伊的圣徒，以及高耸云端的圆形屋顶上的黄金十字架，华丽的牧首冠冕，熠熠生辉的珐琅器皿。对于这些东西，一个像托尔斯泰那样信奉上帝的老人和一小群无政府主义者又能如何对抗呢？人们对米歇尔说，这三个帝国的政治结构将来还不如他定做要穿二十年的衣服支持得长久，他还表示奇怪哩。

在这三年里，米歇尔拍了好几百张照片。其中有许多张有立体的效果，像纸莎草似的卷成长长的纸卷，当我打开时，照片的两端都合在一起了。是老百姓的生活图景：农夫用鞭子在赶驴，农妇在头上顶着一罐子水，小姑娘们围成圆圈跳着意大利的皮亚泽塔斯舞或巴伐利亚的法兰多莱斯舞。他当初大概想过，某一天的某个时辰这样拍下来的建筑物，会让他想起来在过去的一天中发生的一件快乐的小事，可是他那时想错了，他仿佛从来不肯浪费时间再看一眼这些很快就褪了色的旧照片。照片上那淡淡的墨痕仿佛留下了让人不安的忧郁的印记，好像都是在红外线下拍的，据说这样才能清楚地显现出幽灵的模样。威尼斯仿佛提前显出了病象，而如今就因为这种病成了一座死城。那里的宫殿和教堂好像都腐坏不堪，一碰就碎。各条运河虽然还不像如今那么淤积阻塞，河水也已呈现出病态的昏黄颜色，就像巴雷斯[①]在这个时期所比喻的，从蛋白石上发出不祥的闪光。科姆湖的上空弥漫着一片暴雨前的乌黑色。德累斯顿和维尔茨堡的宫殿被他这个业余摄影家照得有点歪斜，好像已被未来的大轰炸震得摇摇欲坠。这个并没有什么先见之明的过客所拍摄的东西，在事过之后才仿佛揭示出世界的病害，而大家在当时还没有发现其严重性。

有时候，有一个人或生物在场就能让美丽的背景活跃起来。那一张照片是小狗特里埃，它年纪还小，浑身的毛皮平滑发亮，是在特里尔买的，所以起名叫特里埃。它那弯弯的腿沿着它故乡那罗马建筑的废墟快步小跑着。有一张照片里它被一条长绳子拴在圣马克宫堡前面的一个青铜旗杆上，眼巴巴地审视着它主人的大衣、手杖和望远镜的套子，那简直是一九〇〇年旅客的一幅写生画。而这一张是费尔南德，她俯身望着玛林巴德水泉，一只手拿着一束花和一把小阳伞，另一只手端着一杯水，妩媚诱人地噘起嘴来品尝。一张是费尔南德穿着旅行服装，亭亭玉立。她的裙子比通常的稍短一些，露出来高筒皮靴，站在不知是哪一个冬季休养站的雪地里。还有一张是费尔南德穿着城里的服装，手里拿着须臾不离的小阳伞，迈着碎步走在一片山石荦确的地方。至于她的继子，弓着腰高高地端坐在一块仿佛是白云石的岩层上，真像个北欧传说中的年轻精怪。有一张里费尔南德穿着白上衣和浅色的裙子，头戴她非常喜欢的用缎带缀成帽壳的大帽子，手里拿着一本书，在某一个浓荫密布的日耳曼森林里散步，显然，她还高声地朗读着诗句。这样的一个形象仿佛证明了米歇尔至少在那几年断断续续享受到的一种幸福，但随后

① Maurice Barrès（1862—1923），法国政治家、作家。

那回忆也像这些照片一样褪色淡化了。一张快照是在科西嘉一个旅店的房间里拍的。蹩脚的带花糊壁纸，一张梳妆台，人们猜测一定是缺了脚的。一个少妇坐在镜子前面，正往盘绕的发髻上插最后一个发夹子。她的一双手臂抬了起来，白色晨衣的宽大袖子滑落到肩膀上。她的面容只在镜中反射出来，看不清楚，仅能猜测其模样。在她身旁的一个独脚小桌子上，放着旅行用的小炉子和小水壶。我估计这样的场面对米歇尔来说如果不是总括了温柔亲密的早晨景象，他就决不会费事把它固定在照片上。在那三年中间，大概有许多这样的早晨。

但是，在他们轻松宽裕的生活里出现了看不见的裂痕，就像在绸缎衣物上经常磨损的地方一样。费尔南德似乎也像当时许多妇女一样，心灵里总潜伏着一个受了创伤浑身抽搐的赫达·卡布莱。那位喜好音乐的男爵的影子有时会在地平线上重新升起。矛盾尖锐的日子，米歇尔就出门作长时间的散步，回来时就平静了：他不是那种要把争论拖得很长的人。我在以前曾说过他为丢失了一枚戒指和化妆品很快褪色而发火生气的事。费尔南德是个近视眼，自己还说她乐得如此（“远远望去，看不见细枝末节时，一切都显得十分美丽”），然而去看戏或在别处却使用一副单柄眼镜。这个目中无人的工具把弱视变成了自命不凡。这种眼镜她收藏了一大批，有金的，银的，我很不好意思地承认还有玳瑁的和象牙的。眼镜上的弹簧咔咔作响，就像有人粗鲁无礼地哗哗摇折扇一样，引得米歇尔勃然大怒。

费尔南德总提不起精神，这限制了她丈夫，只能去作一些微不足道的消闲漫步。她上了些马术课，但这并没有医治好她对马的恐惧。他们有一条小游艇，来取代米歇尔和贝尔特当初的两条游艇贝里号和邦希号，费尔南德给游艇选择了另外一个日耳曼传说中的女神的名字：瓦尔基里（也许这船原来的主人，喜欢瓦格纳音乐的塔桑古伯爵夫人给它起了这个名字，而当时也许是因为喜欢这个名字才买了这条船）。但她身上却一点也没有女英雄布伦希尔德的豪气。他们乘着一条结结实实的大邮轮从科西嘉岛回来，瓦尔基里号以及船长和两个水手磨磨蹭蹭地沿着意大利海岸跟着他们。三个海上的老油子在每个港口都留连一阵，那里有他们的亲戚、朋友或是他们中意的姑娘。他们发来了表示遗憾的电报："Tempo cattivismo. Navigare impossible."[①]米歇尔对此只是付之一笑，但费尔南德却批评增加了无用的花费。有时候，在热那亚，在里窝那，他们也会找到他们的小船，克先生禁不住诱惑，很想享受一下在被海水摇荡的船舱里度过一夜的乐趣。但事后又很后悔。把一个女人独自丢在意大利旅馆的一个房间里，给她唯一的安慰就是洛蒂[②]的一本小说，这不是他的天性。他大清早就去找她，而且在里索吉芒托的某个广场上耽搁一会儿，为的是给她买一束鲜花。

在德国的拜罗伊特，他们的分歧扩大了。费尔南德在那里，沐浴在德国的诗情画意和传说的气氛中。克先生喜欢瓦格纳，一直可以听他的《洛林格林》，包括《汤豪舍》：人们曾听到过他轻轻地唱里面的插曲《星光之歌》。一超过这一点，未来派的音乐对他来说只不过是长时间的噪音。扮演特里斯坦的演员又矮又胖，演伊索尔德的女人肥硕臃肿，演日耳曼战神奥丁的演员胡子八叉，已到了耄耋之年，莱茵河畔的姑娘们就像村子里的一群胖大娘，这些东西还都能引起他的兴致，只不过食品部摆出来了点心，幕间休息时观众从衣兜里掏出了零食，他们身上的制服和头上的帽

① 意大利文，天气恶劣，不能航行。

② Pierre Loti（1850—1923），法国小说家。毕业于航海学校，在海上航行多年，其作品多描写航行中的奇遇。

子跟舞台上粗俗的道具行头一样的戏剧化，柏林人的装束局促保守，维也纳人又刻意打扮得疏懒洒脱，这些东西稍稍扫了他的兴。他毫无同情之意地打量着从巴黎来给新音乐鼓掌叫好的那些绅士淑女。韦尔杜兰夫人就在那里，还带着她那一小帮子人（“我们是一伙的！我们是一伙的！”），巴黎女人尖细的嗓子在德语重浊的声音中显得十分突出。他丢下费尔南德，让她独自去欣赏歌唱大师们演出的第三幕。一个人回到旅馆，拉着小狗特里埃一起去作晚上的散步。已点亮的煤气街灯瞧着这名副其实的友好而又玩世不恭的一对儿：一个人和他的一条狗。这两个生物真挚地彼此联系在一起，他们有各自多多少少受点限制的活动场所，有各自由祖先传下来的嗜好，各自的经历，各自的怪癖，也有骂人一顿有时是咬人一口的欲望。

费尔南德几个姐姐的来信让她更为准确地看到她自己的闲适生活。让娜的信只限于一张短笺，谈谈天气，有时写到在她们这个圈子里某人结婚了，某人得病了，某人去世了。让娜从来不提她自己生活的详细情况，她断定任何人对这都不感兴趣。米歇尔曾建议她由他本人和费尔南德陪着到卢尔德去朝圣：他觉得让娜的这种怪病也许可以在进香朝圣那种激昂的气氛并且在圣水盘里受洗而得到救治。他不否认天主可能插手来帮忙，他什么都不否认。不过，每一次让娜都冷漠地回答道，奇迹不是为她而设的。

佐埃的信就浸透了一股敦厚的悲悯之情。她无限怀恋地提到当她的长子费尔南举行坚振礼时，她家老爷作的那感人肺腑的祝辞，仿佛只应天上才有的花束，宗教唱诗班的小姑娘们唱的圣歌，最后还有附近一个修道院的修女们摆出的一顿丰盛的宴席。佐埃在信里没有提她无法要求不在那座不敬上帝的城堡里吃饭，更没有要求不去塞西尔的侄女们开的饭店。如果她那时早知道再过两年她就死了，而且她的儿子费尔南才十五岁就发高烧早逝，她会怎么想呢？我估计她会毫无惊诧反抗地接受上帝的意志。她在死前不久，把她名下的那份财产都留给了她的丈夫。无论怎样，她还坚持要向他证明对他的信任。她的最后遗言也许受了玛蒂尔德遗言的启发，也许是为了掩人耳目。她这个圣女浑身上下浸透了她母亲、弗罗兰、英国贵妇们以及教区神甫们对她的教导，在遗言中谦卑地向于贝尔和她的三个孩子道歉，请他们原谅她给他们带来的悲哀，并请求他们忠实于家族的优良精神。于贝尔最后娶了塞西尔，发挥出了这种精神。

一九〇二年一月份，米歇尔和费尔南德在加莱海峡省参加了另外一个圣女的葬礼，米歇尔的妹妹玛丽在一个公园散步时被猎苑的看守意外打死了，他的枪走了火，子弹穿透了她的心脏。有关玛丽的生活和她的死亡，我将来还要再说。在这里我只说明，她在肉体和精神上都比佐埃坚强，女性的尊严也不像佐埃那样受到伤害。出自天性，出自一种一切生灵都有的热诚，也受到基督教文化的古老法兰西那种严格精神纪律的支持，她完成了向上帝飞升的过程。在整个的葬礼上，米歇尔大概比差不多三年以前给某人举办周年忌日的弥撒时还要痛苦。玛丽比他小十五岁，除了他父亲之外，显然是他唯一又尊重又热爱的人。但是北方的冬天让米歇尔和费尔南德难以忍受，深邃悠远的天空和碧蓝的海浪很快就把他们吸引到意大利的芒通和博尔迪盖雷去了。

他跟续弦太太一起组织的家庭生活花费很大，正像他在事先约略料到的那样。诺埃米老夫人终生紧紧抓住财务不放手，不肯再多加任何的慷慨大度，而米歇尔就跟在贝尔特那个时代一样，犹豫着不敢贸然举债。传统的解决办法就是夏天到乡下去。年老的寡母在她的宅子里闭门幽居，忙着运筹策划或是击溃拆穿客厅里的阴谋诡计，一点也不会妨碍他们。米歇尔不会错过到菲城去的机会，把费尔南德介绍给贝尔特的兄弟姐妹，他跟这些人已有二十年的交情。我曾看到一张他去看赛马的照片，他戴着高筒礼帽，跟戴圆顶礼帽的那家的几位先生并肩在一起，他在一家乡间的小饭店门口稍停片刻，那正是拉力赛或地方赛马拐弯的地方。我不太想那些骑马的人，倒更多地想起几匹已经驯服的骏马，它们的名字我已忘记了。有一张费尔南德在同一个时期拍的，背景是黑山的马厩，她穿着女式的骑装，尽量稳当地骑在一匹美丽的母马背上。马夫阿希尔拉着长长的笼头控制着那马，一面笑着好让夫人放心。

但这样的游玩和骑马练习很快就停止了。即便是在九月温煦的阳光底下，徒步在花园的草坪和松林里转一圈，费尔南德也觉得太累。她就像远洋轮船甲板上的一位女客似的，躺在露台边上的一把长椅上，从那里，越过缓缓起伏的浅绿色的原野眺望着，或是想象着望见远处一抹灰色的海水。大块的云朵从整个的天空飘过，就像画家们在这个时期所作的有关十七世纪的战争图画一般。费尔南德把一方小毯子盖在身上，漫不经心地打开一本书，抚摸一下蜷卧在脚边的小狗特里埃。我的面庞开始显现在时间的屏幕上。

附记

在行文中我已标明，为了写这本书，我使用了我所掌握的一些文件和口头的传闻。我还利用了某几部有名的家谱。有关大福雷马尔城堡，我引证了叙述地方掌故的报章杂志上的文章。有时我会在随处记录下来一些由于出处不同而显示的彼此矛盾之处，尽管问题不大。遇到这种情况，我从来不去订正真伪，这很困难，也经常做不到。我的某一位叔祖名字是让-路易，还是让-巴蒂斯特；或者说某一块地产是在我说的那个日期转手卖出的，还是在十年以后，这些对我来说并不那么重要，读者更无所谓。我们在这里所说的只不过是历史上微不足道的小事。

有关皮尔麦茨家的两兄弟，奥克塔夫和费尔南又称雷莫的那些篇章，严格地以奥克塔夫本人写的文字，特别是他写的《雷莫》为依据，这本书整个是写他兄弟的生和死。《雷莫》中引用了大量他兄弟的信件和笔记。这些东西是他兄弟遗留下来的，奥克塔夫曾说过准备出版，但始终未得付梓，所以就更加珍贵。我还参考了在奥克塔夫通信录中未曾出版的几封信件，是保存在布鲁塞尔国立图书馆里的，这些信件在我们已知的有关通信双方的资料之外，还能稍许提供一些新东西。特别是有一封奥克塔夫给他的同学菲里西安·罗普斯的信，后来在一九〇五年七月一日的《法兰西信使报》上刊出的。这信揭示了作家的文学活动，也部分地解释了他在文学活动中精神上的局限性，以及一些时常令人困惑的委婉隐讳的语言。

王家图书馆馆长罗歇·普鲁谢先生给我寄来了他开列的一份长长的有关奥克塔夫·皮尔麦茨的文章篇目，他要在他那纪念碑式的著作《比利时的法语作家作品名录》的下一卷中发表，内容丰富，简直让人目不暇接。这似乎表明了这位在法国几乎并不为人所知的作家在他的故国却受到精心的研究。其实，这都算不得什么。他同时代的人，工程师、地质学家和文学家雅姆·旺德吕南后来当上了布鲁塞尔大学的校长，这人曾留下来了一份关于奥克塔夫的叙述，让人惊异同时也生动感人。除了这个以外，有关奥克塔夫·皮尔麦茨的文章以及论到他的生活和作品的影射评论几乎总是让人失望。绝大多数的这类文字都弥漫着一种差不多只出自感情的亲切气息，人们可以很方便地把这类感情给予那些有名的业余文学家，他们在身后留下了一部描写齐楚的装束和闲适生活的作品，让人感觉到他们那饶有诗意或富于浪漫气息的人格素质。但是从奥克塔夫几部书中的语调，特别是从他的书信中那些披露心迹的文字看来，显然他本人也更喜欢沉浸在溯源怀旧这么一种慵怠懒散的氛围当中。我觉得，如果人们用另外一种眼光来看他，他会在人文价值方面更为受益。

一九五二年，当地博学多闻的保尔·尚帕涅出版了一部作品《奥克塔夫·皮尔麦茨新探》，已被收在比利时法语及法语文学院的名录中，还有这位作家针对同一个主题的小册子，也都是用名人传记的口气撰写的，有点不同于流行的观点，保持了诗人和他家里的人们愿意给予自己以及他们所生活的一八八三年左右的原来面貌。只有七八行涉及费尔南-雷莫，这个自由主义的，与全家的想法都格格不入的倔强的兄弟，一八七二年雷莫在列日饮弹身亡，囊括了他的悲剧生涯，虽然这个事件显然让奥克塔夫受到震惊，但书中却只有一行略微提及。保尔·尚帕涅的书收罗了许多生活中大有深意的细微小事，对我来说十分珍贵，因为里面摘录了许多未曾出版的通信和日记。例如，我在里面找到了有关德里雍家的几位姐妹，也就是我的外祖母和几个外姨祖母的新资料。这书还引用了我的外祖父阿尔蒂尔·德·卡蒂埃·德·马尔西安给他的姨表兄弟奥克塔夫的信，我也从中摘录了几行。不过我指出了保尔·尚帕涅书中相当数量程度不等的一些错误：我的外曾祖父约瑟夫·德·卡蒂埃·德·马尔西安并不是男爵；我的外祖母玛蒂尔德并没有生十四个孩子；雷莫的出生年代不是一八四八，而是一八四三。显然，这只不过是错了一个字，但却让这个不到三十岁就死了的年轻人的生命又减少了五年，这样一来，也减轻了他在他哥哥身旁的地位，这就让人奇怪了。我十分清楚，撰写家史是个平铺直叙并无成见的行当，这样的错误几乎是不可避免的，给与我们关系很近但时间已很遥远的人写传记也是一样。恐怕我自己的作品也提供了这样的例子。的确可以说，有关奥克塔夫和他弟弟的明确可信的传记还没有写出来，也许永远也不会写出来。每个人的想法不同，感觉不同，所处的时代也不同，于是就很难估量这两个人物的正确价值。况且，有许多必不可少的资料也无可挽回地散失了。

我特别要在这里提到几位帮助我的人，他们给我寄来了信件、照片、珍贵的家谱或是很能说明问题的逸事汇集，有的为我找到了极难搜寻的书籍。如果没有让·埃克胡先生，特别是格安先生的友善帮助，这本书中的几个篇章肯定就写不出来。我也要感谢住在布鲁日的德·莱盖尔夫人，住在列日的彼埃尔·汉格先生，列日博物馆馆长约瑟夫·菲利普先生，还有比利时驻伦敦的大使罗贝尔·罗斯柴尔德先生以及法国驻联合国的前大使让·肖韦尔先生，他们都不吝赐教，给他们以前的同事埃米尔·德·卡蒂埃·德·马尔西安的形象和他的侄子——牺牲于一九四四年抵抗运动中的让——的形象加以补充和润色。我也要热诚地感谢让娜·卡拉雍夫人，她总准备着为我提供一些历史事件和人物让我可以用来作这个主题的背景。例如兄弟俩的朋友德西雷·邦塞于十二月二日被流放的事。从巴黎公社的历史专家路易·格林贝尔那里，我还得到了有关雷莫的另一个朋友，古斯塔夫·弗鲁朗的一些文字资料，是从雨果的笔记中摘录的，说他是“红色的骑士，忠实勇敢但有些疯狂”，他于一八七一年四月在夏杜被凡尔赛的军人们枪毙了。

最后，我还要感谢马克·卡萨迪先生，他为我核实了费尔南德曾引证的“弗耶先生”。特别感谢苏阿雷的杜卡尔姆-纪拉夫人，她研究过地方的档案之后告诉我，那个年轻的疯子，我的舅舅加斯东，我曾经说过许多有关他的让家里气氛阴郁的轶事，他并不像人们所认为的那样，死在苏阿雷，而是在布拉邦特地区赫尔市的一个收容院里。四十来年以后，他的小弟弟奥克塔夫也在那个收容院了其余生。一八八七年加斯东被运回了苏阿雷，葬在家族的墓地里。费尔南德当时只有十六岁。那么，她对米歇尔·德·克先生说的关于那个年轻人的故事，说他的死是因为大概挨了他父亲一顿打之后发起了高烧，就是不可靠的了。也许是费尔南德杜撰出了这个夸张的情节，说不定为的就是不要提起赫尔的那个疯人院；也许是米歇尔自己在无意当中把那些记忆中的旧事弄混了。

在给予我协助而且跟我本人或我的外祖父家有或远或近的亲戚关系的人当中，我首先要感谢里塔·芒戴巴赫夫人，我的“表兄让”的遗孀，如果我没有弄错的话，在阿尔蒂尔和玛蒂尔德以及他们的同辈所遗下的子孙中间，除了我之外她是唯一还活着的人。还要感谢德里雍·杜·夏布瓦男爵；也出身于德里雍家的诺尔贝·德·普克维尔伯爵夫人；赫尔曼·皮尔麦茨男爵夫人；卡蒂埃·德·依万斯男爵；皮托尔男爵；那慕尔的阿·梅里奥先生；克洛德·德·布里埃伯爵夫人；特别是出身于外祖家的表兄雷蒙·戴尔沃先生，他告诉了我许多关于他的祖父母和曾祖父母的生活细节，又对我推心置腹地提起他们那些生活的心理氛围，还对我说了这些话：

“即便是历史的真实没有得到尊重，也没有人能够埋怨您。何况反映真实不是一个能够轻易完成的任务，因为在这个彼此相互影响，感情多有矛盾而又布满瑕疵的社会圈子里，连我都不敢确定什么是因，什么是果。”

上面这些见解本意在于让所有的传记作者，所有的历史学家以及所有的小说家放心，他们要探索的真实繁琐驳杂，很不稳定，扑朔迷离，有时候让人伤心，乍一看甚至颇为丑陋，但是对于这些如果不经常抱有同情之心，不永远怀有悲悯之情，那就不能接近人类这种孱弱的生灵。

【法】玛格丽特·尤瑟纳尔———著
Marguerite Yourcenar

Archives du Nord

北方档案

Le labyrinthe du monde Ⅱ

世界迷宫 Ⅱ

陈筱卿———译

上海译文出版社

目 录

第一部分

高尚的堤丢斯[1]之子，你为何打探我的家世？
人种纷繁复杂，犹如树叶之多种多样。

《伊利昂纪》第六卷

① Tydeus，希腊神话中的英雄，希腊埃托利亚地区卡吕冬国王俄纽斯之子，特洛伊战争中的希腊英雄狄俄墨得斯之父。

蒙昧时代

在一部旨在与本书组成姐妹篇的作品中，我曾试着追溯“美好时代”的一对夫妇——我的父亲和母亲，然后，从他们再往上，去追溯在十九世纪的比利时安家落户的母系先辈，随后再稀稀落落地、粗线条地往上追溯到洛可可式的列日[①]，甚至追溯到中世纪。有这么一两次，通过努力地想象，我一下子想到不再在一个家族历史硬邦邦的绳索上停留，而试图跳跃到罗马时期或先罗马时期去。在这本书中，我想采用相反的办法，直接地从遥远的未经涉猎的地方出发，最后，逐渐缩小视野（但仍是精确的），更多地集中于人物身上，直写到十九世纪的里尔，直写到第二帝国时期的一个大资产者和一个坚定的女资产者——那对体面而不太和睦的夫妇，最后再写到我的那位老遭放逐的父亲，再写到一位小姑娘，她在一九〇三年到一九一二年之间，在法属佛兰德的一处丘陵学习生活。如果时间和精力允许的话，也许我将继续写到一九一四年，写到一九三九年，一直写到笔从我的手里滑落为止。大家等着瞧吧。

这个家族，或者说这些家族，交织在一起，组成了我的父系家世，我将试着超脱地去处理他们，把他们放在他们自己的位置上——对于无限的时间而言，他们的位置是微不足道的。这些已不复存在的人，这些尘埃，让我们跨过他们，直达尚与他们有关的那个时代吧。对于背景时代，我们也同样处置：关于那个车站广场，那个里尔的城堡，或者那个巴约勒的钟楼，那条“贵族派头”的街道，以及人们在反映当地奇观异景的古旧明信片上所见到的那座古堡和那个公园，我们把它们全丢在身后。我们就算是从先前属于西属荷兰的这个北方省份之一角起飞，然后，往上飞到勃艮第公爵、佛兰德伯爵、纽斯特里亚和比利时高卢王国的一小块土地，在它还没有居民、默默无闻的那个时代，让我们在它的上空飞翔吧。

“在混沌未开之时，”拉辛[②]的那个被告在其喜剧性辩护词中煞有介事地说道。“律师，啊，我们直接说到大洪水[③]时代吧！”法官憋住一个哈欠叫嚷道。但这里确实是牵涉到洪水，不是指神话传说中淹没了地球的那个大洪水，甚至也不是民间传说中说得神乎其神的任何地方的大水灾，而是那些记不清年代的大海潮，它们在几百年中，把从灰鼻角到泽兰各岛的所有海岸覆盖，然后退去，使之裸露。大海的这类吞噬最早是始自人类出现之前。长长的向东倾斜的沙丘随后在史前时期重又坍塌了，继而在罗马时代将要结束时再次塌陷。从阿拉斯到伊普尔平原，不顾我们的国境线，一直在向根特和布鲁日延伸；当你走在它上面时，你会觉得是在大海昨天退去明日可能会复返的凹地上行走。里尔、昂赞和朗斯附近，在被因过度开采而留下的腐殖土下，堆积着化石林，那是气候和季节更加记不清年代的另一个循环的地质的遗留物。从马洛莱班到埃克吕斯，由大海和风所堆积的沙丘绵延起伏，但今天已遭破坏，一些漂亮的别墅、生

---

① Liège，比利时东部省份。

② Jean Racine（1639—1699），法国诗人。

③《圣经》上所说的挪亚时代的洪水。

意红火的赌场、精品屋或劣质品店，外加一些军事用地耸立其上，这一大堆乱七八糟的东西再过一万年将与大海缓缓侵蚀成沙的有机和无机物混在一起，难分彼此。

在另外一些人们可能会称之为丘陵的山峦中，有一座卡塞尔山，北边与四座山脉相连接，即佛兰德山脉中的猫山、卡迈尔山、红山以及我更感亲切的黑山——儿时我就在那儿生活过。它们突兀在这片低洼的土地上，山上的砂岩、细沙和黏土本身就是由沉积物变成的，新的海潮又把山石侵蚀成今天这样的水平地貌，它们那不太高的山脊就是见证。它们起始于泰晤士河流域向荷兰延伸的时期，那时候，连接欧洲大陆与即将变成英国的部分的脐带尚未被剪断。从另外一些意义上说，它们也是见证。围绕着它们的平原被中世纪的僧侣和农民残酷无情地开垦了，但是，难以变为可耕地的高地却更多地保留着树木丛林。当然，卡塞尔山早就变成了秃山，被相邻的一个部落攻击，晚些时候又遭恺撒的大兵袭击的那个部落就在此建造难民营。定期的战争如同从前的海潮一样毁灭了它们。尤其是黑山，它得名于在一九一四年无聊的大屠杀之前便覆盖其上的那些深色的冷杉。炮弹改变了它的面貌，比摧毁我高祖父于一八二四年建造的城堡还要更加彻底。后来，树木逐渐地又长起来了，但是，却不再是杉树了，其他的一些树种接替了上来：类似我们看到的文艺复兴时期德国画家们的风景画背景中的那些黑色的冷杉不再占有得天独厚的地位了。想象破坏树林并想象未来有可能的造林都是枉然的。

但是，我们走得太快，我们在身不由己地把我们引到现在的那个斜坡上滑落。我们还是来观赏一下这片我们尚未扰乱的天地吧，这荒地间隔的数法里①长的森林，如今几乎是连绵不断，从葡萄牙延

① 法国古里，1 法里约合 4 公里。

伸至挪威，从沙丘延伸到未来的俄罗斯大草原。让我们在心中想象一下那片绿色的海洋吧，它并不是像我们大部分绘画描绘过的那样静止不动，而是在没被日历和钟表记叙的时、日、季的过程中移动着和变化着。让我们来看看那些在秋天变红的早落叶的树木以及在春季里摇动着它们尚蒙着薄薄一层褐色新针叶芽的冷杉吧。让我们沉浸在这片几乎没有人声、没有砍伐声的寂静之中吧，那里有的只是鸟儿的歌唱，或者是它们在发现天敌——鼬或松鼠——走近时发出的警报，有的只是既是捕食者又是被捕食者的无以计数的蚊虫的嗡嗡声、一头熊在树干缝中舔蜜的低吼声以及蜂群在护蜜时发出的嗡鸣声，或者是一只被恶狼撕咬的鹿的垂死哀鸣。

在水汪汪的沼泽地里，一只野鸭钻入水中，一只天鹅张开它那巨大的翅膀扑打着欲上蓝天；水蛇在苔藓上静悄悄地滑行，或在干树叶上发出沙沙声响；坚挺的草在沙丘高处迎着海风颤动着，那大海尚未被任何浓烟、任何燃油污染，也没有任何的帆船在它上面航行。有时候，在远海处，一条鲸鱼喷起一根高高的水柱，一群海豚在船的前方欢快地跳跃着，船上满载着女人、孩子、日用品和顺手抄上的鸭绒压脚被。那是一九一四年九月，我当时是同家人在一起，乘船假道英国返回没有遭到入侵的法兰西；但那个十一岁的女孩已经模模糊糊地感觉到这种动物的欢愉是属于一个比人折磨人的那个世界更加纯洁、更加神圣的世界的。

我们的话题又转回到人类。让我们镇静下来吧，让我们同天穹中那美丽的星球——那始终在旋转的地球一起转动吧。太阳在烘烤着那薄薄的活泛的地壳，让蓓蕾绽开，让腐尸发酵，在从土壤中汲取水汽，然后再把它蒸发掉。随后，一层层的雾气遮住了种种色彩，压抑住了嘈杂声，用它那独一无二的灰色厚帘布遮盖住陆上平原和海中浪涛。雾去雨来，拍打着无数的树叶，落入土中，被树根汲取；

狂风吹弯幼树，刮倒树干，呼啸而过，横扫一切；最后，又恢复了寂静无声，茫茫一片雪野一望无际，除了鸟兽的蹄、爪印迹，别无任何痕迹。月夜，有光影在移动，无须一个诗人或画家去观赏，也无须一个先知知晓某一天，一些各种各样的硬壳昆虫会闯到那上面去。而当月光不太明亮时，星星便在闪烁，它们几乎像今天那样各就其位，但相互间并未被我们连接成想象的那种正方形、多角形或三角形，没有被命名为什么神仙和猛兽的星座。

但是，几乎在各处都已经有了人了。但人还是星星点点、偷偷摸摸的，有时候被附近那些冰川的最后移动所侵扰，他们在这个没有洞穴、没有岩石的土地上没有留下多少痕迹。他们是捕食王，捕食动物，砍伐树木，设网埋桩；他们捕捉大候鸟，晒干冬贮；他们是建筑师，用树枝圆木搭建房屋。这些“狼人”、“狐狸人”、“海狸人”，他们把动物所有的才智都集中于一身，犹太教的传说谈到他们时说大地不肯把自己的泥土送给上帝去把他们做成人形，而阿拉伯的传说谈到他们时则说动物们看见这种赤条条的虫子会发抖。人带着自己那些不管你如何评价的能力，在全部事物中构成一种异常，他们有着令人生畏的天分，既比所有动物都好，又比它们都坏，而且，他们还具有既可怕又卓越的选择才能。

动画片和科普读物向我们展示的那个亚当是个无名鼠辈，一副浑身长毛、手举大棒的野蛮人模样。犹太基督教的传说，原始状态的人在一座美丽的花园的浓荫下悠然地漫步，可我们离这个传说甚远，而离米开朗琪罗的亚当更远，他笔下的亚当接触到上帝的手指而觉醒而渐趋完美。毫无疑问，他们是野蛮人，但这个野蛮的普罗米修斯却发明了火，发明了熟食法，发明了在木棍上蘸上树脂夜晚照明。他们比我们更会区分可食性植物和有毒植物，更会区分什么是非但不能食用而且会让你做噩梦的植物。他们发现夏季日落更偏向北，某些星辰在围绕着天穹转动，或者有规律地沿着黄道十二宫运行，而另外的一些星辰则相反，毫无规则地任意来来去去，在一定数量的朔望月或季节之后重复这类运动；他们利用这种知识夜间或昼间出行。这些野蛮人还创造了歌曲，那是劳动、欢乐和痛苦的伴侣，一直到我们这个时代，人几乎完全不会唱歌了。当你观赏他们壁画中的伟大节奏时，你就会认为捕捉到了他们祈祷或念咒时的旋律。对他们埋葬死者的那些地毯所进行的分析证明，他们通常把死者放置在一些图案复杂的花地毯上，与我小时候那些老妇人铺在仪式队伍经过的路上的地毯好像并无太大的不同。这些史前的皮萨内洛[①]和德加[②]们了解艺术家奇怪的强制性，把自己脑子里、眼睛里和手里所产生的一群形象与真实世界熙攘纷繁的面貌重叠在一起。

我们的人种学家们工作的近一百年来，我们开始知道存在着一种原始的奥秘和智慧，并知道萨满[③]们冒险闯入一些类似于荷马的《奥德修纪》或但丁夜间走过的路径。只是出于妄自尊大，我们总是不愿承认过去的人类与我们有着相类似的感知，以至于不愿在他们的洞穴壁画中看到除了实用性幻象之产物的其他什么东西——一方面的人与动物之间的关系和另一方面的人与艺术的关系，这种关系更加复杂，而且走得更加远。同样的蔑视可能还有，比如在对待大教堂上就存在着鄙夷不屑，认为那些大教堂是与上帝的一笔大交易，

---

① Pisanello（约 1395—约 1455），意大利画家、雕刻家。

② Edgar Degas（1834—1917），法国画家、雕刻家。

③ 即萨满教巫师。“萨满”一词为满-通古斯语族语言，原意为“因兴奋而狂舞的人”，后为萨满教巫师之通称。

或者是被专制贪婪的教会强加的苦役。把这些简单化留给奥迈[①]吧，没有什么能阻止你去假设，一个史前的巫师在一幅满身中箭的野牛像前，会像一个基督徒面对供奉的羔羊时感受到同样的恐慌与虔诚。

这就是那些新石器时代的能工巧匠和适应者，他们与我们顶多相距三百代，他们很快将被研制铜铁器具的“技术专家们”追赶上；这就是那些手工匠人，他们在完成着直到我们这个时代之前的人一再用右手所做的动作；这就是高脚屋和干砖墙房屋的建造者；这就是把树干挖空做船或棺木的制造者；这就是那些村民，他们的后院里有狗，有蜂箱，有石磨；这就是那些放牧人，他们同变成家畜的动物们达成过协议，但最终还是撕毁协议，杀死它们；这就是那些利用马匹和马车为己所用的人。想必是饥饿、失败、冒险的乐趣以及再过五百年蛮族入侵时将自东向西刮的那同样的风，把他们驱赶到了这里，如同他们的先驱曾经经历过的那样，如同他们的后继者有一天将会做的那样；这些人中所剩下的稀稀落落的人，周期性地沿着这些海岸聚集起来，犹如暴风雨过后，在这些同样的沙丘上，被海浪冲到岸边的海藻、贝壳和木头形成长长的堆积物一样。这些人都同我们很相像，把我们与他们放在一起，面对面，我们就能从他们的相貌中看到从愚蠢到聪颖，从丑陋到美丽的同样的特征。与丹麦铁器时代同时的那个托伦人，脖子上套着绳索在沼泽地里变成了木乃伊，似乎当时思想正统的公民都把他们真真假假的叛徒、逃跑者、软弱无能者统统扔进了这个沼泽地，以祭献某位仙女。这个托伦人有着一张可能是最聪明的人的脸，他一定是在傲慢地审视着审判他的人。

后来，突然有了一些声音，说着一种在今天仍尚存在着一些孤

---

① 法国作家福楼拜小说《包法利夫人》中的人物。

立的词汇、发音和词根的语言，他们同我们说着一些同样的词汇，诸如沙丘、粪便、股线、石磨什么的。那些大声嚷嚷、吹牛神侃、寻衅打架、寻找出路、杀人劫道、举刀打仗的凯尔特人，头戴羊毛风帽，穿着挺像我们从前农民穿的那种罩衫、运动T恤，以及后来又在革命时期的长裤汉们中间十分流行的长裤。这些凯尔特人，也就是高卢人（古代的作家们在使用这两个词语时并不加以区分），被博学者们的沙文主义牵着鼻子，与其兄弟日耳曼人反目为仇，这种同室操戈一直持续了二十五个世纪。这帮浮华且无赖的年轻人，喜欢骏马、美女、漂亮的手镯和侍从，用战俘换取意大利或希腊的葡萄酒。古代传说称，在他们的早期岁月里，这帮气势汹汹的家伙在北海的低矮海岸边曾举着大刀冲向威胁着他们营地的海潮。这一小撮向大海挑战的人让我回想起我们儿时所醉心的那种围城游戏，也是在这些同样的海滩，在同样的灰蒙蒙的天空下，在我们的那些被海水悄悄渗透的海沙城堡里，我们举起代表着各个不同民族图腾的破旗，誓与城池共存亡。我们学校的教科书一再地说，这些胸怀坦荡的高卢人什么都不怕，就怕天会塌下来。我们比他们更勇敢或更悲观，因为我们自一九四五年以来已养成了习惯，时刻准备着，看到天塌下来。

历史总是从现在写起的。二十世纪初法国史的第一张图像总是一些蓄着胡须的武士，旁边有一个穿着白袍的德鲁伊特教[1]祭司，它给我们的印象是，一帮土著人——肯定是很高尚的人，但却事先注定要失败——不管愿意不愿意地被一个文明化了的强大国家多少有些粗暴的关怀推上了进步的道路。被绞死的韦辛格托里克

① 古代凯尔特人宗教、哲学和教育体系，包括早期凯尔特人的信仰，其中有灵魂不灭的信仰。

斯[1]和刚从地下走向公开的被处决的爱波妮[2]被认为是有得有失。对于《评传》颇觉费解的学生有点惊奇，这种对几个善良的蛮人的胜利怎么会给恺撒的秃头上戴了那么多的桂冠。由泰鲁阿纳的英兰人组织起来的那五万人和被卡塞尔的梅纳比安人号召拿起武器的那两万人却在表明，即使在高卢这个偏僻的角落里，一架类似我们的那种军事机器与更容易被伤害但却是更加灵活机动的这片广阔天地之间的决斗是什么样的一种景况，这片广阔天地也有千年的历史，但却几乎停留在赫拉克勒斯[3]和伊万德[4]时代的希腊和罗马。军团深入的这些无路可通的地方是巢穴，但并非是几个原始穷苦人的巢穴，而是一个繁殖力很强的种族的巢穴，他们在上几个世纪中，不止一次地扩展到罗马和地中海的东边。我们感到这将像一艘美丽的石舫下面的水一样，在罗马统治的那四百年中，在不停地流动着，这是一个史前的中世纪，不期然地与我们的中世纪相会合：我们能辨认出那些森林中的巨梁和木桩塔楼以及那些茅草屋顶的陋舍的村庄。驻扎在遥远边关的高卢罗马外籍军团的士兵们都是那些梦想到埃及去淘金寻财的雇佣兵和拥向小亚细亚的托勒密人、加拉茨人，他们也是后来的十字军士兵的父辈。隐修士们在橡树林中将代替准备永远迁移的德鲁伊特教祭司们。在林中捕猎母鹿及其鹿仔的传说由了解原始时期的母亲们口头传诵着，人们在悄悄地说着被吃人妖魔吃掉的孩子、被水中女妖偷走的孩子，以及被死神和海外敌人掠走的孩子。

---

① Vercingetorix（约前 82—前 46），高卢阿维尔尼部落首领，领导高卢人与罗马军队作战，战败被俘，后被绞死。

② Eponine，高卢女英雄，带领高卢人反抗罗马统治，公元 79 年被杀。

③ Hercules，一译海格立斯，希腊神话中的英雄，以非凡的力气和勇武的功绩著称。

④ Evander，罗马神话中的英雄，希腊阿卡迪亚殖民地帕拉蒂尼山的首领，约生活在公元前 13 世纪，将希腊的农业、法律、文字等带到了罗马。

事实就在眼前：恺撒放火烧毁村庄的火光映照着比埃斯瓦尔家族、迪弗勒斯纳家族、讷维尔的巴埃尔家族、克里纳韦克家族或我所出身的克莱伊昂古尔家族的祖辈们遥远的面孔，但杰出的军事家不久就不再焚烧村庄了，因为草屋的火光和烟雾向敌人暴露了自己的动向。我隐约看见有人表示赞同他们很精明，知道征讨将扩大向罗马的出口：他们喜爱那里的熏火腿和别人给他们送来的活鹅、油浸鹅，那些活鹅由一个牧童赶着不紧不慢地扭摆蹒跚着；他们赞赏阿特雷巴特人的作坊里纺织出的美丽的羊毛织物；他们称颂鞣制得很好的用于制作腰带和马鞍的皮革。我也听见开明之人的赞同声，他们更偏爱罗马的修辞学校而不喜欢德鲁伊特教祭司们的学校，因此他们努力学习拉丁文，那些大地主们也表示赞同，他们急于把自己的凯尔特名字改为罗马公民的名字，而且为了他们的子孙（如果不是为他们自己的话）而梦想着元老院和元老们穿的长袍。而那些思想深邃的政治家们已经在掂量罗马和平的好处，这种和平确实将给战争恐怖几乎不断的这个地方带来三百年的安宁。

而说“不”的人则不算多：他们预见到法国军人在中世纪对领圣体者的大屠杀，预见到宗教改革下的放逐者和受难者，譬如那个马尔丹·克里纳韦克（他可能是也可能不是我们的一位近亲），他在乌鸦山附近的巴约勒被砍了头；他们还让我们预见到一七九三年的流放者们都是忠实于波旁王朝的人，如同我们的祖辈在一百年前曾经忠实于哈布斯堡宫廷一样；还有那些胆小怕事的十九世纪自由派资产阶级，他们像我的叔祖父辈中的一个，把他们对共和派的同情像隐瞒恶习似的掩藏起来；还有那些难以相处的人，譬如我的祖辈比埃斯瓦尔，他在十七世纪时就拒绝别人在他的名字上加上“德·奥齐埃”，因为他认为这是法国国王想从他那儿掠取金子的又一个花招。这些人中有坚定不移的信徒、猎人、无赖、倔强的议员和永远被放逐者，他们在恺撒的年代里同他们的阿特雷巴特首领柯姆一起藏于布列塔尼，过着来往于比利时海岸和未来的英国之间的流亡生活。后来，他们又加入了克洛迪乌斯·西维利斯的运动，此人是巴塔维抵抗者，其组织一直延伸到我们这里。我们见到他们像伦勃朗画笔下那样躲在某个灯火昏暗的地下大厅里，一边高举起从莱茵河和亚历山大里亚作坊进口的漂亮酒杯，怀揣着蛮族的首饰，品尝自己粗野的奢华与危险，一边在微有醉意地诅咒罗马的灭亡和自身的死亡——这也许更容易实现。

我们已经看到了这个既小心谨慎又难以对付的种族的某些特征：无力团结，除了在当时的战火之中，这是凯尔特老妖婆们的礼物；拒绝屈服于任何一个政权，这部分地解释了佛兰德的整个历史；常常因对金钱与享乐的贪恋而被打败，这种贪恋使之安于各式各样的现状；喜欢说漂亮话和荤笑话，对性充满渴求，这是世世代代相传下来的对生活的一个坚定的兴趣，它构成了唯一不可剥夺的遗产。当上司回意大利去照管政治的时候，马尔库斯·安托尼乌斯率领军团驻扎在这里，忍受着连绵冬雨的折磨。他也像另外那个人一样，借机享受着丰满的美女们。于是，一九一四年的美国军官们惊讶中略带点警觉地发现，她们简直像酒神的女祭司们一样地狂热。他们中的一位说，在这个肉欲横流的主保瞻礼节的地方，用不着去强奸。

要很好地了解一个民族，只有通过他们所信奉的神明。我们隐隐约约地瞥见特塔代斯、贝雷诺斯、高卢或日耳曼圣母、掌管生死命运的三女神之一的帕尔卡、灵魂的指引者和类似大力神的月亮神，以及慈母般的纳阿拉尼亚——人们在泽兰港口启程和上岸都要祈求她，甚至在海岸线更南边她也被奉为神明，还有埃波娜，她是辕马和以她的名字命名的小种马的女王，她侧身坐在女用马鞍上，双脚踏在一块窄木板上。不过，我们所具有的对他们的想象，是他们并未定型时的希腊-罗马神的模样。我们在巴韦发现的那些教堂装饰物几乎可以肯定我的祖先曾在它们的面前祈祷过，它们与帝国国土上几乎随处可见的迷信物品相比并无特别之处，高卢工匠的笨拙在其上随处可见。当你想到在最初的凯尔特钱币上已然显见的极其特殊的才能时，当你想到让动物形态逼真，或让植物伸展和交织的这份在基督教时代着色画师们和中世纪的画家们中将再现的天赋时，你不会怀疑如果这些人自己愿意的话，是能够让他们的神明们活灵活现的。也许他们更喜欢让诸神若隐若现，刚刚从石头中露出而又重新钻入石头中去，与无形的土壤、云和风的嘈杂的声响交织在一起。祖先的这种拒绝中的一点点就可以解释为什么数百年后破坏偶像者们会那么的愤怒。“人们不该给予上帝一个形象。”一天，一个佃户在同我一起走进佛兰德的一座教堂，兴趣索然地看着不知是哪位圣父时对我坦陈道。

在这个恺撒甚至是他之后很久的圣哲罗姆都看作是偏僻的角落的地区，德鲁伊特教祭司们的足迹极其罕见；但自从我们知道卡尔纳克竖起了那些庄严的石头和某位史前勒柯布西耶[①]雕凿的那些斯托纳昂杰的整石大门提前填上了槲寄生植物以来，他们的足迹几乎变得到处皆是。这些安顿于比他们自身更加古老的一些圣地中的教士们让人想到那些把大教堂倒空之后再使用它们的新教教徒们，或者让人想到那些把罗马的庙宇基督教化的基督徒们。不管怎么说，卡尔努特人的那座城市，也就是沙特尔，他们的聚会之地，离比利时的高卢太近，所以他们的影响势必扩展到这些低洼之地和沙丘的这儿那儿。正如我父系中的那些尊敬的神父和教士们有一天要去勒芬、去巴黎，甚至去罗马研修一样，一些未太受到其氏族中人的激烈生活引诱的年轻梅纳比安人，有时候大概要按照大陆的凯尔特人的习惯，去布列塔尼岛的德鲁伊特教修道院研习。他们熟记了描写宇宙起源和系谱的那些内容广博的诗，那是种族科学的宝库；人们向他们披露了转世投胎的种种模式，这个数据之所以吸引他们，是因为它表面上顶多是与构成我们与一切之关系的有机生命的其他种种现实（譬如吞咽、消化、交媾、分娩等这些，我们因习以为常而并不感到奇怪）一样荒谬而已。人们教给他们各种植物的功效以及进行神意裁判[②]（不论其是真是假）的方法,因为上帝的审判首先是诸

① Le Corbusier（1887—1965），法国建筑师、雕塑家和画家。此处借指史前某位能工巧匠。

② 中世纪条顿人等施行的裁判法，例如令被告将手插入火或沸水中，若不受伤，便定无罪。

神的审判。在某些节日，他们将观看壮观的烧死用藤笼装着的动物和人的场面，如同在基督教时代，至少直到十七世纪末叶，在掩盖同样的残酷的另外一些借口之下，一些被认为有罪的男女和被认为不吉利的动物被成百上千地活活烧死。也有可能教他们学习一点希腊文，因为这些我们觉得在钻研一种可敬的史前史的神甫，在用这种语言通信。被恺撒带到罗马的那位高卢德鲁伊特教祭司第维西阿库斯常与西塞罗讨论哲学，他似乎就是在城里晚餐的那位高级教士的原型。

人们想知道这个种族把自己的原始神明换成来自巴勒斯坦的救世主的确切日期，想知道在什么时候，远在瓦伦丁娜们、女王们、约瑟芬们以及我所出自的阿德里安娜们之前的那个家庭主妇让一个比她更具先进思想的丈夫或儿子把青铜小家神们拿到了铁匠铺里——好像后来又做成锅子或煎锅拿回家来。除了例证表明的人们把蓄着胡须，穿着厚呢长袍的神明装扮成圣徒，其他的一些叛徒（因为改宗者总是某种事业的叛徒）更加尊重失败的事业，他们把小家神们虔诚地埋在地窖或花园中的某个角落，我们发现的就是这些长了铜绿的神明。严格地说，富有异国情调的一种神明渗入这些地区已不是第一次了，一些意大利商人在他们的小商品中已经夹带了一些伊西斯神[①] 和哈尔波克拉特斯神[②]；一些老兵从他们的驻扎地带回一尊小密特拉[③]。不过，这些更随和的神明并不要求排除其他的神。人们甚至可以猜想，一些过于执拗、不肯放弃自己美好的古老宗教的异教徒，在这些乡村中一直坚持到公元六至七世纪。必须善于区分那些早在信奉新的宗教还是一种英勇之举的年代就改变信仰

① Isis，埃及神话中司婚姻、自然的女神。
② Harpocrates，希腊神话中的沉默之神，源于埃及神话，系一吮吸手指的小孩形象。
③ Mithra，波斯神话中的光明之神。

的人和国家已经认同时而随大流的那些人。

历史上最革命的那两个时刻可能一个是一个印度苦行者明白了一个清除了任何幻想的人会变成自己命运的主宰，走出尘世或者待在尘世只是为其他的人服务，甚至超越诸神之上，另一个是几个或多或少希腊化了的犹太人在他们的拉比[①]中认出了一个自愿介入生活的神明以及人类的苦难，他被世俗和宗教当局所谴责，被地方警察在准备着维持秩序的军队的注视下处决。我们暂时先别讨论佛教智慧，我到二十岁左右时才接触它。至于闻所未闻的第二个奇事——对基督的狂热，它鞭挞着人类的所有教诲，我们今天的基督徒中只有很少一部分受其影响，所以人们难以相信它那么深地渗透到那些高卢-罗马改宗者的心中。肯定有这么几个纯洁的心灵在向“山上宝训”敞开心扉：在我的一生中，我自己就看到过有两三位这么做过。不少惶恐不安的心灵沉醉于那些在当时也充盈于世俗信仰的墓外拯救的希望。大部分人则是以自己的方式在做帕斯卡尔那种粗俗的打赌：人们在交换时会失去什么？尽管祭献了那么多的家禽和小公牛，加利埃纳·塔西达仍旧胃痉挛，奥尔利阿努斯·柯拉库斯·加尔博在最后的升迁名单上被划掉了。罗马的敌人蛮族人（或者更糟，是他的盟友），不仅蜂拥到边关，而且还深入到与纳莫塔库姆（即今之阿拉斯）和巴加库姆（即今之巴韦）邻近的那些地区。不久，从东方的一座修道院深处回响起圣哲罗姆面对帝国西部边关被侵入所发出的呐喊：“浪潮从莱茵河和北海向阿基坦盆地席卷而来，整个高卢处于血雨腥风之中！”这个新的神明没有拯救任何人，旧的诸神也不会去救什么人的。坐在象牙椅上的那位罗马仙女也一样不会去救人。

① 犹太人对师长的尊称。

一些随身携带无数金银财宝的富人同他们已为数不多的忠实仆人一起在大路上被勒死；一些奴隶趁机逃走，一下子便跻身于自由人的行列，或者混迹于蛮族人之中；一些断垣残壁在冒烟，瓦砾下压着无法确认的一家老小；一些或主动或强行被抓走的女子，或因蹂躏、寒冷、遗弃而死去，或生下征服者的孽种；因保卫自己的田地和家畜而被杀害的村民们的骸骨在大雨下泛白，与死去的牲畜的骸骨混杂在一起。人们随后又开始修葺和重建。这不会是最后的一次。

谱系网

将近十六世纪之初，一个名叫克里纳韦克的小人物变得显眼了，但这么远距离地看过去，也就是博斯、勃鲁盖尔或帕提尼尔在他们画布的背景中立在路上的用作风景陪衬的形象而已。对这个比我早十三代的人，我几乎一无所知。我设想他舒适地生活在自己那小块的土地上（穷人很少在家谱上留下踪迹的），而大限到来时，便在弥撒的唱诵中被安葬在自己的教区内。有人说他给他的两个儿子定了两门好亲，我理解那就是说找了那种贵族市民和小贵族什么的，与他倒是门当户对的，不算高攀或低就。还有人说他是卡斯特尔人，那是位于卡塞尔和巴约勒之间的一个城镇，而今只不过是个普通的居民点，但在文艺复兴时期的那个早上，它却参与了西属佛兰德的那些小城的激烈生活。卡斯特尔当时有骑士团的封地，有一座或几座教区教堂，有在远处立着绞刑架的“法院”，并且想必还保留着以此命名的罗马军营的痕迹。这个城镇还有其修辞会馆，成员们聚在一起作一些拙劣的抒情诗或回旋诗，为重要人物“愉快的加入”而准备诗句化的恭维词，还煞有介事地编排一些取自《圣史》或闹剧的短剧。后来，在巴约勒，我的先辈中的一位成了当地修辞会馆的“抒情王子”。一五一〇年代的那个克里纳韦克大概也参加过市民阶层的这类娱乐，这个市民阶层还懂得自我娱乐，而其后代却以观看早先的皮影戏为乐。

在这些踏实而默默无闻的家庭里，儿媳妇的姓名有时候却精确地表明了一个家庭的地位或特征。那个克里纳韦克长子的名字同他一样也叫尼古拉，娶了一位贵族小姐，名叫玛格丽特·德·贝尔纳斯特；我就是这对夫妇的后代。其小儿子娶了卡特琳娜·冯·卡斯特尔为妻，该女子是在图尔奈安家的那一支中出生的，这一支后来出了那个雅克琳娜·冯·卡斯特尔·德·吕班斯，她的那帧遗像一副郁郁寡欢的样子，穿着一身镶金嵌银的锦衣华服。这位雅克琳娜与她丈夫生下了米歇尔·德·柯尔德，后者在诸大公的麾下担任过一些重要职务，他与其第二任妻子生下了我父亲第一任太太的一位祖母。长子尼古拉的一个儿子也娶了一位玛格丽特·冯·卡斯特尔。我举这几个事实，是要从一开始起就展示这张由四十来个家庭在三百年中互相联姻而在姓名、血缘和地产方面变得纷繁复杂的谱系网。

最初的那个尼古拉的后代，一个嫁给了一位名叫皮埃尔·德·维克的王室马厩总管，一个娶了一位旧法官家族的千金卡特琳娜·达曼，一个嫁给了一名叫雅克·冯·德尔瓦尔的敦刻尔克城的司库，是个大家族，他的姓氏译成法文就叫“德·戈尔”，一个嫁给了一位名叫菲利普·德·勃艮第的王室马厩总管，一个嫁给了名叫雅克·德·巴夫拉尔·德·比埃朗奥夫的“高贵的人”，一个娶了一位名叫雅奈特·富科尼埃的女子，一个嫁给了一名叫让·冯·贝尔的男子，还有一个嫁了个夫君叫普拉代尔·冯·帕尔玛埃特，这些人的名字我在《苦炼》中随意地给了一些无关紧要的人物。我的祖辈里有叫米歇尔的，他是第一个取此名的，后来家里的长子都必须取这个名字。他于一六〇一年娶了一位名叫玛格丽特·德·瓦奈斯的女子为妻；他们的孩子，卡斯特尔的大法官马蒂厄与一位名叫约齐娜·冯·迪克尔夫人的千金波利娜·洛朗斯·德·戈德斯威尔德成婚；他们的长子米歇尔也成了卡斯特尔的大法官，娶了玛丽亚娜·勒盖·德·罗贝克——弗莱斯特尔夫人——为妻，后者是国王的一个顾问与一个名叫韦尔甘夫人的拜昂格姆家族的女子所生之女，韦尔甘夫人的父亲是圣奥梅尔大法官管辖区的行政长官。就写到此为止吧。这些无名之辈只留有点缀着几个法国名字的佛兰德诗歌而已；列举这些人的名字给我的感觉是用手在一个外省地图上的平原、洼地和高原上抹过，而这个外省还经常更换主人。但是，该省家族的稳定性，至少保持到本世纪两次大战的震荡之前，这却是令一九七七年的观察者们感到惊讶的。

克里纳韦克家族的人是什么样的人呢？他们直到十八世纪初，才在其姓氏上加上贵族的含义，在这之前，他们的姓氏的含义有的是“小本生意”，也就是说“赚钱不多”，或者更有情趣点儿，叫“悠然自得”。那个英文姓氏“杜利特尔”是萧伯纳给予那个因其《皮格马利翁[1]》而成为哲学家的道路清洁工的，此姓氏的含义几乎是精确的，法文中没有相类似的词儿。将近家族姓氏建立起来的那个时期，也就是说，在十二世纪或十三世纪的时候，我可以想象我的祖先们在一个小农场里辛勤地劳作，在一个小手工作坊里拼命地干活儿，或者在从事小本经营，也许是挑着货郎担，走村串户，货担晃荡着，有时候还被看门狗吓唬着。或者，如果我心情好的话，我可能想象一些漂亮的小伙子在凉棚下大口喝着啤酒。

在我们与之接触的那个时期，这些克里纳韦克人似乎已跻身于在佛兰德不计其数的“伊伦”阶层，他们是一些小封地的小贵族领

① Pygmalion，希腊神话中塞浦路斯的国王。

主，在逐渐地蚕食古老的封建庄园，并吞噬着农民的小块土地。一些当代的历史学家在这些伊伦之中看到了一些暴发户商人，这在后来变成比利时、安特卫普、根特或布鲁日的某些城市中倒是确实如此。在阿拉斯也一样，该城的一些葡萄酒进口商和皮革整理者早就组成了一个贵族阶级。但是无论大商业还是银行，在卡塞尔周围都没怎么繁荣起来。我在我的先辈中只发现了一个大掮客，名叫达尼埃尔·富尔芒，有点像商业巨头，属于安特卫普商界。我倒是看到那些克里纳韦克通过置地和用一些傀儡发放高利贷而逐渐暴富起来，犹如在法国的那个高贵的蒙吕克通过犹太人中介发财致富一样。对教会财产或大领主的财产的管理在当时也是一个发财致富的办法，有时甚至更名正言顺。此外，还必须想到有关城市的债务、农村工厂的利润分成或大的集市的投机生意，想到文艺复兴的大资产者已经传染开来的所有这一切资本主义。

我的先辈将在随后的那个世纪去安家立业的巴约勒，到中世纪伦敦已经有了自己的商业分号，还在佛兰德的昂斯等其他十八座城市设有分号，其商业网点一直延伸到诺夫哥罗德。有可能从前克里纳韦克们从当地种植的亚麻中获益，或者从农村无产者经办的什么作坊中的亚麻纺织中获利，从而为富人和穷人提供了精细或粗糙的衬衣，提供了睡觉和做爱的床单，最后提供了裹尸布。在我们这个合成纤维服装的时代，亚麻的种植变得罕见了。我记得几年前，曾在一片像大海蓝天一样蔚蓝的田地里走过，仿佛置身梦境，其乐融融，那是在记不清叫什么名字的安达卢西亚的一个村庄边上。那些并不富有诗意的克里纳韦克们从他们开花的亚麻，从在佛兰德的各条运河中变红，最后变得雪白的亚麻中获得他们的第一批盾形纹章，这并不使我不快。

所有这些人都戴着纹章，有时候是一位佛兰德的伯爵或勃艮第的公爵授予的；后来，西班牙诸王不太敢给这帮做善事的人——也就是他们——授予爵位和纹章了。杀害纪尧姆·德·奥朗日的凶手死后被追授为贵族。但是，从整体而言，这些纹章中的大部分是自己授给自己的，而当时的纹章条款规定这么做是合法的。人们很少知道纹章的威力是在很久之后才显现的，而且，在中世纪末期，在佛兰德也许比其他任何地方都盛行一种风气，即一个稍许重要点儿的家族都喜欢用自己热衷的盾形纹章装饰家具什么的，其心满意足之态犹如当今的一位托拉斯的董事长把自己姓名的首写字母组合起来一样。

特别是在十五世纪，一种对正在结束的中世纪的怀旧情绪占据了所有激奋的想象力，产生了那些历史上的罗曼蒂克的杰作，诸如骑士比武、骑士小说、《热恋的心》的缩写本等，并且在一个世纪之后，在《堂吉诃德》勇敢的疯狂中达到了顶峰。这种怀旧情绪也掀起了一个纹章的高潮。我们所关心的几个家族的纹章经常把它们的色彩与家具相互混合在一起，以至于你会以为它们之间的联系比我们知道的要更加久远得多。我小时候，一些老年女眷硬跟我说，能召候鸟的雌鸫象征着朝圣和十字军远征；而我很遗憾地得知，星星不是人们所看见的星星，而是一些好战但却是假定的先辈所获得的马刺。

朝圣是非常普遍的，以至于我们每一个人肯定都有一些先辈去过罗马或孔波斯特拉[①]，有点出于虔诚，有点为了观光，以便归来时大吹一通自己的奇遇。至于十字军远征，那么多的小兵、马夫、好色之徒、可怜的寡妇和失足的女子散落在追随其领主的路上，以至于我们大家都可以沾沾自喜于有这么个先辈参加过这支伟大军队中的

---

① Compostelle，西班牙西北部加利西亚古城名。

一支。这些人见过匈牙利沿途的麦浪滚滚，见过巴尔干多石的山谷中的大风与狼群，见过普罗旺斯的各个港口的拥塞与重商主义，见过海上的暴风，见过金碧辉煌、金银宝石满地的君士坦丁堡，而对那些圣地的朝拜哪怕是离得很远，也让人觉得因拜过一次而有获救之感，而当你从那儿归来时，在临终之际也将会记起它来的。他们尝试过或顺从或被迫无奈的褐发姑娘，尝试过不忠实的土耳其俘虏或主张教会分立的希腊人俘虏，品尝过他们还不知道的酸涩的如同天堂之果一样的橙子和柠檬，染上过令皮肤发紫的淋巴结炎和让人拉得浑身无力的痢疾，还看见过被遗弃在路旁的垂死者，眼望着或耳听着远方大路上大队人马在继续行进，一边唱着、祈祷着，一边诅咒着，而他们在世上的全部纯情与企盼似乎就是得到无法得到的一口水。我们并非第一个看过夏季里小亚细亚的灰尘、它那灼得发白的石头、一股咸味和芬芳味的岛屿以及蔚蓝色天空和大海的人。一切都已经千百次地被感受过和尝试过，但是，往往无人叙述或者叙述的语言尚未存在，抑或是，那语言已经存在，但却为我们所不识，而且还令我们激动不已。如同空荡荡的天空中的云彩，我们在形成，并在这遗忘的背景中消散。

由于建立在一个由父传子的姓氏基础上的家庭习俗的缘故，我们错误地觉得自己被一根细茎与往昔联系起来，在这根细茎上，每一代都有一些媳妇的名字插进来，她们总是被视作次要的，除非这些姓氏较为显赫，可以引以为荣。特别是在法国这个《撒利克法典》[①]的优选之地，“出自母系家族”对一个人来说几乎是在开玩笑。除非有特殊情况，谁还知道自己的曾祖父的外祖母姓甚名谁？不过，跟这个外祖母姓的人与我们继承的姓氏同样混编在谱系之中。在父系中，唯一使我在这里必须提到的是，一八五〇年代的四位曾祖父母，共和二年前后的十六位先辈，路易十四年轻时期的五百一十二位先人，弗朗索瓦一世治下的四千九百六十位祖先，一百万死于圣路易前后的祖先。这些数字得减去一些，因为血缘的交叉，同一位先辈常常插入好几个谱系，如同好几根线结在一起的同一个结那样。然而，我们继承的确确实实是整个一个省，整个一个世界，我们处于其尖端的那个角在我们身后向无限张开着。这么去看谱系这种经常被用来为人的虚荣心服务的科学，那它导致的首先是羞辱，因为我们会感到在这么多人之中自己是极其渺小的，然后导致的则是眩晕。

我在这里只是根据肉体来说。如果牵涉到更加难以分析的整个遗传，那我们则是接受了全球的全部遗赠了。一个希腊的诗人或雕刻家，一个生于西班牙的罗马道学家，一个其父为佛罗伦萨的公证人，其母为亚平宁地区一村庄旅馆女佣的画家，一位犹太母亲生的佩里戈尔的评论作者，一个俄罗斯小说家或一个斯堪的纳维亚戏剧家，一位印度或中国的圣贤，他们也许更可能是我们的祖先，远胜于我们出自其后代之一的那些男人和女人，远胜于那些精子中的一个，这些精子中的几十亿万都毫无结果地遗失在女人的阴道中，或者流失在夫妇做爱时的床单上了。

我不会总是一代一代地追踪着逐渐变成克莱伊昂古尔家族的克里纳韦克家族。严格意义上的家族并没有氏族让我感兴趣，而氏族又没有群体让我感兴趣，那是在同一个时期生活在同样的地点的整个群体。关于我还记得点什么的这些谱系中的十来个谱系，我想在此记述一些类似的、重复出现的、平行的或者分叉的发展，我甚至想利用这些人中大部分人的默默无闻和平凡寻常来发现那些站在历史前沿的特别显赫的主角们在别处向我们隐瞒的某些规律。请少安毋躁！我们总是会较快地谈到这些离我们很近的单个的人的，对于他们，我们或对或错地以为几乎全都了解；我们将总是会较快地谈到我们自己的。

首先，我们必须放弃大部分的西班牙的联姻，放弃这个法国北方众多家族的联姻传说。在我们密切注意的那些联姻中，我发现了两个真正的但却与我无直接关系的联姻，这些结合尤其经常地发生在梅赫伦、巴利亚多利德、马德里、维也纳的积极跟随诸亲王的大

① 发源于公元 5 世纪法兰克撒利克人通行的各种习惯法，6 世纪初由法兰克国王克洛维一世汇编为法律。

贵族中。别太注意那些阿拉贡的或卡斯蒂利亚的军官们的奸骗行为，别去管阿尔伯公爵或亚历山大·法奈兹公爵的士兵们的野蛮游戏，这些军队中包括很多条顿人、阿尔巴尼亚人、匈牙利人和意大利人。对于一种天真的虚荣赋予任何一个法国人以拉丁血统来说，我也持同样的意见，至少是在政治风向标转向南方的那些时期是这样：防御卡塞尔或巴韦的蛮族人的罗马士兵们往往自己就是蛮族人。其他的一些异国血统关系将有待考证。比埃斯瓦尔家族在这方面有两个互相矛盾的传说：一个传说说他们是在佛兰德安家立业的波希米亚吹玻璃业业主的后裔，而另一个传说则说我的祖辈是布里阿德的比埃斯瓦尔王后的亲生儿子，而她的丈夫是一个效忠于法国的瑞士军官，因此应该设想他曾在马里格南或塞利索尔打过仗，因为比埃斯瓦尔家族大约在十六世纪末期已经安安稳稳地在巴约勒安家落户了。冯·埃尔斯朗德家族认为自己是源自一个喜欢佛兰德的舒适生活而不喜欢帝国军队的东征西讨的匈牙利雇佣骑兵。有位祖辈名叫玛格丽特·弗拉娜塔，因其姓名中的意大利、西班牙或葡萄牙音节而使我浮想联翩，但我对她的家人却一无所知。

相反，其他的一些联姻却是有案可查的。一六四三年，我的一位祖先弗朗索瓦·阿德里安森以回想壮丽的裸露场面的名义在神秘而庸俗的背景下娶了亲，其妻系安特卫普女子，名叫克莱尔·富尔芒。有位远房女亲戚嫁给了据说是阴沉的罗杰·莫尔蒂——马洛[1]的一个剧中提及的弑君者——的后代；这肯定是传说，但好像玫瑰战争[2]的一些被驱逐者有时候会跑到佛兰德，特别是布鲁日去，就像其他的一些逃亡者在十七世纪时所做的那样。但是，他们是否在那

① Christopher Marlowe（1564—1593），英国剧作家、诗人。

② 指 1455 年至 1485 年英国约克家族（族徽为白玫瑰）和兰开斯特家族（族徽为红玫瑰）之间为争夺权力而发生的内战。

儿扎下了根，那就无法肯定了。有位祖辈是一五九六年布鲁日的法兰克人市长的女儿，遗憾的是时间太晚了，相差了二十五年，无法帮忙制服《苦炼》中的泽农。历史不时地把其火光投向一个几乎没有什么历史的家庭，如同一队人马行进在一条平静的街道上，把其火把的光亮投向一户酣睡人家的窗户上，并用其鼓声和笛声使窗户震颤。

法院档案保管员的一些公证书的原件——遗憾的是不全——给了我一些结婚协议以外的东西。一六〇三年，我祖辈，卡塞尔的法官尼古拉·克里纳韦克被迫审判其兄弟约斯，后者被控谋杀，被临时拘押在雷科莱修道院里。这座修道院不是普通监狱，所以是个很大的优待。但是，我们的资料也就仅此而已。一个小说家（在这种情况下，我当不了这个小说家）可能会随心所欲地想象一个高乃依式的法官在严格执法，不徇私情，大义灭亲，或者相反，大动恻隐之心，刀下留人，让罪犯越狱潜逃，或者像后来的巴尔扎克式的人物，阴谋策划全部案件，以摆脱一个年幼的弟弟，独吞遗产。这些形形色色的大胆设想不会有什么结果，因为我们对犯罪的原因与情况一无所知，我们顶多只能推论说，这个约斯可能是个容易冲动的人。

我说过，在这个家族中，行伍出身的人很少。玛丽·德·拜昂格姆的母亲查纳甘是富尔纳的慷慨豪爽的鱼贩子之女，其父因率教众起事而被法国骑兵在卡塞尔城下五马分尸——这些以自家的纹章装饰各教堂墙壁的人家有时候是一些反叛的穷人的后代。另一位祖辈的父亲让·马埃因在莫拉保卫“勇猛者”的旗帜而死于洛林公爵之手，他的儿子早在两年前便在瓦坦达姆战役中战死了。我们已经提及的那个弗朗索瓦·阿德里安森牵着两匹马自愿加入了西班牙菲利普四世的军队，他参加过勒芬保卫战、艾尔城洗劫和埃斯丹的围城战，他的儿子也是舞枪弄剑之人。总共五个武士，其中三个战死，在这么个地方，整整五百年，这算是很少的了。

与大家可能会以为的恰恰相反，神职人员也不多。尊敬的弗朗索瓦·马蒂厄·比埃斯瓦尔用他那阴郁而聪慧的眼睛在看着我。他面庞清秀，而且有点女气；手很漂亮，如同当时大部分的神职人员的手一样；内心活动很少在脸上表现出来——这张尚属年轻的男人面孔尤其给人一种自我克制、压抑欲望和梦想以及那种遇事寡言少语的谨慎的感觉。但是，这位尊敬的神甫并不缺乏精力。他是其教会的财务管理者，相继担任过阿尔、伊普尔、敦刻尔克和巴约勒的耶稣教会学校校长。这个弗朗索瓦·马蒂厄还在巴约勒重建了被路易十四的大军焚烧了的那座耶稣教会学校，并迫使地方当局承担了重建费用。据说他曾两度被派往巴黎“谈判他那个地区的无望的事情”，并表现得非常机敏灵活。法国国王的大总管曾经召集佛兰德各耶稣教会学校和神学院的校长，命令他们停止与教会会长的任何接触，今后只许与一位法国的省会长进行联系。当天晚上，弗朗索瓦·马蒂厄便派了一个秘密信使前往帝国，把这一消息告诉了自己的上司，后者因而成功地从法国国王那里获得了一个少许温和点的决定。这位对处理重大事务颇具才干的神甫二十年后死于安特卫普自己那个发誓修行的家中，因为他早已选定在仍属于西班牙、明显地效忠于“旧制度”的这些省份中终其一生。

修女就更少见了，而且几乎未见她们的任何一张画像。这些女圣人也许觉得摆好姿势在那儿让画家画像不成体统。唯一的一张画像的女模特儿穿戴整齐，是一位十六岁便过世了的少女，从未信过教。她是我的一位曾叔伯祖母辈的祖先，名叫小伊丽莎白·阿德里安森。那是一张穿着收养孤女、享有教俸的修女的传统服装的全身像：浅绿色硬褶皱的丝绒长裙镶着火红色饰带，使她看上去似乎生活在比她那个年代更加古老的岁月里，你会以为那是路易十三时代而非“亲爱者”路易时代。纤巧的圆脸充满稚气，嘴唇抿着，没学会微笑，她那病态的苍白的脸和手上拿着的玫瑰让人想到委拉斯开兹的公主们。想必那位给我们留下她那匆匆身影的外省杰出画家从未曾见过她。

也没有殉道者。我浏览过“动乱年代”被处以死刑者和被放逐者的名单，可以发现几乎牵涉到这个四分五裂的国度的所有家庭。我倒是看到一些与我有关的人，但是我却无法把他们中的任何一个重新精确地列入也许被从中细心清除掉的那个谱系中来。哲罗姆·德·拜昂格姆的好几个兄弟在十六世纪末离开圣奥梅尔去了英国，很可能是他们的信仰起了点作用，使他们去了那儿；后来就没有他们的踪迹了。从整体来看，克里纳韦克家族及其亲戚盟友无论是在平时还是去教堂都是维护其宗教的。一些神甫的遇害使那些因被放逐和被怀疑而躲进猫山，想必还躲进其附近的黑山森林中的人既惶恐不安又愤怒不已，所以他们便登上了准备援助他们的英国新教徒的沙丘。相反，反叛者们却像同柯姆一起流亡的凯尔特人、朱安党人或我们这个时代的抵抗运动分子一样，把他们的英雄主义表现为挑战当地的敌人或外国暴君，必要时他们就跑到国外去，然后带着海外盟友的支持杀回国内。为阿尔伯公爵的身体健康干杯的资产者们只愿把这些斗士看作是一股浪花，是一些流氓无赖、误入歧途的男女青年、还俗的淫荡僧侣、很快就被诱惑的农民，外加几个跌入错误之中或被伊丽莎白·都铎的金钱收买的贵族组成的浪花。与布鲁塞尔动乱法庭联手的巴约勒的助理法官们有时候因被指控缺乏严惩的热情而脸红。这些坚持做弥撒的天主教徒没有去想一想，教堂的奢华是不是对穷人酸苦的污辱，也没有去想一想那些充满一有机会就越墙而去的僧侣的修道院是不是需要宗教改革，起码是不是需要进行一些改革。

一八七〇年前后，我的一位曾祖母的表兄弟埃德蒙·德·古斯马凯在他的一本专著中还把这一小撮异端分子描绘成一伙可鄙的乌合之众，不承认被处以死刑者们的勇气或者夜晚祈祷完后大胆唱诵的诗篇之美。作为反叛者们巢穴的那些被焚烧的农场的气味也没有令他恼火——他并不是唯一一个在远处捂着鼻子的人。面对人们所参加的那个党派从前的过激行为，十分简单的策略始终是一方面贬损受害者，另一方面则肯定地说酷刑对于维持良好秩序是必不可少的，再说，酷刑也没人们所说的那么多，而且是符合当时的时代精神的。与我们相关的事既不牵涉到塞巴斯蒂安·卡斯塔利翁也不牵涉到蒙田。这样说并不是专为这里那里的教皇派或加尔文派罪行的卫道者们辩护，我们今天的意识形态的利用者们也一样在这么撒谎。

巴约勒附近的梅里平民行政长官马尔丹·克里纳韦克不在我的家族档案中，即使他有权列入其中，我们也会把他的名字给抹掉。不过话说回来，这种带绰号的姓氏在佛兰德并不鲜见：卡斯特尔、巴约勒或梅泰朗的克里纳韦克们可能并不知道或蔑视梅里的克里纳韦克们。就我而言，我可能会乐意假设有一位与这些生活在方圆二十法里圈子内各式各样不起眼的人相同的祖先。这无关紧要：尽管我并不赞同马尔丹关于崇奉圣母马利亚或上帝的选民为数很少的观点，但我愿意把这个不屈不挠的抗议者视为表亲。在六月炎热的一天，沿着尘土飞扬但两边有阴凉的绿色忽布夹道的大路，马尔丹徒步从巴约勒的监狱向他的斩首地乌鸦山走去。在那里他必将发现先他而被斩首的不少教友的遗骸。不过，他的运气还算不错：虽然出身平民，但由于他所担任的职务，他逃脱了最坏的下场，没有像巴约勒的那个有产者，反叛的雅克·维塞杰那样，在大广场四个角落轮流遭受鞭笞之后，遍体鳞伤地被扔进广场中央燃烧着的火堆之中。马尔丹死得倒是干净利落，我想是一刀毙命。其实，他并未犯过任何谋杀罪，也没毁坏过任何塑像；他的罪行只是挨家挨户地、逐村逐镇地募捐，以求得他那份三百万利弗尔的摊派份额——教会中的那些人希望用这笔钱从菲利普国王那儿获得信仰自由。这个傻瓜是相信这些废话的。

在他走向死亡的路上，他想必仍旧戴着大毡帽和蓝色的护腿套，在他出巡时大家总看见他这副打扮，那是他与其同类人接近的标记。他很渴：在去往乌鸦山的沿途，一些农民有时候会给死刑犯一杯水，甚至一杯啤酒，但是人们也许不会给一个异端分子送水送啤酒的。汗从他的毡帽里往下流，尿滴在他的鞋上，渐渐变成一条细线，说明他内心的紧张，即使是个勇敢的人此时也难以控制住自己。最糟糕的是国家没收了他那不多的财产，估计有五百二十利弗尔。据官方登记簿上的记载，对他的行刑使当局花费了十利弗尔十德尼埃——大家将会看到，国家仍会这么干的。要是执行火刑的话，花费会更大，那些日子处决的一个异端兼点盗匪性质的人，就花了十九利弗尔十三苏，而且会计还把刽子手提供的十九苏火把钱给抹掉了，说是用一点炭火也能点燃柴堆，只不过这样做费点时间而已。马尔丹死时，会不会因对其加尔文的神明的崇敬而聊以自慰？会不会有那股对法官们的无能的愤怒在支撑着他？或者恰好相反，会不会精神完全崩溃了，只关心自己的妻儿老小没有了牲畜、田地和粮仓将如何生活？对此我们一无所知。我们还是让他在小狱吏们的押解下继续走他的路吧。

这十多户人家平分了“领年金的”巴约勒，这是取约翰·德维特是坚定的“荷兰领年金者”——大议长之意，意思是说他多少算是市长、书记官，也就是说是市政议会领头的律师，是调停者（亦即有时通过一些较为严厉的手段负责维护秩序的法官），是市政长官（也就是说既是市政议员又是民事和刑事法官），这帮大人先生显然是像恺撒一样，宁愿在一个极小的城市当出人头地的人，也不愿在罗马排在第十位或第一百位。他们都很富有，特别是那位财务官员，该城在遇上财政赤字时，还得仰仗他拿出资金来。在阿德里安森们担任行政长官的布洛涅、敦刻尔克、伊普尔，情况大体一样。为了找到勃艮第诸公爵的父子顾问，也就是说不是在城市一级而是国家一级，那就必须追溯到中世纪末期。后来，在法国，这两人成了议会议员，然后解甲归田，荣归故里。必须在小城市生活过才会知晓社会的齿轮是如何赤裸裸地转动的，才会知晓公众生活和个人生活的戏剧和闹剧在其中达到何种直截了当的程度。一种严格的清廉和犬儒主义的奇怪混合从中产生出来。这些自以为是威震四方、良田万顷的亲王的人在圣西蒙眼里一文不名，贱若浮尘，如果他偶然地谈到他们的话。在他们的眼里却正好相反，即使伺候国王起居的身居高位者也不过是仆从而已，他们是不把这些人放在眼里的。

假若人们深深扎根在一个偏僻角落里，就必然会受到叫作“大政治家”的机灵人和叫作“战争”的大国的疯狂影响。我的一位祖母的祖父纪尧姆·冯·瓦尔于一五八二年前往图尔奈，请求帕尔马亲王放过巴约勒；他在执行这一使命的途中因某种高烧死去，而他的请求并没有被接受：巴约勒的大部分于当年被亚历山大·法尔内塞的雇佣兵们毁掉了，该城由居民们部分地修复之后，于一五八九年又遭洗劫和焚毁，饥荒紧随战争而来，该城因死亡或出逃失去了三分之二的居民。其间，也就是说在一五八五年，夏尔·比埃斯瓦尔签订了巴约勒与菲利普二世的和解协议；早在一年之前，他也曾签署过各种文件，附带奉上八千利弗尔的贿赂给法尔内塞，以便使资源耗尽的该城获准与新教的荷兰重开贸易。十七世纪时的情况也不太妙，佛兰德因“三十年战争”[①]的影响而十分萧条。巴约勒一六五七年又遭焚毁，那是孔代的士兵放火烧的。祸不单行，随即又是鼠疫猖獗；另一位夏尔·比埃斯瓦尔，前一个的儿子，巴约勒的市政长官、财务官、诉讼代理人，因染鼠疫于一六四七年死去，他与雅克米娜·古斯马凯生的两个儿子也随他西去，雅克米娜也于一六八一年死于法国军队路过时放的大火之中。

一六七一年，第一市政长官尼古拉·比埃斯瓦尔和巴约勒的诉讼代理人让·克里纳韦克率领全城的法官恭迎刚刚征服该城的法国国王的御驾。尼古拉·比埃斯瓦尔穿着规规矩矩的褐色服装，戴着一顶简朴的假发，神态威严，那张线条突出的嘴和那只鹰钩鼻是一个别人无法把他拉下马来的人所固有的。我们没有让·克里纳韦克

---

① 因日耳曼新教诸亲王反对信奉天主教的皇权而进行的使德意志四分五裂的政治和宗教战争，历时三十年（1618—1648），故名“三十年战争”。

的画像。那两位法官的脸上从不带笑容，似乎这些佛兰德人对西班牙政权已无法再忍受了，但是生就源自对勃艮第府的古老忠诚的一些旧有的忠贞把他们与哈布斯堡宫廷联系在一起。夏尔·坎特把泰鲁阿纳的保卫者们赶尽杀绝，并像现代高科技战争中的高手那样把该城横扫一空，但他好像并未惹恼毗邻地区的善良的人们：一位极其尊贵的基督徒正式地被请到圣奥梅尔的一座教堂里，对这一例外谁都不觉得是一个酸涩的讽刺。向其弟子们宣布善良的人将拥有土地的那个人的头像已比比皆是。阿尔伯公爵的残酷远未使这些有条有理的人感到难堪：对亚历山大·法尔内塞的粗暴大兵的记忆多少已经抹去了，而对孔代士兵的恶行相反却仍旧历历在目。这些精明的政客十分清楚地感觉到，尽管欢迎路易国王入城的钟声敲得甚响，但灾难和失望并未结束。他们尤其感觉到，他们在几乎自由的该城的旧有特权将被国王的总管们给蚕食掉。

他们在这两点上是有道理的：战争芭蕾在继续，尼梅格条约把这片土地干脆划给了法国，但是军队仍奏着吕利的乐曲在行进，洗劫与焚烧一直持续到乌得勒支条约为止，也就是说，整整持续了三十年。他们把佛兰德的农民以及其他所有的农民都变成了拉布吕耶尔[①]所描述的那种可怜的牲畜，那个时期，据十九世纪的一位诗人说，那位伟大的国王之夕阳“如画般美丽，在映照着人们的生活”。其实，在当时，甚至连温和的费奈隆[②]在回答一位踌躇迟疑的军官时也只是劝他尽量压制部队的抢掠行为，他们的抢劫被认为是对士兵食物的不可或缺的补充，封邑领主的实物收入大概越来越少，而农民的稀粥则越来越稀。在城里，贵族们则对法国总督的践踏作出反

① Jean de La Bruyère（1645—1696），法国作家、哲学家，著有《品格论》。
② François Fénelon（1651—1715），法国天主教神学家、作家。

应，回收新政权出售的公民财物。这是极其繁难昂贵的，但他们仍坚持不懈。我在谈到德·奥齐埃时提到登记各家纹章的法令，该法令是新的，但却适用于整个法兰西，目的在于多少填补一下国王的金库。比埃斯瓦尔家族拒绝服从，也许他们认为法国政权长不了。法国总督尽管大肆嘲讽这些手头极其拮据的可怜人，但无济于事。其他一些家族，如克里纳韦克家族则比较驯服，东拼西凑，违心地去服从命令。这个时期，国王也缺少银两，只好把五百份贵族证书以每份六百利弗尔的价格抛售了。只有一位佛兰德人可以说是在前进。

大地很快便恢复了元气，因为当时人类尚无法大范围地进行毁坏与污染。人们紧密地团结在一起，开始热情洋溢地干了起来，那份激情犹如昆虫的激情一样，我们不太知道它是了不起的还是荒谬愚蠢的，但第二个目标似乎比第一个目标更合适一些，因为从经验中从来没有得出过什么教训。十八世纪是生活温馨美好的时光之一，但是古老的佛兰德发生了改变，从前的金色调让位给了法兰西的灰色调；古老的贵族变成了穿袍贵族；一些平民百姓参加不了的庆祝活动越来越多地替代了以前的那些公众狂欢。巴约勒也逐渐跻身于那些外省中知名的地方，这些地方任何时候都是法国小说所钟爱之地，在那里，或多或少有点贵族头衔的法官和小贵族们宁愿过城市的舒适生活，也不喜欢自己土地上的那种不方便，他们开始在两盏银制烛台之间玩起双陆棋了。群众性的生活特别存在于昂巴什的城郊，在那里，小酒馆老板的生意比在城里红火，啤酒制造商在酿制啤酒，纺织工在自己家里纺纱织布，而绣花女则低着头在勤劳地飞针走线。昂巴什还提供那种被人瞧不起的娱乐玩意儿或是庸俗一点的玩意儿，那是城市所不可缺少的丐帮的酵母。一七〇〇年，一对有身份的父子在那里的小旅店被杀害；凶手被绞死；人们在圣瓦斯特教堂为受害者做了弥撒，而尼古拉·比埃斯瓦尔在他的笔记本中还详细地记下了付给他的那三个利弗尔的用途——用作这风光的葬礼的旗子和火盆，这小小的税款对于财政官来说至少是部分地对其投资的回报。

正是在这一时期前后，这帮大人先生中某些人的姓氏变化了，如果尚未贵族化，便加一个贵族姓氏，而且仿佛纯属偶然似的，这种姓名几乎始终就是一种法国姓名。于是，克里纳韦克家族变成了克里纳韦克·德·克莱伊昂古尔家族，因为隶属于卡塞尔的古尔地方的一小片子爵采邑的缘故；我所出生的那支比埃斯瓦尔家族今后便称作比埃斯瓦尔·德·布里亚尔德家族；巴埃尔家族变成为巴埃尔·德·讷维尔家族。作为教养和某种社会地位的标志，法语的使用早在路易十四征服这儿之前便开始了，十六世纪，在巴约勒与荷兰摄政之间的通信往来几乎总是使用这种语言，但是，在公证文书、大事记和墓志铭中，直到十八世纪仍旧主要使用佛兰德语。修辞会馆到处都在走下坡路，甚至在比利时各省也是如此，法国当局对它们没有好脸色。婚姻协议书和登记着银餐具、银圣水缸、金十字架和女人首饰的死后财产登记清单账册中是绝对不提的，但是用法文、拉丁文，还有较少见的荷兰文写的大部头作品却是装订成精装本，这儿那儿地摆放着。尼古拉·比埃斯瓦尔用他的现已不合法但是照用不误的纹章装饰其藏书章；米歇尔-多纳西安·克莱伊昂古尔到巴黎刻他的纹章，而且还在自己的纹章周围刻上一些爱神丘比特在一种洛可可式的光轮中上下起伏着。

这也是最古老的家族肖像开始回归法国的时期。除了两三个以外，大部分先前的肖像想必是在战火中消失了。男人们曾经或将要按照他们各自的位置加以描述，但是在这里把几个女人聚在一起比较合适。一位祖辈的祖母康斯坦丝·德·巴纳用她那双美丽的手托住低低地遮挡着她那丰硕胸脯的轻薄柔软的轻纱；她的脸可以说是很丑，已不年轻，而她那活灵活现的眼睛和笑口常开的大嘴却带点奇特和骄傲。我猜想她是一位热情好客的主妇，敢于与宾客们吃喝对饮，对他们的大胆玩笑感到高兴，而她的丈夫达尼埃尔·阿尔贝特·阿德里安森并不太担心这个诚实的女人会一时冲动起来。一位名叫伊莎贝尔·德·尚杰的远房女亲戚穿着赫柏[①]式的衣服，一条蓝色丝绒宽带遮着她那棕褐色的胸脯；她手上拿着的朱红色大水壶是自鲁本斯[②]以来佛兰德绘画中常见的陪衬物之一，不管是像这次一样画的是一次奥林匹斯山上的欢宴，还是在卡纳的一次婚礼或一个家庭节日。伊莎贝尔·德·巴斯布洛涅有着莫里哀可能抓来用到他的一位外省侯爵夫人身上的那些名字中的一个，但是这位五世同堂的老祖母却有着几乎令人心动的美丽。她的画像似乎是在纪念一次化装舞会或一个举着火把的乡村节日：她怀里搂着弓和箭囊，令人想到爱神再现，但她的冷漠和苍白却让人觉得虚幻缥缈。她着路易十五时的宫廷服饰，苗条而笔挺，不像《远航基西拉岛》中纤弱瘦小的女人，而像普利马蒂乔[③]的山林水泽仙女，如果一位外省画家把她画得稍许老派一些，倒会使她回到她的那个时代去。至于这张面孔后面所隐匿的东西，至于那些在这两只稍许有点斜视的明亮的大眼睛里闪过的形象，我们就别去寻觅了。我们只知道她嫁了一个比埃斯瓦尔·德·布里亚尔德，四十六岁便去世了。

---

① Hebe，希腊神话中的青春女神。

② Peter Paul Rubens（1577—1640），佛兰德画家。

③ Francesco Primaticcio（1504—1570），意大利画家。

有一个传统使我深信，我的祖辈伊阿辛特·德·格斯和他妻子卡洛琳·德·艾利选择葬于伊普尔大教堂的祭坛内，是为了离只标有一个日期的那块大石板最近。这块大石板位于路面中央，指明了别称冉塞尼乌斯的冉森主教的遗骸之所在。教会通过这种更名换姓的手法使得对罗马制裁的尊重与对一位可敬的高级教士的崇敬统一了起来。其实，一个祭坛的过道始终被人的虚荣心认为是最佳的埋葬处所，伊阿辛特·德·格斯也许并未考虑很远。我曾提醒过，在该地区，只有耶稣教徒们在把知识传授给良家子弟，但他们的弟子除了几个榆木脑袋外，离开他们时都很少冉森教派化。从驱逐的闹剧到狂热的冉森教派教徒们的阴沉闹剧，伊普尔的这位主教身后的奇遇大部分发生在巴黎，即使雷霆源自罗马。尽管如此，但对于许多佛兰德和其他地方的虔诚的基督教徒来说，冉森教派教徒们的苦修，他们对现实的蔑视似乎是对英雄年代的基督教的迫害的活生生的写照。一封由安托瓦纳·阿尔诺从比利时寄给让·拉辛的密信向这位诗人或者说国王的史官举荐我母系方面的一位祖先路易·德·卡蒂埃“这个真正的基督徒”，因为他在列日的住所非常漂亮，而且他在艾克斯拉沙佩勒附近的别墅遭到法国士兵的洗劫，而拉辛给卢森堡元帅的一封短笺可能会对他有所助益。另外，阿尔诺的这位朋友还是个模范的天主教徒，是教会的驯服子弟，被其教区的本堂神甫捧上了天，但同其他许多人一样，他本人并未因此而没冉森教派化。

一九二九年，我把一个双臂紧缩的基督像卖给了一位巴黎的古董商，那是我父亲传给我的，我父亲把它扔在一只衣橱里，以致其银身都发黑了，黑得几乎与钉在其上的乌木不相上下。“你叫人给坑了，小姐，”当我的异母兄长得知我多少钱卖掉时对我说道。不过，把这些十七世纪的佛兰德基督像与冉森教派联系在一起的那个传统——错误的传统——把这个既是习俗又是凄惨的伟大的小摆设对于我而言却变成了不会很快就弃之的物件之一。我在别处说过，宿命似乎如同我们在短暂人生所看到的那样与实际紧密相连，那宿命已经与我们的公正概念背道而驰，一旦我们把它与一个以善良为法宝的上帝的概念联系在一起，它就变得令人气愤了。当我已经拒绝接受一个只是为了所有的人而死的神明的想法时，我又怎能接受一个不为所有的人而死的神明的看法呢？怜悯和爱都没有从这些撕开的伤口中流出来，这个耶稣受难像从来只是主宰着垂死状态，人在其中不是宁静而是颤抖。

但是，冉森教派严格的信徒们在这个环境之中从来就只是受到尊敬的少数，“羊群”中的大部分属于一种对自身不太苛求的人，这些人包括好几个不同派别，从强硬的怀疑派到娇弱的反宗教改革的基督徒，无所不有。

我并不是不知道在跪凳的红丝绒方垫子上，可能也零零星星地跪着几个男女圣贤，在远处看不清他们。家族档案中经常提到的那些“虔诚女子”既无必需的智慧也无必需的激情。玛丽·泰蕾兹·比埃斯瓦尔是个已到符合教规年龄[①]的女人，被安置在耶稣修道院的一个小教堂里。一七三九年，她留下了四百弗罗林给神甫们去装饰教堂，还留下二百弗罗林给穷人。她的忏悔师除了其他任务外，还受命打开她写字台的抽屉，把里面可能有的材料烧掉。我们无法肯定那是不是一篇祷词的草稿，人们猜想可能是一些往日的情书，或者是知心女友间的通信，满纸的小圈子中的流言蜚语。

① 按教规年过四十可以做教士的女佣。

我们稍许往下走一点儿，也就是说，往地狱走去。一六五九年，在这比中世纪更称得上是鬼神学的黄金时代的十七世纪中期，皮埃尔·比埃斯瓦尔和让·克里纳韦克同他们的同僚中的二十五人签署了对一名巫师的酷刑与死刑的判决书。此人名叫托马斯·洛顿，麦特朗镇人氏，离黑山不远。这个托马斯被指控给其邻居们的牲畜施以魔法，并且还用有毒的李子杀害了一名儿童。这是普通的罪行，好像甚至在阿斯莫代、贝尔泽布特、阿斯塔罗特以及他们的魔王路济弗让人们大谈特谈他们的那个时期，他们也只能干出极少量的罪恶来，而且始终是同样的那些罪行，而最恶劣最多种多样的罪行则总是留给人去做的。尽管全村的人都站出来指证，但托马斯就是不承认。我们常常在想，这些巫术案件在法官看来代表着一种迷信或犬儒主义的嚣张，而死刑判决像大雨一般连续不断，而且总是胡乱地做出这种判决来。其实，合法性在这中间找到了它的义务，如果说没找到其公正的话。审讯持续了两个月。正如被我们今天的招魂巫师招来的死者魂灵通常只满足于通过一个未亡人来交流一样，普通人很少看见的恶灵魂喜欢通过被魔鬼附体者和巫师进行犯罪，这就使得被魔者或施刑者的活计成为必不可少的了。尽管进行了七个小时的审问，托马斯一直拒不认罪，仍继续闭口不言，以致审判进行不下去了，除非有一个偶然的好机会能把敦刻尔克的那个刽子手为私事请到巴约勒来。这个执法官吹嘘自己亲手砍了六百个巫婆神汉，他要求准许他去看看那个囚犯；这立即得到了同意，因为大家很高兴把这事托付给一个富有经验的人。

经过这位“医生”的检查，很快便发现在托马斯的身上有一个魔鬼协定的记号，就是我们今天所认为的病理学的那种有名的皮片脱落，手术医生从那儿可以随意把针插入，病人都不会喊叫或颤动。弱点找到了，当然就从那儿下手。几根骨头和几根血管被弄断之后，托马斯便从实招认了别人想让他招认的事实：他参加过巫魔夜宴，同魔鬼商谈过，当然是像通常那样吻了魔鬼的臀部之后再谈的，他从魔鬼那里得到了妖术和毒李子的秘密……那天夜晚参加巫魔夜宴的魔鬼的名字叫“哈乐根”。

在巴约勒的法官们审讯托马斯的那个年代，哈乐根已经是集市露天舞台上意大利喜剧的一个传统人物了，他通过蹦跳、俏皮话和把他那把长木刀抡得飞来飞去来逗孩子们乐，但是，他那菱形紧身衣从前却是一种狭长形的服装，他的面具以前是魔王的面具。这个被那些说教者大声怒斥其戏剧不成体统的哈乐根在异教时期的欧洲曾经是欧讷的国王和更早的色雷斯骑士的旗鼓相当的对手，在马嘶犬吠声中，他跋山涉水，历经坎坷，领导着一夜等于一百年的那种魔鬼骑袭。由于民间传说尚未诞生，无论活人还是死人，谁都不承认把自己装扮成小丑的人是自己的神明，但是，托马斯·洛顿在巫魔夜宴的晚上与从前的哈乐根命定的相会，对于愚昧的村民脑子里那些幸存的神话来说，则是意味深长的。魔鬼们这个阴谋的原因被陈述出来了，皮埃尔·比埃斯瓦尔和让·克里纳韦克在火刑处死的判决书上签了字。大广场立起了柴堆，人群早已挤满了。但是，前去押解死刑犯的狱卒们却发现他蜷缩在牢房的一个角落里，脖子断了。观众们大失所望，悻悻地离去。一定是哈乐根干的，他听到他说出自己的名字而怒不可遏，所以杀了他，而且哈乐根出于怜悯（如果怜悯也能进入一个魔鬼的灵魂的话），让他死得痛快一些。其实，也许是一个富有同情心的狱卒，或者是被犯人家属买通的狱卒扮演了魔鬼的角色，但大家还是愿意相信是皮埃尔·比埃斯瓦尔或让·克里纳韦克下令这么干的。但是，法官们是很少中断司法进程的。

《巫师们的锤子》和另外一些由过度激奋的鬼神学家们撰写并被法官们潜心学习的论文的一大部分受害者，肯定是一些并不能伤害别人的可怜人，他们之所以遭邻人憎恶，是因为他们的模样或奇怪的举止，因为他们古怪的性情，喜欢独处的习惯或其他一些不让人们喜欢的性格所致。托马斯·洛顿想必就属于这种类型。但是，也有一些人是因为真正的用心不良，因为对穷困和所遭受的屈辱有一种莫名的怨恨，因为一种爱好受到诋毁或一种需求未得到满足，而在实际上或思想中去参加了巫魔夜宴。整天在萝卜地里刨食或在泥炭层里掘土之后，一些穷苦人在这伙破衣烂衫，在荆棘丛中围着一堆炭火蜷缩着的人中找到了我们的那些复又变成原始舞蹈的等同物，找到了我们的那些咬牙切齿、乱吼乱叫的音乐的等同物。他们像是一些幼虫似的在其中满足自己聚在一起的本能，品尝着身体的热气与混杂，品尝着在别的地方绝对禁止的裸露，品尝着那种丑恶的或不道德的小的震颤或小的狞笑。映照在这些可怜人身上的火光不仅预示着始终为他们准备好的悲惨的死亡，而且这些火光如果说不是来自另一个世界的话，就是源自他们的内心深处。

但凡相信上帝的人可能而且几乎是应该相信魔鬼，但凡祈祷圣人和天使的人也都有机会听到地狱之声。而且更好的是，在人的理性和逻辑中，没有任何东西可以阻止我们相信，在我们这样的孤岛和产生于或置身于我们身上，能够毁掉我们或指引我们的其他一些似见非见的形式、半拟人化的意志力之间，一些干扰和交流是可以在这儿那儿建立起来的。在一个我们所观察到的那些唯一的力量对于人而言是无关紧要的世界里，这个假设还需要阐明。但是，神学家和法官们对所谓的神秘现象的胃口，使问题被歪曲了：恶魔的可怕形象使他们变得盲目，不知道恶魔并不比在一般具有人形而没有任何超自然力的情况之下更具危害性，也从不比它在完全看不见，甚至受到尊敬的时候更加有害。皮埃尔和让在把托马斯送去受酷刑并处以火刑的判决书上签字，并不比这个也许是无辜的极无知的人更加可鄙可耻；孔代的大军践踏佛兰德的农舍，宰杀牲畜，让百姓遭受瘟疫和饥饿，这要比哈乐根这类魔鬼所能做的更加的凶残。

皮埃尔·比埃斯瓦尔和让·克里纳韦克似乎被完全谅解了，因为在当时，不论是哪个法官都会像他们那么去想去做的。但是，与平常的人一样地去想去做是不被推崇的，这并不总是可以得到原谅。在每一个时代，总有一些人与平常人想的不一样，也就是说，他们并不像那些不去想的人那样去想。比如，遇此情况，蒙田就会给巫婆们献上一些嚏根草[①]合剂，而不是树脂衬衣和一烧就完的稻草人；阿格里帕·冯·内特斯海姆因为以其人文主义者的目光探索过神秘世界，到处寻找其规律，而本身就是个怀疑派，他与一位乡村教士站在一起，为一个被其邻人指控为搞巫术，被一位宗教裁判所的法官宣判死刑的老妪辩护；泰奥夫拉斯特·勒诺多早在我的两位先辈签署判决书的前十年光景，就发现洛顿的修女们的所谓魔鬼缠身只

① 毛茛科植物，其干茎和根被古希腊人和古罗马人用来治疗精神方面的疾病，或做心脏与呼吸的抑制剂。

不过是歇斯底里的闹剧，而参与此案件的主教中有一位也有同感。

当拉辛的《讼棍》中的法官建议他未来的儿媳乔装打扮去观看一次酷刑时，这位美丽的伊莎贝尔作出了我们今天一样的反应：“呃，先生，我们能忍心去看一些不幸的人受苦受难？——噢，反正这可以消磨一两个小时时间。”这是一段精辟的对话，我们可以感觉到拉辛是站在伊莎贝尔一边的。而皮埃尔·比埃斯瓦尔和让·克里纳韦克则相反，他们如一般人一样地在想，也就是说，他们更像法官当丹而不像蒙田。对此，我们已有所料。

我很想有像《苦炼》中那个虚构的西蒙·阿德里安森那样的先辈，他是个船主和银行家，同情再浸礼教派，戴上了绿帽子却没有怨恨，怀着一种怜悯和饶恕的快意死在轮番的反叛和被征服的明斯特阴郁的气氛之中。其实，我能找到踪迹的我的阿德里安森先辈中的第一人是在那个心胸开阔的、正直的人之后将近七八十年，但是，他不像那个正直的人是生活在弗莱辛格，而是在尼厄港，他于一六〇六年在那里的圣马丁教堂与一位卡特琳娜·冯·杜纳喜结连理。我所知道的有关他的情况就这么多，没有任何迹象向我表明，他是就出生在这个沙丘环绕的小海港，还是来自别处。随后，这个家族便在伊普尔安顿下来了。

含有“阿德里安之子”意思的姓名在荷兰较为常见。在所有取此名的那些人中，没有一份材料使我能够认为与柯尔内利乌斯·阿德里安森修士沾亲带故，他是方济各会修士，生活在大约十六世纪中期，并因对一些可爱的女苦修士管理太松而被逐出布鲁日。当我把另一个团体，即那个把泽农引向灾难的天使团体放进那同样危险而又温馨的气氛中去的时候，我倒是想起了他的那个极其驯服的女苦修士的团体来。因为缺少证据，我也无法把一个名叫亨利·阿德里安森的巫师计入我的亲戚之中，后者于一五九七年八十高龄时，同其女吉耶米娜一起在敦刻尔克被火刑处死。还有那个海盗船长弗朗索瓦·阿德里安森也不能计入亲戚之列。他的海盗船名叫“黑犬号”，是为菲利普四世效力的，后来他回到陆地——还是敦刻尔克——了却一生。即使所有这些人都属于我所说的那个谱系网，他们的后代也不知流落何方。但是，他们同我的真正的阿德里安森们全都呼吸着同样的空气，吃着同样的面包，迎着海上同样的风和雨，他们是我的亲戚，因为他们存在过。

弗朗索瓦·阿德里安森是先辈，这毋庸置疑，他在尼厄港其父母举行婚礼的那同一座教堂里受的洗礼。我在前面谈到过他为西班牙效力的军官生涯，这种生涯对我们来说并没有他同克莱尔·富尔芒成亲重要，因为这桩婚姻把我们引至鲁本斯的神秘世界的边缘。

富尔芒家族在安特卫普长期经营精美挂毯和东方地毯的生意，那是令人垂涎的异国宝物；人们看到它们铺在凡·艾克的圣母像的脚下，展现着上面那些几乎神秘莫测的图案，或者挂在两根立柱之间，遮挡住教堂那冷峻的背景。这种时尚在继续风行，因为同样的挂毯和地毯在十八世纪的荷兰内地仍很流行。富尔芒老爹在旧交易所广场有一幢宅第，名为“金鹿府”，想必是因为屋脊上有一只鹿雕的缘故，因为当时的佛兰德习俗喜欢用真实的或想象的动物，用皇帝们的半身像和镀金的圣母像装饰屋顶。他的儿子达尼埃尔是个法学博士，用高价从西班牙国王手中获得了韦蒂利埃采邑，从而享有高等、中等和低等的司法权。我们倒是愿意相信，如果他不是在继续卖布料、地毯的话，至少仍在用它们同其朋友们换钱，如同在那个年代茹尔丹先生的父亲在巴黎所做的那样。

勃朗特博士是个享有盛名的法律界人士和人文主义者，达尼埃尔·富尔芒娶了他的两位千金中的一位——克莱尔·勃朗特，鲁本斯娶了他的另一个女儿伊莎贝尔；博士府第喜上加喜的是成了画家鲁本斯的第一个画室。伊莎贝尔很年轻时便去世了，达尼埃尔的小妹，金发的埃莲娜做了鲁本斯的填房，因此达尼埃尔又成了这位大画家的连襟。克莱尔·富尔芒，我的远房祖母辈的人，达尼埃尔和克莱尔·勃朗特的女儿，成了她们那个世纪被画得最多、也最得意的那两个女人的侄女。

鲁本斯是个追求幸福的人，但幸福并未从他童年时起就向他走来。他生在科隆，其父因与新教过往甚密而被从安特卫普驱逐出去，后又因与一位公主通奸而被处死刑，其母是个激情满怀的女人，她挽救了她那不忠实的丈夫的性命。鲁本斯受到了这种往昔的影响，并把这种阴郁沉闷的气息反映到了画布上，不久，画面便笼罩上了一层闪亮的外形和薄涂层。他很快便成为一个名闻遐迩的艺术家，而且很快也富有起来。他自年轻时代起便是意大利各个温馨的小朝廷和西班牙严格的朝廷的常客，很早时便担当起棘手的外交使命，并被两位国王授予爵位。他会讲会读五种语言，如查理五世所说，是五国人。他那牢固的幸福一直跟随着他，并且在他死后仍然风光依旧。伊莎贝尔是他这种几乎完全的成功的第一位女性享受者，因为我们对这位年轻的艺术家在意大利逗留的八年中所邂逅的美丽的意大利女郎的情况一无所知。鲁本斯同伊莎贝尔在新婚燕尔的翌日，便在博士那已染秋色的花园里一起作画，时年三十二岁。这个壮实的男人穿着漂亮的黑丝绒镶花边的华服，神态审慎而安详。芳龄十七的娇小新娘身着锦缎，头戴一顶“十分时髦”的喇叭形高帽，清纯优雅，手按在博士为她选中的丈夫的手上。

后来的那些画像如特写镜头一般，向我们展现了为人妻为人母的伊莎贝尔：低低的胸衣把一对乳房托起，互相挤压，宛如篮中的桃子；一对牝犊般的大眼睛使面容熠熠生辉；下巴柔弱，有点在逐渐消失似的，表现出的是一种顺从被动的性欲；肺痨使她那在透过著名的大草帽变得柔和的光线下的细皮嫩肉泛着红晕。鲁本斯没有像后来的伦勃朗画他的莎士基娅那样，用铅笔先勾勒出那个被热病折磨的垂死的年轻女子，显然，画缓慢的死亡并非他的专长。

这位鳏夫在给朋友的信中，表达了那种他好像主动地从他的作品中排挤出去的哀伤："既然治疗我们所有病痛的唯一良药是遗忘，是随着时间的推移带来的遗忘，那我就只有等待着遗忘来救我了……我认为出外旅行一趟可能会对我有所裨益……我并不指望达到坚忍……我简直无法相信我给心上人的纯情竟然没能得到好报，我也无法相信一个人能够对生活的坎坷完全忘怀……"鲁本斯超前地看到了太过于抵抗痛苦的那种勇气也在增加痛苦，同时也在损害着我们。写这封信的那个人只是一个拿画笔的动物。

四年后，在完成了在国外的使命和工作归来时，这个彬彬有礼的男子同他妻子的娘家人恢复了接触；大约在这一时期，他替老博士勃朗特画了像，而博士那红彤彤的面颊说明，他既是法国葡萄酒的专家，也是希腊和拉丁文法方面的专家。在富尔芒府上，他又见到了那两个克莱尔，一个是亡妻的妹妹，另一个是她的年龄尚小的侄女。其间，小埃莲娜从儿童时期跨进了少女时期，鲁本斯在她年方二八时，于一六三〇年十二月娶了她。老夫少妻之间相差三十七岁，这在当时并不使人感到惊讶，也许在任何时代都不会使任何人感到诧异的，除了我们的时代而外。但这一次，画家没有在新嫁娘身边作画。"我决心结婚了，因为我尚未准备过单身汉的艰苦生活，而且我在想，如果说我们应该赞颂禁欲的话，那我们也可以在感谢上苍的同时，寻找那种合法的乐趣。"他还补充说道，大家都曾劝他找一个贵妇人，那显然是图她的回报，但是，"用宝贵的自由去换取一个老妇人的温存”让他觉得太残酷了。正如安泰俄斯[1]在触摸大地时便能恢复力量一样，鲁本斯在亲吻埃莲娜时便恢复了青春。

在他最后的十年中，鲁本斯越来越迷恋自己那幢圣塞巴斯蒂安的罗杰·德阿尔赛的豪宅，越来越迷恋埃莲娜，迷恋他的家庭生活，那简直就是神仙般的生活，因为他的画室里确实有不少的神像。每天早晨的第一件事就是做弥撒，在他的生活中，弥撒完全如同宗教画在他的作品中所占据的位置。然后便由他的一个学生读塔西陀或塞内加的作品，他边听边画画。日暮黄昏时分，他便骑马沿着埃斯科河溜达，这个喜欢观天望云的艺术家无疑在享受着落日那雾蒙蒙、红彤彤的色彩。然后便进晚餐，他喜欢晚餐丰盛但不过量，餐桌上，有几个安特卫普引以为荣的头脑清醒、严肃、稍有点深沉的人一块儿聊天。一天的最后的一个节目就是那几乎神秘癫狂的床笫之欢。

在这种一成不变的生活中，一切都是有条不紊的，都是奢华、平静和充满性欲的，我们从中难道看不出要求家庭生活必须在使欢乐合情合理的同时更加方便欢乐，让自己的眼睛和思想向着主要方向的这样一个人的审慎选择吗？激情在他那里犹如在某些更加不安分的或更加遮遮掩掩的人家一样毫不逊色：谁只要一提家也就是在说“旺火”[2]。但是，末日在临近：鲁本斯的最后那几年让人想起另一位幸福的画家雷诺阿的晚年来，他的手因风湿症而握不住画笔。一六四〇年，埃莲娜二十六岁时便守了寡。后来，她改嫁给了一位同她第一任丈夫一样被委派到西班牙宫廷去的贵族，但她使我们感兴趣的只是她同鲁本斯的那段生活。

在大师的最后几幅画作中的一幅名为《帕里斯的审判》中，埃

---

① Antaeus，希腊神话中的巨人，他只要接触大地，便获得力量。

② 法语 foyer 有火炉、炉火、家等多义。

莲娜既是维纳斯又是朱诺，两个相互竞争的裸女。在其他画中，她那张肉感的脸蛋儿被画在那些圣母和女神的像上。在鲁本斯新近获得的斯蒂恩小城堡的花园里，她常盛装出现，迎接宾客。在她城里花园那意大利式小楼前，她在看着一个女佣撒谷粒喂几只孔雀。她坐在一个柱廊下，身着盛装，光彩照人，用她那宽大的衣裙轻拂着家中一张精美的地毯。在所有这些画中，只有维也纳博物馆的裸体的《埃莲娜·富尔芒》让我们感到烦恼不堪，但那却是出于绘画的需要而非展现裸体。许多画家都把他们的妻子或情人画得一丝不挂，但是神秘的主题和背景（如同在鲁本斯自己的画中经常出现的那样）把这些仙女置于传统的奥林匹斯山中。特别是在素描和轮廓画大师们的作品中，紧裹着裸露的身体的理想线条可以说是给她穿上了衣服。这个风情万种、浑身湿漉漉的女人似乎是在从浴室或卧室里走出来，她的动作是那种被搅了春梦的女人的动作，她听见敲门声，便随手拿起点什么披在粉肩上。但画家的伟大风格使她避免了任何轻佻的或平庸的过分腼腆。必须一再地观察她，并且运用那种旨在从任何艺术作品中重新找到那些永恒的动机的老把戏，才能看出胳膊的姿势几无改变，就是梅迪西维纳斯手臂的姿势，但是这种流畅的形态既不是大理石般的也不是传统的。她身上裹着的而肋部全露在外的裘皮给她的倒是一种神秘的小母熊的神态：那对有点软、像葫芦似的乳房，那上身的波浪形绉褶，那也许是因为怀孕初期而变圆的肚腹，那带有一些小窝儿的膝盖，使人想起正在发酵的面团的鼓起。波德莱尔在提到鲁本斯的女人们时说她们像是“鲜肉枕头”和“生命涌入其中”的女性组织；的确，似乎只需把指头按在这种皮肤上就能在上面留下一个粉红色的印迹。鲁本斯从未把这幅画出手，它只是在他死后才收入哈布斯堡的藏品之中；也许他是因为要弄了冈多尔国王而感到有点不安。后者只是把自己的妻子展示给一位亲密朋友，可在维也纳的埃莲娜将属于任何一个前来参观的旅游者。

我倒是很喜欢亨德里克耶·斯托弗尔斯，我的曾祖婶母，她是老年的伦勃朗的女仆、模特儿和姘妇，她尽力地在减轻不幸的伟大画家晚景的凄凉，但不幸的是她却先他而死去。亨德里克耶在卢浮宫的《入浴的拔士巴[①]》中因起早干活儿而眼皮肿胀，身子疲惫但柔软，上面有点点灰影。我倒是宁愿与这个对我们的任何苦难、任何辉煌都了解的男人多少沾上点关系。我记得一九六二年匆匆参观冬宫时，看见一个来自苏联偏远地区的农民在伦勃朗的一幅耶稣受难像前驻足片刻，在听了导游用机械的语调漫不经心地解说之后，很快地画了个十字。我不认为鲁本斯的一个耶稣像会引来这同样的动作，圣像不是他的强项。任何巴罗克式艺术都在赞美强力的意志，他的艺术则专门满足统治、占有和享用一个高踞于“三十年战争”的欧洲之上的金光闪闪的集团的需要。罗马历史的寓言与片断用来建造成双的豪华镜子墙和天花板，让穿戴华丽、珠光宝气、身体臃肿的男男女女装扮成英雄和神明对着镜子照个没完。那些寓意画就像歌剧院的十分排场的机器似的把一些专制君主捧上了天。鲜血淋淋的受难者和猎杀的残暴场面是为了高尚地满足他们观赏杀戮的渴望——通常总是为了取悦于百姓爱热闹的心理，可这一次却是为了满足王公贵族们的需要。

鲁本斯是通过对颜料的追求而摆脱了宫廷画家们的那种空泛的美学。颜色的厚涂和挥洒渐渐地使这位天才远离了他那个时代的基督教神秘的浮华，而把他带进一个只有纯物质占主导地位的世界，那些臃肿的躯体变成了健壮的身体，它们像依据当时尚受到谴责的

① 美貌绝伦的以色列女子，沐浴时被大卫王撞见，被后者掠走娶为妻。

伽利略的理论——地球自转——似的在旋转着：《美惠三女神》的臀部是浑圆的；跃起的天使们像夏日天空中的积云似的飘荡着；法厄同[①]和伊卡洛斯[②]像石块似的坠落；《泰尔莫东战役》中的马匹和女骑士们是一些在其轨迹中被拦截的火流星。所有一切全都是在动的立体和在沸腾的物质，同样的血液在映红女人们的躯体和朝拜初生耶稣的三王的栗色马的眼睛。埃莲娜的毛皮大衣、胡子的须须、被狄安娜杀死的鸟儿们的羽毛只是物质的一种改变而已，从十字架上取下的耶稣的松弛的蜡制肉身只是肉体生命的一个最后状态。面对那有机的厚重的稠液，画家在大手笔中的夸张、庸俗、诀窍都已不再重要了，肥胖的玛丽·德·梅迪西有着蜂后的丰满，从船头饰有王冠的那艘大帆船下冒出来的三条美人鱼已不再是韦尔布瓦街的那两位卡佩奥夫人和为她们充当模特儿的小路易丝了，她们的女性魅力没有海浪拍打着船柱的力量和声音那么使人想起女人来。如同一位床上的情人，如同水中的一个半人半鱼的海神，他在这个形体的海洋中嬉戏着。

---

① Phaethon，希腊神话中的太阳神之子，获准驾车一日，却因惊恐而使天马飞升。太阳神恐他毁灭世界，以霹雳将他和马车烧毁。

② Icarus，希腊神话中，伊卡洛斯用蜡将双翼粘于双肩，与父逃亡，因飞近太阳，蜡融翼落，堕海而亡。

克莱尔·富尔芒没有留下画像，我不知道她是否更像伊莎贝尔婶婶或埃莲娜婶婶。但我们有她儿子达尼埃尔-阿尔贝·阿德里安森的画像（取名达尼埃尔是为了纪念富尔芒朝代，而阿尔贝则是为了缅怀一位深受爱戴的大公）。这个身着深红色骑兵服的骑士同他父亲一样是个军人，是西佛兰德部队的军官，他生性活泼开朗，热情洋溢，浓眉下的一双大眼含着笑意，活灵活现。而下一代则没有他那么热血沸腾了：约瑟夫-达尼埃尔·阿德里安森身着贵族市政长官的红色长袍，不怒自威，头上戴着摄政时期的满是金黄色发卷的假发，长及腰际。这位法官年纪轻轻的就死了，留下了他的妻子玛丽安娜·克里纳韦克（后者也是他的表妹，是克莱伊昂古尔地产的买主之女）和三个小女孩，其中的大女儿我已经描述过了，就是那位穿着享有薪俸的修女服，手里拿着一朵玫瑰的小女人；两个幸存的妹妹，一个嫁给了比埃斯瓦尔家的人，因而列入了谱系网中，死后无嗣；另一个名叫康斯坦斯·阿德里安森，是我的一位祖先，她在出了第二和第四父系亲等[①]之后，嫁给了她的堂兄米歇尔-多纳西安·德·克莱伊昂古尔。她不仅给他带去了一大笔阿德里安森家族的陪嫁，还带去了米歇尔-多纳西安的后裔为了装饰自己资产者的纹章而争得你死我活的阿德里安森家族的狮形纹章，以及可由女人继承的西班牙一个微不足道的贵族头衔。我们以后再谈老年的康斯坦斯。

米歇尔–多纳西安曾任国王顾问，一七五三年结婚时可能是个帅小伙子，身材健美，随着婚礼的小提琴翩翩起舞。一七八九年，这位五十七岁的一家之主与路易十六一样地丑了：一双苍白的大眼睛毫无生气，活像金鱼眼似的暴突着；厚而突出的下唇折成一条令人望而生厌的褶皱；领口未扣，让人看到一个粗大的脖颈，似乎要挨刀砍似的。这位先祖倒是逃过了断头台，但是仍逃不过一场革命所带来的麻烦。我们有他的两封信，一封是一七七八年前后从卡塞尔寄给他的，信封地址上仍写有他所拥有的采邑的贵族头衔；还有一封是一七九三年的信，原先的克莱伊昂古尔、德拉努特尔、伦巴第和其他地方的封地贵族，在信封上写成了公民克里纳韦克，也就是克莱伊昂古尔公民。收到这封信时，他那厚而突出的苦涩的下唇上的褶皱大概更加深了。

一七九三年五月，在伊普尔附近的格斯家族的一处领地上，一伙人在一个绿树棚下低声聊着。米歇尔–达尼埃尔·德·克莱伊昂古尔和他的妻子泰蕾兹穿着一身旅行装，他们的五个孩子最大的才六岁，正在保姆的注视下在运河边上玩耍，他们的客人，泰蕾兹的兄弟雷奥纳尔·德·格斯通过当时盛行的并且旨在巩固家族财产的浪漫的“换婚”娶了米歇尔–达尼埃尔的妹妹塞西尔。在我无法确认模特儿到底是谁的几张家族画像中，我挑选了那张最好的，它无论在年龄上还是在服装样式上都与我的高祖父最相配：米歇尔–达尼埃

---

① 计算亲属关系亲疏远近的单位。

尔完全可能就是那个有点傲慢，脸上扑了香粉而显得苍白的小主人。他弟弟夏尔穿着一件马车夫式的半敞着的大衣。他们的父亲米歇尔-多纳西安脱下了用缎带把头发扎在颈后的假发，很像自己的佃户。我不知道他是否跟随着被流放的两个儿子，要是跟着去了的话，那他就是由当时已年届六十的康斯坦斯陪着去的。康斯坦斯无论是随着去了还是留下来了，肯定都是很平静的。我想象着她不慌不忙地从口袋里掏出她的珐琅质镶银的小盒子，最后替泰蕾兹缝好她裙子的一个边饰。

陪着全家的那个和蔼可亲的本堂神甫穿着普通百姓的衣服。这个神甫——我父亲还保存着他的紫晶戒指——看来曾是替米歇尔-达尼埃尔管理小教堂的神甫和他的孩子们的家庭教师。可是这些孩子当时年岁尚小，无需家庭教师，而且我对家里会摆谱儿弄个管理小教堂的神甫也表示怀疑。这个没有宣过誓的神甫在画像上风度翩翩，想必是一位远房亲戚，或者是这些人的一个朋友，他是陪着他们一道前往德国碰碰运气的。

一个个子矮小但活泼的人，表亲比埃斯瓦尔·德·布里亚尔德刚刚骑马绕道跑完了伊普尔到巴约勒的那几法里，前来打听去荷兰所必经之路，他选择在荷兰等待暴风雨的结束。我想他将在根特乘去鹿特丹的长途马车。雷奥纳尔·德·格斯和塞西尔作为奥地利的臣民，没有移居；原则上他们没什么好害怕的，尽管长裤党们的蜂拥人潮让他们同所有的人一样感到害怕。在城堡里，所有值钱的东西全都藏了起来。一个仆人送饮料来，大家立即闭口不言了，因为他们已不再相信自己的仆人。

这些先生太太们可没少担忧。一七八九年，各市镇的陈情书[①]

① 指 1789 年法国资产阶级大革命之前三级会议的陈情书。

是温和的；自那时起，对适龄入伍者的总动员和对教士的迫害使农民们对共和国大大地寒了心。巴黎的消息当然是很可怕的，而桑泰尔的阵阵鼓声也使被安置在好的位置上的人发颤。但是巴黎毕竟很远，大家并未亲身感受到危险。自从在杜埃立起了断头台之后，大家明白了，巴约勒市长是第一批掉脑袋的人中的一个。约瑟夫·比埃斯瓦尔预料到动乱时期女人没有男人的风险大，便决定把他的妻子留在当地。他的妻子是个聪慧而有魄力的女人，名叫瓦朗蒂娜·德·古斯马凯，后来也许是在一位公证人的帮助之下，靠变卖或者虚拟典当摆脱困境，或者说服佃户将来会补偿他们而让他们用指券[①]赎回已经贬值了的土地，后来这些土地又全都回到了他们的主人手里。

夏尔帮助车夫更换了那辆轿式马车后坐了上去，随身携带了一些假证件以防万一。他们全家被允许前往斯帕消夏。泰蕾兹怀抱着还在吃奶的小夏尔-奥古斯丹，保姆坐在车后，与行李在一起。像通常那样，忽而点少了一个提包，或者一个孩子要下车捡球，忽而一个孩子要尿尿，以致启程时间拖了很久。欢笑声和焦急的呼唤声与离别的叹息和哭泣声交织在一起，泣不成声的塞西尔挥动着罗纱头巾，向远行者们抛去飞吻。

米歇尔-达尼埃尔及其家人度过了将近七年的流亡生活，先是住在普鲁士的卡尔卡尔城堡，然后住在威斯特伐利亚的奥尔芬城堡。住在那些整天吵嚷着要在法国恢复秩序或者努力要为外国人效力的移民们周边的是那些因生活所迫而在干剑术教师、家庭教

① 法国 1789—1796 年间流通的一种有国家财产担保的证券，后当作通货。

师或糕点师的移民，还有一些缺少情趣而却有一些现钱在身的移民，他们租上一些地，靠着地里的收获物过着乡下人的生活。看来，我的高祖父和他的妻子就是这后一种移民。苦日子终于来了。米歇尔-达尼埃尔的那套漂亮的蓝礼服终于破旧了；大家都在省着往面包片上抹黄油，因为用包心菜叶包裹的大块黄油在城里市场上卖得很贵。不时地有一些移民路过拜访，稍许减轻了那沉闷的一成不变的单调生活。他们很少去拜访周围上流社会的人家，因为语言是一大障碍，尽管懂点佛兰德语稍许有助于憋几句德语。教士和医生来的时候（医生是经常不断地前来），同这帮先生说拉丁语。

像通常一样，在这种情况下，谈话便转到各自所来自的地方和现在生活的地方在饮食起居、爱情和礼仪等方面的差异上去了，在现在的地方，大家正接受着严格的评判。在不得不在饭桌上硬着头皮吃了德国式的酸甜调味汁之后，大家便来到客厅；为节约起见，天很黑时才点上蜡烛。精明的表兄比埃斯瓦尔觉得荷兰并不保险，于是跑到卡尔卡尔去待了些日子。他还以假名去了一趟法国，然后又在奥斯纳布鲁克和不来梅作了停留，以至于戴上了半真半假的新政客头衔。至于他的那个勇敢的妻子瓦朗蒂娜，她在成功地至少把其流亡的丈夫的一部分财产转入自己名下之后，钻新近出台的一项使她胆战心寒的法律的空子，提出离婚，以更好地保全其夫的财产。此前名为比埃斯瓦尔·德·布里亚尔德的古斯马凯女子大概因为其适应新潮流的表现而受到共和国军官们的赞许。尽管她的行为得到了她常偷偷地去拜访的未宣过誓的那位教士的赞同，但她仍因不得不违背女基督徒和妻子的义务而感到痛苦。幸好她想方设法把自己的孩子们弄到奥地利去了，特别是小王后，得到了一位流亡的修女慈母般的爱。来访者瞥了一眼那个在玩陀螺的小夏尔-奥古斯丹。即使在恐怖时期，想到未来门当户对的联姻也不算是太早的。

从开着的窗户传出的一声轻微的咳嗽声使泰蕾兹抬起头来。她已怀胎八个月，身子重重的，她脚步迟缓地爬上楼去；她的大儿子小米歇尔-康斯坦丁躺在床上，浑身是汗，一名德国女佣在照看他，但医生已再无任何药方来治这种肺痨了。除了泰蕾兹以外，大家都认为这孩子熬不过夏天了。母亲因忧伤而冲着听不懂她的叮嘱的女佣大发雷霆。

泰蕾兹在卡尔卡尔墓地留下了两个孩子：那个肺痨病患者和摇篮中的新生儿。奥尔芬的空气也不行了，另外三个孩子在那儿死去。流亡归来的夫妇只带回来他们的小夏尔-奥古斯丹。

共和八年雪月[①]富歇写了一封信通知北方地区总督，克里纳韦克之妻德格斯夫人获准回到自己的庄园软禁，并准许她享有自己的财产，但先前被国家拍卖的财产不在其内，那是不允许提出任何索赔请求的。第二天，一份由拿破仑签署的文件把手工工厂厂主克里纳韦克兄弟从流亡者的名单上划掉了，文件末尾同样写明对已失去的财产不得讨回。我们没有找到涉及米歇尔-多纳西安和康斯坦斯的类似文件。

对那兄弟俩冠以手工工厂厂主的头衔是因为一间小陶器厂新近盘到他们的名下。这么做也许是为了便于他们回到法国。这家小企业只有七名工人，向当地市场提供一些粗糙的盘子和杯子。我们不太清楚这家人家是依靠这个小厂来解除困境呢还是米歇尔-达尼埃尔和夏尔不愿面对上述往事，企图混入这个不管怎

---

① 法兰西共和历的第四月，相当于公历 12 月 21 日至次年 1 月 19 日。

么说反正是从动乱中获得好处的商业资产者的行列，反正纨绔子弟从来就没有从事工业和商业的天分，那间工厂很快就关门大吉了。

令人怜惜的离婚女人瓦朗蒂娜·德·古斯马凯没能熬过那悲惨的年代，共和五年，在她丈夫第二次流放期间，她去世了，死时年仅三十七岁。泰蕾兹·德·格斯在从德国凄惨归来之后不久便告别了这个世界，享年四十二岁。亦称作克莱伊昂古尔的克里纳韦克女人康斯坦斯·阿德里安森活得稍长些，她于一七九九年以七十高龄辞世。如果说她远去德国的话，她是在与其儿媳分担流亡的忧伤与丧事之痛；如果相反，她留在当地，也许是因为她太柔弱，无法忍受鞍马劳顿，或者像瓦朗蒂娜那样，受命尽力保护家族利益，那她的余年就是在一种秘密的、提心吊胆的、受审问受检查的、共和派的拉拢以及充斥于该小城的保皇分子胆怯的叹息声中度过了。我们无法肯定她是否又见到了她流亡的孩子们，在笨拙的米歇尔-多纳西安身边的四十六年也不会让人产生任何羡慕。总之，她也像其他许许多多的女人一样，在这个自然淘汰率很高的年代，目睹了自己的几个孩子夭折的全过程。但是，任何生命都不能单看外表，特别是女人的生命，她那幅老年女人的画像并不阴郁。

“永别了，粉红色衣裙和金色鞋子……”康斯坦斯不再像年轻时那样盛装打扮，而是穿着革命年代的深色裙子，披着大围巾，唯一的首饰就是挂在胸前的一个十字架。不过，她的帽子却是一件精品，它与那个年代所有女人——从卡佩寡妇到夏洛特·科尔代——的帽子几乎一样，只是她的那顶又大又轻，多褶皱且鼓起，不期然地给予这位女公民一种巨大的薄纱光环戴在头上。她的脸上爬满了细皱纹，下巴变得窄小，如同很老的女人的脸；双眸明亮，发红的眼皮下眼睛仍很活泛，以一种冷峻的亲切看着我们，亲切中含着风趣和善良；嘴唇缩进，与眼睛的笑容不太相称。这个女人的样子并不蠢。

从一七九三年起便震撼着法国社会一部分人的“地震”没有离开过这些回到老家来的流放者。我们看到，他们临时地丢弃了可能招致杀身之祸的带贵族色彩的名字。帝国时期，特别是复辟时期，他们心里踏实了，又回到通常的习俗中去，请柬和婚丧嫁娶的通知信等老一套又时兴起来。但是，正常地大大方方地这么做是在合法化之后，在官方文件正式批准之后。

米歇尔-多纳西安活到一八〇六年才去世；米歇尔-达尼埃尔和夏尔享年八十岁，分别于篡权者路易-菲利普治下的一八三八年和一八四五年辞世。这几位还记得路易十六加冕礼的老人想必到死都在同神甫玩惠斯特[①],但愿这位神甫也能看到王位和祭坛的复兴。我们设想一下一八二四年前后他们有时乘着轻便马车前往黑山，那里的细沙曾是那间倒霉的小陶器厂的原料之一，而且“大骑士”夏尔-奥古斯坦在那儿监督建造一幢很具特色的路易十三-查理十世式的别墅，也许是要替代一幢失去了的别墅。

的确，似乎家族的某些田产被作为流放者的财产卖掉了，米歇尔-多纳西安又让出一些田产以应付艰难的日子。但是大革命过程中遭受损失的故事大部分是不可信的：公证书和我们所了解的这些被掠夺者的生活方式表明他们生活得很宽裕。在动乱年代，和大家一样受苦是一种值得夸耀和吹嘘的事，人人都在哭穷。至于那种要求农民们不求任何所得地主动退还从拍卖中买来的某些财产的虔诚

① 桥牌的前身。

传统，纯粹是无稽之谈。在佛兰德的这个角落里，地主与佃户几乎仍并肩生活着，由于地主制主要是少数宫廷贵族的事，羡慕、仇视、怨恨常常是有利的，但是有时候，爱和忠实的情况也是有利的。似乎这些克里纳韦克不管是否在名字上加有贵族的“德”字样，还是较为受人爱戴的。

第二部分

米歇尔-夏尔的青年时代

在塞纳河左岸的一间学生公寓房中，一位年轻人在穿着打扮，准备前去参加歌剧院的舞会。这间房间天花板低矮，家具全是旧货市场买来的，但却像是一间按月出租的房间那样的整洁干净，因为房东是个老年妇女，还有一个干活儿并不热情的女佣相帮着。这间房间极其普通，描写起来也用不着什么华丽的词藻。壁炉膛内留有烧剩的余火，壁炉台上放着一本边上泛红的《查理十世加冕礼》，证明女房东是个正统的保皇党人。桌子上摆着年轻的米歇尔-夏尔的法学书籍，上方有一块木板，码放着这位年轻人更珍爱的一些书籍：几位拉丁诗人的诗集，拉马丁的《沉思集》，雨果的《东方集》、《暮歌集》等，但是，也有奥古斯特·巴尔比耶和卡齐米尔·德拉维涅的书籍以及贝朗瑞的一本陈旧的《诗歌集》。然而，所有这一切，特别是书背上的书名，在这只有两支蜡烛照明的二月夜幕降临的暗黑之中显得模糊不清。你只能隐约看到在房间一角，在那张用毛巾被保护着的旧地毯上，有两只大水壶，那是我时年二十的未来祖父亲自提上来的满满两大壶温水，还有一只铁皮浴缸，在女房东再三叮嘱千万别把水漏到楼下天花板上之后，他便泡进浴缸里去了。

在有绗缝的棉被上，放着紧身裤（系名师的手艺）、一件巴斯克式上装和已经让人产生神秘之感的作为化装用的有绉褶带风帽的长外衣，枕头上放着黑缎子面具，一双锃亮的薄底浅口皮鞋放在床前的小地毯上。这位发誓绝不把父亲寄来的极少的钱花光用尽的大学生，在穿着打扮上却毫不吝啬，当然啰，有点是因为想取悦别人的漂亮小伙儿的虚荣心，但更多的也许是觉得自己一直太委屈自己了。米歇尔-夏尔谦虚地认为自己简单纯朴，其实是很复杂的一个人。

他穿着衬裤和带襟饰的衬衫，表情严肃而好奇地对着五斗橱的小镜子端详着。这个年轻人有着那样的一张面孔：它似乎并不属于尚未有所作为的某个人，而是属于一个种族，仿佛在这张面孔下面，被人不经意瞥见的挂在巴约勒宅第墙壁上的其他人的面容偶然露了一下就消失不见了。在这张棱角分明的面庞上，在突出的颧骨和两条厚重的眉毛之间，闪烁着两只深蓝色的冷峻的眼睛，在剧院看戏或在公众场所散步时，时不时地会有美女对他侧目而视。鼻中隔有点嫌厚的那只鼻子令他不太满意：这是那种有点文采的情妇称之为狮子鼻的鼻子。嘴又大又丰满，但是脸的下端带有一种稚气，当然，这个脖颈上围着两古尺[①]长精细麻布的大学生对这一点甚至都未感觉到。不管怎么说，他觉得那不是一张巴黎人的面容，甚至也许完全不是法国人的面庞。总之，别人是不是会把他当作一个匈牙利人，当作一个俄罗斯人，一个漂亮的斯堪的纳维亚人？是呀，一个叫什么拉迪斯拉斯的人，一个叫什么伊凡的人，一个也许叫奥斯加的人……他心想，这倒是可以引起女人们的好奇心。

不过，他到底要把自己装扮成什么人呢？自他来巴黎的第一年

---

① 1古尺约合1.20米。

起，他就同几个同学一起去参加歌剧院的舞会了，结果是一刻钟后便失望加疲惫地走了出来。如同他的同时代人弗雷德里克·莫罗[①]一样，这类嘈杂的欢快使他茫然不知所措。米歇尔-夏尔的目的是最快地拿到学位，然后回到巴约勒去帮助体弱多病的父亲管理家族财产。这种舞会纯属一种疯狂，他没有任何必要参加。他当然翻阅过巴尔扎克的一些小说，但却不知道自己是在阅读名著，因为当时它们还没被认定为是杰作。但是，他在巴黎经常拜访的那些府第中，没有在任何一家，包括在他的阿鲁伊恩表兄弟们的家中，遇上过穿着浅灰色服饰的危险的狄安娜·德·卡迪央，也没有一个艾丝苔送给他靠妓女卖笑得来的几百万法郎；没有一个伏脱冷向他提出过带着慈父般的爱的忠告，帮助他跻身于上流社会。他有点稍嫌过快地得出结论，小说只是一些无聊的玩意儿。在歌剧院的化装舞会中，众人头戴风帽，罩着黑色面具，像一群蚂蚁或一窝蜜蜂似的不知为什么在流来拥去，熙熙攘攘，他又能从中期待什么奇遇呢？是在等待一个淫荡的女人，她化装成年轻漂亮的轻佻女人却在扮演着贵夫人的派头，而一个嫖客却在远处监视着她？是在等待一个化装成少女的、丈夫在暗中监视着她的上流社会的贵夫人？是在等待暂借其女主人的首饰用一晚，装扮成上流社会的贵夫人的一个女佣？还是把这个夜晚奉献给可爱而随和的布朗歇特（我替她取了这个名字），专门从事绦带制造业的女商人（我替她选了这个行当），每个星期天在床上亲热了一小时之后，假如下雨，就邀她去卢浮宫参观，假如天好，就请她去卢森堡公园散步，那就很容易让她开心了。而同上面那些女人在一起，你是不会动心的。

他毫无情趣地回想起毫无必要的巧妙的回答所引起的一阵傻

① 指法国作家福楼拜小说《情感教育》中的男主人公。

笑，回想起那习惯使然的尖刻话语的刺人语调以及女人们发蜡加香水的怪味。假设他领一位不认识的美人儿去蓝钟面餐馆或普罗旺斯兄弟餐馆的话，他是知道如何应付替他拉开小包间门的侍者猥亵下流的谄媚的。那小包间里，上一餐饭的余味尚未散尽，而且，他的美人儿一屁股坐下去时，红色棱纹平布面的长沙发上飘起一阵灰尘来。她是不是健康干净的女人？他回想起迪皮特朗博物馆来。有一次他定期来巴黎看医生时，他父亲夏尔-奥古斯坦曾领他去参观过。这个回忆一时间损害了这个年轻人的情绪，难道就因为今天是封斋前的星期二，是狂欢节的最后一天，他就必须身穿一件无名的带风帽的化装长外衣带个美人儿去做爱吗？

一瓶香槟冰在一桶冰中，是他亲自去隔壁的小酒店里买来的。穿好衣服后，他小心翼翼地开启香槟酒瓶的木塞，以避免木塞跳起发出响声，因为有人告诉他说那样很庸俗，然后把香槟倒进有缺口的酒杯，酒在杯中闪烁，接着便一饮而尽，再重新斟满，如此往复，直到酒瓶见底为止。并不是说米歇尔-夏尔是个酒鬼，熟悉名酒使他成为一名品酒专家而非醉鬼。但是，他从他父亲那儿得到了诀窍，后来又传给了他的儿子：为了达到实际上不胜酒力而又能称心如意的水平，必须一口一口慢慢地喝光一整瓶名牌香槟，否则你就永远也喝不了多少酒。

几乎立刻，酒劲儿就上来了：他心跳加快，血管中似乎突然灌满了一种金色的火焰。一个年轻人应当分享自己故土和时代的欢乐，应当敢于冒险，应当不畏艰难险阻，应当向自己证明能够征服其他东西而不是征服一个轻佻的缝纫女工，能够从普通的风帽和黑色花边半截面具下认出高贵典雅的女人来。选择，逗引，大胆，享受，满足……绝妙的方案。当夏尔-奥古斯坦最近拄着双拐来到日后对他已黔驴技穷的雷卡米埃医生的候诊室时，这位聪明的父亲亲自劝告他儿子别任青春流逝而未有节制地享受青春的欢乐。这两个夏尔这一天有过建立父子之间的男性秘密关系的这样一次谈话，避开了母亲、妻子、女儿和姐妹。要是在巴约勒，夏尔-奥古斯坦想必是不会如此真诚说话的。自此之后，米歇尔-夏尔每当想起渐渐被愈加严重的瘫痪折磨的“大骑士”时，总要暗中寻思他父亲是否对自己的过去只是在佛兰德乡间纵马奔驰而没干别的事有所遗憾。门前一辆马车停下来的声响把他拉回到现实中来：那是一辆双座四轮轿式马车，是年轻人雇来在雨雪天“外出”时用的，这增加了女房东对他的好感。下楼之前，米歇尔-夏尔突然灵机一动，又打开了刚锁好的抽屉，把镶有缟玛瑙宝石的镌有徽纹的戒指塞了进去——那是夏尔-奥古斯坦送给他的礼物，然后从口袋里掏出他藏在衬衣里面的几个金币来。他所剩的这六个金路易足够他邀请一位美貌女子共进晚餐了，不管她是公爵夫人还是酒神的女祭司。如果万一那陌生女人是个骗子，他也不会有更大的损失。

凡尔赛铁路

普莱西街

明日，五月八日，星期日，凡尔赛的喷泉喷水日，自早晨至晚十一时，每半小时发一趟车。除早晨头几班车而外，所有车次全部直达……

在普莱西街火车站，提前发售车票。

三个月后，五月八日的温和阳光照进房间，使一切变得美丽光鲜。时间尚早，阳光尚未射进这条狭窄的街道，但是人们猜想到将是个晴好的日子，是一个温暖的春天的一天。那是一八四二年，是个星期日，而且还是开明君主日（但夏尔-奥古斯坦对此是不屑一顾的）。该大学生的法律书籍没再堆在铺上了白桌布的桌子上了；一只咖啡壶坐在炉子上，桌上还摆着一排杯子和茶碟，全是从女房东那儿借来的；一只大篮子里装着一些奶油圆球蛋糕。

机缘凑巧，卡塞尔的一个同学夏尔·德·凯茨波特选择了这个时刻来参观巴黎，他的哥哥，也是儿时的朋友，也在巴黎攻读法学学士学位。外加米歇尔-夏尔在斯坦尼斯拉斯中学的两位老同学参加的这个小组决定，把这个星期天用来欣赏凡尔赛喷水池的喷水。在花园里遛一圈儿之后，他们将带小凯茨波特去参观凡尔赛宫和大小特里阿农城堡；中午在附近找一家小咖啡馆吃完午饭后，下午便去森林里疯玩一通。刚到巴黎没几天的外省青年小凯茨波特被临时看作布朗歇特选中的一位可爱的女伴，他哥哥有他自己的被吸引来的轻佻女子。同行的人中有一位是名叫勒马利埃的建筑师的儿子，另一位是年轻的德·德里翁维尔先生，他们有的带有的没带自己的女伴。谁都没有费心劳神地去记这两三个漂亮姑娘的名字，我们假定她们就叫爱达、柯拉莉或帕米尔吧。米歇尔-夏尔坚持要邀请大家到他那儿去用早餐，以开始这美好的一天。

年轻人几乎同时到来。虽然布朗歇特为了显示高贵是最后一个到的，但仍不时地与米歇尔-夏尔眉来眼去。她穿着一件崭新的开司米羊毛衫，是临来前收到的一件礼物，因为已谈定她很快将嫁给一位严肃认真的朋友——莫兰的一位出纳员。小姐们都穿着南苏克布[①]服和奥甘迪[②]衣裳，头戴蓝色或粉红色带子系着的花女帽；先生们穿着浅色的长裤。房间里充满了欢声笑语和衣裙的簌簌声。

一会儿过后，大家就跑到店铺尚未开门、几乎空无一人的街上逛了起来。为了给当天的欢快增加一种更加新奇的快乐，他们决定去凡尔赛，并坐火车返回。北方地区的铁路线尚在计划之中，所以坐马车来巴黎的夏尔·德·凯茨波特还是头一次有机会看到火车。默东—凡尔赛的火车只是一年半以前才开始运营的，即使是对于这一小伙人中的巴黎人来说，坐火车出行也仍是件新鲜事。车厢内已

① 一种轻软的平纹丝光棉织物。
② 蝉翼纱、透明薄纱。

挤满了人，要找个座位很不容易。爱达或柯拉莉很害怕，或者因为撒娇而假装很害怕；先生们则保证说铁路十分安全，让她们放心。旅途中，凯茨波特兄弟俩犯了大忌，同米歇尔-夏尔聊起了卡塞尔的那些大小事件；两个巴黎人则在谈政治。年轻女子们都有点厌烦，便聊起穿着打扮以及去年各自的情人来，一通哈哈大笑，而且觉得火车没有人们说的那么快。米歇尔-夏尔殷勤地帮着布朗歇特从眼皮下面弄出一点灰尘来，说实在的，根本就没看见有，但她硬说它弄得她眼睛好疼。

喷水池喷水的情景十分壮观，特里阿农城堡也很美，凡尔赛宫本身却有点逊色，那些充满历史积淀、挤满参观者的大厅让大家感觉疲乏，但谁都不愿明说。在镜宫里，布朗歇特颤抖地提醒道，这儿到了夜晚大概会有不少鬼魂显现。小径旁树木初绿，他们相对来说离开了人群，所以觉得很高兴。有煎鸡蛋和油煎食品的午餐吃得大家很开心，而且似乎吃得有滋有味，因为中午已过了很久，大家都饿极了。大家为布朗歇特未来的婚姻干杯，因为她肯定找到了好主儿；她轻轻地脱去有点挤脚的浅口薄底皮鞋，在桌下用她那纤巧的脚踩她亲爱的男友的脚踝。大家又为米歇尔-夏尔和路易·德·凯茨波特举杯，祝愿他们在即将举行的法律课考试中取得成功，并祝愿勒马利埃在美术学校的考试也成绩斐然。

返回时走得很慢，男士们伸出胳膊让喊累的小姐们挽着，大家又齐声唱起一支抒情歌曲；勒马利埃稍许喝多了点儿，在哼一些下流的曲子，大家让他闭嘴。柯拉莉口渴，想让大家在一家小酒店停一下，喝杯巴旦杏仁糖水，但米歇尔-夏尔提醒大家，必须赶快赶到火车站去，否则就来不及赶回巴黎去茅屋餐馆晚餐——他已在那儿订好座位了，而且也来不及去塞纳河上看焰火了。

凡尔赛火车站洋溢着庙会和吵嚷嬉闹的气氛。米歇尔-夏尔建议等下一趟火车，这多少将会耽搁他们一点的：为了解决旅客太多的问题，现在改为每十分钟一班火车了。一列由两个火车头牵引的列车进了站台，一些盛装但被灰尘和提早到来的热天弄得衣冠不整的资产阶级夫妇，一些中学生、戴鸭舌帽的工人以及拖儿带女怀抱一束已经开始凋谢的水仙花的女人，拼命地往车厢的高踏板上拥去。勒马利埃刚来得及指给他的同伴们看正在登上旁边一节车厢的一位官阶很高的海军军官迪蒙·迪维尔海军上将，他去南极勘察，历尽千难万险，最近刚回来，一位打扮入时的夫人和想必是他儿子的年轻小伙子陪着他。小姐们在她们的男伴们的帮助下往车厢上爬，一边尽可能地护着自己的衣裙边饰和女帽。大家坐下或因没有座位而站着，气喘吁吁的，这时候，工作人员正好在关上并且锁好车厢门，以防止有人无票上车或车到站前悄悄溜下车去。保尔·德·德里翁维尔坐在米歇尔-夏尔对面，心里有点打鼓：他母亲要他保证绝不坐在头一节车厢里。他还补充说车开得实在是太快了。恶劣天气之下，车辆的横向摆动犹如船只的横向摆动一样。突然间，一阵阵摇晃把旅客摇到了一起，大家又是笑又是怕；忽而又是一次巨大的碰撞，把乘客们抛到地上或撞到车厢壁上。一阵金属的摩擦声，木头的断裂声，蒸汽的咝咝声和热水的沸腾声交织在一起，盖过了旅客们的呻吟声和喊叫声。米歇尔-夏尔失去了知觉。

当他恢复半苏醒状态时，只觉得置身于一个冒烟的炉子周围，胸闷咳嗽。好像从什么地方透过来一丝凉风，他将永远也不会知晓那是从一处折断的隔板或是一扇破碎的窗户传过来的。他在令人心悸的暗黑中爬着，用手挪开、推开人的躯体，有时抓住一件撕裂的衣服，最后到了缺口处，他把头和肩膀从过于狭窄的缺口往外挤，拼命地往外挤，终于跌落在路基上。

与大地的接触以及土地的气味使他清醒过来，他摸索着，发现自己滚进了一片葡萄园里。尽管五月份天黑得晚，但现在已黑得如同他爬出来的那个黑洞一样。他用流血的双手撑着站了起来，终于弄明白自己遇上了什么大难了。两部机车挤撞到了一起：列车车厢完全是木质的，或翘起，或翻倒，或断裂，或相互叠起，完全成了一堆木柴，从柴堆里冒出烟雾和喊声来。有几个黑影在动，并沿着铁轨在跑，他们也同他一样是奇迹般地逃出车厢牢笼的人。借助又冒出的一条火舌的光亮，米歇尔-夏尔认出了杜威的一个名叫拉鲁的老同学。他喊他，抓住他的胳膊，冲着他刚逃离的地方叫嚷道："得再冲进去！那里面还有人！是一些垂危的人！"只有四处窜出的火舌在回答他毫无意义的呼喊。一个年轻女人双臂伸出塌陷的车窗号叫着，一个男子冒着生命危险靠上去，抓住她的手往外拽；那条胳膊拽脱落了，像根燃烧的木柴似的掉了下来。一个被抛到路上的无名氏在扯他那燃烧着的鞋，只有一点皮肉连着的一只压碎的脚同鞋一起扯掉下来。一个年轻人也像米歇尔-夏尔一样滚落到路堤下的葡萄园里，但他没有后者走运，被一根支葡萄的架子像刺刀似的扎进胸口，他只来得及走了几步，便惨叫一声死了。大火无情地在肆虐，沿着路轨，一些营救者拿着长钩或长竿紧张地在往外扒烧焦的肢体。一个年轻的旅客，全身赤裸着，从喉部到下腹被撕裂开来，在垂死地挣扎着。在列车尾部大火没有完全吞噬的地方，一些养路工人成功地砸碎了车窗和门锁，救出了一些旅客，获救的人号叫着往外逃窜，把这个噩梦扔在自己的身后；另一些人则相反，又钻进烟雾中，去寻找自己的同伴。但头几节车厢已经烧完了。

余火现在已照不太清东西了，米歇尔-夏尔借助这微弱的光亮瞥见，长裤下端成了黑乎乎的破布片；当他用衣袖擦拭他以为有汗的额头时，发现自己的脸也满是血。当他完全清醒时，他已躺在默东城堡的大厅里，那里成了临时救护所，对伤员进行初步的治疗。晨曦透进窗户，灾难已是昨日的事了。有人婉转地告诉他，他那节车厢四个座席间的四十八人中，只有他一人生还。

也许是拉鲁用马车送他回了家。想必是根据长期以来一直担任他家医疗顾问的雷卡米埃医生的意见，决定让他十月份进行原定于七月份举行的考试。根据一只破碎的表壳和一点残存的护照，确定了凯茨波特两兄弟的身份，米歇尔-夏尔在他们的死亡证上签了字。很可能他也为勒马利埃和德里翁维尔的死亡证签了字。在尸堆中发现的一段饰带和一只阳伞柄使人联想到那两位小姐。我从肯定不完全的死者名单中徒劳地寻找过她们可信的真实身份，而米歇尔-夏尔也许只知道她们的化名。渐渐地，米歇尔-夏尔烧伤后留下的疤痕在消退，但是，在他厚密褐发上的一绺白发长久地飘在额头上。

大约四十年后，在他临终前不久，他根据自己简短的回忆为他的孩子们记录下了这场灾难。米歇尔-夏尔毫无作家的天赋，但是他的叙述之精确与紧张使人相信，在他挂着勋章和用高级床单盖着的胸脯下面，在他那深不可测的眼底里，那堆木质隔板、烧红的金属和人肉仍在继续燃烧、冒烟。米歇尔-夏尔是十九世纪的人，尊重各种各样的礼仪，他没有在记录中写明有几个可爱的姑娘参加了他们那快乐的小组。他向他的儿子提起过她们，但他并没有向他的孩子们讲述某些丑恶的细节，而我是根据正式的引述记下它们的。

其他一些与遇难者有亲戚关系的人对这个凄惨回忆在内心深处保留了一段时间。死去的那个大学生的父亲，建筑师勒马利埃在灾难发生地修建了一座小教堂，他把它献给了火光圣母院，刚举行完祝圣仪式，他就疯了。那座建筑物看上去挺丑陋，但是它的美丽名字却使人浮想联翩。火光圣母院，一个同样虔诚的父亲可能还会建造一座小教堂献给受苦受难者圣母院，献给安慰圣母院以及其他的什么圣母院。这个陌生人面对燔祭的祭品，不怕把自己也烧掉。他的火光圣母院使我不由得联想起杜尔迦[①]或迦梨[②]，想到那位印度教强大的圣母，一切都源自于她而又毁之于她，她在万物之上跳舞，毁掉一切形体。但基督徒的思维则有着根本的不同："啊，温情的马利亚，保护我们免遭尘世间的大火吧！特别是别让我们受到地狱之火的焚烧！"门楣上方的铭刻如是说。为了这些从尘世之火过渡到炼狱之火的灵魂，每年得做四次弥撒，甚至二十来次，然后，对亡灵的回忆便淡忘了。大约三十年前，那座行吟诗人式的小教堂仍然屹立着，今天，一幢大楼替代了它。

我们大家都被粘在其上的蜘蛛网的丝非常细：那个五月的星期日，米歇尔-夏尔差点送了命，或者说是侥幸生还，让他又活了四十四年。与此同时，他的三个儿子以及他们包括我在内的后代，拼命地在撞那并不存在的大运。当我想到一个有缺陷的连杆（别人肯定地说已在英国订购了一个置换件，但被海关扣住了）有可能已经毁灭了这些潜在性时，当我由此而发现现在和已经历的生活的大部分已所剩无几时，我很难过于看重那些偶然的相互碰撞。对于我来说，从路易-菲利普时代的那场灾难浮现出来的形象是一个二十岁的小伙子的形象，他用头撞出缺口，两眼昏黑，鲜血淋漓，宛如他身上带着谱系降临人世的那一天一样。

① Durga，印度教女神名。
② Kali，印度教女神名。

甚至对于我那位对与家族有任何关联的东西都毫不感兴趣的父亲来说，尤其是对于我那位一切都把他与他的家族联系在一起的祖父来说，巴约勒的老房子始终意味着美丽、安定和祥和。由于它毁于一九一四年的战火，而且我只是在儿时看见过它，所以它永远留在黄金年代神秘时期的那个“生命之初”。巴尔扎克在《绝对之探求》中，以其丰富的想象力，并以那种把一切都吹得天花乱坠的狂妄自大描绘过类似的一幢房屋。很少有法属佛兰德的家族用提香画的一幅祖先的真实画像来装饰客厅，更少有人在自家花园里种郁金香，因为一个郁金香鳞茎就值五十埃居；幸好，没有一个家族拥有当时的一系列护壁板，那上面详尽地绘着啤酒制造商、爱国者冯·阿尔特韦尔德的生活，但那纯属路易-菲利普时代的木器工人的臆造。被这个从未到过北方地区的人描绘的克拉埃斯宅第虽然被浓缩了，但却栩栩如生，活灵活现，所以我就不必去描绘这所巴约勒的房屋了。

尖细的门铃声和他那条可爱的母狗蜜斯卡的尖叫声使得米歇尔-夏尔心中充满了一种他认为已经久违了的温馨感。随后，三位少女——加布里埃尔、路易丝和瓦蕾丽——穿着白色和粉红色的夏装走上前来为她们的兄长开门，然后，名副其实的“王后”仪态端庄，强忍住激动，嘴角挂着笑容地把她儿子紧搂在怀里，宽大的塔夫绸胸衣像铠甲般闪亮。看着少爷生出来，侍候了五十年之后将葬于主人家墓穴的厨娘梅拉妮也走上前来拥抱年轻的主人，另外两个女佣随即胆怯而恭敬地与他握握手。最后，一种响亮而有节奏的声音盖住了众人的声响；夏尔-奥古斯坦·克里纳韦克·德·克莱伊昂古尔为了欢迎自己的儿子，从扶手椅里站起身来——他因一种脊髓疾病已离不开扶手椅了，这病第一次发作是十五年前，导致了他双腿瘫痪——两根长拐杖在走廊的方砖地上发出笃笃的声响。

夏尔-奥古斯坦用刮得光光的面孔轻抚了儿子的脸庞。他那爬满皱纹的面孔，冷峻的目光透着一种他的躯体今后已不再有的活力。这个残疾人穿着剪裁得体的燕尾服显得落落大方，再加上有人细心照料，尽管两条腿软绵绵的，但仍有着一副安格尔[①]画上的绅士派头。米歇尔-夏尔的哥哥，善良的亨利从他的房间里走下楼来。他并不完全是个头脑简单的人，甚至也不是个智力迟钝或有点迟钝的人，邻居们婉转地称他为古怪的人。自他入了教区学校之后，大家便看出别梦想亨利能上斯坦尼斯拉斯中学了，也别指望他能坐到巴黎大学的座位上去。大家已经料到他将在家中老死，对生活无甚要求，不妨碍他人，喜欢去大广场炫耀他的那几套专门请里尔裁缝师傅做的漂亮礼服，给一些小顽童发点糖果和几个苏，可他们在他一转过身去便互相用佛兰德语拿他取笑。他很讲派头，吃饭时，当别人让他把盐瓶或芥末瓶递过去时，他总是含笑点头地递给人家；他喜欢听他的妹妹们用钢琴伴奏唱抒情歌曲，但却把最佳的时光用来在自己屋里看保罗·德·科克的作品，而那是不能让小姐们看见的书。他

① Jean-Auguste-Dominique Ingres（1780—1867），法国画家。

向他的弟弟报以有点茫然的热情微笑。

走廊尽头，花园门开处，是满眼绿色和一片鸟鸣。年轻姑娘们把手中玩的小木棒投接小环的游戏用具放在了金属面桌子上。不到一个月前的某一天晚上，当默东发生惨祸时，一切就是这种样子。我们也别弄错了，米歇尔-夏尔受到的不是心灵的打击，而是精神上的冲击。不必过于夸大他的四个好同伴之死对他造成的痛苦，他们还没同他要好到那种程度。布朗歇特的死肯定是一个惨痛的回忆，但布朗歇特也只不过是他正准备要与之分手的一个可爱的姑娘。使他有一段时间感到惊愕茫然、无精打采的是，对藏在一切事物深处恐惧的突然之感。喷泉四射的凡尔赛那极其欢快的面罩微微掀开了一会儿：尽管他无法分析所得到的印象，但他却看到了生命的真实面貌，它是一块火炭。“王后”看出儿子一脸倦意，便领他回房躺下，拉上窗帘，让母狗蜜斯卡睡在他脚下陪伴着他。

“我母亲比埃斯瓦尔·德·布里亚尔德‘王后’，”米歇尔-夏尔在其回忆录的开头写道，“是约瑟夫·比埃斯瓦尔·德·布里亚尔德和瓦朗蒂娜·德·古斯马凯夫妇之女，是议会议员伯努瓦·比埃斯瓦尔·德·布里亚尔德和我还保留着其身着狩猎女神狄安娜服饰的画像的下布洛涅勒费弗尔小姐夫妇的孙女。她中等身材，具有佛兰德美女的肤色，既聪颖又贤惠……她曾受教于一位出身高贵的修女，大革命使后者在国外的家庭败落了，后来就一直没有离开过她的小女主人。我母亲身上的一切都反映出她从前曾受过很好的教育。”他所没写出来的是——我们这已不是第一次也不是最后一次发现他在隐瞒那些难以启齿的事实——这个如此可爱的女人同时也是个可怕的女人。我们有巴夫柯为她画的画像，他是当时北方地区极其有名的肖像画家。这个四十来岁的女人一身城市女子打扮，穿着绸缎和裘服，双手插在很大的袖笼里，活像一只挂满风帆的三桅战舰。这个由一位贵族修女监护的前孤女有着一副旧政权的修女面容：我猜想这份稍带点欢愉的真诚中隐藏着一种游刃有余而又当机立断的意志；那个微笑始终含着不可抗御的力量。“王后”是女人无须投票和上街游行而能统治的社会的杰作。她在患病的“国王”身旁完满地起着摄政王的作用：表面上看来她什么都听从夏尔-奥古斯坦的，实际上是她大权在握。

这对团结一致的夫妇其实是有一些不同意见的，只是因为受过良好教育，而几乎从不表露出来而已。在夏尔-奥古斯坦眼里，只有一个法国国王，在弗罗斯多夫；史诗或皇帝出征对于他来说离得挺远。这个已婚男子在滑铁卢战役的那一年听说惠灵顿勋爵获胜时并未兴高采烈，而他所感到的唯一的痛苦就是“王后”兄弟之死，后者在法兰西战役时是拿破仑皇帝的卫队成员。夏尔-奥古斯坦从未提起这件事，他也许感到遗憾，他的这种光荣殉国虽然结果是增加了自己妻子的遗产份额，但在白色旗帜的统治下却并未变成事实。后来，当虽然是正统派但却染上了点一家之主习性的现实主义的“王后”提议把女儿玛丽-卡罗琳嫁给P公子时，他表示赞同。P公子出身于一个体面的资产阶级家庭，该家族在北方地区的议员头衔几乎在十九世纪的各个朝代都是世袭的。他让米歇尔-夏尔在巴黎常与这个在政府各部里都很有面子的妹夫来往，但他却绝不允许他的儿子向开明君王“讨饭吃”。“王后”则正好相反，她梦想着这个如此富有才气的小伙子能有一个美好的仕途。但是，先别着急，最好是等米歇尔-夏尔通过法学系的考试。谁知道呢！这个男人和这个女人都已是五十岁的人了，他们已经看到在法国连续更换了八个政权。在米歇尔-夏尔论文答辩之前，有可能长房的那一支重新登上王位，或者，更难以相信的是，夏尔-奥古斯坦改变了主意；也有可能（最忠贞的家族都不可避免地在病人床前打这类小算盘的），夏尔-奥古斯坦人已西去，无法将自己的观点强加于人了。

在大学生回家时，没有自发地搞一个招待会，而在以前，当他拿到业士学位[①]归来时，差点儿没搞一次公开游行以示庆贺，因为当时在巴约勒很少有人拿到业士学位；大家知道，凡尔赛铁路火车车祸让他悲痛万分。但是，家庭生活那一成不变的陈规仍在继续。每个星期日，都要把所有亲戚，也就是说在城里数得着的都请来吃一顿饭，由“王后”主持。为这顿盛宴而铺上的桌布神圣至极，几乎像大弥撒一般。银器闪亮，陶瓷器熠熠生辉。家禽肉丸子中午时分上，饭后点心和甜食大约下午五点钟上。在果汁冰糕和羊羔脊肉中间，按照习惯，客人们有权到花园中去遛一圈，有时甚至可以玩一场地滚球这种乡野游戏。有几个人利用这段时间偷偷跑到绿树掩映的一幢隐蔽小楼里去。夏尔–奥古斯坦遵从医生嘱咐，拄着双拐站起来，去隔壁房间躺下。小姐们整好衣冠，快活地领着女友们到自己的房间里去，或者跑到中二楼的一个可爱的小屋里，那儿有一条擦得干干净净的长凳摆在靠墙的一边，可以坐三个人，通常是女士们用来躲着说悄悄话的。有人告诉我说，有一条细流像在喷泉的盛水盘里似的流着，声音很轻，毫不妨碍那些说悄悄话的女士们。屋角的小罐子里放着一把扫帚，那小罐如同客厅里的中国制造的大瓷瓶一样，是荷兰代尔夫特的特产。

大家在庆贺小路易丝同她表哥马克西米利安–拿破仑·德·古斯马凯订婚。后者出自一个四百年来有口皆碑的人家。夏尔–奥古斯坦认可这个未来的女婿，尽管他的教名中有个名字经常令人想起“王后”的亲戚们在自家护壁板中绘刻的皇家姓名。这些具有一个环境和一个时代特点的名字值得注意。夏尔–奥古斯坦的名字中有

---

① 指法国高中毕业会考合格。

个名字就源自他的格斯祖父的冉森教派。“王后”的名字对于一个一七九二年出生的女孩来说，只有一个意思，那就是忠实于受到威胁的玛丽-泰蕾兹的女儿。约瑟夫们和夏尔们、马克西米利安们、伊莎贝尔们、泰蕾兹们和欧仁妮们是家族的传统使然，而且这些名字中有几个肯定在法国是很普遍的。然而，很可能所有这些名字一些皇帝或皇后，一些荷兰属下的西班牙或奥地利的摄政王及王后用过，或者留有冉森教派奥古斯丁学说的痕迹。如果说一七八九年从阿拉斯来到巴黎并且旨在在法国历史上留下深一条浅一条踪迹的两兄弟一个叫马克西米利安，另一个叫奥古斯特·德·罗伯斯庇尔的话，那也不完全是纯属偶然。

尽管没能很好地从其噩梦及失眠中恢复过来，年轻的大学生还是回到了巴黎，以优异的成绩通过了十月份的考试。我们将永远也不知道随后的两个冬季他除了学习而外，还干了什么其他令人振奋的事情，只知道他又住回到他在沃吉拉尔街他的那间房间，每晚在圣多米尼克街的一家餐馆吃一顿三十六个苏的晚餐，这对于一个大学生来说，也算是一种小小的奢侈了。他遇上他的狄安娜·德·卡迪央或他的艾丝苔了吗？还是他仅仅满足于一位新的布朗歇特了？十九世纪的男人在他们生活的整个这一面是神秘莫测的。

让年轻的博士白手起家开办一间律师事务所是根本不可能的，在某些资产阶级中大受青睐的自由职业被他那样的家庭视作下九流的行当，这种家庭只看重管理自家财产或为国效力。尽管基佐的“发财致富”成了政权的座右铭，但商业和企业仍旧排在下位：夏尔-奥古斯坦不赞同自己的儿子去管理一家纺织厂。从巴黎带回来的知识和文凭对于米歇尔-夏尔来说只能用于同他的佃户们仔细地起草合同，或者轻而易举地摆脱一件分界共有墙的争端。当父亲的已经多年未亲自巡视自己的田庄了，他急于培养自己的接班人。

但“王后”则觉得这个小伙子烦躁不安，稍有点响动他就惊跳起来，老带着蜜斯卡独自不停地散步，像亨利一样关在自己的房间里，但是他却是在读保罗·德·科克的书。通常这样的父母都不太了解自己的儿子，不过，米歇尔-夏尔有自己的妹妹们可以说说心里话。“王后”从女儿们那儿得知突然无所事事的年轻人大谈蓝天白云、罗马废墟或瑞士山区木屋，而且羡慕在耶拿上学的堂弟埃德蒙·德·古斯马凯；他给他所钟爱的加布里埃尔写诗，是模仿拉马丁的风格，他在诗中表述，有一天他看到索朗多海时，他将如何如何高兴。

“王后”所认识的世界只是路易十八治下的巴黎，她挽着年轻丈夫的胳膊逛商店，进高级餐馆，在克里姆大街看哑剧或情节剧，在王公贵族云集的时刻到布洛涅森林散步，还有去她几乎命中注定要建议自己的儿子去参观的凡尔赛的喷水池观喷水。女儿们在首都观象台林荫道的修道院里待了三年，每个星期日，她们的哥哥则跑来领她们去圣叙尔皮斯教堂做大弥撒，或去法兰西喜剧院看一场戏，或灵机一动，跑到P议员家里坐坐。这些小姐自己觉得一辈子待在家乡小城足矣，但却模模糊糊地感到折磨着回到家中的大学生哥哥的那种远行的渴望是合情合理的。一个大家出身的男人在偶然或上苍使之降生于斯的那个地方安身立命之前，就应该看看外面的世界。十八世纪的年轻贵族们的那种环游世界不仅将给“王后”带回一个从这种远行渴望中自我治疗的儿子，而且将给她时间去谋划如何为儿子寻一门好亲，说不定还能为自己亲爱的儿子谋一份官差。

夏尔-奥古斯坦只提出一个条件：明年才能启程，而且在这之前必须努力掌握将要去参观的国家的地理、历史、文学方面的知识并学习一点这些国家的语言。这年冬天，夜间的过路人（在该城，这类人很罕见，因为人们睡得很早，而且风雨严寒也让人不敢夜晚外出），会看见米歇尔-夏尔窗前的一盏油灯一直点到凌晨。但是，年轻人不去读或重读那些诗情画意的描述以及也许带有一种矫揉造作的激情的那些游记，它们会使他先入为主，妨碍他的判断。他可能错了。借助别人对自己将要穿越的国家的抒情描述来激奋精神并不比舞会前喝点香槟更加愚蠢。

出发前夕，尽管儿子已带上足够旅途头几站用的钱，夏尔-奥古斯坦还是又给了他一张罗马阿尔瓦尼银行一万法郎的汇票。不过，他明确提出，米歇尔-夏尔要在这笔钱中拿出一些来替“女士们”精心挑选几件礼物；至于剩下的钱，他希望儿子只提出三千法郎为其个人所需，把剩余的钱原封不动地带回来，以证明自己是个听话的年轻人。我们得马上说明，老人的这个愿望实现了。

一辆轻便四轮马车终于把两位旅行者米歇尔-夏尔和他的表兄弟亨利·比埃斯瓦尔载走了。后者是个好小伙子，旅行归来之后，安心适意地留在家乡过着乡间富裕地主的生活，生前还是农业协会的主席。米歇尔-夏尔得意扬扬，他承认自己出发时没有像人们与亲人离别时所必需的那样伤心落泪。父母站在门口送行，没有失态。年已五十有二的夏尔-奥古斯坦知道自己病魔缠身，来日无多了，他还能再见到自己的儿子吗？而健壮的“王后”则想到凡尔赛的车祸，觉得并非只是新的运输工具是危险的，驿站也会倾塌，马儿也会偶失前蹄，船只会倾覆，据说罗马乡村和西西里盗匪猖獗，无处不在的巫婆妖女会劫掠年轻男子，蒙骗他们，窃取他们的金银，在他们的血液中注入一种致命的毒药。“王后”心想，从前夏尔-奥古斯坦能从德国回来真是个奇迹，他的兄弟姐妹就埋葬在那儿了；在一种莫名其妙的病痛缠上他之前，他竟然已经成家立业，这也是个奇迹。尽管她不善于表示忧伤或痛苦，但她看了亨利一眼后在想，夏尔-奥古斯坦也只有米歇尔这么一个儿子。好亨利站在门前她的身后向出行者们抛送飞吻，加布里埃尔则拉着想挣脱链子追上主人的蜜斯卡。

不近情理的是，这个幸福之旅的开端却很不顺利。在佩罗讷，修车花了好几个小时。天气很冷，马车夫建议两位旅行者进到一家运货马车车夫们光顾的简陋小酒店里暖和暖和。米歇尔-夏尔面前放着一罐他连碰都不愿碰的啤酒，在这间乌烟瘴气的屋子里听着、看着邻桌的顾客们又喝又笑，张口便骂，随口便吐，还用沙哑的嗓子吼出一些下流的粗话。“这些不是人，而是畜生。”年轻的法学博士十分反感地记述道。我几乎很感激他，因为他没像稍后不久我的一位姥爷辈的人那样被这些心胸开阔的工人的肉麻形象所骗，这些蹩脚的“彩色图片”也是对百姓的一种亵渎。米歇尔-夏尔还是有点诚实的，他看到的是什么情况就如实地写出来。肮脏下流将继续缠绕这个出身良家的小伙子。阿尔勒和尼姆是“肮脏的城市”，尽管它们有着美丽的古迹；土伦港“令人作呕”，在这一点上他肯定没有弄错。他对被迫干重活的场所的描写很像他对下流场所的描写；刚刚读过但丁作品的他，很清楚他是在参观地狱，但占主导的又是恶心与反感，而绝不是同情。当一个认为自己冤枉的苦役犯的悲叹让人感到揪心时，苦役犯监守便露出一丝狡黠的微笑，很快便把苦役犯带回到现实中来。“傻瓜！”这个权力的代表似乎在对他说，“在这里，唯一的怜悯就是无情。”年轻的米歇尔-夏尔对此并不批驳，而只是不舒服多于震惊地走了出来。在秩序和正义之间这种虚假的斗争中，米歇尔-夏尔已经站到了秩序的一边。他终生都会认为一个出身良家、受过良好教育、锦衣玉食、像当时的有教养的人那样彬彬有礼的人，不仅高于下贱的人，而且是另一个种族，甚至是另一个血统。即使在许多错误之中，在这种不管说与不说，直到我们今天为止都是所有文明的观点的观念里，有这么一星半点儿的真理，那它所包含的虚假的东西最终总要使基于其上的任何社会产生裂隙。在他那享有特权但并不一定幸福的人生旅程中，米歇尔-夏尔从未遇到过什么大的危机能使他得以发现他最终仍是这些人类渣滓的同类，他也不会承认任何人总有一天都得忍受终生的苦役。

四十年后，在他临终前的最后几个月里，在黑山一个秋天相对的平静之中，从意大利归来的米歇尔-夏尔用一个漂亮的卷轴仔细誊抄着他在这次旅行中写给亲人们的近百封信。病魔缠身的人的一种稍带忧伤的乐趣可以说是基于自己曾是个年轻人的想法之上的。米歇尔-夏尔这么做有一个小小的借口，也就是说，他的儿子和现在自己身边的女儿也许有一天会希望浏览一下这些信件，而又不光是为了了解他在那遥远的年代是如何在意大利旅行的。我想玛丽没有机会看到它们，而我父亲米歇尔只是匆匆地翻了翻，觉得这些字迹纤细且泛白的纸上的内容枯燥乏味。在卷首的提要里，米歇尔-夏尔恳求，万一这个卷轴不得不流出家门，就把它付之一炬。但如大家所见，我没有遵从他的意愿。除了这些无足轻重的信件并不值得过于小心谨慎而外，可能是因为时间太久，都已过去一百三十年了，世界发生了米歇尔-夏尔所无法想象的变化，这些信件从许多方面来看已经变成了一个资料，而不单单是他同马车夫们如何订合同讲价钱的故事。

“王后”要求他儿子每天都给她写信，哪怕是一点点地写，积起来，一星期发一封长信，只要有往法国的邮车就发。这样一来，其结果大家便可想而知了：这些信变成了一个听话的孩子怀着善良意愿但毫无激情地交出的一份被罚做的作业。在二十二岁前后，我们大家都给父母和亲友写过信，告诉他们我们这天早上参观了一个博物馆，看到了一些著名雕塑，然后在附近的一家不太贵的餐馆吃了午饭，晚上打算去歌剧院，如果能买到票的话，最后，请代向某某某问好等等。在这种平安信中，没有任何令我们激动、振奋甚至震惊的内容，我简直不敢相信这些有点稚气的流水账是那个长着一双美目的英俊小伙子在那个他将永远难忘的国度里从邮局寄出的。

当然，最主要的婉转肯定是对那些法国式骑士风度的行为的肯定。善良的父母总希望相信自己的孩子“对他们无话不谈”。如果米歇尔-夏尔偶尔向父母吐露真情实况中的一小部分的话，那也绝不是在透露他在灯下喝着椴花茶在读一封信。有时候，仅仅是从他来信的字里行间，流露出阿维尼翁女子的美貌，或者，那些陪伴着俄国王后、尼古拉一世之妻、普鲁士公主夏洛特旅行的公主和贵妇等俄罗斯女子在法国使馆的舞会上给他留下的强烈印象；然后，他又提及在西西里遇上后来成为符腾堡王后的美丽的奥尔加公主，但是，对更容易上手的美丽的意大利女子却只字不提。很快，表兄弟俩说是为了节约起见，与三四个法国青年就伴儿了；他们其实是希望在一起玩得开心。这几个同他一样决定边玩边学习的小伙子很快便教会他如何使自己的积蓄比父亲叮嘱的更加经久耐用，也就是说，他们远离英国小姐们及其讨厌的或一本正经的父母光顾的大酒店，专门下榻小客栈；若在大城市里，他们就租一间公寓，再雇上一个当地的仆人。为了好玩，一部分路程步行，直走到年轻的旅行者们疲惫不堪，遇上一个村中小店，受到热情接待为止。

但是，我们将永远也毫不知晓这些在《萨蒂里孔》和薄伽丘[①]《故

① Giovanni Boccaccio（1313—1375），意大利作家，《十日谈》的作者。

事集》的国度里游荡的年轻人的小艳遇，在那里，爱情是唾手可得的，但却并不总是如人们所想象的那么浪漫，这种爱情随时都是对外国人的一种海市蜃楼般的诱惑。根本没有什么古代喜剧中跑出来的那种拉皮条的在满街跑着向那些“尊贵的老爷”提议领他们去找好姑娘，也没有什么洗衣妇俯身洗衣池，翘起屁股露着奶，既没有晚间散步时刻，跟着彩车行走，一个劲儿地眉目传情，也没有一个美妇人在百叶窗后露出笑容；没有或很少有名优特产葡萄酒，没有同伴之间就政治和艺术的激烈争论或争吵，没有那个时代大家都喜欢的随意玩笑，没有坐在马车上因为马车夫听不懂而大伙儿齐声又唱又和。只有一次，我们看到各校的年轻人在练习大合唱，但我们听到的不是贝朗瑞、德佐吉埃的歌词，也不是什么流行的钢琴曲，而是大仲马的一首浪漫曲《天使》，其中透着含香草香味的理想主义，这些年轻人冲着托斯卡纳山丘喊唱着，它所表达的那些微妙的情感极其虚假，也许并不比普雷韦的一首歌词或埃迪特·皮亚芙的一首动人的老歌所表达的感情更虚假。

这位优秀的大学生的这些平淡无奇的家书告诉我们许许多多有关一个时代的文化状况，在那个时代，所教授的教材自十八世纪，也许自十七世纪起就很少变化。我们曾一再地悲叹人类的失败，以致看到人类自身是如何被判处死刑，这并非坏事。尽管米歇尔-夏尔从荷马这个奇才那儿获得一种好的记忆力，尽管这种记忆力使他终生都能背诵他几乎已忘了其含义的荷马的一些感人片断，但他同与他同时代的绝大部分法国文化人一样，几乎不会希腊文。相反，他却是一个杰出的拉丁文学者，这就是说，他读过从蒂特-利弗到塔西陀的四五位史学家的著作，读过维吉尔的全部作品到茹维纳尔的选集等众多诗人的作品，还读过西塞罗和塞内加的两三部论著。几乎所有建筑在对古典作家的文化研究上都局限于数量极其有限的一些作者，似乎这些作家的内在价值没有人们与之熟悉的程度重要。阅读他们的作品给一般的人盖上了一个小组和几乎一个俱乐部的成员的印记。这种阅读使这些人掌握一些引证、机会和范例，帮助他们与掌握同样知识的同时代人进行交流。这可不是没什么大不了的事！在一个更加被人忽略的方面，古典作家肯定更加占上风：表示概念的东西和模数，心灵的垂直线和角尺，思考的、有时是生存的艺术。在最好的情况下，他们拯救并怂恿人们去反抗，哪怕是反抗自己。我们可别期待他们对米歇尔-夏尔产生这样的影响，他不是一个人文主义者，再说，一八四五年前后，人文主义者还很罕见，他只不过是一个搞人文主义的好学生而已。

他所参观的是一个我们今天已经见不到了的意大利。废墟仍大片地保存着，上面爬满了攀援植物，人们来到这些废墟面前遥想各个帝国的末日；不久前的大轰炸炸平的并不是那些修复了的、标签似的、夜晚用探照灯照射的、与邻近的高楼大厦相比显得渺小的往日的建筑典型。帝国各条大道起始点的那个标志，连同它那角斗士们洗净血臂的喷泉，在墨索里尼的市政官员的骚动中都还没有消失；通过纵横交错的小街窄巷，人们仍可以走到圣皮埃尔大教堂，这些小街窄巷使得贝尔尼尼[①]的立柱廊成了一个巨大而和谐的惊奇之作。维托里奥-埃马努埃莱纪念碑那巨大的“猪油薄片”还无法与卡皮托利山丘相匹敌。发动机的轰鸣声只是在很久之后才盖过了喷泉的淙淙声。米歇尔-夏尔骑着马在一座肮脏而经常是狂热的城市里闲荡，但它尚未像今天这样受到污染，仍停留在人和幽灵的范畴。自世纪末将要被房地产投机经营毁坏掉的那些广阔的花园仍旧绿草

① Gian Lorenzo Bernini（1598—1680），意大利画家、雕塑家、建筑师、剧作家和诗人。

茵茵，生机盎然，居民区里挤满了一群群吵吵嚷嚷、肮脏不堪的人，贝利在他的方言诗中曾亲切地提到过他们；在穷人的贫穷与教皇族及金融家族的奢华之间，反差极大，当然，在今天，住着豪宅的富人与贫民窟中的穷人之间的反差也并不小。

米歇尔-夏尔的目光并不比我们的麻木，但也并不比我们的敏感。一方面，他事先没有上百次地看过这些带有彩色印片法魔力的同样的遗址，没有掌握“艺术摄影”——在这种摄影方法中，通过照明和远景的手段可以改变大小，夸大或减小石像面孔的轮廓，以致参观者常常较难在博物馆的一个角落里确定缩小到它原先大小的那同一个石像。另一方面，他的知识突然没了，他的兴趣突然变了，习惯于北方地区绿色风光的这个人第一次与意大利风光的接触是失败的，那些干巴巴的山丘不像他所想象的那样鲜花盛开；橄榄树让他觉得是一种既不挂果又可怜巴巴的树。假如今天他面对古埃及神庙的塔门常常替代了树木的遗址，面对着维吉尔的白色大公牛所不可或缺的克利图姆纳河水在一条繁忙的公路下面流淌的遗址，他会说些什么呢？有着粗野金属浮雕的宫殿的佛罗伦萨黑乎乎的街道令这个尚只有一层浪漫主义虚饰的旅行者感到忧伤。如果他有胆量的话，他会说他觉得米开朗琪罗的肌肉组织很夸张。总之，他花了比对《晨》和《夜》更多的时间在佛罗伦萨研究有漂亮的灰色大理石贴面的诸大公墓上的铭文。在帕埃斯图姆，那些据说是直接从地底下冒出来的粗壮的立柱几乎使他望而生畏。他是属于那种人——宁可让希腊人更新了的建筑术汲取路易十六式的风采或帝国时期的冷峻高雅。神明、魔鬼和梦幻的前古典主义的强大希腊在这十九世纪的上半叶只有一位老者和几个爱幻想的年轻人感觉到了：创作《浮士德》下卷的歌德，荷尔德林和热拉尔·德·奈瓦尔这两个白痴，老听见半人半马的怪物在自己体内纵马驰骋的狂热者莫里斯·德·盖兰。我们不能要求一个年轻的法学博士也做到这一点。

大家很容易想到，我怀着好奇仔细地看了米歇尔-夏尔给他妈妈的信中有关哈德良别墅的那一段。那是一个美丽的去处，由于随意地修葺，或者由于从这儿那儿弄来的一些花园中的什么雕像，武断地把它们集中于粗粗装饰的柱廊中，更不用说还弄了个小酒店和停车场，紧挨着皮拉内西作画的那堵大墙，所以，今天的它已不再庄严肃穆了。我们对古老的弗德伯爵别墅感到惋惜，那条长长的林荫道，两边由柏树像御林军似的护卫着，一直通向浓荫掩映的寂静庄园，春有布谷声声，夏有蝉鸣不绝于耳，我还记得小时候它的模样，可我最后一次路过那里时，却只听见半导体收音机的声音。废墟安安静静地留在原处，只有几个执着的业余爱好者前往，诸如皮拉内西在这令人心旷神怡的孤独之所挥斧斩棘开路，与大批旅游者组团前往参观，这中间的时间是何其短呀！一八四五年的那个年轻的参观者在这在他看来只是一大片点缀着不成形的砾石的荒地上茫然不知所措。哈德良的时代是在米歇尔-夏尔读过其书的那些伟大的古代史学家之后。我祖父肯定没有埋首于故纸堆中，譬如《奥古斯都传》，努力研究曾立志统治天下的那些人中最现代和最复杂的人，如同把零散的碎片互相拼接重新连成一幅镶嵌画那样。他的教科书顶多只告诉他哈德良常出巡，保护艺术，在巴勒斯坦作战，而博叙埃的《世界史》则使他得知哈德良“因同性恋而污损了自己的统治”。这点东西不足以使一个优秀的年轻人驻足于他并不怎么喜爱的断拱桥和橄榄树林中，因此，他匆忙地离开了这种索然寡味的去处，跑到埃斯特家族别墅去观赏有百合花徽的喷泉以及可以听到有关美女与骑士弹奏诗琴的动人故事的花园。

这个初涉艺术的年轻人承认自己喜欢雕刻家甚于画家，也许他自己并未意识到这一点，因为雕刻家的艺术更加一目了然；其实，他几乎专门徜徉在当时人们称之为古典的东西之中，如希腊—罗马的或顶多是亚历山大的那些已遗失了的真迹之中。今天的观众不屑于这些被认为是冷峻的和累赘的，一句话是第二手的作品，不再有谁会跑到梵蒂冈去从贝尔维德尔的阿波罗塑像获取对高尚的启示，或者去拉奥孔的雕像旁汲取艺术的精髓；即使就纯希腊艺术而言，时尚也在后退，把那尊被米歇尔-夏尔差点儿与之相伴而亡的海军上将迪蒙·迪维尔从米洛斯带回的维纳斯扔在了身后。为了不使米歇尔-夏尔成为他本不是的没有修养的人，我们需要想到歌德和司汤达也是这么看待“古代艺术”的：这些神明和山林水泽仙女的鼻梁比我们的直，浑身赤裸，但像穿在一套衣服中似的包含在完美的体形之中，它们是人类黄金时代的人质。如果它们被修复，被重新修饰，如果我们把它们缺少的胳膊和腿补上，那么大理石的伤痕就悖逆了我们所期待于它们的那种幸福与和谐的形象。

这些异教的神明极其平静地待着，以至于一个像米歇尔-夏尔这样的好的天主教徒能够甚至应该（如果他有点教养的话）在他参观完教廷之后再去参观一下梵蒂冈博物馆。收集了这些杰作的红衣主教、大主教和主教们收藏的并非是一些偶像（只有某些文盲会这么称谓），而是一些崇高而无足轻重的奢侈品，它们只是标榜自己怀旧的拥有者们的一种修养和富足的证明而已。伟大的收藏的魅力也反映到这些漂亮的东西身上：《赫拉克勒斯》如果不也是法尔内塞的话，那它产生的效果就会小得多了。我们并不像今天因认真对待那些艺术品而要求他们点什么那样要求他们去草率地成为我们所认知的世界的形象，去转达艺术家个人的呐喊，去“改变生活”。他们是具有破坏性的，尽管我们对他们的尊敬使之没有看到这一点，但他们在这资产阶级化了的十九世纪仍没少在维护着一些在别处无公民权的行为。《战败的高卢人》在一个不敢贸然自杀的年轻人面前自戕；一些否认灵魂不朽的哲学家和一些被认为把基督徒送到野兽口中的“好”皇帝在大理石的壮丽中君临天下，而“坏”皇帝们也是一样。在一个裸体女人即娼妓的时代，在新嫁娘自己身着扣好领口的长袖睡衣的时代，在稍一提及“坏风气”，母亲们便面色苍白的时代，米歇尔-夏尔能够给他母亲写信说，《两性人》和《维纳斯》是陈列室里最美的装饰品：人们任他在凌乱的床单未盖住的那只纤巧的光脚前面想入非非，而那个想得到点小费的看守员则故意地把迷人的维纳斯在基座上转了一下，让年轻的旅行者看得更清楚些。

在那不勒斯，米歇尔-夏尔从“密室”走出来时非常恼火。当时收藏着性爱壁画和雕塑的那两间小展厅对他这个读过卡图卢斯和苏埃托尼乌斯作品的男孩来说毫无教益，那种画面简直不堪入目。他就这一问题写给他母亲的那几句愚蠢的说教式话语即使并不正确的话，也是真心话。对于一个纯洁的或几乎是纯洁的二十二岁的男孩来说，淫荡场面产生一种挑唆的作用，更何况他如果真被诱惑的话。即使他在“迷惑的一刻”可能做了他所厌恶的这类动作的一种，看到这些下流动作刻在大理石上展示在自己面前也是令人恼火的。在这些或多或少有点现实主义的普里阿波斯①们中间，他是否想到了凡尔赛车祸死去的那具露着阳具的尸体，那是直到死都在表现生命力的象征吗？大家可能会打赌说他没有想到。但是，当米歇尔-夏尔指出肉欲的夸张并不使那些人感到惊讶时（因为他们不是基督徒），他走得也太远了。不仅是因为对巴黎或者对巴约勒匆匆一瞥可能让他得知风俗习惯没怎么改变——不管它们披着怎样虚伪的外衣，而且还因为把古代变成一个感官的“黄金国”是上当受骗，朴

① Priapus，希腊神话中的生育神，据说其阳具硕大。

素的资产阶级或者自诩朴素的资产阶级一直是存在着的。

任何过于暴露的下流无耻都令他不快。有一次，他偶然地在意大利的一条大路拐角处碰上了他嘲讽地称之为“尊贵和体面的德·阿鲁伊恩”表兄，后者原是个潇洒的军官，后开了小差，同他一位上司的妻子私奔，逃到国外生活去了。这个浪漫的德·阿鲁伊恩在他看来几乎与三十年后在意大利生活的渥伦斯基同安娜·卡列尼娜的情形相仿佛。有个情妇是一回事，抛弃前程，不顾仕途则是另一回事。米歇尔-夏尔凡事认真，否则他在谈到一个扔下荨麻军装沉湎于温柔乡的男人时，口气会缓和得多。

这个如他自己给自己命名的“佛兰德贵族”很少上社会游戏的当，不管这种游戏是多么的光彩夺目。他赞赏法国使馆舞会的高雅，但是，阿尔瓦尼银行现在的拥有者托洛尼亚家族的舞会却并不使他着迷。他发现拼花地板很不适合跳舞，使他这个华尔兹舞高手非常恼火，而那么多的英国客人在他看来也使节庆大煞风景。他似乎对那些巨大的镜子视而不见，那是那个吝啬而爱排场的银行家（按司汤达的说法）冒充自己的管家以低价从圣戈班买来的。对于那些光芒四射的水晶吊灯，对于那像一头幼兽被囚于笼中似的放在狭小客厅中的阴沉的《安蒂诺乌斯》，对于在主人收集来并爱不释手的有点不祥的杰作中游荡着的被杀害的温克尔曼的阴影，他也都不屑一顾。英国客人们替我祖父挡住了幽灵。在巴勒莫，尽管奥尔加公主的美目在顾盼，他仍专心地听塞拉·迪法尔科公爵讲许多有关莫斯科的肮脏和粗俗事，后者边讲边从俄女皇在他出发时送给他的那只金烟盒中掏烟丝。他作为半旅游者半朝圣者，白去了洛莱特，白像蒙田那样在那儿留下了自己的还愿物，他极其清晰地在当时的意大利那种如同西藏似的地方看到了神甫们几乎不加掩饰的劣迹：有一天，斋戒日的主教大人竟然弄了一顿“加尔文派教士的饭”，这使他极为反感；他也许还发现其他一些更加严重的放荡事。在离别罗马的时刻，全都是好天主教徒的年轻的先生们一致承认，如果没使信仰深入灵魂的话，他们在此很快就会失去信仰。这是北方地区的人们面对意大利天主教那夹杂着自由放任的浮华永远存在的反应。在被激怒的米歇尔-夏尔及其朋友们的身后，我瞥见了一个奥古斯丁僧侣的巨大身影，他抵达十六世纪的罗马时，差一点儿跪下并亲吻这片被无数殉道者神圣化了的土地，并准备成为路德后回国。但是，这些法国青年觉得如果想要改革宗教，那是痴心妄想。他们只满足于点起一支雪茄来谈其他的事情。

“这趟旅行几乎明确地拓展了我的思想，”我祖父谦逊地说。这种进步表露得最清楚的那些篇章是写给夏尔-奥古斯坦的那些信，而其中谈到的是政治问题。在写给他母亲的一封信中，米歇尔-夏尔就已经大胆地自编了一首散文诗（但他说是从意大利文翻译过来的），诗中对堕落的佛罗伦萨的怜惜所使用的强烈词语与缪塞在《洛朗扎西奥》中写佛罗伦萨流亡者们的词语极其相近；这首充满浪漫主义激情的诗还只是学生的抄袭之作。这一次，他是以一个成人身份在写，而且是写给一个人的。这个意大利语说得很好的外国青年从他在旅途中遇到的年轻人那里听到了他们对悲苦、仇恨、神圣但有一部分是枉然的希望的倾诉。一个此前一直不问政治的年轻人，突然发现不公正和无人过问的利益在其面前反复出现的时刻始终是个严肃的时刻，他当时衣冠楚楚地走在一个城市的大街小巷中，或者以一副尚未定型的诚实资产阶级的模样坐在咖啡馆里。一九二二年对于我来说，是那些日期之一，也是威尼斯和维罗纳启示开始的地点。被那不勒斯可恶的波旁分子海关关员和警察的傲慢无礼激怒的米歇尔-夏尔懂得是什么在这些同他相类似的小伙子们心里激荡着。他怀着人们在这种情况之下心里常有的那点酸楚，发现法兰西已不再是他热情洋溢的年轻朋友们眼里的火炬了，他说，法兰西在一八三〇年所激起的那些巨大希望已经化为泡影；而认为一八三〇年是合法性的晨曦的夏尔-奥古斯坦则在颤抖——代沟任何时代都存在，即使当沟的两边长着善良情感之花的时候。

在意大利复兴之前的自由主义激情是世纪的美好现象之一：自从复兴的人文主义和柏拉图主义燃烧着意大利人的心灵以来，该国很少为一种极其纯洁的激情所折磨。当人们想到补充到那些伟大的激情和那些个人的悲惨牺牲之中的是集体流在十九世纪战场上的鲜血时，人们仍旧顺从于——哪怕是因为习惯使然——那股冲开历史的红色巨流。人们不愿让唯利是图的工商业者和发不义之财者的萨瓦省人资产阶级专制继续下去，不愿让预示埃塞俄比亚战争的厄立特里亚战争、被拉丁姐妹的联盟及卡波雷托的无谓的死击破了的德、奥、意三国联盟继续下去，也不愿让改革可能会从中产生的混乱被法西斯主义的牛皮来接续，最终让希特勒在两排人造石制雄鹰中间大放厥词，让老鼠啃啮阿尔代阿蒂纳万人坑里的死尸，让齐亚诺在扶手椅里被枪杀，让讲意大利罗马涅方言的独裁者的躯体及其情妇的躯体倒吊在一个车库里。如果这一次不可逆转的混乱不继续下去，倒也说得过去。可是，紧接着，威尼斯被化学污染；佛罗伦萨被实际上谁也未与之斗争的一次侵蚀作用所伤害；每年有八千万只候鸟被勇敢的意大利猎人猎杀（每人十只，还不算太严重）；米兰的农村缩小到令人怀念过去；女演员们在阿皮亚古道上的别墅群——那些“艺术城”已经变成了工业工程、人类白蚁冢和尘土飞扬的荒芜地区中心的背景。我知道，其他地方也向我们提供了一个完全相仿的结果，他这并不成其为一个不去悲痛的理由。

咱们还是回到米歇尔-夏尔身上来。三十年后，他对儿子说，多亏了合情合理的节俭，他得以在这个欢快的意大利生活了大约三年时间。其实，他在那里只度过了将近十个月，而环游的其他时间用在了瑞士山峦和德国各大学上，但时间都非常之短。不过，即使假定我父亲并没有夸大其词，这样的一个错误也证明，在一个不再决定重返的国家的这段自由时间在何种程度上很快就消失在一种与日历上的日期毫不搭界的神秘时间中了。我们大家都弄错了，我们总是认为在我们紧张生活的那些地方生活了很长的时间。“军中十五年不及雅典的一个清晨，”我让哈德良在其回忆录中如此这般地叙述自己的一生。正是为了重新独自回味那些意大利的清晨，一个不愉快的丈夫，一个失意或失望的父亲，一个为共和国所感谢的第二帝国的官员，一个知道自己来日无多而且也许并不想苟延残喘的病人，以他那今天几乎已模糊不清了的纤细字体誊清了这些对于他来说闪烁着回忆的火光的普通信函。

在西西里的一段旅程值得特别提一下。面对使他极度震撼的一个事件，具有牢固而较为平淡的现实主义精神的米歇尔-夏尔有时候而且是例外地会达到那种任何作家都有的目的：传达他将永远难忘的一种印象。那是有关攀登埃特纳火山的事。我们曾看到他在凡尔赛忍受着大火的煎熬和惨死的危险，现在，他却面对着火山那白雪皑皑的陡坡和疲惫所带来的死亡的潜在威胁。

大约在晚上九点钟左右，米歇尔-夏尔带着几个习惯爬山的牧羊人和赶骡子的人做向导，冒着狂风和严寒，骑着骡子出发了。开始几个小时就很够呛，要穿过一片栗树林——栗树林倒是可以挡点风，但却增加了夜之黑暗。我一生中只有两三次夜间攀登的经历，那是在希腊，大家相互跟着，沿着大树护道的一条路走，路上往往长着既细又弯的、后来在这些地区已很少见的高大植物，由于天黑，更加绊人和可怕。米歇尔-夏尔并非诗人，或至少不具有诗人的才气，但他与遇此情况的任何人一样感觉到，人一旦离开自己的常规生活，暴露于黑夜与孤独之中，就不值一提，或者说，一钱不值。他只想到恩培多克勒斯[①]？但愿不是，因为他肯定没有读过散落在其古代作品中的那些伟大片断，在后者罕见的文章中的一篇里，希腊与印度在对事物的一种突如其来的观点上是所见略同的。他没有听见深陷大地泥沼中的那颗灵魂的哀叹，也没有听到据传说在呼唤这位哲学家奔向另一个世界的声音，他所知道的有关恩培多克勒斯的事，就是传说中的他的被说成是最卑劣的死，被说成是一个想做出一副大义凛然的神态的人因虚荣所致的死。然而，他却沿着恩培多克勒斯的足迹在走，如同他自己并不知晓地在沿着哈德良的足迹走一样。哈德良当时大权在握，受人爱戴，心中充满着计划和幻想，正处于命运的上升途中，他也在攀登着这座火山。

出了树林，眼前是一片冰雪天地。在林中小屋稍作歇息之后，他们又走了一段路。路很滑，有耐性的骡子艰难地走着，滑倒了又爬起来，最后，雪没及骡子的腹部。赶骡子的人喊叫着让年轻的外国人们毫不留情地鞭打骡子，自己也在大声吆喝着牲口，夜空中充满了鞭笞声、骡子的喷鼻声和人的吆喝声。骡子们只是越陷越深，最后，躺在了积雪之中。这时，赶骡子的人自己也不再吆喝了，年轻的人们从骡子身上下来，卸去重负的骡子们被它们狠心的主人赶回离得并不太远的那座林中小屋。米歇尔-夏尔为那几头可怜的牲畜而高兴，这是我要感激他的地方。年轻小伙子们只能依靠自己的体力了，但是，我们得记住，他们这么冒险却又没有我们今天的远足者们的那些装备。大家依次地走着，雪没及膝盖，继而深及肚腹，每走一步都得从又松又软的积雪中艰难地拔出脚来。米歇尔-夏尔觉得自己的双手和双脚全都冻僵了，他感

① Empedocles（约前490—约前430），希腊哲学家，据传古怪而自负，后投埃特纳火山自尽。

到自己快要死了；我们知道，他是从不夸大其词的。我自己也曾有过深陷雪中、疲惫不堪的经历，感到躯体的“中央发动机”要停转了，只能大喘粗气，那份恐惧就是死亡的恐惧，仿佛死神随时都会降临。而我更加能体会米歇尔-夏尔所感受到的那份寒冷。牧羊人挟着他的腋窝，把他拽出积雪，而在一个暴风雪的日子里，我也是被牧羊人这么救出雪地的，先把我弄到他们家里，然后送我回家，没有他们，我是无法走出那皑皑的雪地的。那帮人爬了一段，离林中小屋已很远了，下去已不可能，但是，离他们与火山顶之间的那个熔岩和岩渣堆不远，有一个石质小陋屋，是一个有远见的英国旅行家修筑起来当作避难之所的。看屋人在屋中生了火，米歇尔-夏尔已经僵直麻木了，心里在想他们为什么不把他放在火堆旁。但是，他的救命恩人们却另有安排。他们沿着一堵防风墙挖了一道长方形的深沟，与人一样长，然后，填进许多热灰，再在灰上铺上一床被子，米歇尔-夏尔被放到这个“墓穴”里，身上盖着一位牧羊人的破旧短斗篷；大家又往他身上撒了一些温热的柴灰。这一切都是在火把的光亮下做的，因为天仍很黑。他们甚至还用破旧短斗篷的帽子盖起他的脸。

渐渐地，柴灰的温热传遍了全身，他的思维、生命也随之复活了。他甚至还掀起点帽角，想看看天亮了没有。但是，他看到的是两个年轻的英国人蜷缩着的身子，他俩在米歇尔-夏尔这伙人之后，很快地爬上山来，因为高山反应而在门边呕吐。米歇尔-夏尔用古代艺术和生活中的垂死者的动作挡住自己的脸，把身子缩进温热的灰堆中。在第一次参观阿尔勒博物馆便发现自己对于罗马生活的最微不足道的物件、用品有着一种强烈好奇心的米歇尔-夏尔，知不知道他的那个长方形深沟是按照人的大小挖成的，罗马的公民们用此把他们的死者尸体（至少是把那些他们不想为之堆起一座大柴堆的人的尸体）加以火化？他是否想到得墨忒耳[①]用炭火和热灰对小得摩丰所做的入教祭礼？小得摩丰被得墨忒耳放在火炭上，因为其母的乱喊乱叫和摇手挥拳妨碍了入教祭礼的完成而死去。但是，在这里，没有任何一个女人打扰牧羊人的祭礼。

一个多小时过后，米歇尔-夏尔觉得恢复过来了，可以试着去火山口找自己的朋友们了。他爬行着，向那座熔岩和岩渣堆爬去；浮石和火山灰让他老往下出溜，这四分之一法里花去了他一个小时。等他爬到山顶时，天已大亮，别人告诉他说他们也没看到晨曦。

凡尔赛的冒险经历宛如一个分娩的宗教仪式，米歇尔-夏尔头先来到人世间；埃特纳火山的冒险则是死亡和再生的宗教仪式。这两次几乎是神圣的意外事件对一位伟人生平的开始是会有好处的。但是，米歇尔-夏尔并不是一位伟人。尽管经验并没有告诉我们没有谁是一个不值一提的人，但我还是会认定他是一个普普通通的人。经验也告诉我们，任何人在其一生之中都要经历一系列入教式的考验，了解原因而经受考验的人微乎其微，而且忘得也极快，而格外地记住这些考验的人，则往往能从中获益。

---

① Demeter，意为“谷物之母”或“大地之母”，希腊宗教中的农业女神，又是健康女神、生育女神或婚姻女神。罗马神话中称之为“刻瑞斯”。

米歇尔–夏尔在意大利所获取或发展的对艺术的兴趣可由其从旅行中带回的物件来加以评定。幸好当时还处于手工阶段，为旅游者生产的大量纪念品还没有开始。这只桃花心木托盘相互套合着的小盒子，装着一些古代题材的凹雕宝石的印迹，仿佛一些易溶于口的糖果似的排列在一个大糖果商的盒子里，它既是一种有罚则的智力游戏（“啊，朱庇特！”——“不是，那是海神，您瞧他的三叉戟！”），又是人们对一八四〇年左右的博物馆中所喜爱的那些东西的一份清单；这是一个小艺术品，尽管它以大量的样品卖给了一些周游世界的俄国、德国或斯堪的纳维亚的业余爱好者；我用想必是被一些十九世纪的美国佬购买的样品，补足了其中所缺的两三件。这个公元三世纪皇帝半身像的文艺复兴时期的复制品，脖子上雕着呈褶皱的缟玛瑙，按比例缩小了，刚劲有力，如同鲁本斯从意大利带回来放在其安特卫普家中的那件一样，是我从某个古董商手里买来的，弥足珍贵。一件青铜复制品——被遗弃的阿里阿德涅——则相反，有着那种帝国时期的冷峻。这无所谓：它被放在黑山别墅的台球厅里，让我获知躺卧的身子上微微起伏的褶皱的美。最后是客厅护壁板上的一个暗点，那是一幅油画，是唯一的一幅，是自以为对绘画一窍不通的米歇尔-夏尔挑选得不错的一幅。那是出自卢伊尼[①]某个学生之手的一幅《廉耻与虚荣》或《神圣之爱与亵渎之爱》，画中人嘴角带着那种神秘的、有点抽搐的笑，犹如达·芬奇画中女人和两性畸形人嘴角的那种笑。我从未打听过画中那两个女人的名字，但是我从她俩身上感觉出一种说不清的庄严朴素的芬芳，那是挂在墙上的人物肖像和其他绘画所不具备的。

两个制成古代人半身像的镀金门把儿还在我的手里，一个是提比略[②]，被帝国和生活弄旧，磨损，另一个是年轻的尼奥比德，她大张着嘴，发出委屈而绝望的呐喊。还有一些类似的留在了威尼斯当地的总督宫。这两件四百年前在意大利铸造的小青铜制品——那个提比略和尼奥比德——都已变成了本身业已过时的巴罗克式奢侈品的附属品，上面镀着一层旧时镀金工们的几乎不会褪色的金子；它们被成百上千双陌生人的手触摸过，这些手扭动门把儿，打开那扇仿佛有什么在里面等着他们的门。一位古董商把它们卖给了身着银灰色长裤的青年米歇尔-夏尔，我那年老多病的祖父也许亲切地抚摸过它们。我把它们装在源自我买下的那座美式房屋的小梁的两端；它们基座的木头在米歇尔-夏尔出生之前就生长在当时是真正的“荒山岛”的寂静中了；被建这个小屋的那个人砍伐的那段树干在海湾那金光闪亮的水上漂流过，到了冬天，接触到比它更冷的空气之后，那海水会沸腾和冒气。在我之前住在那里的那些“屋主人”穿着厚重的鞋子在厚地板上走着，从粗糙的会客厅走到厨房，或拉着摇篮走到卧室，一边摸来摸去，把它们上面的棱棱角角都摸光溜了。有人会对我说，每一个物件都能引起人们类似的遐思。这话没错。

---

① Bernardino Luini（1480—1532），意大利画家。

② Tiberius（前 42—37），罗马帝国第二位皇帝，公元 14—37 年在位。

我要提一下“买给女人们”的那些首饰，其中有镶嵌的别针，是在一轮富有浪漫气息的圆月下的古罗马竞技场；有浮雕玉石，是卡诺瓦或托瓦尔森的侧影；有经过切削的双层双色玉石，水中仙子们在其上嬉戏，它们全都是用大的金紧爪框起来的。“王后”把它们别在自己那宽大的披肩上，加布里埃尔和瓦蕾丽则把它们别于她们轻而薄的头巾上。但米歇尔-夏尔给自己留了一个风格最纯洁的古浮雕玉石，并把它镶在戒指上；这一次，雕成的是一个年老的奥古斯都的头像。他把它传给了他的儿子，后者在我十五岁生日时又把它送给了我。我戴了十七年，而且天天与这个严格而完美的雕刻杰作朝夕相处，获益匪浅。当你眼前有一块现实主义和古典主义完全融合的古罗马浮雕玉石时，你也就不再去争论什么古典主义和现实主义了。大约在一九三五年，我因为永不该感到遗憾的一种激情冲动，把它给了一个我所喜爱或我认为喜爱的男人。我有点怨恨自己不应该把这个漂亮物件交到某个个人的手中，毫无疑问，他不久就把它送给了别人，而不是让它进入他也许能够做到的集体或私人收藏的“避风港”里。难道还有必要提它吗？如果我在把它送给别人的前几天没有发现缟玛瑙的顶边不知碰了什么而出现了一条小裂隙的话，我也许绝不会把这个杰作送人的。我觉得它因这条小裂隙而变得不珍贵了，对于当时的我来说，那正是对它稍微不太看重的一个原因；可今天，这可能会是稍微更看重它的一个原因。

米歇尔-夏尔在旅行途中收集的那本干花肯定不是一位植物学家的作品，上面的标本注的不是拉丁文名，而且我也不觉得植物构造之神奇对他来说有什么意义。他在斯坦尼斯拉斯上学时的老师们教给他修辞学和他们所理解的历史，而不是教他自然科学，正如我们的老师们往往弃植物学而教核物理一样；而标本册这种时尚与纪念册的时尚一样已经过去了。但是，米歇尔-夏尔像在草地上突然看到一棵漂亮的矢车菊的人一样，几乎本能地喜爱花卉。他说他的愿望是通过这些花卉的种种构造来确定自己走过的每一个美丽的地方的记忆；他并不是不知道一个被认为已逝去的令人激动的世界在一片树叶或一枝干花中永远存在着。他在其信中所未能或者想说的所有一切都在于此：欢快或忧伤的时代气息；深沉但表达出来后又归于平淡的思考；同一位可爱的农妇的搭讪。每一片精心粘贴的花瓣都照原样放置着，是一个粉红的或蓝色的斑点，是为历史与文学的荣光而牺牲的一个脆弱的植物形体的幻影。锡拉库萨的古跑马场和罗马市中心广场的鲜花，罗马乡间和威尼斯与亚得里亚海间的狭长“丽都”的野草（缪塞“可怕的丽都”，“苍白的亚得里亚海”到丽都为止，只有一些在那里埋葬自己亲人的威尼斯渔民和犹太人还常去光顾），托斯卡纳的小黄杨或小柏树，亚平宁地区的山毛榉树林的树叶，以及克拉朗的鲜花，那些鲜花是缅怀朱利·德·埃坦吉和法国文学中最美但也是最奇特的爱情小说的，我们今天攻读文学的学子们不怎么爱看它，或者根本就不去看它。

一些诗词应运而生，忽而是模仿抒情诗人和拉丁哀歌诗人，忽而效法浪漫主义的大诗人或拙劣诗人。贺拉斯和提布卢斯在意大利登峰造极，席勒和克洛卜施托克在德意志出尽风头，拜伦和卢梭在瑞士大名鼎鼎，莫罗至少与拉马丁旗鼓相当。这些书法化了的线条用一些花彩和蔷薇花饰把记忆的花环绕了起来，成了真正花冠做成的同心花冠，或者像一些波涛似的簇拥在每一个干花小岛周围，令人想起爱尔兰的手稿中称之为“凯尔特的”曲线，而米歇尔-夏尔肯定从未见过这些手稿。

除了鲜花之外，就是动物。米歇尔-夏尔在抵达佛罗伦萨时，在邮局待领处发现了加布里埃尔的一封信，她忧伤地告诉他，可爱的母狗蜜斯卡不知患了什么病死了，死前疼痛难耐，谁也不知道如何减轻它的痛苦。“可怜的小东西，你犯了什么错竟要受此痛苦啊？”米歇尔-夏尔叫嚷道。后来，他又在其大女儿，一个十四岁的小姑娘床前喊出了这同样没有答案的质问。他在回想蜜斯卡带给他的全部并不起眼的幸福：它那柔软的长毛温馨怡人，它那干干净净的爪子在街上从一块青石板跳到另一块青石板，免得沾上污泥；凡尔赛车祸后那些难以成眠的长夜里，小东西躺在他的脚下，给了他很大的慰藉。我并不是在胡猜瞎想，如果说米歇尔-夏尔涌起一股抒情的激情的话，那多多少少是因为他在中学里读了一点卡图卢斯关于蕾丝比亚的麻雀之死的诗以及尤利西斯的狗的故事。但是，他的真诚是毋庸置疑的，蜜斯卡没有等到他的归来使他黯然神伤。可爱的小狗变成了犬类完美的典范，他知道他以后养的所有的狗都要被毫不容情地拿来与蜜斯卡相比较，而且，它们无论受到何种宠爱，都无法逃脱蜜斯卡那跳跃与汪汪叫的阴影。这就是我的祖父。

马雷街

当米歇尔-夏尔回到法国时，如当时的一个笑话中所称的“国家战车”正行驶在一座火山上，路易-菲利普到了气数将尽的地步。像所有那些有自知之明的年轻人一样，米歇尔-夏尔一直是谦虚谨慎的，在他的故乡北方地区的有权势的人对他的热情接待颇令他惊讶。他很清楚，这些精明的政客并不指望他那是否真具有的才能，也并不指望他的毫无用处的经验，这帮有点穷途末路的先生只不过是想让一个出身于富裕而名声在当地有一定影响的家庭的年轻人为非长系那一支效忠而已。他被任命为省府参议，他接受了，但当他的任命在《政府公报》上发表时，却让自由派人士大吵大嚷，说是任人唯亲。但他并不在乎。他说他在里尔安顿下来之所以让他感到高兴，是因为他在当地的上流社会刚邂逅了一位符合自己理想的年轻女子。我们马上就会看到这是怎么回事。

在巴约勒，刚在夏尔-奥古斯坦床前守候了一个小时的正统派们并未像以前那样责怪他让米歇尔-夏尔“吃政府的草料”。工人暴动的怒吼声，俱乐部和秘密社会的扩大发展，刚刚出现的共产主义这个词儿，令大家惶恐不安，人们认为应该让具有才智的人为良好秩序服务。再者（这些矛盾始终都是政治的精华），人们真切地希望骚乱将发展到恰到好处，把法国带回到救世主亨利五世的时代。在这种情况之下，就任于政府部门的米歇尔-夏尔将更能为正统派国王效力。对于夏尔-奥古斯坦来说，这种由未来的不忠所表现出来的背弃似乎是一剂苦药。

由“王后”为他们的儿子所策划的婚姻计划几乎同样深深地激怒了他。早在米歇尔-夏尔归来之前，有远见的“王后”就乐呵呵地在拟定可能的对象名单，在这儿，“对象”就是指“亲家”。与大家可能会以为的恰恰相反，她毫不考虑对方家庭的特权与显赫，因为她觉得她自己的娘家和夏尔-奥古斯坦的家族都很不错了，用不着去借别人的光；用她那出生于旧政权女人的赤裸裸的语言来说，“王后”认为鲈鱼是无法让猪变得高贵的。但是，重要的却是米歇尔-夏尔得非常富有。严格地说，他已经很富有了；在他已有的财产中，刚刚（或者说不久）又增加了两三笔遗产。但是，这个很现实的母亲十分清楚，随着时间的流逝，一笔不错的财富与一大笔财富之间是有一定的差别的。里尔法院一位法官的千金迪弗雷纳小姐在“王后”的天平上正好是她所需要的重量。

这位年轻女子穿着考究，容貌娇美，尽管是杨柳细腰，但大家猜测有一天她会发福的。她有一头浓浓的秀发，玉臂和粉肩肉乎乎的，表明她身体很健康，这一点很重要。她父亲将来会成为大法官，将会以其影响扶助米歇尔-夏尔。他拥有里尔最豪华的两三幢住宅，并说要将其中的一幢当作女儿的嫁妆。他在当地弄了好几处庄园，而且据说他的一部分证券投资在煤矿上。

说到这一点上，夏尔-奥古斯坦打断了他的妻子，问她道，一个普通的审判官怎么会拥有那么多的钱？当“王后”在名单上勾了诺埃米小姐的名字之后，他就立即亲自进行了反调查。迪弗雷纳及其妻子菲利比娜·布伊利埃都是农民的孩子，系贝蒂纳附近的尚布兰-夏特兰人氏。迪弗雷纳的母亲姓布瓦利埃或贝南什么的，不太清楚，教区的看不清楚的花名册似乎表明本堂神甫也同他的信徒们一样大字不识，信徒们签名时往往都是画个“×”了事。于是，他就这么一个“×”一个“×”地从迪弗雷纳往上追溯着另一个迪弗雷纳，一直寻到十七世纪末，其间，查到一个弗朗索瓦兹·雷诺阿和一个弗朗索瓦兹·勒鲁，二人都是农妇，还有一个名叫乌苏尔·泰吕的女子，是个很好听的农民的姓名，而夏尔-奥古斯坦并不知道那名字在当地方言中是“星星”的意思，其母叫唐万。

我们应该这样去想，如果有利可图的话，夏尔-奥古斯坦是会愿意让自己的儿子娶这些善良的农民中一个的女儿为妻的（他至少是这么认为的），这些善良的农民在流亡的主人归来之后把土地还给了主人，没有因自己的义举索要过一个苏。而好好先生迪弗雷纳则相反，从一个农民变成了一个低级的经办公证事务的人；他是个狡猾的人，常常通过中间人弄黑钱，让其儿子奔前程的钱都是这么来的。谁知道老家伙是不是在军队供应中做过手脚？有些人说他这么干过，而且当时很多人都这么干过。于是，夏尔-奥古斯坦决定，只要他还说话算数，迪弗雷纳夫妇的女继承人就甭想嫁给米歇尔-夏尔。

“王后”没有直接回答，她把话题转到审判官的妻子亚历山大琳娜-约瑟芬·迪弗雷纳身上，后者的父母是有身份有教养的人，生前住在韦居市场街。“王后”让人给她看过弗朗索瓦·迪弗雷纳的肖像细密画，那是个督政府时代风度翩翩的法官，脸上施有脂粉，脑后的头发用缎带系着，神情善良，但挺自负；他妻子阿德里安娜·普拉泰尔在她的细密画像上穿着当时高雅的服装（“王后”宽容地微笑着回忆起自己当姑娘时曾经赞赏过一位良家女子已不再会穿的那种薄透的紧身女服和戴的那种轻浮的女帽），目光诡谲，嘴大贪馋。回过头去想一想，我有点为善良的审判官的夫妻关系担忧。但是，对亚历山大琳娜-约瑟芬没有任何可以指责的，她很好地抚养了女儿，而且把她丈夫在马雷街所拥有的那座有庭院和花园的豪宅管理得很好。说实在的，他们在家里很少接待客人，这想必是他们不邀请别人到家里来的缘故。客厅里挂着女主人的一位叔祖父的肖像，名叫迪哈迈尔神甫，是个没有宣过誓的议事司铎，据说恐怖时期病死狱中。没有什么比这更能产生良好效果的了。

夏尔-奥古斯坦提醒道，迪弗雷纳老爹及其妻子肯定从未进过这座漂亮住宅，革命前，它属于鲁洛瓦伯爵所有；人们在里尔没有见过他们夫妇，他们的儿子肯定不让他们在里尔抛头露面。老头是死在他在贝蒂讷的事务所里的，他的事务所右有锅匠，左有小酒店，他就是在锅匠的铁锤声和酒店老板及其常客们的边喝边唱声中死去的。其寡妻在那儿勉强地活了几年。是锅匠和小酒店主向身份登记处报告了这两个人的死讯。我可以想象得出他们在那两次报死讯归来时手挽着手的情形，而且分别前，还喝了一杯，以驱走脑子里的阴影，并向老吝啬鬼及其寡妻致意。两位死者的肖像是否曾挂在马雷街的漂亮宅第中，这一点是令人怀疑的。

“王后”下楼去为自己病中的丈夫准备汤药，她尚未拿定主意。但是，政治很快就要让为年轻人择偶的名单退居次要地位了，诺埃米的婚礼花篮还不是指日可待的事。

让我们退后一步以扩大视野来看待这桩当然会办成的婚事吧，它给我带来了外曾祖父阿马布尔·迪弗雷纳和一位想利用动乱时期浑水摸鱼的贝蒂讷的公证人外祖父，他的传奇故事如今只有我一人知晓，不管它真实与否，都无关紧要，因为对于我父亲和我祖父来说，它是一个信条；再说，他也只是在夫妻生活苦涩的日子里才想起它来。在迪弗雷纳太太亚历山大琳娜-约瑟芬方面，能见度很低，我最多只能看到督政府那美好时期的那位审判官和坐在一把扶手椅里，身边放着几本大概包括各大神甫的大部头著作，相貌有点干瘪的那位议事司铎。除了这两个人而外，我还可以设想一些人，他们也许更远一些，属于里尔的有产者，属于旧里尔的商人或手工业者，或属于迪弗雷纳家族自己也只是到了十八世纪末期才摆脱的北方地区的法国农民阶层。

在贝蒂讷的那个经办公证事务的人方面，如大家所见，有着稍多一些的姓名存在着，但却如同散落在光秃秃的土地上的麦秸秆儿似的散布在各处，我们很快便又陷入茫茫一片不知名的农民之中了。自古代末期甚至更往前以来，在尚布兰-夏特兰之后代代相传的那些人，那些几个世纪以来靠天吃饭，在土中刨食的人，最后像他们放牧的牲畜和沤肥的枯叶似的消失得无影无踪。当然，只需回溯三四百年就会发现，那些“体面人家”的祖先最终全都没入同样无人知晓的泥土之中。此外，在这些全都消失殆尽的乡民中，可能有着某个伟大人物，然而，随着教区的花名册最后或遭火焚或被鼠噬，他也就被人们遗忘了，或者一个绿茵茵的小土岗上，他的一座孤坟前的墓碑也被别人撤换掉了。但夏尔-奥古斯坦却带着一丝坚定不移的良知说，能读出、会写出、会计算（特别是会计算）出这些人以前的十来代人是了不起的事，但是，不让一大堆有产者的破烂玩意儿或贵族的唬人东西在那里摇来晃去，同样也是了不起的。

我在试图画出“我的父系母系家族”谱系时，之所以没有提及那些乡民，这首先是因为他们只是通过米歇尔-夏尔的婚姻才在十九世纪中期与我们家族衔接在一起的，然后是因为似乎以贝蒂讷和里尔为一方，卡塞尔和巴约勒为另一方之间有着整整一段距离，把讲佛兰德语的佛兰德与讲法语的佛兰德相互分隔开来。这些人尽管遭受过同样的历史挫折，同样的战争，同样的君主与政权的更迭，但也属枉然，他们给人的印象不仅是属于另一个社会阶层，而且属于另一个种族。一开始，当克里纳韦克家人、古斯马凯家人或比埃斯瓦尔家人至少直到十九世纪都一直认为法语是一种文化语言。而佛兰德语是儿童语言的时候，里尔和贝蒂讷的那帮人还只是在说古代的法语，即使这种古代法语已经退缩为一种方言了，孩子们如同米歇尔-夏尔一样没有“同佛兰德语初领圣体”。通过他们的后代诺埃米，我在这些人身上发现了我所不了解的、不知是什么生硬的、迎着困难追逐利益的以及既强烈又狭隘的东西，这种东西在法国外省几乎比比皆是，但就整体而言，又与佛兰德族的宽广与缓缓释放的激情大相径庭。

但是，我的最佳理由是我作为人来说不知道自己在什么地方是属于他们的。当然，我可以借助文学手段，即兴地描绘出因农民起义和偷猎偷渔而在这儿那儿高高兴兴地生活的一些可怜的耕田者，可以展现因乡村民间舞或盛宴而兴高采烈的我的先祖们，或者还可以描述一下一些在往羊毛袜中藏钱藏物的吝啬的乡民。在所有这些图像中，没有任何一点是直接源自迪弗雷纳家族、泰吕家族或唐万家族的。不过，让我们凭借想象力接近一点这些人中的一位，随便举出的一位，譬如弗朗索瓦兹·雷诺阿，或者她的母亲弗朗索瓦兹·勒鲁，她们的名字甚至都不属于她们专有，在法国有几百万妇女曾经使用过而且现在正在使用或即将使用像她们一样的名字。关于弗朗索瓦兹·雷诺阿，我们只知道她是个老姑娘，四十岁才结婚。我们不如去找弗朗索瓦兹·勒鲁。喂，弗朗索瓦兹·勒鲁！喂！她听不见我叫她。我集中精神，全神贯注，终于看见她待在夯实土地的家中（我小时候在黑山附近见过一些类似的房屋），猛喝啤酒，吃着黑面包和软干酪，羊毛裙子上围着一条围裙。一方面是简化生活的需要，另一方面是情况的偶然，致使我靠近她甚于靠近其他一些盛装打扮的祖母。

在另一个时代的舒适甚或奢华之中。我仍在做一些她先于我而做的动作。我在揉面团，在轻扣前门；大风之夜过后，我在捡拾树枝。我不肯坐在别人正在放血的猪上，不让它挣扎，但是我时不时地要吃点火腿肉，当然没有她熏的好吃，那是被残忍地杀死（倒是没在我的面前）的一头猪的腿。冬天，我们的手都一样被冻肿了，而我很清楚，对于她来说是必须如此的，对于我来说则是一种选择，至少是直到任何选择变得不可逆转的那个时刻为止。喂！勒鲁妇人！我很想知道她年轻时是不是一个旅店侍女或城堡女佣，是不是爱她的男人或让她男人戴绿帽子，是不是去教堂点蜡或呵斥神甫，或两者兼而有之，是不是照料病中的邻居或赶走乞讨者。首先必须通过一个人最普通的一举一动去圈定一个人，如同用粗线条去勾勒他的肖像一样。但是，如果否认这个陌生的女人那些更加细腻的也更加纯洁的激动，那就粗鄙了，这种激动仿佛源自心灵的精炼，如同我们假设一个炼金术士在提炼金子一样。弗朗索瓦兹可能像我一样地喜爱如今已成为精美欢快的民间乐曲的乡村乐师和手摇弦琴手演奏的音乐，可能觉得雪野上的夕阳十分美丽，可能一边自言自语大慈大悲一边忧伤地拾起从窝里掉下来的一只小鸟。她对自己的欢乐与痛苦，对自己的病痛，对年老体衰，对死亡将至，对她爱过且已离去的那些人的所思所想，与我自己的所思所想同样地至关重要。她的一生无疑比我的更艰难，然而，我却觉得这也就是那么回事，她同我们大家一样处于错综复杂和无法抗御之中。

一八四八年二月，里尔的革命以省府的一个舞会开始了。带来巴黎起义消息的那份电报到得太迟，来不及通知取消舞会，但我祖父肯定地说，跳舞的人一个个都哭丧着脸。省长召来了一个正规营保护省府大院，他们刚一来，就招来刚走下马车的盛装男女们的嘘声和吼声。第二天，当人们听到路易-菲利普退位和逃走时，愁苦的神情更加加剧：那位衣冠不整但却背着一只装满金子的钱袋的老有产者化名奔向驶往翁弗勒尔的驿站。

第三天，被巴黎传来的消息所鼓舞的一伙人冲进省府大院。这群乌合之众可能是来自臭名昭著的“里尔地窖”，那是一些潮湿而肮脏的地下室，一些工人家庭好几代人都一直住在那儿，这些地下室可没少肥了房主们。米歇尔-夏尔逆向地穿过人群逃向栅栏门，他惊奇地发现一个穿着旧衣服戴顶旧帽子的男人，那人正是省长 D. 德 · G，他并不知道自己正在仿效法国那位国王的所作所为。看见自己被年轻的参议认出来之后，D. 德 · G 先生便央求他悄悄地领他到内格里埃街的司令部去，他在那儿会受到军队的保护，将安然无恙。米歇尔-夏尔满脑子全是古罗马元老院议员们坐在自己的象牙椅[1]上等着蛮族人到来的念头，他暗自吃惊，但却急切要求跑了短短一段路后已恢复常态的上司保护他尚留在省府内的妻子女儿的安全。

回到原地之后，米歇尔-夏尔看到人潮已越过台阶，其中的一股人流已拥进一楼和二楼。一位老仆站在省长夫人的房门前叫道："里面住着女人，不许入内。"米歇尔-夏尔在写东西时有时很拘谨，但说起话来却是很激烈的，他后来说，这个仆人在关键时刻够有种的。

在院子里，有个人在宣讲，他提到巴黎的人行道上躺着无数的尸体，怒斥那些有钱有势的人"听着我们兄弟们的鲜血的滴答声"在跳舞。他的话让习惯于把自己的比喻修饰得高雅的米歇尔-夏尔觉得好笑。举着红旗的人群大声地要求把节日大厅里的三色装饰物拆下来点起欢快的火堆，于是，大家七手八脚地把装饰物拆下来，以便忘了这个倒霉的舞会；但没有人知道或没有人想知道它们应放在哪儿。没有办法，骚乱的人群只好把一楼的漂亮窗帘弄到大广场去烧。这真是太浪费了，让有钱人简直气疯了。一尊路易-菲利普的半身像被抬走，连同吊帘帷幔等一起扔到了火堆里，但却没有像烧漂亮窗帘那么引人注意。

几天后，临时政府的特派员，一个名叫安东尼·图雷的杜埃人来到里尔组织共和国。他"很脏，肥胖，庸俗"，而且极其热情地在履行自己的职责，甚至吹嘘自己穿着衣服和靴子睡了四天。由此可见，这人也太够呛了。他召集省议会议员开会，想知道他们是否同意与新政权合作。会议厅里鸦雀无声，让人感到很尴尬。米歇尔-夏尔挪到第一排去，好让特派员看到自己并听清他的发言。

---

① 系古罗马高级行政官员所坐的象牙椅。

“我同意继续履行自己的职责，但我保留自己的政治观点。”

这个打破了寂静的声音令新秩序的代表者勃然大怒。叛徒！反叛者！于是，他猛吹嘘了一通共和国。这个可怜的家伙的陈词滥调和夸夸其谈让年轻的参议很恼怒，他马上就要进行反驳。他的邻座，让利斯的一位先生是个成熟稳重之人，悄悄地用手按住他的肩头：

“谨慎点，年轻人！您要记住他们在大革命时期是怎么对待我们的人的。”

这句话犹如一道命令，使米歇尔-夏尔平静下来，他任由特派员继续说下去，没有再打断他。听众们走出会议厅，大家或争相与这个年轻的克莱伊昂古尔说话，或尽量地离他远远的。单枪匹马地干并不好。

第二天，他收到了解职书，是由特派员和省议会副议长一个姓T的男爵签署的，后者在保守党里声望极高。男爵第一次在一份官方文件上没有写上自己的贵族头衔。对懦弱的发现本身就是一种启蒙。米歇尔-夏尔一生中将受到三次解职，这一次他受到了教育，只好回巴约勒去了。

当他来到父亲面前时，夏尔-奥古斯坦对他的欢迎热情是出人意料的。在这个正统派的眼里，被拉下马来的米歇尔-夏尔洗刷了一个污迹。

“我总算又得到你了。”他拥抱着自己的儿子说。

但是，资产阶级的恐怖名正言顺地在继续着：作为拯救者的卡芬雅克已无足轻重；尚加尼耶只是一把缺了口的旧马刀。路易-拿破仑的上台让大家都放下心来，即使一个波拿巴分子（哪怕是冒充的）也不怎么能激起严肃的人的热情来。不管怎么说，反正镇压是开始了。在里尔，在因饥饿而引发的一八四九年五月的动乱之后，由阿马布尔·迪弗雷纳任庭长的轻罪法庭审判了四十三个人，总共判处了四十五年的监禁和七十四年的软禁。大部分被判刑者还都是孩子，一个偷面包的少年被重罚入狱两年；一个鳏夫每天只能挣一法郎二十苏，却要养活四口之家，听到宣布自己也受到一个类似的判决时，已泣不成声；另一个穷苦人在审判过程中扬言要自杀，一个名叫拉迪罗的里尔律师为这个“贱民”作了辩护，很遗憾地让他免遭更加严厉的惩罚。大家一致认为不久将升任里尔民事法庭庭长的阿马布尔·迪弗雷纳是新秩序的人。

米歇尔-夏尔自己说过，这混乱的一年对他来说是一段假期，他忙于把笔记分类和整理旅行中的回忆。如果说要美化他的形象的话，我倒是想说他对不公正更加愤怒——当时的右翼是不公正的。然而，在一个大家都在撒谎或胡说八道的年代，在一个人们只能在两方面进行选择的年代，要么成为在其炫耀残酷无情的道德中强化了的秩序的捍卫者，要么成为通过蠢话蠢事而引来专制的观念派，要么成为吃饱喝足的狼，要么成为愤怒的羊。以用一些古代大理石碎块做镇尺为乐的米歇尔-夏尔也许是个现实主义者。

一八四九年十二月，他重又担任原职，这令他非常高兴。他父亲这一次什么也没说，他已病得很重了。大约就在这一时期，有人提议米歇尔-夏尔就任阿兹布鲁克专区区长，他拒绝了，因为他觉得里尔是最好的舞台，还因为他正一门心思在追求诺埃米小姐。他于一八五一年九月娶了她，那时，夏尔-奥古斯坦已去世一年多了。

这不是一桩伟大的婚姻，甚至也不是一桩美满的婚姻，这是一桩很好的婚姻。我在这儿当然是从公众的观点出发的。有一些老人，像夏尔-奥古斯坦所说的那样，很好地谈及了会带来厄运的财富——他们因年老而说话颠三倒四。“王后”早就开始同未来的亲家们和公证人们进行了习以为常的谈判，她带着两个女儿回到巴约勒，很高兴自己为儿子尽了力。至于他在社会的阶梯上是上了一级还是下了一级，我们别去争论了，因为欧洲的社会等级制度同印度的社会等级制度同样复杂。不管怎么说，选择已经做出了，这个二十九岁的男人已经等到了一个人的机遇——一开始似乎众多而现在却已为数不多了，后来的一切都源自这一天。

他眼下完全心满意足，他拥有年轻的妻子，享有社会声望以及自己的无拘无束。他同他母亲有所不同，他不太有野心，只是努力地去履行自己的职责，而其职责只是负责处理省里的诉讼案件。与麻木懒散的巴约勒比较起来，里尔似乎是一座大都市，他因在里尔显得很神气而沾沾自喜。我们都看见了，他已恢复了他有点天真地称之为他的“贵族姓氏”的名字，更确切地说，恢复了其法文采邑的名，那采邑是根据一道官方法令归还给他家的。他没有恢复过时的骑士头衔（“我不要骑士头衔，因为那已不合时宜了。”），因为这种头衔已无足轻重，而且有点自由派的意味，那肯定不适合诺埃米严肃的丈夫的，不过这个大旅行家严格地说来倒是可以戴上这一头衔的，德·洛林骑士，德·埃翁骑士，德·拉巴尔骑士，德·桑加特骑士，德·瓦鲁瓦骑士，德·图什骑士……称克里纳韦克骑士也挺不错的嘛。

阿马布尔·迪弗雷纳的那座豪宅在马雷街二十六号，在诺埃米的名下；后来，它就过户到女婿的名下了。阿马布尔还拥有两座宅第，分别是二十四号和甲二十四号，好像他自己只住了一部分，其他的租给了他的一个同事。我在马雷街二十六号度过了我一生中的头两个冬季，我的骨子里大概还留存着它的供热设备所提供的热气。小时候，当我祖母还没在黑山安顿下来之时，我在春天或是在天刚转凉，祖母回到城里时，到马雷街二十六号去看望过祖母两三次，我模模糊糊地感觉到不再接待客人来访的老妇人的这座宅第已改变了的气氛。我在记忆深处锁定了一座石砌的大理石阶梯，一个回旋的栏杆，大花园的一棵棵参天大树以及让米歇尔-夏尔联想到十八世纪罗马柱廊的拱顶上的游廊。这些灰色房屋看上去有点冷冰冰的，但却是按墨线无可挑剔地建造的，属于法国总督时期的样式，在里尔替代了勃艮第诸公爵大师级的带雕花镀金山墙的古宅子，它们也有着自己的神秘性。据传说称，这座宅子在属于鲁弗鲁瓦先生之前，曾经是一个包税者的豪宅，他在里面收住了一些歌剧院的姑娘。大约在一九一三年，诺埃米去世后，继承了马雷街二十六号宅第的叔父在中二楼发现了几间隐蔽的房间，仅靠几乎看不见的阳光照亮着，里面散发着往昔的有点说不清的怪味。一些巴里伯爵夫人时代的服装挂在几只衣橱里，全是绣花的印度和冷色的中国丝绸和塔夫绸的，穿这些衣裳的女子们想必美滋滋地溜进花园的大树下幽会去了。一只抽屉里藏有一些色情书籍和木版画，我叔父是个严肃的人，他让人把这些东西统统烧掉了。

一九五六年，当我又途经里尔时，花园里已盖起了一些普通的建筑物，但是那位年迈的门房仍记得那些美丽的大树。几乎过去二十年了，宅子被一家保险公司占据，但拱顶上的游廊仍然在那儿。最近，一位里尔的朋友给我写信说，那个街区大变样了，变成了北非人的贫民窟了。“我以为去麦加旅行了一趟似的。”这个留恋故乡的可爱的朋友补充说道。保险公司搬到别处去了，那幢宅子也被卖掉了。我寻思，对于直到归顺帝国之前一直是个奥尔良派的阿马布尔·迪弗雷纳来说，征服阿尔及利亚无疑曾是本世纪的光荣之一。今天，这一战争的遥远结果又浮现在他美丽的宅第上了。

正是在这个院子里，米歇尔-夏尔在婚后不久便看到了自己舒适生活中的一条裂隙。他非常喜爱骏马，刚买了一匹纯种马，打算每天早晨在与城堡相邻的那条被精心维护的小路上骑行。因为迪弗雷纳家的马车夫无法兼顾一切，所以刚雇用了一个年轻马童。马童在等候他的吩咐时，岳父大人正从诺埃米屋里出来，他走近他，没好气地挖苦道：

“您早早地就开始在把我女儿的银子变成马粪了。”

对这种讽刺，米歇尔-夏尔有多种办法驳斥。他本可以一耳光把这位审判官扇下台阶去，也可以让人打开栅栏门，骑上自己的纯种马一去不回头——换了他儿子，是会这么干的，还可以有理有礼有节地反驳说，自己有能力养一匹坐骑，用不着花诺埃米的嫁妆，或者像什么事也没有发生过似的，照旧命令马童。但是，他属于那样的一种人，面对恶意或敌意，会感到不知所措，倒不是因为懦弱（我们已经看到他并不懦弱），而是因为不屑于与一个无礼的或粗鲁的人理论，或者因为高傲，内心深处就有那么一种冷漠之感，对自己所拥有的或自己向往的东西漠然置之，心想自己不会长久拥有这些东西的，或者对这些东西也只是向往一下而已，其实并无太大的兴趣。有时候，我在我父亲和我自己身上也看到这同样的反应。米歇尔-夏尔决定把那匹纯种马送到黑山城堡去，今后再也不在里尔骑它了。

现在，我们来俯视一下诺埃米这个平庸的“深渊”。把自己的丈夫不是当成奴仆就是当作利害相关的人的这种妻子任何时代都有，特别是在十九世纪；这种态度甚至并不排除夫妻的情感：维多利亚就是情意深切地让艾伯特待在从属的地位。米歇尔-夏尔总是从尽可能让人放心的角度来说明事情，他在留给自己孩子们的回忆录中特别强调了诺埃米很聪明（按她的方式，她确实如此），很漂亮（我们马上就会看到这一点的），很高雅（而我却很担心“高雅”一词会让人想起虚伪的、身份地位所限的礼貌、财富和世俗的评价，上流社会的夫人们常以这种高雅相互周旋或攻讦），是个完美无缺的家庭主妇（他在这一点上并未夸大其词）。米歇尔-夏尔并不是不知道他妻子粗俗狭隘的本质，而且坦诚地跟他儿子谈到了这一点。为了一方面用间接肯定法，另一方面看到诺埃米恼怒和怨愤的一面，我们必须首先认清她的真实面目，哪怕是再给她披上神秘的面纱也可以。

我见到她时，她已八十岁高龄，身材臃肿笨重，在黑山城堡的走廊里踱来踱去，如同瓦尔特·德拉·梅尔一部小说中的那个在空荡荡的家中徜徉的令人难忘的锡东阿姨，在看着她的孩子们的眼里成了死神或恶魔的化身。但诺埃米的样子并不吓人。她同儿子不和，对她所害怕的女婿冷漠，对她的孙子既心存褊狭又讽刺挖苦，对我虽常呵斥，但并未让我感到害怕，因为她并未能制服我那孩童的犟劲和逆反心理。一日三餐之后，这位老太太便去客厅的一角坐着，她从那儿可以监视各个房间而不被人看见，而且可以借助像扩音器似的供热气管口听见地下室里有谁在说自己的坏话。如同大家所猜想到的，仆人们早有所知，凡是要谈到她时都离那个角落远远的，或者说话时恰如其分。一旦从那个供热气管口传来一个不怀好意的玩笑，老太太总会找个由头发一通火的。她的女仆弗图内服侍她很不称心，但她已习惯她了，所以她总在心里盘算着如何打发她滚蛋，或者让她得不到好处。在她临终前看护她的那几个修女也同样遭到她的监视。这个老妇人一辈子都害怕死，最终因心脏停跳而孤独地死在黑山城堡。“心脏？”一个诙谐的农村邻里叫嚷道，“可她不常用心的啊！”

我拥有的诺埃米的第一张画像表现的是十四岁左右的她，穿着短裙和罩衫。大约在一八四二年，阿马布尔·迪弗雷纳决定请当地的一位画家画两幅半肖像半油画式的吊挂的画：一幅是表现审判官坐在马雷街自家的漂亮书房里，他修长，干瘪，冷漠，脸刮得很干净，一副基佐时代当地人模仿的假英国佬的神态。画像周围的墙壁都像精装书籍似的包起来了；博叙埃的一幅半身像表明他对其激情满怀的雄辩的景仰；透过一扇开启的窗户窥见的圣卡特琳娜教堂轮廓的顶部飘扬着一面公民国王的三色旗；矮小的诺埃米走进来似乎是送一封信而不是前来借一本书，这使画面带有一种当时已成高雅时尚的家庭的温馨。在第二幅画上，亚历山大琳娜-约瑟芬·迪弗雷纳戴着她的管状女帽，身子僵直，正襟危坐在壁炉旁的一把扶手椅上，壁炉上的一件“装饰品”至今仍在。戴细布绉领的一个年轻小伙子站在她的身旁，一件女红放在她身边的一张桌子上，羽管键琴在奏着一首抒情曲。那挡火装置装饰得像是带浮雕感的灰色单色画的一个古代场景，一座林中仙子的雕像使得透过玻璃门窗洞隐约看到的花园平添了几分姿色，而一张巨大的萨伏纳里地毯以其鲜艳的色调使其余部分全都黯然失色。

那个戴细布绉领的男孩名叫阿纳托利，或许叫古斯塔夫，抑或两个名字合二为一。（我不知道这对夫妇是有一个儿子还是有两个儿子，年纪轻轻的就死了。）古斯塔夫离开人世时还是单身，是法学博士，享年二十九岁，他的名字列入了迪弗雷纳夫妇十年后所参与的一个慈善机构的文件中。假定阿纳托利是另一个人的话，那他在任何地方都未提到过。我祖父的回忆录没有提及这个或这两个死者，因为他或他们的去世，诺埃米才成为完全的继承人；相反，可敬的亚历山大琳娜-约瑟芬在我祖父的回忆录中被说成是“女人中最好的女人”。我父亲也从未提起过那个或那两个舅父，因为他或他们死得太早，他没能见到他（们）；他也没有提到过那个“女人中最好的女人”，尽管她似乎活到将近二十世纪了。用不着跑到东方大公墓游荡也能学会遗忘的。

并不是出于对诗情画意的钟爱我才让读者驻足于这两幅物甚于人的画面前的。其实，无论是什么样的社会，全都是建立在对物的占有之上的；大部分人在让人画像时总是要求别人把他们所喜爱的小玩意儿画在旁边，就像古时候要求别人把他们所喜爱的东西放进自己的坟墓中一样。在某种意义上，亚历山大琳娜-约瑟芬的画框和地毯就像古罗马喜剧演员所穿的短靴，而她的镜子则像阿诺芬尼夫妇的大床。但凡·艾克的模特儿们尚生活在物质本身尚属一种象征的时代，古罗马喜剧演员穿的短靴和那张大床象征着夫妻的亲密无间，那面几乎具有魔力的镜子被人们所看到的或有一天将看到的所有一切弄得水汽蒙蒙的。在这里，恰恰相反，这个室内氛围证明了

“拥有”胜过“存在”的一种文明。诺埃米是在一种“仆人就是仆人”的环境中长大的，在这种环境里，人们不养狗，因为狗会弄脏地毯，也不在窗台上放面包屑喂鸟，因为鸟会弄脏挑檐；而且，在那个环境中，人们在圣诞节期间只站在家门口布施教区的穷人，害怕穷人们身上的虱子和癣传染给自己。没有任何一个“平民百姓”家的孩子在这个漂亮的花园里玩耍过，也没有任何一本被认为是要打破“好的理论”的书籍进入这间漂亮的书房。对于这些自认为是基督徒的法利赛人[①]来说，爱他人如爱自己是神甫在布道台上宣讲时才说的格言之一，受冻挨饿、渴望公正的那些人是一些最终要进苦役监的骚乱者。人们没有贸然地对诺埃米说不与人分享的钱财是一种滥用形式，而任何没有用处的占有都是一种累赘。她几乎不知道自己是会死的，她只知道她的父母将死去，而她将继承他们的财产。她不知道遇见任何一个人，哪怕是一个停留在马雷街二十六号栅栏门前的清洁工，都该是一大喜事，如果不被看作是一种兄弟相逢的节日，起码也是一个可乐善好施的喜庆日。人们没有告诉她事物应因其自身而被爱，与占有它们的我们这样的一些人无关；人们没有教会她热爱上帝，她顶多认为上帝也就是一种天上的迪弗雷纳审判官；人们甚至都没教给她自己爱自己。成千上万的人的的确确也都像她一样，但是，在这些人中，有许多人有一种优点，一种天赋在从这块种不出东西的土地上自动地冒出来。可诺埃米没有这种好运气。

她是个贞洁的女人，但那是就当时在运用到女人身上时人们所给予这个词以极其卑劣的狭隘意义而言的，仿佛贞洁对于女人来说

① 古代犹太教的一个派别的成员，以严格遵守成文法律见称。《圣经》中称他们是言行不一的伪善者。

只关系到躯体上的一道裂缝而已。C 先生将不是一个受骗的丈夫，那她是纯洁的吗？只有床单能给我们以回答。很可能这位健壮的妻子有过一些米歇尔-夏尔懂得满足的疯狂劲儿，或者相反（我倒是倾向于这后一种情况，因为没有一个被满足的女人不是爱争吵的人），因为某种气质的贫乏，一种好奇心或想象力的缺少，或者亚历山大琳娜-约瑟芬不得不向她提出的建议，使她避开了一些“不道德的”欢娱，甚至避开了一些被允许的欢乐。肉体的交媾可能使她如同她同时代的许多女人一样认为这种夫妻间的床第之欢是不适宜的，可没有这种床第之欢，一个“有性欲的人”就不能被称为是完整的人，并被认为是“交代了的人”。然而，诚心诚意地说，她是以自己的“漂亮的女儿身”而自豪的。这个漂亮的女儿身对她而言是非常珍贵的，她不是把它看作是一个为她的生存而效劳的不可取代的物件，更不是把它视为一种性欲的工具，而是当作自己所拥有的一件家具或一只中国大瓷瓶。她并不是因为爱俏而更多是因为她对自己“社会条件”的认同才给它穿上塔夫绸衣服或披上开司米羊毛披肩的，或者遇到机会，像时尚所要求的那样让它袒胸露背，她喜欢露出粉肩和一截玉臂，当然露得并不太过，如同杜伊勒利宫或贡比涅宫的贵夫人们那样，不过比外省的那些假惺惺的女子们所接受的要稍微过一点。

据说，有一天晚上，舞会结束出来时，米歇尔-夏尔正挽着妻子走下里尔一家豪华府第的台阶，突然听见讨厌的丝绸撕裂声。N 先生（N 是我杜撰的一个姓氏的首字母）是上流社会的老单身汉，是里尔高雅时尚的评判员，背有点驼，为人心术不正，由于被人群挤了一下，一不小心踩到在他下一级台阶上的美妇人的裙子后摆。诺埃米转过头来，恶狠狠地说道：

“该死的蠢货！”

“夫人，您何不用头巾[1]挡住粉肩。”N 先生彬彬有礼地反击道。

米歇尔-夏尔回到家中受到了也许该当的责怪：一个受人尊敬的丈夫本应修理修理那个无礼之徒的，但是，人们是不同一个残疾人打架的，米歇尔-夏尔只是假装没有听见。

我一直犹豫着是否把这个轶事告诉给读者。N 先生的抢白很可能是从某个轶事集中弄来的，或者米歇尔-夏尔从某个轶事集中弄出这个故事来逗他儿子乐，但不管是真是假，它都像绣花头巾一样是属于那个时代的。

我在别处记述了我祖母对主有代词的兴趣：里尔的宅第是“我的宅子”，黑山是“我的城堡”，而夫妻俩的双排四轮马车是“我的双排四轮马车”，仆人们尊称为“老爷”的米歇尔-夏尔在没有仆人在场时是“我的丈夫”，而她在训斥他时，就直呼其名：“米歇尔-夏尔，您要把车子弄翻了！”在公开场合，她常与他唱反调：“这事不完全像我丈夫所说的那样！”或者恶声恶气地说：“米歇尔-夏尔，您的领带结没打好！”有一把扶手椅，他觉得难看死了，可她却觉得很时髦，是她留着专门给自己父亲享用的——“您别坐那儿，米歇尔-夏尔，那是您岳父偏爱的扶手椅。”他从来就不坐这把石榴红或金黄色的扶手椅，不过，他岳父也并不太喜欢这把椅子，所以它常空着没人去坐。春天动身去乡下和秋天返回城里的日期几个月前便定好了，如果米歇尔-夏尔或孩子们感冒了，她就让他们穿暖和点（“我可从来不着凉的。”）。迪弗雷纳夫妇说服他们的女婿同他们一起当公证人，他们对他的前途有决定权。老岳父在黑山买下了一些田产，以便让年轻夫妇的庄园连成一片，于是米歇尔-夏尔在这片一百三十公顷的树林、草场和农庄上不再完全是能说话算数的人了。

---

① 法语 fichu 既可作形容词，表示“该死的”、“讨厌的”，又可作名词“头巾”解。

好像阿马布尔想扩大已有二十五年历史的贵族乡村住宅，反正有一份秘密报告在指责这个审判官在大模大样地建造一个小城堡，一些路易十五—欧仁妮式的叠橱式写字台在佛兰德的衣柜和复辟时期的老式家具中显得一枝独秀。米歇尔-夏尔像从前一样，喜欢在每个星期日跑到巴约勒自己母亲家里吃午饭；他总是一个人去，走的时候和回来的时候都要引起一番争吵。

要是没法再看一看他那么喜爱的意大利的话，他就想到尼斯或巴德去待几个星期，这是他们的经济条件所能允许的。但他的这一小小的愿望却遭到了诺埃米的讽刺挖苦："我在哪儿你就老实地待在哪儿。"于是，他也就不再作此幻想，并且不再像长期以来习惯使然地低吟几句他觉得很美的诗句，而是适应环境，像维吉尔诗句中那样去欣赏月光，或为孩子们讲讲维克多·雨果的《家庭教育》。在饭桌上，如果可能的话，她就以指责仆人来打断他的那些不合时宜的引述——"这酒冰镇得不够。""您没把盐瓶灌满。"米歇尔-夏尔因竭力想用一句玩笑话来缓和她的尖刻而使得自己的过错更加严重了（"永远别同这些人太随和了"）。如果他把没有看完的《辩论报》扔在客厅的墩状软座上，随后就会在柴堆下面看见它（"把报纸随手乱扔，这也太随便了些了"）；如果他想把里尔的一个没用的小客厅改作自己的书房，那这个小客厅肯定是变成了存衣间。比埃斯瓦尔堂兄是个外号叫"金牛"的富有的珍品收藏家，他把米歇尔-夏尔列在自己遗嘱的名单上。当他在巴约勒去世时，米歇尔-夏尔得决定是否要把他的那些有名的一千五百年以前印刷术刚刚使用时出版的书籍和日课经、古老的雕刻或浪漫的水彩画等藏品卖掉。诺埃米赞成卖掉，因为"这类书籍我们已经有不少了"，而且如果拍卖的话，拍卖估价人要挣去不小的一笔费用，这也使她的意见占了上风，所以米歇尔-夏尔也觉得干脆卖掉算了，只是他很惋惜那本包税人版的拉封丹。

在所有这种时候，我祖父就像一位战略家，退居于事先准备好的位置上；诺埃米则像一位烧焦了的土地上的征服者，趾高气扬。米歇尔-夏尔心想，要让人逢迎，说好听的话或含笑以待，未免太鄙俗了；人不能什么都得到，诺埃米实际上也有她很大的优点。米歇尔-夏尔自己的乐趣就是官方的事务，与同事们聊天，他的书籍（他总是在重读）以及给孩子们讲讲课。每天早晨，在喝咖啡、吃烤面包片的亲切气氛中，米歇尔-夏尔总是默不作声，因为找不到一个双方能谈得拢的话题，或者就谈点天气如何如何什么的，但就是谈天气也会顶撞起来："下雨了。"——"您搞错了，雨已经停了有十分钟了。"这两个组成了一对受人尊敬的夫妻的男女有时候仍在同一张床上颠鸾倒凤，实际上双方都在为对方好，而且并不能同年同月同日死，因此，他们或在有礼貌的沉默中或在毫不客气的抢白中共进了将近一万两千顿早餐。

但是，有一个题目是永远也谈不完的：星期二的大餐。“她一门心思地在忙乎自己的事。”米歇尔-夏尔以他那无可指责的挖苦口吻记述道。其实，忙的并不只是同厨娘的私下商讨，并不只是要付多少钱给花店店主、鱼行老板、菜馆经营者、为一件巴黎时装稍加修改的裁缝或重新熨烫一些上浆的桌布的人，最大的事是宾客的名单——千万不能把那些大菱鲆和菠萝让一个没达到某种社会水准的人吃了。有些人物是非请不可的，如省长，城防司令，刚来里尔时的北部谱系的重要亲戚们，来了解当地工业情况的巴黎银行家们，几个归顺当局的或者正派观念已不强了的有身份人家的代表，一直在做善事的那位主教，以及当他在当地时的那位教廷大使。阿马布尔·迪弗雷纳时不时地还坚请一些路过的同僚，譬如那个矮小的比纳尔老头，他是帝国的检察官，曾以有伤风化的罪名查禁了波德莱尔先生的《恶之花》，而且还差一点儿也把《包法利夫人》判为禁书；这位公共道德的捍卫者收集了古代的色情短诗，迪弗雷纳也是这方面的业余爱好者，他同他一起攻击一些所谓博学的引言。米歇尔-夏尔很得体地没参与其中。

其余时间，相互间说的下流玩笑话都是在巴黎人或军队中流传的。所邀请的夫人们并不是一些风流女人，但是她们全都习惯于饭后，当每人面前的那五只高脚杯空空如也，脑子里飘飘忽忽时，听一些风流韵事。（“我们在家里疯狂极了！”几年前，一位年已八旬的表兄肯定地对我说道，他其实不可能参加过这类第二帝国时的盛宴，而他所记得的大概是在巴约勒的星期日家庭宴会，当时，曾有一位面部患有癌症的老年宾客任由香槟酒从他的癌肿上流过。）在里尔每星期二的欢乐气氛中，每个人都觉得自己很风趣，而且大家全都尽情欢笑，一醉方休。巴黎，米歇尔-夏尔和诺埃米每年至少要去两次，它从来没有里尔那么欢快和灿烂。地租在增加，股息明显地在攀升，刚在鲁贝建起的工人住宅获利百分之二十五。确实，这些住宅没门没窗，米歇尔-夏尔本应干预此事的，他私下里承认应视这些房屋不符合卫生条件而且十分危险，但他暗自寻思，不管怎么说，必须想法安置纺织厂的工人，而且出资人只有获得实际利益才肯出血的。

每星期二的常客帕里卡奥伯爵讲述了几件他经历的中国之战的轶事：法国大炮在战斗中大显神威，拿着长矛和弓箭的黄皮肤的骑兵尽管喊杀声震天，却不堪一击，这些人不让文明国家建立本可以有利处理事情的租界。而阿拉伯人也对进步采取闭关自守的态度。在阿尔及利亚，布佐的士兵们无疑是做得有点过分了：头天晚上被夺取的那些反叛者的小村庄，往往第二天早晨便是一堆灰烬了，而村民们也守在屋里，与自己的茅屋同时化为乌有。在吸烟室里，用不着担心刺激夫人们的敏感神经，于是这位英雄承认，曾经发生过几桩用刺刀挑死儿童的事。有什么办法呢？战争就是战争！

一位显然是参加过这些盛宴的秘密报告的编写者对诺埃米温柔而善良的性格赞不绝口，从这一点可以看出秘密报告都是些什么货色了。“尽管她极其谦虚，但在上流社会中并不是默默无闻的。不过，她在上流社会并无大的影响，她也从不想施加影响。”很可能诺埃米在雄心上如同在爱情上一样，非常地迟钝。同样可能的是，她的漠然是出于外省人的一种可敬可佩和坚定不移的傲岸，安于现状，别无他求。我很感激她没有在省府沙龙中抬高自己。

对北方的人和事似乎存有偏见的秘密报告的编写者违心地记述道，“属于当地显赫人家的米歇尔-夏尔穿得衣冠楚楚”，而且“他的行为举止透着某种高雅”。但是，“他仍受到佛兰德血统的影响”。“他的思想不是太活跃；然而，在他那好好先生的外表下，不免透着某种精明。他对答如流，令人佩服。”“他在政治方面缺乏才智。”这位人类木偶的“解剖学家”补充说道，就这一点而言，他说得很有道理，不管我们可能给予“政治”和“才智”这两个词的意思是好还是坏。但是，“他处事有方，而且他的行动无可挑剔。他的立场以及他的取向使他成为有用之人”。另外，对于这个省参议会副主席的职位来说，他“受的教育是足以胜任的”，而这份半真半假的报告不久就让他荣任此职了。官方的这位间谍说的是事实，米歇尔-夏尔是足够地因此也是不足够地受过教育。在这一方面与在其他方面一样，不必太“跟上时代”，而且，不落入时髦观点的圈套甚至还大有好处。然而，在一方面是达尔文时代，另一方面是勒南和丹纳的时代，这个因为其在斯坦尼斯拉斯的老师让他读孔狄亚克的书籍而在重读后者的书的文人，不时地重新翻开塔西陀的史书，以免荒废了自己的拉丁文，并把从亚当到路易十四的世界史分成六个阶段教给自己的女儿；但严格地说起来，他算不上是个“受过教育的人”。然而，我很担心这位巴黎的编写报告者根据他对《妓女爱丽莎》和奥芬巴赫最后的那段歌一无所知去判断他。

在道德方面，官方对他也给予了很高的评价：米歇尔-夏尔是个好父亲，对妻子和孩子们一片忠心。像通常那样，这一点被稍加节制地记录在案。但是，很遗憾，抄写员在抄写这一点时总是自作主张，坚持写上：“他是佛兰德人。”“尽管他的面容非常具有佛兰德人的特征，但是相貌显得外露和开朗。”“他的性格也是很佛兰德式的：他无疑为人正直，而且我也并不认为他会口是心非，但是，他并不是总把心里话说出来的。”编写者在这一点上倒是正好说对了。但是，表里不一在第二帝国的法兰西肯定不是受到鄙视的这类人的专利。米歇尔-夏尔的表里不一更多的是源自在一些教会学校所养成的习惯，在这些教会学校里，间接肯定法和思想上的保留自十七世纪以来一直在持续发展，而且，那种有话不直说的歪风仍在经常不断地损害着这些教会学校。

但是，对于官方间谍来说，重要的是这位有关人士拥有多少钱财。在他母亲及岳父去世之后，上面的这位人士的财富将高达年收入十万法郎。这笔可观的或被认为是可观的财富是一条牵狗链，“他太紧攥着他所拥有的东西了，以致不得不诚实地为皇帝的政府效劳”。“诚实地”这个词在这里听起来很好笑，让我们理解为米歇尔-夏尔将永远也不会去犯与自由派分子勾搭的错误吧，这些自由派分子“乔装改扮的社会主义”对于地主、房东们来说是一大威胁。帝国是站在左边的。

人们并没有忘记他家人的正统主义，也没有忘记他的奥尔良主义以及他岳父的奥尔良主义，他岳父的奥尔良主义在另一份官方报告中曾受到严厉的谴责。阿马布尔·迪弗雷纳“沾沾自喜于他的花形徽章和他里尔法庭庭长的重要职位，并对自己的终身制感到放心（他并不是唯一这样的人）”，他曾支持过一个奥尔良派议员P的候选人提名，此人是他女婿的妹夫。而且，阿马布尔·迪弗雷纳在谈到当朝政体时语多讽刺。虽然安然地处于“自己的位置上并善于择友”，他的女婿倒是并不那么坦然无虞，幸好他至少是在觊觎荣誉勋位勋章。报告编写者不顾阿兹布鲁克法庭最近的法令，坚持只把C. 德·C先生写成克里纳韦克，他无疑是认为这个名字更适合他的佛兰德相貌；他指责他以旧政权的这个姓氏为标榜，想要“与当地的所谓贵族阶层打交道”。这个“所谓的贵族阶层”是鹅毛笔刮擦出来的，它流露出这个所谓的波拿巴效力者的那种在许多法国人心中都存在着的雅各宾派情结。我祖父徒劳无益地在其行政职责中表现出激情满怀，徒劳地作为杜埃的专区区长和里尔的省长完成中介职责，而且还徒劳地采取了“必须采取的那些措施”，“在杰昂西刺杀皇帝陛下的过程中”，不管这是一些什么样的措施，反正人们都把他看在了眼里。帝国是站在右边的。

戴着黑色天鹅绒褶皱翻领的诺埃米，头发上插着一朵红色天鹅绒做的玫瑰花，如同法兰西喜剧院的女演员索尔小姐一样，披着那条精美的又薄又软的印度平纹细布披肩在演戏，而没料到又取了一些荷兰调味汁拌的芦笋的一位宾客毫无热情地指出：“这家人家料理得很得体。”（人家在巴黎莫尔尼家没有吃饭不是为了跑来这里欣赏北方的奢华的。）此刻，正在替宾客们斟柑香酒和白兰地的米歇尔–夏尔，并不知道自己被褒贬参半地而且仅只是因为有钱而受到尊敬地列入一个警察政权的秘密报告之中，如果他知道的话，凭他的精明，他会说所有的政权均皆如此。一幅与诺埃米–索尔小姐相呼应的细密画把他画得有点拘束，眼睛望到其交谈者的背后去了；他的神情既不外露又不开朗，更不像是个好好先生。编写报告者把佛兰德热情好客的外表用来作为一种性格的基础。尽管别人给予他良好的评语（“身体健康。无任何残疾。”），但米歇尔–夏尔自结婚时起便受到胃溃疡的折磨。他儿子最遥远的回忆之一就是他同家里人一起吃饭时的情景（不是在每个星期二的盛宴上，他儿子当时还很小，不能参加这种盛宴，而在这些盛宴上，这位一家之主总是面不改色地假装在吃饭），在当时那拖得很长的丰盛的进食过程中，他因要保持仪态的端庄总是在搅和他那碗覆盖着一层厚厚的奶油的燕麦粥，那是有时一连好几个月，医生允许他吃的唯一的食物。但他毕竟还是痊愈了。一位专家想必是拿不定主意，弄不清是什么因果关系，一直在那些迟迟不收口的溃疡面和胃癌之间犹豫不决；不过，他在六十四岁时，还是死于胃癌。

在这个肖像画家走俏的时代，照相术不被看作是一种艺术，然而它仍有权冠以艺术之名。那些在不停地摆姿势的过程中把自己的形态印在涂有硝酸银的玻璃感光片上的资产阶级，并不知道自己有着原始艺术的严肃面容和霍尔拜因①肖像画的力度。一丝令人不安的魔力增加到刚刚诞生的任何伟大艺术都具有的那种高雅之中。自从世界诞生以来，被人的聪明才智所控制的光第一次摄取到活人的幽灵，这些今天看来是一些真正的幽灵似的人，立于我们的面前，宛如他们的魂灵所做的那样，身着鬼魂般的燕尾服和有衬架支撑的幽灵似的女裙。人们也许从未注意到，第一批拍摄的大肖像照片是与最初的招魂场面同时代的。在施招魂术时，欲成功则要有一张旋转桌子，而拍照的成功，需要有一个感光片；在这两种情况之中，都得有一个中介人（因为任何一位摄影师都是一个中介人）。正是因为拍摄时用不着像画像或雕刻那样，需要画家或雕刻家一再地纠正姿势，所以这些照片上的面容与在生活中所窥见的真实面容表现起来一样困难。我们经常是在一些封闭的不透明的环境之中。有一些照片底片反映的是那些人可能是什么人或做什么事，或者反映的是他们曾经是什么样的人或做过一些什么样的事，甚至，有的时候，一些不知是在什么试剂的作用之下缓缓显现的特征只有到今天才看得清楚，而且也只有我们能看得清楚。正因为如此，自贡比涅的辉煌起，拿破仑三世的那张愁苦的脸便使人预见到了色当一役的惨败，仿佛他身上已经带着他的灾星了似的；或者，尽管其崇拜者们赞不绝口，穿着众人景仰的王后服的美丽的卡斯蒂格里奥娜仍现出沉重的脚踝和一双挤在缎面高跟拖鞋中的脚来，仿佛这位各沙龙中的偶像在人行道上走得太久已累坏了似的。想必，因为习惯或尊敬或热爱蒙住了眼睛，而且被有关的人所瞥见的那小小的瑕疵会让他们把那些昂贵的小片片撕碎，因此，同时代的人所没有看见的一些裂隙、缺点或毛病表现得仿佛是那些照片已变成X光照片了似的。

诺埃米不再是家中的索尔小姐了，她穿着不袒胸露背的裙子显得得体而平和，紧闭着的嘴唇像是一只坤包上的搭扣似的——唯有那嘴唇在告诉我们她缺乏善良；那两只精心保护的手是一个从未做过任何家务活儿的人的手，按照当时的说法，是一个体面人家的女子的手。而我们看到的六十年代的米歇尔-夏尔，是一位面孔瘦削苍白，身着燕尾服，蓄有小绺胡须的先生，高挑儿的身子笔直，脑袋微微昂起，给人一种难以控制自己的印象；目光锐利但忧郁（因为没有什么比某些明亮的眼睛的目光更加忧郁的了），在两道浓眉和高颧骨之间闪烁着一股冷光。我们可以因此而想象出易卜生的索尔尼斯或罗斯莫在发病前夕的样子来，或者想象出已被病魔啃噬但仍在与之抗争的伊凡·伊利奇的样子来。如果没有他儿子只言片语的叙述，对于这个忍受痛苦，或许是在思考的人，我们可能会一无所知。米歇尔-夏尔自己磨灭了米歇尔-夏尔。

孩子们也被领去那家时髦的照相馆。他们有两个孩子——大家

① Hans Holbein（约1497—1543），德国画家。

很感激这对里尔夫妇只有两个孩子，没有多要；无疑，他们考虑得更多的是别把遗产分成太多的小块，而不是担心地球上人满为患；不过，某种迹象告诉我，米歇尔-夏尔并不喜欢儿孙满堂。他肯定是个好父亲。至于诺埃米，她对孩子们的态度是这个似乎不可能有任何秘密的女人的秘密之一。她对小小年纪便夭折了的小加布里埃尔的死大恸悲声，但这并不表明她在女儿活着时非常地宠爱她。对于她的儿子米歇尔，尽管往前回溯，也只能发现近乎仇恨的恼怒。

我们极其看重一个慈母的共同点，而且极其为母兽护犊的那种短暂的激情和虔诚所感动，所以对诺埃米的态度感到特别惊讶。之所以这样，是因为在这个时期并且是在这种社会环境中，一个独生子不被当成皇储似的对待是十分罕见的。诺埃米对这第二个孩子的不屑一顾使人猜测发生过某种说不清的变得无法弥补的肉体方面的矛盾，或者有着一种尽管官方评语甚佳但米歇尔-夏尔在那个时期还是犯下的一个小过失存在。后来，诺埃米总能找到诋毁这个不肖之子的理由，但是，这种不肖大部分是她造成的。当时，住在马雷街二十六号楼上的那两个孩子是物件，或者说几乎是两个动产，他们是“我的女儿和我的儿子”，直到后来有一天，诺埃米在对儿子的父亲说话时，才改称为“您的儿子”。但是，要领孩子们去照相的那一天，她肯定是到楼上去过，去查看女佣替两个孩子梳洗打扮得怎么样。

照片拍摄出来了：他们穿着自己漂亮的衣服，待在摄影师家客厅的漂亮家具和道具中，完全处于当时的习俗氛围里。但是，同僵直的、木质化了的、已经显示出有一天要被“砍伐”的成年人比较起来，这两棵柔软而富有韧性和朝气的幼苗有着永不枯竭的生命力，必要之时，能够穿出枯枝败叶或裂岩碎石，茁壮成长。如同他们那个时代所有的孩子一样，他们至少在镜头面前已经有了一种小大人的自尊；他们属于这样的一个时代，儿童时期是一个最好尽早走出来的状态，以便很快地跻身于先生和夫人的行列。如果给孩子们作榜样的先生、太太们自身常常只是一些蹩脚的模特儿的话，那就会有许多有利于这种观点的东西可说了。加布里埃尔顶多六七岁时便已经是个细密画上的夫人模样了：她身着有撑架的裙子和苏格兰格子呢短上衣站着，把一只手有力但又轻柔地放在坐在她身旁的小弟弟的肩头；她落落大方，已经有着上流社会的风韵，在她那颗高傲的小脑袋里有着一种说不出的自信，会令二十岁时的加布里埃尔的样子有所不安的。但是，这种不安是多余的，因为她活不到二十岁。小男孩则刚满五岁，乖乖地坐着，手里拿着一本书，穿得像个小大人似的应有尽有：背心、蝴蝶领结、擦得锃亮的皮鞋。他的脑袋圆乎乎的，状如多纳泰洛①的小天使的脑袋；健壮的小身子使人联想到那些似乎肚子里装着满满的使之发育成长的元素的小狗的身子，面孔透着一种诚实和几近严肃的认真劲儿，但是那双明亮的眼睛却像阳光下的湖水一样露出笑意。

让我们飞快地翻动照相集吧。我们立刻看到七岁时的米歇尔，身子单薄瘦弱，只需在他肩头披上一条主教的祭披，就像是富凯或罗歇·德·拉帕斯蒂尔画中的一位天使了，但是他的眼睛深处已经藏着一丝忧伤——七岁便知生活的艰辛。随后，可以看到有点发福、锦衣玉食的中学生米歇尔，眼角透着一丝狡黠；二十岁的美男子米歇尔，模样里透着很深的城府，因上流社会和肉体的幻觉的困扰，在性欲上很乱；随后是军人米歇尔，新穿了一身戎装，蓄着小胡子；世纪末上流社会的米歇尔，指间夹着一支雪茄，在幻想着我不知道是什么的未竟之事；匈牙利式脑袋刮光了的骑兵米歇尔；身

① Donatello（约 1386—1466），意大利雕塑家。

着男礼服的五十岁的绅士米歇尔，假领很高，但他却毫不觉得不自在，让人看着是个惯于发号施令和给小费的人，是一个人也是一个阶层的代表形象；在一处海滩上的那个同样的绅士，一身白色法兰绒服，跟在当时的那位漂亮女子身后走着。但是，那些老年时的照片让我印象更加深刻。那是一位若有所思的老者，穿着得体的英国料子服，坐在费拉角一家旅馆花园的桌子旁，高挑的身子俯向一只他已与之结下友谊的小狗；很奇怪，他与对面的一个坐在椅子上的女人离得老远，那是他刚刚与之完婚的女人，一方面有点是为了补偿她的忠贞，另一方面有点是因为他觉得有她作为看护妇和女伴对他很合适。这个同样孤独的老者在这一张照片上坐在一幢大厦或一个意大利式回廊的台阶上，双手垂在大腿两边，一副温情和精力耗尽的样子。最后，还是这位孤独的老人，靠在拉里西桥的栏杆上，背后是拉齐奥区的令人难忘的风光；他十分地慵懒，这一点我在拍这张照片时并没有发现。这张在罗马郊区远足的留影反映的是旅行结束时的形象：米歇尔穿着一身灰暗的羊毛服装，就像是一个老乞丐在晒太阳。

当我自己越来越老时，我就愈发地觉得，儿童时期和老年时期不仅相互衔接，而且是让我们去经历的两个最深刻的阶段。一个人的本质是在对生活的努力、希望和野心之前或之后反映出来的。孩提时米歇尔的鲜嫩的脸和老年米歇尔饱经沧桑的脸是相像的，而青年和成年那中间阶段的脸则并不总是这种情况。孩子的眼睛和老人的眼睛在看人的时候带着那种尚未走进化装舞会或已经走出化装舞会的平静的质朴，而两者之间的整个过渡阶段似乎都是一种无谓的喧嚣，一种空泛的骚动，一种毫无意义的混乱，人们对此不禁会问：为什么要经过这种过渡阶段？

四月的一个傍晚，孩子们在等着他们的第一位英国女家庭教师的到来。他们几乎与他们在照片上的年岁相仿。从布洛涅来的马车晚点了，年轻的外国女教师踏进马雷街二十六号时，住楼上的孩子们正要吃晚饭。她解开系带女帽，抖开一头金发，脱去遮挡她简朴裙子的短斗篷，便叫过姐弟俩，让他们念餐前祝福经。她当然是天主教徒，也许是爱尔兰人，出身体面人家。她是因一个英国修道院院长的举荐而被聘用的，院长担保她品行端正，语音语调绝佳，教学方法无可挑剔。

她这还是第一次离开英国。横渡海峡让她觉得新鲜；坐二等车从布洛涅到里尔又是一次新奇经历；这座豪华但灰暗的法国宅子对她来说是第三件新鲜事。她在夫人面前很腼腆，在托着托盘和送热水的仆人们面前也很拘谨，主人让仆人们称呼她“小姐”，可仆人们相互之间却称她为“英国女人”。她一边给孩子们脱衣服让他们上床睡觉（而此前一直伺候孩子们脱衣睡觉的那个保姆嘟嘟囔囔地退了出去），一边用自己旅途的感受来逗他们乐——她看见海鸥在水面上飞翔，又看见草场上的奶牛和公路上的法国狗。她把小男孩的长毛绒猴子放在他身旁，把小女孩的布娃娃放在其身边，一边还哄着它们，这令他们觉得既滑稽又温馨，因为他们还从来没有看见这么做的。当她说法语时，他们就哈哈大笑，她便同他们一起笑；当她说英语时（“您将立即开始教我的孩子们学英语。”），她给他们一种在送给他们某种新奇东西的感觉，在只向他俩透露一个美好秘密的感觉。（“你们不知道，在我们国家，布娃娃叫 doll[①]”）——米歇尔后来很喜欢英国女人们的这种小小的怪念头。她祝他们做个好梦——还从未有人祝他们做个好梦哩！

像往常一样，他们一大早就被每天都从这条街经过的那个团队的军乐声吵醒了。这个英国小女子穿着短裙和短上衣，往肩头披上一条围巾便冲到窗前，对她所不懂的那种乐曲和那些穿着红色长裤的士兵感到很好奇。下面的人看见她俯在窗框上，金发小脑袋露在窗外。几个快乐的小伙子向她送去飞吻，她慌忙地缩了回来，把窗户关上。

但是，她刚把窗户关上，就听见房门被猛地推开，怒气冲冲的诺埃米闯了进来。她正在楼下餐厅里往烤面包片上抹黄油，刚才的那一切她全都看见了，也猜到是怎么回事了。

“蠢丫头！贱货！婊子！”

米歇尔-夏尔缓步爬上楼来，为抽泣着的漂亮姑娘辩解：“新来的女孩跑到窗前看法国士兵列队走过是很自然的事，”他审慎地微笑着补充道，“那些小伙子抛来飞吻也是很自然的事。”他这么一说，反而弄巧成拙，更让女主人怒不可遏。

“你滚吧！卷起铺盖滚吧！该死的女人，你会带坏我的孩子的！”

米歇尔-夏尔叹了口气，下楼去了。英国小姐流着眼泪把从箱

---

① 英文，“玩具娃娃”、“宝贝”的意思。

子里拿出来的几件东西归拢，扣好裙子，披上女式旅行短斗篷，戴上女帽。没有人考虑她还没有吃早饭，她趁夫人背转身去的工夫，匆匆地吻了一下吓坏了的两个孩子，便下楼去了，后面跟着替她扛箱子的那个诡谲的男仆。在楼下，米歇尔-夏尔悄悄地走出书房，往她手里塞了两个拿破仑金币；她收下了，但都没想到要谢上一声。她上了替她雇的马车。（“哼，我才不会让自家马车去送这样的一个烂货哩！”）马车走了，放在车顶上的箱子晃悠着。

诺埃米坚持要给推荐她来当家庭教师的布赖顿修道院院长写一封信，表示愤怒。米歇尔-夏尔只是说服了她让她口气放缓和一些。（“当然，这个放荡女子令您不快。”）孩子们舍不得这个漂亮的英国小姐，哭了有一刻钟，然后就把她给忘了。米歇尔在内心深处还记得她。我不敢肯定那个英国小女子的形象没有在日后把他引向他一生中最激烈的爱情中的一个。二十年后，在伦敦的一个薄雾笼罩的夜晚，他是否在潜意识中又想起了她？这不大可能，再说，即使那个可怜的姑娘有可能因这次无端的辞退而不得不干上了那种行当，那她也只能是一个人老珠黄的站街拉客的女人了。

在黑山城堡，米歇尔-夏尔闲暇时间很多，他不怎么离开儿子。有时，他也带他去“王后”那里，“王后”有她的女儿们作“宫中女官”，继续在巴约勒统治着。瓦蕾丽和加布里埃尔都没有出嫁，想必是“王后”没有在附近的那几个城堡中替她们找到合适的人家。如果说她们对这种独身生活感到痛苦的话——这一点无法肯定，因为她们还没处于一个人们说服女人们做爱可以医治百病的时代——她们也许会想她们的那份财产将原封不动地回到米歇尔-夏尔手中，借此聊以自慰。她们的日子在一种习以为常的平和中逝去。她们极其忠实于她们所理解的那个宗教的原则，以至于如果她们每个星期日玩国际跳棋，一个赢了另一个十个苏的话，那么赢钱的一位第二天就会输给对方十个苏，因为在这个圣化了的日子里，任何金钱交易都是不合适的。两位小姐非常乐善好施，而且也大有施舍的地方，据一份官方报告告诉我们，在巴约勒有许多的穷人，如果上流社会的好心人不帮助他们的话，他们的命运就会很惨了。

这两位虔诚笃信的姑娘年老时也很有尊严：一身银灰色或淡黄色的漂亮裙子，头戴修女用的头巾，项有蜂窝状绉领，镂空花边，透过缎子装饰隐约可见的白绸大袖，腰间坠着装满锥形糖果的小袋子。瓦蕾丽更粗犷些，有其母独断专行的一面，而无其母的奉承和手腕；加布里埃尔则是个多愁善感的女子，就像是某种未写完的小说中的人物。至于那个善良的亨利，他仍继续在大广场散步，让他母亲或一个姐妹挽住自己的胳膊，背心口袋里总装着他的卧室门钥匙，免得有人，包括他的仆人们，趁他不在时闯进他房里去。

到各农庄去巡视是这个孩子最大的乐趣。自订婚约时起，便已商定米歇尔－夏尔将既管理自己的田庄，又管理诺埃米的田庄。在这个田产分成小块的地方，这类巡视往往骑马要几个小时，有时候甚至得在某个农庄过夜。孩子很小时，父亲就骑一匹温顺的牝马，让孩子坐在自己前面，一路上很舒服；后来，小米歇尔就坐在父亲的身后或者自己骑一匹小型马。我们已经知道米歇尔－夏尔不是什么大博物学家，但这并不要紧，孩子至少已学会区别狗牙根和野燕麦，或者能区别泽西母牛和佛兰德大母牛，他熟悉了潮湿的林下灌木丛，树篱中的鸟巢和草丛中的狐狸幼崽。米歇尔－夏尔不是猎人，所以这些活物对于这个孩子来说也并不是一下子就成为其猎杀的对象。有时候，在农民们可据之预测天气的那些多雾或多风的夕阳西下时刻，当父子俩归来甚晚时，一颗以为是远处农户家的灯光的星星在升起，儿子便问父亲那颗星的名字。米歇尔-夏尔既不是什么博物学家也不是个优秀的天文学家，但是，他能够辨认出金星、火星和天空中很显眼的几个星座，他能够说出行星与恒星的区别，能够说出为什么月亮在地平线上比在天穹上显得更大，为什么它会是橘红色或淡红色的；他尤其知道的是那些星辰的传说，而且能详细地讲述其神秘美丽的传说，听得儿子如痴如醉。

小家伙喜欢自己动手从食品篮子里取出自己的那一份来，但只是用手和刀吃饭；他还喜欢像父亲那样对着一棵大树撒尿，并看着热气从苔藓中冒出来。农民们的食物很好吃，或者他觉得很好吃。为了欢迎这两位贵客，农妇会在通常的饭食中再增加一些；一份浓汤，烤肉或煎鸡蛋，或者一种水果或软干酪馅饼，如果她手头有必需的配料的话。小家伙在擦得干干净净的木头桌子上睡觉，父亲一边喷云吐雾一边在想，这顿饭可与星期二大餐相媲美，他忘了这顿晚餐对于他的农户们来说简直是一顿豪华盛宴。农庄的大小是按马的数量来计算的：只有一匹马的农庄只能让农民夫妇及其孩子们勉强度日和交地租；有两匹马的农庄就兴旺多了；有许多马匹的农庄有着一些很好的马厩并雇用一些农工，主人吃什么他们吃什么。米歇尔-夏尔和诺埃米引以为豪的那一千公顷土地分成了三十来个农庄。

我祖父清楚地感到，这种佃户利用农工、地主利用佃户以及大家都在利用更能吃苦耐劳的牲畜和土地的方法并不能完美地组建一个天堂。可是天堂又在哪儿呢？他那很感动我的对土地所有权的古老陈旧的兴趣至少是过分地在阻碍他参与工业的启动；他挺清楚地看见了那些工业地区，所以他知道，宁可在露天地里跟在一匹马后面艰辛劳作，也不在纺织厂的灰尘中喘不上气来。他有时在想，要让农民的生活条件过得去，甚至很幸福，费不了多少事，但是，如果他同意减免那个收成不佳的小佃户的租子，或者低价卖一头奶牛给那个丢失了自己奶牛的佃户的话，诺埃米也许会不无道理地说他在糟蹋自己孩子的口粮。放弃某些奢侈浮华就能拉近一点东家与佃户的关系，但是要放弃哪些奢侈浮华呢？在他看来，不必要的就是诺埃米的几个跟班；而在诺埃米看来，则是在索朗特过冬。而且，他太了解那个成天喊难受的无病呻吟的仆人了，那个把主人的善良当作可以利用的弱点的狡猾的仆人或鬼机灵的仆人，太了解那个爱打牲畜或饿它们的粗暴的、没心眼儿的仆人了，太了解那个把捞着的几个苏藏在羊毛袜子里和买饲料做手脚的贪财的仆人了。他改变不了这个世界。这一晚，他睡在佃户夫妇让给他的那张最好的床上，他感觉到泥土地上的潮气直往自己那长期受着风湿病折磨的关节里钻；儿子很高兴能同父亲过一夜，所以睡得十分地香甜。

第二天，当看见一碗加咖啡的菊根汁时，抱怨之声又起。德·C先生在这里是克里纳韦克先生，这并不是因为像秘密报告编写者认为能够做的那样，人们对他在旧政权下所得之采邑持有异议，而是因为在家族以土地冠名之前，人们世世代代就相知相识了。而且，大家很赞赏米歇尔-夏尔的文雅举止：即使大风天气，他见到农妇也要脱帽致礼；他抚摸牲畜，知道村童们的名字。但特别是，他是他们的自己人，因为他讲佛兰德语。

他始终喜爱漂亮脸蛋儿，所以遇到一个年轻而清纯的放牛女孩，他就爱与她多说上几句。坐在门槛上的那个老佃户把刚在家禽场里玩耍的小少爷抱在怀里，然后，像十八世纪感伤版画中的那些善良农民对待少东家那样，双臂伸直地举起他来，赞叹不已地喃喃道：

“米歇尔少爷，您将大福大贵！”

米歇尔-夏尔很早就开始利用儿子放假之机带他到国外去做短

暂旅行。必须让孩子学会了解世界。诺埃米原则上并不反对这类旅行，但是每一分钱的花销都事先在家里计算好了。德·C先生和他儿子应该下榻好旅馆，但是，米歇尔-夏尔在一本笔记本里记下了花的小钱，而且，要外出远足，还同车夫讨价还价来着。小米歇尔记得父亲在安特卫普对教堂圣器室管理人很不满，因为他们为拉开覆盖在鲁本斯的祭坛油画上的丝哔叽帘子而索要十个苏。在荷兰，生活费用非常之高，所以米歇尔-夏尔在最后时刻放弃了坐船沿泽兰各岛一游，但是，却替儿子买了一套当地的服装，归来时遭到了诺埃米的埋怨。

也有一些未曾预料到的事情发生。有一年夏天，父子俩去游莱茵河。儿子还是第一次看见中古时期的古城堡；他从旅游蒸汽船上，怀着一种模模糊糊的惊叹瞻仰了洛勒赖，城堡的岩石高处坐着一位仙女，在梳理她的一头金发。这著名的景点以及德国人高声唱颂的抒情诗的最后回声过去之后，他们下到餐厅去享用一顿丰盛的大餐，边吃边看着两岸风光在他们的眼前静静地逝去。吃饭后甜食时，米歇尔-夏尔递给儿子一张明信片："你该给你母亲写上几句。"儿子很认真地描写了古城堡和那位仙女，最后还叙述了一番那顿丰盛的午餐。到了约定回里尔的那一天，他们坐着马车于夜幕降临时归来了。诺埃米在过厅里一脸怒容，她举着那张明信片对米歇尔-夏尔指斥道：

"您把您儿子的这张明信片寄给我，明摆着是在气我。我根本就不该把孩子托付给您的。"

米歇尔-夏尔一头雾水。她把他拉到煤气灯下，把那张罪恶的明信片举向昏暗的灯光。儿子在明信片上说吃了一只冷冻鸡翅和一段上等烤牛肉。她用一只指控的指头指着上面的日期：星期五。

这样的一件事可能会让人认为诺埃米是十分虔诚的。她确实是属于那种好的天主教徒，每个星期天去做十一点的弥撒，过复活节，而且斋戒日自己和自己周围的人都要吃素。雷雨天，黑山城堡高处常有滚雷，她总要躲进衣橱里，手捻念珠，以示自己的宗教情感。

某年夏初，米歇尔-夏尔决定带儿子去奥斯坦德洗海水浴，以使他完全从长时间的感冒中康复。诺埃米像往常那样留在家中，因为她深信，如果一个星期不监督好仆人们，那家里非乱了套不可。一天晚上，父子二人在旅馆的尚有一半是空的餐厅里准备用晚餐，他们坐在朝向堤岸的一扇窗户前，海上的风把窗帘吹得鼓鼓的。时值黄昏，领班要到上饭后甜食时才来点亮粉红色灯罩下的小灯，儿子在等着这一重要时刻。一位年轻美丽的夫人独自一人坐在旁边的一张桌子上，她的有撑架支撑的裙子是玫瑰红的，而她的那顶小巧的女帽似乎是用真的玫瑰做的。在这个美丽的夜晚，一切都是玫瑰红色的，甚至远处海上的天空亦然。德·C先生站起身来，微微致礼，把菜单递给那位美妇人，他俩便攀谈起来。儿子对他们的谈话毫无兴趣，一门心思在吃东西，观看堤岸上的散步者，那是一些穿得很讲究的人，互相之间谈笑风生，而且许多人都在说一些他听不懂的语言。卖虾女贩忙完一天在往回走，头上顶着一只篮子；报贩子在喊叫着一些新闻。喝完咖啡后，米歇尔-夏尔换了座位，以便面对他的女邻桌，后者还在吃她的糖渍水果冰淇淋。小米歇尔好像听见他父亲在向那位美妇人提议当晚去看一场戏剧。

"你上楼去睡吧，"米歇尔-夏尔低声说道，"钥匙挂在门上，插销别插上，不然我就得叫醒你替我开门了。你已经大了，一个人睡不会害怕的。万一有什么事，你就按铃，或者敲墙叫隔壁房间的人。"

儿子似乎听见那位年轻夫人悄声说他很可爱，这使他感到自己小大人的尊严受到了伤害。不过，父亲把他们房间的钥匙交给他，这使他的尊严得到了极大的补偿。他很乖地上楼睡觉去了。

但他刚入睡，便被隔壁房间归来的人的脚步声吵醒了。他有点害怕。在他和有红地毯和棕榈树的走廊那几乎陌生的世界之间，只隔着一道房门，他爸爸的床由女仆铺好了，这张空床，连同它苍白至极的枕头和铜床架，经由堤岸路灯光透过窗帘缝儿一照，显得凄凉而令人悚然。从铺石路面反射过来的叫嚷声和说话声没有先前那么欢快，似乎这帮人中有些人喝得太多了。楼面的挂钟敲了十二下，然后，他觉得响了几次一下，后来又是两下。这个剧演得真长啊！他终于又睡着了。

当他醒来时，天已大亮，他爸爸回来时他全然不知，现仍在睡觉哩。儿子起身下床，悄无声息地或几乎是悄无声息地洗漱；他心底里觉得，水罐碰到脸盆的响声若吵醒睡觉的父亲并不是坏事，吃早餐的时间快要结束了。

米歇尔-夏尔终于睁开了眼睛。他立刻让人送咖啡和牛角面包来，父子俩将在可以看到大海的阳台上一起用早餐。如果可能，父亲比平时更加亲切和蔼。白天像所有幸福的日子一样过得很快，儿子只是在大堂又见过昨天那位玫瑰夫人一次，他父亲吻了她的手。晚上，儿子又先上楼去睡了。他不再害怕了，一下子就睡着了。

第二天是动身的日子，也是最后一次海水浴的日子。海潮已退。像通常一样，他们坐着有篷马车去海边，那马车是由一匹大白马拉着的，儿子吃早餐时留了一些方糖喂马。（“你放在手掌心里伸过去喂它。”）父亲和儿子一起脱去衣服；儿子脱得快，第一个冲向汹涌的海浪。他俩谁都不会游泳，而且小米歇尔在随后的一生中也没学游泳。他们都憋得喘不上气来，如果在海水里泡得太久，势必会抽筋儿的，而且，尽管这六月末的早晨天气晴朗，但海水仍旧冰冰凉的。

他们在有篷马车上一边仔细地擦去有点发腻的海水，擦去海沙，一边穿衣服。突然，父亲说道：

“刚才叠衣服时，我大概没留意，把我留着途中用的十多个路易从口袋里弄滑掉下去了；你瞧，地板拼接的地方有一些大缝隙。唉，到车下去找也找不到了。回去后，我跟你母亲说起这事时，你就把这一切讲给她听好了。”

可是，儿子很固执，硬是光着大腿下去，在海滩边踩了一阵，但除了脚趾感到海水和海沙以外，其他什么也没触及着。得赶紧把马车赶到海滩的干地方去了。当他透过马车车窗看到海水中有一些金色的光点时，他是不是在做梦？米歇尔-夏尔一言不发。我并不认为儿子当时立即就怀疑自己父亲在撒谎，但是他感觉到他父亲很不自然，如同他自己得向大人说一些大人们也许不会相信的事时感到很不自然一样。他觉得父亲有点可怜。至于那位玫瑰夫人，米歇尔-夏尔用不着叮嘱孩子在家里别提起她来，儿子本能地知道这是绝不能提的事。

一八六六年九月二十二日，德·克莱伊昂古尔先生及其孩子们准备从黑山去巴约勒，他们将在那里的老屋过一天。米歇尔-夏尔骑马，加布里埃尔和小米歇尔一起骑一头漂亮的驴子，上面备好了装饰着绒球的漂亮鞍子。加布里埃尔攥着缰绳，坐在后面的小弟弟老插嘴支使她，像是在帮忙，有时却是在帮倒忙，所以姐弟俩时不时地要拌嘴。上个月，她已满十四岁了，大人不肯再让她跨坐在驴身上，我想她是侧身坐着的，双膝保持平衡，小心地夹着裙子，生怕裙子撩起或被风吹起。这一小队人马欢快地沿着通往栅栏门的杜鹃花甬道开拔了。他们从位于山丘高处的磨坊前通过，磨坊缩在城堡后面，建在即使晴和天气也总不断有风的地方。大风车翼转动着，犹如海上船帆般呼呼作响。一辆一匹马拉的有篷小车停在晃晃悠悠的木梯前，磨坊主站在狭窄的平台上与在下面等着麦子换面粉的女人在说笑。随后看到的只有那家小咖啡馆，它也位于高处，是村民们散步的目的地，有两棵小菩提树为之遮阴。坑坑洼洼的道路很快便下到圣让-卡佩尔村。两个坐骑一前一后地走着，公路挺窄，所以米歇尔或他姐姐可以不时地伸出手臂，去折一枝诱人的榛子树枝。

他们已经往下坡路走了一大半了，突然，一阵奔马和车轮断裂的巨响飞快地传来，坐有篷马车的女人失去了对马的控制，大概是牛虻或过重的一鞭使马狂奔不已。

米歇尔-夏尔紧贴着路边；驴子受惊，跳上斜坡，把两个小骑手掀翻在地：加布里埃尔滚到车轮下，压碎了肩膀；小米歇尔撞到一块石头上，一只脚脱臼，腿肚子上划了不太深的长长的一道。辕马气喘吁吁地站住了，那女人跳下马车，难过和害怕得直嚷，或者说是直吼。遇到严重事情时始终镇定自若的米歇尔-夏尔翻身下马，他轻轻地把加布里埃尔放倒在有篷马车的粮食口袋上，决定继续前行，直到最近的一个农庄。他在那里向佃户借了一辆双马驾的马车，继续往巴约勒赶去，在那里，将找到一位医生和一个外科大夫。为了不使已经奄奄一息的女孩摇晃得太厉害，大家可以想象一下步行走这一段路的艰难。女孩不仅肩膀被压碎，而且脖子根那儿有一个可怕的大口子，仿佛刽子手刀法不济造成的似的。加布里埃尔像是在噩梦的抽搐和梦呓中似的呻吟着，疼得直哼哼，她已不知道自己是谁，也不知道自己在往何处去。父亲在她身边的麦秸上坐着，在经历他一生中最残酷的一个时刻。

事故一发生，他便立即让小男孩去城堡报信儿，甚至都没发现小米歇尔也受伤了。小米歇尔也没发觉自己受伤了，他后来一直觉得很惊讶，竟然能以自己的那只脱臼的脚爬坡，一口气跑上了坡顶。他喘着粗气重又穿过杜鹃花甬道，来到露天平台，他母亲正在那儿绣花。

“妈妈，加布里埃尔……”

听见儿子一喊，她猛地跳起来，儿子刚一说，她就明白了：

“不幸的孩子呀！为什么单单是她呀！”

小米歇尔踉踉跄跄地抓住花园中一把椅子的椅背，晕了过去。

“王后”和她的两个女儿十分镇静，赶忙照看病人。客厅里已经为小加布里埃尔搭起了一张临时的床；医生和外科大夫来了，但他们束手无策，只能祈祷女孩尽可能快地断气才好。但加布里埃尔不幸地拖了几个小时。

诺埃米胡乱地从药柜中抓起里面的纱布、旧布纱团和补药什么的，急匆匆地驾车前往。到了巴约勒，她看到女儿已经不行了，母亲的绝望变成了愤怒的指斥爆发了出来：

“我怎么对不起上帝了？”

在这种狭隘的基督教的环境中，这种质问是可以理解的，但是把一切都归之于它的诺埃米的自私在这之中也暴露无遗。最后，医生觉得给她开一剂镇静剂为好。

父亲和母亲在巴约勒一直待到出殡。小米歇尔是从前来为他处理脱臼的外科大夫嘴里听到他姐姐的死讯的。他把自己关在城堡三层自己的房间里，城堡显得出奇地空荡，仆人们都不敢大声出气，一个负责丧事的女佣守在他的床前。下葬的那天早晨，大家都去墓地了，只有他一人待在家里。回来后，他母亲没有上他房间来，看见活着的儿子会令她想起死去的女儿。相反，不一会儿，他父亲坐在了他的床前，同他一起做他的暑假作业，让他开始学希腊文，好使他有事可干，而且自己也因此恢复了点平静。这个温情的父亲可不是一位宽容的父亲。儿子后来一直记得，仆人给他端来了一份饭，他不肯吃（我想是牛肉米饭），父亲就让他一连饿了两天，直饿得他把自己不爱吃的那份饭吃得一点不剩为止。

这场灾难似乎至少在一段时间里使夫妻二人亲近了些。也许是因为诺埃米精神不振令医生感到不安，所以在医生的叮嘱下，夫妻二人恢复了床第之欢。灾难过后的十五个月，德·克莱伊昂古尔太太在三十九岁时生下了第三个孩子，很幸运，是个女儿，取名玛丽，这距她上一次生产已有十二年了。“这个女孩将是你们晚年的慰藉。”杰出但有点一本正经的加兹纳夫医生指着新生婴儿向做父亲的激动地说。这一次，预言应验了。米歇尔-夏尔立刻从玛丽身上见到了加布里埃尔，他也许有点像雨果一首诗中的那个丧子的母亲一样，认为死去的女儿在活着的小女儿身上再生了。不过，这么去设想这类事情就会变得滑稽可笑的。至于诺埃米，她从未闪现过这种幻觉。

玛丽三十三岁时像她姐姐一样死于非命；那时候，米歇尔-夏尔早已长眠地下，而诺埃米像大部分人一样已到了一种不再怎么为死者而悲伤的年龄。但是，这个悲惨结局也像加布里埃尔的惨死一样令人悲痛欲绝。在里尔和别处，有不少的老人在向好奇者窃窃私语，说迪弗雷纳的家财来路不明，所以给他们的后代带来了不幸。无论你是多么相信因果报应之说，你也很难接受上面的这种说法。不过，米歇尔很快便在这一点上做出了澄清。

也有过一些可聊以自慰的事。加布里埃尔之死并不完全是使米歇尔-夏尔获得荣誉骑士勋章的原因，但似乎她的死最终使当局决定向他授予他多年以来一直认为自己有权获得的那条绶带。“这样的一个不幸，不管它有多大，也不能因此而授予一个官员以一种头衔，但是，当此人所尽的力得到证实时，是可以通过一种他完全有资格享受的报偿来减轻一位失去最亲爱的人的父亲所难以承受的痛苦的。”帝国有时候是心地善良的。另外，米歇尔-夏尔和诺埃米夫妻二人在迪弗雷纳外祖父母的资助下，决定在他们黑山的土地上拨出一块来为市镇建一所女子学校。一块刻着加布里埃尔名字的黑色大理石板在该校墙上贴着，一直到一九一四年。学校遭火焚后又重新修建，但我不知道是否又重新做了一块大理石板。创建这所学校好像使米歇尔-夏尔获得了一级教育勋章，他把它挂在勇敢者十字勋章和雷奥波尔的比利时勋章之间自己的肖像上。关于死去的加布里埃尔，除了她的一张似乎前程辉煌的小姑娘的肖像和一个大的用黑色帆布包装的上等羔皮纸笔记本而外，什么也没有留下；加布里埃尔忽而用斜圆字体忽而用斜体书法用心地书写了她父亲向她口授的从亚当开始的世界史，这段叙述自创世时开始，到一五一五年马里尼亚诺战役结束。如果加布里埃尔还活着，她肯定会继续书写各个王朝和战役，一直到拿破仑三世，甚至到第三共和国。将近一百年后，我为这本发黄了的上等羔羊皮纸笔记本所诱惑，在剩下的那些空白纸上抄写了几首我所喜爱的诗。

自那个被辞退的英国女教师的故事之后，我掌握了大量的口头叙述的资料，我父亲带我在普罗旺斯或利古里亚乡间长时间漫步的过程中，后来又在一家旅馆花园的长椅上或瑞士医院长椅上反复跟我讲述了许多事。并不是说他喜欢他的那些回忆，那些回忆中的大部分对于他来说都是不相干的。但是，一个偶然的事情，阅读到的一本书，在街头或在路上看见的一个人，有点像是他把玩一时后又一脚踢进土里去的古代碎砖烂瓦似的，使他的那些回忆断断续续、零零星星地涌现出来。我在听他讲述时，学到了一些超脱的经验：这些往日的片断回忆只是作为无需重新经历的一种经验之残余使他感到兴趣而已。“这一切，”他用一个当过兵的人往往一直到死都在使用的大兵的口吻说道，“这一切只是在休假时才有用。”

当我当晚就在我那些年的日记里记点什么的时候，特别是后来，当我回忆这些我已熟记在心的叙述的时候，我觉得米歇尔是在如此这般东拉西扯地讲述自己的人生经历。我现在明白了，空白之处非常之多，有几处是因为忌讳和害怕重新打开幽灵的橱门，在其余的情况中，并没有什么不可告人的事，只是一些无足轻重的阶段，干脆就给忘得一干二净了。我知道我这样说是在同所有与我们有亲属关系的心理学家唱反调，他们认为任何的遗忘都隐藏着一个秘密。这帮分析家同我们大家一样，他们不肯面对任何人生都或多或少包含着的那种阴郁的空落。有多少日子没有像应该的那样去度过啊！有多少事件、多少人和多少事情不值得人们去过问，更不值得人们去回忆啊！许多讲述自己往事的老人把自己的往事像球似的吹鼓起来，把它像搂一个老情人似的紧搂在怀中，或者相反，向它吐唾沫；他们在无可奈何时，就强调记不清或脑子很乱。小米歇尔完全不像他们这样，他甚至都不列提纲。“我经历过好几种人生，”他临终前在病榻上对我说，“我甚至都不清楚它们相互间有什么关联。”与大多数老年人相反，他的记忆也不是毫无节制的，他的叙述只谈及他所想说的。正因为如此，我才想要写一下他所讲述的事情。

第一处空白牵涉到学校——高中或初中。这一切他都毫无兴趣。许多的大作家，特别是我们今天的大作家，都从那些年代汲取了一种老调，他们几乎从中榨出自己的全部作品。他们在中学里找到爱情、欢乐、野心、崇高的思想和卑劣的阴谋，找到了节略的整个人生。有时，一切经过仿佛像是他们后来什么都没有学到似的，仿佛他们身上的精华在二十岁时便死去了似的。小米歇尔的一生既不像菲米纳·马凯兹，也不像《王子是个孩子的城市》，他只粗略地记得自己的一些争强好胜：阅览室里的抢先借阅和玩花招，愚蠢的玩笑，粗俗的闹剧，粗暴或剧烈的运动，对这些事他都十分在行，但他后来却很少以此来自吹自擂，他甚至还毫无兴趣地回想起自己当众人头领的那些露脸的事儿。没有一个比较喜欢、尊敬或仇视的老师的名字他还能记得住，没有一位他所感激的使他接近或指引他干一番事业的恩师的名字他还能记住的，也没有一个同学或朋友他还记得住的（只有一位是个例外，但我们将会看到，此人也算不了什么）。在这片荒漠之中，作为标本浮现的只有两个回忆：负责拉丁文课的年轻的基督徒大声地用讽刺的语调读学生们的法文译成拉丁文的文章，以引起众人发笑；尤其是米歇尔，他是刚从一所世俗学校被逐出转来的，因此首当其冲。

“同学们，这就是高中学生的拉丁文。”

“这将改变您的那种圣器室的拉丁文。”

米歇尔冲上去夺回自己的作业，狠命地撕碎了它。把蒙塔朗贝尔的文章译成西塞罗的语言的作业碎片经风一吹，飞飞扬扬，落在了学生们的课桌上。年轻的拉丁文老师以为派人去找校长进行惩罚能制止哄闹，米歇尔从口袋里掏出他的刀来。穿黑袍的拉丁文老师提着下摆妨碍着他的两条麻秆儿腿的长袍慌忙逃走；四边形的走廊由一些间距相等的屋门分隔开来，只听见逃窜者用脚踹开门又用脚踢关上门的响声，以及在后面追赶的米歇尔及其同学们又把门踢开和踢关上的声响。一条走廊的尽头，校长办公室的房门敞开着，拉丁文老师冲了进去，在一片笑声和吼叫声中慌忙把门闩上。拿刀的那个学生第二天就被开除了。

再有一个回忆，就是有关欲念的事。在另一所学校里，米歇尔的代数极差，便在一位穿黑袍的年轻老师的办公室里补课。他俩并排坐着，桌子下面，年轻神甫把手悄悄地放在学生的光腿上，然后又往上挪。米歇尔永远也忘不了那张哀求和羞耻的脸，忘不了那种饮鸩止渴和几乎痛苦不堪的神情，那是一种欲念和欢悦进行了一半即中止了的神情。

这两个插曲全都不是他第一次离家出走的罪魁祸首，对陈规的厌烦和厌恶使他待不下去了。这个身上装着鬼知道是怎么弄来的一两个路易的十五岁的男孩，有着一些未来的计划：去比利时（那是越境，这就够迷人的了），一直到安特卫普，在一艘停靠在码头上的邮船或货轮上当个见习水手、洗碗工或舱房服务员什么的，然后再去中国、南非或澳大利亚。他在阿拉斯（他的学校就在该城）上了火车，然后还几经中转，才到了布鲁塞尔。在布鲁塞尔南站，他得知去安特卫普的火车从北站发车——他得穿过整个城市。夜幕降临，而且冷雨淅沥，他觉得比里尔的雨更冷更湿；他想起了一位比利时同学，名叫约瑟夫·德·C什么的，他从里尔归来要在布鲁塞尔完成学业。一个搬运工向米歇尔肯定地说那条林荫道并不太远，但也不是就在附近。他同学一家人刚吃完饭，他便找上门来。他编谎说他是来布鲁塞尔看一位老表姨的，天太晚了，他不敢上门。这个约瑟夫隐隐约约地明白了米歇尔的打算后，好不容易央求父母同意留他过一夜，当然只字未提他的“伟大计划”。同学的父母让他坐在桌边把剩下的饭菜吃了，又让他在中二楼一间半是工具房半是用人房的房间的一张床上睡觉。回到比利时的约瑟夫比米歇尔原先想象得更像是个小孩，他神情尴尬地向米歇尔道了晚安，于是，米歇尔这个不速之客就被锁在了房里，仿佛身为大收藏家的主人怀疑他是跑来偷他的中国大瓷花瓶似的。米歇尔深信他们第二天无论如何都会把他弄上开往里尔的火车。于是，他从房间的窗户爬了出去，掉进泥泞的花坛里，又轻而易举地翻过了花园的墙。

外面已是一片漆黑。他避开街灯和仅有的几家尚未熄灯的小酒馆，免得被警察发现，他觉得那些警察是专门来抓一个十五岁的法国人的。对于这个熟知古典文学的男孩来说，他走迷了路的这些纵横交错的街道宛如人身牛头怪物①所在的迷宫。他冻得浑身发木，但终于找到了北站，可上午的头一班车没有赶上。在他终于坐进三等车厢后，他强迫自己凑合着说佛兰德语，希望少引人注意，但却未能如愿，还是没少被人注意。

① 希腊神话中饲养于克里特岛迷宫中的食人怪物。

开往安特卫普的车把他带往港口，他很快就隐约看到邮轮的烟囱和桅杆的尖顶。但是，谁也不雇见习水手或客房服务员。在一艘德国货轮尾部，一些粗野的大块头在嬉耍，在玩跳背游戏，在互扇耳光。正要上船的军官推开流浪儿米歇尔："滚开！滚开！"船上的一张张红彤彤的大脸俯视着他，哈哈大笑。米歇尔在吱吱作响的大吊车之间踉跄而行，猛一跳，躲开轮子发出巨响的一辆榻车[①]。那些巨大的挽具和那些颤颤悠悠的细桅是这灰蒙蒙的背景中唯一亮丽的景色。一匹大马在石板路上一滑，摔倒了，车夫用雨点般的鞭子让马重新站起来，米歇尔用法语又喊又骂："混蛋，我要砸碎你的脑袋！"可是，在一家下等的码头小酒馆里，当女招待没把零钱全部找给他时，他却没敢吭上一声。

在昏黄的雾气中，一盏盏煤气灯点上了。在一家咖啡兼烟草店的橱窗前，一个衣冠楚楚的男人用胳膊搂住他的脖子，悄声地提出一些让他觉得并非下流而是疯狂的建议。他挣脱了安特卫普的这个色情狂，猛跑着穿过把他与码头隔开的那条马路，气喘吁吁地在一大堆木桶后面站下来。恐怖与粗暴无处不在。他是否就在一张篷布下过夜？他知道一些机灵鬼有时候能够成功地爬到正要起航的船上去，直到远海才被发现。但是，这些黑乎乎、登船口关着的轮船，用一根普通的绳子拴在岸边，随着浪头一摇一晃的，似乎难以爬上去。万一到了大海上，他饿得只好从藏身处跑出来，那时会怎么样呢？他又信步走动起来，尽量避开警察和闲荡者，最后来到一处更狭小的锚地，那里排列着一些拖轮和平底驳船。一只沿海航行的小船甲板上的女人在收晾在一根绷紧的绳上忘了收的几条毛巾，米歇尔向她询问，能否付点钱让他在船上睡一觉。女人的丈夫提着马灯

① 装木料、石头等重物的双轮或四轮板车。

出来了。

他的要求让他们哈哈大笑：他们的船不是旅馆，明天天一亮他们就要起航去奥斯坦德。这又有什么关系？米歇尔匆忙地编了一个谎，说他是伊普尔人（他不敢说自己是从边境的另一边来的），白天在城里人多时，与父亲走散了，他找了一整天也没找到父亲；他现在几乎身无分文，只好步行赶路，不过，从奥斯坦德到伊普尔路程并不远。好心的船长夫妇相信了他，他同他们一起吃了晚饭；当夫妇俩回到他们的铜器闪亮的小舱房里去时，他便在一些大包中的一堆口袋上睡着了。

第二天是这个童年时期结束的最美好的日子中的一天。在这三月灰蒙蒙的早晨，他躺在船头，享受着河水在船下哗哗流淌的乐趣；对面一条条驳船驶来，一些孩子沿着舷墙奔跑；船尾的旗帜几乎垂及水面，烟囱里的烟被习习凉风吹散，煤屑落在甲板上；海鸥们在争抢船上倒下的食物垃圾；它们奇迹般地及时地避让开那些大船，是真正的水上生活的乐趣。在河流入海口，他们穿过了一队渔船。大海浪涛汹涌，米歇尔顽强地与晕船、呕吐抗争着。天完全黑下来时，船才停靠在奥斯坦德，他匆匆地谢了主人们几句便跳上岸去了，他担心在这期间，他们突然出于好心，要把他交给警察。他捏了捏裤子口袋里仅存的五法郎硬币：这还够闯荡几天的。

但是，淡季的奥斯坦德让他觉得是一座陌生的城市。大酒店是一些空荡荡的、设下路障的兵营，一些浑身啤酒、烧酒和鱼腥味的行人在狭窄的街道上熙熙攘攘地走来走去。他看准了最破旧差劲儿的一家酒馆餐厅，那里可以租房过夜。一架机械风琴在一间小厅堂内发出噪音，几个水手在搂着姑娘或相互搂着跳舞；老板娘把小家伙（她就是这么称呼他的）安顿在后厨房。她一头浓密的金发，粉红的面颊几近鲜红，让人喜欢；要是有人告诉米歇尔说她同他母亲年龄相仿，他准会大吃一惊的。她勉强能说几句法语，但他听不太懂奥斯坦德的佛兰德语。她端上饭菜来让他吃，吃完了又给他添满。她用手向他指指楼梯上面的一间房间的房门，他困得要命，一下子就躺下睡了，都没注意椅子下面有一双女式靴子，墙壁钉子上挂着一条短裙。

地板的吱咯声把他吵醒，漂亮的老板娘解去胸衣；借助蜡烛的光亮，他看见她穿着内衣向他走来，那金色长发垂及她丰满的胸脯。她在笑，结结巴巴地说了几句用各种语言你都能明白的话。她正好是年轻小伙子让她怦然心动、魂不守舍的年龄，对于这种事是行家里手。米歇尔生平第一次发现女人玉体的温热和博大，以及男女同眠的欢悦。他俩最后竟然夹杂着一些方言土语在相互倾诉，如同他们的肉体相互交织在一起一样；她建议他早上喝点牛奶咖啡。

“你父亲一定急坏了。你应该给他发封电报。你需要钱吗？”

他不需要钱。在布朗什姐妹街邮局草拟电报时，他清楚地感到他把冒险的门关上了：非洲或澳大利亚将不是不久的将来的事，但是，其他的一些机遇将会出现。在这一期间，他经历了几个充实的日子，他感觉到了自己的存在：他知道了女人衣服下面隐藏着的是什么，也知道在街头遇上的姑娘们想同他干什么和他会给她们什么，他敢于用大胆的目光平等地回望她们。而至少今天这一天仍是完全属于他的。

在这个季节，有篷马车是不跑海滩的。他躺在一个防风的沙窝里，让沙子在手掌里漏下；他撮起一些小沙堆，然后又把它们划拉平。他在口袋里装满了贝壳，稍后，光脚蹚过一个小水坑时又把它们掏出来扔掉。中午，他在一个小摊上吃了醋渍贻贝。在他看来，奥斯坦德是那种奇特的地方中的一个，不管怎么说，你什么季节跑去都不合适，你不会格外地欣赏它的。不过，在那里，你会像一个棋子似的重新落入跳鹅游戏[①]棋盘中的一个格子里去，在那里，将会有一个凄凉的十月，然后有一个稍微温馨、浪漫的复活节，和一点犬儒主义的东西，也将会有某个炽热而悲惨的八月的日子。不过，还不存在的东西比已经存在的东西更加地虚幻。少年米歇尔在沙丘上一直走到晚上，他在那里已失去了任何的距离感，他看着一些渔民在沙滩上船帮背风处草率地补缀他们的渔网。当他回到自己现在的住处时，他心想，也许将有第二个销魂夜，他会比第一夜表现得更有能耐。万一他父亲不回电呢？他将会想法受雇于一条渔船。但是，这样是维持不了多久的：他第一次感觉到自由的时光是罕见而短暂的。

米歇尔-夏尔马上赶来了。小伙子看到父亲时几乎是一下子放下心来：父亲坐在店堂里，穿着他那件漂亮的旅行披风，假装在喝一杯啤酒，彬彬有礼地在同老板娘交谈。这位聪明的父亲一下子全都明白了。但是，所涉及的那个人是个好女人，否则，这事会搞得更糟。谁知道呢，换到别的环境是很难说的。他要是遇到这种情况，他自己可能也会找这个和蔼可亲的老板娘碰碰运气的。但是，现在不是寻花问柳的时候。他付了儿子（漂亮的老板娘现在称他为“小少爷”）的吃住费用，把他领到城里淡季仍照常营业的一家旅馆过夜。第二天，在把他们载回里尔的火车上，他就这类艳遇的危险谈出了意料之中的那番议论。他只简略地提了提，他儿子因此而十分感激他。二人心照不宣地不想让诺埃米知晓奥斯坦德的这段爱情经验。不过，米歇尔并没有全向父亲坦白，他向父亲隐瞒了他曾梦想不再回家的。

① 一种儿童玩的棋。

第二帝国对于米歇尔-夏尔来说一直到最后都是一个美丽的梦想。“皇帝是欧洲的主宰。农业、工业、商业蓬勃发展，银钱大量流通：人们挣钱容易，花钱也同样容易；从平头百姓到大人物，人人都很幸福。冬天，舞会和节庆不断；夏天，海滨浴场人满为患。我记得有一年冬天，在里尔，连续五十八个晚上，每晚不是舞会就是盛宴，或者在我们家或者在我们朋友家，要么就在军政高级官员家。在省政府，在麦克马洪、拉德米罗、萨利尼亚克·德·费奈隆或其他人所掌管的司令部，每个星期都举办舞会；在军分区司令部和财政部，也有舞会，更不用说在那些大企业家、富商巨贾和大地主的家里了。时代发生了多么大的变化啊！”这个贫富悬殊比在法国其他各地也许都更严重的省份的省议会议长大概看到了美丽假象的真实内情，但他只记得焰火满天和灯红酒绿。帝国的那些年像德加画的众舞女似的轻飘飘地逝去了。他没有去想灾难是否孕育在这种蒙骗人的政治之中，是否孕育在歌舞升平和吃喝玩乐之中；相反，他将始终记得在杜伊勒利宫，皇帝亲自给他戴上绶带，记得他们夫妇带着米歇尔，坐着一辆出租双排四轮马车，在布洛涅森林大道看见皇后的敞篷四轮马车驶过，皇后及其女官们裙饰耀眼，风光无限，马车周围跟着一些骑着骏马的英俊军官。经过里沃利街一家豪华面包店时，只见金字招牌写着：皇帝陛下和皇后殿下专供面包店，诺埃米也情不自禁地重复着儿子的话：“怎么？皇帝和皇后吃面包？”

在这些对皇家庆典大加描绘的回忆中，只字未提那个恐怖之年和那些苦难年代的混乱，米歇尔-夏尔只是说，旧政权垮台之后，他便辞职了。但这段解甲归田的时间很短，他所信赖的一些里尔名流很快就说服他重任旧职。他所避而未谈的是，在一八七一年三月十二日的《政府公报》中，任命他为北方省省长的议会法令旁边，有一道内政部长的命令，把这一职位给了一个名叫巴隆的前省府秘书长。经过三个星期的行政争论磋商，一个名叫塞吉埃的人获得了一致赞成，取他俩而代之。我祖父又就任了以前的职位，据他说，这一职位反倒使他凌驾于省府事务之上。他在这个军师（或至少被认为是军师）之职上干了十多年，并努力在忘掉他今后以一票的微弱多数在为共和国效力。

仅仅是在一八八〇年，有一天，他惊讶地在这同样的《政府公报》上看到他获准辞职。因为他尚差几岁未达到担任这一职位所要求的年龄，所以这次变相的解职使他失去了年金以及三十多年来为退休做准备所交付的款项。这种不公平对待引起哗然。他肯定地说，连一些共和派人士也到马雷街来向他表示慰问。保尔·冈蓬为安抚这个被解职的官员，建议他当一个领取全薪的名誉议长。米歇尔-夏尔竟然一口回绝了。

他留下了两张七十年代的自己的肖像，它们几乎同上面的命令和逆命令一样地相互矛盾。一张很端庄，这位“佛兰德贵族”肩宽体阔，失去了使我们对他感到兴趣的一八六〇年前后的那种阴郁的神情。他身着用绦子、花边等装饰的官服，两只漂亮的手里拿着他的两角帽。这是一个正直的官员的肖像，清正廉明，不怒自威，准备好在必要时被政权的敌人杀身成仁。另一张是一张照片，想必是不想老坐在那儿摆好姿势让人去画而拍摄的，照片上的表情和服饰与肖像上的一模一样，人也是一副官派，但是面部轮廓和胡须有点不太清晰，眼睛透着狡黠的光，几乎像是巫师的眼睛，但比他儿子的漂亮，很适合配在一个让古罗马军团走错道、进入沼泽地的凯尔特农民的脸上，也适合安在同托马斯·洛顿斗心眼儿的让·克里纳韦克的脸上。这样的一个人不只是一个了不起的受害者，他大概还经常压倒过他的共和派省长。

对于此刻正在完成人们所说的“哲学”的米歇尔来说，父亲官场的失意当然是仿佛并不存在的。父亲的这种失败给他的印象还没有他的沙勒维尔的同时代人兰波的不得意给他留下的印象深刻呢！不过，他一生之中都怀着一种嘲讽的鄙夷不屑记得时代的混乱以及当时的种种喧嚣一时的欺骗：那些概括精神状态的或真或假的词句；皇后的那句“这就是我的战争”；准备着战斗至死但却不堪俾斯麦一击的法国军队；类似于歌剧院合唱队员们唱的“向前进”的巴黎顽童们的“冲向柏林”，以及咖啡馆的姑娘和小伙子们的那种爱国主义；在大家都知道必败无疑时所喊出的“不失一寸土地，与堡垒共存亡”。后来，他又感觉到军乐所奏出的“你们甭想夺走阿尔萨斯和洛林”之可笑，因为它们恰好已经被德国人夺走了。

但是，真正的醒悟是源自一八七一年五月，当巴黎公社被镇压的时候。他知道死了多少人吗？他对被起义者们枪杀了的那八十六个人质和被凡尔赛政权杀害了的那将近两万个可怜的生灵作过对照吗？（双方都在做自己所能做的事。）他看到过那张可怕的照片了吗？那是见证历史的第一批照片中的一张，展示的是六七个被枪杀的公社社员排成一行的白木棺材，他们脚上都编了号，他们的模样让人猜想他们生前患有佝偻病、肺痨，吃过圣安托万郊区的猪肉，呼吸过它的纯净空气。不管怎么说，他看到了有钱人的“大恐怖”，他们最终与维持秩序的普鲁士人沆瀣一气，除了后者抢掠他们的财物而外。一位星期二盛宴的常客（可惜已不像往日那么衣冠楚楚的了）来到了凡尔赛，他以前可是曾坐过凡尔赛二楼的包厢的，他看见那些思想正统的立法者们的姐妹和妻子站在人行道旁观看被俘公社社员通过，并用自己的阳伞尖端去戳这些可怜人的面孔和眼睛。（“不管怎么说，他们并没有抢掠别人。”）这段将缠绕米歇尔整个一生的叙述没有使他成为左派，也使他避免成为右派。好心的神甫们从他的课桌里没收走了一本《颂公社死难者们》，书中用雨果式的陈词滥调表达了一种真正的义愤，而无根西岛上老人的那种伟大的灵感。校方威胁说要开除他，但是，在考试前夕，并没有把他逐出校门；他是一个不守纪律的学生，但是，他成绩优秀，而且又是良家子弟。米歇尔以优异的成绩通过了他业士学位的考试。

先在卢万后在里尔（要么就是先在里尔后在卢万）的大学那几年有点像是纵马飞奔似的。米歇尔在舞会上穿着红色高跟皮鞋和带绣花襟饰的衬衣，十分抢眼，同学们的姐妹和老师们的女儿都与他一起分享这生活的乐趣；那气氛就是《弗布拉骑士的爱情》中的气氛，或者是卡萨诺瓦在遇上亨丽埃特之前的年轻时光中的气氛，你不知道有一种什么飞快的、容易的而且有点愚笨的东西在里面。特别是在卢万——米歇尔-夏尔把儿子放在那儿无疑是因为他信任这所天主教大学。在那里，佛兰德式的纵酒狂舞一直在悄悄地继续着。这些有女子陪伴的青年人有偷配的房间钥匙，有马厩中预备好的角落，在草堆上，在衣物堆上，胡搞乱来；心胸开阔的女佣们说起话来，献起殷勤来，宛如朱丽叶的保姆。这种情感的洋溢有时候会带来一些后果：一个思春的美丽富家女偷偷地生下一个孩子，那孩子被用帽盒装着送到育婴堂。但是，似乎所有这一切都丝毫未给大学生米歇尔留下任何印象，他很快地就忘掉了与他共舞的女孩子的芳名。

他连他曾说服同他一起去瑞士、去当时以赌场众多而闻名的萨克森浴场的那个同学的名字也记不太清了。这两个原以为定能大捞一把的小伙子，恰恰相反，竟不得不连自己的手提箱都不敢拿，仓皇地从下榻的旅馆逃走了。米歇尔一直徒步走到洛桑，他在那儿的邮局待领处收到了他父亲给他寄来的汇款，刚够买一张三等车票。米歇尔-夏尔这一次没有劳动大驾亲自前来搭救自己的儿子。这是米歇尔第一次参加赌博，不过，他肯定是一到赌场便疯狂地赌起来的。

这些分心的事并未太影响他的学业。米歇尔从他父亲那儿继承了很强的记忆力，学士学位的考试没难住他。尽管有传说称他获得了法学博士学位，但我很怀疑他有如此大的雄心或志趣。有一天，我问他哪儿来那么大的热情去写学士论文的，他回答我说穷教师到处都有。当我想到十九世纪有那么多有钱人家的子弟毫无兴趣和选择，并且是永远也不想利用自己的博士文凭，但却得到了他们的法学博士学位时，我就在寻思这种办法大概是相当普遍。但是，这种洒脱表明米歇尔与他的以四个白球[①]为豪的父亲相差多远。

这个年轻的哈姆雷特感到一种深深的厌恶。赌博、寻欢作乐、一时之欢、或正当或不正当地获取的文凭，都不能完全带给他原以为的那些东西。至于家庭教诲，他已经习惯于嘲讽地引述当时的那句老生常谈了：“除了在家里，还有哪儿能更好？”并且态度鲜明地回答说：“随便哪儿都比家里好。“所谓家，就是有老迪弗雷纳庇护的诺埃米，以及在儿子眼里，不管有无道理，只是一个受气的、唯唯诺诺的、自己儿子绝不想成为的那种丈夫的米歇尔-夏尔。父母常让他去巴约勒参加他祖母星期日的盛宴。他挺喜欢这位八十高龄的可亲的老奶奶，以及他的那两位他觉得几乎与她们的母亲一样老的姑姑。然而，他对姑姑们并不太感兴趣，不想让她们讲始自路易-菲利普时代的她们的青春岁月，也不喜欢听“王后”讲她的那些追溯到督政府时期的回忆。平庸的宾客们也让他倒胃，觉得美味佳肴

① 用于表决或评判考分的球。白球表示优，红球表示良，黑球表示不及格。

都不香了。三十年来，这些人狭隘的脑袋里或红光满面的面容后面，没有渗进一点新的思想，他们的谈话离不开继承财产、家谱和共和国的罪恶。然而，他并没有蠢到不去欣赏一种业已过时的西班牙特色风尚：P姨娘是一位奥尔良派议员的遗孀，她儿子死在担任驻中国领事的任上，她把儿子的心脏装在一只金饰水晶花瓶里，于是，她的那间小客厅成为了这位虔诚女人的点着长明蜡烛的停尸间。更加感人的是一种诚挚，它似乎直接来自金色年代，而且像一株生长在莠草丛中的慧草似的在卑劣的利益冲突中幸存下来。一个背时的叔伯亲戚每个星期天吃饭时，他的座位都离女主人老远。几年前，一位富有的亲戚未立遗嘱便去世了，他的财产理所当然地归于他和米歇尔–夏尔所有。大家便决定把银餐具和一些小玩意儿归堆儿，然后抓阄儿。米歇尔和诺埃米在客厅里忙活着，那位有点残疾的叔伯亲戚坐在餐厅的火炉旁，在身旁的抽屉里分捡银餐具。突然，他喊起来。米歇尔–夏尔跑了过来，看见一把大银勺下面有一张折起来的纸：

“遗嘱……全部归你继承。”

米歇尔–夏尔在跟自己儿子讲述这个故事时，信誓旦旦地说他把遗嘱扔到火炉里烧掉了。在米歇尔看来，继承遗产的事应由二人分享，仿佛遗嘱没有发现一样。其实，他父亲和诺埃米却并没这样做。

在这一期间，那个善良的亨利死了。大家急匆匆地检查他的衣橱和装有暗锁的箱柜。大家原以为能在里面发现一些风流画和不正经的书，但却发现了一些攻讦巴丹盖[①]的旧的自由派小册子和几本皮

① 据传为法国一泥瓦匠，后来成为拿破仑三世的路易·波拿巴在被关押的城堡穿上此人衣服化装出逃。此名后成为其政敌影射这个过去的阴谋者的代称。

埃尔·勒鲁[1]和蒲鲁东[2]的不成套的著作。在一只上了锁的抽屉里，有一本学生用的练习本，每一页上都从上到下愤怒地涂写着："共和国万岁！"米歇尔想必把这个轻率的人想得过于神乎其神了，只有他认为此人是被活埋的。

里尔尤其是噩梦之城。米歇尔讨厌它的满是烟迹的黑墙，黏乎乎的石板路，脏兮兮的天空，富人区阴森森的栅栏和大门，穷人街巷的霉味儿和从地下室里传上来的咳嗽声，还有那些面色苍白的十二三岁就已经发胖了的小姑娘，一边卖火柴，一边向那些冒险跑到这些肮脏地方来的先生卖春，还有一些披散着头发的女人把醉汉们从小酒馆带回家去，凡此种种，那些身着上浆胸甲和纽扣上饰有饰带的人是不知道或者是予以否认的。这座城市有一些凄惨的秘密。米歇尔十三岁左右时，曾突然看见一座修道院大门启开，一个修女疯跑着投进运河里去。那顶修女帽下藏着什么样的绝望呢？这个像是从狄德罗的《修女》中跑出来的陌生女子，是修道院内的流言蜚语的受害者，她无论是年老或年轻，是美丽或丑陋，也许是疯了，也许是怀孕了，总之，都像是淹死在博斯普鲁斯海峡的一位苏丹后妃一样缠绕着米歇尔。

但是，这崇高的苦涩水滴将在圣诞夜的马雷街二十六号的餐厅里被蒸馏。这又是一个背时的亲戚的故事，但这一次是迪弗雷纳的表亲。一家人围坐在桌前：块菰火鸡切开吃了一半，送回配膳室时，仆人突然报告说 X 表兄某某先生到——他此刻正经营着一家正规的乳品厂，生意很不景气。他不在被邀请吃圣诞夜晚餐的亲戚之列，

---

① Pierre Leroux（1797—1871），法国哲学家、政治家。
② Pierre-Joseph Proudhon（1809—1865），法国社会主义者。

也不属于突然前来需添上一份餐具的亲戚之列。他想见的是阿马布尔·迪弗雷纳，后者命令仆人让他去米歇尔-夏尔的书房等，然后才摆出一副接见时的神气走出餐厅。

橡木门很厚，书房虽与餐厅相邻，但大家什么都没听见。这时，一扇门启开，那位表兄走错了门，仿佛喝多了似的踉踉跄跄地穿过餐厅，没看任何人。阿马布尔重新坐在桌前自己的位置上，开始吃从英国进口的布丁。仆人刚一出去，他便简单地同那个不识相的到访者聊了几句。这个愚蠢的X表兄，如大家所知道的，有一个儿子在阿尔及利亚当中尉，而这个混账儿子欠了一屁股的债，父亲为了替他还债，把那家好端端的乳品厂的钱柜给耗空了。

"我才没钱周济这种人哩！"阿马布尔斩钉截铁地说。

大家都赞成阿马布尔的做法，而且，除了米歇尔而外，谁也没有对这位表兄后来的不幸感到于心不忍。几天之后，这位表兄因牙疼而服用了过量的阿片酊。

马雷街是一座监狱：莎士比亚早就回答过米歇尔，世界也是一个大监狱。不过，换一个牢房已经是了不起的事了。当你入了牢房，会有好几条道帮你越狱：一条是宗教生活，但是家族那腓力斯丁人的基督教正好属于米歇尔要逃避的东西；不过，他将只是到三十年之后才会不太认真地去考虑苦修会的。大写的艺术是另一条道，但是他并不认为自己是未来的大诗人，也不是未来的大画家。眼前最合适的道就是去闯荡；它会到来的，但是此时本会怂恿米歇尔去闯荡的那种偶然的小刺激尚未出现：安特卫普的那次鲁莽行动使他倒了胃口，不想搭上一条起航驶往殖民地的船再去碰碰运气。是什么激情或怪念头促使他投笔从戎的呢？也许没有什么事情促使他这么做：在要塞附近溜达的一个大兵？一些在军乐队引导下从他的窗下经过的士兵，如同那个英国女教师那次那样？反正，就我对他后来的生活状况的观察来看，一旦下了决心，他没有再犹豫过。一八七三年一月，一封用巴黎一家咖啡馆的横格纸和质量极差的墨水写的信告诉米歇尔-夏尔和诺埃米，他们的儿子已经参军入伍了。

第三部分

一个人要走过多少路
才能称得上是个人?
…………
一座山将兀立多少年
才会倾入大海?
…………
朋友，答案在风中飘荡，
答案在风中飘荡。

鲍勃·迪伦

宿命

吓坏了的米歇尔-夏尔马上乘头班火车赶往巴黎。这个家族，大家都看见的，至少是自从归顺法国以来，就没有行伍的传统——“王后”的兄弟因效忠拿破仑而战死，他只是一个被人遗忘了的例外。他哪怕是上过一所著名的军校呢！父亲很恼火，没有引导自己的儿子去圣西尔或索米尔军校。一名军官，有一天总会成为将军的，哪怕是听命于丐帮的军队。严格地说来，他还是可以认可的，但是，一想到米歇尔投笔从戎，米歇尔-夏尔气就不打一处来。一到巴黎，他就去看望麦克马洪元帅了。这位以往里尔每星期二盛宴的常客对他的这位来访者留有很好的印象：他俩都是天主教徒，属于那种政治观念与宗教传统紧密结合在一起的天主教；二人都是反动派，再过三个月就将成为共和国总统的这位元帅同省议会议长都不是共和派。米歇尔-夏尔受到热情接待，但当他努力装作无所谓的样子提及他儿子的决定，并暗示米歇尔所受的教育及其才能很快就能让他得到他的家族有权期待于他的相应的军阶时，元帅便打起了官腔——“如果他表现好的话，是会被另眼相看的，而如果他表现得不好的话，就会受到比别人更严厉的处罚。”他徒劳地喜爱普鲁塔克的人物的严厉作风了，如果答复不这么生硬的话，还是会让他高兴的。多说也没有什么用了。

我祖父忧伤地在沃吉拉尔街上大步走着，缅怀着自己听从家人的建议在此刻苦攻读时沿这条街来来去去的情景。世界变化多么大啊！不光是政权的更迭……可是谁知道呢？也许军队将会把自己的浪荡儿子改变过来，再过七年，米歇尔毕竟也才二十六岁。志愿兵米歇尔被编入第七重骑兵团，开往尼奥尔。米歇尔-夏尔很想前去拥抱一下自己的儿子，但是这种亲情的流露是犯忌的。通常，前来巴黎对这位外省人来说是个放松一下的机会，可是这一次，无论是戏院、豪华咖啡馆，还是大街上对面走过的美人儿都提不起他的劲头来。他替小玛丽买了一个玩具娃娃，就回里尔了。

米歇尔立即对军队发生了兴趣。我们已经看到，爱国主义在他的身上并不是一种狂热的激情；如果战争爆发的话，他从中看到的只是拿自己生命作赌注的一场激动人心的赌博。在这期间，军中的老一套生活使他免除了大部分的责任。他喜爱军服：靴子、带皮护手的手套以及像凹镜似的在阳光下闪闪发光的头盔和护胸甲，它们如此闪亮，以致七月十四日国庆日的一个酷热的中午，他竟被照得头晕眼花而滑下马来。他精通刷马和驯马，每天清晨纵马奔向演练场让他觉得妙不可言。他很欣赏他的战友们的那种农民的精细和嘲讽或者市郊人的机灵劲儿，还有他们的那种既来之则安之的生活艺术以及行军时唱的那些下流或极其粗俗的小调。他对大家一起划船和在堤岸上吃鮈鱼的情景记忆犹新。

其他的一些军中消遣他不怎么有兴趣，他对他们在咖啡馆摸脏兮兮的牌，堆茶托，见到漂亮姑娘走过就说脏话以及说说停停或打哈欠的聊天感到厌烦。他从口袋里掏出一本泰奥菲勒·戈蒂埃或缪塞的书来，给他刚请他们喝了一杯的战友们读一些诗。这帮小伙子带着普通百姓那种好心的礼貌听着他念，他明白他是在对牛弹琴。

米歇尔整个一生都因此而痛苦，因为他的激情没能像导火线似的点燃别人，如同他后来在巴黎经常去的东正教教堂里人们在复活节之夜所点燃的蜡烛那样。他从这个教训中明白了，他的努力失败了，光让别人面对一个美丽景色或一本好书让其品尝是不够的，他将独自坐在草地上，一面看着河水流淌一面翻看他所喜爱的那些诗。

一位保护他的下士向这位良家子弟建议，要带他去逛城里的妓院。米歇尔厌恶妓女，他在省里这家妓院的客厅里所看到的情景也没有使他改变看法，他看到的是满脸堆笑的肥胖女子，曾经风光过而今有点风光不再的谄媚美人儿，曾经当过妓女而今像是搬运夫似的壮实的老鸨，什么都准备干的贪杯的蠢姑娘，原籍为佩皮尼昂的安达卢西亚褐发女子。当下士搂着这些姑娘中的一个悄悄走开之后，米歇尔尴尬地对女监管说他没有找到适合自己的。

“要是她们之中有一个能长得像您一样就好了。”他谄媚地说道。

女监管是个三十岁的褐发小女子，把他的话当了真，说如果他真的愿意的话，“夫人”将会很乐意替她监管一两个小时，这样她就可以陪他了。米歇尔觉得拒绝她很没礼貌，再说他也挺喜欢她的，于是同她共度了一个良宵。第二天一大清早，根本就不是唐璜的米歇尔匆忙穿好衣服，以免误了早点名，临走之前，他在一张独脚圆桌上放了两个金路易。金币在大理石桌面上发出的响声惊醒了那位仍在睡觉的美人儿，她看见了香槟酒杯旁的金币，便坐起身来，抽泣着骂她的性伙伴，她说他把她当成了一个卖笑的婊子，说他不明白她对他一见钟情，说他像所有的男人一样是个混蛋，她还说她从未对任何人像对他一样。

他走出妓院，心里很不是滋味，觉得伤害了这个女人。走在街上时，那女人没有收下的金路易掉在了他脚前的石板路上。他并未去捡，但多年之后，他有时仍能记得自己曾经不自觉地对这个女人的那种污辱。她对他有兴趣，她也许（谁知道呢?）比他从前在她们身边生活得更长久的其他女人更加爱他。他再没有回那家妓院去过。

米歇尔-夏尔对麦克马洪的拜访肯定并不像他所认为的那样一点用处也没有。米歇尔不久就从下士升到中士，并且很快从尼奥尔调往凡尔赛，锦绣前程开始了。米歇尔-夏尔给他儿子一笔数目不小的生活费。他的战友多数与他不是一种性格的人，于是，那位在里尔时曾经常前往马雷街二十六号的萨利尼亚克·德·费奈隆的儿子成了米歇尔军中的手足。二十年后，萨利尼亚克·德·费奈隆的一个名叫贝尔纳的儿子好像成了普鲁斯特笔下圣卢的原型；我暗自寻思是否有必要指出米歇尔的这个军中手足就是《追忆逝水年华》中的那个人物的父亲的原型，按照圣卢的看法，这位父亲是和蔼可亲的，但是，不幸的是生在《美丽的海伦》的时代而不是《瓦尔基里》的时代，是那个时代的一个可爱的生活放荡者，他因为某种原因逾越了种族和阶级之墙，在尼斯与尼西姆·贝尔纳搅和在了一起。不管怎么说，米歇尔和他高雅的军中手足自觉是青年人中的佼佼者，他俩对骏马、美食、时髦服装和严格说来并非利欲熏心的时髦女人有着同样的兴趣。两人都爱赌博，而米歇尔更是嗜赌如命。前途无量的下级军官把自己这位新来者介绍给他在巴黎上流社会的朋友们，犹如圣卢后来介绍马塞尔那样。夜晚，为了节省时间，他们返回时斜穿布洛涅森林，为穿过一道只向军官开放的栅栏门，他们事先小心地把他们到关键时刻要用的军官帽藏在运送猎犬的车辆的座位下面。

米歇尔曾在他的这位战友的带领下去过后者住在凡尔赛的父母家。那位年轻的太太虽高雅但却有点干瘪，丈夫是个中年人，酷爱照相，他每天都在他暗房的脸盆和沥水器皿之间度过。太太对米歇尔很好，但是我不知道这位女主人身上有什么生硬和紧张的地方让米歇尔感到不安。有一天，他被邀请前去吃饭，他发现X先生在花园里，脚上裹着纱布。脚扭伤了，是一次小意外。仆人前来禀报女帽商送来一顶帽子让太太试一下，她离开了X先生和米歇尔一会儿。X先生微笑着说道：

“我的暗房在地下室，楼梯挺陡，而我又习惯了手里拿着易碎物品下去。幸好，我往下伸脚时都挺小心的。昨天，我一脚踩空了。真是不幸中的万幸，我的左手没拿东西，要不然我就无法抓到扶手，非摔下去不可。我只是扭伤了脚而已，但是，当我硬撑着站起来时，我发现有人在楼梯脚踝高处拉了一根铁丝。别以为她真这么喜欢您，不是的。她有一个情人，您给用来做他的幌子了。”

女主人走回来了，帮着她丈夫拄着拐杖走进餐厅。那顿饭吃得很拘束。此后，米歇尔去的次数就减少了。

赌钱输的数目不大时，多次都由米歇尔-夏尔给补上。一八七四年八月，他输了个精光。时间很紧迫，必须立即还清这笔所谓关乎颜面的债务，于是，米歇尔连忙往马雷街拍电报，顾不得害怕电报被他母亲截获，毕竟数目太大，无法向诺埃米隐瞒这又一次的越轨行为。当天晚上，米歇尔接到回电，只几个字：“无法解决。”

没有其他人可以求助了，萨利尼亚克·德·费奈隆同他一样手头拮据。一八七四年八月十七日的那天晚上，离他满二十一岁仅有七天，米歇尔仔细地穿好便装，亲吻了一下他的护胸甲和头盔，如同一个准备还俗的和尚吻他的袈裟一样，然后便赶往凡尔赛火车站搭上那趟差一点要了他父亲命的开往巴黎的火车。和平恢复之后，护照已不再是个问题了。他在圣拉扎尔火车站上了开往迪耶普的火车，从迪耶普登船前往英国。

他的性格是极其多变的，所以当他看到南安普敦车站上那些高大的警察时，当他从车窗看到那满眼绿色时，接着又初识博大的伦敦时，他的所有烦恼立即烟消云散。但这段时间并不长。最紧迫的问题是钱。他在查令十字街的一家低级旅馆找了一个房间，因为他听见专做英国生意的一些里尔旅行推销员说起过这条街。他在里尔待久了，已习惯了那儿的烟炱和湿黏黑污，但伦敦的烟雾则有过之而无不及。

他生平第一次这么孤独无助，世上最不幸、最悲惨的人也没有他这么形单影只的。在家里，在学校里，在军队里，他的脸、他的名字没有人不知道的，他可以期待他人的不是救助也起码是一个责备，一个善意的或恶意的嘲讽，一个友谊的表示，或相反，一个恨铁不成钢的怨恨的表达；即使是里尔的陌生人也或多或少是面熟的，或者至少是他可以归入认识范畴的人，在巴约勒则没有不认识的人。在卢万，他曾经拥有大学生的身份；在尼奥尔和巴黎，他曾经身着军服。少年时代的几次离家出走，的确也曾使他短暂地尝到了形单影只和身无分文的滋味，但是他只要一个电报父亲就会立刻赶来救他。现在的情况似乎是米歇尔-夏尔已不在人世了，而且伦敦拥有数百万人口，使他更加感到孤单：谁也不会关心他怎么活下去，或者他是否会跳进泰晤士河，就像他小时候听说的那个修女投河的故事一样。

自从他从军队开了小差之后，一家专营纺织品的英国商行的名字像护身符似的在支撑着他。这家商行与法国北方省许多家纺织厂有生意往来，P 姨娘的一个亲戚在掌管其中的一家纺织厂。此前，米歇尔对纺织业是最不感兴趣的了，但是，W 家的大商行是米歇尔在这个巨大的城市里除了伦敦塔和英国银行而外唯一知道的东西，也是他将尝试的第一个机会。

他从电话号码簿上查到了商行的地址，向咖啡馆服务生打听了一下怎么走。他的英语在大学里堪称优秀，但遇上伦敦街头的老百姓则不灵了。在伦敦的这一通找，就像是在一片大森林中长途跋涉似的弄得他精疲力竭。因节省而未敢在旅馆里吃那顿丰盛的早餐，此刻他已是饥肠辘辘。他不知走了多少冤枉路，最后才到达了目的地。W 商行的经理不接见他，米歇尔就是不走，后来干脆在过堂里坐下来，摆出一副不管等到何时也要等下去的架势。中午时分，他从员工谨慎的致礼中认出的那位经理走出来去附近的一家小酒馆填饱肚子，他去的时候和回来的时候都注意看了看这个钉在原地不走的年轻的外国人，因为好奇，他终于接见了他。

米歇尔的那种学究似的英语在这间办公室里比在街头更好地帮了他的忙，他强调了自己那位拥有纺织厂的表亲的大名（其实他一生之中只见过他两次），并提出愿意跑法国方面的生意。经理把玩着表链上的小饰物，爱答不理的，很快他就把这个讨厌的年轻人打发走了。

被婉拒的这位良家子弟又到过堂里坐了一会儿，集中思想在考虑是否先到一家法国餐馆去找一份服务生或洗碗工的活儿干干。正在这时，一个慈眉善目、面带聪慧的男子走近他身旁，向他问了几个问题。这人个头不高，脸晒得黑红，说的英语带有很重的中欧口音，但米歇尔是不会拒绝此人的善意的。米歇尔把一切都如实地告诉了他，不过没有透露自己的真实姓名。矮个子男子放下拿着的样品，领他来到一间没有第一间那么庄严的办公室，发送部主任正坐在里面哩。年轻的法国人被雇用了，但工资很低，负责往货品上贴标签和帮助打包。米歇尔觉得自己得救了，然而，他惊奇地发现一个人最终获得的工作很少是自己原先所以为的以及自认为是有所作为的工作。下班时间到了，米歇尔在人行道上又碰上了他的救命恩人，可后者没让他表示感谢，并问他打算住在哪儿。米歇尔根本就没想到这个问题。

“干吗不住我们家呢？我们刚买了一幢房子，我们想要是找一个房客来住的话，我们就能更快地还清贷款了。我们不会敲您的竹杠的。”

他俩前往旅馆去拿米歇尔的那只小手提箱。米歇尔再三地表示谢意，那个矮个子男人也一再地说别客气；他看着这个略微有点发胖的人，他在他的眼里宛如《圣经》故事中年轻的多比眼中的拉斐尔大天使似的。他家住在帕特尼，一路上，罗尔夫·纳杰尔（他说出了自己的名字）滔滔不绝地讲述了自己的经历：他父亲是布达佩斯的一个犹太人，不知在什么暴动之后被驱逐了，后在索霍区开了一家匈牙利小酒馆。罗尔夫并不喜欢纺织品而喜欢烹饪，他在这方面干得还算有点成绩。他是个温和的无政府主义者，尽量地在伦敦重商的氛围里讨生活，由于米歇尔是开小差的，这更增加了他对他的一份同情。

他的房子是一幢普普通通的砖房，爬满了攀援植物，给人以走出大都市的田园诗般的感觉。罗尔夫向米歇尔先生介绍了他的年轻妻子（我把她称之为莫德，因为我父亲没有跟我说过她的名字，她丈夫的名和姓也是我自己加上的）。莫德长得很美，一头深棕红色秀发，脸色苍白中带着粉红，这位弱不禁风的英国女子有着罗塞蒂或伯恩–琼斯的某些模特儿的令人心神不定的风姿，由于彩色石印画片和画廊的关系，米歇尔不久便与她们很熟悉了。饭后，大家来到摆放着劣质家具的客厅，罗尔夫坐在钢琴前；尽管连乐谱都不识，他仍很有激情地弹奏了一些流行的轻歌剧曲目和一些杂耍歌舞厅的老掉牙的滥调，一边还哼哼叽叽地唱着。米歇尔出于礼貌请他弹一支匈牙利歌曲，他立刻换了一个人似的，满怀激情地弹起了一支老曲子，但结束时却做了一些滑稽的动作。他向米歇尔要的房租不多，不能让他很快还清借贷。这个中欧贫民窟的逃离者对待他的房客十分慷慨大方。

读者已经看到我要说些什么了，因此我将不再让读者们感到乏味，还不到三个星期之后，米歇尔和莫德便在那张带印度床幔的大床上颠鸾倒凤开了；那张大床是罗尔夫在市场上买的，是他引以为荣的东西。腼腆的年轻女人在床上可是够浪的。罗尔夫每个星期六去看望住在伦敦另一端一家以色列老年公寓里的父亲，因此给这对情人留下了充裕的活动空间。他只要一走，那间夫妻房便变成了情侣房，衣橱的穿衣镜和梳妆台的镜子摄取了鸳鸯戏水的场面，可晚上归来的罗尔夫却从未有所怀疑。这个爱好音乐的丈夫不时地独自去听音乐会，莫德和米歇尔从未提出要陪他一起去。每个星期日，三人都去帕特尼的小广场散步，或者一直走到里士满公园，莫德很喜欢用手抚摸公园里喂养的鹿。罗尔夫使米歇尔了解了对他来说是伦敦的诗情画意的东西：娱乐和中档商品街，街上橱窗流光溢彩，满街灯火辉煌；昏暗路灯下等待客人的妓女；那些小剧场，他同跟班或卖票的全都非常熟悉；不算太贵的上等餐厅；杜莎夫人蜡像馆；

拘留所的外墙。他不时地还请他的太太及他的房客欣赏一场音乐喜剧，打折的票价使他们随后又去吃了一顿普通的宵夜，餐费由两位男士分摊。

罗尔夫对米歇尔的信任使他觉得有点感动，但也觉得他有点蠢，如果他有所自责的话，那也只是那种通常所见的内疚，他是绝不会放弃床上的淫荡的，即使荣誉受损的丈夫要求决一雌雄！不过，即使罗尔夫猜到点什么，他也是宁可同他的房客去比武场决一高低而不会找他决斗的。在餐桌上，在散步时，在每晚必不可免的钢琴旁，始终神态自如的莫德极其殷勤地讨好着两个男人。

然而，数月之后，米歇尔对这种三人游戏厌烦了，他终于在《泰晤士报》的小广告上找到了一所男子中学里马术和法语会话课教师的职位。于是，他找了一个小屋供他和莫德享用，并说服莫德跟他走。

某个星期六，米歇尔先生彻底地告别了打包和贴标签的活计。很久之后他才知道，莫德为了弄点现金，已经匆忙卖掉了几件罗尔夫买给她的小首饰和客厅中的一些讨厌的小摆设。但那天晚上，她不禁满怀怜悯地想到受骗的男人回到空荡荡屋里时的可怜状况。莫德的心肠并不太软，不过，她也不像许多女人那样，趁通奸私奔之机坑害自己的男人一把。罗尔夫是个好男人，一直都善待于她；他俩相识时，她是个制帽女徒工，这一行当干了几年之后，她因肺部染疾而辞工不干了。不，罗尔夫在爱情方面既不那么令人不快，也不是那么贪得无厌。她是否认为他早就猜到她与米歇尔的事了？啊，这个么，谁也搞不清楚。

他俩在萨里的那个小屋里度过了甜蜜的几个月。那座小屋爬满了爬山虎，一到秋季，一片粉红。米歇尔负责照料的那些纯种马满足了他自开小差以来一直感到痛苦的对马的需要。他喜欢教授马术，喜欢同他的学生中已掌握法语的学生说法语，而对于其他的学生，他马上就改用英语说，不想听他们那听不懂的法语。莫德有着很英国式的想象能力，她能把一段老鼠偷蜜的故事改编成一个童话故事，能够把一把破茶壶变成一个虚构的人物。她喜欢坐在露天地里，任由风儿吹拂她的秀发；她有点像水神，有点像蝾螈，喜欢光着脑袋在雨中淋，宁可一会儿回到厨房里去用火烘干。她对什么都有兴趣：叶下的一朵迟开的秋水仙，草丛中的野兔，在屋后分叉形成一个栖满鸟儿的小岛的半结冰的溪流。圣诞节时，新砍下的枞树枝的清香与烤火鸡的香味交融在一起。如果幸福能发出荧光的话，那树下的小屋就能流光溢彩。

然而，有时候莫德感觉像落到了一张荨麻床上似的。在老师们正派妻子们的眼里，这个过于美貌的姑娘不完全像是一位夫人，这对未进教堂而结合在一起的男女引起了他们周围人的怀疑。米歇尔对那些穿得很难看的假惺惺的女人不屑一顾；有时候，莫德也回应他，但在下聘书的时候，学校下一学年未再聘用他。

他们余下的钱不多了，夏天时便住到收费低廉的德文郡的一座农庄里去了。食物令他们很失望：牛奶、奶油、鸡蛋和水果每天清晨都运往伦敦，用农庄主们的话来说，要品尝这些东西，那简直是在“吃钱”。这对情侣在帮助收割草料和摘苹果；他俩在这片景色中漫步——这是一大片开阔的景色，有一些小的山谷蜿蜒在两个小树林之间，高高的野草散发出一种令人茫然的性欲气息和一股温湿的味道。但是，在他俩前去赶集的相邻小城广场上的一个团队演奏的军乐突然像扇了米歇尔一个耳光似的，他发怒的表现形式是生闷气，他老找莫德的碴儿。二人沿着大路返回时，彼此一句话也不说。

第二天，由于牵涉到在萨里度过的那几个月，莫德说中学生中最大胆的那一个在校长请喝茶时听说了有关她的情况，便打赌说他能摆平这个不规矩的米歇尔太太，于是趁米歇尔不在时跑到小屋来向她大献殷勤；她让他未能造次，当然她没少费工夫。米歇尔冲她嚷，说她撒谎。二人大哭一场，并保证相互间忠贞不渝，然后又言归于好。

但是，到了夜晚，米歇尔的疑窦重又生成：为什么这个对做爱情有独钟的女人会拒绝那个英俊的金发小伙子呢？第二天，莫德收到一张汇票，她说是她唯一的一个亲戚，对她十分照顾的姨娘寄的，于是二人又争吵起来；其实，这一点点汇款是罗尔夫寄的。米歇尔收拾好行装，回转法国，回到军中。

他被降职。摘去下级军官肩章的那个仪式他无所谓地比作像是拔牙似的，但肯定要比他随后所说的难受得多。与他同时回归军中的一位战友在他身旁陪绑，这使他好受了一些：他俩一起拿这事开玩笑。米歇尔毕竟还是感受到一种动物找到窝的兴奋，而且有同龄人的陪伴使他从成天伺候情妇的疲惫之中解脱出来。在这些普普通通的士兵眼里，他的奇遇非但没有使他一钱不值，反而使他成为一个浪漫的人物。多亏了他父亲向圣多米尼克街和总统府的那位老者那里为他求得的庇护，放浪形骸的下士很快就恢复了失去的军阶。

他大概在里尔与家人重归于好了，因为我有一张这一时期想必是在照相馆里拍的全家福，不过马雷街的客厅里肯定也有照片上的类似的家具和一些一模一样的盆栽棕榈。米歇尔-夏尔老多了，他很不舒服地坐在一把椅子边儿上，有点关节僵硬的双腿伸向前面，圆乎乎的脑袋被一圈灰胡须框着，在这张摆出样子让人看的合家欢上他显得很不自然，据说拍这张照的目的是为了堵住那些说他与儿子断绝关系了的人的嘴的。诺埃米坐在一把扶手椅里，身板儿笔直，身着紧身的带胸衣撑和绉泡饰带的黑色裙子，头发梳得像那个年代里的马蒂尔德公主一样；不过，她让人看着不像是拿破仑三世的一位表妹，而像是世界另一端的她的同时代人——慈禧太后，她与后者有着同样的坚不可摧的意志和同样的偶像式的不怒自威，透过她那半耷拉着的眼皮，她怀疑地看着她的前面，宛如透过一个枪眼缝隙在看前方似的。摄影师在摆好每一个人的姿势时，让她用手臂搂住小玛丽的脖子，后者坐在地毯上，双腿蜷起，带着儿童的自然神态展示自己的黑长袜和黑靴子。小姑娘把她那张乖孩子的漂亮脸蛋儿转向自己的父亲，她那用一条饰带扎起的秀发梳成了可爱的小尾巴。米歇尔靠在米歇尔-夏尔的椅背上，他身体单薄，苍白，有点惊慌，看上去好像心不在焉的样子；他的眼神恍惚，有点阴郁，“随便地”看着，也就是说，此刻他心里正在“看着”英国。

摄影师一说拍好了，大家便散了开来。诺埃米忍不住说她儿子一脸的要上断头台的样子。她从他很小的时候起就一直这么骂他。胆怯的米歇尔没有顶嘴，他只是在里尔休假几天，所以很多事是可以忍一忍的。米歇尔-夏尔倒是很和蔼，但却一言不发；他心里有点想法，但没有说出来，免得惹自己周围的人不悦。他在想一个审慎的人的位置不是在军队里，他始终认为这种和平时期的开小差是一时的心血来潮而不是犯罪。再说，事情已经过去了。

米歇尔的夜晚都是在伦敦度过的。他几乎每天都给莫德写信，信中引述许多英国诗人的诗句——自从这些诗人的语言对于他来说是一种爱情的语言以来，他就孜孜不倦地在读他们的诗了。他把他的信都装入两个信封，寄到莫德常去买东西的那家杂货铺；莫德建议的这种谨慎办法几乎是多此一举，因为没有任何迹象表明罗尔夫截获过这些信。莫德的回信忽而是短笺一封，没有什么内容，忽而是充满柔情蜜意的宣泄，隐喻他俩在一起的日日夜夜，上面还画了一些叉和圆圈，表示亲吻。

终于有一天，米歇尔受不了了。他决定让莫德干脆离开罗尔夫，约好日子前来与他在皮卡迪利的一家小旅馆相会。（那大概是一八七八年三月份的事。）

年轻的下级军官第二次把细心叠好的军服平放在一只抽屉里，朝着在衣橱顶上闪闪发亮的护胸甲最后看了一眼，穿上便服，悄悄地出了营区。他并非不知道这么做不仅是在与军队彻底决裂，而且也是在同自己的家庭，同法国彻底决裂，除非遇有大赦，否则他在四十五岁之前是不能再回法国的。

二人相互亲热一番之后，莫德告诉了他一个好消息：她的一位女朋友在利物浦做生意，现在到爱尔兰接受一笔小遗产去了，她想在爱尔兰住下去，让莫德替她照料一年她的生意。这真是天上掉下来的馅饼，米歇尔可以边照料这桩生意，边去找更好的事情做。那位女友的店铺专营卫生用品、化妆品和香水，在剧院旁边的一条灰色胡同里，顾客似乎主要是一些轻浮女子和巡回演出的女演员。盘货时，他俩笑得喘不过气来。产品的标签和说明书忽而吹嘘让人永葆青春，忽而说是可以让人丰满而不肥胖，忽而说是可以让你美如土耳其皇宫中的三十六位姬妾，让你唇润气清，云云。女性经期用品也很不少。米歇尔讨厌香水味（“有体香的女人是不抹香水的女人”），他很不习惯望加锡油[①]和玫瑰香水的那种乱七八糟的气味。他不久就发现，这爿小店铺是一个联络站，拉皮条的女人和私下替人接生的接生婆同经营香水的旅行推销员都经常光顾它。一块发黑的糊状物的怪味引起了米歇尔的警觉，莫德说接到过女店主最严格的指令，那危险的果酱只许卖给她留下的名单上的人。

当一个喝多了杜松子酒的女演员走进来买一种丰乳膏，并解开胸衣，坚持要让米歇尔亲手替她往干瘪的乳房上抹时，危机爆发了。米歇尔不顾同他一样觉得在这种蹊跷的气氛中很不对劲儿的莫德的劝阻，毅然决定关门大吉。

在利物浦的这段短暂的逗留期间，米歇尔没少在街上和码头溜达。我只是在第二次世界大战的大轰炸之后才隐约地看到这些街道和码头，而且对它们在一八七八年前后的面貌知之甚少。不过，大的海运公司的气派、海外商业的交易、进出口的繁忙却是

① 由印度尼西亚望加锡产的依兰香精混合椰子油或棕榈油制成，旧时用作发油。

显而易见的。在这个不承认自己走错了道的年轻的流亡者心中，在安特卫普船坞边闲逛的少年情怀又再现出一点来了：对于这种桅杆和烟囱的交织，那些因海水侵蚀而生锈和结垢的船体，以及那些各个种族、各种肤色、有的头裹缠巾光着脚（肯定他们中有一个是向莫德的店铺提供黑色果酱的），穿行于红皮肤、黄皮肤或灰皮肤的土著人中的那些人的熙来攘往，米歇尔是百看不厌。没有一刻钟工夫他便与一些马上要起航也许不再回来的人结下了友谊。像他们一样，丢弃那个女人吧……他听着一些澳大利亚人在吹嘘他们的墨尔本，听着一些美国佬在吹嘘他们的纽约。墨尔本很遥远……至于纽约，米歇尔好像知道去了之后非饿死不可，除非一下子发了财；那儿的一切都非常丑陋，所以有钱的美国人只有一种狂热，那就是对欧洲。不过，一些模糊的浪漫的概念，一些拼接在一起的片断消息告诉他，他可以给华尔街大亨的女继承人们教教马术，在他很难从地图上确定的那个神秘的西部弄个牧场，头戴大毡帽一个州一个州地游荡，玩扑克牌有输有赢，四处行侠仗义，抱打不平……必要时，莫德总还是能在曼哈顿找到制帽女工的活儿或当女佣什么的，而他则像其他许多人那样去南美捡拾鸟粪，或者到墨西哥去搞武器走私。这位冒险家此刻并不是已经山穷水尽，但他首选的就是横渡大西洋，而莫德则在成衣店买了一套晚礼服裙。

旅途十分沉闷，莫德的那身近似上流社会的服装以及她的美貌吸引了某些旅客的注意。米歇尔对此挺恼火的，也许她本不希望是这样子的。米歇尔玩扑克时非但没有大捞一把，几场下来，反而把他父亲偷偷寄给他的那点钱输掉了一部分：在那个时期，非常高明的赌徒简直成了横渡大西洋的轮船上的毒瘤了。到了美国，他们也没见到福地，因为他们的不明确的夫妻关系令当局不快。于是，他们坐统舱返回了英国。

莫德和米歇尔没把这次倒霉的美国之行当一回事，对美国的爱恋已不复存在了。这次惨败对他们来说像是一出闹剧，他们可能是演来自娱的。米歇尔在一所没有上次那所那么受到重视的男子中学里谋得一份教职，校长是个职业牧师，靠着精美的伙食和学生每月优秀的考分获得了成功，孩子们圆乎乎的面颊和学习奖状使家长们非常高兴。米歇尔在此又有了一个小屋，这一次长的是铁线莲属植物，但没有上一次的小屋舒适，而且几匹马也没有上一次的那么轻快。英国乡村的魅力又一次地改变了这对情侣的生活。莫德是个懒懒散散的美人儿，她又到草地边或林下灌木丛去闲荡了；他俩的日子因一只火红色的塞特种长鬈毛猎犬而丰富了，那是米歇尔向一个不在意它的农民买来的。雷德（我编造了这个普通的名字给它，我将会花大力气去搞清楚它究竟叫什么名字的）在骑术教师骑马外出时跟随左右，晚上就睡在莫德和米歇尔已习惯了的大床跟前。但是，米歇尔心底里存在着的那种忧愁反映出来了，身体感到不适：他失眠，脉搏跳得飞快，骑马时镇定自若，可站在二楼窗前便觉头晕。他到邻近的一个小城镇去就医。医生是无论怎样都要讲真话的，这当然比善意的谎言要好，但如果讲真话的这个人不是个擅长诊断的人的话，那这个真话就很糟糕了。这位医生询问了米歇尔的职业，听了后者的回答便蹙起了眉头：

“再不能骑马了。您的父母在哪里？”

米歇尔的父母在法国。

“马上通知他们。您患有心脏机能不全，这随时都可能要您的命的。休息和精心照料是您再多活几年的唯一机会。切忌性生活，那会使您的病况恶化的。”

米歇尔在只好付了对自己的死亡判决费用之后，徒步走了两三英里的路回家。他没有把那个权威人物的话重复给莫德听，他心里早就在想，人们称之为“活”的那个现象就像是相互作用的化学制品的短暂起泡一样，这种沸腾结束的时刻很快就会到来的。并没有什么可担忧的，更犯不着去吓唬他的父亲。医生的“判决书”渐渐地被遗忘了，但是我有时在寻思，米歇尔疯狂的慷慨大方、他迅速的自暴自弃、他享受眼前生活的激情和他对未来的不屑，是否因这将近五十年中一直潜藏着的突然的死刑宣判的意念而得到增强。

他俩的关系已经到了情人可以相互有自己的空间的程度了。莫德常常去她姨妈——近乎借口和幽灵的模糊人物——家度周末；米歇尔在莫德有一次去她姨妈家时，同他觉得有几分姿色的校长的丰满小女人说话比平时多了许多。与莫德一样，职业牧师的妻子也喜欢爱情。为了同这个年轻的法国人享受一些没有干扰的时刻，她想出办法，要让他在她家顶楼度过二十四小时。她丈夫的星期日全用在一连串的讲道和与关心善事的学生母亲们会见上面去了，这也是他去X勋爵家晚餐的日子。女佣请假了，要到星期一上午才回来。在全村人家的百叶窗还关着的时候，她就早早地让米歇尔从旁门进来了。米歇尔藏在顶楼里，只听见受骗的丈夫走下楼去，与不忠实的妻子亲切地相互道别。然后，她不准米歇尔在空屋子里窜来窜去，生怕有女邻居眼睛贴在窗上发现屋里有一个男人的身影。犹如十八世纪的色情小说中似的，他品味着这个狂热而谨慎、充满爱恋的女子送饭给他，并替他端屎端尿的那种有点掉份儿的乐趣。职业牧师回来得很晚，而且早早地就躺下睡了，这使得那个信奉英格兰教的淫荡女人得以几乎立即去会她的囚徒，可后者倒是宁可睡觉了。她直到天明才悄悄地放了他。

但是，这次偷情使他俩疏远了。那女人或者是害怕或者是已得到满足，只是远远地向骑术教师致意，后者也以同样的方式答礼。这个小资产阶级的放荡女子（这也许就是他对她简明扼要的判断）使他觉得没什么可以尊重的，而且，说到底，还不如一个妓女来得有味呢。

那天晚上，他带着一种复苏的柔情在车站站台上接莫德。她跳下车来，双手抱着一些包包，一个殷勤的邻座把那些最不好拿的纸盒从车窗给她递出来；她向他报之一笑，这使米歇尔很恼火。她姨妈身体挺好的，她俩一起去买了一些圣诞节的便宜货；余下的（如果有余下的）则是她没吐露的一些事。这段时期变成了一段老是吵架的时期。莫德对米歇尔在给周围的年轻人（一些有贵族头衔、穿着紧身衣的年轻女骑士）上课很生气。天阴沉沉、大雨将至的日子，米歇尔太太就躺在一张睡榻上读一些言情小说。当米歇尔归来，忙着擦干靴子、换掉袜子的时候，只有雷德在跑前跑后地忙乎着。他喝茶的时候，她就不咸不淡地说，她是为了他才离开小心呵护她的丈夫的，而且他还有一份不错的工资收入，有一天还会有机会晋升为办公室主任或副经理什么的。她原本在伦敦生活得好好的，在这间小屋的破炉灶上做饭，把她的纤纤玉手都弄糙了；米歇尔像所有的法国人一样不光明正大，他甚至都不会为她牺牲一个指头。有一天，他抓住她的话把儿说道：

“这可是您说的，亲爱的莫德。”

她埋头在看韦达的一本小说，没有听见他上楼进他们的卧室，拿了点东西，然后从虚掩着的门走出去。这是一个温暖但灰蒙蒙的下午，他捡起地上的一根绳子，把自己的左手绑在一张花园的休闲椅椅背上，啪的一声响，吓了一跳的莫德赶忙跑过来：米歇尔左手中指耷拉着，只有一点点皮肉与第一节指骨连着，鲜血穿过金属椅子的孔眼滴下来，像从漏勺里漏出来似的。她凑合着替他把手包扎好，他吊着胳膊，步行了将近两法里去看医生。

他从诊所出来，中指被截去，胳膊仍吊着，残手上抹了碘酒，用纱布包着。医生相信了他说的是意外事故，见他面色十分苍白，坚持要让他在诊所的长椅上躺一会儿。但是，米歇尔待不住。他把截下的手指当作滑稽的“纪念物”，要求医生用手帕包起来。最后，他又把它扔到替他开大门的小女佣的脖颈里，还觉得这挺有趣。小女佣一下子吓晕了过去。米歇尔喝住了正从身边驶过的一辆农用马车，爬到车主身边的座位上，刚坐下，便晕了过去。

这样的一个举动胜过韦达小说中最疯狂古怪的片断。他暂时地使他们的爱情得到恢复。但是，有时候，当他看着自己带有伤疤的手时，不免会想，如果说为一个女人去自杀是美好的话，那么为她而牺牲两个指节却是很傻的。后来，温馨柔情又占了上风。但那个小屋被太多争吵的回忆所缠绕，他们决定到别处去重新开始。

米歇尔现在能定期地收到父亲的贴补，所以建议莫德搬到离那座大城市近一点的地方去。他们在离他们现在的住处大约二十英里的地方找到了一座出租小屋，离郊区火车站不远，所以要是他们想去伦敦的话，一个小时就到了。向学校请辞是件高兴的事，把他们在自己周围积攒起来的那些物件搬上一个农户的马车又是一件令他们开心的事。离学期结束只剩下三个星期了，米歇尔在雷德的陪伴下，回到学校监督他的那些吃得过好的学生们练习骑术。他在最后时刻做出了一个令他后悔不已的决定：他把雷德留给了他的邻居，那个好心的农户；他不能想象习惯于在休闲田里和树林里欢蹦乱跳的漂亮的雷德被关在郊区的一座花园里。他从学校回到新居后的第三天，只听见门外有挠门声和汪汪声。他打开门，火红色的大狗扑到主人胸前，然后便躺倒在地，它已精疲力竭；主人把装满水的盆递给它，它也没劲儿去喝，只是用尾巴无力地拍打着地板。雷德从那个农户家里逃出来，天知道它是怎么跑完这二十英里左右的路程的。那一刻，米歇尔发誓，一辈子再也不与雷德分开了。

新的生活像二人相互承诺的那样甜甜蜜蜜。他俩常去伦敦，莫德逛商店，他则去买书、上剧院，而且对欧文和埃伦·特里十分着迷。他还找到门路每天早上去附近的一个骑马场干点活儿。为了找点事消磨时间，也为了贴补一下他们那微薄的收入，莫德在家里又干起了往日的制帽女工的活计。米歇尔同雷德散了很久的步回来，朝客厅里溜了一眼，见她正在同一位女顾客讨论帽子的式样。晚上，看见她那双她引以为荣的纤纤玉手在饰带和草编中间忙来忙去，倒也是一桩乐事。不过，除了书籍和没有钢琴和小曲而外，他俩的日子与罗尔夫和莫德在帕特尼所过的日子并没有什么不同。

在这期间，米歇尔收到他父亲的一封信，上面封着家族的印章，这封信同其他所有的信一样诚挚而简短：米歇尔-夏尔身体欠佳；他始终想着要看一看伦敦，并决心在自己尚有此愿望和精力的时候实现它。他将在伦敦待上一个星期，而且很希望儿子天天陪着自己。他不懂英语，所以还希望米歇尔去多佛尔码头接他。

邮轮刚一靠码头，从头等舱甲板走下一位老人。他身材高高的，有点发胖，一只手拎着旅行箱，另一只手拿着卷得很仔细并用绑带系好的宽大的旅行外套，一把雨伞从外套两头露出来。在火车上，父子二人随便地聊起来。从加来到多佛尔的航行很顺利，但米歇尔-夏尔的身体不太好，好了将近三十年的胃溃疡又犯了，里尔的潮湿气候又一个冬天一个冬天地在加重他的风湿病。列车服务员给他送来一杯冒着热气的热茶，他非常高兴。车到坎特伯雷车站时，他探头窗外，努力地在寻找那座大教堂；他以一个回到自己那些无伤大雅的怪癖上来的人的腔调告诉自己的儿子说，从前，家族中的好几个成员都曾用过托马斯·贝克特的名字，这或许是因为这位殉难的高级教士在中世纪的全欧洲所享有的民心，或许是一些紧密的联系把某些佛兰德家族与英国重新联系在了一起。车稍许再往前行时，他欣赏着啤酒花田里的绿色花环状植物，它们就像长在黑山脚下那样给大路饰以花彩。

在伦敦，米歇尔-夏尔下榻在一家正经的上等旅馆，没有那种炫耀的豪华，服务员也像在他家乡一样规范。他在隔壁替他儿子订了一个房间，并叫侍者送来一顿精美的晚餐，那些英式菜肴是他渴望品尝的。侍者替他把餐桌放在壁炉旁，房间里的红色窗帘遮得严严实实，隔绝了伦敦的噪音。这个良宵将全部用于文学尚很少涉猎的一种感情，而当这种感情偶然存在时，它就是最强烈、最完整的一种感情，那就是父子之间的爱。

米歇尔-夏尔循循善诱地让米歇尔吐露自己的心扉。米歇尔很久以来都没有一个说话的人了，他虽然已很好地掌握了英语，但那也无济于事，有一些想法和感情人们只能向亲人诉说的，而且要向一个善解人意的人诉说。这天晚上，他深埋在心底里的一部分心思重新浮现出来，他甚至用一种玩笑的口吻（免得显出太把这事放在心上）讲述了自己勇闯大洋彼岸的事，但是，关于断指，他却说是意外所致，其间，还把细节大加渲染了一番。然而，这七年来的桩桩件件说起来让他自己也觉得好像一个梦似的互不连贯，他一解释起来，就连自己也给弄糊涂了。关于莫德，他找不到什么话可以说，也许是因为尽管二人在一起已很长一段时间了，但这个年轻女子对于他来说仍是神秘莫测的，也许是因为她付与他的那些情感不好用言辞来表达，同时也许还因为谈起她时，他隐约感到在内心深处他已不再爱她了。他把他女友的照片拿给父亲看，但没忘了像通常那样指出，这张照片没很好地照出她的美貌来。米歇尔-夏尔看到这个美貌女子后变得严肃起来，他久久地看着这张照片，然后把它还给儿子，一句话也没说。

抽雪茄的时候，父亲咳嗽一声，清了清嗓子：

“你都看见了，我身体不很好……我只希望在时间太迟之前能看到你成家立业，并住得离我别太远了……我曾经反复地考虑过你的婚姻大事，当然，你在军队里的情况使这件事变得复杂了，有些人家对你的这一情况有所顾忌。我考虑的那个女孩是阿图瓦从前一个大家族的，实话实说，现在没什么钱。我们正在与她的父母商谈。我见过她一次：褐发姑娘，很美，说不出的美——很迷人，二十三岁，敢闯敢干——至少在这一点上你们能谈得来的。再者，从谱系上来看，她家与我们家在十八世纪时就联姻了。”

米歇尔没有说出他对这一细节不怎么感兴趣，他只是说除非遇上大赦，否则他只有等十五年之后才能返回法国。

“那是，那是，”父亲低下头来说道，“不过也别夸大困难。黑山离边境咫尺之遥，海关人员与其他人全都认识我们，过去待几个小时，大家都会睁一只眼闭一只眼的。L 家差不多也是这种情况，他们在阿图瓦的田产离图尔奈不远。我将想法替你们在比利时国土上找个住所。”

这些在父亲看来合情合理的计划，在米歇尔的心中却重又激活了他对这些富裕而正统的人家旧有的那种厌恶之感，在这类人家中，什么事情都是安排就绪的。这正是他投笔从戎，然后又逃往英国的缘由。但是，当米歇尔把一个一本正经的服务员刚送来的一杯掺热糖水的烈酒递给米歇尔-夏尔时，只见后者的手有点颤抖，他先是从背心小口袋里掏出一张叠成四折的薄纸，然后将纸贴在嘴边，把一种消化药粉倒进喉咙里。

“这事你一下子决定不了的，”他用勺搅和着热饮料说道，“我觉得你艳遇的甜美已成过去了，我不希望你越陷越深……你毕竟已是三十岁的人了……如果我想亲眼看到你的第一个孩子的话，我已是没有时间可以浪费的了。”

米歇尔本想说结婚也一样让人越陷越深，但是，潜意识在告诉他，同莫德一起的生活也同样是没有出路的。不过，米歇尔-夏尔没有再坚持，他说起别的事来。儿子帮助父亲收拾了一下，然后回到隔壁的房间。

第二天谈及的都是伦敦的名胜和消遣娱乐。米歇尔-夏尔首先关心的是找一个有名的服装师给自己量好尺寸做一套衣服，米歇尔领他去了邦德街。父亲趁机也替儿子做了几套行头。米歇尔-夏尔一直有个心愿就是拥有一只英国名牌秒表，经过反复犹豫之后，他选中了最贵的那一只：超薄的双壳表，首先打开的一个表盘，中间是一根细小的秒针；喜欢贺拉斯作品的米歇尔-夏尔很喜欢那句箴言："时光一去不回头。"第二个盘是个金盘，比第一个盘还要薄，按弹簧打开，露出在运转的全部复杂报时机件来。年老的米歇尔-夏尔久久地看着它，心里想必在思忖，这些齿轮还能为他运转几天、几月或几年。这只表虽然买迟了，但也许是一种挑战或赎罪的形式。

在米歇尔-夏尔想去的那家典型的英国小酒馆里，儿子微笑着把一张五英镑的钞票放在桌子上，那是珠宝店主偷偷塞给他的回扣，以为他是带外国富翁前来购物的导游。米歇尔-夏尔友善地把这个外快推给儿子。他还得买一只质量好的手提箱，好装上带回去的新衣服，这自然又有回扣。当米歇尔-夏尔在皮卡迪利一家商店的橱窗里为太太诺埃米选中了一条镶有煤玉的披巾时，米歇尔因罗尔夫而掌握的对伦敦商人的知识就有用武之地了，他知道，在橱窗里展出的物品要比店家在屋里昏暗的光线下拿给顾客看的好，但店家却口口声声说是质量完全一样。米歇尔毫不妥协，最后，围在诺埃米硬挺的胸脯前的就是商店橱窗里展示的那一条披巾。

余下的一周时间就是参观伦敦。米歇尔担心父亲参观伦敦塔太累，可是，爬螺旋式楼梯也好，参观主要院子也好，这个对安妮·博林和托马斯·莫尔非常感兴趣的旅游者都一点也不觉得累。父子二人一起观赏汉普顿宫的花坛，一起在泰晤士河畔的一家茶舍品尝抹了黄油的薄面包圈和黄瓜片。在威斯敏斯特大教堂，米歇尔-夏尔在每一个死者卧像前都要驻足凝思，而他儿子则对其父对安茹王朝和都铎王朝的渊博知识感到很兴奋。在大英博物馆，老人怀着崇敬的心情在瞻仰帕特农神庙的存留物，但他特别在那些勾起他青年时代在意大利和卢浮宫的激情的希腊—罗马古物前驻足良久。在绘画方面，除了十八世纪的几位肖像画家而外，他只对荷兰画派和佛兰德画派感到着迷，而米歇尔则又回想起从前参观阿姆斯特丹博物馆的情景，父亲搀着他的手，尽量地在向他讲解《夜巡》。尽管父子俩谁都不是音乐迷，但米歇尔-夏尔仍坚持去科文特加登参加了一个音乐晚会，一些意大利歌唱家在那里演唱了《诺尔玛》。

动身回国时，天下雨了，米歇尔-夏尔有点担心崭新的漂亮手提箱。父子二人在站台上拥抱告别。父亲提起一回到里尔，就写信告诉儿子二人都知道的那个计划，在这一期间，米歇尔无需做出任何决定，只要好好考虑。其间，他也许需要钱用？

米歇尔是需要钱，但难以启齿。米歇尔-夏尔有点结结巴巴地说道：

“那年轻女人……如果事情像你父母亲希望的那样处理的话……也许可以给她一个补偿……”

“不，”米歇尔有点冷漠地回答道，“我认为这样不合适。”

米歇尔-夏尔感觉出他在那个不在场的女人的问题上伤害了自己的儿子，因为米歇尔借口照看行李来掩饰自己的不悦。老父亲的身影在人群中消失又出现，他敲击着头等车餐车的一扇车窗以示告别。他年纪大了，又身患疾病，这两种状况是儿子此前没怎么想过的。

在把他载回莫德身边的郊区小火车上，米歇尔发现自己甚至都未曾多去想那个古老的大家族的褐发美人儿就已经下定了决心。但是如何让莫德有思想准备呢？她是这样的一种女人：你可以同她一起欢笑、哭泣、做爱，但却无法与之交换意见。当他走近那个小屋时，小屋没有灯光，只有雷德在走廊的黑暗处等着他。莫德的衣柜打开着，里面空空的。她留下一封信，放在枕头上。她很清楚米歇尔父亲此次到来这么久意味着什么，她回到罗尔夫身边去了，后者正求之不得呢。他俩曾共同拥有过一些美好时光，不过，凡事都有一个终结。如果米歇尔不能立刻归来的话，女佣将照顾雷德。而且她像惯常那样，在自己的签名下面吻出几个红圆圈。

第二天一整天米歇尔都在忙于付账，忙着付清欠的两个月房租，肉铺、水果店、鱼档、杂货店的欠债，女佣的工资。莫德从来不记账的，所以没有办法核实到底欠了多少。钱的问题解决了，他感到很轻松，尤其是他让伦敦的一家花店往帕特尼寄送了两打玫瑰花。米歇尔在城里租住了一个房间，等着父亲的回音。因为考虑节省，他吃点用报纸包裹的煎炸鱼——那是从这个贫穷街区的犹太人店铺里买来的，或者在为小房间照明的微弱的煤气灯火上煎一只鸡蛋充充饥。但爱犬雷德吃的食物比他自己吃的花费得要多。

信迟了三个星期才到；米歇尔-夏尔一回里尔便病倒了，未能早一点写信；他肯定是在伦敦玩得太累了，不过他说那是他一生中最美好的时光之一。为迎接回头浪子，一切都准备就绪了。他得先乘邮轮到奥斯坦德，再从那儿坐车到伊普尔，当地有可靠的人帮他越过边境。米歇尔-夏尔随信寄了一大笔钱，以应旅途所需。

最后一晚米歇尔禁不住去帕特尼那座房子周围转了转。窗帘遮得很严实，穿得很整齐的罗尔夫从屋里出来去寄一封信，他看到了年轻的法国人，友好地走上前来。米歇尔告诉他说明天就要离开英国了。罗尔夫忍不住提议道，三个人一起到里士满的一家小酒馆晚餐，那儿的牡蛎很鲜美。米歇尔虽觉得应该谢绝，但还是同意了。罗尔夫上楼去换衣服，让米歇尔在客厅等了好长一段时间；莫德终于出现了，她打扮得像是去参加一次高级派对。吃饭时她说话很少，而米歇尔也不怎么能说，不过罗尔夫倒是又吃又说的，挺快活的样子。他从一八八四年一月一日起将晋升为副经理了，也就是说，从现在起，再过三个月多一点。他讲述了一些办公室里的轶闻趣事，说得眼泪都笑出来了，甚至还做了个有趣的比喻，影射米歇尔和莫德的美国之行的惨败。米歇尔紧攥着拳头，莫德本不该把这一切讲给罗尔夫听的。不过，罗尔夫也没再说下去，他那两只大眼睛的善良目光友好地轮番看着他妻子，看着米歇尔，看着邻桌的用餐者们，看着围着白围裙的侍者，看着一位双颊绯红正在窥探的年轻女子。饭桌上，莫德撩起了她帽子上的短面纱。我想象她（因为米歇尔没有告诉过我有关她的这最后形象的情况）穿着一身绿，那是英国女子始终喜爱的颜色，两只指头夹着牡蛎硬壳放在唇边，仿佛夹着一只海神的号角似的。

米歇尔隐约感到上当了，罗尔夫牵动了两个木偶的线：他是不是也弄了个情妇，很高兴自己暂时摆脱了一下年轻的妻子？他是不是以一种几乎是慈父般的激情在爱莫德（他比她大十五岁），而且成功地尝试了那种危险的经验，亦即一劳永逸地给予一个女人全部的激情与浪漫，因为他知道她是那种长远来说始终偏爱在帕特尼有座房子和一个当副经理的丈夫的女人？米歇尔想起了在德文郡收到的汇票以及莫德去伦敦看望她的姨妈。也许就是罗尔夫建议去照管利物浦的香水生意，而不是什么去了爱尔兰的朋友？米歇尔越想越远，想到的是一个无底深渊，但自己还没完全深知其害，其实那已是如同气味很重的硫质喷气孔？一样在冒气，十分的危险。是不是多少有点性无能的罗尔夫自一开始起就觉得最好是让莫德在一个外国青年陪伴下过一段无伤大雅的消遣日子呢？是不是在他的内心深处或者有一种劣根，或者有那种他的那个被迫害的种族的受虐狂？在这些其实说明不了什么的解释之中，米歇尔并没有停留在最罕见也是最简单的那种解释上面：一种巨大的和无法改变的善良。

在付账时客气地推让了一番之后，两位男士分担了账单，大家为罗尔夫的升迁和米歇尔的一路顺风干了杯。在一处街灯下，三人告别了。

复又成为米歇尔·德·C的米歇尔·米歇尔先生（不过，当他对旧名的欲念又恢复的时候，他往往又称自己为米歇尔·米歇尔了）遵从了父亲的教导。一八八三年秋天，他曾悄悄地回过黑山两三次。从伊普尔过来的米歇尔步行了这十五公里左右的路程，有时认识的海关人员向他问候，不认识的也就让他这么过关了。不过，这么干还是挺危险的，一旦被发现和盘问，逃兵就要被关押两年。为谨慎起见，米歇尔-夏尔不时地套车去伊普尔或科特赖克看望儿子。只有一次，米歇尔冒充好汉，一直溜到那讨厌的出生地里尔，该城对他有一种偷吃禁果的魅力。将近圣西尔韦斯特节的时候，米歇尔-夏尔由诺埃米陪着，在图尔奈的圣玫瑰旅馆又见到了儿子，卢瓦·德·L男爵和他的妻子玛丽-阿泰纳伊以及他们那个将要嫁给米歇尔的女儿也从法国来此，下榻在这家旅馆。这次正式的会面为婚事拍了板。能干的丈母娘玛丽·阿泰纳伊就是在图尔奈出生，她的祖辈是在革命时期逃亡至此的。她很快便在该城找到了一个朋友或亲戚，后者同意把住宅租给年轻夫妇住，直到米歇尔获准正式回到法国为止。米歇尔-夏尔把诺埃米留在仓库里的一些优质老式家具装满了这个房子。一八八四年四月，米歇尔在图尔奈与贝尔特·德·L完了婚。

此前，曾发生过一件事，这事比结婚典礼给他留下的印象还要深刻，在结婚典礼上，他似乎找不到什么话可说。三月份的一天晚上，他结婚前最后一次前往黑山，而且像往常一样地小心谨慎。那一年，米歇尔-夏尔早早地就住到乡下去了，也许是为了离儿子近一些。像通常一样，米歇尔是步行去黑山的。一层薄薄的晚雪覆盖在光秃秃的树林下和灰蒙蒙的田野上，雷德陪伴着自己的主人，忽而在大路上蹦跳，忽而钻进矮树丛中，突然间不知去向，然后又飞快地奔回来看看主人是不是还在。在这条边界线上，有不少的走私犯把一些禁运的小包货物吊在他们的狗脖子上；那些狗都是训练有素的，自个儿在边境穿来穿去。那天晚上，一名海关人员看见白花花的雪地上有一只看上去没人跟着的狗的影子，便开枪了，枪声和随之而来的狗的呻吟声使米歇尔一直跑到下一个拐弯处。雷德被击中要害，连舔舔主人的手的力气都没有了。年轻的狗主人扑倒在地，痛哭不已，他轻轻地抱起雷德，一直抱到黑山，把它体面地埋葬在一棵大树下。原本身轻而矫健的雷德像大石头似的沉甸甸的，那是米歇尔从英国带回来的最宝贵的东西，对于他来说，雷德要比莫德更让他铭刻在心：它是他的一个动物伙伴，他同它签订了一个条约，特别是自从它寻他寻得精疲力竭仍锲而不舍的那一天起；它也是一个我们大家都会犯的罪恶的牺牲品，是一个对我们十分信赖而我们又不知如何保护和搭救的无辜动物。如果米歇尔迷信的话，那这桩伤心事对他来说就会是一个信号。

我祖父的心愿不折不扣地实现了。婚后一年，夫妇二人的独生子出生了，取名米歇尔-费尔南-玛丽-约瑟夫，为简便起见，我们将称他为米歇尔-约瑟夫。我不打算经常提及这个大我十八岁的异母兄长，不过因为无法切断我的叙述，我也不能完全不提到他。描绘一个此刻正在保姆怀里啼哭的人的特征似乎有点为时过早了，不过，有一句引言却是不得不提的，而我是从米歇尔-约瑟夫本人那儿借用来的；我在其他地方谈到过的而且也是他在大约六十年后撰写的一些简短回忆录的头几行用一句话提到他的诞生，这句话是人们也许在任何其他的自传中无法找到的一句话："我生于图尔奈的一处私宅里，根据保存在档案中的一份资料，宅子里的家具花费了两万六千法郎。"

我在米歇尔的荒唐作为中看到了米歇尔-夏尔及其儿子身上所幸存的那种温情。而在下一代，情况则大不一样了。教育在这其中起了一些作用。这个父母没怎么能够领他从这一泉城到另一泉城走走和观看一场场赛马的孩子，时而在其外婆玛丽-阿泰纳伊的仙女（我自个儿美化的名字）家族农庄里被精心呵护且过分溺爱，时而又在黑山他奶奶诺埃米的照看下成长，令人惊异的是，这个淘气的孩子与难以相处的诺埃米奶奶却是很合得来。冬天，米歇尔-约瑟夫被交给一位性情暴戾的老军官及其妻子照看，老军官的妻子是一位个子矮小的夫人，擅长在瓷器上作画，然后把自己的产品当成旧时里尔的物品出售，而随后产生的不睦无疑令夫妇二人的年轻男房客的精神受到创伤。后来，米歇尔虔诚的姐妹玛丽·德·P对这个孩子的坏脾气没了信心，要求她的兄弟把孩子接回去。我们将看到这个孩子从一种宗教教育的地狱过渡到一种世俗教育，从沃吉拉尔街的耶稣教会学校进入杜埃中学，又从那儿到了里维埃拉河畔的一所良家子弟寄宿学校，在这中间，他还逛过一些肮脏不洁、属于另类的地方。一贯放浪形骸的米歇尔，在想到自己的儿子时（也就是说他极少想到自己的儿子），就给他买不少礼物，从新出的铅制玩具车到第一辆摩托和第一辆跑车。他还让自己尚是个少年的儿子在一个充当随从的同伴的陪同下长途旅行——我在别处说过他有时利用假期或干脆在儿子上学期间把儿子硬拉出来，同他和他的第二任妻子或情妇中的一个一起过上一段日子，这些做法常常弄得大家不欢而散。

由此，在父子二人之间产生了一种持续了一辈子的敌意。一九〇六年，当米歇尔-约瑟夫到了应征入伍的年龄时，他选择了前往比利时，他是在图尔奈出生的，可以这么做。米歇尔对此大为恼火，可他也不想一想，正是他自己那逃兵身份才使得米歇尔-约瑟夫在国外出生，才使他的选择成为可能。如同遇此情况的其他人一样，小伙子只想逃避在法国军队的三年服役期，这一点大概是不会让那位沙文主义的父亲受到刺激的。但是，从逻辑上考虑则又有所不同：米歇尔隐约感到他儿子在换个国土的同时，也就放弃了蒙田、拉辛、拉图尔的色粉画和《世纪传说》。他这么看并非完全不对。儿子以一种可以预料得到的反应一古脑儿地反驳了自己的父亲：娶过三个妻子、有过许多情妇的米歇尔一共就生了两个孩子，而米歇尔-约瑟夫将成为一个多子女家庭的父亲。他虽是一个喜欢读书的人的儿子，但他将以不学无术为自豪。米歇尔尽管对宗教生活的某些方面有着强烈的向往，但在生活之中和死的时候都全无信仰；米歇尔-约瑟夫却没有错过一次十一点的弥撒。米歇尔是个不把祖宗当一回事的贵族，他连自己曾祖母的名字都不知道；米歇尔-约瑟夫却知道家族谱系。父亲对自己的儿子虽冷漠但却百依百顺；儿子对自己的孩子则会是很严厉的。在其简短的回忆录中，米歇尔-约瑟夫尽可能地不去提及这个在各个方面都受到顶撞的父亲，被称之为“我亲爱的妈妈”的贝尔特也只是在她临终时被提到过一次，米歇尔为此还指责儿子在母亲去世之时连哭都不哭一声。

不过，使父子二人疏远的最大原因则是他们对待金钱的态度。米歇尔喜欢钱是为了花的；米歇尔-约瑟夫喜欢钱则是因为他知道，在银行里没有存款，对于他来说所有一切宝贵的东西——社会地位、门当户对的婚姻、上流社会的艳遇——全都会化为泡影。我小的时候老听见父子俩唇枪舌剑，相互指责：“你把家族几代人的田产都给卖了：克莱伊昂古尔、德拉努特尔、黑山……”——“算了吧，祖宗的田产……你连祖宗待的国土的公民都不是了……”至少有一次，我看见他俩在这个边境线不确定的地区比在别处的争吵更加愚蠢，最后竟然大打出手。我当时还小，不可能弄清儿子对父亲的恨（也许是因为缺少父爱所致）是因为米歇尔对他儿子所希望相信的一切鄙夷不屑呢，还是自负的继承人干脆就不想原谅专制的父亲把一大笔财富给挥霍掉了，在把继承权的移归视为一种授权的人看来，这两种态度其实是一回事。

我很明白人们可能会如何勾勒我异母兄长那副挥霍者的复兴继承人的圣徒形象。米歇尔一九一一年在比利时结婚和安家，就住在那个唯利是图和热衷于上流社会的布鲁塞尔，在那里，聚敛钱财和崇尚名誉地位比任何地方都猖獗。不过，我们可得注意，我们对这种对金钱冒险的兴趣如果不是怀着抒情的心态，那也是怀着尊敬的心情的，那可是金色世纪的阿姆斯特丹啊！那种在十八世纪德国过时的宫廷中的对纹章的感伤和贵族小集团是令我们着迷的。如果你在四十年中始终坚持不懈的话，你几乎总是能够得到你所想要的东西的。我的异母兄长擅长于跻身到这个对他来说并不完全了解的环境之中，他希望在其中生活，于是，他让他的孩子们寻到了出色和牢靠的人家喜结连理。我与他在相隔将近二十五年未通音讯之后，于一九五七年接到他的一封信，说他成功地获得了骑士头衔，这是他为自己及其后代证明了他的里尔的祖父因认为在法国业已过时而加以拒绝的那个头衔。我对此差点儿笑出声来，但我今天发现，对于一个仍然拥有宫廷和一个活跃而积极（即使这种活跃和积极完全是表面的）的贵族阶层的小国来说，因获得一份证明其骑士地位的文件而欢喜雀跃并不比一个法国人因获得荣誉勋位勋章而大肆庆贺更加荒唐。

在这里，我尝试并不张扬地描绘一番在我的一生中起过作用的这个人物。我小的时候，他突然闯入我房间里，可把我吓坏了：这个穿着漂亮的年轻人具有悄悄溜进一个房间的怪诞天赋，他滑步进入，带点舞步（后来我从某些安达卢西亚民间舞的专业舞者那里又看到了这种舞步），这会使人以为他从一位外祖母那儿继承了茨冈人血统的说法并不只是一个家族传说。不过，这个自愿扮演坏孩子的小伙子很早就十分注意礼貌了。他很恼火，他的这个异母妹妹对于他来说已经是玩不到一块儿去了，可是她比他所想象的一般的小女孩还更加沉于梦想，更加一本正经，更加平静安生，特别是这个同我一样长着一张笑嘻嘻大嘴的男孩在这个妹妹面前却笑不起来。我记得有一天下午，在海边，在沙丘顶上，我在凝神注视着海浪涌起，落下，最后变成一条不停地变动着的长线冲向沙滩。我写下的这句话当然是今天的描绘，不过，那个七岁小姑娘的隐约感知则是一样的，或者比今天我这个老妪的感知更加强烈，尽管她当时没有表达出来。我的异母兄长蹑手蹑脚地爬了上来，我听见一个阴沉的声音在呵斥："你待在那儿干什么呢？小孩子应该玩耍而不是幻想。你的玩具娃娃呢？一个小姑娘是绝不能没有玩具娃娃的。"我以小孩的那种不屑的冷漠把这个我已经觉得满嘴陈词滥调的小成年人归于蠢材的范畴。其实，他也同大家一样，有自己奇特与深沉的地方。

对他的些微关怀——他感冒卧床的一天给他留下的一朵鲜花——都能让这个神经质的人激动得流下眼泪。我很久之后才弄明白，这种形式的激动往往是那些无以回报而又对别人的馈赠感到惊讶的可怜人的性格使然。另外，我也曾看见他对于一些可以说是亲爱的人不可思议的残忍。他相信"不得好死"，而且也害怕不得好死，想象着自己的亲人们就可能有不得好死的人。在这样一个希望自己在想象力方面没有才气的人身上的这些惊人的概念也许是源自其外祖母玛丽-阿泰纳伊，据说她好像不时地会遇上鬼魂。如同有其父必有其子的许多孩子一样，他回答问题时常常模棱两可，但那并不完全是在撒谎：当事先已确信德迪翁-布东老爷车不可能爬到猫山顶上去的诺埃米问到这一问题时，他回答她说他是坐了车子上到顶上去的；其实，他是想说那辆在山脚下坏了后又载着自己的拉干草的马车。另外，他还以一个殷勤的男人和骑士风度捍卫了一个私生女的权益，这个私生女没人过问，她的一个亲人因想谋算其继承权而让她缺衣少食，挨冻受饿。我很遗憾地说，米歇尔借此机会嘲弄了私生女的那个亲人。正如蒙田所说，我们大家都不是完美的。

在我十二岁到二十五岁期间，我没见过我的这位异母兄长。一九二九年，在洛桑，我给他写了封信，告诉他父亲快不行了，让他回来看一眼。我错了，米歇尔在这之前就让我甭管了，可是，两年零两三个月之前，这个已经身染疾患的人竟娶了一个英国资产阶级中常见的那种感伤的女人，不过，她对父亲照顾得还是很尽心尽力的，她像大家一样认为通知其继子父病子归是很自然的事。米歇尔-约瑟夫回信说，他正忙于在布鲁塞尔盖一座住宅，没钱回来；再者，正值寒冬腊月，风雪交加，他妻子一想到要奔赴瑞士，就因精神紧张过度而病倒了。其实，这个嘴上说应尽孝道的儿子是担心要分摊久病的父亲的医药费和丧葬费，因为他父亲已经贫病交加，而且他还认为深受其父之累。

我本该不再过问这事的，但我的继母，那个认为狄更斯水平一般，而觉得高尔斯华绥小说中的良好家庭关系很令人感动的英国女人则相信亲人之间是可以言归于好的。如同那个时代许多家境贫寒的英国人一样，她曾在欧陆的家庭式膳宿公寓里待过多年，特别是在比利时；她刚刚在伦敦继承了一家小企业，使她得以干点疯狂的事：看到自己在这个国家里以女子爵的身份重新出现。无论是我父亲（我已经说过，他终于被授予伯爵的称号）还是对这种事看得更真灼的我本人，都从未能向她解释清楚过去的子爵封地的地主并不一定就是子爵，而且我明白，米歇尔对这件事也不太看重。另外，我母亲在埃诺的全部地产遗产都被米歇尔交给了一些不明不白的管理人了，它们需要我们去照看。在克里斯蒂娜·德·C对布鲁塞尔感到失望，回到她丈夫一生中最后两年在瑞士安顿下来之前的那一年半的时间里，我断断续续地在比利时逗留过几次。我较为经常地在我异母兄长新盖起的宅子里吃饭，那座宅子从上到下摆放着一些巴约勒和里尔家族的家具与肖像，那是米歇尔在黑山城堡卖掉之后不知如何处理它们，就把它们堆放在新屋里的。关于死后的财产分割问题，米歇尔-约瑟夫一直坚持那种长子继承权的简单理论。据说，说真的，他坚持认为死去的米歇尔并不像我们以为的那么潦倒，米歇尔已经通过一些神秘莫测的办法特别赠予了自己的女儿。至于我，那些箱笼衣柜和那些戴着假发的肖像对我并无诱惑。

人们都在谈论性无知，说是社会在离我们很近而又与我们不同，尽管表面上有些接近的时代里有意让年轻人生活在性无知之中，可是人们却没怎么去谈我们大家全都深陷其中的对金融和法律的极其无知；在这些我们的独立、有时是我们的生命所依赖的科学中，我们当中最聪明和最有教养的人往往也都只是文盲而已。我对于这种情况了解得不少，所以我感觉到在这个领域我是无法独自摆脱困境的。我把目标定在巴黎，我的第一本书刚在那儿出版，我不得不遗憾地离开巴黎前往我当时觉得是个迟钝麻木的首都的那个布鲁塞尔；我想的是，住在当地并照管着不动产事务的一个异母兄长将比我更会把那些土地卖个好价并把资金更好地用于投资。还没有一个贤哲跑来告诉我，在这种情况之下，找一个家庭成员始终是个错误，特别是在他与我们之间关系很紧张的时候：最审慎的人也不可能不下意识地在牵涉到我们的事情上加上点仇视或放肆的。不过，我不相信在这件事上有这种情况出现，顶多只是漠然视之而已。我曾参加过我的代理人同一位买主的谈判，那个擅长讨价还价的农民对那个城里的、对当地情况一无所知的谈判者取得了全线胜利。我本该介入的，可我知道自己不行：一想到要从一份财产中获得好处，也许就必须要受一些我不知道是什么样的罪的；那份财产是我母亲和我自己从年金中获得的，而我们却从未操心过要去那片田地上和树林下走一走。一座座农庄卖掉后的钱一半投进由我异母兄长掌管的不动产，一半（米歇尔-约瑟夫没怎么想到要把风险分散）投放到一家旅馆老板扩大和改建的抵押贷款中；旅馆老板是隆博夫妇，三十五年后，在给《苦炼》中的一对布鲁日夫妇取教名时，我想起他们的名字来——投资就有回报，该你的就是你的。

美洲危机的狂风已经在使欧洲“纸牌搭起的房子”颤动起来。不动产银行垮了，而且，由于这桩交易不是有限责任（我当时还不懂“有限责任”是什么意思），我在其中失去的比投放的本金还要多。按隐喻法来说，旅馆也倒了，抵押款只是附带抵押，据说是收不回来的。我做了我两年前本该做的事，求助于一位法国老法律工作者——他以前曾在其他事情上让米歇尔摆脱了困境，在他的一位比利时同行的帮助下，他差不多收回了投给负债累累的旅馆老板贷款的一半。我决定用这笔被一点点蚕食掉的款子让自己过上十多年自由自在的富裕生活，然后再看怎么办。我没有发觉我这样做是在一个变化了的时代重蹈我的两个舅舅在一九〇〇年前后的覆辙，我自鸣得意的这个决定带着些微的一点安全系数让我安度到一九三九年九月。我靠着投放在比利时并由我异母兄长掌管的资金收益过活，本可以多多少少地独立于我没有任何牵挂的一个家庭，独立于我出生之地和我母亲的出生之地，而这片国土至少表面上来看，对我是陌生的。这次投资暴跌了四分之三，这使我回复到了我自己的原样。

但是，即便我还算容易地接受了这一损失——并非因为宽宏大度而是因为没有经验，米歇尔-约瑟夫向我宣布这件事的方式也让我很恼火。他总喜欢用明信片开些无礼的玩笑：在一幅布鲁塞尔大广场的画的背面，他简单地告诉我说我母亲给我的遗产全都化为乌有了，按他的说法，我只能去大街上卖苹果了。（确实，比这更糟糕的行当还有的是。）我没体会出这个玩笑的内涵，那是受华尔街大混乱传言的启发编的，报纸上连篇累牍地登载着华尔街的混乱情况，可我没有看报，我觉得那语气不应该是出自一个主动要管理这些如此容易就失去了的财产的人之口。我收到明信片后没有回复，也没再见米歇尔-约瑟夫，我们之间断绝了一切联络，除了那封宣布纹章消息的信，那是二十五年后的事了，我在前面已经提到过。

在这次小灾难之前不久，我同他见过一面，但我并不知道那是最后的一面。那是我去布鲁塞尔看望我继母的同时，不知去他家里签一份什么文件。他提着我的手提箱送我去南站，我要回巴黎，然后去维也纳。那是个炎热的、暴雨倾盆的潮湿夏夜。布鲁塞尔的街巷像往常一样始终是个建筑工地，人们在那儿又拆又盖或改建着什么。车子老陷进泥泞之中或遇上路障，所以晚点了，等我们到了火车站时，我要乘的那趟火车早就没影儿了，下一班要等一个小时。我俩并肩坐着，等着雨下小一点儿再钻出汽车。关在那个被大雨浇着的金属和玻璃盒里，我俩几乎像是两个陌生人在酒吧里似的交谈着。他很羡慕我的自由，可他是过于夸大了我的自由；生活很快使人又建立起一些联系，取代了大家原以为摆脱了的那些联系的位置；不管我们做什么或是去哪里，我们周围都竖起了一道道的墙，而且是由我们自己精心竖起的，起先还算是个避风港，不久就成了监狱了。不过在当时，对于我来说，这些事实也并不很清楚。这个早就想与自己的父亲不同的人一直感到他已一下子把自己最宝贵的储备耗尽了："你说怎么办？我想给自己找点朋友，我总不能把所有的人都掐死吧。"我们一致认为这么铤而走险的投资方法只适合穆拉德苏丹去干，但我第一次感觉到在米歇尔-约瑟夫身上有着一些与我并没有多大不同的自由本能，正如他对谱系的兴趣与我对历史的兴趣取得平衡一样，我们不仅仅只是在眉牙弓的形状和眼睛的颜色方面相像而已。

我们还是回到眼前吧，也就是说回到一八八六年，让我们再一次地拜访一下米歇尔-夏尔。我祖父在黑山度过了一八八五年的秋天，对他来说，那是最后的一个秋天了。久久地散步的时光已一去不复返，他在一个订好的漂亮的练习本上誊抄他的意大利书信，借以消愁解闷，那是他四十年前的信件，他也许在一些地方进行了修改和润色之后，把原信撕毁了。他还草拟了一个他一生的简短经历，以留给自己的孩子们，其中洋溢着不事张扬的诚恳。所有一切都由一个决定往好处看的和蔼可亲的人描写到了。他赞扬了诺埃米的聪明，以及她在社交场上的良好风度。替代死去大约二十年了的那个小女孩的小女儿玛丽，如同他所希望的那样，成了他年迈体衰时的天使，他不怀疑今冬在里尔上流社会，这个年轻姑娘的开端会获得很大的成功。那一年的那个玛丽的一张照片给了这个着了迷的父亲以佐证：穿着绸缎裙子的漂亮姑娘一本正经，明眸中透着一丝快活的光芒，着实迷人。至于她哥哥米歇尔，他肯定地对我们说："那是个脾气暴躁但心地善良的人。"简历丝毫未提他的两次开小差和随之而来的在英国的七年逗留，也未提到父亲为逃亡国外的儿子的忧心如焚，不过与贝尔特的结合却提及了："他非常爱她，而她也对他报之以强烈的爱。他们刚给我们添了一个胖小子。”米歇尔-夏尔肯定并不高兴常去看看这个如此企盼的新生儿，图尔奈对于一个病人来说太远了，而米歇尔又因禁令而难以回到法国。他真的以为这对年轻男女能生活在持续终生的蜜月之中吗？也许他是这么以为的，这个深思熟虑的人身上有点天真幼稚劲儿。我不知道他是否已经收到医生的“判决书”了，他已经习以为常的那个旧病灶——胃溃疡——已经转成胃癌了，而且当时无法手术，他已来日无多。但是，我们的躯体有着对它自身的一些默默的判断，而且是铭记在心的判断。我在想，米歇尔-夏尔在离开当时为浓荫遮蔽的黑山（但自战争爆发之后大树都遭到了破坏，而今天，又遭到开发商们的蹂躏）时，他向那些参天大树投去了一个在这些绿色植物中注入了自己一部分不朽的人的一瞥。当然，我并不相信这样的一种想法会自觉地沉浸在我祖父的头脑里，更不用说他会把它表达出来了，然而，它却不定型地，几百年、几千年地浮现在所有那些热爱自己土地和树木的人的脑海中。

在里尔，米歇尔-夏尔住进他的卧室再没有出来，房间的窗户挂着镂空花边窗帘，每个星期都得洗一次，因为里尔的烟炱并不放过漂亮的住宅。附近的数家工厂和煤厂的废气烟尘，从空中落下，黏到金色的窗框上，窗玻璃被弄得模糊不清，壁炉的黑色大理石黏乎乎的，仆人怎么擦拭也无济于事。我像为我的一位叔伯祖父所做的那样，可以自己问自己他在想些什么：他是否在脑子里抚摸着一块遗留在罗马郊外的古代大理石的光滑碎片，或者一个容易让外国绅士上手的漂亮村姑的褐色酥胸，而那粉红色的乳头在颤动、变硬，肉体的灵活与大理石的岿然不动形成强烈的反差。他还在想他的那些一个五月的命定之夜的同学们和陪伴他们在凡尔赛郊游的轻浮女子们吗？也许他什么都不想，只想着他的那个死神已住入其中的胃的隐隐作痛。另外，他那疲惫的身躯还受到风湿病的折磨。

他独自一人住在夫妻二人的那间大房间里，诺埃米住在隔壁，一来是为了让病人可以好好休息，二来陪着一个病入膏肓的躯体很不舒服。那间漂亮的卧室有一股马厩味儿，米歇尔-夏尔听信其马车夫的话，认为马尿是治风湿病的灵丹妙药，因此，他让人在他床底下放了一只大盆，装满了这种氨臭的液体，而且他还不时地把他疼痛僵硬的右胳膊偷偷摸摸地浸在那只大盆里。

在这段日子里，诺埃米忙得不可开交：她得随时叫人去药店或草药店；如果病人突然感觉不妙，她得让人去找那个医生，并叫来其他医生参加会诊；她得去公证人那儿——那是一位老朋友，或者让他悄悄地到楼下客厅，弄清是否一切安排就绪；还得悄悄地接待裁缝，预备自己的和家里人的丧服。但她主要操心的是监督充当看护妇的修女们，她得阻止她们把时间浪费在捻念珠或在病人床前念弥撒经本，而把照料病人的事全推给已忙得精疲力竭的女佣们。（这些头戴修女帽的村姑很讨厌，喜欢支配仆人们来为她们做事。）有的时候，则完全相反，修女们忘了身份，跑去配膳室偷吃的，令诺埃米深感不安。一个修女往往借口去找托盘溜到厨房里，把她显然是装眼镜、毛线活儿和经书的大篮子装满糖果。诺埃米肯定地说她不止一次发现她们这么干；上浆的修女帽和胸前那金属十字架根本没有减少她对用人们——此刻，修女们也算在用人之列了——的怀疑，她因此而忘了染头发（按她的话来说，清洗一下头发），而她原是用浓咖啡煎剂每星期染一次的。

天生的护士玛丽以她十八岁的妙龄给这间卧室添加了点欢快与活力，没有谁能像她那样擅长于把枕头拍拍松或说服病人喝一口奶。父亲快不行了的时候，米歇尔冒险跑到里尔，当局私下同意睁一只眼闭一只眼——没人会去一个如此深受敬重的父亲的灵床前抓一个逃兵的。不过，来访者也是谨慎行事，一步不离父亲的房间。临终前的一天，米歇尔-夏尔用他那僵硬的手指艰难地把嵌在硬石座上的镌有徽纹的戒指弄下来——那是从米歇尔-多纳蒂安那儿继承下来的，同时还把雕刻着老年奥古斯都头像的那个漂亮的古老浮雕玉石戒指弄下来，全都交给了自己的儿子；他又朝放零碎杂物的盘子点头示意，那上面放着在英国买的那只精美昂贵的表。

父亲逝世的第二天，米歇尔一大早就听见有人敲门。他身子躲在门后，探头二楼栏杆外：也许是殡仪馆的职工前来量尺寸的。不，来的是里尔上流社会的一位贵妇，住在同一条街上，一大清早前来吊唁的。诺埃米穿过门厅上前迎接。

“啊，我可怜的诺埃米，你的头发全都灰白了！”

“是伤心所致，我的好阿德丽娜，是伤心所致。”

米歇尔在巴约勒的葬礼之前便走了。据我异母兄长转述的一个传言（也许全都是他自己编出来的），米歇尔-夏尔立下遗嘱，在里尔慈善院为穷苦病人捐款设了一张床，条件是他儿子有一天必要时能被接收并照料到死。用这些词语立下的这样的一个遗嘱让人感到一种十七世纪而非十九世纪的味道。不过，不管怎么说，米歇尔无需利用这一遗嘱，他命中注定要在瑞士的一家诊所风风光光地死去。但留给这个浪荡公子的那一份遗产倒确实是由一个家族委员会监管着，该委员会由诺埃米主持，她的公证人们协助她。这么做的借口是米歇尔不可能很快返国，因此也就无法管理自己的财产。这个困难没有像大家认为的那样持续太久，一八八九年，一道出人意料的大赦令向米歇尔重新正式打开了法国的大门。但是，无论是诺埃米发号施令的里尔还是黑山，都不能吸引他；另外，图尔奈是个偏僻之处，他曾经住在那儿只是为了取悦一个现已不在了的人，他在那儿只用了三个月便耗尽了各个城堡和豪宅的上流社会的风采。诺埃米每一季度随一封尖刻的信寄给她儿子的钱足以使年轻夫妇一心想着换个去处了，在其父死后到贝尔特去世的那十三年中，米歇尔仍凑凑合合地在闯荡着。

如米歇尔-夏尔所说，贝尔特家族很古老，像传奇般地古老。卢瓦·德·L男爵因自己的贵族头衔而自鸣得意，必要时，也就是说经常地，他也从其中得到力量。他老说自己母系的祖先是查理大帝，也就是说，他是高大的贝尔特的后裔；大家听了总觉得可笑，这种笑有时候是出自对历史上的那些伟人的过分夸张的尊敬，大家很难想象这些伟人的后代的后代竟会像说话的这位先生这么平庸。查理大帝的曾孙女——法兰西的朱迪思嫁给了一位佛兰德的伯爵，死后葬在圣奥梅尔，留下了自己的几滴骨血在当地的一些默默无闻的封建家庭，还有一点骨血肯定是随着时间的推移落入不知名的农民家里了。韦塞克斯国王阿尔弗雷德的女儿埃泰尔吕德也是这样，她也嫁给了佛兰德的一个伯爵，这个伯爵是游牧民族入侵的那个时代的人，而卢瓦男爵就是他的第二十七代孙。这事尤其证明了佛兰德与英国的渊源有多么深。

对于一个富于幻想（而男爵是不乏其幻想的）的人来说，感到历史的轴就是从自己身上穿过是颇觉惬意的。朱迪思和埃泰尔吕德使他处于尴尬境地。米歇尔在家庭中那些经常不断的争吵时刻，总是指责其岳父不是继承其先人而是从其先人滚落下来的；他的这种指责是极不公平的，男爵并非滚落而下，他最大的优点就是一种终身性。在比往日的加洛林王朝时代更近的年代，他的曾祖父流亡荷兰后去世，他的叔伯祖母刚刚四岁，便与全家人一起被投入杜埃狱中，罪名是参与法国资产阶级革命时期的前贵族反对共和国的阴谋。他的正统主义与上代人很相像，一个侍弄得很好的马厩就是这个不爱奢华的人的最大奢华了，他的那些骏马都随时准备好，只等亨利五世决心收复自己王国的那一天，他能有幸在法国的第一个驿站恭迎御驾。但是，十六世纪的法国历史是那么的复杂，以至于男爵对白色旗帜的那份激情长久地与他对拿破仑三世政权的忠诚结合在一起。他先后当过帝国海军准尉、边境军区四十八团上尉，然后当上了本土步兵营营长。在格拉沃洛特，他被远程大口径火铳的弹片击伤大腿，后来总是很自豪地拖着腿走路。无赖们的上台激怒了正统主义的他。在费埃，每年七月十四日都要排放一次污水秽物，他就冷眼看着那些仆人或农场工人干活儿，他觉得他们是可以选择在村中广场上装饰着三色灯笼的小咖啡馆休憩而无需去干这种又脏又累的活儿的。

玛丽-阿泰纳伊站在这个有点僵直的矮个儿男人身边，一点也不比他矮，显得光彩照人。我在别处曾经说过，北方家族的西班牙化充满了传奇故事。不过，在这个高挑苗条、身轻体健的女人身上，纯净的血统是显而易见的。她的远祖在十七世纪，在沙米伊先引诱后抛弃那个葡萄牙修女的时代，曾在伊比利亚半岛上打过仗。男爵夫人的曾祖父比玛丽安娜·阿尔科福拉多的情郎忠贞，把他的玛丽-约塞法·雷巴克·巴尔卡作为合法妻子从塞维利亚带回家来。男爵夫人的某些崇拜者眼光注视的是南边，是格拉纳达和圣山洞穴的方向，他们认为他们的偶像的祖先是茨冈人，她的气质证实了他们的这种假设。一个世纪以前，另一位祖先，杜埃城市民，名叫莱斯帕涅尔的，这个不带贵族称号的普通人名使他得以成为查理五世或菲利普二世一名被遣散的士兵，或者成为亚麻和羊毛生意红火时期在前佛兰德安家立业的那些外国商人中的一个的后裔。

在灰烬中燃烧着的所有这些西班牙特色给予玛丽-阿泰纳伊的不是纯粹的美丽而是一种动物性的光彩。米歇尔喜欢说某些影响似乎深深地与地域联系在一起。黑山使他觉得那是注定使家庭不和、亲人反目的地方；相反，维纳斯则主宰着费埃城。节俭刻苦的男爵自己就倾向于维纳斯神。玛丽-阿泰纳伊非常嫉妒这个她好像并不在意的丈夫，尽管她与他生有七个孩子。有一年夏天，她邀请了一个阿拉斯的表亲来玩，因为她年轻守寡，需要散散心。没过几天，男爵夫人突然走进这位女亲眷房间时，竟发现自己的丈夫倒在这个金发女子的怀里。玛丽-阿泰纳伊没有多看这对情侣一眼，随即走向衣橱，猛地拉开橱门，抓起一条条裙子，一双双鞋、一顶顶帽子，扔进这个轻浮的表亲的大箱子里。当男爵悄悄溜出去后，金发女子扑上去抢自己的东西；二人随即又扯又骂起来，只见女客人的几件梳洗用品被扔出了窗外。玛丽-阿泰纳伊叫来仆人捆好箱子，备好马车，然后，挽住女客人的胳膊一直走到马车踏板前，顶多只给她留了捡起落在草地上的一把梳子和一个银柄镜子的时间。

米歇尔记得曾看见她扇过一个手脏兮兮的伺候用膳的男仆的耳光，可不一会儿，她又把这个男仆叫来，把剩下的白兰地赏给他，让他去与下人们分享。这个暴躁女人的孩子们倒是挺喜欢她，但对她又不抱任何幻想。一个晴朗的夜晚，男爵邀请了一位乡下表亲吃饭。大儿子博杜安从衣帽架上取下客人的外套和帽子，怪模怪样地穿戴上，溜到露台上，正好玛丽-阿泰纳伊像通常那样在那儿抽雪茄，他上去亲热地搂住她的腰肢，等他看清是谁时已挨了一耳光。

男爵夫人的大女儿和二女儿像她一样光彩照人，但却并无明显的西班牙特色。两个小女儿玛德莱娜和克洛迪娜的模样要粗俗一点，尤其是克洛迪娜仿佛她的名字让她遭了厄运似的，走路有点跛行[①]。最后，最小的女儿，可以说是属于另类，还是个戴围嘴的婴孩。

男爵想以自己的样子来塑造儿子们，但他失败了。博杜安是个粗犷的好小伙子，他对父亲的政治激情毫不苟同，当然，除了大家都一致针对犹太人、新教徒、共和派和外国人所采取的那不可避免的立场。他在各个方面都可以说是个正直的人，他无疑在布汶风光过，或在更近的一些时期，在边境军区的四十八团风光过，但是，他那乡村绅士的生活使他逐渐沉湎于打猎，在小咖啡馆里喝啤酒和与村姑们上床，不过，尽管如此，他却玩得并不十分过分。他说话粗俗是有名的，属于那种轶闻趣事不断的人，所以要想描绘他，每个章节都可弄成一种轶闻集。

我只举一个家里常常讲的例子。X伯爵是个右翼议员，新近荣膺贵族头衔，也许还是教廷的什么头衔，不过他的身份地位是无懈可击的；他是多家煤矿和纺织公司管理委员会的成员，在离费埃不远处拥有一处产业，如县里的报纸所说，那是该地区的一个宝。把自己的女儿嫁到这个背运的但可以说往日的风光远胜于他的人家，伯爵并不会感到不高兴的。他邀请了博杜安。他家的豪宅富丽堂皇，除此而外，还专门雇有一名神甫在一座崭新的哥特式小教堂里做弥撒，并教授屋主人的公子拉丁文。神甫是个精明之人，所以主人认为让他悄悄地去了解未来女婿的思想、计划以及情感是有好处的。一天晚上，二人单独在一起，面前放着一瓶陈年白兰地，神甫借花献佛，毫不吝惜。几杯酒下肚之后，神甫认为时机已到，便开始夸奖年轻人，夸赞他受的教育，他的道德品质，而且还谨慎地夸赞了

① 法语中，“跛行”（claudiquer）与“克洛迪娜”（Claudine）发音近似。

一番他的风采。

“啊，我么，神甫，”博杜安又喝光了酒杯里的酒后说道，“只要她有钱……”

米歇尔认为在其内兄身上的粗俗中看到了一种乡村绅士的媚态，他有点是因为胆怯有点是因为自傲地说些下流话，以证明自己就是这样的人，没有办法。他颇有道理地在这个人身上看出一种犬儒主义哲学，此人对生活没有什么更高的要求，逍遥自在地在混日子。然而，博杜安在家里人中却是有着一些潇洒的好榜样的。在上一代人中销声匿迹了的古怪之人伊代斯巴尔叔叔就同一个村妇和睦地同居了二十年。大家说服他，让他把她造就成一个诚挚的女人。一天早晨，婚礼的钟声敲响了，伊代斯巴尔出现了，他穿的衣服和鞋像是要在公园的泥泞小径上兜一圈似的，旧衣服纽扣上还插了一朵花，胳膊让他的心上人挽着，后者穿了一条崭新的裙子，是在里尔定做的。新郎左手腕上绕着三股一条的狗链子，牵着他的三条爱犬。在教堂门口，他寻找着能把他的阿佐尔、弗朗波和公爵夫人托付给谁的那些小孩，他终于锁定了他认识的一个小顽童，把狗链子交给了他，婚礼结束后再把它拿回来。

男爵想起自己在帝国海军当准尉的风光日子，便把自己的小儿子送到“博尔达”号上去了，这样做有点是为了让小儿子从这种轻松随意的氛围中走出来。但他的视力太弱，无法在军舰上求发展，所以被弄到商船上去了。但是，费埃城的维纳斯精灵一直庇护着他，直到他们公司的所在地波尔多。在第一次当船长时，在启航驶往巴西前夕，费尔南把一个化装得很好的年轻女子弄上船来当小厮。这个莎士比亚式的喜剧片断使他丢了职位。后来，他当了很长时间的副手。得到宽恕之后，在大战期间，他驾船运送过一次军队——他驾驶着运兵船在爱琴海的小岛和珊瑚中间穿来绕去，感觉自己是

“在摸死神的乳房”。但是，死神表现得如同一个善解人意的姑娘。他染上疟疾后，来巴黎调养，那是一九一六年，我比较经常地看到他，那个沉闷但粗壮的人，外表很冷漠，或者不如说是脸老紧绷着，他用一种平和的语调讲述着加利波利的恐怖。停战后，他退休了，同他那位长期以来陪伴着他的每次休假的美人儿隐居到西南部地区一个小城中去了。

在他只是偷偷潜入其中的那些年里，米歇尔对费埃城还是很满意的，城中的街面屋墙没有遭到任何人的毁坏，而且，在那儿，只有喜欢园艺的男爵一人痴情地但却并无品位地在照料一些并不繁茂的花坛。这座外表并不像是一座封建宅第的房屋倒像是一座要塞，因为居于其中的人总是在击退攻击者：游廊上架起了一只望远镜；当一个讨厌的男人或女人的马车出现在林荫道尽头时，大家各就各位，直到入侵的男人或女人放下一张名片走了之后。每天上午，大家为亨利五世而练习骑术；晚上，全家人一起玩游戏自娱。玩寻找隐藏物的游戏时，总是男爵夫人胜出，她步伐坚定地说是“有个人”在引领着她往隐藏物处走去；玩抽牌游戏时，如果点数组合不妙，她就作弊，手法还相当高明。

米歇尔在伦敦兴趣盎然地看过无数次催眠术表演。一天晚上，著名的催眠师皮特曼在一个音乐杂耍大剧场的舞台上献艺，他按惯例叫几个自愿者上来配合演出。米歇尔看见他的目光死死地盯着他，便以几乎是机械的步伐走上前台的梯阶，但上台之后，却是一场“决斗”。米歇尔感到自己正准备屈从于这种莫名的力量——他想屈服了，但却不由自主地在抗拒着，于是，也用逼视的目光回敬着催眠师紧逼的目光。他肯定地说，在那天晚上之前，他还从未明白眼睛的魔力竟如此地强烈，它们不仅折射和反射物体，而且还在证实只显露在那上面的灵魂的神秘力量。皮特曼坚持了十分钟，然后一把把米歇尔推开了：

“这人不行。下一个……”

后来，米歇尔发觉自己也稍微地有了点巫术的天赋。在费埃城每天晚上的游戏中，他就给大家施催眠术，但男爵除外，他从不参加他们的游戏。玛丽-阿泰纳伊不肯承认自己被催眠了，为了向她证实，他又让她入睡，并强迫她脱掉了那双十六只纽扣的靴子和苏格兰长统线袜。男爵夫人醒来后，发现自己光着双脚，羞得满面通红，嚷叫着逃走了。

似乎从圣山那儿继承下来的能力也使得玛丽-阿泰纳伊能够看见鬼魂。晚上，在花园里溜达时，她曾多次遇上两个鬼，她认为那是往日的魂灵，或者也许是未来的魂灵？今天，我倒觉得后者更有可能。不管怎么说，在一个鬼魂可能让人害怕的地方，那两个手挽着手在小径上散步的鬼却让人好笑，正如家谱（而且还是真实的家谱）让人好笑一样。大部分人的想象力还不至于跑得这么远。

可是，一八八九年，米歇尔和贝尔特在蒙特卡洛租住了一个小别墅，男爵夫人在那里做了她最精彩的预知力的表演。她是去那儿看她的大女儿和女婿的，二女儿加布里埃尔此刻正让她忧心忡忡：加布里埃尔坚决要同丈夫离婚，后者是里尔的一个富户，但十分吝啬，是许多有名的暖房的拥有者，喜欢花胜过喜欢女人。加布里埃尔像姐姐一样美丽而喜爱运动，像母亲一样高贵而喜欢奢华的生活，她忍受不了一个惜财如命、连化妆品都舍不得替她买的丈夫。这些消息令费埃城的人黯然：男爵是从来不提这些事；对爱情的疯狂十分宽容的玛丽-阿泰纳伊是一个虔诚的基督徒，离婚会使她觉得丢丑，认为那是一种全新的反叛形式。加布里埃尔是否欺骗自己的丈夫相对来说并不重要，而M先生（我改变了其姓氏的起首字母）和他妻子不再一起生活，不再姓同一个姓，却让这位死时将要穿起圣方济各第三会袍子的母亲深感不悦。玛丽-阿泰纳伊想起加布里埃尔时心里总交织着一种焦虑和恼怒。

大约凌晨一点钟，在蒙特卡洛的那幢小别墅里，夫妇俩仍在自己二楼的房间里酣睡着。玛丽-阿泰纳伊住在三楼，在他们上面。楼梯上的脚步声惊醒了贝尔特和米歇尔，米歇尔还没来得及点燃蜡烛，房门下就现出一条长长的影子来。房门启开，男爵夫人出现，她身穿白色长睡衣，手里拿着一只烛盘，蜡烛的小火苗在晃动着。米歇尔立刻想到麦克白夫人。夜游人坐到他床前，以一种失真的声音说道：

“加布里埃尔病得很厉害，我必须立刻回去照料她。”

“您在做梦，男爵夫人。回房去睡吧。”

她似乎没有听见这句答话，慢慢地站起身来向房门走去，衣橱的穿衣镜和壁炉上的镜子相互映照着她长长的身影和她手中蜡烛的光亮。她随手小心翼翼地关上房门，只听见她走上楼去的笃笃声，随后，又听见楼上有拉动重物的吱嘎声，水倒进盆里的声响，不一会儿，又听见哗的一声把水倒进马桶里的声音。这之后，一片寂静。贝尔特和米歇尔决定继续睡觉。黎明时，米歇尔上了三楼。一点动静也没有，玛丽-阿泰纳伊的房门敞开着，她的大箱子装了一半东西，放在房间中央，周围是一些散乱的物件，马桶里装满了肥皂水，在凑合着整理好的、铺着她的有绗缝的棉被的床上，玛丽-阿泰纳伊穿得好好地睡着，双手抱着她的雨伞。吃早餐时，桌上放着的一封刚收到的电报告诉他们，加布里埃尔得了伤寒。

如果加布里埃尔死了，那这个轶闻则会更令人惊诧的。金发的加布里埃尔病愈了，也自由了，便来到贝尔特和她姐夫家里，她的离婚也许已经办妥了，也许是快要办成了。十年之后，姐妹俩相隔四天相继去世。

正如与莫德度过的那七年一样，米歇尔新灾难的那十三年（如果从图尔奈的婚礼算起应是十五年），他只是隐隐约约跟我提到，某些地方说得很详尽，但却存在着许多的空白，对那些意外事件或那些波折变故都既不说明原因也不讲明具体时间，因此他所叙述的生活经历缺少连贯性，无法去追根溯源。在某种意义上，这种印象是正确无误的。这些年月似乎随意地散落开去，就像水流一样忽而翻滚湍急，忽而滞留不动，在这儿那儿形成一些水洼和沼泽，而不管在什么情况之下，最终都被大地吸去了。

严格来说，逃亡英国可以解释为因艰苦爱情所累，可以解释为是想离家人远远的，或者单纯地是因英国生活的魅力所致，那种魅力只要你尝过一次便欲罢不能。在随后的那段时期，米歇尔相反却白白地度过了。一开始，为了取悦自己的父亲而签订的那个婚约没有让他在任何地方固定下来，也谈不上成家立业，因为这一词语牵涉到建造一个坚固的社会大厦或类似这么个意思的东西，对于他来说，这并非易事，想有一个固定的职业或一个名正言顺的社会地位也不太可能，也不牵涉到那些将在米歇尔成熟时期之末和老年时期的思想活动。似乎有三个人在十年中在令人想到图卢兹-洛特雷克灯光照明的一种灯光之下，随着时尚的华尔兹舞曲在溜冰场上滑行，从奥斯坦德到斯海弗宁思，从巴特洪堡到威斯巴登，到蒙特卡洛的石膏涂层天花板的花饰赌场，他们没有错过一次化装舞会，一次花会，一次巴黎剧团在泉城剧场的演出，一次盛宴，也没有错过一次马术竞赛——贝尔特和加布里埃尔是这种马术比赛中的佼佼者，经常获奖，他们尤其没有错过一次有枝形吊灯照明，有金融家在场增光的那种晚会，在那种晚会上，你会很高兴地看到威尔士亲王在你旁边总下注在他所喜爱的四张同点的牌上，看到菲利克斯·克鲁尔在玩纸牌。

至少直到尚很遥远的那一天，也许是已经凄惨的那一天（在乌克兰，有一年的冬天，严寒像一把长刀似的插入米歇尔的身体，冰冷刺骨）之前，在他的记忆之中，没有一丝可以为那些鲁莽行为作为风景背景的东西；对于这姐妹俩来说，在国外的生活似乎只是对土著人怪模怪样、女人们的奇异服装、饮食习惯的怪诞以及其他等等一长串的玩笑而已，大家可以把在小剧场或带歌舞杂耍的咖啡馆里听到的有关这些题材的所有陈词滥调突现出来。（“在德国，他们没有这些。”）每年相继乘坐自己的小游艇佩里号和班什号去呼吸远海的海风与空气是他们每年一度的一个节日，可是他们却根本没有看见荷兰、德国或丹麦那候鸟栖息地的岛屿的荒凉野景，也没有看到弗里西亚群岛的那些小港口的古老风情。那年在荷兰的吕伐登，包括博杜安在内的那三个形影不离的人于某个星期日下船登岸了，贝尔特和加布里埃尔立即来了兴头，忽而用从手提箱里取出来的撑得很开的撑裙褶腰垫和巴黎女服的沙沙声响来刺激土著人，忽而又用她们的海员妻子的不整衣冠来逗引他们。那一天，为老水手公寓进行了一场募捐。人们请求他们参与这件善事。博杜安说服或者说激将他的妹夫同他一起在拜神时刻站在庙门两旁，手里托着一只饭碗，他坚信这种滑稽动作定能逗引善良的荷兰人开心，让他们慷慨解囊。实际上，两只碗还真的装满了铜币，甚至还有几个荷兰盾。另有几次，博杜安打赌吃东西：男士们每人拼命吃下自己的那份三十个煎鸡蛋的食物，看得游艇艇长、一名水手、见习水手和几个农民以及那两位女士不停地鼓掌。

在赌场中，因无所事事而参赌的人与嗜赌成性的赌徒季节性地重聚于始终是绿色的赌台前，在这种半上流社会的氛围中，有着一种“成层现象”：上流社会的人在这嘈杂混乱之中只认另一些上流社会的人，也只跟他们打招呼。但是，在这种场合，最真实可靠的贵族纹徽也跟村妇衬裙的附件似的不值钱；金子和钻石都像是假货似的被毫不吝惜地下注。贝尔特和加布里埃尔对其他女人的钻石首饰，无论真假，都记得十分清楚，她们在巴特洪堡见过那些首饰在闪亮，有时又在蒙特卡洛另一些女人的胸前看到它们。巴黎大旅馆和赌场的私人客厅在这种各种阶层混杂的环境之中组成了一个贵族阶层，大家都在尽心尽力地打扮，但是正统的女人对于由国王或总统们养着的大交际花式妓女的千姿百态表示举手投降。一天晚上，美人儿奥特萝与埃米利安娜·德·阿朗松争斗起来，起因是要证明在其生涯中，这两个夫人中的一位比另一位挣了更多的珠宝首饰。体态丰满的奥特萝十个指头上全都戴着戒指，手镯从手腕一直戴到胳膊上端，项链在肉色的胸前相互碰击，低领下面的那一点点胸衣上别满了首饰别针，以致别人都看不见胸衣衣料了。她就这样大模大样地在各个赌台中间穿行着，由于无法在屁股上也戴上钻石首饰，她就让女佣跟在身后，让女佣穿着不袒胸露肩的连衣裙和围着绣花的小围裙，上面缀满珠宝首饰，以代替女主人的臀部。

这种生活的妙趣源自于邮局来款的迟早和偶然性的出现，源自于由公证人盖印的那只信封到达之前的周末或季度末的痛苦折磨；赌桌上的“千差万别”有时就像坐过山车的感觉似的。贝尔特和加布里埃尔有时候得把自己的晚礼服卖给服装店，哪怕是等口袋和钱包又鼓起来之后再重做新的，或再卖掉新做的礼服。在威斯巴登，手头颇为拮据的一天，那三个形影不离的人决定干一票大的。两位女士在回法国之前，在裙子的皱褶里面缝上了无数的小包白粉，到了边境的另一边，那可是以黄金论价的。米歇尔那天晚上吓得心老是怦怦直跳。

在考虑去哪儿倒卖这些魔粉时，他们求教了过去的三个里尔姐妹（不过，后者也许是杜埃人或阿尔芒蒂耶尔人），她们以前曾干过这种买卖。

这些阴谋勾当的牵线人，这些在情况紧急时便割断联系的普通的傻瓜似的帕尔卡[①]是三个老姑娘，其中至少有一个在干这种见不得人的勾当的年代中曾经结过婚。她们开始干的时候纯属无辜。她们先是当女佣，后来开始在法国北方的一处海滩上支个小摊，卖点不值钱的小玩意儿，什么玻璃瓶装玩具兵舰啦，什么浴帽和明信片啦。现在，她们在奥斯坦德有一家豪华的小店，在蒙特卡洛还有一家，而且在威斯巴登投资建起了第三家。在她们的店铺上面，她们租了一些房间。我怀疑她们在不得意的那会儿，曾经稍稍沉湎于那种大约在同一时期让萧伯纳的华伦夫人发财致富的利益极大的生意，而且我也怀疑她们像她们的那个英国女竞争对手一样曾经天良未泯地讨论过这一行当的优劣。她们每年都从这个店跑到那个店去，坐的是三等车，而且，为了省去住旅馆的钱，坐的还是夜车，或者，偶尔也住一夜旅馆，那么三个人就凑合着睡在一张床上，横着睡，并排放三把椅子，把腿和脚搁在上面。她们长得很丑，生活简朴，粗

---

① Parcae，希腊神话中掌管生死和命运的三女神。

茶淡饭，按她们的方式来说还算诚实，可却完全不顾廉耻。她们也不虚伪。“您知道，先生，”三个老姑娘中话最多的那一个对米歇尔说道，“为了谋生，除了卖笑卖身，没有别的。”米歇尔在她们周围又看到了一点利物浦那家“黑店”的气氛，不过，它却被法国村妇的精明头脑给改变了。到了时候，她们也会作为他的债主，让他随后加倍偿还的。

在这三个老女人的诡计当中，也有一些不是故意的，有人以为这是出于对职业的爱而设计出来的，因为这些诡计也不会带来多大的利益。不过，对于这三个老女人来说，是不存在小利之说的。她们把一只纸箱子装满高档内衣，每一件都用薄纸包好，写上住在豪华旅馆中最好的房间的人的姓名。某某夫人没在这家商店买过什么东西，便对侍者说送错了，这三个老女人中的一个马上上楼致歉（侍者是串通好的），并趁机吹嘘自己的商品。被看中的女顾客很少不把纸箱子里的内衣全部或部分地留下的。这三个帕尔卡很快便发现年轻漂亮的加布里埃尔干这一行非常得心应手，在女士们面前比她们更加成功，而且有时候还能说服为太太们购物的先生们下定决心。加布里埃尔把头发披散在脖颈上，拖着乡音，装出被那三个老女人役使得疲惫不堪的女裁缝的痛苦状，而且还是个被情人抛弃的痛苦女子的样子；什么都用上了，连胸衣上的别针都别上了，脸上还抹了挺厚的脂粉；为了说服女顾客，她同意穿上薄透的晨衣和带细褶的外衣，帕尔卡们答应因此而给她一笔佣金。当天晚上，她前来与米歇尔和贝尔特刚刚认识的 X 太太在餐厅一起用晚餐，脸上抹了厚厚的脂粉，头发烫成小卷，穿着紧身褡，袒胸露背，手指上、脖子上和耳朵上戴上了那个里尔业余园艺家丈夫留给她的全部钻石首饰，因而面貌大变，以至于 X 太太都看呆了，心里不停地在猜测，这个同楼层的雍容华贵的邻居到底是何许人也。

非常喜欢同女人生活在一起并为女人而生活的这个男人没有什么男性朋友，除了几个他视为半是知心朋友半是良师的神职人员而外，任何闯入其生活的男人都被他当作讨厌的人或者是情敌。凡尔赛的萨利尼亚克·德·费奈隆是同志而非朋友。罗尔夫从来都只是个碍事的男人。滑稽的是，那种断然拒绝男人在场的主要的也是最后的例外又是个匈牙利人，不过在流亡伦敦的犹太人小餐馆老板之子和加入那群形影不离的人的奢华的匈牙利人之间，无法比较。

加莱男爵（这个名字是我杜撰的）年轻时曾在布达佩斯上流社会风光过；他在维也纳宫廷十分显赫，据说曾穿过一个匈牙利骑兵团的军服，并且还挥刀杀过敌。但这个光辉历史早就被一种嗜赌如命的赌徒的传奇代替了，他在赌场上的激情可同从前其祖辈与土耳其近卫军士兵酣战时的拼命劲儿相媲美。在欧洲所有的赌窟和赌场里，人们都曾见过他，口袋里装满金路易和旧纸币，慷慨大方而非显摆儿地扔一张大票给替他叫车的小厮，不过，那也是因为他喜欢金路易而不喜欢纸币，他总觉得纸币太脏。有人还看见他输掉过其喀尔巴阡山地区的一两处小庄园。大家只知道他就这么个恶习，不过，即使他还有其他恶习的话，也被这个恶习给吞吃掉了。这个像匈牙利人而且像绅士似的能喝酒的人从未醉倒过；这个完美无缺的骑兵对于贵夫人和妓女都同样是既轻蔑又彬彬有礼的。米歇尔钦佩这个恶人兼大老爷的潇洒放浪，但一种礼仪的根子在阻止他仿效此人。在巴登，一个德国女人，系附近的一个女城堡主，在搞慈善事业。她听说男爵（她稍有点认识他）昨天让庄家输了个精光，她心想这个时机很好，可以请他为一所学校或收容院赞助一下。她去他下榻的大旅馆求见，匈牙利人的仆人便把她领到主人的小客厅里。先生在睡觉，在喝咖啡，在洗澡，如果夫人愿意等待的话……隔壁传来一声匈牙利语的怒斥声。突然，门开了，加莱赤身露体，浑身滴水地躬身去吻德国女人的手：“您想要我干什么，迷人的夫人？”德国女人匆忙逃之夭夭。

这两个喜欢惹恼别人的人相见恨晚。加莱的生活全集中在唯一的一种狂热上面，完全与其他的一切脱离开来，飘忽在虚空之中，这正对米歇尔的胃口；而匈牙利人在这个法国人身上看到了他自身暴力的某种东西，也许是他自身孤独的某种东西。在赌台前，一个输了，另一个便接济他。骏马是二人的另一个共同爱好。加莱不屑于驯马场的马，但那三个形影不离的人却骑着自己的马旅行。有一天，在一个德国火车站，一个托运员拒绝让马匹上挂在米歇尔要乘坐的那列火车上的一节车厢。米歇尔顿时火起，抓住那人的领口，把他从柜台后面拽了出来，扔在大厅的地板上。加莱同米歇尔骑马在林中道上散步或沿着海滩飞奔一段，两个女人中的一个或另一个也骑马跑了一阵。两姐妹觉得他仪表堂堂，器宇轩昂，但贝尔特的骑术却让他不以为然。

“夫人，奥地利王后的骑术很差劲儿。她很美丽，这是不用多说的。当然啰，她胆子很大，在英国，还很难找到一个男骑手在跨越障碍的胆量方面可与之一比高下的。但您可别学她，一个女人没有权利像男人一样，像马一样拿自己的生命去冒险的，因为一不小心就会扭断脖子，送了性命。”

贝尔特很生气，特别是米歇尔还在替匈牙利人帮腔，不过她还是接受了这个男人用一种命令的口吻说的话，要是他换一种口吻她就不会接受了。

十月份的一天，米歇尔对他的朋友吐露，他这一个季度输得精光，而且还欠高利贷者下个季度的钱。这没什么了不起的，加莱在乌克兰有一块田产，是他外祖母家留下来的，碰巧尚未卖掉。建筑物主体旁有一个种马场，由一个英国人掌管，他从前是个赛马骑师，可匈牙利人加莱对他已不再信赖了。三个形影不离者可以在那儿住上几个月，直到米歇尔经济上恢复元气为止；加莱则会在冬末来找他们，他每年这个时期都要到各处亲戚家绕一圈，希望从他们那儿捞点什么。（如他所吹嘘的，他已经“吃掉了”他姨妈中的两位了。）这个很刺激的计划颇令米歇尔及两姐妹开心。三个人没完没了地沿着多雨的德国和严寒冰冻的波兰铁路线旅行；在乌克兰，在各处小站上，一阵卷着雪片的旋风通过虚掩着的车门刮进靠一盆炭火取暖的各节车厢，米歇尔以为是从托尔斯泰的小说中跑出来的一些农民在帮忙清扫路轨。

在基辅，他们在一家法式豪华小旅馆待了几天，这类小旅馆是由一个什么大公的管家开的，当时在俄罗斯生意非常红火，旅客们在此住得十分惬意。两姐妹又从巴黎小报上找点针对土著人的玩笑四处传播，但是生活改变了调门儿，已不再是带滑稽杂耍的咖啡馆的那种陈词滥调的标准了。对于米歇尔来说，所窥见的这个俄罗斯是从前的一个基督世界的启示，这个基督世界在这里像一盏灯似的点燃着，而在西方则已熄灭了几百年了。这也是被两种状态的边缘所攫住的一个亚洲。他像一个在汹涌浪涛中游泳的人似的屈从于宗教颂歌那强大的声音。他怀着那种重新发现被遗忘的动作和生活模式的心情看着那些朝圣者吻着东正教圣像前的地面，嘴里不知嘟哝着什么地在画十字，哭着在把嘴唇贴到金底上画的那些圣像面部或大教堂的地下小教堂里陈放的圣人们的干瘪的手上，信徒们在圣人们躯体前列队通过，如同有一天他们的孩子们将在列宁的遗体前列队走过一样。米歇尔对教堂的那些金色大圆顶怎么也看不够，它们似乎是被祈祷的热气吹鼓起来的，像一些被抓住的气球一样鼓胀，或者像乳房似的硕大硬挺。一些马车穿过封冻的那条河，在堤岸上搞的市场里，他看着一个鱼贩子伸直胳膊举着冻僵的鱼在叫卖，看着奶制品商贩在用斧头砍一大块白色奶酪。他将永远也不会忘记犹太女子的丰姿韵色，也不会忘记那些穿着欧式服饰的女人的奢华，她们坐在雪橇上，雪橇由一些头戴皮帽的车夫驾驶着。在那些漫长的岁月里，他似乎头一次也是唯一的一次看到并记住了这个世界除了时尚的海滩和赌场大厅以外的一些东西。

加莱的那片田产离基辅有几俄里，同样也具有魅力及其惊人之处。除了喂养得很好的马匹而外，那儿的一切全都脏兮兮的，令这几个法国人发现俄罗斯人的惰性有多么严重。他们住在主人还算豪华的套房里（大刀、长沙发和土耳其地毯），位于一种很长的枞木屋的二楼，那位管家住在枞木屋的另一翼。这个混蛋持重而彬彬有礼。米歇尔相信这个来自基辅的兽医不会同意那位前赛马骑师抽选小马偷偷卖给邻近的养马人；那个英国人不仅在骗卖给他燕麦的农民的钱，也在骗不在家的主人的钱。然而，地方上的勾结串通以及无法让仆人们开口，加上语言不通，种种因素阻止了米歇尔展开调查，调查最终只会无功而返。那位赛马骑师，曾在尚蒂伊住过很长时间，他不过是个供一时消遣的人物。他们每天争分夺秒，在广袤的田野上训练马匹，跟此处相比，法国北部最广阔的耕地也不值一提。每天晚上，在那些空荡荡的大屋子里，蜡烛的火光被穿堂风吹得忽闪忽闪的，看门人的儿子在刻苦地练习弹吉他，前赛马骑师同米歇尔在玩一种两人玩的斗智纸牌游戏。他们每餐吃得都很丰盛而油腻，管家的妻子还不时地加上一道英国菜，以减轻米歇尔对英国的那种永驻不去的怀念之情。夜晚，到各处走走，就会踢到在走廊地上打呼噜的仆人们。三个形影不离的人试着去蒸汽浴室看看，但却被热气熏得连忙逃了出来，里面光线昏暗，男人和女人的肉身红彤彤的，相互在用桦树枝抽打着，而且还用凉水往烧得发白的石头上浇，升腾起阵阵热气。他们偶尔闯进几个枞木屋，那副惨相令人望而生畏：那些穷苦的农民简直没个人样儿。（米歇尔如果能记起伦敦的那些陋室和里尔的那些地下室的话，也许他的看法就没有这么激烈了。）孤独和生活的单调让两个女人忍受不了，她们只能不时地去基辅逛逛商店，聊以自慰。

随着加莱的到来，一切都改变了。匈牙利人把自己的家变成了城里的各种娱乐场所：他把夜晚搞成了放荡不羁的茨冈人音乐狂欢会，没有料到五十年左右之后会被扔进焚尸炉里去的那个善知未来的种族在为有钱的地主财东们又唱又跳，后者也没有预料到自己的子孙最后会沦落巴黎开出租车，或下矿井，同乡下邻居们以玩扑克代替轮盘赌。

我原先以为在乌克兰的逗留就在加莱及其客人们在布达佩斯的逗留前不久。但是，米歇尔叙述的年代总是模糊不清的。没有什么可以证明这两个在西方的逗留阶段不是相隔几个月的。总之，在匈牙利的逗留是短暂的，匈牙利人及其客人们在广阔平原上的一处孤立的城堡中住了几日，其间，男爵也曾前来想把城堡卖掉。

他在那儿约见了一个房地产商。在约定的那一天，一辆马车从火车站载来了一个衣衫褴褛可特别彬彬有礼的干瘦的犹太人。如果其礼貌之中没有透出一种冷静洒脱来的话，那你就会以为他是个鄙琐的人。柯尼茨（我是从斯特凡·茨威格的一本记不清什么名字的小说中借用的这个名字，书中的那个人也是他这种类型）在男爵的陪同下，勘察了城堡以及附属建筑和花园。男爵应对着犹太人的问话，以其大老爷的冷漠的客气去对付犹太商人那有点肉麻的礼貌。加莱已准备好上当受骗。他肯定是上当了，但并不比在类似的情况之下任何卖主被买主敲了一笔更加严重，他甚至还被敲诈得轻一点儿。

犹太商人指出，处于这种情况之下的卖主最好是把银餐具、油画和要卖的屋子里的旧家具留下来，这会对自己日后有好处的。但是，男爵并不理会犹太人的建议：他想一下子全卖掉，收现钱。柯尼茨报的价很低，但并不太过分，而且还说自己是第一个出这么高价钱的商人。拍板成交后，加莱把犹太人一直送到栅栏门。这个犹太人在这个败落的男人面前总有着某种迟疑，或者也许是他这个难以忘怀传统的继承者在面对这个在每件小物件和每幅肖像中都在牺牲自己的传统的贵族时感到有些局促。

“加莱先生，假若在这幢房屋里，有一幅家人的画像、一只钟或任何一件东西是您所牵挂的……我会很高兴……但我并不会在讲好的价钱上再让您降点价的。”

“就这样吧，柯尼茨先生，”加莱说着俯身花坛，摘了一朵康乃馨插在纽扣上。

米歇尔觉得他的这一动作非常高雅，犹太商人胆怯的提议也同样令人起敬。

如果我在这儿写的东西是一部小说的话，我会主动地设想匈牙利人和三个法国人在东欧的这段逗留之后，相互间的关系会变得冷淡了，或者是因为被认为是厌恶女人的男爵太讨两个女人中的一个或者两个女人喜欢，或者至少他是在想法讨她（她们）的喜欢，或者相反，是因为他的高傲自大冒犯了她们，或者是这两个同样暴烈的男人无端地相互敌对。但更可能的是，三个法国人的傲慢受到了损害。在西方的娱乐场所中，加莱是与他们势均力敌的；而在这里，不管他们做什么，他们都是贵族，哪怕是败落的贵族的受恩人。

反正他们是自己返回法国了。据说加莱沉湎于自己那愈演愈烈的恶习中，成天泡在达尔马提亚海岸边的一家小赌场中，难以自拔。几个月前，他同米歇尔待在奥帕蒂亚时，曾带他到海岸边的一处荒僻角落去欣赏一个俯视大海的岩石。“这儿的水流通向大海。一个人举枪自杀后从这儿掉下去，就甭想再找到他的尸体。”米歇尔一直认为这就是这个匈牙利人的结局，也许是因为这对于他来说是多种可能的出路中的一个。

但是，在维也纳，这三个旅行者又手头拮据了，特别是因为米歇尔不想再欠加莱的情，再喝他的香槟，再参加他的茨冈女人的晚会。按米歇尔的说法，正是这种手头拮据使他们跟随着一个马戏班重新踏上去西方之路。他们在马戏班里演出高级马术，并帮忙饲养马匹。我倒是认为对木屑场地、红丝绒化妆室、跟着乐队喧嚣击打声摇动尾巴的栗色马的喜爱以及汗味与野兽的气味在其中起了点作用。雷诺阿、德加和马奈也都像他们一样喜欢它们。

到此为止了吗？没有谁比我对这之前的那些事情之虚空看得更加清楚了。很可能我与那些人年代相距的遥远，以及我在写这些事时的年岁都使我过分地忘却了交织在所有这些喧闹和所有这些罪孽中的快活、大胆、身体与肉欲快乐、自由放任以及活着的简单快乐那些要素，但剩下的是，我二十年之后将要了解的那个米歇尔身上几乎没有什么东西能反映出那些疯狂年代的米歇尔的情况来。

我认为了解全部真相的最大障碍在这里就是那种礼仪规矩，它并不总是存在于你所认为的那种地方。普鲁斯特笔下的那个斯旺谈论自己也觉得不合适，除非轻描淡写或略带一丝嘻嘻哈哈，而且还要小心地避免在自己的叙述中大谈自己的优点；同样，米歇尔有时也提及其生活中的一些几乎是骗子无赖的片断，或者也要谈到自己去过一些怪诞或滑稽的去处，他这个喜爱上流社会演出的人是很高兴提这些事情的，虽津津乐道却又不夸夸其谈、忘乎所以。他曾经经历过的、思考过的、承受过的或者喜爱过的，全都深埋在心底，那十三年是一个几乎全无配角的舞台，而且我们也不了解它的后台。我猜想，那两个女人在读威利的书时，他则在读雷斯或圣西蒙的书，或者把贝尔特及其妹妹托付给加莱，让后者带她们去“奥林匹亚”玩，自己则去看两位女士不感兴趣的吕涅·波演的《海达·高布乐》。他自己没提这事。他更没有试图明确说明他与贝尔特和加布里埃尔的关系，或者挖掘他对加莱深感兴趣的缘由。一些长期相互联系在一起的人最后几乎总是相互采取所有可能的立场，如同一组四人舞的舞者经常变换位置一样。我们来作一个不像人们所想象的野心那么大的比较，因为我们大家都是用与星球相同的材料构成的：这些人在时空中移动，变换着自己的位置，如同夜晚出现的拱极星，或者如同黄道十二宫的星座，表面上在沿着一个黄道移动；相对我们而言，他们是孤立的或集合在一起的，与我们想象的并不一样，但是，就星体至少是表面上的运动而言，天文学家或星相学家已事先画出了它们的轨迹，而即使在事后，也没有什么能让我们列出这些人在其一生中的这些年月中应该发生的变化的图表来。

对于与坏人为伍的兴趣在米歇尔身上表现得十分明显，或者说至少是自甘堕落的习性，也许这是因为他或错或对地以为在这方面比在其他方面要少虚伪得多；当然，也有荒淫的种种装腔作势和怪相存在，但米歇尔在放荡不羁中还陷得不深，不熟悉这些东西，他从本质上来说，是属于那种不陷进去的人。他有着那种无辜的地方，相信没有什么蹊跷的事可以损害到他，也不会触及与他亲近的那些人。即使发现自己错了，他也会带着点天真感到惊讶的。他跟我说，他曾跟一位女伴生活过较长一段时期，他认为她在轻浮社会的荒唐事方面是一尘不染的。“当然，我们也上赌场；我们在赌场总是分开来赌，免得给对方带来损害。赌完之后，她前来找我，坤包里装满了赢来的金路易。后来，我知道她离开赌场之后，就同一个陌生人去附近的一家旅馆开房间去了，当然是那个男的付的房钱。”他接着按照自己的习惯以一概十地又说：“所有的女人都在撒谎，根本无法从她们的眼睛里看出她们在想些什么。”

关于贝尔特和加布里埃尔（他只是在她们出现在我前面收集到的一件轶事中时才提到她们），他只是说她们天生高贵（他很少用“美丽”一词），举止洒脱，骑马勇敢，仅此而已。关于我母亲，米歇尔本会更想在我面前讲讲她的音容笑貌的，可他几乎同样没有多说什么，缅怀死去的人并非他的习惯。只有一个女人，在我儿时他正要去爱她，可又失去了她，他对这个女人保留了一段难以忘怀的记忆，她对于我来说，简直是一个生活的楷模。我们先按下不表。

我也许是出于竭力要使他的形象鲜活起来的一种小说家的下意识考虑，力图在这个一九〇〇年之前的米歇尔的行为举止中突出不知是一些什么样的不安因素或什么阴暗的部分，我这样做也许错了。在这个寻欢作乐的人身上，初看上去，似乎不存在什么阴暗的东西，然而，有某些迹象在朝这个方向上引。面对隐隐约约看到的俄罗斯的激情类似于数年后里尔克参观斯拉夫大地时的惊愕。这种激情使人联想到一种不满足，而他本身也只是在离开了他过着千篇一律的生活的平庸地方之后才发现了这种不满足的。有一个更进一步的迹象就是满足他出海巡游需要的游艇的名字。第一艘游艇取名“佩里”，灵感似乎只是来源于当时的那些音乐家如马斯奈或莱奥·德利勃等的虚假的东方风格，或者是年轻雨果的一首颂歌，正如后来为他母亲买的那艘游艇命名为“瓦尔基里”，不过是体现了那些年代的瓦格纳体系一样。但是，第二艘载着他同贝尔特、加布里埃尔在北海上漫游的游艇班什号则令人浮想联翩了：米歇尔肯定在英国听说过这些类似于老妖精似的仙女，她们坐在将会死人的爱尔兰人家的门槛上哭泣；奇怪的是，他竟然给游艇这样的始终受到威胁的脆弱物体取了这么个报丧女人的名字。

不过，在这些蛛丝马迹中，像通常一样，最无可辩驳的就是那些照片。我只有那些年代的两张照片，它们充当了我不知道是什么样的辛辣和粗俗的解毒剂，这种辛辣和粗俗是美好年代[①]的风雅之士所具有的，而且令人恼火地反映在柯莱特头几部小说的那些女人身上以及普鲁斯特的那些矫揉造作的少女身上。这个男人和那两个如此大胆的女人大概或多或少地让那种时代的空气吹拂在他们的身上，但是照片却没有留下这种痕迹。我没有加布里埃尔的照片，据说她绽放出迷人的风采和欢快。贝尔特的照片大约是三十岁时照的，穿着一条不袒胸露背的连衫裙，像光滑的果皮似的紧贴在身上，使身体显得笔直、苗条，不像是一八九〇年的美女，而像教堂大门上的王后；美丽而坚定的手是那种紧攥着缰绳的手；一头当时流行的鬈发罩着她的脸，一双忧郁的眼睛看着前面，或者也许并没有在看，而是在思考；肉乎乎的嘴宛如一朵玫瑰，但未露笑容。那张背面写着“米歇尔，三十七岁”的照片也颇令人惊讶：这个长相年轻的人没有给人以他后来的那种成熟之人的照片上的精力充沛而活泼的印象，他仍处于软弱的阶段，这种软弱在许多青年人身上是不知不觉地在先导和积蓄力量。那也不是一张沉溺于时髦场所的寻欢作乐之人的照片。他的眼睛在幻想着，那只手指长长、戴着一只镌有姓氏字母的戒指的手漫不经心地夹着一支香烟，似乎也在幻想，一种莫名的忧伤和犹疑浮现在他的脸上和身上。

我原以为对这些年月的那个米歇尔，我没有看到过任何可以告诉我们有关他本人情况的东西。我弄错了。他专门请人为自己在左胳膊上刺了六个字母，那大概是在与贝尔特结婚之前的事，那六个字母是 ’ANÁΓKH，意为“宿命”。

这个词的选择几乎与文身这件事本身一样令人惊奇。至少，在我认识他的那个时代，宿命的古老概念在我父亲身上尚无任何回应，

① 指 19 世纪末至 1914 年第一次世界大战爆发之前的那段时期。

仅仅是置于这个词之下的普遍而模糊的概念。他自身的命运似乎倒是被赌神——运气神——及其所连带的多变与偶然的东西所控制。再说，这个灰暗而凄惨的词与一个一向注重及时行乐的人的性格很不匹配。我所看到的所有一切都证实，在米歇尔身上有着一种可以说是天生的福分，即使是在焦虑与忧愁明显地把它淹没的时候，这种福分仍然存在着，如同在一个遭受水灾的地方，你仍然感到临时的水患下面那块坚实的土地一样。然而，绝望是否深入在其心底里呢？年迈时的米歇尔的深邃的超脱和平静的醒悟可能让人去这么认为，而且，必要之时，也可以以此来加以阐释。

但是，如果情况果真如此的话，那他是在什么时期而且是因为什么才感到不可避免的事重压在自己身上的呢？'ANÁΓKH，宿命。我们可以假设里尔或卢万的那个大学生在读了《巴黎圣母院》之后，事先给自己制造了一种悲惨的命运，让人为自己刺下了克洛德·弗罗洛[①]珍爱的这六个字母；在同一时期，乔治·杜·莫里耶也把他几乎是自传式的人物彼得·艾伯特逊表现成是受到这个被雨果挂在其坏神甫嘴边的凄惨希腊词语困扰的人。但是，除了惯犯和海员专用的这种文身在一八七三年的大学生中间不可能常见而外，这种过于简单的解释无法澄清什么。相反，喜爱并且在成熟时期尤为喜爱雨果的伟大诗篇的米歇尔（年轻时的米歇尔更沉湎于缪塞）不仅蔑视雨果的小说到了不公正的程度，而且，如果那只是一个学生的怪念头的话，他本会很容易地含笑承认这一点的。可他却从未这么承认过。但我也没有问过他对这六个模模糊糊地含着威胁的字母有多么看重。我俩之间的坦率是有一些界限的。这个词语对于他来说明显地属于一个也许是过去了但仍保留着的激动的领域，而且，试图涉

① 法国作家维克多·雨果小说《巴黎圣母院》中圣母院的副主教。

足这一领域，是既不谨慎又不知趣的。

我更多的是想象他是在第二次入伍，在凡尔赛加入第七重骑兵团时刺上这个词语的。当时他主动要求归队，即使受到降职处分也要重归部队；但是，他很快便发现他不能没有莫德，所以又抛弃一切去找她了。然而，我不知道文身专家是否到过凡尔赛的兵营，也不知道这种装饰是不是属于陆军鄙夷不屑地留给海军的装饰。

我也可以描绘出后来在利物浦的水手酒吧的米歇尔，或者更晚一些时候，在阿姆斯特丹一处码头的一家小酒馆尽头的米歇尔，当时，班什号载着他和贝尔特、加布里埃尔在北海畅游，他正仔细地把这六个希腊字母写在一片纸上，让一个文身者依样文到他伸开的左胳膊上。'ANÁΓKH……在一个普通之人选择来让人文上一朵花、一只鸟、一面三色旗、一个临时喜欢上的名字或一个可爱的女人的地方，米歇尔却让人刺上了这六个宛如一个苦役犯的号码的字母。如果我们知道这六个字母与他对自己的一生有何判断之间的关系的话，我们就会更好地了解他。但我不是在写一部小说。'ANÁΓKH：宿命。

流动马戏团的那一段可能是这十三年的一个好的终曲。这段时期显然是他与贝尔特生活在一起的最后阶段，但是并没有任何可靠的日期向我表明从中欧大张旗鼓的归来是在对于这三个人来说灾难性的一八九九年或这之前的两三年。生活很少会敲锣打鼓地向人宣布灾难的来临的。

不管怎么说，在这种人的命运中属于宿命的奥斯坦德，对于米歇尔来说变成了一个居留地。一八八九年获得特赦之后，他一直在避开里尔和黑山，而在费埃城住了下来。但是，也许加布里埃尔离婚之后在费埃城受到冷眼相待，而赞成她离婚的贝尔特和米歇尔也觉得在那里不受欢迎，所以便离开了那里。这只是一种假设。假定费埃城的魅力随着时间的推移而在消失则更简单一点。自一八九四年起，当时已加入本土保卫军[①]的米歇尔，向军事当局表明他重又住在国外：他选中了奥斯坦德，在俄罗斯街租住了一个公寓房。他在那儿没住多久，但是，至少这次被假定为稳定的逗留提供了赌场和大海的双重乐趣。

我们不知道这几个人是否在那儿度过了整个一八九九年夏季，或者是否在上一个夏季，米歇尔在那儿没有闲着，或是坐上班什号

（如果他当时还有它的话），或是乘着拖网渔船去海上远航，并且经常邀请亨利·阿瑟·琼斯一块儿前往，后者是当时一个时髦、平庸的英国剧作家，跟他在一起，米歇尔可以陶醉在对伦敦的回忆之中。他大概有时也从奥斯坦德跑到里尔去，里尔有一些放高利贷的人主动借钱给他，可以等他母亲去世后再还（“阔绰的生活”需要这种交易）。正是在这两年中的一年，贝尔特突然感到头晕，要求在沙丘中一座孤立别墅的门槛上坐下歇息，而他们也就这样结识了别墅的女主人V男爵夫人，一位和蔼的老夫人，对音乐和书籍很有兴趣，后来便常邀请这三个法国人坐着双排四轮马车在她的领地上畅游。在这些“季节”中，在堤岸上的上流社会中出风头尤为精彩，外国的上流社会与当地的上流社会的人、金融家和利奥波德二世身边的美人儿们融合在一起。贝尔特和加布里埃尔在那儿参加了“时尚时刻”的表演，她们穿着白色的又薄又透的衣裳，披巾和裙子被海风吹拂，大草帽用胳膊压住。姐妹俩喜欢穿一样的服饰，唯一的不同是一条腰带和一只耳环、一只戒指或一只首饰别针的颜色有所差异：一个戴红宝石，另一个则戴绿宝石。一八九九年十月二十二日，贝尔特死在俄罗斯街的那套公寓房里，而四天后，加布里埃尔也在那里死去，当时她们分别是三十八岁和三十三岁。

除了后来有两三次米歇尔随便地提了一句而外，他从未跟我谈起过那令人心碎的一周。我的异母兄长死后，他的儿子们在季刊《手册》上发表了几期他的回忆录，主要是让家中亲戚以及一些朋友看的，其中提到了一句，说是贝尔特和加布里埃尔是在“动了一次小手术”之后死去的。没有任何迹象显示米歇尔是否事先知晓，更不用说是赞同现在看来似乎是一次不慎的手术，也没有迹象表明他

---

① 1914年以前由后备役军人组成的法国军队。

是否在那不可挽回的手术时在场。那种“服装季”早已过去了，也许他们迟迟未离开奥斯坦德是因为米歇尔对秋风阵阵情有独钟。应该说两姐妹的死正是因为那种秋风瑟瑟、海浪汹涌的气候所致。当然啰，他们几个在这个时髦的小城里是“认识所有的人的”，但是，实际上他们却是没有朋友的，只有V男爵夫人因为喜欢过了季节还滞留在沙丘中的别墅里，才或多或少地前来看望两个死者及未亡人。我倒是希望相信她在尽力地帮助这个茫然失措的男人，使他能重新生活，不久之后，她把他介绍给了费尔南德·德·卡·德·马，后者不久就成了我的母亲。

贝尔特和加布里埃尔临终时独自分住在两个房间里，可长期以来，她们一直是共同生活的呀！屋里条件很差，相互又没有个照应，我在设想，米歇尔一定是在两个房间之间跑来跑去的。这次“惨案”的制造者，一个名叫伊尔什的医生的妻子表面上是在承担护理的职责，那也许是为了掩盖医生的错误或疏忽的蛛丝马迹，也许是想通过照料两个垂死者而得到一些钱财——似乎有一些值钱的东西不翼而飞了，起码，放在梳妆台上的一些戒指、耳环是不见了。

“你母亲没有得到一个女人在这种状况之下本该得到的照料。”许多年之后，我听见米歇尔在跟他儿子这么说，以此来谴责伊尔什医生及其太太。但是，事实却是米歇尔似乎并没有找过其他医生来诊治一下。后来，他斥责自己的儿子，说他在那些悲伤的日子里，只知道在堤岸下玩老虎机，只知道在一个庙会上打枪和滑滑梯；他说他儿子简直不像十四岁的小伙子，一点儿也不知道悲伤。不过，他肯定是自己太忧伤了，也就忘了自己的儿子也是很悲伤的。

至于仆人们，在这个悲剧期间，没有见到他们的人影，也许他们偷了一些银餐具或女士们的丝绸裙子溜走了。两姐妹临终前是笼罩在某种寂静肃穆同时也是一片混乱之中的。米歇尔按年租住的那套带家具的公寓房可能位于有钱的外国人夏天来住的那些大楼之中的一栋里；大楼在这个十月的日子里大概几乎是空的，但是管理人或房东肯定害怕病痛和死亡的消息会吓跑了最后的那些房客——即使不是旺季，临终之人也都是在泉城或海水浴城的僻静之处等死的。

我希望活不了几天的加布里埃尔不知道她姐姐先她而去了。米歇尔现在只在伺候一个垂死的女人了。在最后的那几个小时，加布里埃尔要求神助。米歇尔赶紧跑到教区去找神甫，可本堂神甫和副本堂神甫却不肯劳动大驾，他们知道加布里埃尔是个离婚的女人，这肯定是他们之所以那么冷酷的原因，因为那个时代的神职人员比今天态度更加强硬。米歇尔一直没有原谅这两个神甫蛮横的拒绝态度。

他还跟我说（这是他告诉我的第三个也是最后一个细节），L男爵亲自前来护送加布里埃尔的灵柩前往可能安葬的费埃城，他好像特别担心这个意外的花费——这个一直拮据的男人会这样并不令人感到惊奇。贝尔特被葬于巴约勒的地下墓穴里。我纯属偶然地保留下了两位死者的遗像，是圣叙尔皮斯广场的一位厂主弄的。贝尔特的那一张很平常，配有卡洛·多尔奇的圣母像，大概是里尔的造纸厂主送给那一年所有的鳏夫以纪念亡妻的那种遗像，我可以从那张遗像上看出死者在病重无法救治时所表现出的忍耐，而且我可以肯定她将在天上继续爱她的亲人们。而加布里埃尔的那张遗像也许更加显眼，令人产生怜惜之情。在一张圭多·雷尼的耶稣像的背面写着："上帝让她经受了长期的苦痛，而在净化了她的灵魂之后，使她配得上他的爱了。"这句经文内含斥责以及对上帝做了或没做的一切的过度肯定，米歇尔对此似乎并不喜欢，他可能觉得这对死者太苛刻了，而且也过于肯定上苍的公正。这两张遗像上都没有当时那种惯常的、哪怕是虚假的提示，表明那两个女人死的时候是做过宗教仪式的。这种诚实无论是来自米歇尔还是男爵，都是值得尊敬的。

在这一点上，我更不会因我的假设去折磨读者。米歇尔生命的这第二或第三个终曲（大幕落下，一个新的生活正待开始）太近似荒诞和无解了，所以无法对一些评论加以肯定。必须了解（可我们就是无法了解）米歇尔同那两个女人中的一个和另一个的真实关系到底是什么样的，还必须了解两个丈夫一个对另一个的忠实程度以及闯入面对两个临终女人的那个幸存者心灵的可能是多变而矛盾的种种感觉。在两姐妹身上，我们可以确定相互是有着一种爱的，否则这么长时间地生活在一起就无法解释了，但这毕竟不能排除她俩之间也存在着短暂的竞争和嫉妒。我们也可以部分地窥视到她俩临终时的焦虑与痛苦，但是对于这两个人的尊敬不许可我去更进一步地虚构。一切的经过仿佛是我们看到两个女骑手消失在壕沟之中（而她俩的情况都是女骑手是灵魂，坐骑是躯体），撞到一个我们不了解的障碍物上。从米歇尔孩提时起的叙述中的所有事情主要都是他自己提供给我的，而且他往往也是我的唯一的事实提供者，但凡他决定避而不谈的事情，我也只能记述下他的静默不语。

但是，在写这些的时候，我突然闪出那种想法；正是贝尔特的意外死亡才使得米歇尔一年后娶了费尔南德，而且，不到四年之后，就有了我，是这个灾难——不管它是什么样的灾难——使我得以来到人世间。因此，在贝尔特与我之间有着一种纽带存在。

我在别处说过，贝尔特的死极大地刺激了米歇尔，但并未使他一蹶不振，在仔细地重新研究了我所知道的有关的很少事实之后，我至少认为他是颇为烦乱不安的。不管怎么说，他好像是怀着干脆在那儿长住下来的心思回到了黑山，这在他来说似乎是在承认一次失败。至少他是在位于公园下方的一个名为圣让-卡佩尔的小村子里住下了。在我出生时，他仍住在那儿，甚至更晚，直到一九一二年，把黑山别墅卖掉为止；当时诺埃米刚死不久，他把他可能从未喜欢过的这些地方倒卖一空了。（我很抱歉，我像是在记流水账，但是，这些流水账几乎是唯一能够帮我确定这些动荡年代中一个日期或明确其中一个背景的材料。）冬季来临，他陪伴着他的母亲回到里尔的老屋。

我倒是很想更多地知晓有关这个茫然不知所措的男人勉强活下去的那寒冷而灰暗的几个月的情况，他在读些什么书，他在想些什么（还是什么也不去想），他徒步还是骑马散步？也许他不时地去里尔博物馆参观参观，因为他喜欢那儿的那个《陌生女人》的半身蜡像，当时还以为是一个年轻的古罗马女子的遗像，但今天看来，更像是文艺复兴时的一件杰作。这无疑是那年冬天出现在他面前的唯一的女性风姿的化身。蹊跷的是，诺埃米太太几乎立即就在张罗着为这个鳏夫操办与一个因残酷而闻名的国民公会议员的后代、一个有钱的女继承人的婚事。总之，似乎她是在竭力地在隔了一代人之后，大事张扬地重现她与米歇尔-夏尔的婚事。她儿子坚决地说不。很多年以后，在巴黎的吕泰蒂亚旅馆餐厅里，他以目光示意我，让我看一扇窗框里的一位像是富裕寡妇的夫人，她正在领班的小心伺候下用餐。米歇尔庆幸自己头脑冷静，没有屈从于他的母亲，他与费尔南德一起生活得更美好。

三月份，他收到V男爵夫人的请柬，邀他去奥斯坦德过复活节。老夫人主动提议要他见一见她的一个年轻女友，是比利时人，良家女子，二十七岁，其文化修养和气质都让她感到满意。忧伤了那五个月之后，米歇尔有所心动，便同意了。我很惊讶他会同意，似乎这座城市及其堤岸对于他来说本该是一些噩梦之地。但是，他并不是一个放不下和信神信鬼的男人，我不相信他曾勉为其难地在俄罗斯街的人行道上踱来踱去，以便在某一幢大楼的窗下去回忆也许是不明不白地就离去了的两个飘忽的影子。那几天是在男爵夫人的别墅里或尚空荡无人的海滩上度过的，身边有一个年轻女子陪伴着，她的婀娜多姿令他心醉。米歇尔和费尔南德相约去德国做一次订婚旅行后便分别了，他俩于一九〇〇年十一月八日结婚。

在那几个知道一八九九年十月那些艰难时日的详情、那些情感震动与事实真相的人中间，应该把我母亲算上。米歇尔肯定几乎立即把那一切都讲给她听了，除非男爵夫人事先已经告诉她了。我在别的书中刊印了费尔南德于一九〇〇年十月二十一日写给她未婚夫的一封信，那是在给贝尔特做祭年弥撒的前夕，米歇尔前去黑山参加了这个追思弥撒。也许有必要在此引述这封信中的某些话语。费尔南德有她的缺点，这我并未隐瞒，但她最感人的东西也在这里表达出来了。当你想要追寻在那艰难的一年中的米歇尔时，你就会看到她对一个她知晓其所经受苦痛的男人的亲切关怀跃然纸上，就像是在显影液中把隐形字迹显现出来一样。

我亲爱的米歇尔：

我想让你明天收到我的这封信。这一天对你来说将是极其忧伤的一天，你将是那么的孤独……

你瞧，礼仪是多么的愚蠢……对于我来说，完全不可能陪着你，可是当人们相爱时，互相依偎、互相帮助是再简单不过的事呀……从这十月的最后几天起，把过去的一切全都忘掉吧，我亲爱的米歇尔。你该知道那个善良的富耶先生[①]关于时间的概念所说的话：对于我们来说，过去只有在被我们忘记之后才真正地成为过去。

也请你要对未来的许诺和我有信心。我认为这个阴郁而灰暗的十月只不过是夹在两角青天——我们去德国的甜蜜之旅和我们未来的生活——之间的一片阴云而已……在那里，在旅行之中，在一片更加晴朗的天空下面，我们将重新找到我们全部无忧无虑的快乐，找到那种爱和亲密，找到对我们来说极其温馨的没有矛盾和冲突的爱。

我真高兴，再有不到三个星期了……而在这两天里，我将不说“你别忧伤”，而要说“你别太忧伤了”。你星期二回

① 据作者注，系指当时十分有名而今天已被人忘却的哲学教授阿尔弗雷德·富耶（Alfred Fouillée）。这说明费尔南德知识面很广，读书甚多。

来时，我晚上等着你……

一个弱女子对另一个伤痛尚未平复的人的这番安慰和许诺确实有点感人至深。费尔南德在要信守诺言时，这些诺言一直是被信守着的。如果把订婚旅行也算上的话，她所说的未来持续了三年多一点。一个穿越欧洲的“慢三步华尔兹”的三年，这一次是往返于博物馆、皇家花园、林间小径和山中小道之间，是交谈和阅读，是包括爱情和幸福的三年，但这种幸福当然少不了掺杂着这个很快就不耐烦了的男人和这个很快便受到伤害的女人之间的误解和争执。但是，他们毕竟是幸福的，米歇尔在费尔南德遗像背面让人写上：不要为烟消云散而哭泣；应该为曾经存在而微笑。他还补充道，她“从始到终，都试图尽心尽力”（这是个更不可信的赞扬）。费尔南德在贝尔特祭年弥撒前夕所写的那封信表明她确实是曾尽力在做得更好。如果说过去不是被忘却（它从未被忘却过），那至少也是暂时地被抹去过。对于一个历经沧桑、饱经风霜的四十六岁男人来说，几乎天天生活在幸福之中，有一个与众不同的年轻女子相伴，沉浸于似乎充满舒曼的音乐的亲密氛围之中，这样的三个年头并非小事一桩。

可是，我曾有过两次，相隔只几天工夫，看见过幽灵的出现。当时我二十三岁。我同米歇尔一起在南方，像通常一样，他如果说不是每天，那至少也是隔三差五地钻进蒙特卡洛的赌场。那一天，我到赌场门口去等他。我已成年，是可以进赌场里去的，但年轻人的那股廉耻之心在阻止我进去；如果进去，我可能会觉得很不对劲儿的，因为赌窟里的一些面色苍白的男人和涂脂抹粉的女人在把他们富余的钱财（其实往往是他们的生活所需之钱财）换成从前代替金钱的赛璐珞筹码下注。再者，我身边几乎经常牵着一条狗，而狗是不允许进入无论什么样的神圣场所的。我不太清楚米歇尔半年之后就要娶作妻子的那个忠实的英国女子身在何处，我想是她的偏头疼发作，使她待在了家里。

突然，我在我待的台阶上隐约看到米歇尔站在一种透明的笼子里，那是通向赌场“圣殿”的候见厅，由几个通向外面的玻璃门把它与外界隔开，里面同样的几个玻璃门也关着，透过这些玻璃门可以隐隐约约地看到门后面“圣殿”的中央过厅，该过厅通向各个赌场。我父亲显然是正准备出来，可正在这时，他突然与一位夫人相遇，并认出她来，而那位夫人则是正在往里走。这个女人没有谁会多看她一眼的：她是个上了年纪的女人，身宽体胖，有点臃肿，衣服的质地与品位平平，是那种自命不凡、庸俗可笑的女人，存了一些年金或抚恤金，不时地跑到蒙特卡洛来“碰碰运气”。米歇尔堵住门在跟她说话，或者说是在冲她喊叫，完全不考虑这么大声叫嚷会引起别人的反感。一个枝形吊灯的光亮像舞台上的聚光灯似的照着他俩，那女人吓坏了，显然是想溜掉，而且还得逞了，因为她与一些新来的人一起钻进通向里面的玻璃门中间去了。

几个看门人无疑是看见和听见了这番争吵，赶忙打开通向外面的门；米歇尔走了出来，只有少数几个人看了他一眼，他们只是隐隐约约地发现了都上了点年纪的一位男士和一位女士在争吵。其实，争吵是单方面的，那个女人一句话也没说。米歇尔的模样吓坏了我：他走路摇摇晃晃的。

一辆属于那种当时专门在度假胜地展示风采的出租马车在台阶下待客，我们便上了马车。我不想说我是扶着他上车的，因为他从不愿意让人搀扶。

“怎么回事？”

“那人是伊尔什太太，就是给贝尔特和加布里埃尔看过病的那个医生的遗孀。别多问了。”

仿佛是在一个噩梦中似的，同样的场面稍有不同地在十来天之后又出现了，当时我们正沿着尼斯的一条几乎店铺挨着店铺的质量良莠不齐的古董店街闲逛。米歇尔不是古玩收藏家，他这个人很少在一家店铺或一个地方待很久的。（“我们不是本地人，我们明天要走的。”）不过，他喜欢溜一眼这些零散的物件，评判一下它们的优劣、价格，想象着是什么偶然的机会把它们弄到这儿来的。可是对我来说，挑挑看看那些如果我们是收藏家的话本会买的东西是挺有意思的，而且即使不买，一饱眼福更加令人开心。兰西尔的一些版画，布格罗的一些照片，复制成一件小玩意儿大小的象牙制希腊宙斯神的侍酒童子，本韦努托·切利尼的大理石制希腊宙斯神的侍酒童子，一个螺钿和乌木格子棋盘，一些残缺的隐修院模型等等，由于即将发生的事情而深深地烙在我的脑海里。

那些店铺的一部分商品摆到了人行道上。一个没戴帽子的女人坐在她店铺门边上的一个货摊前，看见我们走过来，便连忙站起身，躲进屋里去了。可是，米歇尔一眼就认出她来，就像十来天前那样，尽管相隔二十七年了，她模样变了许多。他跟着追进店去，让门虚掩着，那扇门稍一动就会引起一片声响。窄小的店铺里放满了一把把摞起来的椅子，一些每只表示一个不同时间的放在路易十三式食厨上的座钟，一些仿洛可可式的古色古香的物件。那女人缩到尽头墙根前，夹在一张摆满碗碟的桌子和一个放了一盏灯的独木桌之间。米歇尔在这间售货间的背景下，挥动着拳头，仿佛既在威胁那些易碎的物品，又在威胁那个面色苍白、浮肿的女人，她无疑比她的那些易碎物品更经不起打。我只听见一些吼叫声："凶手！小偷！杀人犯！"而且，仿佛是突然从一座倒塌房屋下面冒出来的不洁的气泡似的，还骂了一句："臭犹太女人！"

我也知道米歇尔和我一样并不喜欢《旧约》这本一些人认为令人鼓舞而另一些人则认为是丑恶或讨厌的书，但他却对四处漂泊、不被理解、受到迫害的犹太人有着一种本能的同情；他对这个有时富有天赋而几乎总是具有人的热情的种族的看法是同时考虑到那些富有的或穷苦的、银行家或小裁缝的利益的。但是，他一旦发起脾气来，就把一个德吕蒙分子或反德雷福斯分子的脏话借用过来了，正如一个被狂怒控制着的行人随手从泥泞中抓起一把刀子来似的。

他的怒气一会儿就平息了。我挽着他的胳膊，这个高大的身躯似乎已不再含有一星半点的力气了。幸好我们下榻的旅馆就在附近。米歇尔上了电梯，刚一进屋，便瘫倒在那唯一的一把扶手椅里。他扯下领带，解开衬衣上面的几颗纽扣，大滴的汗珠从他那张铁青的脸上流到光溜溜的胸脯上。我很害怕：去年，同我一起参观巴亚的卡马尔迪勒修道院以及稍后在日内瓦的一条街上，他突然昏厥，像是心脏病发作。我赶忙叫来住在隔壁房间的克里斯蒂娜·H，她进屋后，要了点茶水，小心地忙碌着。这神奇的饮料像惯常一样有着强身、镇静的功效。不一会儿，米歇尔缓过劲儿来，能打开放在身边桌上的《时报》了。从此之后，再没遇到这样的突发事件。

一九〇三年七月，一位身穿一身黑衣服的先生从一辆到里尔的火车上下来，搬运夫们和检票员一眼便认出来是德·克先生，他随即转乘小火车去巴约勒，诺埃米夫人的马车及车夫阿什尔在车站接他。这一次德·克先生没有带回一口棺木，费尔南德葬在了比利时其家人的墓地。但是，大小箱笼、手提箱、伞架、披肩、装着书籍的钉好的货物箱不少，在巴约勒火车站站台上花了好长时间才归拢起来。德·克先生牵着一只短腿猎犬，名叫特里埃，是费尔南德的遗留物，是她在订婚旅行期间在德国买的。在他的身后，走着两个他所关心的女士，她们也是一身的黑衣服。小站的职员眼睛尖，立即看出是女佣一类的人。一个名叫巴尔贝，或巴尔巴拉，像我后来称呼她的那样，二十岁，非常清纯，身穿在“大英帝国百货店”买的崭新的英国保姆服。另一个是女护士，阿洁丽太太，她在巴尔巴拉的协助下照料过费尔南德，并同意来黑山度过夏季的那几个月，以便教给不久便成为孩子保姆的年轻女佣一点育儿方面的知识。阿洁丽太太怀里抱着那个躺在一只枕头上并用枕套盖着的女婴；为了更加安全起见，保姆在上面用锻带捆了好几道。

德·克先生上了马车，坐在前座上，把后排座位让给照顾女婴的两位女子。他把特里埃夹在自己两条腿中间，可特里埃因什么也看不见而很不高兴，不停地从自己的位置上直起身来，扒住一边的车门窗，伸出头去，朝农庄的狗和温顺的乳牛汪汪地叫。

马车离开了两旁长着粗糙的忽布花环的大路，这些忽布花环以前大概经常让米歇尔-夏尔而此刻让米歇尔想起意大利的葡萄藤来。这条乡村公路在冯·德默伦画中的那种北方地区的蔚蓝天空映照下，现出一片片圆形的云彩来，但是，十一年后，从巴约勒到卡塞尔这长长的一段路的两旁，将躺着无数被一九一四年的炮弹开膛破肚或奄奄一息的马匹，然后，它们被拖到大坑中掩埋起来，以便给即将到来的英军增援部队清出道来。马车已经爬上山丘，山丘上枞树掩映，当地的农庄即以枞树为名。十二年后，这些枞树将遭战神的摧残，燃烧殆尽，而磨坊和城堡的上部同样也遭了火焚。但那都是后话，现在还不是那种样子。马车沿着杜鹃花已凋谢的甬道走着，最后停在了台阶下面的砂石地上，像惯常一样爱讽刺挖苦人的诺埃米太太站在台阶高处等着。米歇尔的归来无疑使她回想起了四年前那次更加阴郁的归来：毕竟这些人都穿着丧服，而且，尽管诺埃米太太自己也穿着一身黑衣服，像一个寡妇应该的那样戴着煤玉首饰，但她却讨厌让她想到死亡的一切。两个女子及女婴立即被安排到塔楼的那间大房间去住了，那是我将能回忆起的第一个住所；德·克先生上了三楼，又住到他去年夏天同费尔南德一起住的那个套间里。

八月十日米歇尔将满五十；他还将有三分之一的时间可活。未来为他保留着他最伟大的爱情，那是一个特别值得他爱的温馨女子，是他唯一为她写下几首保存下来的漂亮诗句的女子。他还有一个奇怪的恋情，也许并没有任何性欲的因素，那是他对一个怪僻的女病人的爱：她帮助德·克先生把他剩下的财富弄得个精光。他还同几个多少有点轻浮的可爱女子有往来，她们陪伴着他直到接近老年为止。最后是那第三任妻子，是他余年有用的和有点沉闷忧郁的女伴。至于赌博，他已学乖了，谨慎了，像所有的恶习一样习以为常，并无激情了。还有汽车，先是被视为艺术、科学、新的激情，有一段时间，是它在把他与他儿子拉近，可是后来却被他一下子抛开了，就像他随后也是一下子就把香烟戒掉或把女人抛弃掉一样。

不过，随着年龄的增长，他也得到了一些幸福：米歇尔终于实现了到充满阳光的地方去单独生活的夙愿，远离了那些他并不知道为什么必须经常拜访的人。他还做了几次旅行；还在一个少女——那就是我，就是他的女儿——的陪伴下，在普罗旺斯的大路上久久地漫步，那个少女把他拉进她的计划和幻想之中。有一些夜晚被用来大声朗读那些大诗人的诗，这些夜晚还使人联想到招魂术的精彩场面。那是一种假充阔气的贫困，两者各有益处。最后便是在洛桑的那可以接受的、几乎是宁静而缓慢的死。

那个女婴六周左右，像大部分新生儿一样，她给人的印象是一个很老但即将变年轻的人。而且，她确实是很老很老的，或者是因为血缘和祖先的基因，或者是因为我们通过一种美妙和古老的变化所定名为灵魂的那种未经分析的因素，她穿越了好些个世纪。但是，她对此毫无所知。这反而更好。她脑袋上覆盖着一层毛发，像老鼠的脊背一样；她攥紧着拳头，当你把她的拳头弄开，小手指就像植物的一根根卷须似的；她的眼睛在看那些别人尚未告诉她是些什么的东西——她此刻只是一个生命、精华和物质，密不可分地融会在一个将在这个形体下持续大约四分之三个世纪或更长时间的结合体中。

她将生活的那些岁月是历史上最糟糕的年月。她至少将经历两次被称之为世界性的大战，以及它们所带来的在世界各地燃起的其他冲突——民族战争和内战，阶级之间的战争和种族之间的战争，甚至在世界上的一两个点上因一种证明什么都没有结束的过时的习俗引发的宗教战争，每一个战争本身就有足够的火花，能引起对抗，毁灭一切。人们原以为已留存在中世纪的酷刑复又成为一种现实，人类的大量繁衍生殖将使人的价值贬低。为多多少少被掩盖起来的利益效劳的大量通讯传播手段，带着幽灵般的视觉与噪音向全世界倾倒一种毒害人民的鸦片，其毒素远胜于任何宗教散布的毒素。一种掩盖着资源日益耗损的虚假的繁荣在施舍一些越来越掺假的食物和越来越从众的娱乐，这是自认为自由的社会的“下流的东西”。使距离失去了意义的速度也使各个地方的差异消失了，到处带来对同样虚假的声光娱乐，对与大象和鲸受到同样威胁的纪念性建筑物，对正在损毁、有人建议用玻璃罩罩起来的帕台农神庙，对被侵蚀的一座斯特拉斯堡的大教堂，对在一个已不再蔚蓝的天空下的塞利维亚吉拉尔达塔，对被化学残留物腐蚀的威尼斯等等的“朝觐”。成百种动物，自世界之初便成功地幸存下来，可是在几年间却因利益和残暴的原因将遭灭绝；人将要扯掉自己的肺——大片的绿色森林；水、空气和臭氧层这些使地球上能有生命存在的独一无二的奇物将遭污染和浪费。人们肯定地说，在某些时代，湿婆[①]在世上跳舞，取消了种种形态；今天在世上跳舞的则是愚蠢、暴力和人的贪婪。

我并不把历史当成一种荣耀，对今天已是法国北方地区的几户默默无闻的家族的拜访向我们展示了我们在任何地方都可能看到的东西，也就是说被曲解的力量和利益几乎一直占据着统治地位。人一直都在做一些好事和许多坏事，人最近赋予自己的那些机械的和

① Shiva，或作 Siva，印度教主神之一，即毁灭之神，与梵天、毗湿奴并称为印度教三大主神。

化学的行动手段以及它们的效果几乎是几何级数的发展使得这类坏事变得不可逆转；另一方面，自从人被疯狂攫住，自认为无比强大时起，只要人类在地球上同另一种物种一样也只是一个物种的话，一些容易被忽视的错误和罪恶就会变成致命的。十七世纪的那个克里纳韦克看到国王的兄弟在打奥朗日亲王的炮弹硝烟在卡塞尔四周升起必定焦急不安，米歇尔和费尔南德的女儿将呼吸的空气弥漫着奥斯威辛、德累斯顿和广岛的战火硝烟；流亡者米歇尔-达尼埃尔·德·克莱伊昂古尔曾在德国寻找避难之所，现在已不再有什么安全的地方了；米歇尔-夏尔对里尔贫民窟的贫困现象无动于衷，但有一天，全世界的贫困状况将重压在这个新生女婴身上。

刚刚来到黑山的小女孩在社会上是个享有特权的人，将来也是如此。至少在我写这些话之前，她没有尝到过饥寒交迫的滋味，至少直到今天为止，她没有遭受过酷刑折磨，除了顶多七八年时间以外，她也没有那种不得不“谋生”的生活，没有像她那个时代成百上千万人那样，被弄到集中营里去做苦役，也没有像另外的成百上千万自以为自由的人那样，去为一系列无用的或有害的事情，去为一些有魔力的人或军备竞赛效力。她也将不怎么会像我们今天的妇女依然如故的那样为自己是个女人而困扰，这也许是因为她从来就没有产生过自己应被困扰的想法。一些接触，一些榜样，一些恩宠（谁知道呢？），或者远在其身后成串地连在一起的环境使得她能够渐渐地在脑海中形成一种对世界的印象，这种印象没有一八六六年她的那个加布里埃尔小姨妈在其大笔记本上记述得那么完整。她将会摔倒，但跌破了膝盖仍会站立起来；她将努力地学会运用自己的眼睛，然后像潜水员一样，把眼睛睁得大大的。她将勉为其难地力图摆脱其先人们称之为朝代而我们同时代人称之为时间的东西，那是对他们来说重要的唯一时间，是一个动荡的表面，在这个表面下面，隐藏着不动的海洋以及穿过海洋的一股股水流。她将试图让这些水流把自己带走。她的个人生命就这个词所含的意义，将通过这一切而尽量美好地展开。这个生命的种种变故，尤其是作为获得某些经验的通道而使我感兴趣。正是由于这个原因，而且也只是由于这个原因，有一天，我有余暇并有此欲望的话，也许会把这些经验记录下来的。

不过，现在就谈论她为时尚早。我们还是让她在菩提树荫笼罩的露台上，在阿洁丽太太的怀里安睡吧，让她的一双刚开始看东西的眼睛去跟着一只飞鸟或在两片树叶之间移动的阳光转动吧。其他的事情也许没有我们所认为的那么重要。

附记

关于克·德·克家族在大革命之前的家族史的篇章，材料取自家族档案和几乎一直未出版的几本谱系书籍上的一些介绍，其中有必要指出的是那本《克里纳韦克·德·克莱伊昂古尔家族谱系》，那是我的异母兄长米歇尔于一九四四年写的，后来由其子乔治·德·克莱伊昂古尔作了不少的补充，在此，我谨向他所付出的不倦的努力表示由衷的感谢。另一本著作是保尔·比埃斯瓦尔于一九七〇年完成的《比埃斯瓦尔家族》，其中包含的某些章节在趣味方面大大地超过了简单的家谱登记，成为旧政权下法国北方一个小城历史的佐证。

自我祖父米歇尔-夏尔青年时期起，许多的情况是来自他对儿子米歇尔的讲述。然而，特别是依靠了他留下的一些记述，我才得以试图重新勾勒我的祖父，而且我得再一次地感谢乔治·德·克莱伊昂古尔，是他向我提供了米歇尔-夏尔旅行日记的复印件以及几个有关其家族或其一生某些时期的注释（一八四二年凡尔赛的火车出轨，一八四八年里尔的革命，一八六六年造成他女儿加布里埃尔死亡的事故等）。北方档案馆馆长勒内·罗比内先生向我提供了几个有关米歇尔-夏尔及其岳父阿马布尔·迪弗雷纳的重要材料，在此深表谢意。

我要特别地感谢让娜·卡莱伊翁夫人和凡尔赛档案馆的管理者，他们向我提供了有关一八四二年火车事故的大量官方材料，使我得以补全了对我祖父的记述。

我所知道的有关我父亲在第二次婚姻之前的历史几乎完全是出自他自己的回忆，那是他在其最后的几年中与我聊天时的一些零零星星的回忆。他讲述时日期往往记不准，我是通过偶然保存下来的几封罕见的书信、军事手册中发黄了的纸页以及写在一些老照片背后的字迹，才把日期确定下来的。最后，我仍然要再次感谢乔治·德·克莱伊昂古尔，多亏了他，我才看到一本完整的家族成员照相册，今天，那些老照片已经散落在我异母兄长的后人们手中，我在写这本书的过程中已常常提到并描述过了。某些人名或地名作了改动，不过，这种情况很少。

图书在版编目（CIP）数据

世界迷宫三部曲．北方档案 /（法）玛格丽特 · 尤瑟纳尔（Marguerite Yourcenar）著；陈筱卿译. —上海：上海译文出版社，2019.8（2022.9 重印）
ISBN 978-7-5327-8039-6

Ⅰ. ① 世… Ⅱ. ① 玛… ② 陈… Ⅲ. ① 自传体小说—法国—现代 Ⅳ. ① I565.45

中国版本图书馆 CIP 数据核字（2019）第 096351 号

MARGUERITE YOURCENAR
Archives du Nord: Le labyrinthe du monde Ⅱ

图字：09-2010-419 号

【法】玛格丽特·尤瑟纳尔——著
Marguerite Yourcenar

Quoi ? L'Eternité

Le labyrinthe du monde Ⅲ

何谓永恒

世界迷宫 Ⅲ

苏启运——译

上海译文出版社

目 录

平淡岁月

米歇尔是孤独的。说真的，他一直是孤独的。他在孩提时期可能并不孤独。小时候，他有个姐姐叫加布里埃尔，就是在一些旧照片中站在他身边的那个女孩儿，但是她早年夭亡。他后来又有一个妹妹，当他与家庭一刀两断的时候，妹妹还只是个孩子。除了同父亲在一起，他总是孤独的。与父亲在一起的时间是美好的，但十分难得。他父亲好像被一个既不爱丈夫也不爱儿子的母亲藏在了什么地方。不久以前，他同两个妻子生活在一起的时候也是孤独的。他同元配有欢乐也有争吵，与第二任夫人生活在一起虽然充满温情，但也有酸甜苦辣（他为人太忠厚，分不清两个妻子有什么不同，甚至在悲痛的时候也是如此）。他同元配生的儿子在一起时也是孤独的。他很少见到这个愁眉苦脸的儿子。他或许不应该把儿子寄养在远离家乡的古里古怪的祖父母家里。他与刚刚出生两个月的女儿在一起也是孤独的。他只在早晚各去看她一次，看着她洗澡、吃奶、拉屎、撒尿。他女儿只是在世事风云的变幻过程中被送到他手上的一只小动物，他没有理由爱她。他从前与年轻的英国情妇在一起的时候也是孤独的。他为了追逐情妇当了逃兵，去了英国，但不知道亲吻多么有欺骗性。他与几个少有的男友在一起也是孤独的。他经常觉得被朋友操纵，有时候被欺骗，甚至不知不觉地被出卖。他上中学和大学的时候，不论是私立的还是公立的，也是孤独的。家里人坚持送他到学校学习，他在学校里第一次发现富贵人家的子弟是多么庸庸碌碌，因为培养他们的神甫虽然谙熟拉丁文，道貌岸然但实际虚伪，就连世俗教授也是不学无术。他当兵也是孤独的，尽管人民是和蔼可亲的，即使穿上军装也是如此，但与他同屋而居的战友算不上他的朋友。他在利物浦或阿姆斯特丹的海员酒吧也是孤独的，尽管酒吧里充满粗野的乐趣，有时能撩拨起他对女人一时的恩爱和欲望。一九〇三年八月，米歇尔躲在黑山城堡三楼的房间里，孑然一身，感到不能再孤独了。他是在四年中两次丧妻之后搬进这个房间的。

当然，那个老太婆一人独占了二楼“华丽的套间”，和公证人在里面商议事情。套间里摆放着巴罗克式的家具，墙上装饰着一个十字架，十字架上钉着耶稣，还有一个圣水缸和一条圣枝。在信仰基督教的布尔乔亚式的家庭里，这些装饰是必不可缺少的，尽管他们并不会祈祷。虽然这座大房屋里只有两个“主人”，却有好几个奴仆。奴仆只是机器人，主人只知道他们的名字，最多也只能从外貌辨认他们是何许人，但尤其还是通过他们是干什么的，或者猜测他们是干什么的来分辨。然而，主人离开他们是无法生活的，只有他们在犯了大的过错的时候才被辞退。他们是终身奴仆，有的甚至祖祖辈辈都是奴仆。

城堡里等级分明。老太婆的女管家梅拉妮属于上面的人，掌管着老太婆的钥匙，是老太婆的耳目，因此，每个人都躲着她，就像躲避瘟疫一样。阿扎莉是米歇尔雇的育婴专家。当他年轻的妻子决定回布鲁塞尔姐姐家附近生孩子的时候，阿扎莉同意夏天来黑山城堡，指导巴尔贝抚养孩子。巴尔贝原来是米歇尔亡妻的女仆，现在已经晋升为婴儿保姆。这两个女人由家里其他人服侍。她们同孩子住在塔楼的椭圆形大房间里，与老太婆的房间在同一楼层。这是一座路易-菲力普[①]时代建造的哥特式城堡。但是，老太婆从来不去看她们，也不叫她们把孩子抱到她房间里去。至于其他奴仆，等小女孩能认识她们以后，我再一一作介绍。

村子里的本堂神甫为人正直，但嘴馋，每个星期天都有人请他吃饭。他每周只做三四次布道，但基督教徒讨厌他，因为他只讲神学，除非当本堂神甫先生为了给大家提神，有时掺杂着一些讽刺共和国的话，才能引起听者的兴趣。本堂神甫是个老好人，但他不是圣人。米歇尔不信仰任何宗教，而他要求的恰恰是每个教士都应该是圣人。有一天（我当时年纪还很小，记不得发生了什么事，是米歇尔事后告诉我的）做大弥撒的时候，刚刚举行完举扬圣体仪式，一道雷电劈在教堂上。由于怕发生火灾，教徒都跑了出去。而本堂神甫一下子瘫倒在专为接待主教用的扶手椅上，还要了一杯弥撒酒压惊。

"本堂神甫先生，"米歇尔神态严肃地说，"要是就这样死去，可能是很美好的。"

本堂神甫看着他，样子很狼狈。手上托着圣体显供台死去，对他来说毫无意义。

然而，在那个黑沉沉的夏天，米歇尔正是在一位教士那里发现了人世间的一丝温暖。他成了卡特山修道院院长的密友。他们俩经

① Louis-Philippe（1773—1850），法国国王，以上层资产阶级的支持作为统治基础，最后因无法赢得新兴工业阶级的效忠而失去政权。

常在院长的办公室里一起吸烟。这位苦修会会士长期生活在被教会称之为世俗生活的环境里。他作为军官参加过一八七〇年战争。他兴致盎然地回忆说，他当时在色当，一会儿接到命令，一会儿命令又被撤销，一片混乱；米歇尔比他年轻几岁，只记得当听到巴黎公社社员被集体枪杀、路易丝·米歇尔[①]和罗什福尔[②]被流放到新喀里多尼亚[③]的消息之后，他像反叛的学生那样很气愤。毫无疑问，修道院院长也同意他的说法。但是，他对三十年前的一些愚蠢的罪行却持有不同看法，不过，这对他来说无关紧要；政治事件像大海中的波涛，一个接一个地拍打着岸边的沙滩，然后就消失了。我们差一点儿被激浪卷走，仍感到可怕。我们终于意识到，我们要适应事物的节奏。

还是让我们来讲一讲米歇尔的私事吧。米歇尔坐在桌边忏悔，嘴上仍然叼着香烟。其实，与其说他在忏悔，毋宁说他在自言自语地讲述他的过去。他对自己的过去也是糊里糊涂，别人反而比他本人更清楚。这个别人就是一位教士。修道院院长对他很宽容，并不强迫他做那些他根本不喜欢的赎罪苦修。而且，这些拉丁语句与这个充满活力、感觉和欲望的世俗生活有什么关系呢？米歇尔经过一番推敲，把这个世俗生活的欲望简单地归结为满足或不满足。他觉得，在天主教徒和非教徒之间确实存在着一堵悬崖，使他们无法靠拢。这个天主教徒就是教士。而非教徒即使不信仰天主教，但由于出生在一个天主教徒的家庭，或者由于接受了天主教洗礼，起了一个天主教的名字，因而也就与天主教挂上了钩。但是，他从来不信奉天主教，甚至没有必要去考虑他是否要信奉天主教。在通常情况

---

① Louise Michel（1830—1905），法国无政府主义者，巴黎公社女社员。
② Victor-Henri Rochefort（1830—1913），法国时政记者，反对帝制。
③ Nouvelle-Calédonie，太平洋西南群岛，是法国关押政治犯的地方。

下，天主教徒把非教徒想象成老是感到惶悚不安，不知所措，或徒劳无益地想从自身以外去寻找一个支点，这是误解。相反的看法可能还是对的。修道院院长对他的错误并不在乎。他想把这个惶惶不可终日的鳏夫（说他惶惶不可终日，是言过其实）引荐到他想象中的上帝面前。在法国，说服的方法经常具有帕斯卡[①]赌注式的近乎庸俗的形式："您有什么可损失的呢？如果说我们做的是对的，我们就更有理由从好的方面去看待信仰的问题。"米歇尔从心眼里讨厌这种说法，更对一天到晚劝告他多抽出几分钟时间搞宗教活动的做法感到不快。

"那么，我的神甫，要是这样，人们变成教徒，就像变成醉鬼一样吗？"

"的确是这样。"修道院院长回答说。这个比喻并不使他感到可怕。

米歇尔拉开了去卡特山的间隔。但他仍喜欢这种有点艰苦的攀登。卡特山是用黏土夯成的，周围种着作物和树木，旁边有一座小咖啡馆，俯瞰着原野。这里经常有人光顾。苦修会会士，从他们穿的长袍和带风帽的无袖僧衣来看，他们都是一个模样，在田地里干活，挤牛奶，慢悠悠地赶着棕毛梳理得整齐的大肥马。米歇尔怀着羡慕的心情欣赏着他们默默劳作的教规。单是这种教规，就足以消除人与人之间（尤其男女之间）的大部分是是非非。当生活似乎变得毫无意义并且荒谬到难以理解的时候，米歇尔心想，甚至即使在人们所说的"宗教"在他身上没有一点位置的时候，在他丝毫没有信仰宗教的愿望的时候，一个失去一切的人也能在这里安安静静地

① Blaise Pascal（1623—1662），法国数学家、物理学家、哲学家，后来兴趣转向神学，从怀疑论出发，认为感性和理性知识皆不可靠，而信仰高于一切。

生活和安安静静地死去。他从一个正在用铁叉翻厩肥的会士身上明白了印度教苦行僧和弃绝者的所作所为。奇怪的是，我最喜欢的男人之一竟然多次在同一个地方对我说同样的事情。如果我没有弄错，他们两个人在那里呆的时间都不超过一个礼拜，就连曾经到过那里的年轻的蒙泰朗[①]也是如此,有一个修士正赶着两匹耕地的马往回走，我不知道这个年轻人为什么被他的甜美的微笑吸引住了，差一点儿跨入正大开着的专供马车出入的大门，走进修道院的内院。

当修道院受到孔布[②]激进主义的威迫，正准备向国外搬迁的时候，或者起码可以说在国外购置产业、找到避难所的时候，苦修会会士决定到国界的另一侧避难，只留下有限的几个修士看护修道院。他们走还是不走？甚至这个只需回答是与否的简单问题，也不是总能得到直截了当的答复。我阅读了几本有关论述法国修会危机的著作；这些著作字里行间都多少流露出一些偏见，不是闭口不谈共和国与教会之间的纠纷，就是对纠纷的结果言过其实。修会的一些资料本身也是含糊其词；在经历了五十年的岁月和两次战争之后，现在的修士好像对已经发生或未发生的事情也不能给予太肯定的答复。在我经常试图搞清楚某些大大小小的历史事实的过程中，我坚信过去流传的或者已经写成书面的材料，有一部分是错误的，不完整的，而且是被重新整理过的，所以我没有兴趣在这件事上耗费更多时间。我只是抄录了一些有关米歇尔的活生生的回忆，当然其中有的也是错误的，但这一直在激励着他这个总是充当反对派角色的人物。

---

① Henry de Montherland（1895—1972），法国作家，法兰西文学院院士，作品有《死去的王后》。

② Emile Combes（1835—1927），青年时代曾学神学，后学医，1902—1905 年任法国行政院主席，反对教会干预政治，主张政教分离。

他站在德雷福斯[1]这边，但是对他的似乎肮脏的历史不感兴趣；他支持现在受到侮辱的神甫们，尽管他们对生命永恒和此世的看法不尽相同，或者完全不同。一小队修士决定“自愿”离开的那一天是非常引人注目的日子。当地许多农民反对他们离开：这些为人正直的神甫虽然喂养了一些品种优良的奶牛，但还不能满足他们生产优质奶酪的需要，因此，修道院成了向周围农场收购牛奶的大户。农民们看着这个大户人家走了，心里不是感到气愤，就是感到难过。一小部分死硬的激进分子所关心的是讨好当局，因此支持这部分教士离开修道院。

人们爬上卡特山，站在小咖啡馆和修道院之间的空地上。就像人们认为的那样，小咖啡馆的生意很好。北部专区专员认为有必要带着一个小分队来维持秩序。人们等待着。（到处都一样，重大的历史事件总有四分之三的时刻在等待中度过。）小教堂的门打开了：寒酸的小教堂粉刷成灰色，装饰着彩色的耶稣受难图和几幅圣絮尔皮斯教堂风格的绘画。小教堂表现出的，与其说是对美好事物的恨与无知，毋宁说是对事物外部现象的平和心态和漠不关心。此时此刻，谁都不想去教堂祈祷。修道院的门关上了。米歇尔紧靠着一堆石块坐着，头上戴着扁平窄边草帽，穿着一身漂亮的夏装，每隔五分钟便高声呼喊道：

“自由万岁！”

他没完没了的呼喊激怒了专员，显然使专员很不高兴。

“喂，克先生，您干吗老是这样喊‘自由万岁’？”

“现在是共和国时代，我知道‘自由万岁’不属于煽动性口

---

① Alfred Dreyfus（1859—1935），有犹太血统的法国陆军军官，1894 年以向德国出卖情报罪名被判处终身苦役，1899 年被宣布无罪，1906 年被恢复名誉。

号。”米歇尔分辩道。

门打开了。一队身穿普通服装的可怜修士出现了，他们的手提箱一个挨一个地排在一起。身材高大的修道院院长站在他们前面，从樟木箱里拿出他在一八七〇年战争中穿的军服（随着岁月的增长，他的身体多少有点发福，军服穿在身上显得有些紧），胸前佩戴着勇士十字勋章。前来维持秩序的小分队不由得举起了枪。这个戏剧性的小动作使米歇尔感到高兴，然而使专员感到尴尬。修士们先赢得了一分。这个小小的胜利具有军事意义，克先生感到高兴极了。这位前少尉不仅为追求爱情而离开了军队，而且本来就讨厌士兵，但是对军队还是有一点儿情感的。

对米歇尔来说，村子不算什么，而且人们也不把他看成是村里的人。应该说，克先生近三十年的生活在远方度过。有关那些年代的流言蜚语倒不少，不过都是私下的议论。对下面的村民来说，他只不过是城堡女主人的儿子（这个称呼还经常有人叫）。城堡女主人的代理人就知道收地租。人们承认米歇尔心肠好：草垛着了火或被雨水淋湿，谁家有丧事，或一头奶牛死了，他都会送去一些宽慰的话，并且还附上一张蓝色支票。“这些够不够，我的小伙子？”要不是他火气旺盛，或者骤然发火，人们说不定会把他当成傻瓜。星期天大弥撒，他是不能不参加的。做过弥撒以后，他去耐心地听市参议员宣读陈情书和农民的诉苦，或者请他们在小咖啡馆喝上一杯。其实这都是枉然，他们之间存在着一段难以言喻的距离：他从来不把这些人看成是同伴，更不用说是朋友。米歇尔亲身体验到，法国像印度一样，也存在着社会等级。作为济贫会主席，他对工作尽职尽责，但他感到惊奇的是，他根本没有慈善心和友爱精神。如果是对穷人，他也许会承认自己有着极端的自私自利之心。但那些农民都是生活有余裕的人，有的还很富有。他们的济贫会在巴约勒的银行里有一笔可观的存款，部分是由于克先生的慷慨赠予。但是，要想不时地取出几个苏[1]接济最贫困的人，又不是一件容易的事。至于其他人，也就是那些被称为游手好闲和痴呆的人，那就像法国的一句谚语所说的："自助者，天助也。"

米歇尔在英国看过一些慈善机构是如何运作的。英国的慈善机构得到社会的广泛支持，并且不时地将所收到的捐款分发下去，然后再重新募捐。米歇尔努力在法国的这个地方推行该做法，但管理委员会的成员却不以为然。他还提议为那些无生活来源的未婚母亲的新生婴儿提供衣物用品。对此，有的人感到好笑，有的人感到恼火。他所遇到的阻力，可以与托尔斯泰作品中的人物遇到的阻力相比拟。他想努力为这个农民世界输入一些新观点，但他不敢相信的是，农民的目光竟然像城市中的小布尔乔亚一样狭隘。至于当村长，在这种土里土气的政治生活中扎下根去，他连想也没想过。从某一方面来说，应该先变成农民，才能改变他们的观念。

米歇尔要做的，起码是在村子与城堡之间建立起更加灵活的关系：一年一度的名人聚餐会是保留下来的传统做法。七月十四日这一天，从里尔请来一位厨师掌厨；在后来的七月十四日这一天，我在塔楼的大房间里看见晒台上聚集着一些男人，三三两两地站在一起，微红着脸，克先生还向他们递香烟。我在等着小蛋糕和冰镇樱桃。肯定会有人送上来的。米歇尔正在花园里为圣让斯卡佩勒的亲属准备野餐。大家都很高兴，只是有点拘谨。后来，当我长到扮演

① 法国旧货币单位。

家庭小女主人角色年龄的时候，我们还邀请了一些孩子出席，其中有的现在已经是八十几岁的人了，他们还能回忆起果园里苹果的芳香。人们把我的玩具拿出来给孩子们玩（我有先见之明，收藏了一些玩具），特别是一个用电照明的卢尔德山洞[①]。这是一位虔诚的表姐送给我的。表姐叫什么名字，幸好我已经忘了。人们鼓动教会学校修女班的小学生在草地上跳圆舞。但米歇尔这么张罗都是枉然：大家对这家房东的记忆非常模糊，与他的儿子混为一谈，就知道这个实际上比他小二十岁的人从来连一块骨头也舍不得扔给狗啃，尽管儿子比他年轻二十岁。诺埃米夫人给人留下的印象倒更清晰。老人们还了解她的一些细节，但每每谈论起她的时候，都采取保留态度。“她更像城堡女主人。她与人说话不多。她在圣诞节分发红羊毛衬裙和厚长袜。”

城堡在法国到处可见。尽管大家都相信城堡的建造开始于旧时代的贵族阶级，并且对此坚信不疑，但实际情况并非如此。就像黑山城堡一样，法国城堡大都始建于王朝复辟[②]的鼎盛时期，城堡主人也是那时诞生的。最古老的城堡家族出自十八世纪的总督或官吏；他们到处建功立业，有的因而获得了封号，有的提升了封号。总督有时在一些自己喜欢的周围小城市建造比王宫规模小但比花园规模大的府邸，这些府邸像路易十四的宫殿那样威严，像路易十五的宫殿那样华丽。人们更重视的还是这些形态怪异的建筑物。新建的或翻建的建筑物样子难看，但都被列入了《城堡年鉴》。一个真正的贵族家庭有理由因为是高乃依[③]某个女儿的后代而感到光荣。但高乃依

---

① Lourde，在法国西南部地区，是朝拜圣母马利亚的著名圣地。

② 1814—1830 年间为法国王朝复辟时期。

③ Pierre Corneille（1606—1684），法国古典悲剧创始人。

值得让人回忆的，是在学校学过的令人讨厌的大部头文章；这个世界里的人如果真的是生活严肃的，那就只能阅读《十字架报》；如果大胆一点，就只能阅读《费加罗报》。然而，季普[①]的作品也非常受人欢迎。

大家胃口很好，米歇尔更不敢怠慢。大家对这次盛宴非常重视，尤其女士们，而爱吃便饭的他，反而觉得倒胃口。他像拜伦[②]一样，没有多大兴趣看着一个美女咀嚼食物。胃口大开的某某夫人对自己的丰满颇感自豪，每次吃完饭都高兴地说："我直到吃得觉得有点儿不舒服的时候才算吃饱。"男士们不免对她的极大的女性魅力评论一番，但他们没有丝毫恶意。更引人注目的是姊妹俩，她们一个被称为"前锋"，一个被称为"后卫"，但她们自己却全然被蒙在鼓里。而大多数先生都承认听说过这两个绰号。还有一位女士，尽管这一次与品尝美食无关，却被称为"吃双份饭的女人"。当然，这些无所顾忌的玩笑像任何粗俗下流的笑话一样，都有着布尔乔亚和基督教的藐视肉欲的坚实基础。正像他们所说的，人们不会自我吹嘘道德高尚（好像禁欲能集所有道德之大成于一身）；而且，真正的贞节会使人怀疑男人患阳痿病，怀疑女人有生理缺陷，而关键是要不冒风险地放荡不羁。道德重于法律，习俗重于道德。当时教区有一位主教，有子女，已经丧妻，像苦修会修道院院长一样，从前也过着"世俗生活"。教士结婚未免欠妥，品行端正的天主教徒理所当然地要求他们都不结婚。漂亮的 M 夫人在不得不称呼"某某主教大人和他的女儿们"的时候感到难堪，他见此情景，先是莞尔一笑，然后口气和蔼地说："还是称某某主教和他兄弟的侄女为好。"这些微

---

① Gyp（1849—1932），法国女作家、激进分子。

② George Gordon Byron（1788—1824），英国浪漫主义诗人。

妙的区别说明，有风度的人与下流社会是不同的。但是，粗言鄙语却从吸烟室传到了客厅。女士们坐在客厅里的一张茶桌周围聊天；她们用绣花手绢掩嘴噗嗤一笑，小声地开着男人的玩笑。“太可惜了”，她们正在谈论一个年轻的邻居。这个年轻人比别人更可爱，更高雅，却有着所谓“反肉欲的癖好”，但更糟糕的是，他容易上当受骗。因为理所当然的是，只要没有丑闻，就没什么大不了的。“太可惜了，不能再去和他握手了，也不能背对他，都太危险了。”克先生觉得这个小伙子有他的优点，声称要单独请他，但诺埃米表示反对：除了每年四次请人来喝“波尔图葡萄酒”，她谁也不邀请。她不会从一个名声不佳的人开这个头儿。

米歇尔偏爱相貌俊俏的 M 夫人，全省把她的细腰视为殊荣。人们欣赏她身穿黑色衣服，身段匀称。衣服是她从巴黎请来手艺高明的裁缝制作的；她总是蓄着一头金黄色鬈发。这位漂亮的寡妇薄薄的嘴唇，时常说一些讽刺犹太人、英国人和新教徒的尖酸刻薄的话。克先生不属于这三类人——不知道他为什么长期住在英国——他是颇受 M 夫人欢迎的人物；而且论起来，他们还是第七代表亲关系。在这种每个人都期盼法国国王回驾的氛围中，漂亮的 M 夫人自诩是波拿巴主义的拥护者。她还邀请流亡比利时多年的热罗姆王子在她家中小住了几日。但是，M 夫人的产业都在边境地区；皇帝陛下被安排在比利时一侧的一座小楼里。王子到达的第二天，M 夫人建议他乘车出去兜兜风。这位波拿巴王子没想到会受到法国北部省人民如此热情的欢迎。他本来是来此随意消遣一下，看见到处张贴告示，村民站在路边的小榆树下，还躬身下拜，不免感到惊讶，真还有点儿过意不去：“我真没想到，夫人，人们竟对一个皇帝的继承人有如此好感。”城堡女主人高傲地回答说：“殿下，他们都是我的奴仆。”米歇尔有时真想用胳膊搂住这位夫人的细腰，一直搂得她的裙撑吱吱作响。如果把裙子搭扣弄开或者弄掉，那就好看了！虔诚的女信徒指责M夫人的随身男仆对她过于讨好，即使他，肯定也不会如此献殷勤。

体态丰满的某某夫人不那么难接近。但她有丈夫、一个儿子、公婆和城堡的一群食客。在请克先生吃饭的时候，教廷大使和他的秘书作为贵客也被邀请作陪。应邀出席的还有正统思想界的精英人物。人们在交谈中流露出对宗教信仰的过分虔诚；大家都争着去吻那位教廷大人的戒指；话题始终离不开圣彼得大教堂这座建筑杰作，离不开体现着圣洁精神的利奥十三世[1]的健康长寿，离不开那些参加抵抗加里波第[2]以保卫罗马的伯伯叔叔和堂兄弟的回忆。某某夫人甚至说她不再想看到永恒之城，永恒之城既然不属于罗马教廷所有，那就只是一座普通的城市而已。这位教廷官员在成为神职人员之前是意大利人，此时流露出一丝不易察觉的微笑。人们告别的时候很注意礼节：某某夫人叫她的两个女儿下楼接受对她们的祝福。繁文缛节使得那些到巴约勒搭乘去里尔的火车然后再转快车去巴黎的旅客耽搁了时间。某某夫人的儿子是大学生，爱开玩笑，憋住劲儿整个晚上没打哈欠，这时自告奋勇地用他的"迪翁-布通"汽车把这两位贵客送到车站。他的"迪翁-布通"汽车在当地是第二辆（第一辆是克先生的），取代了已经为他套好的传统的双篷四轮马车。让人有点儿焦急的是，他们又在飘逸着好似教堂里的馨香气息的客厅里耽搁了半个小时；但愿这位彬彬有礼的高级教士和他们的同伴不会因机械故障而遭遇麻烦（人们真担心这个新玩意儿会出机械故障），或

① Leo XIII（1810—1903），1878—1903 年期间任教皇。

② Giuseppe Garibaldi（1807—1882），意大利民族统一运动领袖，两度领导进攻教皇统治的罗马，但均未成功。

者更糟糕的是，还可能发生事故……

但是，发动机在院子里发出了轰响声。大客厅的门打开了一半，从两扇门之间探出一个脑袋，以嘲弄的口气说：

“再等一会儿，这两个家伙就赶不上火车了！”

儿子有失礼貌的笑声感染了周围的气氛，像爆炸的气泡，引起一阵哄堂大笑。这些人说话带着北方口音，讥笑这位高级教士的意大利口音；有一位先生觉得高级教士的秘书过于俊美，不诚实；而女士们觉得他的身材有点儿太瘦。有一位虔诚的天主教徒，却具有冉森教派的思想倾向，一针见血地评论教皇对法国的事务干预太多；说到底，他只不过是罗马主教而已。这时，又送上了丰盛的饭菜，好像他们在两个小时之前根本没吃什么东西似的。某某夫人哈腰取了一盘肥肝三明治送给克先生。她的低领袒胸上衣的吊带没有系好。好像是忘了系。但并没引起人们注意；谁都知道乳房是什么样子。米歇尔不会变成一个土里土气的唐璜[①]。

闷热的夏天过后，便是雾蒙蒙的秋天。冬天也不会有好兆头。去年冬天是在布鲁塞尔度过的，那是为了满足一个年轻产妇的意愿，她害怕自己在生孩子的时候死去。她果然死了。今年的冬天将在里尔度过。带着五个月的女婴去意大利的里维埃拉[②]绝无可能。从里尔到里维埃拉旅途遥远，差不多要用三十个小时的时间才能到达。中途要在巴黎的贵宾旅馆和马赛的诺阿依旅馆各休息一天。米歇尔一时放弃去享受他最喜欢的阳光明媚的南方风光，等于是放弃去蒙特卡洛赌博的机会。在蒙特卡洛金碧辉煌的赌厅里赌博，如同对别人

① Don Juan，中世纪传说中的西班牙青年贵族，浪荡子的象征。
② Riviera，在法国戛纳与意大利拉斯佩齐亚之间的地中海沿海地区。

而言的放荡不羁的享乐，对他来说是一种需要；也等于是失去了一次桃花运，那里有漂亮诱人的女人，能使他在平淡岁月的生活中体验一点儿风流韵事，可以想象她们不是卖淫妇；也不能去意大利海岸，不能去热那亚、佛罗伦萨或那不勒斯小憩，不能参观过去与费尔南德一起去过的教堂和画廊。这会儿正在保姆怀里啼哭的小女孩，待长大以后，也许可以牵着她的手去博博里的花园游玩的。

不管怎样，即将到来的冬天将在里尔度过。这是他有生以来的第二次。因为对他来说，一生中更难熬的，就是艰难时刻的重复。走的还是那几条相同的路；绕的还是那些走廊的相同的角落；住的还是跳鹅游戏的房子。这种房子就是监狱。这已经是五年前的事了。在元配去世之后，米歇尔在地处沼泽大街（这条街的名字起得多好！）的诺埃米别馆度过了好几个月的冬天。春天，他轻率地接受邀请参加了一次上流社会的聚会，认识了费尔南德。但是，桃花运并不是天天都有的。

这没有什么关系：对一些人来说，不能拥有，即使是暂时的，也是应付一切的答案。米歇尔在黑山成立了一个私人苦修会。对于构成或自信构成我们绝大部分人格的欲望与要求，有的人喜欢说不；有的人不寄予希望；有的人没有甚至不再觉得这只是自身存在的需要。他早晨六点起床。他在床上看书，睡觉；他一直喜欢这个时刻，因为经过夜晚的洗涤，一切东西似乎都是洁净的。他的床头柜上放着一大摞书，摇摇晃晃的，好像一座斜塔；这时他读完了蒙塔朗贝尔[①]的《西方修道士》，这是一部长篇巨著，我从来没有读过，但我猜想与他禁欲的朦胧愿望有关。他在旧睡衣外面披了一件破大衣，毫

① Charles Montalembert（1810—1870），法国政治家，自由天主教捍卫者，法兰西文学院院士。

无疑问，旧睡衣是他父亲米歇尔-夏尔穿过的。他趿拉着拖鞋，下楼去取那只装满煤的沉重的木桶。煤是早晨生火取暖用的。他喜欢用当地产的煤取暖。用煤取暖，起码不用再去砍树了。但是，这也无济于事。用煤取暖与矿井的丑陋不堪和艰苦生活密不可分。黑山城堡的习惯做法是，那两个女仆，胖马德兰和小马德兰，每天早晨用旧报纸包着煤或木炭，夹在腋下，送到每个房间，在“主人”起床前先暖暖房间。米歇尔不喜欢叫这两个女人提着沉重的煤桶爬楼梯给他送煤；她们还得给老太婆送木柴，给住在塔楼上的孩子送煤。他可能也不喜欢躺在床上看着两个胖女人跪在壁炉前给他生火，或者怕她们出言不逊，到楼下去说先生行为放肆。火生起来了，火焰直往上蹿。用这些已经发黑的旧报纸生火倒是好办法。

过了一会儿，他去取塞拉芬放在门口的早点托盘。塞拉芬是最受重用的男仆，他与梅拉妮管家的关系很好，但米歇尔讨厌他身上的烟草味儿和酒渣气。盘子上惯常有一杯牛奶咖啡、几块方糖和自制的面包片。（在餐厅里吃的也是这些东西。）米歇尔把捆报纸的封套撕掉，看了一眼一般不太重要的邮件。其实他很少看报。报上刊登的唁电大部分好像都是从《秘书万事通》手册上抄录的，谢天谢地，这些玩意儿现在不再刊登了。老太婆还时不时地用写小纸条的方式与儿子交流情况，信封上还加盖封印，也是放在盘子里送给他的；内容有的时候是关于电线迟迟未架的事，有的时候是一个佃农拖着不交地租的事。米歇尔与这个佃农倒谈得来。但米歇尔不像他父亲，他不是替诺埃米打杂的。他回信，就写个字条放在盘子里。

天刚亮，米歇尔就下楼去公园“兜大圈子”，有时偷懒“兜小圈子”。八月底，田地里蒸腾着热气。从十月初开始，地面上有时覆盖着一层霜；他踩着松软的地面别有一番情趣。城堡和村里的牛都在草地上吃草；米歇尔走下草坡时遇到一个正在放牧的牧马人。在马厩旁边的遛马场上，有几匹健壮的马正在清爽的晨曦里撒欢；他把目光扫向一匹漂亮的牝马。这匹牝马，费尔南德还很少骑过。他骑马也比过去骑得少了；对他来说，骑马可能与太多的亡妻的回忆有关；也可能是因为骑着马在这林间小道上跑来跑去，感到厌烦了。但他此时觉得，一匹马在清晨独自奔跑，就如同一起一伏地奔驰在绿色的海涛之间，比套上鞍辔，让最出色的男骑士或女骑士骑在背上还要漂亮。

费尔南德的狗特里埃跟在他身后。诺埃米不愿意在城堡里养狗，所以把狗养在马厩里。米歇尔和狗走下斜坡，向着已经生起炉火的铁匠炉走去。还是从米歇尔的孩提时期开始，这个地方就吸引着他；那个时候，铁匠让他拉风箱。现在，他帮马蹄匠钉马掌；马掌用烧红的铁块一烙，味道难闻极了，臭味久久不散；但他喜欢制伏脾气暴躁或受惊的马。马掌匠教他怎么钉马掌。他不假思索而且别出心裁地要在城堡的入口处倒挂一块马蹄铁，使这个所谓的护身符变成一个倒霉的象征。马掌匠是村里唯一称得上是他的朋友的人；此人脾气暴躁，和米歇尔相差无几。一天，米歇尔要自己动手打一把铁尺，这位操作铁锤和铁砧的好手在旁边看着，又是责骂又是指导。他还真把铁尺打好了。这把铁尺现在还在我这里，我有时还使用。尽管用手摸或用眼看，手工打制的尺子棱角不太齐，但很结实，几乎是符合数学比例的。尺子很平滑，没有一点儿杂质。七十年以来，尽管我很少使用，但尺子仍然没有生锈。这使我有时猜想，屹立在德里的顾特卜塔附近的旗杆，经历了大约一千五百年的风雨仍然完好无损，无疑也是这个道理：这个质地纯净的圆柱，可能是做事认真的铁匠大师用了多年时间才铸造成的。米歇尔用了多长时间才打成了这个简朴无华但反而很好看的玩意儿？我敢肯定，不管怎样，他从来没想制作一把永世完好的尺子。

为了避免与老太婆面对面地坐在一起，米歇尔根本不吃午饭，或者干脆到村里去吃。晚上，诺埃米让人把饭送到她自己的房间里吃，而米歇尔一边吃饭一边看书。

然而，人活着，总是为了某种原因或者迷恋于什么东西。这一次他迷恋的是汽车。我们忘了，对于世纪之交的人来说，汽车的发明确实是一个奇迹。我们离年轻的普鲁斯特①看见他的第一架飞机升起在巴勒贝克天空时那种激动得流下热泪的时代，只隔七八年的时间。我们在此之后又看见了那么多新技术成就的出现，但这些新成就并没有改变人，也没有改善人们的生活处境，今天留给人们的却是苦涩的回味。对于一个热心于发明创造的人来说，激动兴奋是人之常情。米歇尔的“玳莫莱”汽车不好开，当他送到巴约勒的一个汽车修理工（巴约勒现在有了一个汽车修理工）那里修理的时候，有两个老头，是商务咖啡馆的常客，站在那里看着这部车轮不能转动的奇特的汽车，不禁感到好笑。

“我看这恐怕不会成为运输业的未来吧。”这两个多米诺骨牌爱好者中年纪大的老者说。

“傻瓜！”米歇尔嘟哝道。他觉得这两个傻瓜目光短浅。

只有普鲁斯特和他看得更远。对任何人来说，只满足于目前的成就和明天的利益，而看不到后天和下个世纪，那是错误的。马塞尔没有预料到死神会降临考文垂②、德累斯顿③和广岛④，没有预料到我们未来将要经受的灭顶之灾，更没预料到在所谓的和平时期，各国之间人为的接近竟会带来仇恨与竞争，从而导致摩擦。米

① Marcel Proust（1871—1922），法国小说家，意识流小说的先驱。
② Coventry，英国城市，第二次世界大战期间遭轰炸，市中心被毁，战后重建。
③ Dresden，德国东部城市。
④ Hiroshima，日本海港城市，1945 年美国在此扔下第一颗原子弹，损失惨重。

歇尔预料不到大街上会出现堵车，公路上每年因为内战造成了多少伤亡，发动机释放的尾气污染了人的肺脏，腐蚀了石头，毁坏了树木；石油大国奴役世界，海上石油钻探污染了海洋，海水变黑，给海洋生物带来灭顶之灾。此时此刻，米歇尔想的只是驱车自由奔驰，哪里有公路，就往哪里开。不用再坐火车行驶在硬邦邦的铁轨上，从此告别了人声嘈杂烟雾笼罩的火车站，田园风光也不会再受黑烟之害。当马塞尔与阿尔贝蒂纳在诺曼底散步，当米歇尔在北部省的石板马路上奔驰，他们都想不到，“交通的进步”比两次战争的破坏更为严重，为了让那些鲁莽的司机能够超车，只能把他们非常喜爱的法国公路两旁那些漂亮的白杨和榆树砍光。他们也不知道，现在随心所欲地到处停车，通过人烟稀少的公路外出观光，从而缩短了时间，但不久以后将会被高速公路引发的恐惧心理所取代。高速公路交通规则严格，也像过去的铁路一样用红绿灯信号控制，只能按照在很远距离设置的路标指示的出口驶出公路。发明创造给人们带来的实惠是神奇的，但最终产生的后果都是相似的，不过那时还没有暴露出来。

那时，汽油和原野使米歇尔陶醉了。这位出色的骑士变成了出色的司机；他坐在汽车里，真有两腿夹着马背奔跑的感觉；与发动机配合，就像是与聪智驯服的马协调的合作。他也表现出了一个出色的机械师的姿态。他儿子也是一个车迷，因此，父子俩迷在了一起。米歇尔-约瑟夫开车猛冲猛撞，很尊敬这位父亲，称父亲为司机同志。他父亲的车开得既熟练又鲁莽，紧贴着公路边沿急转弯，在很远距离就能判断如何从两辆满载货物的卡车之间穿过去，而不会与之相撞，也不会相擦，玩儿似的一闪而过，并且视对方司机的表情，或者神态傲然不予理睬，或者出于礼貌点头示意。真是一个古怪的家伙。在当时，汽车非常少见。他还自我吹嘘，说他开了十年车，从来没轧死也没撞着一条狗、一只鸡，或者村里的一个女人，尽管女人一看见汽车就怕得要命，像一群咯咯乱飞的母鸡跑着穿过马路。

父子俩蹲在路旁，身边放着一个工具箱，或者躺在车下面，满身油泥和尘土，这两个从来没有共同语言的人像两个好同志，一声不响地换着一条传送带，或清洗一只化油器。他们俩的这件共同的玩意儿，使米歇尔-约瑟夫暂时忘记了他的同父异母妹妹的存在。老太婆最喜爱米歇尔-约瑟夫，她以讥笑的口吻说，他的隔山妹妹的出生，把他的财产“一分为二”了。米歇尔不再去想这个可恨而粗暴的孩子曾经让费尔南德感到厌恶，他甚至在亲生母亲垂危的时候也没去病榻前看她一眼。我已经说过，责备他不去看垂危的母亲是不公平的。贝尔特的死是悲惨而又难以说清的，要一个十五岁的男孩去哭，那是不可能的。

但是，这种对汽车的狂爱胜过了一切。有一个司机，就是那个讨女人喜爱的漂亮的塞扎尔，马上将来黑山城堡，与当了夫人二十五年马车夫的阿尔西德一起效力。米歇尔不会对汽车机械和构造的改进感兴趣。机器可能也像女人，当变得轻佻的时候，也就让人感到厌倦了。在生命的末日，他太贫穷了，根本买不起“劳斯莱斯”，也买不起“别克”，只能租一辆后座有活动篷的“维多利亚”旧式汽车，也就心满意足了。这样，他可以开着这辆车，悠闲地在他喜欢的南方偏僻地区的公路上奔驰。那里汽车不多，他有足够的时间把沿途的每一棵草都记在心里。

招魂

然而，米歇尔有时不住在黑山城堡。他另有两处住所，一处在东边，靠近布温，叫仙阁；另一处在西边的灰鼻角与敦刻尔克[①]之间的格兰渡。他对两处住所都很熟悉。从字面上看，这两处住所好像都是亡灵居住的地方，但是，他去那里并不是为了死者（米歇尔不会招魂），而是为了对活人的忠诚。在仙阁，他经常而且很乐意地住在贝尔特和加布里埃尔两座坟墓之间的地方。加布里埃尔被埋葬在一座破旧的小教堂里。小教堂属于一座修道院，在大革命中遭到了破坏。这座建筑物的基础最晚建于墨洛温王朝[②]时期；从残存的雕刻和埋葬在这里的亡妇的残缺不全的卧像可以看出，有几代妇女的肉体都是腐烂在这里的。总是笑容满面的加布里埃尔肯定不会想到这些女人，尽管有的还是她的祖辈；事情很简单，由于她的家庭不知道该把这个年轻的离异女人葬在哪里，就给她选择了这块墓地。当然，米歇尔没有必要到她的坟墓上去胡思乱想：加布里埃尔在世的时候，他对她的照料够多的了。至于贝尔特，她死的时候手上还戴着戒指，他把她安葬在巴约勒的克家族宽旷的墓地里，是再合适不过了。那个地方阴森森的，他从来没有去过，他希望在去世之后也不要去。

但是，在仙阁的甬道上，还游荡着两个姐妹的踪影。人们不太清楚在此事之前看见过两个幽灵手挽着手在陵园里游荡的男爵夫人，是否还能够认出她们来。这不可能，肯定不可能：五年的时间像过去了五个世纪。然而，活着的人仍然活得很好。在这座巨大的建筑物中，十八世纪的一些建筑风格已经被十九世纪的砖石结构建筑取而代之。十九世纪的建筑被保留了下来，因此，陵园如果得到保护，还是很漂亮的。从花坛来看，园艺风格并不突出，但男爵还是精心地照管着门前的那几株玫瑰。然而，自米歇尔娶了贝尔特以来，门面从来没有再粉刷过，也没有再油漆过。

男爵夫人玛丽-阿特奈似乎没有变老，不管怎么说，由于戴着黑色假发，无法判断她是否真的变老了。她也叫卡尔门，她的侧脸可能变削尖了；从带点黄色的黑眼睛里射出来的目光表明，她好像是一只永远吃不饱的动物。毫无疑问，她同罗依斯男爵生活在一起，就如同生活在兽笼里。但是，她经常而且很容易地从笼子里跳出来。这位女子既有西班牙人血统，又有茨冈人[3]血统，但主要还是茨冈人血统：法国上校在我们进行的某一次战争中将玛丽-阿特奈的祖母从西班牙带回法国，但他带回来的并不是爱情——米歇尔一贯认为爱情是献给维纳斯的——而是一种虚情假意，一种征服肉体的疯狂需求。

这种天性也多少遗传给了她的女儿们。马德兰是这些还活在世上的女人中最漂亮的一个。她从来没结婚，或许是由于她根本看不起与她为邻的那些讨厌的乡巴佬男人，或者因为这家女子的

---

① Dunkerque，法国北部的海港城市。
② 法兰克人的王朝，存在于476—750年间。
③ 即吉卜赛人。

名声是尽人皆知的：那些生活在城堡里的既风流倜傥又谨慎行事的少爷们，都巴不得利用树洞与马德兰交换情书，甚至晚上与她在矮树林里幽会，但不越雷池一步，也不会让她改名换姓，更不会与她同床共枕。L·德·L家的小姐们不再是人们求偶的对象了。马德兰总是衣着雅致，自成一派，却不赶时髦；家里的钱越来越少了；她的衣服充其量不过是在里尔做的，要不然就是在布温做的。马德兰身上有一种妖艳迷人的小公主的气质。她在一次博览会上买了一只受到手摇琴师百般虐待的拳头大的卷尾猴。这只卷尾猴几乎成了她的精神支柱。我看见她让卷尾猴趴在肩膀上照过的一张相，他们身处的树林顿时变作了野兽出没的丛林。不幸的是，在一个空前严寒的冬天里，她的这位怕冷的朋友被冻死了。

她也有情欲，当然应该获得满足。她有情夫，也可能是男爵夫人送给她的，因为老卡尔门总是插手这种事。情夫是村里的一个漂亮的小伙子，此人有点儿傲气，很得意自己与男爵夫人和两位小姐都保持着爱慕关系，因为可怜的克萝迪娜是跛脚，长得又难看，只好捡姐姐的缺。他们就在老园丁的破屋里幽会。园丁到村子里与合法妻子睡在一起。

按照托尼的说法，玛丽-安托瓦内特是男爵夫人在四十岁以后出人意料地生下来的，只有这个孩子保持着粗犷天真的性格。她已经十五岁了，可以说是一个非同一般的女孩儿。她是个假小子，穿着马裤和破烂的短袖衬衫，喜欢爬树，掏喜鹊窝，骑在马的光背上，还与农民一起去地里翻晒干草。一位小姐，皮肤被太阳晒得黑黝黝的，在当时是无人赏识的。她头发蓬乱，既像无赖，又似仙女，嫁给一个布尔乔亚之家倒挺合适。但她父亲严守贵族的等级，不会同意她这样的婚事。她嫁给了当地的一位工业家，成了一个好妻子。

她给他生了好几个子女，因此可以说，这是一桩法国的犹滴[1]与英国的艾特尔雷德[2]神话般的婚姻，王室的血液流到了法国这个偏僻的地方，使男爵感到欣慰。

马德兰生了孩子，男爵还蒙在鼓里。起码人们相信男爵对此一无所知，而长期以来，男爵也学会了对明摆着的事情视而不见的艺术。因此，他对孩子的事一无所知，或者佯装一无所知。这是一个女孩儿，被送到远方的一个村子抚养着。即使知道，他也无所谓。女孩儿后来被修女收养，以后又在天主教缝纫作坊给她找了个不起眼的监工的工作。马德兰从来没有见到这孩子，但她也并不像人们想象的那样惦记着自己的女儿。各方面迹象表明，与其说她是孩子的母亲，毋宁说她甘愿做男人的情妇。

但是，大约在二十一年之后，这个幽灵般的女儿又出现了，并且要求还仍然活在世上的男爵夫人将她的那份遗产分给她。马德兰已经去世了。用她的话来说，男爵夫人把她赶出了家门。家里人猜想，“这个女孩儿”落到了坏人手里，可能是一个社会党人律师的手里。只有本家族的一个远房亲戚支持她对遗产的要求，我很高兴在这里声明，这个男子就是我的隔山兄弟。他是贝尔特的儿子，也是“这个女孩儿”的堂兄，他认为他对此事有发言权。人们告诉他，他搞错了。既然不知道“这个女孩儿”的母亲是谁，她就没有合法继承权。他对此愤愤不平，因此赢得了人们对他的好感。但人们不能对他隐瞒，如果他坚持这种要求，有一天他也会失去他的那份尚属男爵夫人与子女共有的遗产。人们告诉他，他过世的母亲没有给他留下遗产。米歇尔靠他妻子的嫁妆为生，而人们并未说这笔财产其

① Judith，传说中的犹太女英雄，在祖国危难时巧入敌营杀死其主帅。
② Ethelred Ⅱ（968—1016），英格兰人的国王。

实是不多的；在贝尔特最后一次生病期间，米歇尔不得不靠补助金为生。没有人说他拒绝接受补助金。米歇尔-约瑟夫为人精明，觉察到了所有这一切的真相，便耸了耸肩膀。他怀疑母亲家欠了债，没有什么财产可分了。但是，这个让人难以对付的年轻人有时也具有强烈的恻隐之心；他的家庭对这个突然闯进来的女孩儿的不光彩做法，使他成了她的保护人。当然，事情只能到此了结，但动摇了他对“名门世家”的信任。他珍惜“名门世家”的诚实，然而，他父亲却不以为然。

男爵平静地去世了。心脏病是多年的老毛病，他已经习以为常，但成了他致命的死敌。每一件伤心事都会加重他的病情。他从来不谈他的儿子们。博杜安长得矮胖，经常在村子里与思想激进的酒肉朋友吃吃喝喝，还与朋友的姐妹们一起睡觉。他以说粗话而闻名，但现在不像以前那样高声大嗓了，而是低声咕哝。他对二儿子费尔南也没有什么可说的。几年以前，这个年轻的海军上校偷偷地将一个女人带上舰艇，差一点儿被上司开除。后来，他成了最受尊敬的指挥官之一，长期生活在陆地上，与一个自己挑选的温柔的女友住在利布尔讷[①]。他的女友过去是利布尔讷最著名的理发师。男爵因为他没有能像自己期望的那样进入海军，心里总是有一股苦涩的感觉，他在博尔达的考试考砸了，但这已经成为历史了。而且，他从来没有来过仙阁，即使男爵心里不是滋味儿，有火气，也无处发泄。

由于老毛病常犯，死神骤然降临，几乎猝不及防。说真的，很多年以来，他一直疾病在身，但他意志坚强，使他长期以来反反复复出现的痛苦征兆很少显露出来。男爵不再骑马了：骑马使他腰疼。

① Libourne，法国西南部吉伦特省城市。

他过去的唯一享受就是养马，在合法国王回到法国的那一天，他就骑着马前去欢迎。这样的时代一去不复返了。这位直到去世之前还忠诚地抱着正统思想不放的保王党人现在才知道，法国将不会再出现王朝复辟。他感到非常失望，因此也失去了生存的乐趣。他再也没有精力去管理他的农场了，而博杜安又是无能之辈，无法取而代之。但是，村民们都对这个性格坚强的男爵怀有尽忠的义务，照旧向他缴纳地租，农活照常进行。

男爵起码还能种植玫瑰。有一天，一个英俊的流浪汉推开铁栅门走了进来，一直来到城堡的晒台。他是一个讨厌鬼，粗俗下流，半乞半盗，以专干坏事儿而闻名于本地。他见晒台旁边有一位老人，头戴草帽，身穿羊驼毛上衣，正在修整尼埃尔将军玫瑰花，就向他要五个铜板。

"我没有钱给您这样的人。"男爵说，继续修剪玫瑰花枝条。

他这种一本正经的神态是祖父遗传给他的：

"可怜虫，头顶上竟然没有片瓦！简直给生你的村子丢脸。"

这个无赖抿了一下干涩的嘴，嘴角上叼着一截烟头：

"那么说，您肯定您永远都有一个家？"

男爵没有能再活多长时间，没有能看见一九一四年公路上挤满难民的情景。

他的死，除了我们即将看到的一件可怕的事件之外，还是顺理成章的。他上楼的时候，常常需要停下来喘一会儿气。他决定呆在卧室里不出门。他向四周环视了一下。自从他与玛丽-阿特奈分居以来就住在这里，这可能还是他第一次这样观察自己的房间。房间里朴实无华，就如同他在军队里居住多年的临时住所，不免流露出几分满意的神态。为了替他的两个儿子还债，几件漂亮的家具早就卖掉了。除了那件路易-菲力普时代的旧衣橱和安装在与军床相差无几的床上的两盏旧烛台，他还叫人给他安放了一把伏尔泰式安乐椅，因为他躺在床上无法睡觉。还在一个角落里放了一只必不可缺少的恭凳。用人把饭给他送到房间里，还为他打扫房间。夜里多次感到呼吸困难之后，他意识到自己快不行了。但他没有惊动别人，尽管一伸手就能触到电铃（宁愿自己悄然死去，也不想听见女人哭哭啼啼）。他过去不相信，以后也不相信眼前的事实。他还得去做大弥撒，参加复活节领圣体，因为一个出身高贵的男人应该以身作则，而且宗教对建立一个良好的社会秩序是不可或缺的。为了保持晚节，他请全村人参加他的临终涂圣油仪式。人们在衣橱上挂了一条白毛巾，把两只烛台擦得光亮，还将男爵夫人日夜用来祈祷的耶稣像十字架放在两只烛台之间。村里人一批一批地默默来到他的房间；用人都躲在人群后面，站在走廊里。

这是一个晴朗的夏天。他挺着身子坐在安乐椅里，膝上盖着花格毛毯，任本堂神甫"装模作样"地涂抹圣油，必恭必敬地接过圣饼。他一一握了他最熟悉的那些村民的手，向其他人点了点头，在完成了应尽的"职责"之后，便永久地关上了门。用人每天三次走出先生的房间，然后下楼通报情况，总是一成不变地说还可以。但一天早上，人们发现他去世了。

米歇尔一直对他怀有几分敬意。这个老头儿头脑固执，或许也有一点儿迟钝，只相信自己，对生命无所需求，顺其自然。但是，在举行临终涂圣油仪式两三天之后夜里发生的一件事，使他对这个奄奄一息的老头儿的好感全然消失了。看门狗一直被套着链子，拴在离铁栅门不远的狗窝旁边。狗的职责是一听到声音就叫，不管有没有小偷或流浪汉来，都要吠上一阵子。有时候在夜里，它也像它的老祖宗狼一样仰头狂嚎乱叫，不是为了求偶，就是预感到有什么野兽向它走近，也许是向什么犬神诉说自己的脖子上为什么老是套着锁链。一天夜里，它叫的声音比平时拉得更长，将正在小憩的男爵惊醒了。病人听到像是树林中的猫头鹰在叫，可能感到害怕。天快亮的时候，米歇尔听到一声枪响，狗的吠声变成了行将死亡的动物的惨叫。米歇尔下了楼，来到院子里。狗的脊椎骨被打断了，直挺挺地躺在地上，脖子上还套着锁链，身边流了一摊血。灰色的晨曦映照着灰色的血。米歇尔解开狗脖子上的链子，让它觉得自己死去的时候是自由的。它很快断了气。

男爵站起来，走到一个角落，拿起一支卡宾枪，然后又躺下。说得更确切，他又坐在了安乐椅上。没有再开第二枪，就结果了狗的性命。他听到那只经常使他无法入睡的狗在地上垂死挣扎地叫着，心里感到很高兴，而更使他感到高兴的还是，他这个行将死亡的人竟然还有力气结束一个生灵的性命。当他再坐到安乐椅上的时候，他的心脏也没多跳动一拍。其实，男爵在杀害了他的狗之后，肯定也向自己开了一枪。

葬礼符合他的身份，一切按照他的遗嘱进行。他生前就叫人做了一口白木棺材，吩咐用农场里最旧的马车，由两头牛把棺材拉到墓地。马车擦拭得光亮，覆盖着新鲜的树枝和树叶。马车在田间的道路上慢慢地走着，路的一边是已经收割完的农田，另一边是割过草的草地。这个从未走出中世纪的人物，就这样以乡间的庄重而质朴的方式，去与他的老祖宗会合了。

格兰渡的建筑风格与仙阁迥然不同。墙是用石头砌的，砌得很细致，窗户和墙的挑头儿设计匀称，保持了十七世纪的既优美又朴实无华的特点。室内宽敞，各个部位比例得当，既不庸俗也不夸张。墙上的绘画出于无名之辈，已经陈旧，既未重新描画过，也没有纹章，虽然艺术价值不大，但都是原作。其中还发现有几张官吏或军官的肖像画，画得栩栩如生。然而，格兰渡的骄傲还在于它的花园。自三代人以来，村民们都叫格兰渡花园为“萨西游乐园”。保尔的曾祖父、祖父和父亲也像他一样，以“抠门儿”甚至吝啬而著称，但人们都说，那些打扫得干干净净既没有枯叶也没有断枝的小径，没准是用金子铺成的。城堡周围共有五条通道，在林中往四周辐射着，组成了一个星形图案。有两条通道一直延伸到森林的边缘。这是一片名副其实的森林，也属于这个家族。经常能在远处看见林边有鹿蹦蹦跳跳，也能看到野猪的黑影。第三条通道通到村子里，第四条通向一座小山，山上有一座教堂。第五条通到海岸，一眼望不到头，也看不见大海，只能想象大海是什么样子。格兰渡的名字也是由此而来的。可能是祖辈在皇家海军服役的一个什么人起的名字。因为据说，要是天气晴朗，忠心的人可以凭肉眼看见对岸的敌国，也就是英国。那些出身高贵的外省人，没有丝毫愿望想乘坐王家马车去凡尔赛宫，就在这里修建了一座勒诺特式的花园。花园里既没有裸体的神话人物雕像，也没有喷水池。这里也像仙阁一样没有种花。米歇尔非常喜欢英国的姹紫嫣红的花园，因此，他把这里无花归咎于冉森教派的麻木不仁。但是，男人们的乐趣是邀请客人乘坐双篷四轮马车绕花园而行，或者，如果是骑士，在灌木林中长满青苔的小道上散步。保尔·德·萨西忠实地继承了这个传统。

玛丽很年轻的时候就是在这里步入了已婚女子生活的，这就像是，如果换一种情况，她也会怀着同样善意的满腔热情出家修道。他们的年龄相差太悬殊了。当米歇尔十二岁的时候，他父母决定再生一个女儿或儿子，以替代十四岁就夭折的大女儿。大女儿是在黑山的山坡上被马车轧死的。父母本来实行节育。他们实行节育，并不是担心世界上人口太多。他们才不去想这个呢。他们实行节育，是怕子女太多，每个人的遗产分得太少。当时米歇尔受了轻伤，回到城堡，给母亲带来了这个不幸的消息。当小妹妹（幸亏她是女的）降生的时候，米歇尔已经十三岁了，或许还稍大一点儿，正在上中学。在以后的岁月中，米歇尔发现母亲不喜欢他回来，因此，放假的时候，他尽量不在家里逗留，从而很少见到小妹妹。然而他发现，小妹妹一点儿也不受宠爱。

后来，当米歇尔成为回头浪子再次回到家里小住的时候，他还是留下了一张照片，是由里尔最好的工作室拍摄的。这是一张全家福，以证明这个背叛者曾经回过家。尽管他只在家里住了几天，但照相机还是摄下了一张全家福。小女孩儿躺在土耳其式的地毯上，两条细长的腿穿着黑色长袜，互相交叉在一起，一副天真的神态。父母表情刻板。除了宽容的父亲，专横的母亲，再一个就是在那些年喜欢空想的米歇尔。他越想这件事，越觉得诺埃米是一个复仇女神，一个墨杜萨[①]。为什么让兄妹俩与这个与其说是母亲毋宁说是后娘的凶恶的女人在一起照相呢？诺埃米是否恨玛丽为什么不是那个早年夭折的小女孩，就像恨米歇尔只是轻轻地擦伤了一点儿，而可爱的小女孩儿反而丧了命？玛丽令她难产，是否也因此得不到她的谅解？父亲的这个脾气暴躁的妻子好像只喜欢那个不幸夭折的女儿。当回忆起姐姐的模糊不清的童年的时候，米歇尔猜想，她是不是因为早夭才得到如此宠爱。他在里尔和黑山城堡，竭力想从父母的床上寻找可能隐藏着的答案。

后来，米歇尔成了逃兵，被法国禁止入境，但由于地方边防睁一只眼闭一只眼，他才两三次越过国境，见到了玛丽。玛丽第一次

---

① Medusa，希腊神话中的美女，因触犯女神雅典娜，头发变成毒蛇，人若瞧之，立即化为石头。

身穿舞衣，朴素大方，非常可爱。女人在她这个年龄，是很少穿得如此朴素的，这或许是由于腼腆，或许是为了讨人喜欢。又过了几个月，当他再次偷越国境回来看望病危的父亲时，玛丽已经成了病人的出色护理员。父亲性格倔，诺埃米脾气不好，修女们又笨手笨脚，只有玛丽心细，得到了病人的诚心认可。

相册又翻开了一页：米歇尔参加了玛丽的婚礼。玛丽的丈夫三十多岁，出身于乡间的名门世家，但他不太讨大舅子喜欢。他神色中流露出几分忧郁，表情拘谨，为人过于慎重，总是担心上当受骗。“保尔对人很苛求。”新娘子笑眯眯地承认。但是，玛丽心甘情愿地选择了他，要不就是心甘情愿地屈从于父母的安排。他们作为义诊护士，是在一次去卢尔德执行任务中相识的。玛丽发现小伙子与她一样笃信宗教，甚至比她还要虔诚。在这次运送伤员的长途列车上，他们之间建立了一种在当时还是少见的情人之间的亲昵情感。参加完他们的婚礼回来以后，米歇尔在夜间悄悄地越过比利时边界，被一个铁路职工认了出来，还向他打了个招呼。这时，米歇尔仍然在想象着，婚礼刚结束就去了格兰渡，这对新婚夫妇的基督教式的新婚之夜会是什么样子。他想，这个为人严厉而又沉默寡言的保尔爱玛丽，没准儿胜过玛丽对他的爱。他对玛丽的渴望也是这个二十岁的女人从来不曾想象过的。毫无疑问，这个典型的基督教徒小伙子不会过于贪色，不会沉溺于绵绵情意而不能自拔。对他来说，首要的是婚配。

停战协定终于签订了，法国重新开放边境，米歇尔才得以经常回格兰渡。他以音乐家的耳朵留意着可能出现的每一个不和谐的和音；但这种不和谐的和音可能不存在，即使出现了，也会马上又和谐了。玛丽快三十岁了，已经有了两个孩子，第三个孩子也即将降生。她已经习惯了这个多面男人的独特性格，但这个男人是用煤玉而不是用水晶琢磨而成的。她在宗教和政治上任丈夫摆布；而且她别的什么也不懂。当然，丈夫把新教徒和犹太教徒（他从来没有机会与这两类人交往）排除在自己的世界之外，从来没有看过被列为禁书的著作，后来又拒绝与米歇尔一起去达卢大街的俄罗斯教堂听合唱，因为他知道，去分立派的教堂会惹恼上帝。另一方面，利奥十三世规劝法国天主教徒对共和国政府不要过于严厉，就像对漂亮的某某夫人的客人来说一样，这个爱管闲事的人只不过是罗马主教而已。保尔在慈善事业上出手大方，花钱无度，但玛丽为施舍一个乞丐老人或一个被母亲遗弃的私生子，连几个苏也别想从他身上抠出来；他只相信集体组织的赈济事业。他在格兰渡的教堂对面开了一个门诊部，还请了一位军医每周来给病人或腿部受伤的人看病；但他甚至不屑帮助玛丽给病人包扎伤口，连为正在咳嗽的孩子胸部涂抹碘酒之类的事也不肯干。从来没有一个像他这样行善而又不受人喜欢的人。

保尔的吝啬成为村里人的笑柄：他有时将穿旧的深色呢子衣服送给他的仆人。这是他请最好的裁缝做的，但总是令人想起路易十八时代圣会的先生们穿的呢子大衣。有时，他好像也承认这些衣服已经磨得失去了光泽，而且还是翻新过的，但是，在支付了仆人给裁缝的钱后，他又要了回去。甚至有人说，他仍然保存着巴黎生产的最好的糖果盒，盒里经常装着微微发白的巧克力或被人轻轻咬过的残缺不全的糖衣杏仁。那些开玩笑大王甚至还说，糖衣杏仁都是被人吮吸过的。这是他在圣诞节招待穷人用的。在家里，这个一无所求的男人要求的是最精细的菜肴，但当把菜肴端到他面前的时候，他经常又不吃，或者漫不经心地把银汤匙往盘子里一杵就放下。格兰渡的暖气总是开得较晚，关得较早。玛丽穿毛线衫。单用吝啬这个词还不足以说明保尔的所有问题。因为，他老是吃不饱似的。

为了不浪费上帝赐予的食品，他总是等玛丽或孩子吃完饭以后，再把他们的盘子里根本没有动过的鸡蛋或点心打扫光。像穷人一样吃变了味的糖果，这固然是节俭；但这样自讨苦吃，是为了磨练意志，为了谦卑，为了折磨感官。如果收到一封信，从笺头或字体判断是公证人寄来的，内容是有关资产的事，或者是一位亲属写的，这位亲属的身体状况使他担心，他便极力控制住自己的感情，把信揣进衣兜里，等到第二天再拆开看。他不心急，不好奇，不贪欲。米歇尔心想，这位有时好淫乐的禁欲者在爱情方面是不是也如此。

这对表面上似乎亲密无间的夫妻，其实出现了不易察觉的裂痕。可以肯定地说，保尔娶了玛丽，为了子女，不得不放弃马耳他骑士的封号。因为据说，诺埃米的平民祖父卷入了一起肮脏的财产案件。这样的顾虑是不是会影响居住在阿文提诺山[①]漂亮的古罗马别墅里的骑士团首领？我不知道，我甚至想，保尔是否真的拥有这个他与玛丽结婚会有损于子孙后代的名誉地位的封号。一切与贵族有关的事都是由摩根命运女神决定的。他们夫妻之间表面上很和睦，但实际上存在着更加微妙的关系。保尔的父母经常到美丽的蓝色海岸过几个月的冬天，去巴黎与从前的正统派人士聚会，因此，保尔也有机会参观巴黎的博物馆，游览名胜，逛圣日耳曼大街和一些旧皇宫。旧皇宫里有许多艺术品，尽管并不都是佳作，但琳琅满目，比外省的艺术品更精美。他多次去罗马；而玛丽只去过一次，那还是去度蜜月的，她对罗马教皇接见他们还记忆犹新。后来她生了孩子，再也没离开格兰渡。保尔利用去葡萄牙参加圣事大会的机会在那里小住了几日；他喜欢回忆葡萄牙乡下妇女的美貌。她们挽起衣袖，赤裸着双臂，手扶着头顶上

① Aventine Hill，罗马城内的七丘之一。

装满水的陶罐，个个都像昔日拿撒勒[①]的圣母。玛丽听着他对葡萄牙妇女的赞美，心里觉得不是滋味儿，她怀疑，在对美的品味上，似乎有一点儿不正经的东西。保尔不时地去巴黎找他的代理人商谈事务——他总是有两三件有关遗产的诉讼案件要解决——有时还去参观一处画廊或逛一家古玩店。他去那里，不是为了购买艺术品——他要那些玩意儿有何用场；对他来说，一件艺术品，就像摆设在格兰渡家中的漂亮家具和价值昂贵的绘画，只有自几代人以来就属于自家所有，那才是有价值的——但这是他的乐趣，他甚至还去过雷诺阿[②]和莫奈[③]的画室。有一天，他给玛丽带来一件礼物：是一个长纸盒，还用一根白色的带子捆着。玛丽像所有的女人一样喜欢打扮，但尽力克制。她似乎希望能有一件不袒胸露肩、紧腰宽下摆的褶裙。这种裙子做工精细，在当时被视为一种奢侈品。然而，她打开外面糊了一层丝绸的纸盒一看，里面装的是一块玫瑰色的光亮的料子，料子色调素淡，但上面绣着深色的李子树枝。花瓣微开，似乎是一派不耐寒冷的样子。树枝上还有一只小鸟。玛丽打开这件具有异国情调的织物，原来是一件日本明治时代肥大的绣花和服。对这件和服，某些被誉为国家活宝典的大艺术家仍保留了其奥妙所在。她奇怪地看着和服的宽大的袖子，根据日本文学作品的描写，那是用来悄悄地擦拭眼泪的，而闪闪发光的银丝腰带则是扎在腰部的。制作精细，色彩鲜艳，美观大方，与一般的衣服大不相同。保尔告诉她，这种和服已经成为巴黎的时尚便服。但他的年轻的妻子突然面色涨得通红，喘着粗气，抽噎着说：

---

① Nazareth，耶稣洗礼之前的居住地。

② Pierre-Auguste Renoir（1841—1919），法国印象派画家。

③ Claude Monet（1840—1926），法国印象派风景画家。

“你把我当成妓女啦！你把我当成妓女啦！”

玛丽是由母亲根据布尔乔亚礼仪规范培养成人的。这种礼仪要求，一个正经的女人，从一清早开始就得从头到脚穿得整整齐齐，还得穿优质的毛织长裙或高领长袖塔夫绸裙，至多为了赶上时代潮流，穿裙子和长袖衬衫；要是自己偶尔照看孩子，为了不弄脏衣服，还得穿上做工精致的围裙。晚上“出门”的时候，才可以按照习俗换上袒胸露肩的舞衣，或者最起码也得穿赴宴的深色长裙。夜间穿白色法兰绒或细麻布衣服，但绝对不能穿便服。和服让玛丽联想到妓女的长椅和卧室。如果偶然遇到特殊情况，例如孩子发烧或失火，一个正直的女人下床的时候，最好还要穿衬裙，披上披肩，这样才不会让人觉得妖艳。毫无疑问，保尔从来没有看见过怕羞的妻子一丝不挂的裸体。玛丽不知道亚洲女人也同样怕羞，讨厌做爱的时候一丝不挂，还以为亚洲女人下流放荡，既然亚洲女人不信仰基督教，不管是合法妻子，还是卖俏的艺伎。她把这件和服细心地叠好，仍然装在纸盒里，然后把纸盒放在壁橱上面。这件和服可能还仍然放在那里。

然而，当米歇尔将他生活中的这一段埋藏在内心深处的事件，即贝尔特和加布里埃尔的去世主动详详细细地告诉玛丽一个人的时候，她并不显得如此优柔寡断。就在那个时候，费尔南德也从米歇尔的口中了解到了这些情况，因为他应该把这些事情告诉即将成为他第二个妻子的女人。在全家人之中，唯独玛丽同意他与一个外国女人（比利时女人！）再婚，尽管这个女人相对来说并不富有。她希望米歇尔幸福，并相信结婚会让他幸福，所以赞同他做一次新的尝试。她同意在小米歇尔放假期间照顾他一段时间，但年轻人却不高兴。这是显而易见的，因为姑父和姑妈的为人行事，恰像基督教初期的一对夫妻；他相信，他们周身散发着医院里的甲醛味道。另一方面，年轻人狂妄自大，不仅会使保尔恼火，而且也使玛丽不高兴。玛丽埋怨年轻人对仆人发号施令，这些仆人已经在格兰渡服侍他们多年了，她希望仆人也像远亲一样被当作是家庭成员，而且保尔有时说话的粗暴语气已经使人感到害怕了。再者，年轻人对爱情的轻浮态度也让她对未来忧心忡忡……万一，她自己的儿子……米歇尔试探地问：

“如果艾内斯特不是六岁，而已经十七岁了，假如他使厨房的那个姑娘怀孕了，你怎么办？”

玛丽考虑了一会儿：

“我相信，我会一直乞求上帝赐给我勇气，说服他娶这个姑娘为妻。”

她私下请米歇尔把他儿子带走。结果，米歇尔把儿子带走了。

一九〇一年五月，玛丽终于有了度假的机会。这是她唯一的一次度假。她在里尔的一家修道院参加了一次修省班。参加修省班的都是女士，几乎像修士一样体验两个星期的修道院生活。她们天天祈祷，在修道院的小教堂里参加宗教仪式，闭门思过或诵读经书；即使有机会到客厅或花园里聊一会儿天，她们心中也明白不该谈论她们的丈夫、子女、仆人或世俗生活，更不会把她们的全家福拿给别人看。生活很安静，起码玛丽在内心里有这种感觉。可以设想，与能说会道的教士进行一系列的交谈，肯定会唤起这些虔诚的女人对信仰的兴趣；但说得不客气，这种近乎世俗的枯燥说教，有时候使玛丽内心充满空虚和乏味的感觉。她用心不专，这是教会圣师已经预料到的，但也知道这种情况是会过去的。她一边背诵经文，一边拨弄着黄杨木念珠，但她有时候觉得思想无法集中，嘴唇和手指只是机械地动作着，仿佛处在一个既没有声音也没有动作让她恍然的世界里。她想努力弄明白这是怎么回事，但越想弄明白，越无法弄明白，甚至连她的圣师也没有察觉，她全心地进入了祈祷的意境。

一个细雨纷飞的黄昏，她在自己灰色的单人斗室里，坐在写字台前，漫不经心地抬起了双眼。她在格兰渡的写字台上有一面镜子。这个斗室里却没有。因此，她看不见自己。然而，即使前面有一面镜子，她偶然看上一眼，也不会自我欣赏下去。她在平时是很少照镜子的。她看不见自己是什么样的女人，她看不见她那副谦和的神态，不知道自己的脸上闪烁着如何的青春活力。她脸膛儿稍宽，高颧骨，仁慈的嘴唇，浓重的眉毛，笑眯眯的蓝眼睛。她这副神态，要干什么呢？她再一次进行自省。难道她利用自己只不过是一件工具的躯体进行了太多的享乐？难道她在省政厅举行的最后一次舞会上跳舞跳得太多？然而，舞会她还是应该参加的。甚至婚床，甚至与孩子们在草地上吃一次野餐，都可能成为犯罪的机会。她有时怀疑保尔在巴黎与一些半上流社会的女子（这些道德败坏的女人爱穿和服）幽会，从她们那里学了一些谈情说爱的言语花招，对此，她开始的时候还不能接受，然而她的圣师还是规劝她以领受为好。良家之妻不应该怀疑丈夫。而且无论如何，男人的行为无论如何是无法理解的。她对乡下一位女邻居缺乏仁慈心，因为她觉得女邻居太妄自尊大；她毫无道理地辞退了一个女仆；她在诊所给病人治病，有时看见病人的伤口却感到恶心。她有事问保尔，每听到他的多少有点儿干巴巴的回答就泪水汪汪，而她知道，这种悲伤，这种恼怒，对她来说等于是两口子之间闹的一次别扭。随着时间的推移，她并不十分看重像夏日一样单调平静的生活。在一个穷人受苦受难的世界里，她能过着这样的生活，的确是十分难得的。但是，在力求完美中也有傲慢的成分；她必须尽力而为。她比以前任何时候都要尽力而为。然而她发现，她想到这些事之后，马上又不再往下想了。

她的思想空空如也。修道院的人起得很早；而她可能刚要入睡。

她机械地拿起一支羽毛笔，蘸了墨水。信纸放在已经打开的夹子里。“亲爱的保尔……”不，她没有什么要对保尔说的。“亲爱的米歇尔……”不，她也不特别想念哥哥。“亲爱的孩子们……”不，他们还小，也不能给他们写信，而且她也没有什么要向他们交代的。“亲爱的妈妈……”不，给她写也是白写，她没有什么要告诉母亲的。而且，在这两个星期的修省期间，是不允许往家里写信的。突然，她抽出一页白纸，在几乎不知道如何是好的情况下，给上帝和自己写下了下面一段话：

“在等待着将我们的灵魂送还给上帝的时刻，这样的时刻只有一次，因此，我们不要感到可怕。我们不可避免地在尘埃中死去，但我们不能像动物，没有理智，没有爱情地倒在地上，因为动物别无选择。应该预见未来的一切，因为不知道在什么时候死去，怎样死去，为了我亲爱的人，我愿意把我的生命献给上帝。

“我们都是要死的。重要的是献出了自己的生命。

“我们所做的一切都是以上帝的名义，通过上帝并且为了上帝……”

她在信纸上签了自己的名字，把信纸装在信封里，用舌尖舔湿了封口的干胶，封好，并且写上“我的修省书，一九〇一年五月”，然后又把信封装进皮夹子里的一个袋里。人们在她去世以后才会发现这封信。

一九〇二年一月三十日，大约早晨八点钟，玛丽正坐在兼作孩子餐厅的小客厅里，耐心地看着两个大孩子吃早点。他们正在吃抹黄油的面包片，喝热牛奶。奶里加了一点儿类似咖啡味道的菊苣根汁。两个孩子都努力控制住自己，没有在桌子底下互相踢脚，也没有用汤匙敲盘子。一个大约两岁的小女孩正坐在妈妈的膝头。壁炉里生着火；路易十六时代的小挂钟在慢慢地消磨着时间。一个小伙子突然跑了进来。他是新来的猎场守护员，刚十六岁，是来接替他父亲的。他父亲患了风湿病，疼痛不止，无法继续守护猎场。小伙子太激动了，甚至没把猎枪放在门厅里，就窜了进来。猎枪里还可能装着子弹。玛丽不痛不痒地说了他一句。但小伙子高声喊道：

“夫人，您快来看！有一群野猪正在穿过树林，就在通道尽头的一片雾里。”

野猪的出现，在乡下是常见的事。格兰渡的野猪也不少，但成群结队地迁徙还是罕见的。玛丽穿上紧腰宽下摆的女衫和毛线裙子，又套上一件宽松外套，脚穿木底皮面套鞋，头上蒙着保尔从里斯本给她买来的黑头巾。同时，女用人也给两个大孩子穿好外衣，就同母亲一起走了出去。

他们像一支在冬天的清晨出去冒险的大军。玛丽用手牵着小儿子艾内斯特和小女儿让娜，与猎场守护员小伙子走在前面。男女用人得知消息以后，都不想错过这个看热闹的机会，紧紧地跟随在玛丽的身后。德·萨西先生正在书房里忙自己的事，也出来跟在后面，与他们稍微拉开了一点距离，也往前走着。他没有带卡宾枪；他不是猎人，而且又不是打猎季节。秋天才是打猎季节，然而他很少打猎；即使打，也是有客人来的时候才打，为了助兴而已。

天刚刚放亮，清晨天气寒冷，又很寂静；大树下面很阴暗，地面又潮湿，踏在上面吱吱作响。大路和草地上覆盖着一层泥雪。

突然，在远处树林边缘的晨雾中，清晰地显现出那群身个儿强壮圆滚滚的野猪。在大自然中发现这么多史前遗留下来的四蹄动物，简直令人难以置信。他们走到近处，看见一头野猪正在用尖嘴拱土挖树根吃，也许是在挖土玩，根本没注意到有人来。但它们十分警觉，只在觉得没有危险的时候才会这样。这群身个儿强壮的野猪正在林中转移阵地，好像是属于另一个时代的动物似的，在那样的时代，人在动物面前，仿佛能感到神灵在场。年轻的猎场守护员看见野猪，高兴得差点儿跳起来，根本没考虑是不是能打到野猪，便扣响了扳机。

就在此时，最多也不过在枪响一秒钟之后，玛丽便倒在地上，两只拉着孩子的手还没来得及松开。子弹打到一棵橡树干之后又反弹回来，正好击中她的胸口。她可能还没听见响声，子弹就结束了她的生命。

德·萨西先生飞快地跑过去，将两个孩子从母亲的手里拽出来，交给了保姆。两个孩子感到惊奇，但并不觉得害怕。德·萨西先生将年轻妻子瘫软的躯体摆放好，让她直挺挺地躺在地上。他像一位细心的医生，扒开妻子的眼皮看了看，用手靠近她的嘴唇试了试，看她是否还有气息，又把手伸进她的上衣下面，摸了摸她的心脏是否还跳动。她气息全无了。玛丽躺在覆盖着一层白霜的石子路上，好像她一直就是躺在那里似的。

保尔站了起来，叫那些男女用人不要惊慌，要把死者看好，又叫一个男用人去找园丁帮着做一副担架。枪声响过之后，他就一直盯着年轻的猎场守护员，看见他扔下猎枪，在格兰渡和村子之间的树林里拼命地跑。德·萨西吩咐用人之后，就离开了玛丽。他对妻子的生命是不抱任何希望了。他急忙跟在小伙子后面追了上去。那些哭哭啼啼的女用人刚从他的目光中消失，他在枞树林里拔腿就跑。他对这片枞树林的一草一木了如指掌。他几乎与小伙子同时到达了在村头的厄斯塔什（这是年轻小伙子的名字）父母的那间小房子。

他推开门，站在门口。屋里一片昏暗（当地人家的窗户经常是半闭着的），看不清楚里面，只觉得一股气味儿直呛喉咙。煤球炉上正煮着咖啡，烟熏火燎的。两位老人并排坐在他们的大床上面，浑身颤抖着。大床占了整个屋子三分之一的地方。厄斯塔什趴在自己的那张小床上，呜呜地哭了起来。他简直是双手抱头大哭。德·萨西先生走了过去。

“小伙子，不要怕。不是你的错。当然，没叫你开枪，你也不应该开枪。但不是你叫子弹反弹回来的；这是天意。你还照常给我守护猎场。没有人要惩罚你。”

在离开之前，他又把这话对小伙子的惊魂未定的父母重复了一遍。小伙子站起来看着他，弄不明白他的话是什么意思。保尔走到他身边，笨拙地摸了摸他的前额，然后就离开了。

接着，保尔只顾忙亡妻的丧事。为了让亲属来奔丧，也好让正在南方的米歇尔和费尔南德能赶回来，葬礼安排在第二个星期举行。诺埃米来自里尔，但她对小女儿的意外死亡，和对三十三年前她大女儿的去世不一样，并不感到震惊。像她这样年龄的人，对死去的人是不会太伤心的。但是，也像大女儿死于意外事故一样，流言蜚语在北部省又不胫而走。好心人在这两件悲剧中看到，这是对从前利用移民或教会财产大发横财的惩罚，这起码说明上帝是主持正义的。这种迷信的观点不知道是否也在保尔的意识中生了根。

米歇尔和费尔南德在里尔小住了几日。在玛丽安葬将近一个星期以后，保尔带着玛丽的修省书去找他们。大舅子看完修省书，没有说什么，就还给了他。但是，费尔南德平时很少见到玛丽，此时泪水汪汪。玛丽的修省书很奇怪，所使用的语气与辞藻华丽的祈祷词完全不同，这使她既害怕，又感动。当保尔与米歇尔单独在一起的时候，保尔又从衣兜里掏出一封信。信是用方格纸写的，拼写错误很多，而且文笔也像某些没有文学修养的人那样矫揉造作。信是一个女人写的，落款是伯爵夫人。但是，保尔亲爱的亡妻只是把一些重要情况告诉了自己亲爱的丈夫。巴帝纽尔林荫大道十八号，神眼婆阿尔西诺霭·伞杜夫人。保尔放在扶手椅上的双手颤抖着。

“你相信这种把戏？”米歇尔掩饰住轻蔑的心情，问保尔。

“我不知道。既然我相信灵魂不死，我事先没有任何理由说活人不能与死人沟通。”

米歇尔觉得他说得有道理。

“但是教会不赞同招魂术的说法。”

保尔做了一个无可奈何的动作。

“不管是不是招魂术……只是，”他不得不承认，“只是我害怕……”

“你是不是要我陪你走一趟？”

这正是保尔来见他的目的。两个男人找了一个决定突然去巴黎的托词，便从里尔乘坐早班火车出发了。

他们在细雨蒙蒙的晚上下了火车。巴黎的冬天像北部省一样，也是泥泞满地。路灯在这座光明之城的石块铺成的路面上撒下淡黄色的光。他们来到贵宾饭店，把行李放下，就乘出租马车前往巴帝纽尔林荫大道十八号。

我简单地复述一下自巴尔扎克以来被人们重复过上百次的描写：楼梯很陡（但幸亏是底楼与二楼之间的夹层房间），一个矮胖的女人，脚上穿着拖鞋，身穿花晨衣，迈着沉重的步子，无精打采地来开了门。她身上散发着一股低俗难闻的味道，不是香脂，就是油炸土豆味儿，也可能是花束枯萎后散发出来的气息。这是一间小布尔乔亚式的客厅，地上铺着丝绒地毯，中间放着一个独脚小圆桌。米歇尔还以为她要把地毯卷起来。是他猜想错了。在重新提到可怜的夫人所做的与子女的重要沟通之后，神眼婆直眨眼睛，脑袋靠在长沙发的枕垫上，倏然显出一副鬼魂附身的样子，叹了几口气，浑身轻轻地抽搐了几下。她的表演是可想而知的。她以一种讳莫如深的口气描述着当时的情景：一个晴朗的冬天，伯爵夫人身穿黑色厚毛呢女骑士长裙，戴着插有羽饰的女帽，胸部被一个笨手笨脚的猎人打了一枪，从她骑着的棕色马上摔下来，帽子摔在地上……米歇尔站了起来。

“别再听她的胡言乱语了。我们走吧……”

保尔跟在他身后走了出来，但心中有点儿后悔。神眼婆听见他们开门，一下子回过神来，便破口大骂。米歇尔与妹夫一言不语地走在泥泞的人行道上。他们来到一个报亭前。米歇尔看了一眼报架上的《星期日小报》，便买了一份，递给保尔。在当时，小报还不能刊登照片，虽然彩色印刷术已经出现，但只是用蓝红两种颜色为每周的社会新闻作插图，而且这两种颜色相互洇在一起，就像埃皮纳勒画片里生活放荡的女孩儿，也将社会新闻人物描绘成乔治·奥内[①]小说中那种不伦不类的人物。

“你看到你的女预言家是如何刺探情况的吧？”

长期以来，新闻报纸不是刊登耸人听闻的消息，就是进行欺骗宣传，或者干脆去迎合读者的贪欲心理和蠢笨行为，米歇尔对这种粗俗的错误做法不再感到奇怪，也不再感兴趣了。保尔将这种淫秽的图片推开。

“这一切我都明白……但是，然而，当神眼婆鬼魂附身的时候，难道在那一刹那，她的面部表情不是很高贵，而且声音也似曾相识嘛……”

“不，我既没看见也没听到。但是，在这种情况下，解读思想

---

① Georges Ohnet（1848—1918），法国小说家、戏剧家。

的假设，比玛丽的幽灵去巴帝纽尔林荫大道十八号拜访更容易让人接受。你是坐在那个女人对面的。她为什么没发现玛丽在你内心深处的反映或共鸣？”

“你可能说得对。”保尔沮丧地说。

雨下得更大了。两位先生加快了步伐。到了和平咖啡馆，米歇尔竭力叫妹夫痛痛快快地吃了一顿饱饭。

谨慎的怀疑论者对事物不采取否认态度，但其中很大一部分人热中于幻想和谎言，从这种观点来看，米歇尔是对的。然而，“最易让人接受的假说”——而且米歇尔本人也认为仅仅是在可能的边缘——并不因此排除其他事物发展的复杂性，惶恐不安的保尔对此已经有所察觉了。在被称为彼世的晦涩难懂的复杂事物中，如果我们一旦冒险走到这个世界的边缘，我们就会像踩在沼泽地上一样陷进泥潭。由于那些形迹可疑粗俗卑鄙的人牵线搭桥，充当居心叵测的中间人，从而建立起了某些关系，这不是不可能的。这些人具有一种怪才，“出色地驾驭着闻所未闻见所未见的事物”，就如同一个愚笨卑鄙的家伙，居然还能成为很好的歌唱家一样。但是，人们从这些一直都令人生疑的行径中不会获得什么重要的东西。而克先生这一次同意了教会的劝化，成功地使保尔走出了这个泥潭。

看着玛丽遗留下来的修省书，不能不使人有置身于地震震区的感觉。这扇半开半闭的门面对着的，既是最具体的现实，又是最不可捉摸的奥秘，这就是时间。毫无疑问，永恒只是以另一种形式表述的相同事物，但我们与这两种观念所处的关系，就像一个圆的直径与圆周的关系，一方面在尽可能地往一起靠拢，另一方面永远也不可能靠拢在一起。如果不是陷入目光短浅的怀疑主义的泥潭，人们必须承认，玛丽已经跨进了一道门槛，但她本人可能还没有意识到，而且也不记得已经跨入了这道门槛，就像大数[1]的保罗所说的，她“模模糊糊地看着镜子”，已经发现了自己面对的是死亡。动物没有理智，没有爱情地倒在地上，就像她的倒下那样，这种说法令人震惊与痛心。之所以令人震惊，这里指的似乎是那天早晨发现的那群野猪，也就是说，几乎所有人总有一天都无法逃脱玛丽暴卒的命运；之所以让人痛心，因为对所有创造物来说，这反映了基督教灵魂的狂妄自大。根据《传道书》的说法，“谁知道人的灵是往上升，兽的魂是下入地呢？”谁能告诉玛丽，动物被人打死的时候，是不是“没有理智，没有爱情地倒在地上，因为它们别无选择”？她应该知道，动物对子女的爱经常是壮烈的，狗效忠主人，马对难友一往情深。她有什么权利超越其他还活着或死去的人呢？但是她一无所获；她依然与她周围的人的看法不谋而合。

几乎同样令人感到不安的，是对祭献的说法。这种过时的说法乍看起来是高尚的，但与一个上帝或多个上帝的令人厌恶的观念是紧密相连的。以撒[2]被送去祭献，伊芙琴尼亚[3]险些死在祭坛上，只能说明人类丧失了理智。但玛丽的死并不是一种祭献。她预料到了自己的死，然而没有迹象表明她是心甘情愿地去死。她不像美国天主教徒为了换取越南的和平，在做弥撒的时候心甘情愿地集体自杀，而且视死如归，死得果敢。玛丽遵循上帝的意志，没有违抗，没有害怕，这已经足够了，她应该感到满意了。但是，在我们这个世界里，她所希望为“亲爱的人们”获取的功绩，不一定会有所回报。像我们刚才所说的，天主教徒完全心甘情愿地献出生命，他们的确

---

① Tarsus，土耳其南部城市，《圣经》中初期教会主要领袖之一保罗的故乡。

② Issac，犹太人始祖亚伯拉罕和撒拉之子，父亲送其祭献神灵时，被天使所救。

③ Iphigenia，希腊神话中阿伽门农之女，父亲因冒犯狩猎女神阿耳忒弥斯受到报复，战船无法开行。女神提出以其女祭献方可放行。众将求女神宽恕，女神乃息怒。

是死了，但越南战争还在长时期地进行着，而且在某种意义上来说还要继续打下去，他们的死并未换来伤痕累累的和平。我还将在后面描写发生在玛丽亲爱的人们身上的一些情况：他们似乎像所有人一样，仅仅是好歹活着而已。从更深层的意义上说，祭献是密教所宣扬的。首先，在寂静的夜间举行红色断境施身法[①]仪式，被接纳入教者怀着一片虔诚之心将生命献给众生，准备让众生分食其躯体，然后，一年之后又回到原地完成黑色断境施身法，这时他会发现自己一文不值，再也没有什么可祭献的了。

我当时还没有出世。在我漫长的生活中，我断断续续地观察着玛丽亲爱的人们的生活情况，并且与他们保持着一定的距离。玛丽早已被古怪离奇的幻觉所惹怒，本来希望死后能对他们有所帮助，用自己的死换取他们的幸福。这些人获得的恩惠并不显眼，他们的日子过得似乎并不比当地同一阶层同一时代的大多数人更幸福，但也不比他们更寒酸。玛丽在遭受不幸的那天用手牵着的小男孩儿和小女孩儿都已经长大成人，都已经年老了，都已经去世了。艾内斯特在一九一四年当了兵，多次立功受奖；我后来又见到过他。他是应我父亲邀请到勒杜彦家做客。他为人热情，为了出席贝尔日尔游乐园的揭幕仪式，准时地告别了主人。他已经是六十岁高龄的人了，仪表端庄高贵，但有点儿外省人的气质，人们每每谈起他，就像过去谈论他父亲一样，也就是说，把他看作一位法国绅士。让娜嫁给了“我们的家族”中的一个小伙子，生活在图赖讷，还留下了几个继承人。我所知道的她的情况仅此而已。当时茜茜乐还太小，那一天没有同她母亲一起离开房间。她在二十五岁那年出家修道，进了

① 西藏女佛玛吉瑙准潜心修行，将自己的身体转化为食物布施给魔鬼，让其分食，以转化色身。

罗马的一家法国女修院，现在已经退休——因为神职人员享受退休待遇——又回到法国，直至去世。她去女修院之前，我只见过她两三次。她似乎为人粗俗，难以相处；我是她表姐，比她大十三岁，她对我并不感兴趣。她在晚年似乎成了一位开明理智的修女。她有时通过艾内斯特的一个儿子向我转达一句友好的问候。艾内斯特的儿子也是教士。当兵和修道可能是玛丽对子女的愿望，也可能因为他们是生活在这个天主教环境中的缘故。至于保尔，他差不多在两年以后又与一个邻近城堡的女人结了婚。玛丽在世的时候，对这个女人的高傲自大不屑说三道四。这个女人出身高贵，结婚的时候年龄已经不小了。她说话的口气和生活的方式都自诩属于上流社会；她说话语调很高，因此可以说，她好像喜欢高语调，说话故意抬高嗓门。他们有两个孩子，生活和睦；妻子像丈夫保尔一样也赞同《法兰西行动报》的观点。他们晚上一起读报，就像一些虔诚的新教徒夫妇一起读《圣经》一样。正如教会从前所说的，德·萨西先生溺爱妻子，他两次结婚，夫妻之间的关系尤其是一种肉欲的关系，在一些小事上更是对第二个妻子采取迁就态度，但他本人总是躲藏在自己冷漠荒寂的领域里，保持着客气然而暴躁的性格。毫无疑问，他在自己的领域里才感到自由。在一九一四年战争期间，格兰渡是被占领区，他们夫妇住在巴黎的大公寓里，室内家具豪华，但色调昏暗。夫妇俩一致同意把木柴放在洗澡间。在当时，木柴是宝贵的。当然，德国人是不光彩的，尽管人们对德国这个强大的国家组织保持着某种敬意（在这个高贵人士的阶层中，人们还不至于无耻到谈论“威廉”)，但是，法国所承受的大部分痛苦，是由于世俗观念和共和国的老一套习俗做法造成的。置身于毋庸争论的爱国主义和拼命主义的氛围里，人们早已通过几乎难以察觉的裂痕，看出了法国在一九四〇年所具有的某些方面的精神状态。

德·萨西先生的第二任夫人的公寓、保尔的公寓与我们的公寓都在安坛大街，相隔只有几百米，因此，她时常穿梭于这三套公寓之间。我们的公寓也很宽敞，不太昏暗，但几乎没有什么家什。落地窗对着一幢早已不复存在的楼房的内院。墙上挂着常春藤图案的壁毯，黄杨木地板上雕刻着百合花。米歇尔在五年前卖掉黑山城堡之后租了这套公寓，只置办了一些主要生活用品。

德·萨西夫人见到米歇尔的时候，他身穿旧大衣（安坛大街十五号的暖气也被关了），正在看书，身边还堆放着一摞书籍。有莎士比亚的作品（他读的外国书太多了），有歌德的《亲和力》（此时还读德国作品），更可怕的是，还经常读罗曼·罗兰[①]的《超乎混战之上》（"这个瑞士人竟敢对法国说三道四！"在当时，罗曼·罗兰经常被看作是瑞士人，体面人想象不到，一个法国人竟然不分青红皂白地区分法国和德国的责任，因而玷污了自己的名誉）。米歇尔给我看过这本书，使我开始产生了反潮流的思想。这本书成了米歇尔在谎言的大海之中航行的一只锚。在这个谎言的大海之中，一些被收买的记者，或者他们本来就是一些歇斯底里的家伙，拉帮结派，把广大人民拖入深渊。因为一个法国人起码是勇敢的，受欺凌的，坚决抵制这种欺诈行为，令他对法国更增添了一点好感。他还阅读侦探小说，那是德·萨西夫人借给他的。

但是，尤其使来访者极为愤慨的，还是我摆放在写字台上的那些书。有希腊文字典和拉丁文字典、一部逐字逐句翻译出版的柏拉图的《对话集》和一部维吉尔[②]的诗集。人们知道，拉丁文不忠于原意，毫无疑问，希腊文也一样。米歇尔告诉这位夫人，希腊文是

---

① Romain Rolland（1866—1944），法国作家，获1915年诺贝尔文学奖。

② Virgil（前70—前19），拉丁文诗人，对欧洲文艺复兴和古典主义文学有较大影响。

《福音书》的文字。但是，德·萨西先生的第二位夫人已经发现了于斯曼[①] 的《大教堂》和《修士》，我正是通过这两部著作，开始对教堂的彩绘玻璃和中世纪的绘画有了解。她像任何没有文化的人一样，只是从只言片语去判断一部书，就以为理解了作者的思想，哪怕这句话是从喝得醉醺醺的看门人嘴里说出来的。但是，德·萨西夫人过去不读书，以后也不会读书。她只是发现了一段对话，说的是有一个人，他所使用的语言既矫揉造作，又反映了当时的现实，是一种当时颇受欢迎的语言，几乎成了于斯曼的商标。他抱怨吃了“精神疯牛肉”。来访者作了一个鬼脸，这正好证实了她不读书（“难道这就是您给您女儿的精神食粮？”）。她对右翼分子巴雷斯[②]倒感到放心，邓南遮[③]和福加扎罗[④]又一次成了外国人，而托尔斯泰则冒充农民。然而，当她得知米歇尔就此问过我，但并不打算给我施坚振礼后，她亲切和蔼的派头竟全然消失了。她打算在圣菲利普迪鲁尔教堂举行的仪式也付诸东流了。但米歇尔希望我自由地生活着。

在结束这段叙述之前，我还要讲一件有关我个人的事。我刚满十四岁。时间在流逝。几个月以前，即在战争爆发之后三年，为了表达姗姗来迟的兄弟般的永恒友谊，美国向德国宣战（“拉法耶特，我们来了！”）。阿拉伯的劳伦斯[⑤]占领了亚喀巴。依珀尔第三次战役、伊松佐第十次战役和凡尔登第二次战役，都是炮火连天，血肉横飞。

---

① Joris-Karl Huysmans（1848—1907），法国作家，宣扬基督教神秘主义。

② Maurice Barrès（1862—1923），法国小说家，法兰西文学院院士。

③ Gabriele D'Annunzio（1863—1938），意大利作家，拥护法西斯主义，鼓吹帝国主义战争。

④ Autonio Fogazzaro（1842—1911），意大利作家，擅长运用民间语言，作品带有神秘主义。

⑤ Thomas Edward Lawrence（1888—1935），英国军官、作家、考古学家，著有《智慧七支柱》。

黑山城堡在四年以前被一个英国司令部占用，不再属于我们了，最终也被炮弹摧毁；这座砖结构建筑变成了一堆废墟，但更悲惨的还是那些粗大的树干被炸得东倒西歪，断枝满地。米歇尔几乎没有再谈起此事。他觉得，灾难不仅已经降临于世，而且还在继续，把人类的理想也都炸得烟消云散了。我本人受到的损失不大。巴黎也笼罩着战争的气氛。一些到巴黎短期休假的军人，穿着破旧的天蓝色军装，坐在香榭丽舍大街的长凳上，看着来来往往的巴黎人。巴黎男人的生活习惯几乎没有变化，女人不论是美是丑，反正他们觉得都很漂亮。妓女打扮得如同寡妇，一般在晚上才出现，都站在半明半暗的地方。

米歇尔为了弥补对里维埃拉及其赌场的思念之情，决定去昂吉安休养几天，享受一下那里的自然风光。那里绿树成林，绿草如茵。当他利用战争时期的筹码有节制地去碰运气的时候，我正由卡米伊陪着在树林里散步。卡米伊是一个比利时小女孩儿，是我们保留下来的唯一女仆。从某种意义上来说，卡米伊是姨妈让娜送给我的礼物。我姨妈是布鲁塞尔人。在战争初期的艰苦年代，卡米伊与我们生活在一起。在一次去比利时海滨拜访我的同父异母兄弟的时候，她逃到英国，艰难度日，后来又来到巴黎。她是工人的女儿，年方十七，小个子，棕红色的头发。她像一只小山羊，性格开朗，活泼可爱。她已经陪着我生活了五年，看上去与我年龄相仿，或者几乎相仿。她与一位休假士兵订婚了。她寄给他的情书还是我帮她写的。她对其他的事想得不多，几乎不去想未婚夫会遇到什么危险。战争没能阻止我们在小湖周围的树林里玩耍。我们踏着小路上闪动着的树阴，踩着秋天遗留下来的枯叶，发出唰唰的声响。透过稀疏的树枝，可以看见洁净的小湖，一只只白色的小船系在湖边，多数都用帆布遮盖着。船的主人无疑都在林间的小道上漫步。小道上突然走来两个人。是一位先生和一位女士。他们都是上了年纪的人，身穿黑色衣服，好像是孝服，风度高雅。那位女士似乎一直在留心地看着我，在走到我面前的时候停了下来。她问我：

“您是不是玛丽·德·萨西的女儿？”

“不是，夫人，我是她侄女。”

“我们和她是好朋友。我记得她有一个哥哥。”

我尽量向她作了解释。我不知道他们的名字。但是，只有玛丽似乎还留在他们的记忆中。

他们走远了。穿黑衣服的女人又回头看了我一眼。她看见了什么？有一张当时拍的照片，上面的我靠在一只巴黎游船的舷墙上，手上拿着一本书。我头戴钟形草帽，脑后拖着一条长长的马尾辫。身穿蓝白相间的条纹布长裙，长短也就到我的膝盖。由于戴着草帽，脸看不太清楚。我把玛丽三十岁前后的一些照片与我相同年龄的照片作了对照，只能看出她的某些特征。她与米歇尔一样，都像父亲米歇尔-夏尔：眉毛浓重，目光炯炯；高颧骨，宽额头，有点方。相反，脸的下部却不相似。总而言之，我们只有一点儿相像，但并不明显。岁月的流逝，也改变了这张面孔的容貌。

乳香

小女孩儿出世后的第二个夏天开始了。米歇尔没有任何奢望。到公园里散步，与农民天南地北地闲聊，挖空心思找托词躲着诺埃米，总是这老一套，一成不变。一天早晨，他到门口端起早点托盘。他如何吃早点，我在前面已经描写过了。但今天与往日不同，托盘不是放在壁炉旁边，而是放在米歇尔的窗前。窗外是一面斜坡，坡上的草还没有割。他把放在盘子里的地方报纸原封不动地扔进了垃圾篓，同时扔掉的还有两三封信，他想，那些信不是高利贷的报价单就是商人的送货单。但有一封系着细黑线绳的信封引起了他的特别注意。这样的信是有素养的人专门用于向丧失亲属的朋友致哀的。字体细长、倾斜，是出自女子之手，具体说，是一位上流社会的女子写的。这位女子不是在圣心教堂就是在诸如圣母领报瞻礼寄宿女修院学习过的。字体与费尔南德的字体相仿，没有她的细长，但更遒劲有力。米歇尔把信封翻过来一看，背面有蜡封，还加盖了纹章，从华美复杂的纹饰和骑士图案来看，显然是寄自德语地区。他觉得这个信封应该好好保存起来，因此没有直接用手撕，而是用刀子拉开。

他读着来信：

先生：

在给您写这封信的时候，我感到浑身发抖。

我刚刚得知费尔南德去世的消息。她是我最好的朋友之一。您可能还记得，我是你们结婚时的女傧相，只在那天见过您一面。

在你们结婚几个月之后，我在德累斯顿也结了婚。我丈夫是波罗的海人，俄国的臣民。他的家乡在库尔兰[1]，我们在那里住了大约两年，后来搬到圣彼得堡，以后又迁往德国。我不知道您是否给我发了讣告，我终究没收到。只是在我回到荷兰以后，我母亲才把费尔南德去世的消息告诉我，而且还说她给您生了一个小女孩儿。当费尔南德写信告诉我她怀孕的时候，我也怀了孕。我们互相承诺，如果我们中谁遇到了不幸，另一个人将承担起照料我们的子女的义务。如果我提出充当您女儿母亲的角色，这是不妥的，而且也是不自量力的；我现在有两个儿子，更是这样觉得。但是我知道，您作为一个失去妻子的丈夫，单独照料一个孩子是多么艰难，因此，如果您同意，我可以助您一臂之力。

您可能知道，我母亲在斯海弗宁恩[2]的森林里有一处很大的住所，我们在那里消夏。花园里还有一座小楼，是专门接待客人用的；我母亲很少邀请客人，因此小楼总是空着。如果您能带女儿和女儿的保姆在夏天来居住一段时间，我和我母亲将感到非常高兴。您将会受到友好的招待，您女儿也将能呼吸到海滨的新鲜空气。我丈夫同意我的想法，他也将感

---

① Courlande，拉脱维亚里加湾西岸地区。

② Scheveningue，荷兰海滨城市，疗养胜地。

到高兴。他是音乐家，演出很忙，他要我先向您打个招呼，届时如果他不在家，还请您原谅。

我还要在巴黎住两个星期。我对您的处境深表同情，本来应该早给您写信。见信请复。

让娜·德·乐瓦尔

米歇尔在房间里徘徊着，这单调的步子，好像是挂钟的钟摆，帮助他回忆起了过去的岁月。是的，他是在四年前的十一月与费尔南德结婚的。那一天天色阴沉，他看见的正是这个身穿粉红色天鹅绒衣裙的迷人女郎让娜·德·乐瓦尔……结婚以后，费尔南德与她的这位女友通过几次信。妻子告诉米歇尔，她的女友与一位波罗的海男爵结了婚，还顺便说了一些女友过去的事情。当时他只是心不在焉地听听而已。现在，他又一次听到了这些话。他准备带着女儿去斯海弗宁恩。栖身于松林之间，置身于大海之滨，这使他产生了一种温馨的思乡之情，他的已经枯萎的情怀似乎骤然复活了。

让娜谈及她的丈夫经常外出，这是否意味着他们能够经常单独相处呢？他不能肯定。她的信写得很坦率，使他无法往深处想。当他过去看见漂亮的女傧相的时候，他曾经略带戏谑地寻思，他是相见恨晚，如果女傧相与新娘调换个位置，他会欣然同意。但是，这种无法成为现实的事并没使他想入非非，他不久就把让娜遗忘了。现在，这一切全都浮现在他的脑海里。这位绝代佳人又出现在他面前，他的全部感觉就是敬重。敬重让娜，反而取代了他心中爱情的炽热火焰。

我在这里追述一下让娜的生活情况。我所追述的是我父亲在斯海弗宁恩与她一起度过的那几个月以前和以后几年的事。我对这些事的回忆是由别人，主要还是由米歇尔本人亲自告诉我的。他尽管老是谈起让娜，但对她的一些小事却一无所知。而费尔南德是知道的。他对这两个女人之间互相写的信从不过问。她们的信不太多，而且也不大谈论她们之间的私事。故事是由几位年高的女士在很久以后才告诉我的，而且想必对她们的回忆也添油加醋了。如果说年满二十岁已经是成年人的话，那么，有些情况是我在成年之后，利用仅有的一次与德·乐瓦尔夫人见面的机会，直接听她本人讲述的。毫无疑问，我的叙述，就像有时对一些特殊情况所做的处理一样，是借助别人提供的细节来填补空白，同时着重指出某一方面的特点。从某些方面来看，起码这些人与让娜有着相像之处，或者用某些近似的环境来印证让娜的生活情况。然而，这种手法只是对从众人中选择属于相同血型的人或同一个灵魂家族的人才适用……但是，第三者提供的残缺不全或片言只语的材料，一些在散步或茶余饭后的闲谈中提供的情况，也是远远不够的，因此还需要拾遗补缺。我在《北方档案》中写下了七八个有关细节，都是从米歇尔身上借用的。与他父亲在伦敦的一些情况有关，断断续续，互不关联。那是劝说他离开英国情妇，回法国娶一位年轻的贵族女子为妻。这位女子家境贫寒，但比任何英国荡妇都有过之而无不及，反而拖着他走得更远。老先生也是利用他最后一次旅行到邦德大街买些东西，看一看伦敦塔，享受一下布朗旅馆的豪华生活。这些情况是我一点一滴地挤出来的，直挤到最后才在《北方档案》中写出了十几页的内容；我没有增加不符合实际情况的内容，也没有对我描写的人物添枝加叶。因此，我只是把让娜重新放回了她的生活磁场中。

让娜十六岁的时候，母亲范·T夫人把她送到布鲁塞尔圣心中学进修了一年法语。这是一个错误，因为自十八世纪以来，荷兰、俄罗斯或奥地利的名门世家讲的法语，比比利时的女修院讲的法语更纯正。她所以选择比利时的天主教机构（所有的母亲都感到巴黎可怕），是想让让娜摆脱荷兰和新教的成规旧习的束缚。

女修院里多少有点令人作呕的祈祷，装饰着花束和花边纸的祭台，尤其那些空幻的使少女难以忍受的世俗社会的名利思想，让让娜无法适应。比利时某些社会阶层中的这种具有感染性的追求时髦的做法，可能是因为那里的暴发户和前朝遗老传下来的子孙后代太多，他们在十九世纪新生的比利时相互争斗的缘故。人们不太明白某某封号或某某姓氏的来历，不知道法国人姓氏中的小写的“德”与佛兰芒人姓氏中的大写的“德”有何区别。让娜在寄宿学校只有一位始终不渝的好友，她就是费尔南德。

费尔南德比这位漂亮的荷兰少女的年龄稍小，但比她更天真活泼。费尔南德了解的世界只是她的家乡埃诺和桑布尔-默兹。费尔南德为人热情，富有同情心；她喜欢花，喜欢动物；她柳叶眉，绿眼睛；就连她的娇弱有时也成了一种美。年轻的费尔南德性格外向，笃信宗教，小教堂的百合花、圣母月[①]、圣心节[②]、使少女涌动着做母亲念头的圣诞马槽[③]，她都非常喜爱；在日常生活中对圣像和西班牙式的佩剑圣母像的崇拜，就像阅读激情动人的小说，为日常生活增添色彩。少女让娜是路德教徒，她毫无掩饰的虔诚信念使费尔南德感到震惊。幸运的是，或者由于她受到的宗教教育比平时更加理智，让娜并不把《圣经》与充满诗意的表象对立起来，也不相信一部被称为圣书的书能够囊括所有的真理。她们之间的信仰是非常自由的。那些牙齿已经掉光的昔日女管家们经常私下议论说，这两个学生之间有着一种特殊的友情。总而言之，这是一种温淑而炽热的友情。

---

① 五月份为圣母马利亚举行天主教礼拜仪式，称为圣母月。
② 天主教纪念耶稣的节日。
③ 指耶稣诞生的马槽或其模型。

年轻人的奇迹之一，就是重新发现好色之徒自以为掌握的所有秘密，而实际上，他们最经常掌握的只是一种假象而已。这种重新发现无先例可寻，无须别人私下吹风，不用阅读禁书，也无须别人告诉我们要对肉欲持有恐惧或否定心理，我们也能对其有一种深刻的认识。但是，老小姐们的唠唠叨叨，远远不能证实她们对肉欲有这样的领悟：我们从来也不知道让娜和费尔南德对此是否有所了解或预感。

范·T小姐回到了荷兰。她母亲一个人在家里感到孤独。她在W牧师的亲切指导下继续学习。W牧师是一位开明的传教士，是家庭的朋友。她的亲友讲好几种语言；人们给她送来一些用两三种语言创作的文学作品，都是杰作，但并没有引起她对文学的更大兴趣；她的情感不是本能地来自书本。她对那个时代的文学作品的了解，也就是从伸手可及的那几部小说。她的兴趣就是不对小说产生兴趣。她对音乐的了解，也不比人们所期望于一个出身名门望族的少女更多。但是，她天生丽质，加上打扮，的确美貌非凡；更难得的是，她举止大方，言谈慎重，对人随和，而且天真淳朴，因此赢得了人们的称赞与喜爱。这些特点经常人们总以为只会属于一个相貌丑陋的女人。根据习俗，她经常参加为教堂筹款的义卖活动，去所有的溜冰场溜冰，在大树下喝茶，在母亲的陪伴下到灯火辉煌的客厅跳华尔兹舞，在玻璃花房的棕榈树下喝清凉饮料。一些有教养或者看似有教养的小伙子，很少敢用胳膊搂她的腰，更不敢贸然吻她的手。至于她对肉欲的渴望，对爱情的期盼，人们一无所知，她也许更不了解。求婚者络绎不绝，尤其因为这位少女还继承了一笔遗产。婚姻由母亲为其包办：范·T夫人不想在她二十岁之前就把她嫁出去。然而，她没拒绝A伯爵的求婚，只是坚持让他们两年以后成亲。A伯爵同意了这个条件。

此时此刻，对背景的叙述超过了对人物的描写。除了一些绘画爱好者去荷兰参观过博物馆，欣赏过名画，这个国家对大多数法国人来说还是一个陌生的国度。人们对荷兰的谈论极其模糊，东拉西扯，无非是堆积如山的奶酪，大片大片的郁金香，须德海部分海水的干涸，阿姆斯特丹的海港设施，家财万贯的银行家和啤酒商，灯红酒绿的妓院和站在玻璃门后穿着红色短裤的女人。当时的红灯区里还没有性用品商店，没有黑皮夹克商店，也没有用来搜索毒品的警犬。那些对现在的阿姆斯特丹有所了解的人，都自然而然地联想到大量拥入这个宗主国的印度尼西亚人，不久以前贫民窟的出现，为这个城市增添了天方夜谭式的色彩。贫民窟现在已经消失了。（然而，就像遭受过雷击的地区一样，总会有一些人和一些团体又返回灾区。他们经常是来自四面八方的新一代人，就像巴黎的马莱区，那些从前被杀害的法国和中欧犹太人的住宅，现在被马格里布犹太人居住着。）某些人联想到已经被人遗忘的对现实不满的青年，由于他们的存在，在北方平静的环境中一直潜伏着暴力的征兆；又联想到六十年代的嬉皮士，如果人们在路上碰到他们，就像碰到死尸一样，尽量从他们身上跨过去，而他们现在都拥向了哥本哈根、温哥华和果阿①。我昨天还在果阿，也许在另一个世界的什么海港或海滩见过他们，尽管经过热带阳光的灼烤，他们的皮肤反而略显得更苍白了。有些文人掰着指头一数，这个擅长绘画的国家也有小说家、散文家和诗人，不过他们都默默无闻，由于语言的关系，不被国外所了解罢了。在法国，只有波德莱尔②还似是而非地想到荷兰，那里暗淡的阳光，潮湿的天空，还仍然像我们今天看到的一样。让娜和

① Goa，印度西海岸的一个邦。
② Charles Baudelaire（1821—1867），法国诗人。

A 伯爵在一九〇〇年看见的荷兰也是如此。

但是，社会生活是一个复杂的现实问题。压抑然而富有的布尔乔亚的形象既奢华又朴实，几个世纪以来，国民自卫军的游行是这样，同仁会的吃吃喝喝也是如此。然而，也有一个不是浑身肥肉、不被金钱所利诱的年轻英俊的旗手，给这种形象更加增添了色彩。很少有人知道，在荷兰的历史上，与商人布尔乔亚同时并存的，还有从神圣帝国时代遗留下来的旧贵族和小城市产生的贵族、法官、军官和官吏，他们也都很有名声。A 伯爵属于前者。他先是在格罗宁根上学，后来就读于一所德国大学。在大学里，凡是他喜欢的，他都用心地学。他不太爱打猎，但每年一度的王子集体打猎，他都参加。他是一个出色的骑手，曾经在英国的丛林中追逐过狐狸。他的家在海牙，在阿纳姆附近还有一座小城堡。阿纳姆地处灌木丛林，与海岸地区的景色截然不同。他在这两处住所都有一些出自颇有名声的小画家之手的漂亮绘画。他有时还增添一些不太为世人所知的作品，例如布丹①的水彩画、修拉②的素描、蒙德里安③的早期作品。他在巴黎十五区有一栋小公寓，家具的陈设十分讲究。他曾经怀着敬慕的心情会晤过马拉美④和魏尔兰⑤，他应该非常了解这座冬天灰蒙蒙的大城市。在巴黎，煤气路灯周围形成一圈光晕，马在雨中喘着粗气，经常摔倒在油腻的马路上，这时赶车人便连抽它几鞭，如果马不能爬起来，只有被送往屠宰场。巴黎的康康舞、啤酒店里迷人的少女、贵夫人和贫民窟，都被描写得乱七八糟。但普鲁斯特却关注着他们。人们对 A 伯爵的了解是从一桩丑闻开始的。但是，这桩丑

---

① Eugène Boudin（1824—1898），法国印象派画家。

② Georges Seurat（1859—1891），法国新印象主义画派画家代表之一。

③ Piet Mondrian（1872—1944），荷兰画家，抽象艺术运动“风格派”代表之一。

④ Stéphane Mallarmé（1842—1898），法国诗人，诗歌象征派代表。

⑤ Paul Verlaine（1844—1896），法国诗人，象征派诗人代表。

闻也有吹捧他的成分：他与大使馆一位参赞的妻子有交往，以致引起一场决斗。到了三十八岁的时候，他成了一个地地道道的上流社会的人物，按照法文字面解释，就是名流社会中的一员，而按照英文字面解释，则是见过世面的人。

多年以来，人们一直把希望寄托在他的婚姻上；范·T夫人非常希望能有这样一位未来女婿。

由于从订婚到结婚期限很长，未婚少女又相对自由，无论如何比当时的巴黎更加无拘束，因此，让娜与约翰-卡尔有机会经常接触。让娜从他那里学了许多东西。他借给让娜什么书，让娜就看什么书，完全由约翰-卡尔决定：有萨曼[①]的诗，尽管他们都觉得平淡无味；有可怜虫勒利昂[②]的《无言之歌》和《智慧》，都使他们回肠荡气；有洛蒂[③]描写的中东，犹如骑着骆驼晃晃悠悠的沙漠之旅那样催眠；有梅特林克[④]的《卑贱者的珍宝》和《智慧与命运》，作品中的神秘色彩和道德观念，像古老的永不枯竭的清醇溪水，富有旋律地一滴一滴地流入他们的心田；有当时所能找到的奥斯卡·王尔德的《自深深处》缩写本，还有斯温伯恩[⑤]的情调伤感以及年轻的里尔克[⑥]的让人心惊肉跳的诗歌。读过以后，他们还一起讨论。让娜飘然欲飞，读完了梅特林克的书，又读爱默生[⑦]和诺瓦利斯[⑧]的作品，她惊讶地体会

---

① Albert Samain（1858—1900），法国象征派诗人。
② Pauvre Lelian，魏尔兰在郁闷中将自己名字的字母错位排列成自己的绰号。
③ Pierre Loti（1850—1923），法国作家，法兰西文学院院士，善于描写异国风情。
④ Maurice Maeterlinck（1862—1949），比利时象征主义代表作家，1911年获诺贝尔文学奖。
⑤ Algernon Charles Swinburne（1837—1909），英国诗人，著有诗集《诗歌与民谣》。
⑥ Rainer Maria Rilke（1875—1926），奥地利诗人。
⑦ Ralph Waldo Emerson（1803—1882），美国散文作家、诗人。
⑧ Novalis（1772—1801），德国作家，浪漫派文学代表人物之一。

到，善这个词要用许多词才能说清楚，而解释上帝的信经又是如此之多。他带她去看易卜生①的戏剧，以抵消社会环境和传统思想的影响。但是，他满脑子都是萧伯纳②的《康蒂妲》，而她还为娜拉的命运冥想苦思。他们一起去音乐厅：他似乎在为另一个人教育她，而那人只会用赞同来表达意见。

他们俩，一个英俊，一个漂亮，而且乍一看相貌相似。黑头发，黑眼睛，这在荷兰人中是罕见的，证明在这个向世界开放的国家，总有些人的血管中流着外国人的血液。约翰-卡尔的确有外国血统：十八世纪初，他的一个先辈陪着彼得一世③来到萨阿尔达姆学木工活。沙皇回俄国以后，他留在了那里。让娜的祖父是巴达维亚④的行政官员，娶了一个军官的女儿为妻，而这位军官的妻子正是印度尼西亚上层社会的女子。因此，让娜有点儿东南亚人的特征，金黄色的皮肤，也正是因为有着克里奥尔人⑤的血统，她才具有这份妩媚。但如果她本人发现自己与众不同，她还会感到脸红。他们到A伯爵在阿纳姆附近的府邸玩耍。让娜在荆棘丛生的荒林里向他学骑马。约翰-卡尔把她介绍给一个有点儿疯疯癫癫的老姑妈。老姑妈当时住在小别墅里，把他当王储对待。他们有时一起徒步长途旅游，投宿在外省的旅馆或乡间旅店。让娜只要住在约翰-卡尔的隔壁，即使夜不关门，她也睡得很踏实。在当时，人们可以无视一切，也得尊重一个已经订婚的女子。但是，在结婚前的这段漫长时间里，他

---

① Henrik Ibsen（1828—1906），挪威剧作家，作品反映社会现实，对现代戏剧影响颇深。

② George Bernard Shaw（1856—1950），爱尔兰作家，作品揭露资本主义的伪善和罪恶。

③ Peter Ⅰ the Great（1672—1725），俄国沙皇。

④ Batavia，即今印度尼西亚首都雅加达。

⑤ Creole，法国海外殖民地土著人与白人的混血人种。

们终日相处，心中渐渐燃起了欲火。他们坐在沙滩上，约翰–卡尔告诉她，他在达尔马提亚[①]的海岛上，或者在挪威的海岸边，一个人在海中游泳，浑身一丝不挂，全身投入到大海的怀抱，真是其乐无穷。裸体游泳，这在那个时代是非常少见的。在当时，先生们和女士们游泳，都穿着黑色毛料或绣着船锚图案的海蓝色游泳衣。让娜告诉他，她童年时代习惯在漆黑的夜里站在阳台上，有时候也走出房门，赤条条地站在花园里，被包围在无影无形的黑暗之中，风一会儿是那么轻柔，一会儿又是那么强劲，浑身浸润着夜间的芳香。在花园里的时间虽然不长，但就像在睡觉之前进行的一次沐浴。几个星期以后，他们来到了泰塞尔岛[②]。那个时候，人们往往全家出动，蜂拥而至，海滩上和沙丘上到处都是人。他们在大批避暑的人还没有到来之前就先期到达那里，因此，海岛上除了他们俩，几乎还没有别的什么人，他们先清清静静地度过了几天的时间。旅馆建在悬崖上，下面就是沙滩。深夜，让娜悄悄地推开落地窗，窗外就是沙地。她光着脚，踩在野草稀疏高洼不平的沙地上，心情无比畅快。海风从远方徐徐吹来，轻柔地抚摩着她的身体。大海中涛声轻荡。她全身沐浴在空气和海水之中，与在阳光下的感受截然不同。就在这时，她听到另一扇房门一声轻响，随即也打开了。约翰–卡尔推开房门，门外就是沙地，模模糊糊地看见她也站在那里。她不知道为什么竟然产生了一种恐惧的感觉，但这也正是她所希望的，随着他越来越走近，恐惧的感觉便顿时消失了。不用宽衣解带，无所谓羞涩，两个光溜溜的躯体拥抱在一起。让娜不知道她是否爱他，也不知道是否因为欲火冲动才把自己奉献给他，只是以肉欲还报肉欲。两个人

① Dalmatia，克罗地亚的海岛。
② Texel，荷兰岛屿。

跪在沙地上，挺直上身，紧紧地搂抱在一起，彼此都觉得像是搂抱着一块温暖的石头，谁也不想松开。他们没有说话，也没有哼叫。此时无言胜有言。让娜轻轻地喘着气，而小伙子喘息急促，就像远方的涛声，风的吹拂。事完之后，两个胴体分开了。让娜执意独自回到了自己的房间。

他们以后又幽会了两三次，不过不是在室外，也不是在夜间，因此没有那种情怀激荡的感觉。那是在海牙，在约翰-卡尔的房间里。约翰-卡尔不经常住在那里。这是他们未来的洞房，很快一切都要布置妥当。日久天长，房间的地板旧了，墙上的灰墁脱落了，白一块蓝一块的。要修理一下地板，粉刷一下墙壁。约翰-卡尔提议在大白天到他的房间里幽会。在荷兰，房内不挂窗帘，这是时尚。从玻璃窗可以看见对面房顶上方现出一块长方形的天空。让娜也喜欢在大白天幽会。两个躯体不用再互相磨合，并排躺在一起，静谧地品尝着生命的乐趣。然而，这情形中有些地方令年轻女人觉得黯然失色。当然，范·T夫人也许能理解他们，甚至接受既成事实，尽管从道德上讲这是不允许的。但是，这不好随便议论，更不好对一位母亲挑明。让娜强烈地意识到，放任感官与过度淫乱之间只隔着一道深沟，而深沟两岸的距离有时只有一根头发丝之遥。

然而，初期的异常现象是难以察觉的，尽管在两个躯体结合之前早就出现了。不只是肉体的接触，肉体的接触是短暂的；而更重要的是对精神的了解，而对精神的了解还差之甚远。有那么多哲学家和诗人都谈论过这个问题，难道他们都没能触及问题的本身？她很久之前就发现，约翰-卡尔有时心情急躁，尽管时间极其短暂，似乎人们一碰到他就像剥他的皮，剥得他鲜血直流似的。他有时反应迟钝，有什么事往往要说好几遍才能引起他的注意。去饭店吃饭，离开饭桌的时候必须用手拉他一把，他才站起来，把小费往桌子上一扔就走出饭馆，朝着向他迎面开来的汽车走去。他出现这种情况的时间极短，她以为这是由于心有旁骛而导致的思想不集中。但是，这种现象不仅有增无减，而且还出现了其他一些莫名其妙的症状，令让娜和她未婚夫的朋友频频摇头。有人请他吃饭，他也不告诉人家去还是不去；有时候去了，也穿得很随便，而他一向是喜欢对衣着品头论足的。他有时在她面前说粗话，这种话本不该污了一位高贵小姐的耳朵；而她只觉得他是不拘小节，努力摆脱繁文缛节的束缚。还有低声细语的流言说，约翰-卡尔竟然破口大骂一位王子——如果是在知己之间，在牌桌上或在马厩里私下聊天，这位王子也许会心甘情愿地被他大骂一顿，但这是在举行仪式时，每个人都应该克制。他花钱大方，家里人对他很担心，不得不从法律的角度规劝他，尤其对他低价出售一些受人尊敬的小画家的绘画作品感到惋惜，这些绘画很快就被凡·高[①]的狂癫的作品所取代。当他将一幅让人尊敬的祖先肖像画扔到垃圾堆的时候，人们再也忍无可忍了，虽然这幅画像价值不高，但悬挂在A氏家族的两个餐具橱上方，已经有一百五十年的历史了。

大约是在这个时期，他私下告诉让娜，他非常秘密地写了几首诗。据他说，人们会认为诗是抄袭的，或者由于表达了一种自由思想，还具有煽动性，因此使人很反感。有一天，让娜经过慎重考虑之后，向他要几首诗看看。奇怪的是，他第二天给了让娜一包几乎烧得面目全非的诗稿。诗稿的四周被烧黑了，皱巴巴的，中间颜色暗淡，一碰就碎，几乎成了灰烬，只留下几个尚可辨认的字。看来是约翰-卡尔放进炉子里烧过，在还未完全化为灰烬之前又用火钳夹

---

① Vincent van Gogh（1853—1890），荷兰画家，作品以跃动的线条、突出的色块，表达主观的感受和激动的情绪。

了出来的。她看着这些残缺不全的碎纸片，眼睛里充满了泪水。这些付之一炬的诗稿是否值得惋惜呢？她不知道。使让娜感到不解的，是他本人对此并不感到惋惜。她一辈子都忘不了另一件事。有一天，他们正在一处海滩上享受着情侣的乐趣，约翰-卡尔捡了一些贝壳，给她做了一串项链。第二天，他把项链给让娜戴在脖子上。项链是用黑色的细皮绳穿起来的。让娜问他细皮绳是在哪里找的。约翰-卡尔笑眯眯地告诉她，是他以前在一家妓院的房间里捡的，已经保存了很长时间。当时有一个女孩子，趴在房间里的地上刚被抽过鞭子。让娜的第一个感觉既是愤慨，又是怜悯。

“管她呢，”他说，“她是女人嘛，罪有应得。”

让娜把项链戴了几天。但是，穿项链的黑色细绳被她脖子上温暖的皮肤蹭得变了颜色，像上了一层蜡，脏里吧唧的，把她的一件衬衫的白领子给弄脏了。让娜把细皮绳抽掉扔了，只保留了贝壳，因为贝壳是无辜的。

约翰-卡尔与让娜如此亲密无间，让娜对于他的事，最多也只能默默思索，就像我们对待知心好友一样。约翰-卡尔既是她的朋友，又是她的情夫，还是她的未婚夫，她昨天还觉得与他终生相依为命是天经地义的，而现在他几乎不可捉摸起来，不再是一个在身心上都稳定可靠的人物。他变成了一个磁场，一个远比她想象的还要复杂的物质与震荡的混合体。她心想，随着婚期的临近，这个自由但孤独的小伙子的心灵会不会失去平衡。

“如果您无法忍受，就不要举行婚礼。”

“要举行，”他说，“既然是决定了的事情，就让它实现吧。”

一个猎场老守护员由于没马上执行主人的命令而受到虐待，到临终也无人过问；在大庭广众侮辱王子，这对一个上流社会来说更让人感到反感；再加上其他一些让娜也不甚了解的事情，因此，全家人觉得应该请一位精神病医生给他看病。本来去 X 叔叔家是喝波尔图葡萄酒的，现在却变成了对病人的诊断。权威医生建议送约翰-卡尔去康复中心休养一个月。在康复中心，A 伯爵有自己的仆人前呼后拥，就像“在自己家里一样”，就像皮兰德娄[①]的亨利四世。他忘了，A 伯爵从来不在乎是不是在自己的家。

人们还以为这会使约翰-卡尔更加脾气暴躁，为一点鸡毛蒜皮的事就大动肝火。其实不然。可能由于长时间受到海浪的颠簸，他的确感到累了，想吐出吃在肚子里的不知道是什么不合口味的东西，因此就接受了这个建议。他好像觉得，船的确应该靠岸抛锚了。在康复中心，看见一个月变成了几个月，仆人换成了护士，他并没有感到不安。长期以来，让娜和母亲虽然对伯爵的精神错乱一直保持着缄默，但终于有一天，含混不清的慰问纷至沓来：“谁会相信呢？”“他得的到底是什么病？”母亲有这样一个女婿，女儿有这样一个未婚夫，曾经引起人们的羡慕，而现在却怪罪她们为什么没能早发现这个被贴上疯子标签的男人得的是什么稀奇古怪的危险的病。范·T 夫人遇事一直听任上帝安排，心态安然地接受人们出于羡慕而产生的怜悯之心，尽管这种羡慕没有表露出来。让娜的一些女友表面上担心她的幸福，劝她与病人一刀两断。但相反，她每个星期都去看约翰-卡尔。疗养院地处偏远，到那里去得换火车，然后再乘坐汽车。让娜习惯于在疗养院附近的旅馆里过夜。然而，流言蜚语却不胫而走，说她买通护士，秘密去幽会病人，而当她的未婚夫还健康时，从来没有人怀疑他俩关系不正当。后来，让娜做出了一个更大胆的决定，干脆住在距离精神病疗养院只有几里路程的 A 城

---

① Luigi Pirandello（1867—1936），意大利剧作家、小说家。1934 年获诺贝尔文学奖。

堡。老姑妈相信家里其他人都在陷害约翰–卡尔，便热情地接待了她。因此，她几乎每天都去看望被幽禁在小楼里的曾经是她朋友的约翰–卡尔。

的确，A伯爵对让娜的出现似乎不太高兴，但让娜离开以后，他又感到难过；据护士说，让娜要是不去，他又像一个痛苦的幽灵，总是前额贴在窗玻璃上望着外面。在他癔病发作的时候，他不是认不出她是谁，就是想不起她的名字，让娜对此已经习以为常了。让娜心想，他在清醒的时候可能还会在心里保留着对她的记忆，如今那块地方已经无人可以触及。而且在任何情况下，他都很注意礼貌；在记起让娜的名字时，他还很客气地叫人把汽车开到范·T小姐的跟前。他以前就不太叫她的名字让娜，现在甚至也记不起来了。但有一次他居然想起来了。那一天正下着雨，刮着风，让娜像以前一样跟在他身后，由看护人员陪着在疗养院的花园里散步。到了房门口，他拉着少女冰凉的双手。

“让娜，您被雨淋湿了，快换衣服去。”

然而，半个小时以后，他没发现让娜穿着一件男式睡衣回来了，因为小楼里没有可供更换的女装。约翰–卡尔坐在沙发上，用手拍着沙发扶手，似乎在随着让娜用自动钢琴演奏的乐曲哼着：“够啦。好啦。”他显然以为这是一位男仆演奏的曲子。情况可能在好转。从A城堡拿来的摆放在支架上的小摆设，装饰着家族徽章的书籍，还有小摆钟，都是为了打开他的记忆之门，但是被他一股脑地拨拉在地上。让娜觉得她与这些物件无异。

疗养院院长对让娜很有好感，借了几本书给她，其中有弗洛伊德的早期作品。这些著作在某些方面给了她启示。但她觉得，这些专家将他们提出的假说当作信条，未免操之过急了。约翰–卡尔的医生们还迟迟不能断定他的病因是什么。如果说他在学习期间感染上了梅毒，是否能够解释一个三十七岁的男人精神崩溃的原因呢？他们对此持怀疑态度。易卜生笔下的奥斯瓦尔德在他母亲看来，只是到了舞台上才突然变成傻瓜。在A伯爵的直系亲属中，有一个常来常往的叔叔是弱智，还有一个叔叔得了精神错乱；然而，如果翻开一些家族史的秘密档案就会发现，没有这种疯癫病的家族为数不多。让娜在红十字会上过课，她想可能是脑部疾病，不是化脓就是肿瘤，但这在当时是很难诊断的。难道是感情受到刺激而导致精神错乱？他对一个外交官夫人的恋情已经是很久以前的事了；让娜又想，是不是因为黑色细皮绳的缘故。想到这里，她产生了几分恐惧。细皮绳可能是一件珍贵的物品，并非是他想不开。因此，她是不是也要承担一部分责任？难道她被一个难以相处的男人看作是庸俗？要是这样想就自视清高了。但她说不清楚。作为怀着爱的少女，她只能尽心尽力地伺候他。她慢慢发现，给病人以无微不至的体贴、打针、吃镇静药，根本微不足道。特别是在她那样的年纪，她痛苦却清醒地发现，要想为他做点什么事，那是枉费心机，甚至是严酷专横的。

圣诞节期间发生了一件意外。老姑妈没有事先告诉他，就带着鲜花和甜食冲进了房间，这使病人大发雷霆，要把她赶出门外。让娜倒平安无事，但医生不让她再来探望病人了。让娜怀着沉重的心情回到了母亲身边。

在当时，上流社会独立而富有的女子经常能做到的事，范·T夫人也都做了。为了平息关于约翰-卡尔和让娜的风言风语，尽管这种风言风语很快被别的风言风语所取代，把矛头指向其他情侣；尤其为了改变女儿周围的环境，转变女儿的思想，范·T夫人决定进行一次周游。这是一次类似十九世纪末期，生活在旧制度下的青年进行的长途旅行。当然，自由是被削弱了。打着小阳伞，穿着紧身宽下摆的上等细麻布裙的年轻人，不能像昔日的漂亮骑士那样逛威尼斯的妓院和里窝那的窑子，不能到法国与诡诈的赌徒赌博而输掉巨额资金，不能像英国纨绔子弟那样白刃真枪地进行决斗，不能在国王红人的掩护下洞悉宫廷的秘密，不能为外国王子效力，不能出入著名学者和探索者的门庭，更不能与歌女一起吃夜宵。我所以列举这些消遣娱乐活动，是为了说明女性还一直被排挤在自由之外，消遣娱乐只是供男人享受的。但是，女子进行周游，既不是无益，也不是没有乐趣的。

她们主要是在信仰新教的中欧和北欧国家周游，接触的也只是保守的上流社会。在这样的社会里，自由主义思想在萌动，当然还不成熟，无足轻重。在这个科学获得了进步，福利事业尽管还不普遍，但和平也已经稳定的时代，这种思想似乎一直在发展，在蔓延。范·T夫人几乎无处不去，大使馆、宫廷（她还是荷兰宫廷贵妇）、慈善机构和学术机构。她和她的女友都是这些机构的成员。她们一直到了威尼斯和维罗纳，因为让娜还应该看一看意大利。这两年，她大多时间是在瑞士的德语区、法语区和德国度过的。在欧洲地图上，当时的德国还是一个坚固完整的国家。她们夏天去哥本哈根、斯德哥尔摩以及瑞典和丹麦的一些海岛。她们去过威尼斯以后，觉得这个城市太虚华了。她们到各地都住湖滨别墅、贵宾旅馆、英国旅馆或四季旅馆。这是她们的习惯。她们逛时装店，参观庙宇。博物馆的门卫看见让娜就向她打招呼。到处都有舞厅。她喜欢跳舞。她也喜欢在露天冰场滑冰。约翰-卡尔被禁锢在精神病院的小楼里，像坟墓里的僵尸，置身于生活之外，慢慢地消沉下去，而并不会给她们带来什么痛苦。

她们整个冬天都住在德累斯顿。范·T夫人的一个表兄弟是驻德累斯顿领事。德累斯顿是一座幻境似的石头城，还保留着巴罗克风格。差不多在半个世纪之中，这里是一座地狱，石子铺的大街和马路上满是泥泞。动物园里那些珍贵的动物大部分都被烧死了，剩下的在大街小巷里游荡着，咆哮着，让人感到像死神一样可怕。我的一位战犯朋友在那里服苦役，负责清扫一个躲避炸弹用的小型掩体。他后来告诉我，他发现有二十多个人死在小型掩体里，都背靠着墙坐在长凳上。因为门是敞着的，炸弹掀起的气浪冲入掩体，他们纷纷倒下。但是，这场噩梦在四十三年以后才会盘桓在人类的记忆中：让娜本人也早就变成了泥土。但在当时，她还是一个无忧无虑的少女。

晚上不出门的时候，她手捧着一本书，坐在壁炉旁边阅读（在当时，一些好的旅馆的房间里还供应柴火取暖）。范·T夫人坐在她对面的长沙发上，读着一本有关宗教的书。让娜陷入了沉思。她读了许多书：每到一个地方，她都努力阅读一些历史和艺术方面的书。范·T夫人同意她走访医院和监狱，但都是在她们认识的牧师的陪同下进行的。疯人院的女护士比医生更了解病人，她们告诉让娜，病人简直就是住在地狱里。她们介绍说，女疯子比男疯子的病情更严重，她们都是些布尔乔亚妇女或小姐，疯劲一上来，嘴里吐着白沫，说着难听的话，不知道她们为什么会得上这种病。相反，男疯子看见扎白头巾的女护士，很专注地看着她们，可能是想从她们中找到他们从来没有看见过的良母贤妻。尽管医生发现自中世纪以来，人们普遍对疯人有着一种偏见，但是，病人在月明的夜间抓着窗子的护栏又是叫又是唱，好像只有他们才能记起早已被人们遗忘的什么仪式，因此，疯人院里的医护人员总是不得安宁。在收容所里，她看见那些已经忏悔的荡妇，个个都是那么虚情假意，有着一张伪善的面孔，与她的那些被认为是完美无缺的堂姊妹或女友没有多大区别。老人院是监狱；监狱也是疯人院。当然，疯人不能被看作罪犯，主要是因为他们的气质与环境导致了他们犯罪。让娜知道，人们向她展示的是一个铁窗里面的世界。铁窗被擦得锃亮，但经常挂着窗纱。她所看到的疯人尽管不多，但向她展示的却是一个无法治愈的群体。

让娜能怎么办呢？作为女人，她有自己的局限性，但她知道，不论德累斯顿最好的向导尼德梅耶牧师，还是性格开朗乐于助人的荷兰领事，从任何方面来讲都不比她本人更开放，更能思考问题。她不再信仰路德教了，尽管周围的人都是路德教信徒。她甚至不再信仰宗教了，或不再完全相信一成不变的基督教教条了。起码可以肯定，她的信仰与众不同。但她也不是反叛。根据习俗，她最终还是同意作为成年人在路德教教堂接受了坚振礼。她母亲一定会觉得，如果她拒不接受坚振礼，那将是冒犯圣灵。

在德累斯顿一个仍然寒风刺骨的春天，让娜和她母亲接待了一位波罗的海青年的来访。尼德梅耶牧师的管风琴师走了，他临时请这个青年来顶替。原来的管风琴师叫穆勒，每个星期天都去演奏宗教乐曲《瓦伦廷祈祷》和《星辰浪漫曲》。他很受赏识，却错误地娶了一个下层社会的女子，即咖啡馆的女招待为妻。啤酒和女招待使他身败名裂。倒不用担心这个有着一头金黄色头发的优雅的年轻人，据说他是严格地按照普鲁士传统教养出来的，在吻女士手的时候，双脚并拢，还碰得咯噔一声响。不过，这个动作是不易被察觉的。他是白面书生，为人谦逊，如果他不是有着一个古老而显赫的名字，像三十年战争[①]的军旗那样辉煌，他是不会引人注意的。

他的家庭有数十公顷森林和良田，但手头现钱拮据，又多子

① 1618—1648 年在欧洲以德意志为主要战场的国际性战争。

女。由于俄国在中国旅顺港的失败，一直很脆弱的波罗的海各省因而也受到震荡。他的家族既得到俄国政府的奖誉，又受到捉弄。埃贡带着里加[①]音乐学院的毕业文凭，顺利地离开了俄国，先后在维也纳、巴黎和苏黎世继续深造。德累斯顿是大学生出国求学的落脚点，不论怀志而往还是失意而归，都必须路过这里。博物馆里拉斐尔风格的圣母像和小天使像，经常是他们接触意大利艺术中极品艺术的开始。埃贡在苏黎世和巴黎的学业取得了成就，他的笛子、双簧管和钢琴短曲受到十几位音乐爱好者的赞赏，尽管其他听众不是打哈欠就是吹口哨。由于家族的偏见，埃贡不能举办个人音乐独奏会（而且也没有机会）或给人授课以获得收入。年轻人有时想冲破禁授音乐课的禁令，但是，德累斯顿的音乐老师多得很。尼德梅耶牧师给他的报酬很可怜，但很救急，使他不急于回到他热爱但并不想在那里生活的国家。

让娜和埃贡都参加了专为德累斯顿上流社会举行的显得有些矫揉造作的盛大交际晚会。埃贡的舞跳得很出色，但不喜欢跳华尔兹，只是随着施特劳斯的乐曲同她跳了几圈儿；一天晚上，是在贝勒伍霍夫的音乐厅，大多数煤气壁灯的灯光都暗下来，埃贡为她演奏了一两首他自己创作的曲子。埃贡觉得她可能是一位理想的听众。从一般的意义上来说，让娜的音乐素质不高，不懂得他采用的是什么曲式，也不知道乐曲设计得是否合理。让娜似乎经常听到的只是乐曲节拍的反复出现，既像万马奔腾，又像宗教仪仗队的秩序井然的行进。他演奏的乐曲的节奏和调式皆很随意，对未来音乐艺术构成了肆意的破坏，而让娜和埃贡还没有完全意识到。但是，对这些音符，不论是急促的，还是孤立的，都不允许有蓄意的破坏。一会儿

① Riga，拉脱维亚首都。

铿锵有力，像春天冲破积雪和枯叶的幼苗；一会儿又不协和，撕肝裂肺，好像两个相处太久的人产生的龃龉；一会儿柔和悦耳，宛如两片树叶的轻柔摩擦。让娜明白，对于这样一个印象派大师来说，他不是用音响来描绘大海的波涛和花园中的小径，也不像浪漫主义作曲家随心所欲地向听众展示他的幸福与灾难，更不像一个身份低微的行人在巴罗克式或哥特式的忽而具有了一定形状的宏伟而隐僻的建筑群中徘徊。或欣赏，或理解，或喜爱，这都不重要。重要的是渐渐地与脉搏缓缓跳动的现实融为一体，与不吐露感情不墨守成规的听众融为一体。听众既否定一切，又希望用新的东西取而代之。再往远处倾听，便到达了无限遥远的远方，进入了一个静谧的境界。

让娜是第一次产生了爱情。对她来说，约翰-卡尔曾经是一位教她如何生活的良师益友。生活在一个刻板社会的母亲，很容易使自己的女儿头脑单纯容易轻信，后者在与约翰-卡尔的相处之中，慢慢地变得懂事了。在他们订婚以后，让娜从他那里获得了许多社会经验，如同在自己的皮肤上涂了一层保护漆。约翰-卡尔曾经是她的同伴，甚至情侣，但绝不是知心人。在约翰-卡尔精神崩溃之后的几个月里，她无微不至地关怀他，照料他，但她不能肯定，永远也不能完全肯定约翰-卡尔是不是她的朋友。

然而，同埃贡在一起，情况就迥然不同了。我在此后的叙述中，会经常以暗示的手法，提到二十世纪初期的爱情。爱情这个词现在也像海洋一样被污染了，也像上帝这个词一样一钱不值了。然而，埃贡对让娜的爱，像大海的涛声一样充满了整个贝壳，在贝壳里回荡，直到将贝壳冲破。他们的相遇，给他们的生活赋予了一种含义，变成了他们生活的中心。埃贡与这样一位年轻漂亮的女子坐在糕点桌旁，听着自己的言谈，觉得她像妹妹，像朋友。走在那些长相平平但喜欢挑逗男人的女子之间，他从来没有想到世界上还会有这样一位绝代佳人……她的心，她的感官，她的灵魂，全都被调动起来了。她的女人味太浓烈了，但爱一个还没有承认爱她的男人，在她那个时代也显得太过分了，因此她不禁感到脸红。深夜外出，她感到幸福。诱惑这个词对女人来说是一种极大的乐趣，但使她反感。她尽量少看这张漂亮的脸庞，尽量避免他们手的接触时间太长。埃贡不好意思地问她是不是可以每天见到她，或者能不能与她一起到城外，到他们俩都喜欢的田间去玩一玩，到山坡上去转一转。让娜发现，埃贡在问她的时候，嘴唇直颤抖。

他们几乎每天都出去，就像大学生那样轻装就道。埃贡为人骄傲，不喜欢摆阔气，不贪图舒适。而摆阔气与贪图舒适，在约翰-卡尔看来是理所当然的。他们清晨坐火车或汽轮出城，有时去欣赏萨克森瑞士的阿尔卑斯风光，而更经常去的，还是易北河两岸或山丘上的一些村庄。一座古老的塔，一座几乎成为废墟的建筑，一座废弃的粮仓或教堂，一个羊圈（那里阳光充裕，羊头上沾满尘土和碎草，终有一天将被送往屠宰场），一处被遗弃的墓地（墓地里的石雕天使手指天空），还有林间的野兽和田间的耕牛，所有这一切都使他们感到无比兴奋。他们很早就动身，冒着深夜的严寒，赶在黎明之前到达目的地。他们有时能按时抵达。世界充满了青春活力：他们二十五岁的年龄，看上去才像十八岁。埃贡出生在乡下，比让娜更了解农村，能说出作物的名称，能分清田间的野草。天刚亮，他们在牧场的一条小路上停了下来。农民还在睡觉。他们亲眼看见一头母牛顺利地生下一只牛崽儿。牛崽儿在试着站起来，四肢不停地颤抖着。母牛很安详。那里有一段树干，是牛的饮水槽。母牛走过去喝水的时候，屁股后面还拖着一块胎盘。小牛颤巍巍地跟在后面，怎么也找不到奶头。他们俩都把这作为一堂充满智慧的课。母牛喝完水，又开始吃草。第二天，他们在同一时刻又来到这里，这会儿看见的是母牛在反刍，牛崽儿在笨拙地吮吸着母牛热乎乎的奶头。对他们来说，这就像在人类的黎明，一切都那么新鲜，又像变魔术那样简单。他们有时在小客栈吃上一顿晚餐，迟迟不想回城，还去看人们跳舞。男男女女在小提琴师的伴奏下跳起乡间舞蹈，由于地板不时地嘎吱地响着，根本听不见小提琴的伴奏。埃贡有时借用小提琴演奏起舞曲，他们跳得更加欢快。或者他将蹩脚的小提琴还给乡间琴师，拉着一个小伙子或姑娘的手，又拽着让娜，一起跳起圆舞。这时，这位多愁善感喜欢空想的年轻人，立即变成了兴高采烈的活神仙。有一天傍晚，他们来到一个小山丘上，这时正好有一群羊在那里吃草。埃贡大步流星地走过去，捉住那只长着弯曲犄角的羊群之王。他知道，他的星座是白羊。羊群之王灰色的毛，卷成一圈一圈的，力气很大，不停地反抗着。埃贡那天穿着农民式的短衣短裤，裸露着双臂。他们的搏斗简直具有神话色彩。埃贡紧紧地抓住两个有力的羊犄角，一会儿向前推，一会儿往后拽。人和羊扭在了一起。突然，让娜感到害怕了，尽管只是一瞬间。这种怕产生于人和兽皆为神灵的时代，因此，她的怕也是神圣的。羊的眼睛在夕阳的辉映下闪烁着晶莹的光，几乎像蓝色的眼睛。让娜很快恢复了镇静，为自己的懦弱而感到羞愧。她用手摸了摸羊的厚皮毛、螺旋形的犄角和装着执拗的兽类思想的脑袋。她用手绢擦了擦埃贡前额上的汗水。埃贡终于松开了抓住羊犄角的手，搀扶着让娜一起走下山坡。

还有一次，也是黄昏，比那一天还晚。他们正穿过一片森林去找火车站，准备乘地方小火车回城。然而，天已经黑下来了，茂密的森林就像一个魔巢。突然，他们发现两步开外的地方站着一个大约十六岁的少年。少年可能是打柴的，也可能是割草的，或者是捕毒蛇的。少年正准备回家。他漂亮极了。他们看着他，不禁屏住了呼吸。简直是格林或安徒生童话中的人物。粉色的双颊，金黄色的头发，像精灵，像仙女，又像是在林中将迷路的王子和公主引入神奇国度的神仙。少年说话像唱歌，告诉他们火车站的方向，流露出很高兴的样子。太让埃贡惊奇了，他不禁回头又看了一眼这位神仙般的年轻人。少年像一只小鹿，双手拨开树枝，往森林深处跑去了。

最美好的那一天，还是出自埃贡的建议。那是一个夏天，只有他们两个人，坐在森林深处一块孤零零的空地上，整整一天没有说话，全神贯注地注意着周遭一切。黎明时分，他们站在汽船的甲板上，从德累斯顿来到河边的码头，然后徒步行走。他们多次听见大雁洪亮地鸣叫着，像一群胜利者从空中掠过。但是，坐在林中的空地上，他们听见的只是小鸟的欢唱。四周绿树成荫，是小鸟筑巢的好地方，因此还经常看见小鸟出没。但是在这个季节，候鸟也来到这里觅食，贪婪地吃饱以后继续它们的旅程。绿啄木鸟也加入了这个唧唧喳喳的大合唱，它们像木工，急促地凿着树洞，营造未来的爱巢。突然，一个颤音从高处跌落下来，原来是一只松鼠正吊在两根树枝之间，愤怒地发出刺耳的叫声。越临近黄昏，森林王国的国民胆子越大，对一动不动地坐在空地上的两个人不再感到害怕了。一只鼹鼠正在树根下挖洞。一只跑得气喘吁吁的兔子猛然停下来，躲在草丛后面，只露出半边身子。埃贡和让娜同时用手指着一只母刺猬，它后面跟着一群新生儿。他们不禁微笑了。当阳光从树干的空隙间斜射下来的时候，还可以看见地面上绿色的小水沟里长着毛茸茸的青苔，反射出半明半暗的金光，如果用手搅动一下，宛如浓密的若有若无的颤巍巍的触须。一切都如事先约定的那样，他们什么话也没说，手拉着手站了起来。让娜的命运就在那样的一个下午决定了。既然他们这样长时间默默无言地坐在一起，又怎么能不希望继续共同生活在一起呢？

在城里，由于受到过新教的良好教育，他们都从事慈善事业，因此可以以此为借口经常见面。在本世纪初，人道主义思想非常盛行，对群众的教育也被认为是最伟大的社会服务事业。尼德梅耶牧师叫他的管风琴师每周为一所少年犯感化院上一个小时的音乐课。埃贡给这些经常令人讨厌、性情粗暴的小伙子教一点儿音乐，既耐心又热情，让娜非常赞赏。这些孩子只会弹手摇风琴，在小酒馆演奏手风琴，或者参加大合唱，因此，埃贡很想教给他们一些音乐知识。当有一个好打架的孩子用拳头砸坏了琴键而被埃贡扭着手腕的时候，让娜也同样地赞赏他。有一个星期天，埃贡跟着让娜来到精神病院，让娜是作为义务工作人员前去参观的。大概是在圣灵降临节，为疯女人举办咖啡糕点联欢会。节目包括一两首轻音乐。参加的还有一个魔术师。疯女人们轻轻地摇晃着脑袋，唱着歌。其中有一个女人滑动着脚步，跳起了舞。埃贡将座位让给魔术师，坐到一个晃动着脑袋的女人身旁。那个女人故作娇态地将脑袋歪在这位衣着整洁的年轻先生的肩上，一下子将吃的糕点和喝的黏乎乎的咖啡一股脑儿地吐了出来。埃贡擦干净她的那张老脸和自己的衣服，一点儿也不感到难为情。“凡是和身体有关的，我一点儿也不感到反感。”他对让娜说。而让娜反而感到尴尬。

过了一会儿，在吃糕点的时候，他们回顾了一下当天发生的事情，便过去现在地聊起来。这好像已经形成了习惯。因此，他们之间的关系也就越来越亲密了。

“这个疯女人……应该实话告诉您，我祖母越来越年老力衰，在我十八岁那年，我整整照料了她三个月。当然有仆人，但我们不放心，我还有几个哥哥……我非常喜欢祖母，我对鸟类、植物甚至书本的了解，尽管知识有限，都是我祖母教给我的。她还会唱歌，唱得很好，不过声音很小，很弱。我在孩童时期，很长时间一直睡在她的床上。她丈夫是一个冷酷无情的人，也可能根本就不喜欢女人，据说有四十年的时间压根儿就没进过祖母的卧室。她的笑声，她的歌声，就像今天那个女人的笑和唱一样。我有时劝她冷静一会儿。她经常用两条大腿不停地揉搓着裙子。而当着众人的面，她是不这样做的。这个疯女人使我想起了我祖母。”

让娜没有什么可与埃贡分享的回忆。她在家中的学习，她在海滩上的嬉戏，逗人喜爱的狗，被关在笼子里的鸟，与小姑娘们跳圆舞或单脚跳着玩，这都是不值一提的。当然，她也有值得回忆的东西。例如，大概在九岁那年，但不知道是何月何日何时，她站在沙滩上，口里喊着“上帝”，但她不太明白上帝是什么意思。她现在是否明白呢？总而言之，她相信埃贡懂得每个小孩儿都有的这种虔诚之心，至于其他，一切都尽在不言之中了。也没有必要多说约翰-卡尔的事。埃贡会猜想到。他完全知道，他与之交往的不是涉世未深的懵懂女。

埃贡却相反，据他自己讲，他的童年和青年时代充满了灿烂的传奇色彩，可以与他们的德国之旅相媲美。他像北方各省的任何良家子弟一样，是在森林和农场里长大的，如同一只小鹿在丛林和草地上跳跃，自由自在，无拘无束，一离开城堡的通道就脱光衣服，见池塘就跳进去洗个痛快。如果是在黎明，他总会看见一个老太婆，老太婆问她是否看见了奈克。奈克是生活在湖里的一匹漂亮的白马，它一旦浮出水，就用漂亮的四蹄拍打着水面，唱起歌。它从来不嘶叫。夏天的夜也是通亮的，农场的男子汉带着他去钓鱼。记得有一次，他偶然遇到一个打短工的青年，青年突然用双手把他举起来，两步开外就是一条毒蛇，他那时还是孩子，好奇地俯下身去。埃贡也不怕，对他来说，一切都是新鲜的。被野狗咬了，被蜜蜂蜇了，都没有关系。茅舍里的老太婆们用药给他治咬伤，还给他饭吃。

后来，他帮孩子们将不听话的牲畜赶回来，一起与孩子们玩。他还走钢丝，至于是不是会掉下来摔伤，他全然不顾。他还像孩子们一样，跳在光溜溜的牲畜背上，抓住鬃毛，用双脚磕牲畜的肚子。磕也白磕，因为他没穿鞋。然而，学生时代却大为逊色，不值得去回忆。当然，有时也会发生一些意外事故。至于发生了什么，家里人根本不想知道，或者压根就不知道。“我算老几。总而言之，我只是七个兄弟中的一个。”

埃贡十九岁的时候还在里加音乐学院学习。这期间，他与一个姑娘的相处导致了一场悲剧。直到当时，他所经历的爱情是淳朴的，模模糊糊的，有快乐，有欢笑，也有吵吵闹闹。他们一起捡野果，故意弄翻一篮水果，把脸和手都弄脏了。那一天，他们两个人在野外的丛林里，这个农村小姑娘抽泣着，泪水汪汪，眸子里流露出恐惧的神色。她怀孕两个月了。姑娘掀开围裙，让他摸了摸肚子。“我父母会打死我的。”他对此确信无疑。她出生在一个严守礼教的农民家庭。这种家庭是异教教会的支柱。

“是您的孩子？”

“不是。她不知道孩子的父亲是谁。反正是一个未结婚的小伙子。可能是我的一个兄弟。姑娘长得太美了，谁都想占有她。一天晚上，我实在没有办法，就趁还来得及带她去小城市找一个堕胎婆。我们先步行了一段路程，又搭一辆破车，然后乘上去里加的火车。我不但替她担心，而且我自己也感到害怕。我所以替她担心，因为这可能会危及她的生命。至于我自己也感到害怕，因为我发现有人向警察局告发我，我可能要坐监狱，受皮肉之苦。我当时还不能利用我的年轻庄园主的身份进行自我保护，也不知道如何使用非法手段对付警察。其实，非法手段比合法手段使用得更普遍。可是，万一遇上一个俄国警察……那天晚上，我把小姑娘托付给一个看上去和善的堕胎婆。临出门的时候，我从我祖母的抽屉里拿了一些卢布，正好够打发堕胎婆的。她叫我把小姑娘留下，第二天早晨再来。多么难熬的一夜啊！我走出这家小酒馆，又走进另一家小酒馆。镇上的小酒馆倒不算少，一共有四家。我不能让人对我产生怀疑。我在那里遇到的人，都是我从来没有见到过的。这座只有三千个人的小城市，时不时地看见在门槛上放着一盏灯笼。如果拿圣彼得堡和巴黎的贫民窟与这里的贫民窟相比，就根本不能算贫民窟。

“我第二天早晨去接她，她已经做好了离开的准备。她用许多衣服裹着身体，脸色苍白，但堕胎婆说她可以受得了路途颠簸。堕胎婆给她堕了胎，但是我觉得，把她带走以后，她可能活不成了。我把她送到她大姐那里。她大姐的家离她父母有好几俄里，她父母压根儿就不知道这件事。后来我又见过她好多次。第二年冬天，她与外县的一个农民结了婚。她现在大概有两三个孩子。”

“您和她从来没有……？”

“有，只有一次。那是在去找堕胎婆之前一个星期。我们一起坐在青苔地上。她要送我一件礼物，我们就……但那一次，她是不会出事儿的。她漂亮极了。”

“您身边的那些女孩子，讲您的语言也都讲得很好？”

“有几个讲得好的。我的邻居有个叫卡琳的女孩儿。说我们是邻居，其实我们只是住在同一个地区，相距有五十里。她是一个富有的名门望族的独生女。我父母想要我娶她。我们一起去跳舞。我们的家乡有许多舞厅。她经常去我们家玩。甚至在我离家之后，我父母还相信我过几年以后会回去娶她。我觉得她漂亮，天真，善良。我们的确相爱了。”

“那么，为什么？”

“您不会以为，我会叫卡琳嫁给一个像我一样的男孩儿吧。”

那天晚上，他们没有再多说什么。

又过了几天，是一个盛夏的星期一，让娜浑身上下打扮了一番，准备同埃贡一起乘易北河的汽船，去河边的一家客栈吃饭。这时，有人捎来一张心急火燎写下的字条：埃贡身体不舒服，不能与她一起去了。是不是去看看他？她知道埃贡住在路德教堂三层，管风琴就在那里。房间像一间保姆住的房子。走廊的窗子像隐修院回廊的窗子，正对着本堂神甫住所的花园，从花坛传来馨香的气息。门是插着的。一股热气突然迎面冲来，房间里一片昏暗，她觉得喘不过气来。她打开窗子，掀起百叶窗，拉开宽大的灰色窗帘。斗室里堆满了杂七杂八的东西。旅游鞋已经准备好了，但放在皮鞋上；衬衫刚从身上脱下来，卷成一团，他喜欢穿的农民衫还没有穿好，只套进半只袖子，露着光膀子。埃贡趴在床上，双手抱着脑袋抽泣。让娜坐在床沿，她不是担心，而是激动；她对埃贡爱流泪的性格已经了如指掌。让娜似乎听见他说：

“让娜……我给您带来的痛苦太多了……我不知道这个荒谬的社会对我们一起外出玩耍竟会说三道四；您母亲可能会想……啊，我的名誉倒无所谓；我相信没有人……可是，我对您说过，我不希望卡琳嫁给像我这样的男人。”

“卡琳可能也像您爱她一样爱您。”

让娜托起他那只耷拉在床边的手，紧紧地握着；埃贡把手指插进她的指缝间，一会儿松开，一会儿攥紧，两个人的手掌紧紧地贴在一起。据说，手掌上长着生命、情感和命运之线；在婚礼上，新婚夫妇首先要把两只手贴在一起，然后握在一起。埃贡坐了起来，面对面地看着她。可能随时会有人进来。让娜情绪镇定。得用钥匙把门锁上，不让人发现屋里的秘密。可是，窗子、百叶窗和窗帘还都大开着。屋子里光线暗淡。这是他们预料到的，是他们所希望的，但也是他们所担心的，就像水下隐藏着暗礁，他们刚刚开始的亲昵举动可能会被撞得粉碎。但是，他们毕竟实实在在地相互体味了一个小时的幸福时刻。这一刻起码一直在照亮着他们的一小段生命。

与埃贡认为的相反，范·T夫人同意了他们的婚事。年轻人的名声、音乐天赋和魅力是人所共知的，正好弥补了他家族不稳定的财源。婚礼决定在德累斯顿举行，仪式将从简。范·T夫人为人聪慧。在荷兰，当约翰-卡尔精神崩溃的时候，她对人们的风言风语或恶语中伤一概置之不理；她也知道，让娜几乎是惊世骇俗的忠诚之举也受到了人们理所当然的指责和嘲笑。这没有什么了不起。但是，她们母女不希望人们再对她现在的婚事说闲话，闲话之多，就像一把扫帚能在花园的墙旮旯里扫出一大堆脏东西一样。范·T夫人还回荷兰咨询了她的银行业务员和公证人，请人重新装修了在海牙的住宅和斯海弗宁恩的别墅。时装式样在一八九七年到一九九〇年期间发生了变化，因此还必须给让娜重新置办嫁妆，或者得把原来的翻新。由于让娜不喜欢羽绒衣和皮衣，她的冬装和首饰倒成了问题。

婚礼本来计划在几个星期以后举行，却往后拖了两个月。起码在开始的时候，让娜几乎每天都想，她明天是不是应该去完成她一直惦记着的那桩大事，起码她认为应该去完成：去看一看约翰-卡尔的生活在这时发生了什么变化。医生告诉她，约翰-卡尔在这几年没有什么变化，病情很少发作，还继续安然地在他收藏的典籍上黏贴藏书标签，这些典籍是在印刷术发明初期出版的。她去看约翰-卡尔，不会带来什么麻烦，但约翰-卡尔也许不认识她了。她最终还是决定不去看他为好。约翰-卡尔认识不认识她倒没有关系。他们在一起相处的日子，隐藏在他们内心深处的东西，总会勾起他们的回忆。但是，在这些事件中，是否还给他留下了一个名字，尤其是一个日期，这是无所谓的。然而有一天，让娜租了一辆出租车，叫司机从疯人院的人字形楼的窗子下面慢慢地开过，但不要停下来。她看见约翰-卡尔正与一个男护士面对面地坐在桌子旁边打扑克。

在回德累斯顿的几天之前，让娜一个人从海牙乘火车去布鲁塞尔。她坐的是有客厅的火车。当时的火车客厅是用桃花心木装饰的，铺的是土耳其地毯。她是作为唯一的女傧相被邀请去参加费尔南德的婚礼的。天上下着毛毛雨。她将面颊贴在窗玻璃上，听着火车车轮的响声，似乎觉得去参加的不是费尔南德与米歇尔的变故多端的婚礼。她当然很高兴去参加他们的婚礼。但她此时此刻觉得，火车正载着她走进自己的洞房。她想象中的埃贡，既不是躺在他的斗室里，尽管从幸福的角度来看这斗室还是宽大的；也不是趴在工作台上画二分音符和四分音符，或者微微皱着眉头在读书。如果他在读书，那一定是他们都喜欢的书，例如西里西亚的安杰勒斯[1]或叔本华的一部论著。她就是他。她就是他放在笔记本或书本上的手。她惊奇地发现，从窗玻璃反射过来的她，头发不是金黄色的。她希望他是自由的，不受任何约束。而埃贡本人也明白她所希望于他的。她在伴随着埃贡，尽管埃贡看不见她，因为在她的内心深处，她是属于他的。晚上，他们正沿着易北河的一个码头去寻找机缘，尽管他们不知道这是什么样的机缘。她已经决定不再自己折磨自己了。突然，一股无限的幸福感涌上心头，但这不是处于高潮的快感，因为她并没有触动身躯的奥妙之处，而是像躺在床上似的，舒适愉快，悠然自得，云雾飘渺。她头脑冷静地评估着这个似乎与自己无缘的馈赠，她只是时而觉得像奇迹的出现，时而觉得跨越了一道心理障碍，又像变成了两性畸形人。为什么要乘坐这趟海牙-布鲁塞尔普式

① Angelus Silesius（1624—1677），原名谢夫勒，宗教诗人。

豪华客车？他也在想她吗？他也与她有同感吗？这一切，她从来不想去了解：别人的幸福与痛苦是属于别人的。但总而言之，他们在分手以前互相拥抱了，尽管隔着她的一层短面纱，而且是在前去德累斯顿火车站告别的领事夫妇目光睽睽之下拥抱的。面纱无法隔绝一对情侣的吻，在他们嘴唇上留下的是心心相印的感觉。

对这个喧闹的上流社会来说，残疾人让娜小姐的房间显得太狭小了。两姐妹本来发誓只请几个朋友欢聚一下，结果还是请了所有人。狭窄的街道上排满了车辆，准备一起开往市政厅和教堂。大家都等得不耐烦了。费尔南德还在楼上。在给她戴面纱之前，理发师给她又梳理了一下不驯顺的头发，一股烙铁的气味儿使她感到恶心。克先生站在离她不远的地方。费尔南德的肩膀上盖着花边，花边上还搭着一条毛巾，叫他过来，把让娜给他作了介绍。

范·T小姐一下子被这个四十七岁的男子征服了。他对人热情，身材魁梧。在婚礼的这一天，人们都拥挤在这个房间里，他显然感到十分拘谨。按照当时的风俗，人们给米歇尔理了个匈牙利式的平头，然而也没有忘记当地的习惯，留着下垂的长胡须。根据费尔南德的描述，范·T小姐发现，这个经常喜欢冒险的上流社会男子，浓密的眉毛下有着一对近似巫师的眼睛，长着一双断了两节指骨的手。但是，他举止大方，彬彬有礼，是地道的由上流社会和法国传统塑造出来的男子。通过费尔南德的信，让娜成为了解米歇尔悲剧的很少几个人中的一个，即他的元配不久以前去世了；范·T小姐更了解新娘的充满泪水有点儿紧张的微笑。费尔南德是她在女修院结交的女友，一个腼腆的姑娘，年龄与她相仿，她总是不自觉地把她看作小妹妹。费尔南德故意选择了这个心中有着阴影的成熟男子。但是，什么样的男子心中没有阴影呢？不管怎样，她的选择是对的。

他对这位比利时少女的亲切关怀不是装出来的；他那双深情的大手似乎是专为托起一个女人的生活而生长的。

“您看到了，一切都很顺利。”丈夫诙谐地说，“在一个星期以前，费尔南德还说起穿黑花边衣服的事。”

“你穿白花边衣服很好看。”让娜悄声说。

因为时间有限，他们只相互说了这几句话。米歇尔是第一次与范·T小姐见面。差不多二十年之后，从他的讲述可以看出，尽管他当时极力掩饰，但仍然留下惊艳的印象。他事先就知道让娜长得漂亮，但没有想到她有着一张白琥珀似的脸庞，普拉克西特利斯[①]的雕像一样的身形，身穿精心剪裁的粉红色天鹅绒外衣，粉红色的大毡帽下垂着乌黑的头发，两只安详的眼睛中充满忧郁的表情。米歇尔心情激动，但表面上却十分镇静。这位往昔的重骑兵只能默默在心中骂一句粗话：他妈的！要是V男爵夫人，那位正在向他们走来故作媚态的迷人的媒人，想到在复活节期间邀请这位美丽的荷兰女郎与费尔南德一起去奥斯坦德别墅住上一个星期，那该有多好啊！但是，已经玩过的牌不能重新玩了。费尔南德也有她迷人之处；而且，范·T小姐半个月之后也将在德累斯顿结婚。再说，一切迹象表明，这两位少妇以后还会经常见面。而且，令人厌烦的市政厅和冷清沉闷的教堂也不允许他想入非非。米歇尔只是记得，在不到一个月以前，他的任性的小未婚妻不顾任何“规范”习俗，希望陪他去为他的元配和妹妹做岁末弥撒只为了减少他去法国北方乡村教堂做弥撒的孤独之感。去那里做弥撒的人疑神疑鬼，多疑而虚伪，对“这些伤心事”会议论纷纷，胡说八道。当然，他没同意费尔南德陪他去法国，但是那一天，费尔南德对他的关心体贴赢得了他的爱情。

---

① Praxiteles（前370—前330），古希腊雕塑家。

客人开始告别了。临时雇来的服务员将大小客厅的空酒杯和脏盘子撤走了。在新婚夫妇要去火车站的时候，已经三十五岁的残疾人让娜小姐，由侍女和两姐妹过去的老师，年迈的弗罗兰搀扶着下了台阶，走向双座四轮轿式马车的车门。她尽管已经喝得半醉不醉，但仍然神色自若，头脑清醒，并不对新婚之喜（这是当时贞洁女子仅有的喜悦）不属于她而感慨万千（谁知道她是否如此呢？）。在简单地说了几句告别话之后，侍女和弗罗兰急匆匆地把她们的女主人扶进屋，以免她发作，摔倒在油腻的石块铺的马路上。费尔南德的三个哥哥，尽管都是好小伙，但由于喝了点儿酒，这时无端地笑了起来，把客人的手握得嘎巴嘎巴直响。米歇尔的为人粗暴的母亲，即克夫人，由米歇尔初婚生的脾气暴躁的瘦高个儿儿子、新郎官的妹妹，即为人温顺的玛丽和她的面孔冷冰冰的丈夫陪同，为了赶里尔的火车，都已经出发了。让娜·范·T小姐还站在那里。女修院的两姐妹激动地拥抱在一起，让娜悄悄地将一小瓶十八世纪的盐塞进费尔南德的大衣兜里。盐是米歇尔早上送给费尔南德的一件不值钱的小奢侈品，由于太兴奋，都弄丢了两次。这种小动作不能让克先生发现。但是，香槟酒，既亲切又符合上流社会且有点儿令人兴奋的告别，还有深情地搂着她的腰的手臂，此时产生了所期望的效应：费尔南德的眸子里发出光芒，她微笑着，嘴唇并没有皱紧。两个女友互相吻别了。至于米歇尔，他很注意礼节，但无视习俗，长时间地吻着让娜向他伸过来的好看的手。吻手礼是专门用于对已婚妇女的，而让娜当时还是一个姑娘，两个星期以后才将正式结婚。

金色三脚架

我真想拥抱你赤裸的躯体，
攀天穹摘繁星，给你做成项链，
但你那炯炯的目光，
也会使项链失色黯然。

我真想摘取千万朵玫瑰花，
在金色的香炉中燃起千万炷香，
然后躺在你脚下，什么也不想，
只看着你的脸庞，等待死亡。

当死神来临，请吻着我的嘴唇，
让我在那苏醒的时刻，
幸福地体味着你的热吻，
让你给我的温馨在永恒中永存。

一九〇四年秋
于斯海弗宁恩

这是一位业余诗人写的诗，尤其是第一节和第二节。之所以说这是一位业余诗人写的，是就字面的一般意义而言，因为专业诗人尽量避免使用现成的说法，例如“天穹”。但从古意上来说，“业余（amateur）”这个词就是“情人（amant）”的意思。毫无疑问，这首诗不是米歇尔写的唯一一首诗；但这是他保留下来并且在去世前几年给我看过的唯一一首诗。当然，不论是因为诗的作者还是所献给的人，这些诗句都使我感动。只是在读到诗的中间，把诗人的想象搁至一旁，我才感受到一首好情诗所持有的颤栗。

至于米歇尔与让娜之间是一种什么关系，他们都避而不谈。他们是情人？我不知道让娜有着什么样的热情，也不知道米歇尔的感情是如何的冲动。用柏拉图式的爱情形容他们显然是不恰当的。但我相信他们是情人。当然这还有其他迹象可以证明，但是，这首诗的最后几句足以让我相信他们的爱情是完美的。诗的最后一句表现的几乎是夫妻之间的亲昵情感，尤其对这种甜言蜜语和热吻的感受耐人寻味，因此我相信，米歇尔在这个世界上享受到了一种为追求永恒而获得的非同一般的幸福。大概在二十年以后，我看到德·乐瓦尔夫人的毫无生气的脸上流着泪水，她还说着这个男人的名字，而这个男人从她的生活中已经消失多年并且不愿意再与她交往了。二十二年以后，米歇尔住进了一家瑞士医院，尽管已经奄奄一息，但看见人们为纪念让娜送给他的花篮，却放声大哭了。在这么长的时间里还难以忘怀，起码说明他们之间确实有过肉体的结合。

由于米歇尔富有上流社会的社交经验，因此，他在去斯海弗宁恩之前，要先去让娜在巴黎的住宅拜访德·乐瓦尔夫妇。他们的公寓在塞奴斯奇大街一幢建于一九〇〇年的新楼房的二楼。室内几乎没有什么摆设：几只箱子是从俄国运来的，箱子外面包裹的稻草还在；一些旧画像还都放在地板上，没有找到合适的地方悬挂；几件布尔[①]雕刻的乌木家具，有的是从本家族的一座城堡借用的，有的是赠送的，还有的是路易十六时代风格，但都是在巴黎新定做的大路货。德·乐瓦尔先生不在家。在以后的交往中，米歇尔听说他经常不在。德·乐瓦尔夫人在一间临时客厅接待了他：作陪的有几个优雅的荷兰女士。这些女士身上穿着并不引人注目的珍珠色衣服，都对奥拉托利会的布道和慈善事业感兴趣；还有一位意大利年轻诗人，他希望埃贡为他的诗谱曲；让·史伦伯格对自己是德·维特的直系亲属一直非常自豪；还有俄国大使馆的几个年轻秘书，他们像一些被蜂蜜罐吸引而来的苍蝇。让娜一直都是那么文雅美丽而庄重。五年的时间过去了，她已经有了两个孩子，但美貌犹在。不过，她一眼就看出了米歇尔在三年的婚姻生活中有甜也有苦，以及再次看守病榻的疲惫神态，都在他的脸上刻下了痕迹。他们没有时间谈费尔南德的事，一切都留待斯海弗宁恩。

勒阿弗尔的博物馆里有一小幅布丹的布画，画上是一群夫人漫步在金光灿烂的沙滩上，背景是阴暗的天空，灰色的海水，映衬着模糊的布衣，模糊的面庞。画的名字叫《斯海弗宁恩漫步》。是不是因为斯海弗宁恩这个地名的法语发音为长音（斯海弗宁恩是荷兰城市的名字，发音与其他城市一样），我才把它作为所有北方海滩的原型来描写呢？在本世纪初的这个时期，具体时间已无经从考证，由于汽车的使用，交通十分方便，有时候，我被送到奥斯坦德的低洼地带，也许是弗尔纳或布洛涅海滨去玩。我一点也记不起来了。相反，从我时常见到的斯海弗宁恩，我不仅找回了我对昨天和前天的

① André Charles Boulle（1642—1732），巴黎细木工，以用贝壳和铜镶嵌家具著称。

回忆，而且也使我追思了我自信是七十五年前的往事。不需要怀旧，因为怀旧是无益的：有关海滨浴场的一切都很可怕，一九〇〇年就已如此。按月或按季租的公寓似乎比以前还多，但有的是旧旅馆改建的。别墅都修建在海滨与公路之间，昨天还是哥特式的，今天就改头换面成了火星风格的，表现了布尔乔亚追求的富丽豪华的建筑非常难看。大型游乐场里有德国式的铜管乐队伴奏，食品丰盛。海风吹拂，令人食欲大增。七月和八月是暑假，正好是宣战的时候，或者干脆不宣而战。新式汽车和可供住宿的旅游车以及老式火车满载着游客蜂拥而至，来海滨度假。另一类人就是军人，他们身穿灰色军装也接踵而至，在那里驻扎了大约五年的时间，在沙滩与陆地之间留下了一些小型掩体和凌乱的铁丝网。小型掩体后来成了人们大小便和从事不可见人勾当的场所。

战前来此海滨的女士们根本没有预料到这些情况，也没有想到骨头被用来勾勒曲线和撑起裙子的鲸鱼竟然也在这一带海域出现了。从上下胡须之间喷出的烟污染了人们前来寻找的洁净空气。男人们穿着至膝盖长的条纹游泳裤，胸部护着船锚图案的游泳衣，或者在波涛中潜泳，或者在水中玩球。女士们身穿海蓝色毛料紧身上衣和色调协调的短裤，短裤还镶着褶边，只遮着半个大腿，站在水里任海浪拍打着。当一个浪头打来，溅得满身是水，短裤里灌满了沙子，她们便叫着往岸边跑去，一副笨重的样子。波浪也感到害怕，往后退缩了。这时，驯服的骏马便拖着游泳者，连同他们租用的有滚轮的更衣室一起往水浅的地方走去。半个世纪以来，从堆积在海滩上的包装锡纸和油纸来看，卖巧克力和三明治的商人应该发了大财。

以目前的眼光来看，当时来这里游泳的人，比现在那些涂得油光光、被太阳晒得黑黝黝的更难看。但是，由于海滨十分辽阔，人们只是在旅游季节才来这里游泳，因此人数虽多，也不显得拥挤。

到了秋季和冬季，海水一冲，海风一吹，海滩全都干净了。人们觉得，沙丘边缘沉重的建筑物也都摇摇欲坠。无一定形状的海水，尽管被到处修筑的堤坝拦蓄着，但终将摧毁用钢架搭建用石灰粉刷的摇摇欲坠的建筑物。在几个世纪之中，尽管有水流和波涛的冲刷，这里的海岸没有发生很大改变，以后也不会有很大改变。两个最小的孩子，一个叫克莱芒，一个叫玛格丽特，正光着脚在沙滩上走，看见沙子在他们的脚趾缝里冒了出来，感到很好笑。小阿可塞勒还在沙滩上爬。他们可能会成为世界上最早的也许是最后的孩子。

范·T夫人正是为了这些孩子，才请人在海滨搭起了这个帐篷。三个女仆，其中巴尔贝来自黑山城堡，正守着他们，无论当他们在睡觉，还是在玩耍。要是孩子玩恼了，不论哭喊还是叫唤，都得哄着他们。当孩子的父母走过来的时候，她们拿起兜在围裙里的毛线球和毛衣针，赶紧站起来。奴仆中如果谁是农家女，还得向主人行屈膝礼。这三个女仆中，没有一个真正属于这出海滨喜剧。天还没亮，埃贡很快地洗了个冷水浴。黎明前的大海总是有点儿让人感到害怕，因此他很快就结束了与大海的搏斗，以免在回到岸边的时候遇上一大清早被海浪冲上海滩的海蜇。被冲上海滩的海蜇活像一摊摊粉红色的痰液。克先生对海水浴总是有一种不舒适的感觉，只游了半个小时，然后在空旷的沙滩上溜达一会儿，也就心满意足了。让娜差不多有着克里奥尔人的身体惰性，不喜欢活动，在整个暑假里老是没精打采的样子，总在睡觉，做梦。快到中午时分，她懒洋洋地来到海边，躺在藤条长椅上，看着孩子们玩。此后不久，是米歇尔，也许是我从前的一个女仆，在谈到当时拍的一些照片的时候告诉我，在那些穿着浅色衣服的年轻人中，有一个很小的女孩儿，头戴大宽边女式草帽，穿着很不合身的英国绣花蓬松长裙，好像她会被海风吹起，吹到大海里去似的。那个满头金黄色鬈发的小男孩儿，穿着英国海军的夏装，这是本世纪初小男孩儿必须穿的军服。这些孩子手里都拿着小水桶、耙子和铲子。三个小孩中最小的那个拿的是短柄铁铲，正蹲在沙滩上郑重其事地挖沟，挖完了又用沙子填上。这个孩子一生中大部分时间都是在疗养院里度过的，英年早逝，没有享受到真正的生活乐趣。与他相反，另外两个孩子都经历了漫长的人生之路。他们在走到生活旅程终点的时候，回顾过去，尽量不要遗漏任何细节，对年轻时代有着一个完整的回忆，像所有的子女一样努力破译父母的气质，但总有一些东西像沙子似的从指缝间漏掉了，结果无法找到答案。“玛格丽特，我们在二十岁的时候没能再次相见，没能结婚，真感到遗憾！”“克莱芒，您第一次结婚不久，就大吵大闹地离了婚，您还告诉我，四分之三的人的婚姻都不和睦。我们的婚姻能不能成功也值得怀疑。我们各自从自己的方面来说，过得还不错。”“可是，玛格丽特，请您告诉我，克莱芒不是您的哥哥？”“不是，瓦尔特，从我们的生日来看，我们不是。”因此，不论我们自己还是我们的好友，我们都极力把一种意义赋予本来没有这种意义的事物；如果可能，还努力解释两个人之间从生命的开始就存在的这种非常薄弱然而魔术般的联系。这时，笨手笨脚的小女孩儿拿着铲子摇摇晃晃地摔倒了，膝盖上擦破了一点儿皮，便坐在地上，没有哭也没有叫唤，而是捉了一只正在沙地上爬的小蟹拿着玩。两个男人不时地说着什么话，还互相递香烟。让娜把阿可塞勒交给女仆看着，站起来领着两个大孩子，慢慢地往大海走去。

小女孩儿的白色长裙和围巾像小鸟展翅，迎风飘扬。但是照片已经发黄，模糊不清：我不知道这件白裙子和领着孩子的那只手是不是我的女仆的。可能是因为我希望这次漫步把我从熟悉的奴仆的小世界带走的缘故，像一次收养，我才喜欢去想象这张倾斜向我的漂亮脸蛋儿，这个比巴尔贝的声音更加甜蜜的声音，这只领着孩子的灵巧纤细的手。让娜放慢了脚步，然后停下来，让孩子去捡贝壳。退潮的时候，沙地上到处是大水坑，就像一面被摔碎的大镜子，碎片撒了一地。两个孩子扑在水里，伸手去抓银白色的小虾。在这种情况下，埃贡也经常离开藤椅，肩上扛着阿可塞勒，走到水边，站在让娜身边。他肩上的阿可塞勒，活像博物馆中赫耳墨斯扛在肩上的小孩儿巴克斯[①]。让娜虽然还没有看见他，却感受到他走近她时的那种甜蜜感觉。尽管他们已经共同生活了三年，但她的这种感觉丝毫没有减弱。这个年轻人还不完全像父亲、丈夫和家长，仍然是一个偶像。

他从裤兜里掏出一只银壳手表。

“快一点了。我得去车站接于格。您知道，我们这几天要去杜塞尔多夫演出。”

“是的，”她说，“不要去晚了。”

他们讲法语时，有时说“您”，有时说“你”，但一般习惯说“您”。她发现，她在产生性欲的时候说“你”说得越来越少了；如果在其他场合，哪怕是谈到更加隐私的事情，也经常说“你”。

此时，他们俩都感觉到克先生从远处向他们背后投来强烈的目光。他们错了。克先生正在读《法兰西信使报》。

让娜轻易地委身了。米歇尔非常感激她的委身，但也有点儿惊奇。他没想到她的道德准则那么快被冲垮了。然而他并不怀疑她在说谎，或者是虚伪：“您告诉他了？”“为什么告诉他？他给了我这个自由。”“可是，他知道吗？”“我想他知道。”由于没有任何事物是完全符合既有的思想观念的，包括私通，因此，他与丈夫之间的关系也不像他想象的那样有什么明确的定义。至于与妻子的关系，

① Bacchus，希腊神话中的酒神。

在法国就非常简单了，可以随心所欲地划归为神圣而传统的“爱情”。躺在床上的莫德简直是一个神奇的美女，一个迷人的仙女；他从来没有搞清楚莫德与罗尔夫之间到底是一种什么错综复杂的关系。正是他，已经做了二十五年情夫的他，煞费苦心地猜测这个年过四十的丈夫玩的是什么牌。在“他的两个妻子”中——他有时在心里这样称呼她们——加布里埃尔追求的是顽皮然而甜蜜的爱情，属于当时巴黎报纸上描写的娇小的女人；贝尔特情欲异常旺盛。可是，在这些女人的生活中，她们在赌场和在海滨居高临下地观察的都是什么样的求爱者呢？尤其那位向女人献了十五年殷勤但仍然被米歇尔视为最好朋友的加莱又是什么样的人呢？这位绅士是不是像他所说的那样看不起女人？难道他只是玩弄那些堕落到最底层的妇女？还是当着贝尔特或加布里埃尔的面，也许当着她们两个人的面，拿纯朴的米歇尔为他提供的卫士的角色开玩笑？这三个人所享受的，不仅仅是共同驰骋在匈牙利的平原上的那种强烈的乐趣。但是，这无法解释两个女人之间为什么有着如此炽热的友情，与其说她们是敌人，毋宁说她们是同谋。除非……这其中另有隐情。无论如何他可以肯定，他是第一个与费尔南德同床共枕的男人，但不能肯定他是她一生中唯一与之同床共枕的男人。这些富于幻想的女人心中，总会对某个俊美的过客保留着一些怀旧之情。毫无疑问，让娜了解费尔南德的不少私事，但她不会告诉米歇尔。

让娜是不是爱他，他没想过。这个看似征服者的男人，但实际并非如此，因为他对女人太谦恭，不好意思提出这个问题。但是，谜终究是个谜。让娜既不是淫妇，也不是疯狂追求异性的女人。她激情洋溢而温存，欲火炽热而柔情似水，在使对方获得满足的同时，也满足了自己的欲望。他也知道，埃贡不是一个受骗的丈夫，因此无需向他作出补偿。让娜是不是仅仅需要几天的空缺时间，就会向一位似曾相识的男人敞开心扉，即使是一位昔日女友的鳏夫？她不属于那种在枕边泄露隐私的女人。“他知道吗？”“他希望我自由。”“是的，可是他知道吗？”“我想他知道。他没说过。”他们沉默了，长时间地沉默着。有关两性关系的约定俗成的公认原则之一是，女性的不忠经常是一种报复的形式，但在他们的情况下，不忠这个词用得并不恰当。报复什么呢？米歇尔没有发现年轻音乐家埃贡追逐别的女人的任何迹象。找不出原因的男人常愿意用阳痿来压制情敌。但是，埃贡的两个儿子长得像他。当让娜说很乐意临时照看一下费尔南德的女儿时，埃贡提醒说她以后可能会有属于自己的女儿，而这位少妇却摇摇头说，他们有两个孩子就够了。在当时，这种话是在女人之间才可以说的，而且得说得非常慎重，因此，米歇尔很赞赏她的直率。同样令他赞赏的还有，他从来没有听见让娜说别人的坏话，也没有听见她轻易地以单纯世俗的观念说别人的好话。在言谈中，他从来没有发现她流露出丝毫的恼怒或讽刺的成分，而且也不过分热情；她对孩子说话也不故意学着孩子的腔调。尤其使他赞赏的，还是她绝对不说那些毫无意义的诡辩的话，不说那些让人难以理解的连迂夫子都不赞同的自相矛盾的话，不说“对，但是”或“难道您没想到”之类吭哧出来的话。她沉默不语，并不意味着拒绝。有时候，这位波罗的海年轻人的一道冷漠的目光，一个无所谓的动作，恰恰表现了一个人的难以言状的心理，使克先生发现了另外的线索。但是，米歇尔还固守着关于婚姻道德观念仍然残存的某些美好原则。他无法想象，一个对于所有卑鄙的行径都采取严厉态度的女人，竟然会同意为那个时代的某些行为做掩护，而那个时代的名流社会，或者简单地说，那个时代的社会，对这些行为是无法说清楚的。在偶然谈到埃贡的时候，她也只是为了回忆这位年轻人的童年生活才谈的，当然，对他的回忆，也是对她自己的回忆；她或者带有几分天真高兴的心情说，他的演奏和作曲才华终于成熟了，而从来闭口不提她本人和范·T夫人对他进入大都市艺术音乐界起了什么作用。说到这里，她又沉默了。米歇尔不止一次将这个赤裸裸的好看的躯体搂在怀里，他本能地意识到，要想更多地了解这个女人的隐私是不妥的。但何必要了解呢？最好还是和和美美地共度这难得的夏日良宵。

米歇尔非常清楚，绊脚石就是上帝。让娜也不多谈，但是他能感觉到，她像呼吸生命攸关的空气一样，俯仰之间都心存上帝。她留下的文章的确不多，而且内容短小，也都没有跳出这个范围之外，只不过在很少的几个朋友之间传阅。她又不自觉地受新教老师刻板文笔的影响，因此，文字晦涩难懂。尼德梅耶牧师尽管为人古板，严守他的逻辑学和神学观念，但起码使她远离晦暗的神秘学和宗教式的异国情调，这些破烂货在本世纪初的低劣文学作品中被大加颂扬。她也不会陷入干瘪的唯科学主义的泥潭。让娜满足于远离这个好窥视的上帝。这个上帝是密探，毫无人情味的审判官，曾经恐吓了许多女性和青年的善良之心。而米歇尔从十岁开始，就不再相信这个上帝了。可是，像大多数同时代的人一样，他满足于用一种虚无飘渺的东西，以取代这个巨大的讨厌鬼。而让娜极力用上帝取代这个仁慈上帝。对她来说，至高无上的天堂之福，如果把它与驱动我们生活的万能力量同等看待，那么，终有一天会使她处于无人能幸免的两难境地：要么否认邪恶，要么向邪恶屈服。此时此刻，她所感受到的只是幸福，而且，她所具有的和和美美的心境可能就是以此为代价而换得的。她爱埃贡的上帝，埃贡的上帝保护着这位波罗的海青年；她也爱米歇尔，爱上帝赐予她的这位朋友。在炎热夏日的晚上，既不喜欢人也不喜欢跳舞的埃贡躲开了。米歇尔陪伴着这位年轻的夫人去大使馆或名门之家的花园参加晚会。米歇尔并不喜欢这种场合，更不喜欢跳舞。然而，当让娜身穿轻装在灯光闪烁的树阴下翩翩起舞的时候例外，因为她喜欢装束朴素，也许是怕招引众人注意，她不穿名师制作的华丽服装。其实，在任何情况下，她总是引人注目的。米歇尔非常清楚，她被任何一位她仅知其名的随员搂抱着，她都是中心人物，一颗运行在天际的闪烁发光的星星。“您不会告诉我，您在那样的场合会想到上帝？”“人们每时每刻都会想到上帝。”至于他，尽管忍受着痛苦欲望的折磨，他觉得自己已经靠近埃贡，充当着丈夫的角色，而埃贡也欣然接受，并且还给予信任。

任何伟大的爱情都是一座被围墙包围着的花园。Hortus conclusus.[①]所有关于这三个人的私下议论，肯定都是与他们有关的败坏名声歪曲事实的流言蜚语，但他们是无法听到的，可能根本就认不出他们在他人心中的形象。说实在的，斯海弗宁恩的树丛的魅力就在此，栖身在松林掩映的花园里，根本听不到海滩的喧闹，也几乎听不到大海的涛声。所能听到的，只是涛声的余音。在炎热夏日的午后，于格和埃贡没完没了的演奏终于结束了。花园深处的小楼已经改为工作室，再也听不到声音清脆的钢琴与音调尖厉的小提琴的一问一答了。那是埃贡和于格在排练，他们今年秋天将在阿姆斯特丹举办首场音乐会，演奏为西里西亚的安杰勒斯的诗集谱写的乐曲。他的诗是让娜和埃贡第一部共同喜欢的诗集，已经由让娜译成法文，十一月还要在巴黎演出。

大约一点钟，埃贡让他的合作伙伴走了。也许是后者自己不想再演奏了。这个于格有点厚颜无耻，与其说他是过度敏感，毋宁说是不懂礼貌，畏畏缩缩。他讲的英语几乎无可挑剔，夹杂着某些伦

---

① 拉丁文，封闭的花园。

敦东区的语调，具有异国情调。毫无疑问，埃贡在上午的排练中用尽了对小提琴家的善意，而且感到气愤，因此，到吃饭的时候一言不发。相反，两个女人却热情地同这位外国人交谈着，尤其因为他不是他们圈内也不是他们阶层的人。米歇尔对凡是英国的东西都持有偏见，强打着精神与于格交谈着。不幸的是，几家大报纸对音乐评论的陈词滥调与已经过时的风趣语言如出一辙。在那个时候，罗尔夫正让米歇尔和莫德在伦敦的苏豪区散步，还为他们在一些有半数空位的音乐厅提供招待票。招待票什么时候都有。刚喝完咖啡，直到现在还从来没有来过欧洲大陆的于格就消失了，他不是到邻近的海牙闲逛，就是去最喧闹的阿姆斯特丹散心。他对一切都感到新奇:《夜巡》和《犹太未婚妻》[1]、听到演奏鬈发大卫[2]乐曲就痛哭流涕的扫罗[3]（他与大卫长相相似）以及殷勤的大街上穿粉红短裤的小夫人们。钢琴家埃贡很少陪他出去玩。在绿色与金黄色交相辉映的松林里，这位波罗的海青年贪婪地品味着这寂静中的乐趣，但孩子们不时的吵闹却打扰了他的兴致。他躺在吊床上，克莱芒和阿可塞勒想爬到他身上玩；玛格丽特也不甘示弱。米歇尔叫巴尔贝把小女孩儿抱走。巴尔贝随叫随到，但小女孩儿一个劲儿地哭叫着，挣扎着。

还有几次，从别墅传来一种如同蜜蜂出巢似的嗡嗡声。当客人走出屋拥向花园的时候，声音也越来越大。范·T 夫人几乎每天都请客设宴；请客人吃干点心和黄油吐司，品味锡兰和正山小种[4]的茶香。茶是女主人根据秘方亲手精心调制的，与松香的味道十分相衬。范·T 夫人与男士们所谈的话题都是严肃的。这些男士差不多都是

---

①《夜巡》和《犹太未婚妻》都是荷兰画家伦勃朗的油画。

② David（？—962），古以色列国国王，公元前 11—前 10 世纪在位。

③ Saul（活动时期公元前 11 世纪），古以色列开国国王，公元前 11 世纪后期在位。

④ 产于中国福建省的一种红茶。

年高的勋章获得者，由于地面高低不平，而且树根上又覆盖着青苔，所以都拄着拐杖以免摔倒。埃贡恭敬地向老太婆们立正敬礼，吻了她们的手，便找借口离开了花园。米歇尔竭尽说笑打趣与阿谀奉承之能事，去逗那些上了年纪的夫人们，但很注意礼貌。让娜对任何人都是彬彬有礼。按照习俗，名门之家都藏有名贵的古瓷器；还有一些小木桶也是很珍贵的，里面装着温热的肥皂水，让娜用手轻轻地蘸了一下。她腰上系着一条花边薄围裙，她不是怕弄脏衣裙，而表明她是负责清洗盘子的。一旦客人的盘子光了，她就拿去先用水洗，再用更洁净的水涮，然后用抹布擦干净，又递给客人。克先生看着她那双洗刷瓷盘的漂亮的手，越看越爱看。瓷盘是半透明的，由海外商人从中国广东购买，远涉重洋运来的。这种家务活是从祖先那里传下来的，她干得非常熟练。爱情的苦恼，思想上的疙瘩，肌肉的酸痛，此时此刻都融汇在一起，恰像维美尔[①]的绘画，达到了色彩与形式的统一。

克先生的汽车留在了黑山城堡，但是，他在海牙临时租用了一辆标致牌汽车。一天，他开车带着让娜去代尔夫特游玩。那里海水平滑如镜。房屋的窗子都镶着玻璃，不挂窗帘，屋内的东西看得一清二楚，如同纯洁的良心一样一览无遗。还有一次，发电机出了毛病，他们被困在费勒，费勒就成了他们寻欢作乐的场所，他们在那里一直呆到天亮。尽管费勒给他们留下了无限甜蜜快乐的回忆，但他们本来是没打算到那里去的，当然以后也不会再去。可是，这样的游玩应该是男人的事，他们经常不是陷入泥潭就是迎着尘雾而上。

① Johannes Vermeer（1632—1675），荷兰风景画、室内画画家，追求光线和色彩的协调。

如果出现这种情况，要检查好曲柄卡槽，将轮胎打足气，还要看一看是否有螺丝掉了。这一次，只是在小港湾乘一只小船去弗利辛恩海滨兜兜风。

大海在怒吼。于格没有赴约，埃贡似乎也不在意。大海的狂涛使米歇尔回想起了与“他的两位夫人”在弗里西亚群岛泛舟海上的情景。埃贡也非常高兴，使他回忆起了他的国家的小海湾退潮和退潮后显露出来的沙滩。一个小时以后，筋疲力尽的船夫本能地驾船返航。到了岸上，大家与两个男人喝了一些刺柏子酒，便决定踩着沙滩往回走，尽兴地让风沙劈头盖脸地吹打着。他们把多少有点儿不听使唤的标致汽车扔在那里，第二天再去取。两个喜欢大风大浪的男人在大风中肩并肩地走着，大声地交谈着。

“于格溜走了。”

“您要是看见他，他可能会吓得面色铁青。这种情景并不美观。”

“吃饭的时候，他与您说话，您不吭声。您心不在焉，又嘲笑他。我发现音乐不会改变一个人的习惯。”

“您差一点儿在‘习惯’这个词的前面加上‘坏’这个形容词。您不要反驳我。一个聪明谦恭又懂得世事的人（我把所有这些品质都用在您身上），如果他用撬锁或别的什么方式溜进一个我们不知道的隐蔽角落里，居住在那里，自信可以从那里洞察一切，那么，这个人是不幸的。一个奴仆，一个依靠他人生活的人，一个走狗，由于年龄和外貌的不同，会变成一个搭档或一个供奉者。任何合作者或任何朋友，都会被看作是情夫，即使在现在这种情况下，他有着略带黄色的皮肤和油污的头发，也是如此。”

“伦勃朗画笔下的大卫也是黄皮肤，头发也是油污的，但是他有本事让扫罗王半个身子躲在帷幔后面啼哭。假设是竖琴变奏曲使扫罗陷入了如此境地。”

“扫罗年老体衰，”埃贡违心地说，“我怎么知道我到六十岁的时候会为谁或者为什么事而啼哭呢？”

“您的音乐将会在两个星期以后举行，您需要您的合作伙伴。您是不是去伦敦找他？”

“谁说他去了伦敦？于格在不高兴的时候，就住在克拉那坡勒斯基旅馆附近的窑子里。谁问他电话号码，他都会告诉，但是已经与窑子的老板说好，老板就说那里是克拉那坡勒斯基旅馆。要是有人与他约见，他就掐着时间换上衣服，穿过小街去旅馆，在旅馆的会客厅里接待客人…… 我从来不喜欢他演奏的颤音，老是那么悲哀的音调。我倒觉得，西里西亚的安杰勒斯对上帝提的问题，可以说是与回答一样清澈。上帝怎么回答，人们事先都是知道的。”

“您为什么娶德·乐瓦尔夫人为妻？”

“您是说让娜。要是说一句瞎话，一件本来仅仅有点儿麻烦的事情也会变得令人厌恶。”

“让娜，是的。您为什么娶让娜？”

“是因为爱情，您可以想象得到。她是我爱的第一个女人，我希望她也是我爱的最后一个女人。我发现，像她那样的女人不多。”

“在阿姆斯特丹还有喜欢打扮成女性的男人和装卸工。”

“即使您说得对，但也不会像您想象的那样，或者换句话说，唯一感到痛苦的女人就是让娜。”

“一个幸福的女人不会另找情夫。”

“她希望我自由。她相信自由是相互的。她说得对。起码在我们第一次一同起床的时候，她是这样说的。您很清楚，我不是她生活中第一个男人。但我可能是唯一能给她这种自由的男人。这种自由既不排除爱，也不排除有时产生的情欲，这是她过去的朋友没有能完全给予她的。她经历的昙花一现的艳史，给她留下的是爱的饥饿。我不认为，她自那天早晨以来获得的任何一个自由，是出于对我的怨恨，或者是以怨报怨。（对我们来说，肉欲似乎从来不完全是一件坏事。）而且，吃醋不符合我的性格。”

“别说了！说得太多太具体，您会感到伤心。”

“一个被爱着的女人移情于他人，就像乌云遮住太阳的夏日，当然让人感到心寒。但我相信她更喜欢接近我，尽管她知道我与她（我有时会这么做；我无须说谎）是图一时的快乐。而作为妻子，她从来就不想充当一个酸溜溜的妻子的角色，等着丈夫去尽配偶的义务。我觉得您作为情夫，是第一个与她亲密相处的男人，我不怀疑您是她的朋友，当然也是她的已故女友的丈夫，而且，您不是一个善于勾引女人靠女人的乳头给予施舍的过客。”

“一个既不是知心人也不是保护人的朋友。一个只是在无聊的夜晚才会想到的情人。一个被认为是浪漫的鳏夫，总而言之，他没给妻子很多的爱。您以为我适合充当这些角色？”

风在他们周围呼啸，像是大声地说着没有出口的粗话或辱骂。又一阵更大的风吹过之后，两个男人来到一座无人居住的别墅，躲在房檐下的一个角落里。米歇尔硬是把埃贡按到最避风的一张积满尘土的凳子上，然后自己也坐了下来，又用一块旧罗登厚呢短披风遮住他们的身体。短披风是他与费尔南德在奥地利一起买的，只是在天气不好的时候才随身带着。他们小声地说着话，就像在绿色的帐篷里一样憋得上气不接下气。

“你听我说，请相信我，我用‘你’这个称呼，既不是看不起你，也不是与你套近乎。那些你可能不喜欢的东西，即多少被人们看作轻蔑因循守旧而又粗野的话，我不会说给你听；总而言之，我不会劈头盖脸地骂你。你也不要希望我不会钻牛角尖，你也不要以为你的情况几乎是绝无仅有的，起码在开始过放荡生活的时候，每个人都会这样想。你所做的一切几乎都是庸俗的，就像在阿姆斯特丹的一家酒吧间里大口大口地往肚子里灌酒一样。人们会意识到他们是否有能力观察和分析发生在自己身边的事情。人们更喜欢什么也不要知道，或者把一切都忘掉。如果我在自己过去的垃圾堆里翻找一下（但是我从来不这样做），我肯定会发现一些千头万绪与你类似的情况，虽然不尽相同，但都是见不得人的东西。至于男女厮混肌肤相磨的事，我不愿意再去回想，但在当时，我觉得我得到了肉欲的满足。当然，我觉得，还是女人在主导。但谈到像卡萨诺瓦（一个特别善于勾引女子的人，只有两三个人能幸免）这样的人，我的意思不是说，男人之间的乐趣是一种有点儿丧心病狂的把戏，可以被忽视，因为我们对所有的性欲满足就是这样下的定义。但结婚生儿育女除外。诡辩者就另当别论了。既然有兴趣、勇气和意志去面对某些风险，为什么不能面对这种欲望（在词汇全集中，这个词总是被忽略，而这正是一个中心词）？我并不是告诉你有一条能够达到既完美又简捷或者不完美但是简捷的肉感的捷径，这不像共济会会员说的一句口令，即是或不是。不能这样说，傻瓜和粗人太多了，真假难分。我只是想说，我们并不像你以为的那么对比鲜明，那么互相对立。我们所处的时间相同，所处的地位相同，我们讲着两三种几乎相同的语言；我们本来应该暗自进行一些类似的探索。我比你大二十岁，但我们不是在历史上起重要作用的人物……

“我被看作一个追逐女性的男人；的确，我有五六个女人，她们有幸福的，也有不幸福的；另外还有四五十个，她们有感到厌倦的，有感到被戏弄的，也有感到高兴的，但其中很大一部分都是以卖淫为生的。我唯一没有做成的一件事，就是没找到一个供养我的人，因为在你这样的年龄，我有时需要别人供养。对于这些女人，真没有什么好说的：她们占据了我的生活，毫无疑问，在我去世之前，她们都会占据我的生活。但是，假如我乘的船在一片危险的沙滩上搁了浅，船根本没有再被海水浮起的希望；或者船被上涨的海水冲到了岩石之间，被死死地卡在里面，我没有发现身边有一个顺眼的女人，我肯定会拼命地抓住一个美貌年轻的船员，两个人搂抱在一起，互相温暖着身体，共同度过这个实际上短暂但似乎漫长的时刻。而从你的角度来说，如果你遇到这种情况，而没有任何男同伴在身边，你会找一位助人为乐的女乘客。我们都是一样的人，但是我们的选择却相反，这就像过去的军事教材所说的，站在原地向左转半圈儿，与向右转半圈儿是一样的，只是方向相反而已。”

在此，我插入一段叙述者的按语。这些话，还有一些其他差不多类似的话，都是米歇尔在斯海弗宁恩对埃贡说的，但他的话可能并没得到这位年轻人的同情：如果说人们最隐秘的情欲与所有人的情欲没有什么区别，这种说法很少会使人感到高兴。那几天，这两个男人谈论的观点非常模糊，但我能肯定，上面叙述的话都是米歇尔亲自说出的。二十年以后，当我们坐在昂蒂布[①]的海滩上看着大海的时候，他告诉我的差不多也是如此。但与他所说的相反，历史的记载才是可靠的。大约是在一九○五年，他们坐在斯海弗宁恩的海滩上，他觉得这位三十岁的年轻人几乎还不了解世界，就像一个二十岁的女子遇到一个与众不同的年轻人而神色惊慌，而米歇尔总是看不起他女儿的朋友，不屑让人给他作介绍。他只是提醒我不要把生活戏剧化了。但是我已经思考过了，也幻想过了。结果，我在一九二八年创作了《阿列克西》，为了将我单薄的冒险推回过去，我采用了让娜与埃贡以回忆的方式提供的材料。米歇尔在临终之前阅

① Antibes，法国北部的海滨城市。

读了《阿列克西》这部著作，并且还在书页的空白处作了批注，说这是再“纯洁不过了”。这样的评语至今还很使我感动，但也说明在米歇尔的嘴里，“纯洁”这个词和大多数父亲所指的不一样，具有另外的含义。在昂蒂布的交谈没有继续下去。在这两种情况下，米歇尔为了使心灵和被搅乱的思绪得以平息，提醒道任何事情都不真正是不可能的，不真正是不可接受的。他说的并不是体己话（米歇尔从来不说体己话）。这就是证词。他认识的生活就是如此。他那个时代的人的声色趣味，他是了解的，也是人所共知的，还有小报刊登的“风俗逸事”，他都不感兴趣。另一方面，对他的微小的个人刺激都会使他产生新的成见。从社会角度来说，一个“性欲倒错的人”（我们所处的是普鲁斯特的时代，用的也是他的说法）是可笑的，令人反感的，很快就被绘声绘色描写出来，就像这位希伯来天才的赞美者称一个可疑的医生为“肮脏的犹太人”似的。米歇尔开始还同情让娜的丈夫；恼怒和厌恶是后来才产生的，但最终也全然消失了。

“我对此的认识是，”埃贡只是（这是可能的）听到米歇尔的一部分话，边走边说，“我们的注意力仅限于此，就是在您到了三十岁的时候，还没有找到一个供养您的女人。而且我想，您也没用心去找。但是，请您看着我。您采用断章取义的做法影射违背道德的习俗，这难道不是您私下做出的判断？请您想一想，一个外国人，他还年轻，尽管有姓有名，但不为人所知，不能靠一个一向贫穷的家庭来维持生活，即使有钱，也不能汇出国外；一个不为人所知的古怪音乐家，即使有人知道，也只是一些传闻；而现在，我在城里有一套房子，在海滨有一套房子，在巴黎有一所公寓；有一辆双篷四轮马车，以后还会有汽车；要是我偶然举办音乐会，还可以发布新闻公报；又有两个孩子、一个所有人都羡慕的妻子和一个仁慈的岳母，所有这一切都在生活中为我竖起了一系列的金色屏障。您不认为所有这一切的分量是很重的吗？甚至爱情……当我向让娜谈起我自己的时候，我所说的几乎都是实话，也就是说几乎是低三下四的；我和她都知道，这对我们两个人来说，是明明白白接纳我的一种方式，我们所做的并不是出于内心，我们似乎都在互相制造一些神话。另一方面，我所以对此保持缄默，我的缺席成了我的在场，成了一种拒斥，我被锁住和藏起来的生活的一部分。我们的关系突然疏远了，就像我们之间的气氛凝固了似的，谈情说爱和性行为也就无所谓了……但是，我有时想，我不必把事实告诉任何人，我的音乐也一钱不值，我似乎被淹没在易北河里……”

“因此，您把所有的责任都归咎于她。”

“噢，上帝，不是。也不应该归咎于我。”

“如果您这样想，我劝您还是离开吧。”

“我离开过一次，三个星期以后又回来了。结果情况更加糟糕。”

到此，他们再也没有什么可说的了——尽管什么也没说——背景也发生了变化。这里是一片松林，三面都是华丽的别墅高墙，风吹不着他们。前面是一条人行道，就像郊区的大道。

“您说得对。”埃贡突然承认，“您告诉让娜，我今天晚上不回来了。您刚才所说的，在我的思想中掀起了一阵风暴，我需要平静一下。假如您说的属实，那么，您和我也都是无足轻重的人了。”

“这对我们都更好。”米歇尔心想。但他没有说出来，因为他不想下结论。

回来以后，他写了一张字条塞在让娜的房门下。她像平时一样按时下了楼。范·T夫人进城吃饭去了。米歇尔和让娜都没有多说话。他今天夜里不想打扰她。

裂痕

这年秋末，米歇尔决定带女儿去蓝色海岸。由于海边的空气有益于健康，小女儿现在身体健壮。虽然从黑山城堡到蓝色海岸路途遥远，但她的身体是可以承受的。他们路经里尔，诺埃米接待他们过夜。诺埃米比以前说话更加尖刻，更加辛辣，她住在华丽的住宅里，像过冬天一样不出大门。五十年以来她一直住在那里，房子还是那个老样子。第二天，他们乘快车去巴黎。他们随身带了许多行李，有衣箱、帽盒和包裹，其中包括两个保姆的衣物。克先生认为，给孩子带两个保姆是必要的。为了避免睡在旅馆的床上传染疾病，还带着我的有护栏的小孩床、床垫和被褥。

我们在巴黎住了两三天。这段时间足以让米歇尔和让娜重建他们在斯海弗宁恩建立起来的炽热而平静的亲昵情义。让娜也准备上路了，她陪同埃贡去圣彼得堡。埃贡去圣彼得堡排演由他创作的芭蕾舞剧《湖畔白马》，尽管人们对他的新派乐曲议论纷纷。这位年轻的作曲家还没有意识到，在欢迎还是反对他这位新来的作曲家的问题上，乐队指挥、舞蹈编导和舞蹈演员的世界是如何尔虞我诈，相互争斗的。让娜对她所喜欢的人从来不食言。她曾经答应米歇尔，她一旦从俄国回来，就去南方小住几天，亲眼看一看孤身一人的他是如何安顿保姆和孩子的。克先生总是爱冲动，一得到让娜要来南方的允诺，便租下了棕榈别墅，租期为五个冬天。

这所住宅很华丽，但略显破旧。尽管在费拉角和爱勒角还有更宜人的住宅，但米歇尔偏偏喜欢这一座。因为这里靠近充满危险性的赌场和具有异国情调的公园。公园的树荫正好遮住了别墅花园的一个角落，因此对他颇具诱惑力。许多年以后，我在戛纳找到了德·库埃瓦斯侯爵。德·库埃瓦斯侯爵行踪诡秘，为人可爱，他很喜欢我的一些作品，未经我允许，就把我的著作改编成平淡无味的芭蕾舞。他与他十几只白狮子狗住在一所类似的建筑里。大门的两侧各有一排棕榈树，一条车道从门外一直通向台阶。屋里的家具好像都搬走了，只在餐厅里摆放着一张大理石餐桌和十几把瓷漆藤椅。客厅很大，里面有一张长沙发和几把扶手椅。有卧室两三间，每间里都有双人床、梳妆台和镜子；还有浴室，但热水器不太好用。银白色的水龙头是仿制的。客房用来为随时可能破产的赌场庄家和半老徐娘式的著名歌女提供住宿。米歇尔觉得这无所谓。他除了在赌场度过一些刺激性的时刻，一直都在工作。

让娜建议米歇尔将一部捷克古书翻译成法文。他们都读过这部书的英译本。是一部讽喻游记，属于十七世纪虔信派[①]文学作品。作者是摩拉维亚一位伟大作家，叫夸美纽斯[②]，也叫考门斯基，黄金时代流亡荷兰，创立了一个虔信派抵抗运动的小团体。他的这部辛辣讽刺时世的作品，是在阿姆斯特丹还是在布拉格创作的呢？讲的是某公外出求学，在路上遇到一个惯于阿谀奉承的人。此人给了他一

① 17 世纪兴起于德意志信义宗的派别，它针对教会内的世俗化而强调个人信仰。
② John Amos Comenius（1592—1670），捷克文学家、教育家。

副玫瑰色眼镜，戴上这副眼镜，看什么都是美的；又用蜡给他封上双耳，他听见的声音也变得微弱了。因此，某公觉得万物都是美好的。但有一天，他从眼镜框底下一看，又把塞耳朵的蜡往外拽了一拽，发现世界瞬间变成了一座被围墙包围着的城市，从远处看很漂亮，但走近一看却是一座可怕的迷宫。迷宫里一片狂叫和狂笑，但笑声比叫声还难听；醉汉傻里傻气地唱着歌；江湖骗子在广场上大吹牛皮；学者小声鼓吹着荒谬的理论。房屋低矮，从敞开着的门窗可以看见，金子堆上坐着守财奴；垃圾堆上坐着好色之徒、戴绿帽子的丈夫、背叛丈夫的妻子，那些根本不配做父母的人及其反叛的子女；地牢里关押着主张言论自由的人，连判官也要接受审判。人们所看到的一切都是错误的，虚假的。面目狰狞的荡妇提着沉重的钱包站在秤杆的一端，另一端站着寻找富有女继承人的年轻漂亮的小伙子；瓶子被学者塞满了东西，而另一些学者还在偷偷地往瓶子上贴新标签，里面装的东西，也被他们调换了。再往远处看，荒蛮的海洋里只有几只歪七竖八的沉船；近处，敌人正在砍伐树木，用火进攻碉堡。这部散文著作文笔犀利，与勃鲁盖尔①的绘画风格形成鲜明对照，目的是让我们得出这样虔诚的结论：在略显得暗淡的光线效果下，一个对上帝过分虔诚的秘密组织，如果可以这样说的话，其圣徒和教徒能免受人类灾难。《心灵的天堂》：米歇尔马马虎虎地翻译了最后一章。

埃贡（他们三个人在斯海弗宁恩议论过这部著作）觉得，我们在善与美之间都会不知不觉地遇到邪恶，我们不是邪恶的帮凶，就是邪恶的受害者，因此，前面所列举的邪恶与之相比，那是太一般了。米歇尔也添油加醋：他认为，任何邪恶本身就包含着美的渣

① Jan Bruegel（1568—1625），佛兰德画家。

滓，任何美也都具有邪恶的一面。让娜在年轻的时候与费尔南德一起读过这部著作。那是一个夏天，她与女修院的女友费尔南德结伴出游。让娜还记得，她们好像是经过一座城池，当时感到又好奇又害怕。那里正在庆祝主保瞻礼节[①]，人们饮酒狂欢，互相打骂。地上满是泥泞，还有呕吐的脏物，她们走路只好撩起裙子。最后一章就像一座温热的小教堂，可以躲避大街上那样狂热的谩骂和吵闹。费尔南德……让娜不大对米歇尔谈起她，就像她没有经常向埃贡和米歇尔谈起约翰-卡尔一样。每个人都有自己的回忆，都有无法用文字表达的意念。埃贡还懂得音阶的七个音符，他考虑得远，想的是如何以故事的荒诞离奇情节作为脉络，谱成一首不协和的乐曲，描写生活的那些愚蠢粗俗，其中有快乐也有阳光，但结尾不是狂欢和祈求之类的合唱，而是抒情独唱。然而，他并没真的准备好谱写成乐曲。他可能在一生中也没有真的准备好谱成乐曲。

今年的冬天比往年稍长；米歇尔赌纸牌或赌轮盘有输也有赢。输赢都无所谓。他集中精力翻译夸美纽斯的著作。他觉得这部书有时很刺激，有时平淡无奇（是荒谬，但人们都相信，他在写给让娜的信中不会用这个词）。这个米歇尔写了几首诗，有时写得还很好，但除一首之外，都在未写完之前扔进了纸篓。在费尔南德去世以后，他还着手写一部枯燥乏味的现实主义长篇小说，写完第一章就停止了。后来他把书稿给了我，叫我改写成短篇小说，而且署我的名字。他终于实现了文学夙愿。他第一次意识到，玩弄文字，斟字酌句，推敲字意，也是一种做爱的方式，尤其在受到某个人启发或为某个人而写作的时候。让娜是他的情妇，更是他的女友。但长期以来，米歇尔所缺少的从来就不是风流韵事。他在里尔认识了一个天主教

① 荷兰、比利时和法国北部地区的乡村节日。

徒律师的妻子。律师在卢尔德当担架兵，每年干得都很出色。这位丈夫常喜欢说，他这是锻炼肌体，并保证日后在天堂里能找到自己的位置。莉娅娜正准备与他分手。米歇尔很快说服了这位少妇陪他到南方住上半个月。那里离她的一个姑妈不远，姑妈可以充当她的屏风，以遮人耳目。莉娅娜年方三十，肌肤细腻，似乎是时代潮流的赐予。她的衣服好像是服装大师新近制作的，起码也是巧手精心仿制的。米歇尔又给她买了几件长裙。出于慎重，米歇尔安排她住在附近的一家小旅馆。尽管米歇尔怀疑她私下另有所爱，但她仍然感到无聊。这位高贵的布尔乔亚女郎总是想着她的坐落在尼格利埃大街的住宅。在她属于自己的"日子"里，她邀请女友聚会，大吃特吃花式蛋糕，互相留下蛋糕商的地址，还说一些不在场的女友的坏话。她使用很多香水，因此，这位喜欢原汁原味皮肤的男人无法容忍。他们的这段插曲持续的时间不长，但分手的时候都非常高兴。至于我，我给女客人留下的印象，无疑是一个怕生的女孩儿，当父亲叫我拥抱这位俊俏女子的时候，我没有遵从。

我再一次对孩提时代的日期问题一筹莫展，只是觉得像置身于一幅巨大的风景画的画面里，所有的东西忽近忽远，一片空旷。说是空旷，倒也不见得，但画面里的人物对我来说并不重要。我所了解的画面中那些或近或远的人物，有的是今天上午才见到的，有的已经是一个世纪之前的人物了。我从小就缺乏时间概念：不论今天还是其他任何时候，对我都一样。我知道，起码有两个夏天的部分时间是在斯海弗宁恩度过的，棕榈别墅租期为五个冬天，也就是说，起码要在这里住两三年的时间。这是发生在我三岁至六岁之间的事。像我在其他场合所说的，如果不是年轻时代的照片和故事起到备忘或伪备忘的作用，那么能将回忆的具体时间界定在什么时候呢？首先，我的纯粹属于我个人的回忆发生在秋天。我当时可能才两岁半，最多也不过三岁半。日期是够早的，但我不清楚应该如何放入我的童年记事本里，还有放在哪里。我在黑山城堡的晒台上用七叶树果搭金字塔玩。我被带去吃晚饭。第二天一大早，我下楼一看，我用好看的闪闪发光的棕色圆球搭的金字塔都神秘地变成了白色，还覆盖着一层冰凉的好像被研磨成粉末的糖似的东西。在以后的几年中，我们每年很早就去南方。我没有再看见过雪。在一九一〇到一九一四年的冬天，我有时在巴黎看见过，后来在战争期间的英国也看见过。我所能回忆起来的只是城市里的泥泞。以后我又在瑞士看见过雪。那时我穿过森林去让娜的墓地，森林里的雪很洁白，裂着横七竖八的缝隙；雪有时也是松软的，一阵风将雪卷起，吹到一个家庭式膳宿公寓的门前；我们住在这家公寓，有时在夜里等医生来给米歇尔看病，我觉得每等一个钟头，似乎是好几个钟头，但仍不见医生到来。

棕榈别墅的夜是阴暗的。我的小床放在一间大屋的中央。屋里几乎没有什么家什。两个保姆都睡在角落里。屋里一片昏暗。她们的弹簧床咯嚓咯嚓地直响，使我感到很害怕。她们床头的灯照不到我这里。剩下的蜡烛很快被吹灭了，悬挂在房顶上的电灯也关了。电灯是用灯罩罩着的，因为灯光太亮，刺得眼睛难受。壁炉里彻夜生着火，火光很强，照在白色的墙壁上。我对火光有时感到害怕，有时又觉得很好看。《尼斯童子军》中的一条社会新闻长期被巴尔贝和胖马德兰议论来议论去，好像是一个女人被丈夫或情夫碎尸后又焚烧的故事。我还想象，我每天从门前经过的那家理发馆里，有一个半身蜡像，黄色的头发被火烧着了，蜡一滴一滴地滴到木柴上。另一些时候，这座积满粉红色炉灰的宫殿似的壁炉，竟然变成了一座童话故事的城堡。米歇尔差不多每天晚上都来坐在壁炉旁边给我讲故事，安徒生和格林的童话几乎都讲了一遍。晚饭前讲故事已经形成了习惯，很少遗忘。我不知道我是否喜欢这位大高个先生。他是出自内心地喜欢我，从来不指责我，有时还满脸堆笑。对我来说，他是一个大人物，我生命的机器总是围绕着他旋转。在黑山城堡的时候，我的两个保姆和修道院的女修士就指导我读书，她们经常告诉我，在父亲去世的时候，我的情况就不同了：寄宿学校的修女身穿黑色毛料长裙和围裙；做祈祷多，吃甜食少；禁止我把四条畸形腿的特里埃先生带进去，如果违抗，我的手将会挨板子。“为您出钱的将不是您的同父异母兄弟。”我对父亲的死并不感到担心，因为我不知道死是怎么回事，大多数小孩儿认为大人是不会死的。使我感到害怕的，是父亲不在身边。毫无疑问，就是从这个时候开始，我养成了尽可能晚睡觉的习惯，希望听到米歇尔踩在花园石子路上嘎吱嘎吱的脚步声。很久以后，当我长大成人夜里睡不着觉的时候，有时我又回想起了儿时熬夜的情景。

但是，几乎天天都是美好的。房后的深草中有几棵被遗忘的橙子树和柠檬树。还不是橙子成熟的季节，在我去花园散步之前，父亲就将几只橙子挂在橙子树的枝叶间。他漫不经心地把我领到好看的橙子树下面，橙子味香汁多，我吃得满嘴直往下流。这个花招很快被我识破了，尽管我还是孩子，但出于礼貌，我也装模作样地相信这些金色的圆球是真的长在那些橙子树上的，这就像尽可能地相信十二月二十五日那天的礼物真的是圣诞老人放在壁炉旁边的。从房顶之间看见的大海几乎总是蓝色的，好看极了。大海和别墅之间只有几百米的距离，好像是专为人们欣赏而形成的，但不是让人们与之友好相处。大海并不总是风平浪静的，但也只是偶尔要一点儿威风。人们对大海产生的亲切感，来自潮起潮落，还有被冲上海滩和小水坑里的贝壳和半透明的海虾。波涛此起彼伏，咆哮着，然后又恢复了平静，在沙滩上留下一片片花边似的泡沫。我不相信父亲曾经在这样温暖的冬天里带我来过这里，让我赤着脚在岩石裸露的海边散步。米歇尔也没有向我讲述特里同[①]海神和塞壬的故事；他也没有教我背诵荷马史诗，“风，我的伴侣”，“紫色的大海”，这些诗句像羊皮袋里装的美酒，一直飘溢到海天相接的远方；而最感动我的还是“孤独的大海”这句诗，因为我在漫长的漂泊生活中，几乎总是处在无限空旷的空间。大海既通人性，又具有神灵。置身于大海之中，半裸着身躯，随着波浪一起一伏，让海水抚摩着，漂浮着。后来，在跨入青春期情窦初开的时候，我才体会到大海的美。这没关系：我有了第一张蓝色的床，这不禁使我回忆起地中海的彼岸，这张蓝色的床终将帮助我重新找到哈德良海，即卡瓦菲斯的尤利西斯之海。

现在，我的所有喜好都集中在那些瘦长的绿蜥蜴身上，它们吐着长信子，从墙洞里爬出来晒太阳。我也喜爱鸽子。鸽子落在高大的棕榈树上，颤颤悠悠的，像站不稳的样子。要想看到成群的鸽子，还得到花园里或赌场的人行道上去。鸽子总是忙忙碌碌的，充满自信，但几乎是下流的样子。为了将地上的大麦粒吃光，它们有时还一直啄到我的白靴子的靴尖。在那时，有一些流动摄影师赶紧为可爱的男孩儿和女孩儿拍照。这些富有人家的孩子，穿着漂亮的衣服，举止拘谨。摄影师拍完后，当着他们父母的面将照片交给孩子，博得家长的称赞。我戴着荷叶便帽，穿着白色紧身上衣和绣花短裙，手里拿着一个用报纸折叠的圆锥纸袋，从里面抓出大麦粒喂鸽子。我用自己的大麦喂鸽子，觉得我在与鸽子共同进餐。其中有一张照片被保留了下来。这张照片有明信片那么大，背面分为两栏，一栏写留言，一栏写通信地址。米歇尔在通信栏内写的地址是：巴

① Triton，希腊神话中的人身鱼尾海神。

黎塞奴斯奇大街十四号，德·乐瓦尔男爵夫人收。留言栏里只字未写。毫无疑问，他已经得到了让娜即将到达的消息。

记忆要么是意味深长的，要么是毫无意义的。米歇尔对莉娅娜感到厌烦，一时又想起了让娜，就如同想起了任何一个情妇一样。问题不再是爱不爱她的问题，而是值不值得爱她的问题。一看到她走下火车，黑色的靴子踩在月台上的时候，他就发现，他记忆中的这个女人只不过是一张大为逊色的移印画，而现在的她才是绝无仅有不可替代的女人。到哪里去找她那一对看似平静而实为炙热多情的眼睛呢？就像在希腊雕塑的伟大时代，柔和的线条与匀称的体形达到了完美的结合，还有一种我说不清的灵性。这位多情的男子再一次拜倒在她脚下。她毫不迟疑地同意住在棕榈别墅。至于其他安排，她觉得只是不体面的花招而已。保姆都非常熟悉夫人。她既然来这里的部分原因是为了孩子，那就应该尽力而为。米歇尔没有谈起那个不值一提的莉娅娜；相反，巴尔贝不能不提及她的存在，但让娜倒觉得这个女人只是供他解闷而已，算不了什么。当然，克先生可以我行我素地安排自己的生活。

这天晚上，他们在巴黎旅馆的餐厅里，米歇尔微微向她倾斜着脑袋。他心想，这团温柔的情火似乎还在她的身上燃烧着，这就是永恒的爱。是对埃贡的爱。他经常反复地提出这个问题，现在不再怀疑了。是对她的两个儿子的爱。这种爱还具有强烈尊严的成分，他们终将会长大成人的。是对玛格丽特的爱。因为她对自己的亲生骨肉与已故女友的女儿一视同仁。是对穷人的爱，尤其是对老人的爱。在巴黎，她与埃贡每个星期抽出几个小时的时间照料老人（巴黎的老人似乎比其他地方的老人更贫穷）和一家隶属奥拉托利会新教孤儿院的几个孤儿。米歇尔不禁自问，埃贡的动机是否也是大公无私的。这种慈善之爱，也就是上帝之爱，人们往往知其然，但不知其所以然。至于神圣之爱的其他方面，米歇尔知道是存在的，就像在平静的水面上形成的一些同心圆，一环套着一环，又像夜晚星空的层云，一层叠着一层。那么，对他米歇尔的爱呢？现在从这方面来看，肯定也会有他的一份儿的。而对她可能在那里遇到的其他人（谁知道呢？）呢？他想，只要更加亲密地与让娜和埃贡相处，爱与不爱并不重要。但是，他们还没有达到情深意切的程度，而肤浅的交谈，很快将会变成像这个餐厅里社交式的平庸无味的喧哗。

“我想，您认识您左边第二张餐桌的伊莱纳大公夫人，就是那位低着头的红棕色头发的女人。昨天她向我借了五十个金路易，她说是碰运气。”

“埃贡和我与王公贵族都没有往来。”

然而，当年轻的音乐家埃贡被介绍给沙皇陛下夫妇的时候，他们与沙皇和皇后还交谈了几句。沙皇宽脸膛，五官端正，既像普通人，又像军官；皇后很威严，但嘴唇微微颤动着，就像神经过敏的英国人一样。她的这个毛病好像是由于皇亲的血友病引起的。然而，对簇拥在陛下周围的那些佩戴高级荣誉勋章的男士及手上戴着钻石戒指和大块绿松石首饰的女士，他们都不感兴趣。他们出生在路德教的家庭，生来对东正教没有好感；某些教会明目张胆地鼓吹尘世之国，使让娜颇为反感，但他们最终还是向教堂唱诗班既诱人又肉麻的合唱妥协让步，对某些纯正的童声和雄浑的男低音合唱给予了好评。对于人民大众，他们只认识大公寓里的那些卑躬屈膝的奴仆。他们与埃贡的弟弟都住在公寓里。他弟弟是近卫军军校的学生。如果全家人偶然去首都，也都住在公寓里。他们还看见住在城市四周的一些乞丐。有一些人的名字也悄悄地变成让娜的故事中的人物。后来，西欧对这些人物也都知道了。例如费利克斯·尤素坡夫，他当时还只是一个非常漂亮的时髦小伙子，一个利欲熏心的修士，现在家私万贯，尽管自称集各种恩德于一身，却无法治愈病魔缠身的小皇子。尤素坡夫是他们的近邻，有一天，他（他追求所有的女人）希望见到“年轻的男爵夫人”。仆人把他赶走了，还恶言恶语地臭骂了他一顿。不过，他们的臭骂比这个教士的下流勾当还要文明。

这些趣闻逸事足以增加他们交谈的热烈气氛。米歇尔像他同时代许多素有教养的男人一样，对这个他还几乎完全陌生的神奇世界感到好奇。让他感到好奇的，还有那难忘的更加激动人心的乌克兰的春天和夏天。就好像他所到之处，凡是有人居住的地方，米歇尔都要寻找对一个人的回忆，例如加莱，那位赌徒加浪子的匈牙利男爵、匈奴式的骑士、乌克兰的大财主，一直是米歇尔生活中最富有传奇色彩的人物。在许多事情上，米歇尔仿效加莱，做加莱式的人物；甚至当丧失生活乐趣想自杀的时候，他还把加莱在阿巴西耶的所作所为当成楷模。阿巴西耶是亚得里亚海沿岸一个岩石裸露的小海滩，如果开一枪，由于浪高声大，根本不会有人听见枪声，尸体被波涛卷入大海，就永远无法找到了。米歇尔不止一次地向让娜谈起加莱，但迷宫中的回廊纵横交错，这个她陌生的男人，从母亲方面来说还是俄国人，而且米歇尔在给她的第一封信中提到过他，因此使她多少产生了一点兴趣。因为让娜的丈夫是波罗的海人，与俄国也有着或多或少的联系。

这年冬天，让娜和埃贡在圣彼得堡的生活集中在戏剧方面，尤其集中在芭蕾舞上，舞台的走廊为他们打开了一个世界。这是一个生气勃勃的新舞蹈的世界，这个世界在当时还不为人所知，或者引起人们的争议。伟大的舞蹈编排家佩季帕，凭借自己半个世纪的艺术专制一直不把这种新舞蹈放在眼里，但是，这种新舞蹈在今后的两三年内却征服了欧洲。埃贡的这个芭蕾舞风格新颖，音乐奇特，得到了年轻的舞蹈编排家福金的热情赞许，但由于舞蹈动作难以与音乐配合，使许多男女舞蹈演员望而却步。围绕着《湖畔白马》的演出，人们大要阴谋诡计。支持者越来越多，反对者也人数骤增。不能让年轻姑娘帕伏罗娃担任女一号，她只担任了次要角色，出场很少。这个角色由一个非常漂亮的姑娘伊达·格雷科夫担任，她热情奔放，从某个方面来说，使演出面貌焕然一新。男一号的选择也没少引起纷争；埃贡的天生魅力，还有让娜的美貌，这些是米歇尔知道的，足以平息纷争的硝烟。舞蹈演员和部分观众的热情不在于演出本身（埃贡本人现在看到的尤其是不足），而在于风格的新颖，因此，人们对这部舞剧的态度要么喜欢，要么讨厌。埃贡起码坚持住了，没有轻易让步；例如，由于对远东戏剧的了解，他坚持不使用舞台灯光或镜子反射的手法产生湖水波浪的效果，而是用配角演员身披几米长的白色平纹细布，在马的两侧一起一伏，宛如波浪，让马不停地乱踢乱踹，激起团团浪花。虔诚的宗教女信徒走出教堂，在湖畔跳起《波洛涅兹舞》，动作笨重，又不协调；牧师的滑稽舞蹈，动作笨拙，音乐刺耳；陡峭的湖畔，冒险的基督教徒，这种场面的安排，都受到了非议。伊达的出场粗俗，又半裸体，也引起议论纷纷。白马极其俊美，白色的长鬃毛，白色的马蹄，长长的马尾拍打着湖岸，跳跃回转。那个多情女子故作媚态，一下子被卷入急流之中，又翻身上马，骑在背上，活像古画中被公牛劫持的欧罗巴[①]；然后又双手勾住马颈，像一捆水草随之浮出水面，跳跃下马，立在地上，在白色平纹细布的急浪中时隐时现。在一片神秘的哀歌之中，两个舞蹈演员的激情表演，竟变成了一个女人与一匹神马的求爱，枯燥无味。

① Europa，据希腊神话故事，主神宙斯化作公牛将腓尼基公主欧罗巴劫持到一个海岛并娶她为妻，此海岛便以她的名字被命名为欧罗巴。

另外几场演出也如期举行，除了古典风格戏剧的爱好者在落幕之前就退场外，没有出现其他事件。艺术界的恭维和批评总是那么老一套，见解一个比一个肤浅，使埃贡和让娜感到索然无味。但俄国人出自内心的热情与兴致，最终占了上风。作者、演员和舞蹈爱好者中的几个朋友，似乎感到难以依赖彼此。一些小型聚会还是必须举行的。强烈的欲火从舞台燃烧到了现实生活之中。一次比在舞台上更大胆的模仿中，伊达穿得更加裸露，向她的神马情夫肉麻地调情；神马安东·加尔萨彦不穿紧身舞衣，而是浑身涂抹白石膏和白粉。堂区的几个性格刻板的女教民喝了一点伏特加酒竟酩酊大醉，大发神经。音乐不停地演奏着，人们的脚拍打着地毯，发出沉闷的声音。让娜陶醉在这狂欢的气氛之中，比喝了几杯香槟酒还飘飘然；如果有人——也许是埃贡——把她拖进卧室，脱去她的宽大的黑裙子，她也不会拒绝。过了不一会儿，她让安东（真的是安东？）贪婪然而敬重地吻着她的嘴唇。她觉得有两个金球顶在她的胸部，这是伊达的正在跳动着的乳房；她沉浸在这双性的狂欢之中。时间停滞了；这瞬间的时刻占据了她心中一个无法磨灭的位置。这可能是一场梦。她不希望这种情况再度发生；但她也没有设法避免这种情况不再发生。有的灯被熄灭了，人们的面部笼罩着一层阴影；她在爱情中看到的总是一种仪式，即身体的亲近，尤其是在肉体上与埃贡的亲近，她知道，这种男女混杂的场面总是具有吸引力。埃贡过来紧紧地拥抱着她，将她从其他的幽灵中拯救出来；他为了拥抱让娜，轻轻地推开伊达，来回地抚摸着她的印度女神似的胸膛；让娜觉得，埃贡对所有女人的那种动人心弦的敬意，对她的忽视倒在其次。现在，只有他们两个人，他机械地从地上捡起一只裂了缝但尚未破碎的玻璃杯。两个人都困了；她在靠近埃贡的床的那张床上安静地睡着了。

这个夜晚的场面，她没有告诉米歇尔。这种事很难说出口（也很难在信中如实告诉他）。对她来说，这是一个非同寻常的夜晚，而米歇尔将永远对此一无所知。让娜在心中苦涩地想，他是不会理解的。她可能想错了。在沉默片刻之后（因为这场电影重新闪现在她的脑海时，他们的交谈已经转了话题），他突然又想起了——谁知道为什么？——这个乌克兰村庄。那是十二年以前，他在那里逗留了好几个月的时间。这个场面是让娜不知道而且或许不敢对她谈起的。这一幕的景象更加暗淡，更加粗野。那个用作全村公共浴池的小木屋很简陋。那是在一月份，也许是二月份，总之是一个宗教节日的前夕。所有人都去了，其中还有三个从法国来的人。空气好像也沸腾了。屋内热气蒸腾，刚进去时，很难看清那些粗俗的赤裸裸的肉体。在一把凳子旁边，有一些人摇晃着身子，几乎达到了疯狂的程度：几个男男女女用桦树棍鞭打着自己的身体取暖。有的人浑身通红，还流着汗。蓬乱的胡须，蓬乱的头发，在夜间看上去像一堆堆的乱棕毛。开始的时候，人们还对那个法国男人和两个法国女人报以怀疑也许是仇视的目光，但是，昏暗的光线、憋人的热气和赤裸的身体，使每个人都毫无差别了。有人递给米歇尔一瓶凉水。瓶子从一个人传给另一个人，水一会儿就光了，接着又是一瓶。还不时地有男人走到房外，站在雪地里凉快一下，放松放松身体。随着人们的出出进进，一股冷气吹进屋内。屋内人多拥挤，三个法国人被挤散了。米歇尔似乎多次听见了加布里埃尔的短促尖锐的笑声。回到城堡以后，她说她被人们托起，从一个人的手上传到另一个人的手上。她可能是撒谎。有人给贝尔特喝了烧酒，出来的时候她全吐了。至于米歇尔，他在竭力回忆那个漂亮而轻佻的姑娘。她一头金黄色的头发，也许是棕红色的，被大胡子父亲或丈夫嘟嘟囔囔地带走了。有关性的体己话总是令人尴尬的，但在已经建立起爱情关系的男女之间就无妨。起初，人们有时走得很远，就像走到一个水潭旁边，双方不知道潭水有多深，但都因感到好奇而进行试探。然后，这类倾诉很快建立起一套惯例，就像互相抚摸一样，但并不全盘托出。杯子里的咖啡凉了。饭也吃完了。

冬天就这样结束了。米歇尔教让娜赌博。她本来不想赌博，即使一个金路易也不赌。她讨厌那些赌徒，不论表情紧张的，还是无所谓的。他们都是赌场常客，早将希望与恐惧置之度外，机械地一次又一次地投下赌金。更多的人则是匆匆过路的游客，面无表情，他们都预先准备一部分钱，输赢听天由命，像在各地一样，只是为了消磨时间。她觉得，米歇尔在捡起钱耙刮到他面前的金币时，身体也矮了一截。他自己也很快意识到了这一点，便提出到海边或内陆，骑马去真正还没有遭到破坏的普罗旺斯乡间转一转。孩子有时也同他们一起去。乡间环境优美静谧，悠闲地漫步在小路上，这种感觉使我永生难忘。让娜对埃贡从不挑剔，拐弯抹角地指责米歇尔花钱无度，说这个别墅豪华但不实用，他住在里面像外国人住在帐篷里，生活也缺乏情趣。她还真情实意地提醒他，在费尔南德在世的时候，他三年没有赌纸牌也没有赌轮盘：

“您不能也这样对待我吗？”

“我的朋友，因为您很少到这里来。”

这一次在巴黎住的时间比以前长。此前，让娜建议米歇尔将已经完成的译稿交给巴黎的一个大出版商。新法兰西杂志出版社还没有创立，但让娜将唯一一份手抄稿送给了让·史伦伯格。让·史伦伯格是一位年轻的新教徒，米歇尔在让娜家里见过他。年轻的史伦伯格夫人与让娜的一位女友琳达·德·比兰特很要好。比兰特与让娜是表姊妹，与她同在一个绘画班学绘画。史伦伯格也写诗，还羞答答地写了几部小说，不过很少有人读。但他雄心不小，尤其想把文学界所有人才集中在一起，出版一份杂志，由与他多少沾点儿朋友边的安德烈·纪德[①]任主编。纪德年龄比他大，当时还没有什么名气。他们很喜欢夸美纽斯的慷慨激昂的说教式的言谈，但还不到出书的时候。米歇尔觉得巴黎最大最优秀的出版商都是纸商。他按照字母顺序依次与出版商进行接触，但并没考虑这些出版商的系列丛书是否能收录他翻译的这位十七世纪神秘的波希米亚人的著作。由于没有预约，他几乎到处吃闭门羹。即使偶尔有人出面接待，这个无名的凡夫俗子（对他们来说是如此）也不会引起卡勒曼-莱威、法斯盖勒、佩兰和菩龙等出版社负责人的特别兴趣。

米歇尔对《法兰西信使》杂志及其出版社颇感兴趣，终于受到了接待。他将一大摞手稿往瓦莱特的办公桌上一放，还当场给他读了几页，然后概述了其余部分的内容，便等着对方当即发表意见。米歇尔勉强同意将手稿转交瓦莱特，由后者决定是否出版。米歇尔的时间很紧，后天就得离开巴黎。瓦莱特声称，如果没有审稿委员会的意见，他不可能做出任何决定。而且在法国，除了一两个专家，还没有人了解这位夸美纽斯，出版他的著作肯定是赔本生意。这没关系：米歇尔主动提出承担印刷费用。我不知道该出版社当时是否接受这种安排；不论如何，瓦莱特还是摇了摇头。米歇尔回到里尔以后，将作品交给一位印刷商印了五百本，其中一半寄给了让娜。正如这位少妇因厌恶赌博而离开赌场一样，米歇尔由于多次碰钉子，觉得自己的手被巴黎文学界这个厨房弄脏了。几年以后，埃贡根据《心灵的天堂》故事情节谱写了一部音乐作品，但因无调性音乐还没有登上舞台而告吹。这时，米歇尔与埃贡夫妇的关系已经失和，他并没有马上得到这个消息。然

① André Gide（1869—1951），法国作家，1947 年获诺贝尔文学奖。

而，这无所谓。很久以后，也就是在七十岁高龄的时候，米歇尔收到捷克斯洛伐克文化部的一封充满热情的信。那时，捷克斯洛伐克已经成为一个国家。来信感谢他把一位捷克爱国者的代表作翻译成法文。像看到一株枯萎的灌木又发出新芽，米歇尔感到非常高兴。然而，让娜已经去世了，尽管他不知道。

这年夏天的斯海弗宁恩，有几个星期的天气特别温润。埃贡不在那里。他去了西班牙，到最偏僻的地区去研究古代伊比利亚音乐。古代伊比利亚音乐是割草人、牧马人或孤独游人吟唱的一种旋律单调的歌曲。这种歌曲流行在罗马远征之前，比教会歌曲还古老，是随着部落迁徙从中亚流传而来的，源于茨冈人以悲剧性事件或传奇为题材的民歌。从时间上看，比文艺复兴时期的弗拉明戈音乐[①]还早得多。但是，在这个以本地人为主体的国家，尤其在最偏僻的地区，这种歌曲早就被遗忘了，甚至在一九一〇年之前就没有人会唱了。有的地方在举行宗教仪式的时候，偶然有一种忏悔歌像飞箭离弦脱口而出，音调尖厉。这是发自内心的歌唱，像喷泉突然喷发，经常是在旅馆附近的人群中唱给外国人听的。在加波尔山林，偶尔有两位年老的砍柴妇燃起篝火，唱着颤抖沙哑的歌曲。这种歌曲，似乎是已经过时了。在格拉纳达简陋的咖啡馆里，一个并不年轻的女歌手，嘴唇涂得红红的，唱着哀婉的曲调，如泣如诉，不讲究节奏，不讲究调式，结尾如同受伤的动物发出的嚎叫。巴黎一个民间歌手，叫德雷科吕兹，懂得当地语言，陪同埃贡去采风。米歇尔很快发现，让娜最激动的时刻就是收到信件。她急急忙忙地拆开信封，先心急如焚地看一遍，脸上便绽出了笑容，然后再一行一行地读，有时还

① 西班牙南部安达卢西亚地区的民间音乐。

高声地读给米歇尔听。米歇尔似乎意识到，在她与埃贡之间出现了一种令人不安的感觉，就像在蔚蓝的天空中飘浮着一片乌云。但是，让娜对他说的总是一片光明，没有丝毫阴影。

在棕榈别墅的时候，米歇尔就发现让娜的右脚踝骨部位有点肿胀。夏天的这几个月里，在从花园到海滨的路上，他看到让娜走在高低不平的台阶上，在沙滩上遇到一个坑或一段从海上漂来的木头，都非常小心。让娜解释说，她在回法国的路上发生了一点小事故，才延误了几个星期的时间，而米歇尔认为，正是埃贡成功留住了她。的确，他们在此期间回爱沙尼亚看埃贡的父母去了。让娜和埃贡自在德累斯顿结婚以来就没再看见两位老人。

在附近一个小镇的集市上，让娜被人群挤倒，摔在冰冻的地面上，被一辆四轮马车压了小腿，幸亏马车装的东西不重，只是压裂了踝骨，膝弯部划了一长道伤口，又感染了。为了尽量避免乘坐马车，少受颠簸之苦，埃贡将她临时安顿在管家的旧宅院里，这里距离村子比城堡近。而且他知道，让娜对他的亲属来说还是“外国人”，而在某种情况下，就连他本人也成了外国人。让娜被车轮压伤，会引起很多混乱，比起她能给他的照料和关心来，得不偿失。

管家的住宅有点土里土气，但住在这里，比住在宽敞豪华的住宅更舒适。临时为他们提供了两个知识不多但为人善良的女仆。还从塔林请来一位医生，医生随叫随到，很快成了他们的常客和朋友。埃贡叫人把大床从楼上抬到楼下的大厅里。只有大厅里有一只很好的铸铁火炉。他又借了一张行军床，夜间睡在让娜旁边。他在行军床上作曲，读书。让娜的腿疼痛，不禁时常呻吟，弄得他睡不好觉（这是她后来才知道的）。为了不让她的脚着地，或拄着拐杖一只脚跳着走路，埃贡每天背她到浴室。浴室里有柴火，有浴桶，可以烧水洗澡。洗完澡后，女仆把脏水倒掉。埃贡知道，一点人体的温热具有何等价值，因此，他每天晚上钻进让娜的被窝，在她的左侧躺一会儿，小心翼翼不要碰到她受伤的腿。让娜摔倒的时候，脸上也划了一道伤痕。埃贡取下挂在墙上的小镜子，以免她看到难过。她还是要来镜子，看到自己毫无血色又浮肿的脸和脸上的伤痕，不免觉得感激与羞愧，原来丈夫每天吻的竟然是这样一张脸。她膝弯的伤口迟迟不痊愈。埃贡每天给她擦干脓血，洗净伤口，待晾干后再敷上医生给他留下的药膏，然后包扎好。让娜想起了他在德累斯顿说的一句话。“我对身体的任何部位都不感到厌恶。”

但是，当向米歇尔讲起这件事的时候，她对这些细节避而不谈。她有时觉得这比肉体的快感更隐秘不宣。“他对我照料得非常周到。”她满足于这样说，当脚伤快好的时候，尽管还包着纱布，但可以着地了，她每挪动一步都要靠在埃贡的肩膀上，或由他用手搀扶着。在她的记忆中，那个艰难的冬末与在德国度过的一个春天是何其相似，是曾经失落而且现在又找回来的伊甸园。这里还是一片积雪。埃贡发现了一块桦树皮，是被风吹落的。他在树皮的反面刻了几个音符，给了让娜。他还告诉她，树下还有一圈青苔，因为树下暖和，返青早；离房屋不远的地方有一条小溪，冰已经融化了。埃贡搀扶着她一步一步地向小溪走来。一只旱獭钻出洞穴晒太阳。同时，让娜还去游览对她来说仍然是神秘的名胜古迹，拜访埃贡的亲友。昔日与埃贡在一起玩的那些小伙子，现在也像他一样，都是三十到三十五岁的人了。至于那些过去要请他们夫妇吃饭的老太太，现在都已经老如枯根。在一次乘坐敞篷四轮马车游玩的时候，她遇到了卡琳。让娜过去见到卡琳的时候，她快订婚了，这会儿也乘坐敞篷四轮马车，由年轻的子女陪着游玩。这次邂逅，不禁使她一时想起了经常与自己的亲人分离的痛苦。但对她来说，埃贡既是情人又是儿子，尽管年龄相同；她还把他看作兄长和神灵。她甚至认为，埃贡有时是一个被贬谪的神灵。

让娜出于正直，也没有把那些只有她自己知道的可怕场面告诉米歇尔。她这样做，也许不对：在性行为上，她对埃贡采取放纵的做法，这种做法不知道会引起多少女人的反感，看到一个醉醺醺的男人回到家里，难道她们也会毫无怨言？但她总觉得，肉欲既取决于命运，也取决于选择，精神上的需要和肉体上的需要都是一致的。相反，喝醉酒可以消除精神和肉体的欲望。埃贡经常喝得烂醉如泥，像死人一样，清晨由弟弟送回在圣彼得堡的家中，还得把他搀扶到楼上，给他脱衣服，扶他上床。弟弟请他吃饭，喝得酩酊大醉倒没关系，他第二天醒来，就忘得一干二净了。住在这里，自从让娜伤势大有好转以来，埃贡晚上就把她交给女仆，自己去城堡看望亲属，往往一两个小时也不回来。这才是他此行的目的。他有几次回来，倒没喝醉，但精神异常兴奋，两眼神态失常，满嘴胡言，这是以前从来没有过的。他说，无论评论界还是爱好者对他的赞扬都是空话，还尖刻地抱怨那些企图诋毁他的作品的人；而对一些尚未出笼的雄心勃勃的设想，他却以为已经大告成功了；他磕磕巴巴地说着这些语无伦次的话，就像爬楼梯一样磕磕绊绊的，直到唠叨困了才住嘴。他有时还做着不知道是什么意思的动作，如同笨拙的接吻的样子，这其实是对爱情的拙劣模仿。“我们家里人都喝酒，我与他们在一起也不得不喝。”第二天早上，他看见让娜的眼睛哭红了，于是就这样说。但让让娜感到伤心的，正是他这种放荡不羁的态度。“我不知道您原来是这样一个清教徒。但为了使您高兴，我会克制自己的。”

大部分时间，埃贡的确是自我克制的。但也有反复，甚至在他回到法国之后还发生过。那是朋友们在凡尔赛请他吃饭，在入席的时候，不知道他为什么很伤心，竟说让娜身体不舒服，必须回去。米歇尔也应邀赴宴。大家看着他们神情慌张地乘汽车走了。汽车是埃贡刚买的，车篷可以折叠，也可以拆卸。让娜不知道出了什么事，只是发现他刚才还颤抖着的双手，一下子有力地握住方向盘，就像摁在钢琴键盘上。到了晚上，埃贡说，那是因为他在最后时刻才得知，圣彼得堡的舞蹈演员加尔萨彦也应邀出席。“他们为什么不早说呢？他出席会使我受不了。”“是由于我的原因？”让娜问，这时她才想起了那一伙人在一天晚上的放肆行为。“不是，是大家不和睦，根本与您无关。”但是，回到家里以后，他首先要做的事，就是摔碎一只他心爱的陶土花瓶，喝一大口伏特加酒，然后倒在地上大哭。让娜对所发生的事情知之不多。但由于凡尔赛的不欢而散，也无法对米歇尔掩盖事实的真相了。

除了这杯苦酒，还得算上谎言阴险的余味。在爱沙尼亚的几个星期里，埃贡有时叫她晚上不要关门，不要挂门钩，不要上门闩，以免他回来的时候吵醒她。只有一次，已经过了午夜，让娜想埃贡不是同父亲下棋就是与母亲打扑克，一时回不来，由于害怕，就上了门闩。埃贡大约在凌晨两点钟回来了，脸比喝醉了酒还红，但走在白霜覆盖的森林里，头脑清醒了许多。然而回到家，他见让娜正站在门内，不由得发了火。让娜还听见一些年轻人说说笑笑地离开了，其中有一个现在当了护林员的老同学。

“您夜里是与若纳斯在一起？”

“这与您无关。”

埃贡没有再说什么。但他第二天告诉让娜：

“我昨天是在若纳斯家里过的夜，但不像您听说的那种风言风语的事。他有许多朋友。我们一起玩，往冰块上浇热果汁，仰面朝天地往雪堆上摔。这是玩天使游戏……森林里光线很暗，我的脚踩在一个坑里，把沾满泥水的靴子丢了。难道您没看见我回来的时候光着脚。可以说，脚上的冻疮是对我的惩罚。”

“是谁对您的惩罚？不要说惩罚这个词，我在责骂克莱芒的时候也不用这个词。我看见您进来以后就穿上鹿皮拖鞋，我以为您把靴子脱在门口了。”

“昨天晚上是您不对。要是您两天以前说这种话，您就对了。”

让娜对这种很快戳穿的谎言并不记恨在心。但是，对于在路易十五大客厅下棋和玩牌的猜想也就真相大白了。在斯海弗宁恩，从德雷科吕兹教授所说的几句有分寸但并不引人注意的话语中，她知道，除了两个民间音乐爱好者，在他的巴塞罗那之行以后又冒出了第三个人，但埃贡在信中没有说过。此人叫弗朗兹·冯·斯托勒伯格，一个年轻的巴伐利亚人，他在几年之内跑遍了欧洲。因此，德·乐瓦尔夫人这才明白，一向过着俭朴生活的埃贡为什么向她要补贴，这曾经使她百思不得其解。

当心爱的人采风结束，满面黝黑地凯旋的时候，她将笨拙的德雷科吕兹的信交给埃贡，一派不在乎的神气，以免显得对他只字未提这位新伴侣的事感到惊奇。

“他也是音乐家？”

“不是。但他是一个讨人喜欢的人，运动员，出色的骑士。我们经常一起骑马。今年冬天您会在巴黎见到他，他将重返巴黎大学学习。”

让娜不再说什么了。总而言之，埃贡没有必要继续对她唠叨个没完没了，就像过去没有必要把所有的伴侣都告诉她一样。但是，他们之间原本无可指责的互相信任出现了裂痕。一个秋天的晚上，松树林里只有他们俩。米歇尔已经回黑山城堡了（他从来不请朋友去黑山城堡，任何人都不请，因为诺埃米的缘故）。范·T 夫人非常怕冷，十月午后的空气太凉，呆在房间里不出来。埃贡躺在自己做的吊床上，漫不经心地说：

“我们回塞奴斯奇大街，我很高兴。我还是把我的一点心意留在了巴黎。”

“是因为弗朗兹也在巴黎？”

“不是。我只是说，我喜欢巴黎。”

这一切听起来都是虚假的。就像让娜没有能够深入约翰-卡尔封闭禁锢的内心世界，她也没有能够轻松自如地往返于这些起初似乎是如此光明如此宽广的道路。人们会说，埃贡就像某些小灌木，只有在阳光下才能生长，才能开花。而对埃贡来说，她难道只是一个温柔的阴影？埃贡的喜悦，或者本来就不多的欢乐越来越少了，他消沉了。然而，也就是在这个时候，他创作了他最优秀的音乐作品，例如根据诺瓦利斯的著作创作的《夜之颂歌》。这部作品受到广泛好评，他也因此获得了殊荣。但是，这种殊荣，首先使他飘飘然地进入了创作意境，然后又使他投身于粗野的放纵。在森林里骑马远游，荒野奇遇，结交无名小卒，彻夜不归，放荡不羁。让娜现在才明白，所有这一切，使他走到了危险的境地。对他来说，正是这种危险，部分地刺激了他当时不可明言的生活情趣。而且一旦挑明，将会受到众人耻笑。如果说，这不是他的全部价值所在，起码也是他的美。他多少次对让娜谈到塞纳河畔一幢在建的楼房，但不知道为什么又放弃了。根据他的设想，楼梯不要扶手栏杆，楼板要摇摇晃晃，或者铺设跳板。楼房建好后，今年冬天一些也像他那样走火入魔的人将在此聚会。“是一个皮拉内西。”他肯定地说。让娜经常悄悄地听见他回来，先呆上一会儿再回自己的房间。埃贡喜欢单独住，房间与她的房间相邻。两个房间只隔着楼梯的一个梯级。楼梯是巴黎建筑师心血来潮的杰作。她踩在楼梯上，轻轻地迈着小步，尽量不发出响声。她知道埃贡已经入睡了。他经过长途而且有时是无目的的行程，太劳累了。他每天夜里睡觉都光着身子，将长长的双臂搭在床的边沿，一边一只。如果她这会儿去拥抱他，或者抚摸他一下，那都是违反君子协定的。她还没走到他身边就退了回来。“真是一个痛苦的男人。”她心想。对于天主教徒来说，“痛苦”这个词是亵渎圣灵的。这个承受着肉体痛苦的男人，在恣意地满足着肉体的欲望与幻觉，在这座长夜漫漫的城市里，用自己的肉体去冒各种危险。

自一些时间以来，喝酒在埃贡的生活中不起任何作用了。让娜不知道在他们那个圈子里，是否以轻度酒精中毒作为会友的起码条件，尤其不知道一个孤独奋斗的人是否都要杯不离口。在最近一段时间里，她时常闻到一股隐隐约约的气味儿，由于隔壁的房间开着窗子，气味儿一会儿就挥发了。她不知道发生了什么事，有时感到不知所措。这当然不是她的过错。是兴奋剂，也许是镇静剂。这不过是一种遮遮掩掩的说法而已。但不管是什么剂，肯定会产生副作用。总而言之，她担心着一个人，她还不能诚心诚意地断定这个人是吉是凶。

埃贡在巴黎又见到了弗朗兹。弗朗兹过着古怪的生活，一会儿穷困潦倒，一会儿腰缠万贯。他说他在十六区一个朋友的家里已经住了两年。他的朋友回德国去了。他从父母那里继承了一批绘画，靠卖画为生，因此过得很潇洒。但生活在这个城市里，干任何事都会很快传开，尤其在这个外国人的圈子里。弗朗兹的父母（父亲是巴伐利亚州一个收入微薄的公务员）好像还活着，他们家里没有任何绘画大师的作品。在这片充满谎言的波罗塞连德森林[1]里，他被认为拥有的财产改变了形式；而现在又声称是稀世珍品的集邮册，出售以后能给他带来一小笔财富。大学里的注册还没有开始。让娜既不知道那条大街的名称，也不知道门牌号，只知道他住在地狱路附近。埃贡没有向她介绍他新结交的这位旅伴，只留给了她一个电话号码，如果有人找他或孩子有什么事，可以与他联系。让娜猜想，埃贡可能在他那里呆上好久。然而有一天，他完全忘了与一个外国经纪人的约会，她打电话找他，他根本不在那里，也许他不接电话。让娜不久以后又得知，弗朗兹吃住在巴黎郊区的农舍，一个时髦英国女人的家里。这个英国女人是艺术保护人。埃贡很久以来就很欣赏她的花园和苗圃。但让娜觉得那里不可靠，因此很少去。埃贡今年冬天经常去，一般还都在那里过夜。随着让娜担心的日益增长，他们也在玩弄着小伎俩，一方面伪装善意，另一方面又私下密谋，这两手都同样是残忍的。他们对她谎话连篇。那个英国女人的女伴很迷人。在那些日子里，“为了免于忍受周末的孤独之感”，让娜有时请她来家做客，她有时也请让娜去伦佩勒马耶家做客。让娜发现这个女人的眼睛里有一种讥讽的神态。一天晚上，女人又主动请她，但她没有赴约。当然让娜知道，有关弗朗兹的情况，她只字不会吐露。

然而，事情发生了变化。埃贡终于把他的朋友介绍给她了。此人很快成了他们的常客，经常出入他们在塞奴斯奇大街的公寓。这个幽灵原来是一个普普通通的小伙子，但搅得让娜心神不宁。他长得很漂亮，既具有阳刚之美，又柔弱无依。让娜无法说清楚他长着

① Brocéliande，法国布列塔尼地区的一片辽阔森林，流传着中古代圆桌骑士的故事。

什么样的眼睛，因为他从未正面看她一眼。他每次来几乎都带着鲜花。他最经常带的花，是从英国女保护人的花园里采摘的。他嘲笑这个女人野心勃勃，一心想钻入上层社会。让娜马上转了话题。小伙子一会儿说自己二十六岁，一会儿说三十岁，高兴的时候还流露出一副孩子气。克莱芒和阿可塞勒就喜欢看他把几束玫瑰花放在一只银的水盆里，玫瑰花头朝下，花瓣泡在水里，再在每一支花上竖插一支花当作上身，活像一些身着舞裙的芭蕾舞女演员。只要轻轻地搅动一下盆里的水，这些芭蕾舞女演员便活动起来，有的前进，有的后退。有时，一个芭蕾舞女演员沉到了水里。这个德国小伙子一边用手拨弄着花冠，一边说着自己的事，有时像朗诵田园诗，有时像讲鬼怪故事。弗朗兹是私生子，出生后就没见过他父亲。他可能是茨冈人，这从他的黑嘴唇、古怪的虎纹眼睛可以看得出来。但他很快把茨冈父亲忘到脑后了，第二天又说他是一个十四岁少女、即他的同胞姐姐乱伦所生。他的亲姐姐二十岁那年去世了。他十三岁离开了学校（他有时说是被开除的）；他有时说自己是一个大饭店的服务员，有时又说他开高级妓院。他十九岁在莱茵河地区娶了一个会体贴他的农家女为妻，妻子就像易卜生笔下的索尔豪格，一直在等着他回去。再不，他就沉默不语，几乎问不出半句话来。当埃贡与他在一起，他就唧唧喳喳地说个没完没了，声音很小，还夹杂着笑声，而让娜一走过去，他就停止了。他甚至不屑抬头看她一眼。要是让娜温和地责怪他为什么不说了，埃贡就替他回答，一副傲慢轻蔑的神气，就像过去对待于格一样：

“我看不出他为什么要把这些胡说八道的话告诉您。您就只当他在谈论衬衫领带的事得了。”

但是，让娜似乎觉得，弟弟有什么事在影响着哥哥。在剧场里，弗朗兹坐在一个胖女人身边，一边哈哈大笑，一边用手比画着。

演出结束时，胖女人闻了闻他的手绢。埃贡放声大笑，他以前从来没这样大声笑过。有什么力量剧烈地驱动着他。一天晚上，让娜同弗朗兹乘出租车去饭店与埃贡一起吃饭，司机拒绝载他们，也许因为他不知道饭店在什么地方。弗朗兹把司机摁在座位上，要抬手揍他。他们被过路人拉开，让娜从手提包掏出一个金路易，才把事态平息。这时让娜又想起来，自己摔下来受了伤的那天，埃贡差一点儿把车夫掐死：这不是不可能的。弗朗兹现在像在家里一样随随便便。有一天，他遛马回来，冲完澡走出浴室，光着上身去隔壁的房间找衣服，让娜看见他脖子上挂着一串假宝石坠子，垂在双乳的周围。她无意识地发现一些符号，不知道他加入了什么野蛮人的秘密会社。她把这件事告诉了埃贡，埃贡的回答不仅使她感到吃惊，而且反感。

“这没什么。”他说，“不过是年轻人的色情受虐狂而已，他越受到女人的性虐待，就越感到愉快。”

埃贡第一次产生了爱。让娜想起来了，他曾经自我吹嘘说，与女人玩上一个小时才能体会到一种模模糊糊的快感；有时候是一种模模糊糊的怜悯，或者即使产生反感，但由于性欲一时冲动，也就不在乎了。对他来说，爱似乎是自身的赠与，谈不上什么快感，即使有，也是微乎其微；爱是为了满足人们的所爱，也就是说，是为了证明两个人完全融为一体。他说他爱让娜。

埃贡或许觉得，如果一天晚上遇到一个人，就随随便便地产生爱，那是不可想象的。当他们在无拘无束地谈论这些事的时候，让娜有时不赞同他所说的要在他人与自己之间画清一条界限的说法；如果拒绝这种爱，这似乎是一种清教主义的表现形式，就是将某些人或某种行为孤立于自己的生活之外，然而这种拒绝是不情愿的。现在，他也像其他人一样，成了一种痛苦爱情的牺牲品，而这种爱情却献给了一个她既不了解也不爱的人。“他有时使我感到吃惊。我同意与他一起进行一番肉欲的尝试。我一生中都在寻找这个纯粹肉欲的美好的东西。”难道弗朗兹就是这样美好的东西？她心里在琢磨，一些本来既平庸又无所谓的喜好，经常在进入青年期就消失了，但对某些人来说，怎么竟然变成了一种比存在本身还重要的生活与思考问题的方式；这是一种解放的形式，或者相反，是一种奴役的形式，再不就是二者轮流出现的形式。为了纵欲，难道存在着不达自身目的誓不罢休的狂热？这种狂热是有钱男人的狂热，为了追逐更大的快乐，直到油尽灯灭；这是艺术家的狂热，为了艺术而耗尽心血；这是神秘主义者的狂热，为了拥有上帝，身败名裂。而她呢？难道她不也是这种显而易见的狂热的牺牲品？埃贡在解放她的同时，也给她套上了锁链。

忠诚

“亲爱的，您同不同意让弗朗兹陪我们去罗马？”

圣塞西勒文艺协会已经将埃贡的《夜之颂歌》列入了演出日程，两次向他发出邀请，因此他们五月份要去罗马，为期两个星期。他们在德累斯顿结婚之前，当埃贡问她是否能尽可能经常见到她的时候，让娜就发现他的嘴唇这样神经质地颤动着。真是风水轮流转啊！但让娜非常清楚，如果她说不，埃贡的胆怯将会变成愤怒，或者化为一股憋在心里的怒火。此时此刻，不仅不能招惹男人，尤其不能招惹音乐家。

“只要您愿意就行，我亲爱的。”

“我知道弗朗兹有时古怪。但我向您保证，他不会做出任何让人担忧的事。他会好自为之的。”

弗朗兹的确好自为之。埃贡没有把他引见给任何人，他也很少与他们这两个外国人在一起，说得更确切，他根本不抛头露面，但毫无怨言。弗朗兹对博物馆和教堂不感兴趣；他一个人在大街上转悠，要不就到博尔盖塞公园骑马。让娜此前还从未来过罗马，但圣彼得大教堂的富丽堂皇多少使她感到有几分失望。圣彼得大教堂让她想起了十九世纪东正教大教堂的豪华风格，它是为国家但不是为上帝的荣誉而修建的。然而，她将在古老的小教堂里，例如圣阿历克西教堂、圣萨宾教堂、四王受冕教堂里——长期地幻想着——可能以自己的方式祈祷着。埃贡经常陪着她游览；他们因而找到了初次旅游的感觉。一天下午，他们租了一辆汽车，决定去阿德里亚纳别墅。当时的阿德里亚纳别墅不像现在被川流不息的游客糟蹋得不像样子。别墅里很肃静，柏树掩映着漫长威严的大道。这是通往翁布里亚人家园的胜利大道。费德伯爵是这座十八世纪庄园的领主，大道两旁的柏树就是他亲手种植的。埃贡和让娜被这座别墅的景色陶醉了。高耸的围墙还基本保存完好，在花园的小径上投下黑影。地面上铺着镶嵌画瓷砖，覆盖着一薄层尘土，园丁扫去尘土，立即显出了鲜艳的画面。大理石堆砌成的小岛，昔日池水映照，现在已经排干。这是为了让池子休眠，进行整修和研究，或者让人来此谈情说爱。一座曲桥通向岸边，两边的护栏还在。到处是一派乡间的静谧景致。他们对修建这座别墅的主人几乎一无所知，只知道他是一个伟大的旅行家，伟大的艺术品收藏家，他热爱和平，反对战争；只知道他爱着一个人，一直爱到此人命归西天。他们尽管对其知之甚少，已经足够尽情地发挥想象。

回来的时候，他们正沿着柏树大道往门口走。车子在门口等着他们。这时，让娜产生了一个奇怪的幻觉。在日落之前最后一批进入别墅的游客中，她相信看见了米歇尔。肯定是他。此人头戴巴拿马草帽，身穿薄毛料衣服——今天天气热——他有了好衣服，总是穿不离身，一直穿到褪了色。据说，英国过去的纨绔子弟的服装，在还未穿之前就是这个样子。这张老成持重的脸，微笑仁慈的眼睛，眼角上还横着几道细小的皱纹。他手上拿着细长的拐杖，拐杖是钢制的，上端为圆形，被手磨得十分光亮。米歇尔曾经开玩笑地说，这根拐杖可以当作防身武器，需要的时候也可以用来进攻。他在长时间地欣赏美丽的风景或遥望航行在大海上的小船的时候，往往喜欢拄着这根拐杖伫立着。当让娜看着他的时候，他已经走过去了。让娜匆忙转身往回走，几乎是跑着追出了一大半截路，只能看见他的脑袋，他已经大步流星地超过了大多数游客。让娜又转回到废墟中的那条路上，顺着有绘画门廊的高墙往前走，绕过浴场，一直来到那座奇特的半坍塌的卡诺菩小教堂附近。那里本来有一个长方形大水池。水池曾经重新整修过，还灌满了水，但现在地面已经微微下沉，上面长了一层矮草，到处散落着一些破碎的斑岩石块。她最后来到小岛旁边，她相信米歇尔正在石柱下转悠，甚至似乎看见他走上一道不知道通往何处的台阶的顶端。但此人不是米歇尔。也不是其他什么人。难道是她凭空想象的一个幽灵？让娜觉得，她有什么东西需要别人来支持、安慰、救助。但这个幽灵对她无能为力。如果真是米歇尔，她有什么求助于他呢？德·乐瓦尔夫人又回到了夕阳映照的金色柏树大道。她慢慢地迈着步子，显得些许羞愧，些许疲劳。她走出大门的时候，埃贡正坐在车里等她。

“我以为见到了一个熟人。”

让娜没说这个熟人是谁。埃贡也没有问。

米歇尔好像根本不知道这件事，是让娜的一位年老的女友告诉我的。我当时正在计划“某一天写哈德良的故事”，我在二十一岁那年去游览了阿德里亚纳别墅，因此，这计划只有我一个人知道。米歇尔也许知道，因为我一开始就把我的写作计划告诉了他。一九〇九年五月，是让娜产生了错觉，她根本没看见克先生，克先生是在十五年以后我请他与我一起去的时候，才游览了这座别墅。这就像是一面镜子，由于光线的入射与反射现象，在人与时间上存在着偏差，影像与实物之间不一致，所看到的物体模糊不清，又不稳定，所以不可能用言词来界定或定义，哪怕稍稍提及都是可笑的。这种现象可以用巧合这个词来解释。但我仍然感到惊奇，让娜为什么会产生这样的错觉。

几天以后，倒霉的事情发生了。圣塞西勒文艺协会的音乐演出获得了全面成功，甚至出乎举办者的意料。人们喜欢这部特别刺耳然而纯真的音乐。第二天，荷兰大使馆设晚宴招待埃贡夫妇。大使馆官员是他们的老朋友。他们回到旅馆已经很晚了，埃贡又由弗朗兹陪同出去欣赏罗马美丽的夜景。他们去的地方，按当时的说法，是一处乱七八糟的地方，但很出名。当然，仁者见仁，智者见智。那天夜里，警察正巧来这里搜查。埃贡和弗朗兹同其他许多人被带到了警察局。大多数人都是无名之辈，有几个是罗马社会的名人，埃贡见过他们，还知道其中几个人的名字。在当时，意大利警察——在其他时期可能也一样——如果私下没有得到好处，对人很粗暴，甚至得到好处也是如此。在忍受了几个小时的疲劳盘问以后，埃贡被释放了，而弗朗兹因涉嫌持有并贩卖毒品被拘留。埃贡在凌晨回到旅馆，让娜像往常一样，已经等了他很长时间。他将发生的事情简略地告诉了让娜，还请她帮着把弗朗兹和他的房间里的禁用品和可疑品留下的所有痕迹都清除干净。他们的两个房间是相通的。白粉、安瓿、注射器以及烟末似的大麻都被水哗啦哗啦地冲没了；还把一些刺激性欲的糖衣丸剂也扔了。让娜从来就反对埃贡为她服用这些玩意儿。让娜没有说一句责备的话。她知道，她所担心的事终于发生了，而在巴黎甚至比在罗马发生的可能性更大。但是，这不仅使埃贡担惊受怕，而且也让让娜坐立不安。

弗朗兹的房间当天上午被搜查；先生和夫人受到了非常有礼貌的待遇。埃贡为弗朗兹请了律师。晚上，律师来与德·乐瓦尔夫妇商谈为他们受指控的秘书辩护之事。律师来了好几次。最糟糕的是，在这次被捕的人当中有一个斯巴达伯爵，是著名的收藏家，埃贡曾经在上流社会的聚会中见过此人。斯巴达伯爵一眼就认出了弗朗兹，再次指控他两年前的偷窃行为。弗朗兹在与这位风雅之士亲密相处了将近一年之后，从他的一本画夹中偷走了三幅十八世纪的意大利素描，便逃之夭夭。是提埃坡罗[①]的一幅红粉笔画和比比恩纳家族的两幅舞台名画的草图。不知道为什么，弗朗兹对此采取无所谓的态度，当即承认了偷窃行为。这是他的一贯做法。（也可能是拳头起了促进作用。）但不管怎样，贩卖毒品是无可置疑的事实；许多买主出面作证。至于偷盗素描的事，弗朗兹供出了一个古玩商的名字，古玩商证明他没有责任，而且还有斯巴达伯爵的签字。这份证明显然是伪造的。问题是谁模仿伯爵的笔迹签了字。弗朗兹对艺术品是外行。非常可能是奸诈的古玩商把所赚的大部分钱装进了自己的腰包。

“让娜，”警察走后，埃贡还仍然胆怯地对她说，“弗朗兹做事像个孩子……”

“他当时已经二十七岁了。”让娜心平气和地回答。

“……是像个孩子。但如果斯巴达伯爵撤诉，有些指控就不成立了……结案的期限就会大大缩短。在三幅威尼斯素描中，即使有一幅是提埃坡罗的，也不值很多钱。如果您能……”

“伯爵喜欢这些素描，他肯定还有其他理由控告弗朗兹。我不认为他会撤诉。”

“可以试试看嘛。”

“不行。”让娜疲倦地说，“当弗朗兹由于什么原因不好意思开

---

① Giovanni Battista Tiepolo（1696—1770），意大利画家，18 世纪威尼斯画派代表人物。

口向您要钱的时候，我经常给（怎么说呢？）他一些。可是这么大的数目……我不让母亲插手这件事。而且还有我们的孩子。”

“那我可以掐死您。”埃贡说。

埃贡以暴力相威胁，已经夺去了她所有的力气。他是魔鬼附身，好像说话的不是他，而是魔鬼。

让娜还没有说她经常发现钱包里少钱的事，因为那都是些小钱。埃贡可能不会相信这些小偷小摸的事。

让娜担心的引起轰动的丑闻已经部分地平息了。一些发行量很大的报刊只透露了当事人的首字母，只有那些知情人才能认出。那天晚上，这个“特殊”阶层中的几个名人也在场，据说他们在高层人士中表达了不希望此事闹得沸沸扬扬的愿望。十年以前，奥斯卡·王尔德事件引起了控诉人的警觉，如果在大众的眼皮底下搅混一摊黑泥浆，让许多人溅脏衣服甚至陷进去，那是没有好处的。新闻界制造了许多虚伪的谎言，弗朗兹被说成是一位著名音乐家的助手，几乎被当成了替罪羊。

由于东道主突然要为一个远亲奔丧，或者不得不离开罗马，一些已经安排的招待会就取消了。一些人士相继来拜访德·乐瓦尔夫妇。让娜和埃贡可以从中了解各种真诚待人的礼仪，还有具有讽刺或反常成分的好奇心。让娜还必须出席一个晚会。埃贡说他不舒服，不想出席。晚会一切正常，但形式有点儿拘束。当让娜回来的时候，埃贡做了一个厌恶的鬼脸：

“您抹口红了。”

她的嘴唇上是抹了一点儿口红。这是一次例外。埃贡更加注意地看着她：

“您很高兴是不是？您摆脱了这个可怜的小伙子。当我想到我几乎忍受了您八年的谎言……与一个女人生活在一起……我对您说过，而且我还试图相信，我喜欢与这个光滑但乏味的肉体在一起，我还对您说过，这个肉体皮肤柔软，爱抚很温存……而您感受到的爱情只是温存而已。您甚至没有想到，它也是粗暴，是疯狂，是一种狂热的恨……而这种暴虐般的温存，这种遮遮掩掩的肉欲，这种贪欲……”

“埃贡，我从来没有要求过什么，从来没有请求过什么……”

“您以为您的眼睛没有请求过什么，您的手一接触到我，难道不是想控制我的生活？这几年以来，每天每日，每时每刻，您都在让我感到厌恶……”

为了平静一下自己的心情，让娜平整了一下她的晚礼服的褶子。埃贡由气愤变成了冷酷。

“我觉得这样的谈话无聊。晚安。我要去睡觉了。”

埃贡转过了身面对着墙。让娜回到了自己的房间，坐在窗子前。窗子是开着的，外面是高耸的白墙。她觉得自己身上的什么东西一下子被打得粉碎。被打碎的不是她的爱情，而是对生活的观念。她努力恢复自己的情绪。她难道真是埃贡描写的这样一个用体谅和温情掩盖着自私之心的贪婪女人？此时，她只是凭着自己仅有的一点理智，觉得这个发狂的男人毁了他们的过去，就像用脚把玻璃踩得粉碎一样。然而，幸福，也就是说互相信任，夜间的快乐，清晨的饱满心情，与孩子的嬉戏，共同欣赏美丽的风景，仍然是存在的。但是，他将仇恨和厌恶都倾倒出来，所剩下的只是污秽的东西。她意识到，她再也不能同他只谈论过去了，而现在和将来呢？现在，就是这种胡说八道的疯狂与羞辱，但这起码是他第一次口吐真言。将来，就是明天还得去科尔索买玩具，不要叫克莱芒和阿可塞勒觉得被遗忘了；也可能给玛格丽特买一个意大利娃娃，也不能让她觉得被遗忘了。还得装作没事似的照料埃贡的起居与饮食，以保证后天音乐会的正常举行。

埃贡拒绝见任何来访者。然而，让娜想，斯巴达伯爵的名片还是应该给他的。埃贡在自己的房间里接见了伯爵。让娜怕他们吵起来，但从与埃贡相通的房门听到的，却是有板有眼心平气和几乎是友善的交谈。埃贡把伯爵送到旅馆的门口，回到房间以后对让娜说：

“您说得对。他不会撤诉。但他是个见过世面很讲礼貌的人。我与他交谈感到很高兴。”

然而，埃贡脸色苍白。让娜永远不知道他们两个男人之间发生了什么事。她觉得埃贡过去的一段历史似乎也不可挽回地被摧毁了。他再也不提弗朗兹了。在他们离开罗马之前，让娜问他是不是要去向被关押的弗朗兹打个招呼，哪怕是送一个包裹或一张卡片，埃贡拒绝了。

第二场演出取得了辉煌的成功。黑衣贵族是罗马最高贵最狂妄自大的阶层，为他们保留的座位有一些空着。政界和外交人士也没出席。但广大音乐迷却成群结队而来。毫无疑问，有些听众受着十分下流的好奇心的驱使，也蜂拥而至。但是，音乐席卷了一切。音乐家埃贡的演奏从来没有引起人们这么大的兴趣，这么强烈的反响。大多数人感到他演奏的乐曲是奇音怪调，不能理解。人们似乎置身于一个既冰冷又灼热的虚无世界，歌声油然而起，声调抑扬顿挫，音程变化自如，几乎是炉火纯青。埃贡再一次向新闻界解释说，他不是追求令人费解的新奇，而是在某些音乐调式中表现了更加古老更加本质的东西，例如中国的某些典礼音乐。但解释也是枉然。人们总是喜欢欣赏音乐——而在某种情况下还喜欢讽刺，但不理解其所以然。音乐家埃贡当天晚上出席了由罗马一名富有的音乐爱好者临时举行的招待会。此人非常喜欢所有先锋派音乐演奏会。应邀出席的只有那些音乐爱好者和慕名而来的朋友，他们几乎都是埃贡和招待会主人的支持者。临时招待会在十七世纪的一座豪华宫殿里举行，这使让娜回想起那个圣彼得堡的与此截然不同的疯狂之夜；虽然没有淫秽的场面，起码表面上没有，但笼罩同样激动人心的氛围。埃贡和让娜担心会受到事先预谋的凌辱，甚至在赞扬中夹杂着不堪入耳的话语，然而他们彼此心照不宣。在吊灯灿烂光辉的照耀下，让娜发现埃贡又表现出了一贯欢快朴实的风格，连他的微笑也充满了光彩。这种微笑能保证他一生畅通无阻。

在睡觉之前，让娜又整理了衣物，为出发做好准备。埃贡还没有入睡。让娜听见他在隔壁的房间里来回踱着步子。深夜时分，埃贡轻轻敲了敲门。让娜说了声进来。埃贡全身赤裸，他与让娜在一起的时候，经常是这样。他的脸上又泛出了让娜一贯看到的那种天真幼稚的神态，但对前天说的充满侮辱言辞的话毫无愧疚之意。他一向都不会收回说过的话，让娜觉得，他的内心深处是一片荒芜的原野。

“我睡不着。让娜，让我跟您一起睡好吗？”

让娜给他让了让地方。她觉得埃贡伏在她的肩膀上低声抽泣起来，流出了泪水，反而感到轻松了。他们的脚相互靠在一起，彼此产生了些许甜蜜的感觉。让娜用胳膊搂着他的脖子，感觉肩胛骨附近的旧瘀斑还在，还没有完全治愈。她知道埃贡喜欢通宵达旦地留一点光亮在身边，就只熄灭了一只灯。埃贡的上臂也有伤痕，伤痕的颜色由淡紫变成浅黄，后来就完全消失了。

“我有时宁愿挨打也不还手。”埃贡声音微弱地说。

为了不触痛他的伤疤，让娜松开了搂着他的脖子的双手。不管怎样，这个躯体，这个灵魂，还长期地忍受着这个意外事件后果的折磨，就好像害了一场病，或者发生了一起严重的灾祸，他可能是因为失去同伴而突然产生了被抛弃的感觉。让娜想到在她崴了脚的那些日子里，埃贡闻到她的腿被感染的气味儿，女仆经常不及时倒掉洗过澡的脏水，他都没有反感；有时她突然要洗澡，埃贡就亲自动手给她洗，洗完后还去给她找洗好的衣服穿上。埃贡吻着她摔伤后疼得扭曲的脸，就像她今天吻着他的肩膀一样。埃贡接受了她的爱抚，这不是任何人都能够做到的。她甚至不知道，如果给他一点性欲的暗示，他是会兴奋起来，无动于衷，还是感到痛苦。总而言之，他们有约在先，他什么也没说。他在一张桦树皮的反面给让娜刻的音符，又浮现在她的脑海里。他们谁也不欠谁的情。

回到巴黎以后，让娜发现自己的桌子上放着米歇尔的一沓信。米歇尔没敢打听她在罗马的地址。他还留下了一大摞报纸，大多数都是发行量很大的小周报。小周报原想刊登一些生动活泼的文章，但让娜认为内容都是荒谬的。在罗马发生的丑闻在当地差不多已经平息了，而在巴黎还余音未消，某些文章在当作笑料进行渲染。有的文章还盛气凌人地讽刺包括这位外国音乐家在内不遵纪守法的外国佬。她根本没让埃贡看这些东西，一股脑儿地都烧了。这是更简便易行的办法，何况即使在首场演出之后，他们夫妇也根本没有习惯更多地翻阅有关的评论文章。

米歇尔刚得知让娜回来的消息，就给她打电话。他不能去塞奴斯奇大街。让娜不想去他住的旅馆找他。他们约定上午十点在卢浮宫维纳斯厅见面。六月初的天气已经转暖。然而维纳斯厅在地下，里面空气凉爽，甚至还有一点儿冷。沿墙放着一张大理石的凳子。这是合适的约会地点。这个时间，只有几个英国人和几个德国大学生在参观这个古代艺术馆。

米歇尔在这位上身裸露的伟大女人面前来回踱着步子。他在等让娜。一看到让娜还是老样子，尽管她的眼圈比以前更黑了，米歇尔还是松了一口气。让娜还是那样漂亮，米歇尔感到惊讶，好像他们十年没有见面了。米歇尔穿的衣服与她在棕榈别墅见到的很不一样。她发现米歇尔脸上还刻写着为她焦虑不安的神情，不觉为之感动。

"您终于来了，"他说，"自您去罗马以来，一切都好吧。"

让娜没有回答。米歇尔也不想让她回答。他本来想好了说辞，而且都背熟了，现在却另编了一套。他叫她不要再回塞奴斯奇大街，一切听他安排，不要再离开他。离婚是很容易的事。她将是自由的；其实她已经是自由的了。相反，她的出走不会使人感到意外。难道她不记得，在他们谈到费尔南德的时候，她曾经说过羡慕他们周游欧洲的话吗？周游欧洲是轻而易举的事，他们可以再从头开始。可以再去意大利（是的，他对此表示理解），去俄国，或者去她还不了解的其他国家。费尔南德胆小怕事，从来不愿意远途旅行。可是还有马德拉群岛，还有马耳他和圣地，还有埃及。他一直在梦想着悠然自得地沿着尼罗河逆水而上，然而直到现在，梦想仍然还是梦想。他将与让娜一起去完成这次旅行。如果她愿意，他们还可以去更远的地方，例如印度，据说印度可看的东西很多，而游历太平洋中的岛屿，简直是度月如日。

"您忘了我有两个孩子。"

"您将会有三个孩子。他不会反对您把两个儿子全带走。如果他要把两个儿子要回去（但他不敢；他连想都不敢想），他甚至不知道到哪里去找我们。这都是人们不愿意去的地方，没有人会知道您的行迹，这对您的名声也不会有任何影响。而且您将改用我的姓。我将买一只游艇。"

"这样，您将毁了您自己……"

“没关系，亲爱的。其实我已经把我自己毁了。”

让娜听着他的话，既感激，又同情，但也不能贸然轻信。她觉得这个五十六岁的男人还像个孩子。难道这就是她在提布尔[①]想象中的那个能帮助她、保护她的男人？但是帮助她什么，保护她什么，她不知道。她回想起了在蒙特卡洛赌场的大厅里，米歇尔双手微微颤抖地看着赌球旋转着和庄家将赌资刮走或刮向他的时候的那种表情。米歇尔这种对赌博的投入，她觉得比埃贡对肉欲的纠缠还要致命，埃贡对肉欲的纠缠虽然更不顾自我损伤名誉的后果，但起码是出于肉体的本能。毫无疑问，米歇尔的儿子和玛格丽特都继承不了父亲的财产。她还不认识米歇尔的儿子。这时，米歇尔已经把他们全忘了。两年以来，她总是无法摆脱女人的烦恼，而作为情夫加朋友的米歇尔似乎还不太了解这个让娜。她虽然觉得自己被爱着，但更觉得是被崇拜的偶像。

米歇尔举了一个英国女士为例，说她不久以前将两个孩子从丈夫那里骗到手，成功地把孩子藏在游艇里周游世界，时间长达数月之久。

“您难道不以为，如果我离开他并且把孩子带走，我将成为不仅会叫嚷而且还会诽谤他的畜生吗？您不会同意我做这样的人吧。”

“是他的不对。”

让娜把手摁在米歇尔的胳臂上。

“我的朋友，难道世界上有这样的男人或女人，没有人说‘是他的不对’的吗？”

“这就是说，您宁愿呆在麻风岛？”

让娜缩回了手。

---

① Tibur，今意大利城市提沃利，以别墅和瀑布而出名。

“可能是我错了，”她说。她想起了埃贡发脾气时指责她的狂怒的话，“但是我觉得，我对他还有用。人们在不幸之中也不能和睦相处的岛屿是不存在的。”

“不如说您已经习惯了这样的生活。您喜欢这样的环境，您感到高兴，您无疑还会得到补偿。然而，谁能给我证明弗朗兹不也是您的情夫呢？”

“先生……”

让娜站了起来。如果她不同意埃贡借钱给弗朗兹，不同意米歇尔要她永远离家出走的要求，她瞬间就会变成被他们抛弃或厌恶的女人。她很清楚，米歇尔相信牺牲了自己的一切，献出了自己的一切。但他希望于她的，就是要她放弃自己的人格，放弃许许多多使她存在的微不足道的东西。而遇事不知所措的埃贡起码还有音乐，音乐像北斗星为他指明方向；尽管埃贡脾气暴躁，但这在让娜的记忆中已经是模糊不清了；他们在思想上有着许多共同的东西，在日常生活中有着割舍不断的千丝万缕的联系。而米歇尔只不过是图一时的快乐而已，对他来说，未来是虚幻的，他凭空想象的游艇根本没有安装罗盘，也不准备写航海日记。

“您比他还甘心堕落。”

真令人难以置信。尽管让娜已经站了起来，但米歇尔还呆呆地坐在那里一动未动。让娜听见他低声说着什么，也许是骂埃贡和她的粗话（有几个德国游客又转过身来）。下等人才会说出这样的话呢。当然，这样的话比虚伪的委婉说法更难听。使让娜反感的，并不是他相信或者愿意相信她与弗朗兹通奸。对于弗朗兹，让娜无法不恨他，也无法看得起他，就是现在还怨恨被监禁在远方的他。使让娜反感的，是米歇尔的话不留有余地，他认为任何感官的冲动都会使一个女人变得堕落，只要他不是受益者，任何奇异的性行为也会使一个男人名誉扫地。米歇尔以为他不是出于偏见，但正是由于这种偏见，使他在几年以后偶然遇到一位以色列医生的行为可疑的寡妇时，嘴里像含着一粒苦药丸那样难受。他怀疑这个寡妇吃了堕胎药不是没有根据的，虽然他很反感反犹太主义，这个男人还是喊道："肮脏的犹太人！"

让娜没有向他伸出手，因为她既不想让他握也不想让他吻她的手。这两个原以为亲密无间的人，现在无言相对。米歇尔先是看着，然后想象着她是如何走出这间摆满无名氏塑像的大厅。她走得很快，步伐矫健轻捷，全然看不出她去年崴伤脚的迹象。六月的天气晴朗，她穿了一身白色衣服。飘在脑后的短面纱、紧身大衣和长裙，使米歇尔联想起她周围的大理石塑像身上的褶皱起伏的连衣裙，也使他想到他再也不可能看见她被衣裙包裹着的胴体。这个维纳斯的妹妹，这个胜利女神的妹妹。他像瘫痪初愈的病人，摇摇晃晃地站了起来。他将去恳求让娜原谅；他将再去做埃贡夫妇的常客。不管怎样，他过去与埃贡几乎成了朋友。这时，让娜穿过了野蛮人战俘厅，进入了四周摆满空棺材的长廊。米歇尔如果加快脚步，还可以赶上她。几乎在让娜抬手去推开达卢阁门的时候，米歇尔也正好赶到了。达卢阁门直接通向只有几个阶梯的楼梯，出口就是停放马车的绿树成荫的广场。米歇尔看见她上了一辆正开着门的马车，将地址告诉了车夫，马车就启动了。米歇尔随后也上了一辆车，告诉车夫跟在后面。让娜不慌不忙地又去衣帽间取出她的阳伞，打开撑在头上，白色轻巧的圆盖遮盖着她的头部和双肩，挡住了米歇尔的视线。让娜的车夫赶着马车上了里沃利大街；两辆马车一前一后沿着这条露天长走廊往前走着，右边是拱廊，左边是铁栅栏。让娜的马车终于在皇家大街转了弯，她肯定是回塞奴斯奇大街了。米歇尔这才回过神，考虑着他应该怎么办。他大声地喊着，把自己旅馆的地址告诉了车夫。

童年拾零

长期以来，我总是以为我没有什么童年回忆；我指的是我七岁以前的回忆。但是我错了：我想，我还根本没有机会去回忆。现在追溯我在黑山城堡最后几年的生活，有的情况便逐渐清晰地展现在我的眼前，如同一间百叶窗紧闭的房间，很长时间没有人进去了，里面堆放的物品激发了我对往事的追思。

我尤其又看到了那些植物与动物，还有那些玩具、游戏和为我制定的那些规矩，以及模糊不清和充当背景的人。黑山城堡里杂草丛生，草丛中有一块连接晒台的陡坡，我经常从那里上上下下。草很深，都没有割。矢车菊、虞美人和雏菊长得很茂盛，我的那些保姆说这些花正好组成一面三色旗。这使我很不高兴，因为我希望我的花只是一些花，不是什么别的东西。当然，我们当时不知道，这些“佛兰德山虞美人”五六年以后竟然为一次葬礼增添了光彩。这些虞美人是献给牺牲在这块土地上的数千名英国年轻士兵的。现在，人们还用鲜红的纸扎成虞美人，在为某些盎格鲁–撒克逊人举办慈善事业时出售。我拉着小车去果园里采摘李子和醋栗，装满小车后拉着往回走，但由于草地坡度太大，小车滚下来，将水果撒在草丛里。在椴树开花的季节，采花的时间要持续好几天。把采摘下的花晾在仓库的屋顶上，整个夏天都散发着浓郁的香味儿。

我有一只白山羊，米歇尔亲手将羊角染成金色，在我懂得什么是神话之前，这只山羊成了我的神话动物。我还有一只很白的大绵羊，每个星期六都要把它放在水桶里，打上肥皂给它洗澡。洗完澡以后把它放在潮湿的草地上让它打滚。如果是春季大浴，还在草地上铺着毛毯、枕套、台布和毛巾。这都是头一年秋天雇一大群洗衣妇气喘吁吁叫叫嚷嚷地洗好，叠整齐放在仓库里备用的。（冬天的仓库里堆满洗好的衣服，气味儿没有夏天椴树开花季节好闻，但可能由于空气寒冷，气味儿不容易扩散，而且到处放了一些薰衣草。）每当夕阳西下，米歇尔在树林里点燃起许多淡绿色的小灯，很像萤火虫，闪烁着荧光。还是孩子的我被这只大手牵着，以为进入了童话世界。孩子还有点儿担心会打搅了兔子的睡眠，但大人告诉她，兔子已经在窝里睡着了。

兔子每天黎明时分睡醒以后，全天都在辽阔的松树林里蹦蹦跳跳地玩。我每天都在窗前让人给我梳理垂到腰部的长发，看着它们在树林里，感到很宽慰。巴尔贝把我前额的长发梳成两条螺旋形发辫，然后用蓝色带子扎起来。一会儿工夫，两个缎子结便滑下来，我才算得到了解放。兔子也像那些受到威胁的神灵似的小鹿，屁股后面撅着有趣的白色小尾巴跳来跳去。每天早晨，人们叫我往地上撒一些盐，等兔子过来吃的时候把它们捉住抱着玩。兔子的身子又暖和又柔软。但我并没有那样做。因为我知道，神灵在玩的时候我们不去打扰，它们也会感谢我们。

我要讲的还是动物的故事。我所能回想起来的第一个玩具，是一只神圣的魔术般的器皿。那是一头用白铁或铁皮做的母牛，但浑身包着一层真牛皮，脑袋还会哞哞地叫着左右转动。用改锥打开脑袋，向铁皮肚子里灌一点儿奶，奶便从粉红色的奶头上看不见的一些小孔往外滴。从断奶的时候开始，我就拒绝吃任何肉类食品。我父亲尊重我的做法。人们把我抚养得很好，当然用的是不同的方式。我大约从十岁开始学吃肉，这样做是为了“随大流”，但仍然不吃任何野生动物和有翅动物。后来没办法，我才吃家禽或鱼。四十年以后，由于对残杀动物反感，我又回到了童年之路。

我有一头母驴，起名叫玛蒂娜。像许多母驴一样，它也有一头驴崽儿，名字叫春。春成天在它身边跳来跳去。我记得，我每天更多的是去拥抱它们母女，而不是骑在它们身上玩。在我很小的时候，我对一头驴子就产生了一种泰坦尼娅[①]式的爱。那是在布鲁塞尔，我被带到我的残疾姨妈家里小住了几天。康布尔森林中有一个小岛，岛上有一头驴驮着孩子玩。我非常喜欢这头驴，骑着驴子围着小岛转了三圈之后要离开的时候，我哭了。米歇尔想问森林的主人把驴子买下来。但驴子很招孩子喜欢，驴子的主人要靠它养家糊口。我第一次怀着这种爱的遗憾回到了黑山城堡。至于在草原上放牧的牛和马，我最多只能把手伸进铁丝网里给它们喂一把草或一只苹果。“你知道，小宝贝，”米歇尔对我说，“最重要的是要有耐心，而且还要知道怎么做。人们相信牛没有马聪明。这是可能的。但是，当一头牛不小心把头伸进了铁丝网，它会来回地转着脖子，慢慢地缩回来。农场里的马有时把头伸进去了，也能缩回来。但如果是纯种马，它会被铁丝网划破皮。”米歇尔本人就是一匹纯种马。

“好看的玩具娃娃”会转动眼睛，会眨眼皮，如果用钥匙在肋部上好弦，还能走上几步，还会说“爸爸、妈妈”，但我觉得这样的玩具很笨。玩具娃娃经常都是过路客人送的礼物。好在玩具娃娃都睡在纸盒里，高高地放在衣柜顶上，保姆也不经常拿下来让我玩。

---

① Titania，中世纪民间传说中的仙后。

在整整一个冬天里，一只价值十苏的玩具，一只会发音的赛璐珞娃娃，都告诉了我什么是母爱。不知道是出于偶然或是一种预感，我给它起了个名字叫安德雷。安德雷正好是与我密切相关的两个男人的名字，而我对他们的感情并不是母爱。从一张照片可以看出，我正在楼梯上拖着一只十八世纪的玩具娃娃放声大笑。这只玩具娃娃是一位祖母遗留下来的纪念物，有些让人啼笑皆非了：如果把它的金褐色的裙子撩到头顶，它的面部、胳膊和穿着紧身衣服的淡色面团做的上身都一分为二，变成了完全相同的另一个面孔、另一双胳臂、另一个上身。这是一只雅努斯[①]玩具。但使我感到困惑不解的是，这只玩具没有腿。后来，我哥哥的一位同伴去日本旅游回来后，送给我一个明治时代的仕女。仕女的眉毛和头发都是真的，像上了漆一样光亮。头发盘成发髻，用长发卡别着，但家里人怕扎着我，都给拔掉了。这个娃娃太大了，放在长沙发的靠背上，我只能跪在沙发上欣赏它，吻它杏黄色的面颊。这个玩具娃娃为我打开了另一个世界。

还有一张照片，也是同一个时期拍摄的，还多次洗印过，照片上的小女孩儿具有典型的时代特征。她穿着领口很低的低胸衬衫，胸部丰满，两肋平滑，显得很文静迷人。这个已经不存在的我正合着两只小手在祭坛的一角祈祷。她圆脸蛋儿，一对明亮的大眼睛，不知道她是在静心沉思还是什么也没有想。小女孩衣着朴素，姿态优美，我相信是摄影师导演的效果。摄影师是一位亲戚，生活放荡不羁，喜欢小女孩儿。黑山城堡没有小教堂；二楼的楼层很宽大，有一间凹室，似乎起着小教堂的作用。里面有一张独脚小圆桌，上面盖着一块花边台布，摆放着橡木心做的圣母。圣母头戴星条王冠，

---

① Janus，罗马神话中的两面神，能前后瞻望。

用大衣兜着儿子。这尊圣母像很好看，与其说她是母亲和圣母，毋宁说她是王后。我相信我从来没在她面前祈祷过，只是在节日的时候给她献上一些鲜花。我记得，在许多年中，我晚上背诵的唯一的《圣母经》是放在我的床前小地毯上的，如果晚上天气寒冷，就放在鸭绒压脚被下面。我可能是在昏昏欲睡的时候才想起一字一句地背诵经文，我现在有时候还用这种机械的方法计算时间，就像我们家乡那些老年人到别人家去的时候，计算着在第一次敲过门后还得过几秒钟才能敲第二次似的。我觉得有时候像是背诵优美的诗句，以祈求精神上的平静和宽恕。经文就是一首诗，我从那个时候开始就用好几种语言背诵，还经常象征性地变换着名字进行祈祷："向您致敬，宽宏大度的观音，请您听着，人们正在热泪盈眶地为您祈祷。""向您致敬，舍金纳[1]，仁慈的神灵。""向您致敬，阿佛洛狄特[2]，您给了神灵和人类极大的快乐……"大多数宗教都基于美好的希望，以不同的形式选择女性为神灵，如马利亚，或者两性人，如观音，她们暗中赐予我们以仁慈和怜悯，直到我们生命的终结。

我祖母坐马车去参加星期天大弥撒。只有我一个人陪她去。由于大弥撒持续的时间总是很长，两匹漂亮的小黑马被卸下鞍鞯，拴在教堂附近客栈的马厩里。只有诺埃米和我两个人在的时候，我们才坐在"老爷凳"上（从来没有听说过上帝老爷）。我从"老爷凳"上可以斜着看到祭坛。我当时对什么是弥撒祭品几乎一无所知，对堂区的大多数教民也不认识，在本堂神甫每一次跪拜的时候，我看见的尤其是他那双暴露在饰有花边的宽袖白色法衣

① Shekinah，犹太教的上帝。
② Aphrodite，希腊神话中掌管爱与美的女神。

外面满是钉子的厚鞋底。我喜欢香的香味，但不喜欢本堂神甫摆弄圣餐杯的干巴巴的动作。他左右转动着圣餐杯，检查圣餐是否被吃光，杯子是否被舔干净了，这使我想起小咖啡馆门口那些酒鬼的酒杯。在举行举扬圣体仪式的时候，我像大家一样也垂下头，以便避免看到圣体饼时发生暴卒的危险。我从侧面望去，看见第一排的椅子上坐着村里的女士们，她们差不多都是一模一样地戴着蝴蝶结帽子，嘴唇抹得红红的。本堂神甫用法语布道，一部分教徒听不太明白，而讲佛兰芒语的老年人一点儿也不懂。诺埃米是“城堡主夫人”（这个词很少是带着和善的语气说出口的）；我是个小女孩儿，一头黑发，一条白裙，一根蓝腰带（我母亲把我许给圣母，为期七年）。大约在六十五年以后，当我第一次回到童年的村庄时，村民们为了欢迎我，给我找了一个五岁的小女孩儿，她一头黑发，一对蓝眼睛，一身白衣服，还扎着一条蓝带子。她像我童年时期那样可爱，但是在献花的时候，她害怕了，也像我过去害怕时的那种神态。

再过几个星期我就七岁了。那是早期做领圣体的时期。圣让-卡佩尔私立学校的修女们给了我一些教育，后来本堂神甫的短期教理课也没有增加多少内容。这样的教育尤其告诫我，天亮以后不要漱口，当然也不可以不饿肚子。当睡醒的时候，我发现床头柜上有四分之一个苹果，便不假思索地吃了。但我做了一件错事，那就是有一天，我把这件事告诉了本堂神甫，吓得他差一点儿没病倒。那天早晨，只有我一个人领圣体。从一张已经发白的照片可以看出，我穿着白长裙，戴着白头纱，巴尔贝喜欢说这是婚纱。听她这样说，我先是笑了，然后又哭了，因为我认为这是嘲笑我。这些事我记不真切了。还有一件事，是请城堡附近的一些邻居吃午饭。这是一种上流社会的仪式，我第一次领到了半块用香槟酒浸泡过的饼干。第二年（也许是当年？），我还清楚地记得，在瞻礼厅的平台上颁发奖项的时候，我从校长的手里接过一顶用金纸做的桂冠和一大本介绍名人生平的烫金硬皮书。我肯定自己没有进过任何学校，也不愿意进学校，但一种冒名顶替的不公正行为开始使我隐隐约约地感到反感。幸好一个六七岁的孩子找不到词汇对这种事下什么结论，但我有时感到激动，这可能比一个六十岁的男人或女人更出于本能。

如果还没有教会孩子循规蹈矩，就用习俗的做法放任愚昧，让他们糊里糊涂地接受成人的自私观念和个人意识，对某些事情采取漠不关心的态度，而在另一种场合却又满腔热情，这种做法再庸俗不过了。我在努力然而几乎绝望地搏斗着，其目的不仅仅是回忆那些只属于我本人的东西，而且还要避免想象童年时期的任何淡而无味的画面。这种童年，不是像因牙疼带来的烦恼而引起人们的虚伪同情，就是一味地迎合他人的心意。从本能上说，孩子不会与成年人沟通，孩子会敏锐地觉察到大人所说的话不是错误的，就是并不重要的。我很早就觉得，人们喋喋不休地对我所说的仁慈的上帝并不总是仁慈的上帝。巴尔贝对村子里发生的任何事都感兴趣，她告诉我，有些老太太咳嗽的时候用被子把自己捂着；我有一次看见一个穿着一身白的男孩儿被钉在一只箱子里，准备送往墓地。我看见一些动物被第一批汽车压死在公路上：上帝对被压死的动物不仁慈；上帝并不总是对人仁慈，或者只是高兴的时候才仁慈；我也不相信这个多疑的胡子拉碴的老头儿，他监视孩子，惩罚孩子，但当孩子乖的时候又奖励他们。或者说我还有点儿相信的话，那也是如同相信圣诞老人一样，因为这种相信是故意装出来的。有的人对保护和惩罚他们的创造者给予信任；有的人承认那些在万物和自己身上可以被称为神性的东西，这二者之间早就出现了巨大的差别。可以肯定的是，悉达多[1]王子不是在三十岁，而是从很小的时候就看见过一名病人、一个残疾人和一具尸体，最可能的是他在三十岁之前一直对此缄口不语。简而言之，有的人认为上帝就是“一”，有的人相信这个“一”只是介于“无”与“所有”之间的一种表达形式，二者是有区别的。黑山的这个孩子与一个被八百万个神前呼后拥的日本年轻姑娘没有多大区别，人们根本不知道这八百万个神姓甚名谁；这个孩子同高卢-罗马的孩子也没有多大区别，后者与她生长在相同的地方，对森林和流水的内在力量也一样很敏感。

尽管大人做事生硬武断，目光短浅，然而孩子善于想象，使仍然具有生命力的神话得以不断发展。卡特山是一处圣地，周围住着许多苦修会会士，巴尔贝、胖马德兰和小马德兰每次攀登的时候都是怀着崇敬的心情。在一条路的旁边有一眼圣阿波琳井，井水能治眼病。我记得，我还用手从井里捧水喝。圣阿波琳相貌虔诚，但是牙齿被古罗马的一个刽子手砸掉，又粘在面颊上，牙龈上还钉着一根钉子。这块神奇的地方在比利时。保姆们和我都特别想去进行一次远征，她们能买一些走私货，我可以到圣井对面靠近马路的食品店买一个苏一块的巧克力。那家食品店因糖果卖得便宜而出名。圣约翰节那天，仪仗队列队站在黑山城堡的道路上。天使挎着篮子，花瓣撒了满地。我一直喜欢小鸟，因此又喜欢天使，相信天使是存在的。我不知道为什么，装扮成匈牙利的伊丽莎白，可能是因为教堂里装饰着这位圣女的一尊石膏像。我又看到了那顶玻璃珠子王冠、那件粉红色衬里的粉红色丝绒大衣，大衣上还缝了一簇真玫瑰花，因为怕我把玫瑰花拿在手里会掉在地上。我觉得有一个蒙着羊皮但裸胸的圣约翰塑像很漂亮；尽管我很少去圣让-卡佩尔私立学校，但

---

① Siddhartha，释迦牟尼出家前的本名。

我想，我每次看见的是他，这位科罗盖特先生，也许是村里的另一位老人。我是在南方过圣诞节的，马槽离棕榈别墅很近，还摆放着深底的餐盘，盘子里盛着浸泡过的种子，种子很快就可以长出野草；我读着对古代“阿多尼斯[①]花园”的描写，不禁又回想起人们为了表示对维纳斯年轻情夫的敬意，以同样虔诚的方式培育出了繁盛的草木。蜡做的小耶稣还没有我的赛璐珞安德雷更逼真，但是，摆放在后景的牛和驴，圣诞之夜才出现的羔羊和牧羊人，这些创造物把山洞都塞满了。山洞是每个冬天用包装纸盒现做的。每年一月六日，人们久久期盼的三头披甲骆驼也到来了，为节日增添了光彩。我觉得三头骆驼比前往朝拜初生耶稣的三博士[②]还好看。

圣周又是另一番景象。我们不是在南方就是在巴黎过圣周。有一次是在黑山城堡过的。我父亲带我去附近的布吕赫，到教堂里看塑像与绘画。还有一次是在布鲁塞尔。我相信这是我最后一次去看我的残疾姨妈。此行使我难以忘怀，因为我又一次见到了让娜。后来我还见过她一次。那里有七座教堂，我的几个保姆照例都挨个儿转悠了一遍。如果那里只有一座教堂，她们往往也像在圣让-卡佩尔一样从同一个门七进七出。复活节的路上布置着各种各样的景观：用南方棕榈编织的棕榈辫，北方的圣枝，身披黑纱的漂亮塑像和紫色裹尸布。圣周的星期四，教堂里光线昏暗，还不时地发出喀吧喀吧的响声，我难以相信那是挪动椅子互相碰撞的声音。然而没有钟声。钟曾经被运往罗马，回归故里的时候，还大张旗鼓地庆祝了一番，泡在水里以恢复其本来的美貌，现在还在运送途中。但与佛兰

① Adonis，希腊神话中的美少年，维纳斯的情人，狩猎时受伤而死。维纳斯非常悲痛，诸神受感动，特准许他每年复活六个月，与爱神团聚。此时大地回春，草木繁茂。

② Les Rois Mages，耶稣诞生后，东方三位人士在一颗星星的指引下前去朝拜，并献上羔羊和美酒，又称为三王来朝。

德的耶稣像相比就黯然失色了。那里所有教堂里的耶稣像都是躺着的，身体僵直，裸着大半个身子，皮肤苍白，死去的时候悲惨孤独。这是中世纪一位雕塑家完成的无与伦比的雕塑作品。也许是圣絮尔皮斯广场的彩色装饰品。但这对我来说都无所谓。我完全相信，正是在这当中的一座塑像面前，我第一次感觉到了情欲、恻隐之心和神圣意识三者之间得到了绝妙的统一，尽管我当时还弄不明白什么是情欲。十五年以后，在那不勒斯的圣周期间，安娜在圣安娜-隆巴尔教堂含泪吻着死去的基督，圣周星期四至星期五的狂热的爱情之夜，都使这个还不懂得什么是死什么是爱的孩子萌生了情感。

黑山城堡的大花园里有一个山洞。十九世纪的城堡主人受到卢尔德山洞的启发，喜欢在自家挖山洞，这有点儿像他们的祖先模仿皮拉内西修建了一些废墟。我们的山洞有一道铁栅门，但总是大开着。山洞是用卵石和水泥修砌，再用镘刀抹平。卵石是从佛兰德山的古代海底采来的。地面、墙壁和洞顶也都是卵石的，因此，天气潮湿的时候就往外渗出微红色的水珠。水中肯定含有铁的成分。我在英格兰北部看见古罗马士兵在岩壁上挖的小神龛就往外渗出这样的水珠。当地的一位考古者刚刚挖开，由于没找到什么宝贵的东西，马上又填平了。古罗马军团士兵是来祈祷岩石之神的。我们的山洞里只有一个祭坛，也是用同样的材料砌的。祭坛上最多（一年一度的弥撒除外）摆上两个在集市上购买的小花瓶，里面插着干花。祭坛下面是一个长方形小空洞，耶稣像用完后从十字架上摘下来就放在小洞里，但直到现在还没有人照着这个规矩做。我郑重其事地宣布，我每个星期天将去教堂要一只耶稣像放在里面。大家耻笑我，说你不如请缨出使中国。但我对出使中国不感兴趣。

第三共和国的反教权主义到处混杂着令人不可思议的前朝遗迹。人们不讨厌本堂神甫，他像乡村邮差一样受到尊重和信任。村子里的女人在路上看见他，便抬起罩在裙子下的脚，偷偷地往地上啐口唾沫，以免受到这个“仁慈上帝的赠与者”的影响，但她们不知道这是什么样的影响。本堂神甫有点儿像太监，“因为他不近女人身”，又有点儿像阴阳人，“因为他的穿着像女人”。秋天的夜间，看见挂在一棵树上的死人脑袋似的甜菜疙瘩和插在被挖空的眼眶里的闪闪发光的蜡烛，我感到很害怕。而对巴尔贝来说，一支蜡烛突然熄灭，就预示着一个人的寿终。人们对敌基督谈论颇多，尤其在基督教团体内部，更是无时无刻地不在议论纷纷。而这个小圈子似乎比任何时代都担心世界末日的到来。就像在我们这个时代，人们有许多理由对此进行深思。巴尔贝认为，在世界末日的那个早晨，将有四个天使在地球的四个角落同时吹起号角，告知人们。我相信地球是圆的，因此对她所说的地球的四个角有点儿感到惊奇。为了使我信服，她还找来一个木球，插上四个小木块作为天使。至于世界末日什么时候到来，她也知道，即所有犹太人回到巴勒斯坦的那一天。在犹太复国主义出现之前，《贝尔福宣言》、沙皇对犹太人的屠杀、焚尸炉以及犹太人大逃难等一些概念，村民们是从听讲“犹太历史”知道的，一边听一边哈哈大笑，再不就是用更加粗鲁的语言学着德律蒙的语气大骂一番。事实上，直到现在，离所有犹太人回归巴勒斯坦之日还很遥远。然而，作为国家，以色列已经存在了，具有国家一词所有官方与不屈的内涵。当然，对我来说，犹太人只是一些《旧约》书中的人物，而且我也不知道耶路撒冷在什么地方。

在一九一四年爆发战争之前，村民们的爱国主义象征就是七月十四日呼喊三音节口号。米歇尔很看重人民的节日，但他喜欢的不是一年一度的国庆游行。在这样的国庆游行中，人们抬着被砍掉的脑袋，口里还塞满干草。一八七〇年已经是遥远的过去了。在北部省的这个区，人们根本不知道兰波在十四行诗中描写的鲜血淋淋地躺在卑地上的“山谷长眠人”是什么样子。阿尔萨斯–洛林离这里也很遥远。由于当时还没有德国鬼子，所以，所有滑稽可笑甚至令人憎恶的沙文主义团体收罗的都是比利时人。由于发音不同，他们称呼比利时人用 Belches 这个词，而不用 Belges。小个子比利时人（大多数人都是大高个子）反而嘲笑法国人，称他们为法兰基庸人。我是法国血统，至于我母亲是哪个国家的人，这都不影响我的国籍。直到现在我很少谈到我母亲。她是比利时人。她不懂佛兰芒语，法语却讲得很好，所以得到了米歇尔的称赞。她喜欢德语，无论如何都不会被卷入这场纷争。在比利时抽签的那些日子里，法国人跨过了国界。两国国界有的地段就从黑山城堡附近经过，因此可以看见比利时的村庄欢腾的情景。抽到好签的男子汉高声喝彩，互相挎着胳膊在大街上大摇大摆地行走着，后面跟着那些倒霉鬼，他们以酒自慰。运气好的小伙子们怪声怪调地唱着老掉牙的歌曲，第一句歌词用的是没有人能懂的古代语言，第二句用佛兰芒语，句法优美：

雇佣兵！雇佣兵！雇佣兵！
不是波波尔要我们去当兵！

其实，这些小伙子要去效力的不是利奥波德二世国王[1]，尽管国王在刚果的事业很受国际银行推崇。但是，从现在起两三年之内，不知道要有多少士卒将葬于伊泽尔河[2]的泥土之中。国王希望和平，但抵挡不住压力，因为高级将领们不要和平。在我谈到的那个夏天，我们的邻居还不是“我们的英雄的比利时盟友”。

---

① Leopold Ⅱ（1835—1909），比利时国王，侵占刚果大片领土，实行殖民统治。
② Yser，发源于法国，经比利时流入北海。1914 年，比利时和同盟军在此打败德国军队的进攻。

人们根据一些传世照片发现，“富有的小姑娘”，即“城堡小姑娘”，并没有孤立于“人民”。“人民”这个很好听的词，也像法语中的许多词一样失去了它的价值。其实，她过去和现在都不过是住在十六区所谓的布尔乔亚公寓里的一个小女孩儿。我还能回忆起黑山城堡这座普普通通建筑的每一个房间，虽然它已经不复存在了。中心房间不是客厅，客厅里有一幅《罪恶与道德》的画，据吕依尼回忆，是我祖父从意大利买来的，因为只有诺埃米让我进客厅的时候我才进去，而她又很少让我进去，所以我的印象很模糊；也不是椭圆形小客厅，这个小客厅过去是戏剧爱好者演戏用的；也不是弹子房，弹子房很难看；也不是两间一套的套间，套间里放满了耶稣像十字架和挂钟，是我祖母的账房（我没有继承这种本领！）；也不是我的小塔楼上开着六个窗户的卧室，卧室里有一口搪瓷平底锅，上面有拉封丹[1]《寓言诗》的插画，然而我既不喜欢这个搪瓷平底锅，也不喜欢拉封丹的《寓言诗》，因为我觉得故事中的动物太人格化了。我也不喜欢悬挂在通往我的房间走廊里的后浪漫主义铜版画，画面上的人物正在倾听音乐家演奏，其表情不是耽于幻想就是惊慌失措，但后来启发了我对阿莱克西这个人物的创作。中心房间更下面，在冰冷的哺乳室与厨房之间。厨房里不仅有做饭用的锅，还有用来暖床的铜火盆。我们叫这个中心房间为仆从厅。仆从这个词使人联想到古罗马的一个强大的氏族及其邸宅的居民。这种邸宅现在已经不见了。每一个经常住在仆从厅里的人都有一段用两三部书也写不完的历史：他们的骨骼结构、肌肉组织、生殖器官和头脑的构造都还不错，但都已经是过去的事了。中午时分，人们郑重其事地给我洗

---

① Jean de la Fontaine（1621—1695），法国诗人，作品以动物形象讽刺社会丑行与罪恶。1684 年当选为法兰西文学院院士。

手。老太婆步履轻捷地下了楼，坐在餐厅的大圆餐桌旁边。桌子上铺着锦缎花纹台布。我坐在她对面，中间隔着那个爱挖苦人的老夫人。从年龄上讲，我们之间相差七十岁，但当时她和我对此还都没有意识到。墙上挂着几幅人物画像，都是从前的艺术爱好者收藏的描写家庭生活的作品，有男有女，有老有少，有美有丑，都穿着古代服装。画面上的男人不是一只手揣在兜里，就是双手全揣在兜里，因为作者这样处理人物，要的酬劳比较少。大部分作品都是当地优秀但尚无名声的画家画的（一些名画早被博物馆收藏）；至于其他的画，尤其我爷爷、奶奶的画像，几乎都是很粗劣的，我真难以想象是否还有比这更呆板浮夸的作品。我笨手笨脚到了难以形容的地步；我用叉子叉起的青豆在我的盘子周围形成了一片小树林；奶油巧克力滴在我的白裙子上。要是我们坚持到吃甜食而不出现意外，这种奶油巧克力就会带来预料之中的结果。“把这个孩子带走！”约瑟夫身穿条纹衬衣，带着我走上了通往仆从厅的螺旋楼梯。

一切都像生活本身那样自然地进行着。人们拼命地吞食着从上面送下来的几乎原封未动的饭菜。肉店老板开的发票几乎等同一个大饭馆的支出：下等肉块都喂狗了。吃饭的时候，我被抱到一大摞旧字典上，神气活现。大瓷盘子有蓝色的，有白色的，与碗搭配得当。有汤，有牛奶加咖啡，还有黄油面包片。有时一口咬下去，黄油面包片被咬出一排半圆形的牙印，慢慢地又被浸泡在饮料和酱汁之中。桌上铺着漆布，待擦干净一块地方以后，胖马德兰就趴在上面用铅笔抄写新学的歌曲。这些歌曲肯定都是唱烂了的老调子。马车夫阿尔西德虽然已经年老，但仍然能讨好女人，向患巩膜炎的小马德兰献殷勤。年轻漂亮的司机塞扎尔丝毫不掩饰对巴尔贝的好感。约瑟夫一边吸俄国老板香烟一边浏览旧报纸。女厨子霍尔当斯一副金黄色的面孔，把脑袋从半开着的门缝中伸了出来，乱喊乱叫地附和着那些女人唱起轻佻粗俗的歌曲。是爱国歌曲还是感恩歌，这对我无关紧要：我只觉得她们不会唱歌。

我把她摔在摇摇晃晃的床上……
我戳了她两三长枪……
我是屎之女，我是尿之女，
我是上尉之女……
法兰西总统萨迪·卡诺……
我们请上帝来家做客……

大家都气势汹汹地说诺埃米的坏话，因为知道她吃完饭以后总是坐在靠近碗橱的热气孔上面，这些讽刺的话她全听得到，就是骂她的奸细梅拉妮的话也听得一清二楚。但是，还能隐隐约约地听见一种柔和细微的流水声音。声音来自乳制品作坊，是用粗木棍在奶桶里搅动的沙沙声。油腻的液体慢慢地变成了黄油。小玛丽有点儿咳嗽，不时地将她的两只总是温热的手伸进搅奶桶里，直到把最后一滴微微发蓝的奶刮出来，做一只好看的黄面包，再用纸包起来。没用完的黄油再加上盐，装在粗陶罐里，留着以后再用。直到天黑，小玛丽披着黑披肩回村的时候，这沙沙的声音才停止。我心想，在上面专心读书的米歇尔是不是也会听见这种声音。这种搅拌声音，有点令人讨厌，又有点儿让人安然自若，这是一种大杂烩的声音，但是我无法确切地表达出来。

很久以来，巴尔贝自脱下她的英国海蓝色护士制服以后就没有再穿过。这是米歇尔出于对英国的喜爱给她买的。她穿着很得体，既像回家休假的名门之家的女仆，又像不愿引起人们注意的上流社会的女士。我很喜欢她。我听说我生下来之后，是她给我洗的第一次澡。后来，她每天都给我洗澡，洗完后擦干身子，搽爽身粉，给我穿好衣服，带着我出去散步。在我很小的时候，每次进城，她都用带子拴着我的胳膊，像牵着一只小狗，寸步不离地领着我。在室外散步，空气新鲜。她还经常去逛商店，而且还总是在商店的门口偶然遇到她认识的先生。然后去茶点铺。在我的孩提时期，她非常喜爱我的肉体，像许多女人喜爱年幼的孩子一样，是不自觉的。我记得，在我两三岁的时候，她把我从折叠床上抱起来，狂热地吻遍我的全身，甚至吻我自己无法看见的地方，因此可以说，是她描绘出了我身体的轮廓。我相信性欲是在童年时期产生的，但这些完全触摸式的感知还不具有色情的意义：我的性欲还没有发出嫩芽，还没有长出绿叶。后来，巴尔贝的这种冲动消失了，但对我的热吻有增无减。这差不多是我领受到的仅有的热吻。当然让娜也吻过我，但她不经常与我在一起。我的法国父亲米歇尔也非常喜欢我，吻我，但他只是每天晚上才拥抱我，吻我，只不过是按规矩行事而已。巴尔贝不是毫无魅力的女人。尽管米歇尔对与下人之间的爱情持藐视的态度，但他在丧妇之后初期，很可能与巴尔贝有过肉体的接触。不论怎样，巴尔贝太理智，不会妄想充当女主人。但她不仅喜欢男人，而且还想多弄钱，尽管她收入丰厚。因此，巴尔贝在大公国时常去妓院，冬天路经巴黎或有时路经布鲁塞尔的时候也如此。那时电影院很多。在晴朗的下午，当我们出去散步的时候，她将我带到电影院，与我并排坐在后排的座位上，等灯光一暗下来，她告诉我不要怕，然后就离开了，在散场之前再回来找我。作为孩子的我的确不怕。在银幕上，一架音色嘶哑的钢琴演奏着几乎无变化的乐曲，乐音只有快速、庄重与柔和的区别。快节奏，犹如马在奔腾；庄重表现悲怆；柔和则表现出月色溶溶的效果。我看一会儿睡一会儿，睡一会儿又看一会儿，只记得当红女演员罗宾小姐在床上被一大堆鲜花窒息时的苍白面孔；而身穿伊丽莎白时期服装的萨拉·伯恩哈特夫人使我怕得要命，因此，我夜里睡觉，不得不让卧室的夜灯彻夜长明。巴尔贝总是在约定的时间回到电影院。回到家以后，她详细地告诉我，如果我父亲问起，我应该如何回答他。我有时觉得回答得没有把握，就抬头看着巴尔贝，意思是问她我说的是否对。我的神色和吞吞吐吐的回答使米歇尔产生了怀疑。他怀疑巴尔贝虐待我，起码威吓我不说真话。但他怀疑错了。事实上，几乎在一生中，如果遇事犹豫不决，我总习惯用征询的目光看着我的同伴，以便知道他们是否同意我的说法。这种伴随着害怕的信任目光根源就在此。

但看电影的把戏并不可靠。电影院女引座员（巴尔贝肯定与她有串通）或某个好心的女观众，可能会同情我这个被遗弃的小女孩儿，更不用说那种黑色小说里的现代人物会把小孩拐走，于是干脆把我带到她赚钱的地方。我被安顿在客厅里。我感觉很好。客厅里有男有女。先生们的表链上挂着小饰物，女士们半披着披肩，我觉得他们与黑山城堡仆从厅里的大人物没有什么不同（尽管女士们的衣着更轻便）。这些人倒在我身上看到一种童真无辜的象征。有一天，他们竟把我抱到桌子上，让我唱歌或背诗。我不会唱歌，但从米歇尔给我抄写的一大本诗集中，倒零零碎碎地记得几句。“就像有人在掌着灯行进……当鹈鹕长途跋涉而疲惫不堪……如此纯净，一声叹息比其他任何地方都更自由地升至上帝面前。”毫无疑问，他们肯定没听到过这样的诗句，可能也不明白我嘟嘟哝哝地背诵了些什么。巴尔贝回来了，她戴着帽子和手套，谢过他们以后就领着我走了。我相信，这样的事只发生过两三次，因为总会有人告密，尤其那些女人。

米歇尔在黑山城堡收到了匿名信。自诺埃米去世以后，这地方也变了。这个星期，米歇尔接待了莉娅娜、我的同父异母兄弟和他的未婚妻及其他人。莉娅娜是米歇尔的临时情妇，我们已经见过面，她是个临时补缺的角色。我的同父异母兄弟说要结婚，米歇尔当然也不反对这桩婚姻，因为他想趁机一劳永逸地甩掉这个讨厌鬼。他的未婚妻有点儿胖，由似乎疯疯癫癫的母亲陪伴着。至于其他的人，我就不认识了。这些人都主张把巴尔贝赶走。米歇尔没有把她去窑子的事看得太严重，但又不能由着一个孩子的保姆干这种事。他让来访者玩了一个小花招，这可能是因为他性格懦弱，但心肠好，做事又果断，或许因为我在前文中讨论过的奇特的无所谓态度。第二天我们全家出去游玩。我们分乘两辆汽车。我感到奇怪的是，巴尔贝没有与我们一起去。大人们告诉我，她马上就会赶上我们。

我回忆不起来我那天是如何度过的。我们晚上才回到家。我一进大门就喊巴尔贝，跑着上了小塔楼的楼梯。我们两个人的床靠在一起。她的床收拾干净了，也不知道她的被褥哪里去了。我跑到走廊里，头靠在装饰着深暗色铜版画的墙上。我最后走到诺埃米的房间，现在是米歇尔的卧室。他拉着我的手说，巴尔贝被她家的人叫回去了，可能要在家里住几个星期的时间。她的老家在比利时的哈塞尔特与荷兰的马斯特里赫特之间。他还叫我不要这样大声哭。在以后的几天里，我给巴尔贝寄了几张明信片，叫她回来。明信片上的字有很多拼写错了。她很长时间以后才给我回了一封很短但充满真情的信，告诉我她与哈塞尔特的一个农民结了婚。

巴尔贝永远地走了，我也慢慢习惯了。但我感到心情沉重，因为大人们对我说了谎话。从今以后，我不再相信任何人了，包括米歇尔。米歇尔很久以后才告诉我，由于我长大了，他怕我不分青红皂白地全盘接受巴尔贝堕落的生活方式，甚至模仿她说话的声调。他还告诉我，由于巴尔贝与塞扎尔坠入了情网，他怕他们在小塔楼里当着我的面干出淫荡的事。在他的担心中，还可能有点儿吃这个漂亮而自负的小伙子的醋。事实上，巴尔贝在小塔楼里给我的印象是为人很稳重，完全不像她在其他时候的表现。她在厕所里的浴缸洗完澡以后，手上拿着蜡烛台，光着身子穿过大房间，在白色的墙上映出她那高大的身影。她走到火炉旁边，坐下后先擦脚，再用浮石磨。她的脚指甲很长，脚趾互相叠在一起，脚上这里一块老茧，那里一个硬包，很难看。但是从她显示出来的身影看，她有两只丰满的乳房和微微下垂的肚子，体形很优美。

在巴尔贝离开之前不久，那只老狗特里埃就死了。它活了十二年，已经不错了，但这对于一只受到良好饲养的狗来说，不一定是最终年限。它受到了什么良好的饲养呢？这只狗先跟随着费尔南德和米歇尔神气活现地周游欧洲三年之后，成了我私人所有。它小心谨慎地守着我的摇篮床，跟在我身后在黑山城堡的路上散步。在蒙特卡洛，由于鸽子满天飞，它老是汪汪地吠个不停。在巴黎的布洛涅树林里见了鸭子也叫。它跟着我在海边走，还跃跃欲试地跳进海水里。我不记得它是否陪我去过斯海弗宁恩，受到了克莱芒和阿可塞勒的狗的恶意对待还是友好欢迎？可是在黑山城堡，诺埃米不让它进房间，怕它带钩的爪子把地板弄脏。这只狗的确老了。在它生命的最后几年，它与阿尔西德睡在马厩里，我每天早晨都到那里去看它。我给它甜食吃，与它呆上一会儿，但保姆总是觉得我呆得时间太长。我抚摩它一会儿，就被带着走开了。人们已经看出，我很听话。特里埃最后的日子过得很艰难。它像被饲养人员挑选出来的许多德国短腿猎狗一样，拖着长长的身子，很难看。特里埃患有脊椎病。它不能爬楼梯，但睡在下面的干草上，爬不爬楼梯没关系。它只能拖着四肢爬出马厩来看我，高兴得又是哼哼唧唧又是狂喊乱叫。它的臀部瘫痪了，只能在院子的地面上拖着身子往前爬，爬过的地方留下几道血印。它看见我那种高兴的样子使我惊慌失措：动物对人的爱表明，人虽然给予的很少，却被视为太阳。假如我年龄再大一些，我本来会要求把它昼夜留在我身边，努力给它一点儿温情。这种温情是临终的人和动物都需要的。但孩子是怯懦的。一天早晨，阿尔西德开了一枪，我甚至还没被枪声惊醒。在过去，这是结束一个长期处于生命垂危的可爱动物最简便易行的方法，不像现在可以采用注射的方法。“亲爱的姨妈，我写这封信是想告诉您，我太难过了，因为我的可怜的特里埃死了。”这是我写给我的残疾姨妈的信的开头，是我偶发异想才寄给她的。这也是我的第一篇文学作品，从而开始了我的创作生涯。

在这些一鳞半爪的回忆中，我还要在此谈一个不引人注意的奇迹，而且是在奇迹出现之后才被人意识到的：那就是读书的发现。当二十六个字母不仅仅是在白纸上随意组合、难以理解而且又不好看的线条的时候，那么，每一个字母就成为通往别的世纪别的国度的门户，使我们了解到在生活中永远遇不到的众多存在，哪怕只是一个将改变我们思想的思想，一个将使我们生活得更好的概念，这样，我们起码不会比昨天更愚昧无知。我从来没有小人书。我觉得塞居尔夫人[①]的粉红色烫金巨著是废话连篇，语言粗俗：她通过一个成年人讲的故事，对儿童进行污蔑和愚弄。我感到于勒·凡尔纳[②]的故事无聊，可能只有小男孩儿感兴趣。我爱读《白雪公主》、《睡美人》和《卖火柴的小女孩》，但这些故事是我在读书以前就知道的。给我讲这些故事的，有声调雄浑的男子，也有声音低沉柔和的女子。不久以后，我父亲又让我阅读

---

① Madame de Ségur（1799—1874），法国作家，作品有《索菲亚的灾难》等。

② Jules Verne（1828—1905），法国小说家，创作有《海底两万里》、《神秘岛》等科幻小说。

了许多“经典作品”；我在七至十八岁之间浏览了所有法国文学作品和起码一部分英国文学作品。为了追源溯流，我还学了拉丁文和希腊文。怀疑论者会说读书过早无益，因为儿童能读但不能理解，起码在最初几年是如此。我认为正相反，儿童能够理解某些内容，即使暂时不太理解的，以后也会理解，因此这样的教育必不可缺少。

但是，在不久以前的一次偶然机会中，米歇尔在一家书店买了一部著作，这是为大人写的书，内容新奇。是一个叫蕾娜-蒙特劳（但愿我没记错这个名字）写的理想主义的基督教小说，但我不知道她是天主教徒还是新教徒。小说讲的是公元一世纪中期耶稣信徒避难埃及的故事。我觉得这部作品（书名为《第九个小时以后》）现在好像被人们遗忘了。一个秋天的早晨，当我们正要离开黑山城堡的时候，我在米歇尔的床头柜上发现了这本书。保姆正在为米歇尔和我收拾行装，怕我乱拿乱动东西，就把我送到我父亲的房间。米歇尔也在收拾行李箱。十月的天气已经转冷，他叫我到他的挂着幔帐的床上，钻进绿鸭绒被子里。我拿起那本书，随便打开看着：书中大部分对话和描写我都不懂，但有几行我还是看明白了。讲的是有几个人坐在尼罗河畔（我知道尼罗河在地图的什么地方吗？），看着一只紫红色（我知道紫红色是什么样子吗？）的帆船顺风航行，背景是绿色的棕榈林和橙黄色的沙漠。我觉得落日的景色更加光辉灿烂；那几个人看着“帆船顺风航行”，至于他们叫什么名字并不重要。一种奇妙的感觉在我身上油然而生，而且非常强烈，我不禁合上了书本。在我以后四十年的有意或无意的回忆中，帆船在继续溯流而上，透过棕榈林可以看见火红的太阳正沿着悬崖绝壁下沉，尼罗河的水向北方流淌着。我将会看到，有一个灰色头发的男人站在甲板上哭泣。

爱情逸事

与让娜断绝关系，并没有使米歇尔对巴黎产生反感。他还时常在冬天去南方作短暂停留。我没有陪他去。他只是去尝试一种新“妙计”，但没有成功。赌博的病毒不只是寄生在蒙特卡洛。在巴黎，证券经纪人、交易所行情、透支贴现率，都对他产生了吸引力，以期填补自诺埃米去世以来明显出现的财源缺口。他想“搞商业”。这是可能的，但这是一种深层次的假设，而他本人并没有搞过。有许多迹象表明，他仍然爱着让娜，只要住得离她不太远就感到高兴，而且如果愿意，他打开镀金的铁栅门，就能看见塞奴斯奇大街。塞奴斯奇大街距离马勒塞尔布大道只相隔几幢楼房。但他没有那样做。

米歇尔在昂坦大街租了一套公寓。由于历史的变迁，昂坦大街改名为埃马纽埃尔三世大街，后来又改为富兰克林·罗斯福大街。公寓在二楼，房间宽敞。这座楼房现在已经被拆除了。我们的正屋与一条拱顶通道相通，外面朝向第一座庭院。第一座庭院里有黄杨树花坛。黄杨树修剪得很矮，形似百合花。这种布局可能体现了房屋主人的政治观点。有四个房间互相串联，在每个房间里都能看见这个四季常绿的花坛。其他五个房间都朝向第二座庭院，墙壁粉刷得略为逊色。庭院的四周是放杂物的地方，后来改为车库。米歇尔一反图舒适的常态，这次选择了那个显然是做客厅的主要房间，将带有天盖的床、写字台、两把皮扶手椅和几百本书籍全布置在里面。两把扶手椅放在壁炉旁边。

我的房间也对着那个庭院，相隔三个窗子。在我们来这里的前两天，对面那栋漂亮的楼房里发生了一桩丧事。死者是一家之长。我与两个保姆站在窗子前，听着锤子钉棺材的敲打声，真感到可怕。"好像是一个既有钱又有名气的人。"女厨子说。想象着这个既有钱又有名气的先生躺在棺材里的样子，不禁让人毛骨悚然。深夜，我被一个小男孩儿的呜咽声惊醒了。那实际是哭声。小男孩儿十三岁，是死者的儿子。我一直没有看见他，因为不久以后，他们全家都搬走了。我一个人站在黑暗里，也呜咽地哭了，然后又发疯似的笑，笑完之后又觉得羞愧。我难道没有良心？直到现在，我仍然很吃惊当时自己的反应。

对我来说，具有些许外省风情的巴黎不复存在了。住王宫饭店，在王后步行街和加布里埃尔大街漫步，去让娜家与克莱芒和阿可塞勒吃点心，玩游戏，所有这一切都是过眼烟云了。我们玩的是象牙棒游戏和跳鹅游戏。象牙棒很容易弄断，我们都屏住气，玩得很认真。（最后一次去玩的时候，看见花冠落在银水盆里游动着，我们也都屏住气。）我现在有了自己的家庭女教师。她是一个长得干瘪、动作呆板的布列塔尼女人。她当时不情愿地承认自己已经是七十岁的人了。她的光辉经历开始于教麦克-马洪[1]元帅的子女学认字，在以后的二十年中，她又做了一个年轻子爵夫人的女伴。子爵夫人也是布列塔尼人。她患了脊髓病，早对她的女主人的弟弟默默地怀有一

---

① Patrice de Mac-Mahon（1808—1893），法国陆军将领，曾任总统，镇压巴黎公社。

种纯洁的感情，女主人的弟弟也有同感。她把我带到糕点铺吃点心，她有时为了解馋，自己也要一杯香槟酒。她坐在小姑娘对面，用手绢擦着眼泪，点点滴滴地谈到自己过去的爱情。讲也是白讲。我不能理解，她这个被关节炎折磨得动作呆板的躯体，跟着我这个活泼的小孩儿是够不容易的；我也无法想象，这躯体里也曾有过一颗少女心。

除了算术，她什么也不教。她的算术也很差劲儿，因此，我后来不得不重新学。米歇尔教我语法，坚持让我在应用中学。英语与法语交叉着学，并用无穷无尽的阅读来充实。只要他晚上不出门，我们就读书。他给我读拉辛[①]、圣西门[②]、夏多勃里昂[③]和福楼拜[④]的著作。读阿纳托尔·法朗士[⑤]的《诸神渴了》和洛蒂的《吴哥朝圣者》，还与莎士比亚的作品穿插着读。有时遇到不好给我读的段落，他犹豫一下之后，干脆跳过去；但这无关紧要，因为读完以后他把书给我，让我自己看。他叫这位年已古稀的小姐带我在巴黎看一些名胜古迹。小教堂、克吕尼博物馆、无辜者喷泉和赎罪小教堂是我常去的地方。克吕尼博物馆里有古罗马公共浴池，里面阴冷。当我进去参观的时候，我的家庭女教师穿着紫色毛衣站在门口等我。荣军院的拿破仑皇帝墓当然也看。对这位小姐来说，这可是一个神圣的地方。她的祖先属于王族，曾经在皇家军队效力。我父亲叫她每个星期带我去卢浮宫两次。我每次去都看不厌。在九至十一岁两年之间，一种既抽象又非常肉感的东西对我产生了影响：我对颜色、人体形

---

① Jean Racine（1639—1699），法国古典主义剧作家，

② Henri de Saint-Simon（1760—1825），法国社会理论家。

③ François-Auguste-René Chateaubriand（1768—1848），法国外交家、浪漫主义作家。

④ Gustave Flaubert（1821—1880），法国现实主义文学家、小说家。

⑤ Anatole France（1844—1924），法国作家。

态和希腊裸体画颇感兴趣，对生活也产生了乐趣和荣誉感。普桑[①]的大树和克洛德·洛兰[②]的小树林在我身上生了根；达·芬奇的圣约翰和巴克斯站在岩洞口，手指着一种微弱的光线，我不知道是什么光线；我非常喜欢从帕台农神庙[③]的檐壁取下的小头像，我真想去吻它。

当然，我在观看几部大型戏剧和时髦戏剧的时候见过当时的一些名演员。我记不起是不是见过萨拉·伯恩哈特演的《雏鹰》，但我又见过雷加纳。我觉得《仓克列鸡》[④]滑稽可笑。我从穆内-苏利[⑤]演的《波利耶克特》发现了一个如同从地下冒出来的完好无损塑像似的人物邓肯国王[⑥]。他的确是瞎子，由两个孩子领路，在大谈什么洁净的天空，天上飞着燕子；他还向那些将要杀害他的人致意，因为他看不见谁是刽子手。我作为孩子，亲眼看见的巴黎，使我置身于过去几个世纪的溟茫时空之中。协和广场是与拉美西斯二世[⑦]和大革命同一时代的产物。巴黎有各种教派的教堂，颇具异国情调。我以后会有机会前往这些国家。在不同教派的教堂里，祈祷和唱圣歌的方式都不相同：穷人圣朱利安教堂和他的古叙利亚礼拜仪式，希腊和罗马尼亚东正教教堂，亚美尼亚教堂的木铃，在复活节上将大蜡烛连在一起，导火索一点燃，全都燃烧起来。（“要是能

---

① Nicolas Poussin（1594—1665），法国画家。

② Claude Lorrain（1600—1682），法国风景画家。

③ 雅典卫城上供奉希腊女神雅典娜的神庙。

④ *Chantecler*，罗斯丹（Edmond Rostand，1868—1918）的诗剧，以动物象征人的怪癖和贪欲。

⑤ Mounet-Sully（1841—1916），法国悲剧演员，《波利耶克特》为高乃依的悲剧，表现了基督教教义的伟大。

⑥ King Dancun，莎士比亚所著悲剧《麦克白》中的苏格兰老国王，被大将麦克白所杀。

⑦ Ramses Ⅱ（前 1304—前 1239），古埃及第十九王朝第三代国王，在位时扩建卢克索神庙。巴黎协和广场的方尖碑由埃及总督所赠，1836 年移自卢克索神庙。

这样生育子女有多好。”米歇尔若有所思地嘟哝道。）让娜和埃贡都是新教教徒，非常喜欢教堂的斯洛文尼亚语圣歌，带米歇尔去过达卢街的俄国教堂。一切都像在蒙特卡洛一样，我父亲让我观看了有趣的戏剧《奥特罗》。看过这部戏剧，像吃了一块光滑的粉红色冰激凌，但是他没有太强调这部戏剧为什么出名，只是告诉我历史上的几个滑稽可笑的人物，也没有做更多的解释。易斯沃尔斯基大使身穿礼服，手戴淡黄手套，拿着大礼帽向门的内哥罗老国王、门的内哥罗的两位公主和梅克伦堡-什未林大公夫人致意。国王头戴皮帽，正坐在他的新汽车里。两位公主很快就暴露出是阴谋的可怕策划者。大公夫人是储君的岳母，膝下半跪着一些女士，都佩戴着钻石和绿松石，手套的口开得很大，以显示戒指上的巨大宝石。在一九一五年久居英国回来以后，我还会在寒风中看见他们中的几个幽灵。

一天，米歇尔在走动着的人群中看到了埃贡。两个人相隔只有几步远。他们很不自然地互相点了点头。米歇尔尽管不承认，但他太喜欢让娜了，因此对埃贡不能不表现出一种苦涩的友情。无论是否被丑闻环绕，他和那个曾在斯海弗宁恩的路上与米歇尔谈了很长时间的年轻人没什么两样。

“您经常到这里来？”

“这里的乐曲与我创作的乐曲不同，但我喜欢。这种唱腔……”

这时，唱诗班高昂的低音传了过来。

“德·乐瓦尔夫人好吗？”

“让娜还是老样子。”

一列信徒排队走到他们钟爱的圣像前，点燃了蜡烛。他们俩被人群分开了。米歇尔怕我丢失在人群里，牵着我的手走下了楼梯。他讨厌与埃贡这样的相遇。他记得，在荷兰的时候，埃贡责备他不敢当着他的面直呼让娜的名字，说他是伪善。我们在楼梯下遇到了米歇尔的妹夫德·帕伯爵。德·帕伯爵答应与他一起从达卢街步行到昂坦大街，去我们家吃饭（这种良好的关系很快中断了）。德·帕伯爵以后宁死也不再去异教派教堂了。

米歇尔承认自己错了。他心里承认，在他经历过最初的讨厌和苦恼之后，罗马丑闻在他身上激起了一股粗俗的希望，相信让娜会抛弃名誉扫地的丈夫，然而，这位少妇所做的却完全相反。他事先为自己设想的幸福，是建筑在她的痛苦之上的自私自利的幸福。他那天的胡言乱语所产生的影响是永远无法洗刷清的。（他自称是混蛋。）但知道让娜对他有看法，反而激起了他对这个让娜的憎恨，她回答的“不”过于仓促，过于生硬了。她起码得犹豫片刻再回答他……发生这件事的前一天，在费德公爵大道上，她受幻象所苦，她找他，等他去救她，如果他知道这件事该多好啊。但这件事，他直到死也不会知道。当寄自罗马的玩具娃娃到达的时候，米歇尔一点儿也不为她在罗马专门抽出时间，为费尔南德的女儿买玩具而感动。他告诉我，他自作主张地把玩具送给了看门人的女儿。自此以后，他对这段狂热的爱情感到太厌倦了，然而他又觉得，这是他唯一理智的爱情。算了，还有别的女人呢。他越发听天由命起来。所有这一切，就像他用一块永不变质的金子换了一把闪亮的金矿砂。

人生的旅程就像银河系那样复杂。乍一看，这一连串的事件，这些约会，似乎没有什么联系，但仔细观察，却被一些肉眼难以分辨的线条串联在一起，似乎时而无处收笔，时而又在无限地伸延。从地点的角度来看也是如此。还是地图上的那一些黑点儿，还是那些老地方，不想去也得去，不喜欢去也得去。奥斯坦德对于米歇尔，几乎可以说是一个该死的地方，但也是命中注定的，不管愿意与否，在生命的每一个转折关头都会与之相逢。正是在那里，还是童年时期，他顺从地成为他父亲一段浪漫爱情的帮凶；也正是在那里，他十五岁的时候与他遇到的第一个妓女同床而眠。在两次开小差和流亡英国期间，他能轻而易举地把那里作为港口，偷渡去里尔看一眼亲人。正是在沙丘中孤零零的别墅里，他请一个素不相识的老太太允许头晕的贝尔特坐在她的藤条扶手椅上休息一会儿；后来，也正是这个善良的老太太见证了一件肮脏的悲惨事件，他除了费尔南德之外没对任何人讲过，甚至让娜可能也一无所知，但这件悲惨事件就像一只沉船的残骸，随时都会浮出水面。也正是在那里，老太太请米歇尔去她那里过为期一星期的复活节，以期减轻他的痛苦。他在那里遇到了费尔南德，费尔南德又将他介绍给了让娜。

这一次，可爱的老太太不在了，房子被一家荷兰人买去了。这家荷兰人正好要在比利时海滨买一套房子。比利时的税收政策没有他们家乡严。富勒格尔男爵夫人（这是一条新线索，但不如另一条保持得紧）是范·T夫人的远亲，为人轻佻，她们不经常来往。别墅粉刷一新，随着科内利亚·富勒格尔的迁入，为之带来了生气、愉快和喧闹。她丈夫沉默寡言，大小事皆不过问。她的三个女儿可爱漂亮。奥黛特三十多岁，在生活中我行我素。她与一个比利时人结婚不久就离了婚，是出身原因还是金钱的因素，人们不得而知。她既轻松，又表现轻浮。她也很迷人。米歇尔是在巴黎认识她的。她在十六区有一处临时住所。当她夏天去奥斯坦德附近看望亲人的时候，米歇尔也跟了去，还说服她带着旅行包和帽盒半路上在黑山城堡歇脚。传说她有半打情夫，当然米歇尔也是其中之一。这是恶语中伤。但这个小女人似乎逃过了《巴黎生活》杂志的闲言碎语，仍然属于上流社会，但换一个人，肯定保不住她现在的地位。她长期与显赫狡猾的法国L侯爵保持着联系。L侯爵靠着在海外的事业建立了自己的家产，获得了某种名声，也把她塑造成了一个地道的巴黎人：她与侯爵一起游玩，午饭吃在赛马俱乐部，晚饭泡在银塔饭馆。她经常穿着男装，一年中大部分时间陪着他去各地游玩。这种游玩其实就是冒险。她总是走在时髦前面，私下所欠巴黎名服装师的钱超过了侯爵的公开信贷；米歇尔觉得这件事很好解决。她为人活泼，爱笑，笑声尖厉清脆。她总是什么都想做，乘汽艇游玩，在咖啡馆听唱歌，彻夜不眠，大多数女人熬夜后会像她们的崇拜者献给的鲜花一样，一个个地发蔫儿，而她却光艳无比，米歇尔根本没有怀疑她是涂了脂粉。只是她说话的声音经常沙哑，说明她熬夜过度。

侯爵是个有原则的男人，在贝里的家中与妻子和四个子女一起过夏天。年轻的F女男爵（她又重拾家族的姓氏）既不是他的正式情妇，也不是由他供养的女人，在这个大事业家的生活中占有重要位置，但她一连几个月，甚至几个季节逍遥自在，他也不在乎。她身边颇有几个仰慕她的男人，也都是上流社会的人物，几乎长期与她形影不离。米歇尔也很快地被她接受。说真的，她分配给米歇尔的时间很少，只在五点钟的茶点到“穿衣”出去吃晚饭这一段时间，这对于一个付出如此心思与殷勤的情夫来说是远远不够的。我想，除了季普的一两部小说，她什么也不读；她去洪都拉斯和苏丹旅游之后只带回了几本滑稽故事集，但是用她的话来说，她“痴情”于这个几乎什么都懂的文人，或不屑写诗的诗人，把他看成天才，而且还精心地保存着“崇高的”情书。但是，她具有上流社会易激动并且夸大其词的怪癖，觉得什么都是崇高的，美好的。米歇尔心想，哪怕她是为了享乐，是不是也太轻佻了。

她是个音乐迷，但她的才华是舞蹈。在当时，具有异国情调的探戈舞虽然产生于“布宜诺斯艾利斯下层社会，还是颇有争议的新舞蹈”，但已经开始占据音乐厅的舞台，很快也占据了沙龙。她是最早敢于跳这种舞蹈的女人之一。晚上，米歇尔看着她在一家已经半空的俱乐部舞厅与一位“经常出入社交界的男舞蹈演员”一起跳这种舞。这位男舞蹈演员出场费为一个金路易。她滑步，扭腰，故意卖弄风情，既激昂豪放，但又适可而止，这恰像自己不说粗话，就不怕下流歌曲灌耳。她腰肢扭动，腰部线条曲折，几乎难以察觉，一直延伸至脚后跟，这使米歇尔联想到他一直迷恋着的古希腊塔那格拉城的小塑像。他是否还会联想到让娜在海牙跳华尔兹舞的情态？她嘴唇微开，兴致盎然，像腾空而起，在上帝面前翩翩起舞。这里与上帝无关，而是与美貌女子相偕出席晚会，就如同夏日之夜小憩于卡特兰牧场那样惬意。

这时，响起了一声更低沉的乐音。米歇尔为一个不再年轻的女子（她大约五十岁，而他已经五十八岁）燃起了激情。这位女子不一定漂亮，而且丑事绯闻接连不断。而且，她显然染上了重病，但求生的欲望十分强烈，这使得米歇尔不知所措。这是肉欲的激情，起码在开始的时候是如此。她的肉体具有病态的魅力，像一只酸而变质的水果，但是，性欲如若存在，会在米歇尔的身上唤醒或重新燃起更强烈的欲火。这种欲火是对存在的好奇，出自本能的仁慈之心。由于厌倦了别的女人，他越来越频繁出入可疑的阶层，遇到了一个颇有派头的女子。她是斯特拉斯堡一位银行家的女儿，由于厌倦了婚姻和乡间生活，一阵风似的离开了丈夫。她丈夫是马尔西尼司令，住在孚日兵营。这位钟情的丈夫躬身相送。她走了，几乎没带什么行装，将订婚戒指留在床头柜上，还把她认为过时的衣物送给了女仆；司令一直是多情的，将她的两只几乎空的只装着几束花的箱子寄给她。不幸的是，一个浪漫的举动不一定总会带来预期的效果：花寄到的时候，不是枯萎就是发了霉，在箱子的衬里上留下了一些黑斑点。从此以后，丈夫不再为妻子负担债务，也不为她的行为负责，但她继续使用他的姓氏，并且保留着一只镶嵌着真正的伯爵花冠纹章的戒指。当然，大多数人认为花冠是仿制的，姓氏也是假的。米歇尔对此一清二楚。司令在沙勒维尔附近有自己的土地，正好与费尔南德的土地邻近。新近结婚的朱丽艾特·德·马尔西尼认识我母亲费尔南德。我母亲当时还是姑娘。

我在琢磨米歇尔请一位女细密画家画的像。这位细密画家对模特极尽奉承之能事。但这幅画隐约地暴露了这个奇特的女人的某些特征。细长的鼻孔如同两个黑洞，使人有意或无意地联想到死人的脑袋，但灰色的眼睛有点儿斜视，在略显皱痕的眼睑下发着奇异的光；薄薄的嘴唇紧闭着，可能是为了掩盖长得不整齐的牙齿；颧骨突出，面颊凹陷。头发浓密花白，扑着粉，形同王冠，还别着两朵钻石小花，活像一位十八世纪的侯爵夫人。瘦削的肩上披着白鼬皮长披肩；衣服装饰着花边，袒胸露肩，一束帕尔马蝴蝶花掩盖着突出的锁骨下瘪平的胸部。米歇尔有时几乎是迷信地想，她被吸血鬼附了身，欲寻欢作乐而又力不从心：到豪华饭馆大吃大喝，首演，举办画展（尽管她对绘画不感兴趣），出席颇受好评的音乐会（尽管随着时间的推移音乐使她感到恼火），在不太感到痛苦的时候当然也要满足肉体的需要，以证明她这个不听自己使唤的躯体还能讨人喜欢，还能享乐。但她变得越来越瘦了；她爬上几道阶梯来到二楼的客厅以后，便瘫软在扶手椅上。她从父亲那里继承的公馆，还有许多仆人，管理费用已经超出她的支付能力，但她还得在那里勉强地支撑着。她找公证人像看医生一样频繁。她的东西被男仆偷走了；女厨子的饭做得很糟糕，米歇尔在来她这里用餐之前，习惯先到拉吕饭馆喝点儿汤或吃一盘炒鸡蛋。她勉强度日，因此，来来往往的客人对她的景况产生了怀疑。一些名声欠佳的女人吃着她的小面包，用“你”称呼她，而她却高傲地用“您”称呼对方。她儿子是在耶稣教会长大的，为了作出干一番事业的姿态，已经注册攻读学士学位，也住在这幢楼里。这幢楼房很宽敞，她经常调换着家具和挂毯摆放的位置；地毯商和木工就住在她家附近。一天，米歇尔来与他们吃饭，年轻的音乐爱好者马尔西尼拿出一张由埃贡·德·乐瓦尔签名的音乐节目单。乐瓦尔头天晚上刚在坡莱耶勒音乐厅演奏了一首乐曲。

“您没在门口冒着雨等他？”

“没有。我不太熟识他。”

朱丽艾特习惯地耸了耸尖肩膀。大学生不去上课，而与名人交往，这是他自己的事。米歇尔没有说什么。年轻的马尔西尼很漂亮。

著名的外科医生 X 教授给病人看完病以后，一个劲儿地喝波尔图葡萄酒。他把病情告诉了米歇尔：

“可以说，时间不会拖得很久。显然已经向腹腔上方转移了。部分十二指肠切除是可以的……手术有危险性，我的大多数同行不做这种手术。但面对一个有着强烈生活愿望的女人……”

“她那一天还告诉我，腋窝里也有一个肿块。”

“在她的这个年龄，腺体肿块的变化很慢。但是，要延长她的生命，哪怕延长一年，我刚才说了，手术非做不行。”

“您做手术要多少钱？”

“这种手术危险性很大，我想怎么也得两万五千法郎。总而言之，做这种手术，是有关我的名声的事。”

米歇尔的脸色都变了。在当时，两万五千法郎是一笔巨款，这对他来说是难以承受的。这要拿出黑山城堡的一块农场作抵押。他本想把黑山城堡的地产尽快全部出手，这样一来，难度就更大了。

“请您相信我。”

手术做了。前一天，朱丽艾特还与她的供应商讨论利用她不在家的时间把卧室和小客厅重新粉刷一遍。在医院住了几个星期以后，她觉得已经康复，就要求回家。她几乎下不了床，但是，她穿便服也像穿晚礼服一样讲究。她怕还未愈合的伤口有臭味儿，就喷洒香水除臭。米歇尔给她论升地买盖尔兰矿泉水喝。所有的家具上都摆满了蝴蝶花。她几乎不大吃东西，只吃一些浇上香槟酒的鱼子酱和牡蛎。还得靠服用吗啡减轻疼痛。

大学路的这段插曲到此结束了。她丈夫拒绝接受她的那份遗产；米歇尔对是否请拉科罗什收回那颗蓝宝石犹豫不决，这颗蓝宝石还镶嵌着钻石，她非常喜欢。他把蓝宝石交给了年轻的马尔西尼，尽管肯定他会把蓝宝石送到当铺。事实上，年轻人将蓝宝石用作抵押贷款。

米歇尔并有没感到很难过。他为这个女人所做的事超出了人们一般的期望。他以后很少再谈起这个女人。

一月末的天气还是阴沉沉的。奥黛特与她的侯爵去了索马里。米歇尔在她妹妹贝阿塔身边，多少得到了一些安慰。他认识贝阿塔已经很久了，但并没有十分在意她。小女子爱说爱笑，让无精打采但性情温柔的年轻女子黯然失色。贝阿塔嫁给了佛兰德一个有封号的家族后代之子为妻。这个家族曾经跟随年轻的查理·德·岗德远征西班牙。查理·德·岗德就是后来的查理五世[①]。阿尔布莱特·德·圣胡安·斯克特·范·德尔·贝格的姓氏中就反映了这个具有西班牙特征的家族的历史。像许多其他家族一样，他们想去新世界淘金，与一个英国勘探者的家族联姻。阿尔布莱特具有西班牙人的突出特征，装腔作势，从容潇洒，血气方刚，是典型的安达卢西亚人；人人都喜欢他，他也使人人开心。他有时也很迷人：例如，有一天晚上，我看见他穿着继承来的耶路撒冷骑士服装去参加一个

① Charles V（1500—1558），圣日耳曼帝国皇帝，生于荷兰岗德。

招待会。我不能肯定那是不是一次化装舞会。作为一个南美共和国公使馆二等秘书，他能常住巴黎，感到很高兴。在萧伯纳笔下的华伦夫人来此告诉英国观众，这里有国际豪华妓院存在的事实以后不久，阿尔布莱特认为这是有关名誉的大事，对所有情况作了全面了解：初出茅庐的少女的名单和价码、出入口以及巴黎与维也纳两城市之间美女身价的差异。

“亲爱的，”他对米歇尔说，“我真不理解你。你住在昂坦大街十九号，离你不远有一家巴黎最好最秘密的妓院。那里有许多女孩儿，还是值得一看的。”

“我不喜欢这样的娱乐方式。”

“你错了。美丽的姑娘，克雷门蒂娜。”他补充说。他噘着嘴吻着两个指头。这是西班牙人的习惯动作。

这样的丈夫不会碍手碍脚。妻子为他生了四个孩子以后，阿尔布莱特对她多少有点厌倦了，但在外人的眼里，他们的家庭是很和美的。贝阿塔金黄色头发，人很漂亮，在欧仁尼·德拉克鲁瓦大街有一个十分温馨的客厅。室内的装饰也与主人的美貌相衬。她既不寻欢作乐，也不想入非非。她对男人的情意虽然微薄，但既产生于内心，也产生于欲望。米歇尔受优待，每天都来，坐在长沙发上，或灯光下。米歇尔给她带来一些书，她读过几页之后就大谈特谈感想；她很可能只是谈谈而已。米歇尔给她一些小玩意儿，她也不拒绝：一块不太值钱的宝石，或一只十八世纪的针线包，但一被她拿在漂亮的手里翻来覆去地玩，其价值就倍增了。但她尤其喜欢散发着香味儿的花，特别是经过园艺师巧妙的嫁接之后仍然芬芳浓郁的玫瑰花。当她将鲜花贴近脸品味花香的时候，动作很像天使。米歇尔喜爱的，是她的歌声。她的嗓音略微低哑，但音调娇柔，演唱梅特林克的歌曲更是如此。梅特林克的歌曲短小悠扬，在当时非常流行。

“如果他再回来就好了。

“有什么话要对他说吗？

“就说我们等他。”

米歇尔无意地透过灯罩的玫瑰色光环，看着房间黑暗的角落。没有人等他，即使他回来，也没有什么可对他说的。

这三个女人对我的微薄体贴掺杂着漠然，如果说这种体贴存在的话。按照巴黎的说法，奥黛特永远把我看成“小姑娘”，“可爱的小姑娘”。马尔西尼夫人不喜欢孩子，孩子使这个常年生病的女人感到厌烦。我只去过她家一次。她的客厅很大，但光线总是不明不暗。当我走到她面前的时候，她站起来，走到一个大箱子跟前找什么东西，但没找到。她没有耐心找，便摁电铃叫她的侍女。侍女找到了，是一个椭圆形的真丝包裹，还捆着玫瑰色绦带。我照着她们的说法打开一看，是一只大巧克力球，球太大，我用手差点拿不住。大球里面装着几个小球，每个小球里面还装着几个更小的球。我向夫人道了谢，就被人带到另一个房间里去了。

贝阿塔更有温情一些。当我与父亲去她家时，她不是给我一包糖果，就是抚摩着我的头发。但我也照常立即被带到三楼的阁楼游艺室。露易丝是三姊妹中的老三，照看着五个孩子，其中有一个是阿尔布莱特的儿子，现在成了孤儿。她长得不太好看，起码没有她两个姐姐漂亮。但我们喜欢她。她为人热情，会讲有趣的故事，打谜语，侃大山，搞恶作剧。她的恶作剧没有什么新鲜玩意儿，而且很可怕。毫无疑问，数百年以来，荷兰的小孩儿在生活中都喜欢冒险，干荒唐事。我们有人装扮国王，有人装扮王后，但反戴着王冠，宝座也是用旧地毯搭在两把椅子之间，往上一坐就陷了下去。她还叫我们到一间黑暗的破旧小屋里找东西，说东西放在右边，但实际上是在左边；露易丝吓得从旁边一间屋里跑出来，那里有一只黑猫躲在壁橱里，看见她就张牙舞爪地向她扑去；我们去的房间里没有壁橱也没有猫，但我们被关在了里面。她对我们说“下雨了”，其实意思是“天晴了”。说反话的游戏几乎成了我们的暗语。这个女性的梯尔·欧伊伦施皮格尔[①]是个乐天派，内心里一直隐藏着对戏剧，尤其对音乐戏剧和古典戏剧的热爱和遗憾。她父母一直没让她登台演戏，她本人也认为自己没有这种才华。然而，她买了一些舞台道具，我们尤其欣赏那只仿造的匕首，用胸口一顶，匕首就缩进柄里。她用匕首扎自己，扎完后倒在枕头上，我们简直看得出了神。

奇怪的是，她经常装死，倒真的死了。她很晚才结婚，嫁给林堡一个非常有名的法官，过了几年幸福生活，后来因为脑溢血瘫痪在床，不会说话，只能呻吟。他们住在马斯特里赫特，丈夫很爱她，几个月以后精神错乱，一刀将妻子捅死，自己也跳进了从窗下流过的默兹河。这起谋杀案与自杀案竟是受人尊敬的法官所为，在全国引起了震惊，全国人民义愤填膺，似乎法官动摇了人们对国家司法界的信任，而没有想到他从未像那天那样有良心。

卡洛斯十岁了，长得很胖。我不喜欢他。塞尔日十三岁，是他的堂兄。他瘦身条儿，一头金发，我看着他用灵巧的手拆装着我们的颇为复杂的积木，真有几分眼花缭乱。但我觉得他很凶。我不喜欢他用绘画木炭在玩具娃娃的两腿之间乱画生殖器，他有时还把娃娃的两条腿捭裂了缝。其实，这是一个接近青春期的孩子心情烦躁的表现。约兰德是贝阿塔的大女儿，已经十四岁，几乎像一个成年女子。我喜欢她的二女儿法妮，她十二岁，比我“大”两岁。我从来没敢对她说我钦佩她。我后来又从几个西班牙圣像上发现了她的

---

① Till Eulenspiegel，中古时期德国民间故事中滑稽的魔术师。

这些特征，绿眼睛，波浪式的头发和自豪的眼神。但是，我却与和我同岁的贝阿特利克斯形影不离。我们一起在欧仁尼·德拉克鲁瓦大街小花园里的草地上打滚，夏天在奥斯坦德附近的别墅周围玩。那一年，我父亲又一次带我去奥斯坦德小住了一段时间。那里沙丘很高，草很锋利。我们一起拔草玩，蹭得浑身痒痒，不小心还会划破手，有时划破皮肤，直往外冒血。有一天，我们学着露易丝玩恶作剧，用红漆在膝盖和胳膊上涂上很大的伤口。贝阿塔差点儿被吓晕了，但露易丝哈哈大笑起来，这才使她放了心。另一方面，我与贝阿特利克斯亲近，他搂着我，我们耳朵咬耳朵地说悄悄话。这引起了大人们的担心，就不动声色地把我们分开了。这是对孩子天真无邪性格的误解。我第一次有了与我同年龄身高相似的同伴，而不再是来黑山城堡玩几天并无交情的表姊妹。或者再往以前追溯，还有圣让-卡佩尔的孩子们，他们与我一起从长满草的斜坡上滚下来。当铁栅门敞开的时候，我们还进去摘尚未成熟的苹果吃。我这才开始明白，只要是一个与我们同龄的人，不论是男是女，就可能爱他，也可能恨他，可能与他打架，也可能拥抱他。对我来说，克莱芒和阿可塞勒只是很小的孩子（“您看，我在当时已经很懂事了。”克莱芒把过去的照片拿给我看，他说，“我已经吻您的手了。”），就像我当时也只是一个很小的女孩儿一样。这一次，我来到了从童年进入成年时期的一些混乱区域，在那里，一旦进入舞会，就别想再出来。

我还有父亲当年的一张快照。他正与刚去非洲旅游归来的奥黛特穿过香榭丽舍大街。米歇尔身材高大，腰杆挺直，穿着在伦敦定做的衣服，很英俊，随着年龄的增长，人也越来越潇洒。他迈着大步，走得很快，而奥黛特穿着紧下摆的裙子，两个人的脚步很难合拍；奥黛特还戴着那年春季的时髦大帽，帽檐蹭着米歇尔的肩头。他们显得很高兴：少妇有着时装模特的漂亮相貌，米歇尔能陪着她散步，感到十分自豪。奥黛特对有这样的朋友作陪也觉得很满意，正像她所说的，他“出身高贵”，与他在一起，L 侯爵如果看见也不会说她有失身份。这个时期相对来说是短暂的，再过几个月将随着一个响雷宣告结束。在此期间，我对米歇尔的看法发生了一种变化，类似的变化还教会我分辨甚至判断一起与我玩耍的伙伴们。我知道，我算是白与贝阿特利克斯嘴对嘴亲吻了，我在玩游戏的时候有时会把他忘掉，而去找另一个更可爱的女伴；我知道，约兰德虽然以贵妇的气度给我留下了好印象，但她对我们和狗都是很凶的；我知道塞尔日漂亮，但他让我感到有点害怕。这种新的敏锐感可能还是一种收获；但与孩童时期好思索的特点相比，肯定是一个损失。米歇尔的所作所为被判断着，被仔细地观察着。我已经意识到，他不再完全是一个有着房地产穿着乡巴佬服装的父亲了，不再是一个每天早晨带着我围着公园转大圈子的父亲了，不再是一个还得花上很长时间为我放羊的父亲了。他也不再是一个每天出去吃晚饭之前还得提前一个小时回家看着我背希腊文字母，修改我的拉丁文变格作业的父亲了。他更不是（但这样的回忆还是绝无仅有的）这样一个有点儿心神不安的男人了：一个夏天的晚上（我当时大约五岁），他坐在黑山城堡偶然起用的客厅里，让发低烧的我躺在他的双膝上，唱着摇篮曲设法让我入睡。摇篮曲是瓦格纳为沃坦[1]谱写的，当沃坦让被火焰围困的女儿布伦希尔德陷入沉睡的时候就唱着这首摇篮曲——多，多，孩子，多……但他不是瓦格纳，唱的声音很低，唱腔略微沙哑，而且肯定也没能对我起到催眠的效果。于是，我慢慢地并且怀着一种苦涩的心情发现，那些在米歇尔身边不停打转的少妇不仅爱慕他，而且奉承他。

① Wotan，又称奥丁，北欧神话中的众神之王，世界的统治者。

他开玩笑，逗得人们直笑；他说风趣话，人们也笑着听；他与别人交谈，能对答如流。在巴黎，人们信任他，与他一起去富凯美食厅。他不自个儿去。或者像贝尔特和加布里埃尔在世的时候一样，还去一些小剧院。在沙丘别墅，他看人们玩字谜游戏。玩这种游戏时，兴高采烈的富勒格尔女男爵让客人披着披肩和天鹅绒门帘，打扮成滑稽可笑的样子；他甚至还亲自参加，更增加了活跃的气氛。他长时间呆在赌场，上午喝波尔图葡萄酒，晚上看小歌剧，然后吃清淡的配香槟酒的夜点心。他只不过是上流社会的一个男人而已。我还觉得他读书比以前少了，或者仅仅读来自巴黎的报刊，而且一收到报刊，连拆封条也是匆匆忙忙的；但我觉得，他看交易所市价表的时候没有那么焦虑不安了。

中午时分，年轻的美女和朋友蜂拥而至，躺在沙滩上。他们穿的游泳衣是当时最开放的，但皮肤的裸露还是羞答答的。一天，奥黛特大胆地穿了一件白色紧身游泳衣，简直像一个仙女，或者像伯拉克西特列斯雕塑的芙莱妮[①]。但白色紧身游泳衣一沾水便完全贴在身上，就显得更加透明。米歇尔不得不走到水边，献殷勤地递给她一条浴巾，以免引起游泳者和过路人的反感。

也就是在这段时间之前不久，我开始做了两件不光彩的事。第一件是偷窃。卡洛斯将他收到的一份生日礼物小纸牌拿给我看，在此之前，从来对纸牌不感兴趣的我竟然喜欢上了。我偷偷地把小纸牌拿走了。在乘出租车从欧仁尼·德拉克鲁瓦大街到昂坦大街的路上，我觉得装在我的小包里的五十二张小纸牌的分量越来越重。回到家，我刚刚走上楼梯就呜咽着摔倒了。女仆吓坏了，赶忙跑过来叫人打开房门，几乎是把我抱进房间里的。我还是一个劲儿地哭泣。

---

① Phryne，希腊名妓。

米歇尔过来了，我把犯罪的事实告诉了他。“得了，得了，”米歇尔说，“明天上午给他带去就是啦。”我照办了。两个堂兄弟正在搭一条电动铁路，还配备了三个等级的车厢，安装了红绿灯，用纸板设置路障和地下通道。我不知道自己结结巴巴地说了些什么，卡洛斯把小纸牌接过去，放在一个桌子角上，也没问我是偷走的还是无意中拿走的。

第二件不光彩的事是说谎。我不认为我是爱说谎的人，然而我虚构了一个故事。一天晚上，我告诉保姆和女厨子，米歇尔刚刚给了圣胡安夫人一大束金玫瑰花，说得她们瞠目结舌。然而，这只是一束黄色玫瑰花。保姆和女厨子很反感，但并不感到惊奇：谁都知道，先生送礼出手很大方。不出意料，事情让米歇尔知道了，他疼爱地对我说：

“这是说谎，让娜·德·乐瓦尔永远不会做这样的事。（你还记得让娜·德·乐瓦尔吗？）你知道，那是一束鲜花。为什么要说是金的呢？”

“为了说得更好听一些。”我低着头说。

“让娜知道，只有说实话才是好听的，”他说，“你应该记住这一点。”

我真想告诉他，按照他所说的，根据照片和我的模糊回忆，让娜很漂亮，她不需要用乱七八糟的缘带扎在身上美化自己。这两件事本来会引起我对这个太完美的女人的仇恨，但使我感到高兴。米歇尔从来没有以教训的口气对我说话。他相信一个出身高贵的人是不会作恶的，即使摔倒，也会马上爬起来。从某些方面来说，他是对的。我觉得，我天生需要的不仅仅是学习，而且还要自我完善，每天都强烈地希望做得比头一天更好。但我不知道这种需要从何而来。米歇尔亲口告诉我的让娜的这几句话为我指明了方向。后来，我又听到了一些比任何忠告都让我感动的话。假如身在远方的让娜没有对我进行过培育，我肯定将会是另一个样子。

可以从中得出这样的结论：这个年轻的女人拒绝了米歇尔的要求，不仅刺痛了他的傲气，而且伤害了他仍然对她怀有的爱情，但由此给他造成的创伤慢慢地愈合了。就像人们看到的那样，好像根本没那回事似的，但怨恨与敬佩似乎是两码事儿。越是敬佩，就越怨恨。人们会说，一个被爱着的女人，即使招致他人的愤怒甚至憎恶，她的形象就像夏日暴风雨之夜出现在天空的月亮，因为是从冥蒙的低云层升起的，会显得更加高大，更加光辉。

我又见到了她。我们在一家新旅馆住了两个星期。新旅馆遮住了沙丘别墅的视线。那里好像是奥斯坦德的延伸，地处偏远，有一个孤寂的很小而且不太像样的豪华浴场。米歇尔让一个女仆陪我坐火车到布鲁塞尔小住一天，去看望我的残疾姨妈。那正是姨妈的四十三岁生日。这是我最后一次去看望她，尽管她以后起码又活了十年。但是，与让娜及她丈夫失和，这在某种情况下切断了我们去荷兰的路，而且在黑山城堡出售以后，我们永远地离开了北部省，还有即将爆发的战争，这对我们来说，比利时不存在了，好像它从来就没存在似的。我只是在十六年以后才再一次看到海牙和布鲁塞尔。我姨妈为来向她祝寿的女士们举行了一次茶会。茶会在露台举行。残疾姨妈喜欢露台，她很少离开这里。桌子上铺着台布，摆放着绣花餐巾和重大节日才使用的瓷器。盘子里是美味的点心。人们匆忙地给我穿上“做客时才穿的连衣裙”。客人多数都是中年妇女。也有上了年纪的，都是女主人的亲属或老朋友。由于姨妈是残疾人，她的年龄看上去比实际年龄要大出二十岁。客人都穿着古板的礼服，不是连衣裙就是套服，还饰有花边及其他各种装饰，我觉得她们都是些有点儿过时的人物。让娜也在场。她去海牙看过母亲后，中途在布鲁塞尔停留，为我姨妈祝寿。埃贡没与她一起去。她还没有变样。她戴着大帽子，帽子上既没有插鸵鸟羽翎，也没有鸟形饰物，容貌依然如旧。按当时的礼仪规范，一个讲礼仪的女人坐姿都是双膝稍微并拢，手套半脱，而她却把手套脱下来放在桌子上，交叉着腿，这似乎赋予她一种洒脱自如。但这种姿势使人感到惊奇。她穿着到膝弯的银灰色短裙，斜开着口，露出了几厘米长的薄长袜和矮筒靴，而不是当时大多数女人穿的带纽扣的高帮皮鞋。她向我伸出双臂。我高兴地扑到她怀里。她对我出自心灵、内心和身体的吻，立刻又使我享受到了过去的那种平易近人的亲密感，尽管我们的离别才仅仅四年，但对我这个年龄的孩子来说，这等于我的半生。我本来还要对她丈夫说几句话，这个年轻人过去经常帮着我在海边沙滩上建筑城堡，城堡刚建好就被海水冲走了。但有她在场，我就心满意足了。大门铃响了，又有什么夫人来了。我被带到了一边。我并不感到不高兴。只要知道她还是那么漂亮，还是那么仁慈就够了。

大地在颤抖
（一九一四年——一九一五年）

今年巴黎的春天到七月才结束。我从来没有觉得这个大城市的气氛如此令人感到轻松愉快。对此，当时的其他作家会比我描述得更好。剧院里的早场演出，俄国芭蕾舞好戏连台；我太年轻，还不能追逐时髦，甚至不知道舞蹈演员的名字，但有许多东西引起了我更大的兴趣。吉美博物馆[①]很像东方市场，没有现在那种雕塑馆呈现给人的教科书式的美，然而展品丰富，能满足我的儿童欲望；有加耶从安蒂诺波利斯[②]带来的埃及前王朝时期的木乃伊。木乃伊好像在消失之后，又从沙漠里钻了出来，几十年之后，我将去这片沙漠中漫游；还有印度佛像，我以后也将游历印度。有一排日本屏风是我后来再也没有见过的，使我终生难忘。米歇尔虽然不喜欢古典音乐，但出于尽义务，还是带我去听了几次，格鲁克[③]的咏叹调使我懂得纯正的音乐是存在的。米歇尔似乎暂时放弃了与女友的往来，将自己的女儿当成了小伙伴。我只是一个十岁的孩子，但有点早熟，我的眼睛和鼻孔灵敏，嗅出了“战前最后时刻的美好时光”。

米歇尔继续搞“个人事业”。有两个男人，穿戴非常引人注目，但我觉得他们粗俗，多次来我们家与他商谈。七月中旬，他几次去银行回来之后，意外地发现桌子上的金币越来越少了，好像是被积存起来了。

黑山城堡的出售几乎是悄无声息地进行着。在他母亲去世之前很久，米歇尔就发誓“尽快出售”这块让他充满痛苦回忆的产业。当地的公证人虽然不同意这种出售办法，仍紧张地进行着这方面的工作；但是，在取得继承权之前，米歇尔就经常用一些农场作抵押以获得高利贷，这就使问题更加复杂化了。正好有一个企业家想购买地产，并承担全部欠账，而且出价很高，米歇尔看也没看契约就签了字。我在黑山城堡生活的时间不长，它对我来说，已经变成了遥远的回忆。金角山羊、绵羊、小驴和母驴，我现在还记忆犹新，那时都暂时地丢在了一边。但是，出售城堡之事在村子里引起了轰动。农民不太喜欢变化。他们更不喜欢摊放在草地上的旧衣服、穿破的开司米毛衣、过时的煤油灯、诺埃米的一件裂了口的鲸鱼皮短上衣、毫无价值但还可以作为收藏物的器皿、我的那些已经记不得的玩具，其中包括一个由笃信宗教而且富有的堂姊妹送给我的用电灯照明的卢尔德山洞。米歇尔对这种做法没过问，具体事宜都是他儿子一手操办的。

相反，一些“漂亮的”家具，真假难分的路易十五时代的安乐椅、银器、东方地毯、过时的水晶吊灯、五代以来留下来的几包耐用衬衣和祖祖辈辈遗留下来的可以确认和无法确认的肖像，都被这个儿子放在储藏室。米歇尔让他全权负责处理善后事宜。（“这些老古董对我有什么用？”）米歇尔再没有看见这些东西。十五年以后，我又在米歇尔-约瑟夫刚修建的一所房子里见到了这些玩意儿。他很高兴让我看到了这些家具。遗产是根据《撒利克法典》和《长子继

---

① 巴黎的东方艺术博物馆。
② Antinopolis，埃及尼罗河畔的城市。
③ Christoph Willibald Gluck（1714—1787），德国古典主义作曲家。

承法》处理的。他根本不知道米歇尔财产的情况。他可能以为米歇尔留给我等额的金法郎。

米歇尔知道花钱如流水，因此在卖掉黑山城堡以后，他提议起码将一部分资本直接投入他称之为“时机”的事业之中，在沙丘别墅附近购买一套不久以前修建的新艺术别墅。是他父亲过去把他引荐到那里去的。那里是一个小上流社会，房产价格直线上升，也为他提供了一个从秋初到秋末的度假场所，可以与妻子、年幼的孩子、岳父母及连襟在那里休息。其中起码有一个是大使，在他的居住国取得了一块用于社交的场所，这是他直到当时以出售汽车的办法未能获得的。米歇尔甚至还签了一张购买车库和仆人房间的支票。从某种意义上说，这是他的告别赠礼。比利时的海岸受到附庸风雅潮流的感染，使他感到厌烦。沙丘别墅在那一年关闭了，其实，他自从经常在巴黎见到奥黛特和贝阿塔之后，就对它失去了兴趣，再说他对这两个年轻女人的兴趣多少也有些降温。

在此期间，我开始喜欢旅游。贝阿塔和她的两个小女儿在丹麦的默恩岛度假。阿尔布莱特曾经任驻哥本哈根公使团秘书，她们喜欢默恩岛。米歇尔同意去做短暂逗留，这可以使他重温过去在北方群岛与贝尔特和加布里埃尔一起漫步的情景。他首先想到的是驾驶着他的最新梦幻号游艇游玩（这是个小布尔乔亚式的名字，他没有必要更改）。游艇是他上一个季度与让娜在斯海弗宁恩期间购买的。这个倒霉的梦幻号的名字的荷兰文是 Droom。梦幻号现在从奥斯坦德起航了。在此之前，米歇尔只驾驶梦幻号与奥黛特作过短程航行，或为了让我高兴，并进行预防性晕船的训练，还带着我在离岸不远的海域游玩。这艘游艇简直是一条被遗弃的狗。米歇尔曾经考虑用来换一幢更豪华的住宅，以弥补对他爱着的女人的思念之情。这个想法成了泡影，而米歇尔对游艇的兴致也因此淡漠了，就像他在两个妻子去世以后对骑马不再感兴趣一样。在我们追求生活乐趣的每一种方式背后，都有一个或几个人作为支柱。人们不会在空旷的原野上长时间地孤身驰骋；人们不会独自在海上长时间地曲折航行。这一次，我们经过德国海岸直奔默恩岛。我们在比利时海岸停留，只是让米歇尔有足够的时间出售这艘不幸的梦幻号，并且去看一眼在一九一四年七月还没有变得荒唐的新“房产投资”。我们已经对这座建筑谈得太多了。这座绿色的建筑装饰着金色的向日葵，很神气，但在半个月以后就变成了一堆废墟。

我们要在那里住几个夜晚。米歇尔占了整个二层的大房间。我住的是一间狭长的凹室，外面有一个小阳台，面对着大海。白天天气闷热，夜里风大而凉爽。我的房间与大海只隔着一道狭窄的沙堤，夜间，大海掀起巨大的波涛，像一个个坚硬的大黑石块，汹涌着向我奔腾而来。浓云密布，云头低垂，就像我过去看过的《麦克白》中被妖婆盘踞的荒野，但更好看；我不知道这浓云来自何方，到何处去，只见月亮时隐时现。落地窗突然被风吹开了，海风灌满了整个房间。我走到阳台上，衬衫被风卷起，我觉得自己像沙滩上的一根麦秆。我费了很大的劲才把窗子关上，以免风吹进旁边的房间。风声和涛声都减弱了，只能听见从烟囱里发出的像猫头鹰嚎叫似的声音。房间里就我一个人，我像被封闭在盒子里的玩具娃娃，与可怕的世界隔绝了，孤单地被包围在黑夜之中。在我的背后，在新砌的墙壁的另一边，爆炸性的新闻顺着电报线路飞速地传播着。人类世界在颤抖；奥地利的一位大公刚刚到达萨拉热窝，竟也成了一只猎物，就像死在他手下的一只驼鹿或狗熊。我后来在他的波希米亚城堡见到他打猎的战利品，感到恶心。他的死，欧洲几乎没有人知道是什么原因，然而将九百万人推向了死亡。不但我不知道，就是我周围的大多数酣睡着的人也没有察觉。“我看见夜空凄惨，月亮在乌云中奔跑。”我后来借哈德良之口说出这句话，最早却是在这时想到的。我隐隐约约地觉得，事物的无秩序寓于秩序之中。我还不能完全相信，萨拉热窝战火引起的后果也是如此。

从那以后，到处一片混乱：以分钟甚至以小时计算的时间似乎显得太短，难以容纳那么多的事件。

我们听到的钟声像可怕的瘟疫，从法国的佛兰德地区传到比利时的佛兰德地区，但记不得是在那天早晨还是第二天早晨。人们的反应是无限的恐惧，彻夜不眠，而且束手无策。每天清晨，人们手上端着咖啡，趴在报纸上贪婪地阅读着新闻，就如同现在的新闻媒体散布的全是原子弹爆炸或环境污染的消息，说不定哪一天人们就会命归西天。最善于观察形势的人发现，按月租用的旅馆和别墅里的德国人不见了；作为一家之长的丈夫或父亲也走了。大学生的互相决斗不仅自己伤痕累累，而且也经常弄得他们满面伤痕，这在当时还是一种时尚；但是，他们第一批走了，很少有妻子和子女陪同，也很少带行李。人们看到的是草菅人命的帝国又一次犯下的罪行，乔装成海滨浴场救生员的士兵也被帝国召回去了。第二天，劳尔大使夫人乘坐着塞满军人的俄国火车，经过五天旅行回到了国内。说得更确切，她是比利时驻波斯公使夫人，因为战前还没有向小国派驻大使。这没有关系：赌注已经下了。在差不多半个世纪的时间里，每个国家的政府都在密谋编织一张覆盖欧洲之网，而且这张网还通过殖民地覆盖着整个地球：锡克人、僧伽罗人、塞内加尔人、安南人，都成了灰白皮肤人种争夺的牺牲品；一些法国银行家纷纷向俄国借款；各地的工厂都储备钢材，加足马力生产，用其产品去消灭无名者的肉体；新闻报刊每时每刻都在散布谎言。一些令人厌恶的核心小集团已经形成：狂妄分子手持卡宾枪沿河巡逻，去搜寻可能根本就不存在的间谍。保姆给小女孩儿找事干，叫她们洗旧纱布团，就像在七十年代的晴好日子里做的那样。然而，有一件事让人感到精神振奋：八月，巨大的钢铁怪物在离河堤不远的浓雾中出现了；人们相信得救了；英国守护着我们。谁也没有想到，在第一批德国先头部队到达之时，整个海岸线就成了两军对峙的前沿阵地。

米歇尔是第一个被惊醒的。必须逃命。但通往里尔和巴黎的公路被切断了；火车不通了。汽车还可能通行；但米歇尔没有汽车，连辆破车也找不到。人们猜想，是因为有一辆车在敦刻尔克或贝顿的公路上抛锚，弄得箱破马亡，人们只好徒步逃命，因此造成交通堵塞。

就连忠于职守的小型有轨电车也不能开了，因此只好有选择地带上一些箱子，步行去奥斯坦德。我们深夜起程，以便在天刚破晓之时到达港口。天空漆黑；月光下空无一人的别墅似乎一片惨白。我们一行人不多，是临时凑在一起的。有米歇尔、他儿媳妇、我、两个孩子。约兰德刚刚结束在布吕赫英国女修院的教育，还没来得及与家人团聚；她穿着一双小鞋，双脚磨得疼痛。后来又增加了卡米伊、一个英国女人、胖厨子多罗泰和X表兄。卡米伊一头红棕色头发，喜欢开玩笑，是残疾姨妈的奴仆，她被借给我父亲专门照料我。英国女人相貌平平，负责照看我的两个年轻侄子。X表兄也是平庸之辈，我小的时候，他给我照过相，现在也不可能回家乡里尔了。米歇尔-约瑟夫几天以前就出发找部队去了，但没找到，或者又走散了。他在英国赶上了我们。

看到这些人，我不知道他们各自有何感受。我当时还分不清战争和冒险之间有什么区别。这次逃难给我留下的印象，就像一次夜间的散步。

我们一眼就发现，无法再上梦幻号了。配件都旧了，根本没有时间配齐全套用品。而且，辅助发动机也生了锈，必须彻底清除。

没有辅助发电机就无法进出港口。

我们上了最后一班正待起航的大型客轮；梦幻号由一艘平底驳船拖到多佛尔。这是我第一次真正地越洋过海，也是我第一次经历的与其说是恐惧毋宁说是惊愕的遭遇（这里用的形容词太强烈，而我的感受太表面，也难以形容），与战争的后遗症正面相遇。德国军队已经接近荷兰，卫塞、列日和比利时的林堡与荷兰的联系被切断了，人们糊里糊涂地向着大海的方向走去。有时遇到卡车还能够搭上一程，但在下一个路口又被抛在路上。许多人来自一些半城市半农村的小居民点。在比利时，有些地方的居民点经常有着布尔乔亚的特点。另外一些人是种地的农民。大部分人都躺在桥上，其中多数是孕妇。大自然对繁殖生命的女人来说并不友好：她们好歹都穿着旧连衣裙，挺着大肚子，肚子里孕育着不幸的生命，不仅悲惨，而且更滑稽可笑。有的头上裹着头巾，有的裹着围裙，浮肿的脸在阳光下显得煞黄。她们枕着包裹当枕头。蒙斯天使[①]的故事和被砍断拳头的儿童的故事已经开始流传。人们可以怀疑天使。人类的本性就是如此。相反，暴行肯定是被新闻媒体庸俗化了。新闻媒体就是要寻找可怕的事情进行宣传。但弄巧成拙，人们反而不再相信了。突然，在离海岸很远的地方出现了一群海豚，正在客轮前方斜穿而行。

十几只闪闪发光的庞然大物欢快自由地游动着，根本不知道这只可怜的人类方舟里的逃难者是些什么人。在这些日子里，已达数百万年高龄的人类世界显得还是那么年轻，孕育着各种各样的神灵。海豚是高尚的群种，比地球上其他群种更聪明，身体舒展自如，随着波涛的起伏游动着。我当然知道，希腊的小田园诗中讲述的好像

① 传说第一次世界大战的蒙斯战役期间，众天使出现在英国部队中。

是海豚与人类相亲相爱的故事，而我们对这些蹦蹦跳跳的海洋之神已经犯下和将要犯下的罪行比任何时候都多。我知道，我们对大自然的破坏，同时也证实了我们对人类本身的破坏。我现在知道，在这个时代，海豚的神奇出现就是一个没有阴影的主显节①。

我们在多佛尔下了船。我从船上往下看见的是英国海关官员和人群中一张张怜悯的面孔。对他们来说，“可怜的逃难者”又是一件新鲜事。而对我们来说，同情不会持续多长时间。倒霉的梦幻号在我们到达以后不久也抵达了多佛尔，被割断缆绳，沉入了入海口。“得付钱，得付钱，得付钱。”一个让·科克托②笔下人物式的人在什么地方说。米歇尔还得交付清理障碍物的费用。

在伦敦的火车上喝着茶，吃着饼干，我感到很惬意。我们都挤在查令十字旅馆。对几个世纪以来还不了解英国首都的法国人来说，这个旅馆的房价是昂贵的。我还记得，旅馆的走廊宽敞，红色的窗帘沾满了浮尘。

随身带来的包裹都捆得乱七八糟，箱子还张着口。我和约兰德被带进一个小房间。约兰德一直不把比她年纪小的孩子放在眼里。我在此也不想提那件似乎淫猥的小事情，但是，后来发生的事情证实了我本来持有的而现在还引起很大争议的关于肉欲的看法。肉欲是我们未来的主宰。那天夜里，我睡在约兰德的狭窄的床上。这是我们当夜仅有的一张床。我本能地预感到，我在生活中产生的间歇性肉欲感和随之而获得的满足，使我一下子发现两个相爱的女人应该采取什么样的态度和必要的动作。普鲁斯特谈到过心脏跳动的间

① 基督教纪念耶稣在降生后首次显露给外邦人的日子。
② Jean Cocteau（1889—1963），法国作家，法兰西文学院院士。

歇性。但有谁谈论过肉欲尤其是性欲的间歇性呢？幼稚的人认为这是性反常。性反常如果不是人为产生的，就是深深地刻印在肉体的某个部位的，是永恒的，是无法克制的，是不祥的。我的这种性欲真正产生是在多年以后，而在这期间反复地出现与消失，直到被遗忘。这个约兰德还真有点儿难对付，她很和气地告诫我：

“有人告诉我，干这种事不好。”

“真的吗？”我说。

我没再说什么，挪开一点地方，躺在床边睡着了。

又发生了一段插曲，但是很难讲清楚。米歇尔通过一家房产公司，在郊区离帕特尼不远的地方找到了一所很好的房屋。那里还有一座花园，与其他花园相比显得不那么庸俗。这所房屋还有一段故事。最后住在这里的是相依为命的姐妹俩。妹妹瘫痪了。姐姐出于同情，最终结束了病中的妹妹的生命，就像几年以后露易丝·富勒格尔的好心丈夫在马斯特里赫特所做的那样。这个疼爱妹妹的谋杀犯在不太为人所知的精神病院度过余生。她可能还在这家精神病院里。故事是悄悄流传的，这可能是他用优惠价租下来的原因。在房屋不多的当时，这个优惠价是绝无仅有的。米歇尔和我几乎不大住在那里：连续两年的夏季天气晴好，我们差不多全天在附近的露天场所度过。那周围有几百公顷草地，还生长着蕨类植物。里士满公园里长满了古老的橡树，还有成群的鹿和松鼠，与游人亲切相处。晚上，米歇尔喜欢郊区的一家小旅馆。那里的茶点丰盛。或为了公平起见，又到城里，随便在一家里昂饭馆吃两个荷包蛋，而不喜欢维多利亚时代建造的帕特尼。

难民的生活过得十分艰难。米歇尔–约瑟夫从部队回来以后，在比利时驻伦敦的一个检查站找到了工作。他对检查工作似乎感到满意。女厨子多罗泰因为自己的手艺无用武之地而感到苦恼，用茶壶喝黑米烈性啤酒，聊以浇愁。用茶壶喝啤酒被认为比用啤酒杯喝更体面。脾气暴躁的卡米伊自以为不用再受米歇尔-约瑟夫的使唤，便把他吩咐她擦鞋油的皮鞋扔出窗外。脸色阴沉的小姐受到了夫人的无礼对待，又没有情人相伴，因为她的相貌不讨人喜欢。在那段时间里，由于潜艇战还没构成多大危险，约兰德去荷兰找亲人去了。X 表兄在一家摄影厅找到了工作。

摄影厅在布赖顿，是海岸边的一个家族集团开办的。他第二天就上班去了。我住在三楼，离保姆的房间不远。二楼住着我父亲和我哥哥，还有一间用于我上课的办公室兼书房。二楼和三楼之间有一个夹层，浴室和表兄的房间都在那里。晚上十点钟，我还站在窗前欣赏花园的夜色。表兄蹑手蹑脚地走了进来。他披着厚毛巾浴衣，一副一贯滑稽可笑而又神秘的样子。他轻轻地关上门，走到我跟前，捋着我的头发，把我的钉着领扣的长袖儿童睡衣脱下，任睡衣滑落到地上，将我领到镜子前，用嘴吻我，用手抚摩我，意思是告诉我，我很漂亮。他还让我用手轻轻地摸着他的厚毛巾浴衣，猜测着一个男人的身体是什么形状。过了一会，他站起来（他本来是跪着的），同样滑稽可笑地走了出去。我隐隐约约地察觉到他身上发生了一些变化。我既没感到惊慌，也没觉得受到触犯，更没受到粗暴对待和伤害。如果说我在此讲述这一段人们很容易避而不谈的小事，是为了驳斥现今还存在的这种说法：一个成年人与一个接近或达到青春期的孩子的任何接触，哪怕轻微地一蹭，都会引起歇斯底里般的疯狂。暴力、虐待狂（甚至与性欲没有直接明显的关系）和对一个毫无反抗能力的生命的肉欲，都是可怕的，还经常可能违背或危及一个人的生命，而且成年人还会屡遭诬告，以致毁灭了自己的性命。相反，对肉体享乐的引导从某些方面来讲并不总是有害无益的；有时甚至是争取了时间。说我漂亮，我很高兴，而且我的已经可以称为乳房的胸部微微隆起，因此我感到激动，同时也因为略懂得一个男人是什么样子而感到愉快。就这样，我入睡了。如果说我的麻木的肉欲未被唤起，或者说几乎未被唤起，可能因为我对什么是快感还只有一种模糊的概念，但对我来说，这已经与美的概念有着不可分割的联系了：美与希腊雕像平滑的上半身、达·芬奇的巴克斯的金黄色皮肤和躺在披巾上的年轻的俄国舞蹈家是不可分割的。我们离这些都很远：X 表兄不漂亮。

现在让我们把开向英国的窗子开得更大一些。我经常来英国，但这一次是不情愿的，而且长达十四个月，是我在英国逗留时间最长的一次。我每次来英国，都觉得发现了一个祖国。我的意思是说，这是一个让人本能地感到舒心自如的国家。没有钱，但这种贫困让人有一种新鲜感，让我更早地走进了这个大都市的深处。我们不大离开这个城市，最多去距离市区最近的地方游玩。一个夏日的上午，我们去了格林尼治，看过温莎宫，而最经常去的地方是汉普顿宫，游逛美丽的花园，欣赏头身残缺不全的雕像。

后来，我非常喜欢英国农村，但由于当时没什么钱，无法深入乡间。然而，在公共汽车站排队倒是一种乐趣。博物馆里可以遮雨避寒。大英博物馆的额尔金[①]大理石雕像成了我们的文静的伙伴；泰特美术馆里透纳[②]的作品在不知不觉地改变着我对世界的看法；把所有这一切联系在一起，通过对比，尽管不能达到力量的平衡，但使我对佛教思想产生了兴趣，我以后将努力去吸取这种思想。威斯敏

① James Bruce Elgin（1811—1863），英国政治家。
② Joseph Mallord William Turner（1775—1851），英国浪漫主义风景画画家。

斯特教堂像一片森林，各个年代的事件犹如不同的树种难以分辨；这里的死者卧像就像棋子，尽管数目不足一盘棋，但还有其他相似的棋子，所以棋还会继续下下去。法国的历史似乎被所经历的冲击弄得支离破碎；克伦威尔①也像我们的宗教战争一样带来了破坏；都铎王朝的玛丽和伊丽莎白杀的人可能更多，但英国的创伤很好地愈合了。查理十世时代似乎与梯也尔②或密特朗时代没有什么联系；相反，这种犹如伦敦大街上一般的混乱局面似乎证明，一种秩序如果太空泛太复杂，是不易被感觉到的。米歇尔爱买东西的习惯难以改变。他给我买了一套英国钱币，有耸肩缩颈的乔治硬币、镶嵌着幽灵般的金雀花王朝的薄如指甲的银币。我拿在手里的是已经不再流通的六便士硬币。伦敦也像巴黎一样是向世界开放的城市：梅斯脱维奇③雕塑展使我对斯拉夫叙事诗产生了兴致，我几十年以后创作了两首诗，都收在《东方故事集》里。马尔科·克拉列维奇④是一个铁石心肠的人，是成年男子力量的象征；那些紧抱着死人痛哭的科索沃寡妇低声告诉我，悲痛也是一种快感。在无法出门的日子里，二楼藏书丰富的小图书室给我提供了阅读的书籍。战争与流亡并没有给米歇尔带来更大的耐心：有一天，他将罗欧集子中一部双语的《马可-奥勒留》扔到了窗外。这本书，我还不能准确地从希腊文翻译出来，也不能用英文朗诵。不幸的姐妹们曾经将一些名著乱七八糟地堆在现在满是尘土的书柜里，有莎士比亚全集、十七世纪玄学诗人的诗集、英国维多利亚时代令人讨厌的历史学家及豪放浪漫派的著作，也有雨果和巴尔扎克的小说及缪塞的喜剧。这个文学宝库

---

① Oliver Cromwell（1599—1658），英格兰军人、政治家，确立了英国的海上霸权。
② Adolphe Thiers（1797—1877），法国第三共和国总统，曾镇压巴黎公社。
③ Ivan Meštrovi（1883—1962），克罗地亚雕塑家。
④ Marko Kraljevi（1335—1395），塞尔维亚国王、南部斯拉夫各民族文学和传说中的民族英雄。

使我感到很满意。但是，我同父异母的哥哥看见我抱着书回到房间，向我投来讥讽的目光，埋怨我为什么不把时间用来做针线活儿，就如同在我很小的时候，他看见我聚精会神地遥望着大海时说我为什么不玩玩具娃娃一样。每一次用餐的时候，米歇尔父子之间必然在餐桌上对骂一番。有一次，他们竟然动了手，扭打在一起，滚倒在地上。这时，女人们便唧唧喳喳地相劝一番，他们才停止打骂。米歇尔-约瑟夫两眼通红，噙着泪水，为自己的举动道歉。根据道德规训，他是不准打骂父亲的。但他们并没有实现和解。

我已给出了他们父子的失和的原由。我所以重提此事，是不想让读者去重翻先前的一本书，也是为了尽量说明理智与正义从来就不是单方面的，尽管我有所偏爱。米歇尔-约瑟夫在成长的过程中，受到的是易动肝火的父母的忽视；米歇尔严厉地埋怨——这种埋怨是家常便饭——他对母亲的惨死太无动于衷，但父亲没有看出，母亲的死对一个十五岁的小伙子来说不仅是无法忍受的，而且也是不可理解的；米歇尔-约瑟夫对于因为我的出生而将遗产“一分为二”耿耿于怀，因此，父亲责备他是理所当然的。还是孩子的我，嘴角有时往外喷气泡，流哈喇子，还汩汩作响，对什么都不在意，有时像个老太婆，无疑也使这个十九岁的狂妄自大的小伙子反感。儿子在二十一岁那年选择了一个中立国，加入了比利时国籍，也使米歇尔感到恼火。而米歇尔连续两次开小差，在贝尔特分娩期间不得不居住在边境的另一侧，使得他的这个惊人选择成为可能，提醒米歇尔这一点，无疑会冒犯他。在比利时结婚，这是顺理成章的，但喜事办得并不像新郎希望的那样体面；唯有在这一点上，父子二人的看法是一致的。米歇尔从来不知道的是，婚礼是由一个经常出入马尔西尼夫人之门的世俗教士一手操办的。而马尔西尼夫人看见这个二十四岁的小伙子出现在她在巴黎的客厅，简直难以容忍。米歇尔本来生活自由，甚至对自由的理解没有什么长篇大论；他儿子大吹大擂地拥护现有的秩序、人口众多的大家庭和天主教。大家庭是一个表面上没有裂痕的社会单位。天主教在上午十一点钟做弥撒。他是在帕特尼的餐桌上唯一强制自己禁食的人；他看到专为他做的面条就做鬼脸，反而使信仰英国教的使女扑哧一笑。米歇尔为人粗暴，他却尖酸刻薄；一个怒气顿然消失，一个怨气丝毫未减。两个人都腰板硬朗，大高个儿，显然一个是父亲，一个是儿子，但相貌截然不同。一个读书万卷，另一个不学无术；一个十分自信，另一个蛮横无理。这两个男人是用同一种材料却用不同的手法塑造而成的。

米歇尔强压怒火。他像所有人一样，相信战争只打四个月，最多半年。根据报纸提供的消息和图片来看，用老百姓的话说，现在正在打壕堑战。自二月份以来，米歇尔就开始作回法国的准备，但巴黎还处在军事控制区，起码也非常近似军事控制区；因此不会为一个上了年纪的人和一个小女孩儿回国提供方便，尽管还有空无一人的公寓等着他们回去。客轮都用于运送军队（几乎每天都有挤满身穿土黄色军服军人的火车开往海边）和执行任务的军官，因此，客运航班越来越少。然而我想，我们在英国滞留长达十三个月，其中部分原因是不是，人在倒霉的时候经常甘心采取麻木不仁的态度，懒得再到大使馆或领事馆去办理手续。米歇尔如此喜欢英国，但他在英国没有朋友，这就像在一个国家经历热恋的人一样，他一直是独自经历的。而且罗尔夫和莫德皆人在天涯。我不凭空想象，不认为一个男人与一个十二岁的女孩儿生活在一起就心满意足了，不论从糊涂的观点还是严厉的角度看，他不会逗着孩子玩，但也不是凶暴的父亲。米歇尔两次丧偶，头一次过上鳏夫的生活。但是毫无疑问，他对爱情的兴趣已经不如以前了。然而，有一位女士终于出现了，在伦敦的地铁外见到了我们。是马尔西尼夫人过去的女伴。她四十岁，体态丰盈。然而，她过去身材苗条。她正给一个在法国死去的表兄戴孝。穿着一身新衣服，很时髦。衣服是在牛津大街买的。举止端庄，略显古板，让人联想到她的理想女性玛丽女王。她是英国人，而祖母是敦刻尔克人。然而，她属于英国中产阶级，是“异教徒”，又见过大世面，敦刻尔克在她的心目中早已不复存在了。马尔西尼夫人曾经试图使这个她称为“英国傻女人”的女人懂得一些事理，但克丽斯蒂纳——这是她的名字——在子夜的时钟敲过十二响之前就打起哈欠，而且在剧院的包厢里，由于气温高，她胡乱涂抹的脂粉融化了，一块一块地糊在脸上。在朱丽埃特去世以后，米歇尔出于好奇也许出于同情，邀请她到特雷穆马伊旅馆住了三天；毫无疑问，她一生中仅有的肉体享乐是从米歇尔那里获得的。米歇尔把她带到龙尚，回来的时候，她的习惯性偏头痛就发作了。米歇尔劝她去英国治疗。她在伦敦远郊区的恩菲尔德与守寡的姐姐住在一起。她姐夫是一位普通士兵，远征军团第一批牺牲在前线的军人。这是他获得的唯一头衔。他小个子，为人灵巧，是“洁净”干洗店经理。干洗店里充满了肥皂和油脂味儿，只是一笔小财产，克丽斯蒂纳为之感到羞愧。她具有细密画画家的才华，例如风行一时的妇女和儿童肖像，但是她觉得，在英国社会中，也像后来到大陆请克先生和马尔西尼夫人举荐为人作画一样，像住在姐姐家和以前在子爵夫人门下一样近乎低三下四。而且干这种工作很累，她就放弃了；她阅读妇女杂志上刊登的纯洁炽热的爱情故事或令人尊敬的皇族的故事。米歇尔觉得她说话烦人，然而还是守信用，请她冬天在伦敦、夏天到里士满的岸边喝茶。我收到了她的几件小礼物，不论是对我这个年龄的儿童来说显得太孩子气的玩具，还是恩菲尔德的女厨子做的点心，都隐隐约约地引起了我的反感。她可能觉得我在他们约会的时候老是形影不离。因为米歇尔不愿意单独见她。她借口偏头痛，来得就越来越少了。我们后来又应约见过她一面。

一九一五年九月十一日，米歇尔终于获得了所希望的证件，一份他与十二岁的女儿去巴黎的安全通行证。他在巴黎有住房。证件上贴着两张微微发黄的快照：米歇尔穿着高领服装，头刮得光亮，蓄着浓密的海盗胡须，与和善亲切的目光极不相称。至于我，我还穿着去年夏天的连衣裙，连衣裙已经太小了，显得怪模怪样的。我的头发一直梳得很随便，松弛地结扎在鬓角上；我刚刚不知不觉地进入青春期。保姆用布给我精心地缝了一个卫生带，供我备用，并且告诉我，所有的女人每个月都如此。我所懂得的仅此而已。行李很快被收拾好，向亲友简单地告了别。米歇尔以后再也没有看见他儿子，也没有看见儿子家的任何其他人。也没有必要看见他们。我们带上卡米伊一起走。第一艘有空座的客轮在第二天，也就是九月十三日出发；我们顺利地到达了迪耶普。我和卡米伊跟在后面，与行李一起上了岸。米歇尔走在前面，呼吸着自由的空气。

米歇尔以后再也没去过英国。英国给他留下的只是一个旧时的漫长的爱情回忆，尽管他可能没有去多想。但也并没有给未来留下什么阴影，因此，我还会再来这个国家度过一段难忘的时刻：我又看见一个有着年轻预言家相貌的少妇坐在农田与牧场之间的一道栅栏上；我们来到了哈德良墙[①]下，她坐在墙上，头发随风飘动；她似乎是辽阔的苍穹的化身。我又在拉德洛[②]看到了这同一个少

① 古罗马皇帝哈德良采取防守边境政策，筑哈德良墙，布列塔尼现仍存有遗迹。
② Ludlow，英格兰什罗普郡南什罗普区一城镇。

妇，她正躺在一座破房子里的天盖床上。她正在讲解莎士比亚的戏剧，想象着与她的演员进行排练，或者说她好像是在与他交谈着。有一个年轻男人，穿着白色粗毛线衫，戴着白色风帽，正从一处高耸的岩石上健步往下走。在英国达特穆尔森林里有许多古老的形似金字塔的尖形突石。从他的穿着，看不出他的年龄。这是一个寒冷的秋天；有一只死绵羊躺在地上，蜷缩着身子，是几天以前从同样高的地方摔下来的。也就是这同一个人，穿着同样的衣服，与我一起参观了一处天鹅保护区。还是这同一个人，在英国一家乡间旅店狭窄的楼梯平台上，光着脚，穿着灰色的棉布和服，我们的胳膊紧紧地挎在一起，似乎任何东西都无法将我们分开；然而，最终还是分开了。

但所有的这一切可能都是不存在的。这几个月以来，一场水下战斗正在激烈地进行着；在我们安全抵达法国几天以前，也许是几天以后，一艘客轮似乎是在同一条航线上被击沉。我在很长时间里相信，刚刚平安穿越辽阔的大西洋的昂利克·格拉纳多斯[①]与夫人就是乘坐这艘客轮而丧生的。然而我搞错了；根据人名词典，格拉纳多斯死于一九一六年。这个时间上的差别说明，我们的记忆与事实相差甚远，或者只是接近，而在其他情况下，事实不是充实就是贫乏，为了使之具有生命力，就得进行加工。回忆并不是汇编已经整理好的资料，资料存储在我们自身的什么地方，也无从知道；回忆在进行着，也在变化着；回忆是把干柴收集在一起，再次将火焰烧得更旺。一本回忆录，应该在某个地方阐明这个显而易见的道理。问题就在这里。

其实，我在迪耶普下船的时候什么也没看见；我相信，我们

① Enrique Granados（1867—1916），西班牙作曲家、钢琴家。

只是长时间地等着“转车”去鲁昂。到了巴黎，看门人和他的妻子看见我们，眼眶里充满了高兴的泪水。公寓里的其他五家房客，有四家自一九一四年就搬走了，他们不喜欢战争时期巴黎的寒冷和不稳定的局势，而更喜欢里维埃拉的和平温暖气候。事实上，在我们回到巴黎的那一年，寒冷似乎来得很早。那年冬天，给我印象最深的回忆就是冻疮。看门人得到的命令是，暖气要尽量少开，晚开。

大地在颤抖
（一九一六年——一九一八年）

战争？直到现在，我对战争的谈论还不多，即使谈到，也是为了说明战争对一小部分无关紧要的人产生的影响。我相信，在大多数情况下，这种观察问题的角度是正确的。我们在军队里既没有近亲也没有密友。我父亲有一个外甥，是玛丽的儿子，他长大成人以后就没再见过面。他是一个粗壮、有礼貌、为人谨慎的小伙子。他是中尉，驻扎在索姆省，我不知道是什么部队。他有一次休假来巴黎，我父亲请他吃饭，他一口将一杯滚烫的咖啡喝下去，就马上告别去红磨坊了。“您知道，舅舅，我还年轻，给我的假期很短。”他在战争中不但安然无恙，反而还获得了勋章，想必是他应得的。我们更多地看见的是费尔南。费尔南是米歇尔原配贝尔特的弟弟。他在博尔达号军舰失败以后，转到商船上工作。他被卷入了战争。他的大型客轮通常承担波尔多至布宜诺斯艾利斯的航运，现在负责从马赛到达达尼尔海峡运送军队的任务。费尔南不太习惯在这个多岛屿的海域航行，不得不彻夜地观察着海面的情况。“在这些岛屿间航行，简直是去触摸死神的乳房。”他利用在巴黎的一次长假治疗疟疾，他的老毛病梅毒也需要治疗，因此他有时来我们这里吃夜宵。我们在了解战壕的可怕情景以前，就知道了加利波利[1]的恐怖。这几年，塞萨洛尼基[2]光怪陆离的景象也使我浮想联翩。一个近来负责与塞尔维亚军队联络的里尔军官给我们看了一些照片：是一些疲惫不堪但英勇果敢的男人、白雪覆盖的人字形桥以及摔倒在已经不能称其为路的路上的骑兵和他们的坐骑。这是我第一次了解近东地区的途径。

这不是马尔科·克拉列维奇的故土的唯一召唤。在离昂坦大街住宅不远的地方停放着一辆塞尔维亚救护车，负责将腿部受伤的士兵和重伤员送往小皇宫附近的几棵树下。夏初，卡米伊常去那里，在树阴下围着伤员的身边转悠，有时还吻他们。我还太年轻，无法讨他们喜欢，但他们用蹩脚的法语讲述的血淋淋的只言片语的故事使我大惊失色。

每天晚上，有一个大高个老头儿也来到这里，沿街与伤员们说一会儿话。他穿着一身黑衣服，后面跟着五个十二到十八岁的姑娘，也都是一身黑。她们脚穿平底鞋，连袜子也是黑色的。最小的三个姑娘梳着辫子，最大的两个扎着发髻。她们一句话也不说，既不跟老头儿说，她们之间也不说。过一会儿他们就默默地走了。我对他们的了解仅此而已。我们猜想这个老人是祖父，他的女儿或儿媳妇死了，也许是女婿或儿子在军队中阵亡了。人们会说他是一个无罪的德拉库拉[3]。在两年里头，我每天都看见这六个人（他们穿的衣服熨得很平，然而越熨越旧，越熨越薄），对我来说，他们就是服丧的象征。

---

① Gallipoli，土耳其城市，地处达达尼尔海峡欧洲之岸，在第一次世界大战达达尼尔海峡战役中，加利波利是土耳其抵抗协约国军队的战场。

② Thessaloniki，希腊北部城市，1915—1918年同盟军在此设基地。

③ Dracula，爱尔兰作家斯托克小说中的人物。德拉库拉领兵出城与土耳其人作战，将其妻留在城中。土耳其人谎称德已战死，其妻闻之自杀。但教会以自杀违背教义为由不为其祝福，德大怒，从此与教会为敌，并变成吸血鬼之王。

我身后的路越往远方延伸，我越发现我们最大的弊病就是用花言巧语进行欺骗。欺骗行为比比皆是。我们假定欺骗是出于诚心与善意：言者不厌其烦，听者厌而还听，最终还是信以为真。所有的陈词滥调都如出一辙。新闻公报是经过精心炮制的，军队在何地撤退是事先安排的，敌军人数不超出 X（这意味着 X 都被打败了）这个数字，著名的“东线无战事”是德国人的委婉说法，最多只能证明东线的死亡人数不超过前一天，所有这些说法都好像是医生在危重病人床头的低声耳语。但富有洞察力的人们一眼就能看穿事实真相；富有洞察力的人毕竟不多。报刊也借机大谈特谈。一些真实的战绩有时也难免有点儿夸大其词，敲诈所有人的勇气。夸大其词的说教赞颂了伟大的死者，其实是颂扬了战争。战争被不分青红皂白地认为是解决人民之间利益争端的唯一办法，而更卑鄙的是，战争被说成是荣誉攸关的事。简而言之，黄种人或黑种人，脆弱的安南人或塞内加尔人，他们都像从前一样吹嘘不但打死敌人，而且还割下他们的脑袋，但自己在波斯尼亚和阿尔萨斯–洛林的战役中阵亡了。自我炫耀的言辞掩盖了战场上的呐喊声。人们竟大言不惭地第一次宣称，这次战争将是最后一次战争，战后人们还将在地球上繁衍子孙后代，堆积如山的尸体将成为通向正义的和平阶梯。人与人之间的旧恨不难得到证实：杀戮得到了死亡的谅解。报刊肯定刊登死者名单：我不相信有许多读者会意识到，这样的名单代表着牺牲了多少儿女，流了多少血，多少幽灵无家可归。我们从来不知道，一九一六年七月一日，在非常靠近我姑妈玛丽曾经住过的住宅而且距离我们过去的住宅也不远的巴波姆[①]，六万人的英国军队在一天之中全军覆没。假设战斗从黎明开始到日落结束，即平均每小时死亡

① Bapaume，法国加莱海峡省城市，第一次世界大战期间在此进行过激烈战斗。

五千人。在贝当[①]政府时期的一九一五年五月，约有四十万法国人丧生于阿拉斯[②]以北几公里的地方。索姆河战役持续了大约四个月之久，在一次战斗中，仅向前推进十公里，就使双方共付出了大约一百万生命的代价。我们所知道的这几次战斗的伤亡情况仅此而已。现在，当我每次经过这些“战区”的时候，我都会想到曾在这里进行过的战斗。昔日的战区今天已经修起了高速公路，高速公路像人生一样嘈杂而危险，但公路两侧却像死一般寂静。树木隐蔽于森林，死亡藏踪于死者。当然，我是作为现在的我才这样说的。一个十五岁的少年，被可怜地封闭在茧壳里，还正在长大，对世界的灾难是不大关心的。米歇尔很少对我谈起战争，这或许是不让我对战争想得太多，也可能因为惶恐厌倦，不想再谈论此事。大约在这个时期，他将他喜欢的一本不太厚的书《超乎混战之上》给我看。再也没有比他借给我这本书更让我心存感激的了。我没有再打开这本书。我不知道我是否还会同意他对每一件事情的判断，或者是否觉得他的滔滔不绝的说教束缚了我的思想。他的说教经常都是取材于从波舒哀[③]到马尔罗的令人仰慕的法国作品。这倒没有关系。一个声音响了起来；一个孑然一身男人的声音。当然也有书籍，不过几乎都是些与当时的文学不沾边的作品。这些作品都不失时机地给人留下了深刻印象，而且部分地决定着我们的命运。因此，在三十年之后，我决定撰写甘地[④]回忆录。

也就是在这个时期，我们收到了我们的公证人寄来的黑山城堡

---

① Philippe Pétain（1856—1951），法国陆军将领，后升为元帅，维希政府首脑。

② Arras，加莱海峡省首府，1918 年曾被德国军队摧毁。

③ Jacques-Bénigue Bossuet（1627—1704），在捍卫法兰西教会权利、反抗教皇权威方面最善雄辩和最有影响力的主教。如今主要以他的文学作品闻名。

④ Mohandas Karamchand Gandhi（1869—1948），印度民族运动领袖，主张“非暴力抵抗”。

的照片。我们的公证人躲避在巴黎郊区。坐落在山顶上的城堡成了一个英国参谋部的观察所，多次遭受轰炸。这座建有路易十三时代小塔楼的建筑物被炸了几个大豁口，第一次变成了具有历史风貌的建筑物，即使成了废墟也是美丽的。但这种悲剧式的美尤其来自那些被炸得冠秃枝断的高大的冷杉。我过去曾在冷杉树下逗兔子玩。兔子肯定也都死了。冷杉高高地耸立在那里，有的只剩下一两个光秃秃的枝杈。冷杉既成为殉道者，也为自己立起了十字架。这些形象刚毅的冷杉仅仅变成了装饰物。许多年以后，在马德拉，我与一位曾经在被摧毁的城堡里住过的名叫蒙太古的上校建立了友好情谊。他是一位军士，亲眼目睹了城堡被炸。因此，我天天都在回忆着这场人类与植物的双重灾难。动物和鸟都消失了。金角山羊又回到神话里；而小驴春和它母亲玛蒂娜今在何方？草又长出来了，但只有不多的鲜花点缀其间。矮树丛和某些乔木又破土而出，但在这些地区，昔日的百年古树并不少见。我又激动地看见，学校考察组人员怀着景仰的心情发现了一些树龄长达七十五年的树木。

战壕里的悲惨景象几乎鲜为人知。《马德隆之歌》[①]，用炸死人的炸弹碎片做的戒指，代母[②]的亲切情意，直到妓女，都在为恐怖气氛涂脂抹粉。这些妓女身穿诱人的蜂窝绉领的寡妇服装，头戴黑纱披肩，在加布里埃尔大街的树阴下游荡。人们或许觉得，停战以后的电影过多地向我们展示泥泞、老鼠、虱子、黏糊糊的泥土里的遗骸、在最勇敢的同志也无法逾越的铁丝网后面的伤员的呻吟、端着刺刀刺透彼此躯体还站在原地一动不动的死人，这是不恰当的。然

---

① *La Madelon*，巴赫（Charles-Joseph Pasquier, dit Bach，1882—1953）于 1914 年为军队创作的民歌。

② 第一次大战期间，负责给士兵写信、寄送包裹的妇女，将士兵作为自己的儿子看待，被称为“战时代母”。

而，我们也有直接来自后方的消息。消息是奥黛特提供的。奥黛特穿着由服装大师推荐的有点像军人的衣服，显得比以前更年轻，更漂亮。她与她的侯爵上校的爱情又燃烧起来了。她常离开拉图尔-莫布尔大道的小公寓去“前方”，而且总是轻而易举地到达目的地。即使偶尔被一个忠于职守也可能厌恶女人的军士抓住，她总是能够找到一个职位更高的军官进行解释。她为人大胆，在这些随时遭到炮弹轰炸的兵营里很讨人喜欢。“我来看我的朋友L上校。”她的话让人难以反驳。在无法说服对方的时候，她有时借用埃德蒙·罗斯丹戏剧中的人物罗克萨内的说法：“我来看我的情夫。”她这样如实承认，更叫人哑口无言。但是，她带回来的不是战壕里的恶臭味儿，而是时尚香水和爱情的温馨。

一些来巴黎过几天休假生活的普通士兵不会让日常图景引人反感。他们文静地坐在长凳上，穿着褪色的天蓝色军装，但刷得很干净，他们像所有休假的军人一样身无分文，而几乎心满意足地过着休假的生活。他们呼吸着温暖的空气，看着来来往往的不属于他们的美丽姑娘（我父亲时不时地塞给他们二十法郎，叫他们去音乐厅），欣赏着华丽的商店玻璃窗和咖啡馆满是鲜花的露天座。“简直就不像战争。”他们嘟嘟囔囔地说。这种嘟囔有时充满惊奇而且近乎心满意足的心情，从来没有愤愤不平，也没有什么欲望。普鲁斯特可能是唯一懂得描写这种双重性的巴黎作家，他谈论的也是这同样的问题。一切迹象表明，战争随时还会发生，一个明智的人会对这个问题进行深思。然而，舆论必须具有足够强大的威力，才能逼使普鲁斯特把这些思考通过查路斯先生的嘴说出来。这个人物因为祖先是德国人，已经失宠，遭到鄙弃。相反，普鲁斯特担心与众不同的观点会带来危险，他只发表一些人云亦云的看法。人们感到惊讶的是，这个熟谙人类行为的人，竟把过去开酒吧的老板描写成热情的爱国者，因为这些老板在儿子牺牲之后，帮助守寡的儿媳妇照料酒吧，好像甘心躲在柜台后，至于是否取代儿子进行经营倒无所谓。儿子尽管参了军，但仍然还是经商的。按照圣卢[①]的说法，“一战士兵”如同荷马史诗中的英雄人物一样崇高，可以留传后世。他如今一定感到很意外。

相反，就是这同一个圣卢，在此受到了作者的小小指责，因为他受到了太好的教育，在谈到德国人时从来不用“德国佬”这种叫法，也不称德国皇帝为威廉。米歇尔也避免使用这两种说法，他肯定是经过深思熟虑的，因为侮辱或粗俗的称谓丝毫无助于胜利的进展。

然而，我将巴黎的两年战争看得过于阴暗，也是错误的。米歇尔对我的学习过问得更少了。有一个中学的辅导教师很卖力地与我一起翻译色诺芬[②]的作品，其中对万里大撤退过程的描写，也像战争公报一样使我感到乏味。我贪婪地阅读柏拉图的著作，当然是借助翻译本逐字逐句地读：原型、神话和对灵魂不朽的大辩论，对我来说差不多都是过眼云烟，但我并不放过，我现在已经知道，那是精心挑选的一些有关雅典生活、居住在基菲索斯河畔的苏格拉底和斐德罗[③]以及查米德斯[④]和红脸吕西斯[⑤]常去的角力场的情节。容易获得的乐趣就是同卡米伊去买东西和做饭。我希望做得比她更好，但我们笨手笨脚的程度不相上下。我们沿着塞纳河畔大步地走来走去，有时也乘游船。米歇尔和我

① Saint-Loup（1908—1990），法国作家、记者，政治家。
② Xenophon（前 431—约前 355），古希腊历史学家、作家，苏格拉底的弟子。
③ Phaedrus（前 444—前 393），古希腊作家。
④ Charmides，古希腊哲学家柏拉图与老师苏格拉底对话中出现的人物。
⑤ Lysis，古希腊哲学家柏拉图与老师苏格拉底对话中出现的人物。

常常到杜伊勒利公园[1]欣赏那里的塑像，对恺撒和斯巴达克思评论一番。在阅读柏拉图著作的同时，我也学了一些数学（“只有数学家才涉足这个领域”）。这门科学，我以后还得重学。米歇尔有失眠的毛病，当用小块木柴和《时代日报》的碎纸生一点儿可怜的取暖火熄灭的时候，他就去睡觉了。我们有时听见他在走廊里徘徊，一会儿停在厨房的楼梯口，高声对我们说不要大笑。我们的确经常笑。以前当过纺织女工的小个子女人，现在成了什么活都干的保姆，也像我一样喜欢莫里哀。茹尔丹先生和布索尼亚克先生伴着我们吃粗茶淡饭（米歇尔将盘子往桌子当中一推，什么也没说），忍受着寒冷，经历着战争。

米歇尔摆脱了克列蒙梭[2]激进的民主主义专政制度的束缚。卡约为人聪明，但是国家栋梁的料。过去相识的马塔-哈利对米歇尔来说，只不过是一个荷兰女人而已，连舞都不会跳，但也不配去坐万塞讷监狱。不知道是怎么回事，他似乎觉得自己成了可疑分子。然而，一天下午，他感到恶心。由于一贯为人善良，他请贝尔特的母亲、可怕的男爵夫人和他元配的残疾姐姐克萝迪娜到巴黎来居住。自北部省大逃难以来，她们都挤在圣瓦莱里的一家旅馆里，希望与费尔南去奥林皮亚剧场看午后的演出，米歇尔也决定陪同她们一起去。“谁知道呢？有很多人去看演出。这样，下午就可以散散心。也应该像别人那样去看演出。”我也去了。是一个星期六，演出厅里坐满了观众。我想，我们看到的都是平常的节目。有骑自行车表演的小丑，将自行车拆散，摇摇晃晃地骑着一只轮子。女歌唱家倒了嗓子，时而如泣如诉，时而欢快激昂（影射“我们的小士兵”没什么

---

① Tuilerie，卢浮宫与协和广场之间的皇家公园。
② Georges Clemenceau（1841—1929），法国政治家、新闻记者、第三共和国总理。

害处）。明星最后出场了。他是一个典型的巴黎歌唱家，经过化装，面色苍白，挥着一杆连发式步枪，装扮成战斗飞行员，扮演着一个“打落”敌人飞行员的坚强英雄人物的角色。可以说是一场南盖塞尔①与李希霍芬②之战。

“下台吧！请您下台吧！”

“砰！打中啦！”

观众一阵欢笑，一阵鼓掌。米歇尔突然站了起来，把手搭在费尔南的肩膀上说了些什么，很有礼貌地请五六个正在看得高兴的观众让道走出了演出厅。我也跟在他后面走了出来。外面正下着雪，浅灰色的雪花一落到地上就化成了泥水。到了大道上，米歇尔浑身发抖，想拦住一辆正往前走的马车。但车夫已经干完了一天的活，一心想赶快回家。我想他的马也是如此。米歇尔抓着马缰绳，大声告诉车夫，付给他双倍车钱。车夫可能没有听见，挥手往马身上就是一鞭。我们继续步行着往前走。我们两个人都说，在根本无法进入的柏林的某个地方，可能也会有一个装扮成德国飞行员的流氓做着同样滑稽的表演，但是有许多天，这种做法并不能给人以宽慰。我拉着米歇尔的手小声说：

“太可怕了。”

“太可怕了。”他也说。

战争爆发之前不久，米歇尔就决定不再用他惯常使用的经纪人了，他将出售黑山城堡的大部分收入用于投资，因为经纪人的建议使他大失所望。他在马尔西尼夫人家里遇到了两个实业家，但他们

---

① Charles Nungesser（1892—1927），法国飞行员，第一次世界大战期间表现突出。

② Ferdinand Paul Wilhelm Freiherr von Richthofen（1833—1905），德国地质学家、地理学家，曾发表多篇关于中国的著作。

相貌粗俗，不可信任。的确如此。他们都是加斯科涅[①]人，一个叫杜加斯特，一个叫沙路梅，都矮胖身材，大腹便便，衣冠楚楚。但衣服做工粗劣，穿在他们身上，尽管人在巴黎，仍然一副土里土气的样子。不过两个人倒相扶相助。朱丽埃特早就雇用他们为经纪人，可是对他们却了解不多，不知道他们在何地何时从事经纪活动；他们来参加晚宴，朱丽埃特本人不再接待他们。他们愿意来就来。米歇尔与无赖打交道有一个弱点，当他们的厚颜无耻大暴露的时候，他还以为是开玩笑，相信他们“本质上是诚实的”。这两个生意人对他们的投机业绩大吹大擂，弄得米歇尔晕头转向，对他们给他介绍的几个卓越人物的情况和生意丝毫不加怀疑。在离开巴黎之前，米歇尔签了一份委托书。委托书内容太空泛，但他觉得没有什么害处，就同意了其中两三项有把握的投资。他没有收到英国那边的分红，战争就很能解释原因。在巴黎，从银行的一些账目可以看出，两个经纪人起码为他赚了一些利润。不久以后，利润就越来越少了。过去经营好的股票一路下滑。“不管怎样，”杜加斯特态度镇静地冷笑道，“这不比您投资的俄国地产更糟糕。多维尔有一家旅馆，可以用来作再抵押；旅馆老板是意大利人，他还没付清第一次抵押的欠款，因为要回国入伍，就悄悄地溜走了。”“谁能预料到会出现这种糟糕的事呢！”沙路梅颇为激动地叫苦说。西南部地区新建的一家巴黎银行在一定时期内付给红利。米歇尔在文件的笺头上留了自己的名字。自称典当业务专家的无赖们花言巧语地骗他购买钻石，声称这是在这个不稳定时期的可靠投资。昂坦大街的桃花心木写字台上的钻石闪闪发光，还有担保单；一个有名的珠宝商对这些宝石做了鉴定。他们还盛情地给他们的受骗者提供了一个匣子，里面有一杆经

---

① Gascogne，法国西南部大区。

过检验的银制戥子、一把夹子和最重两克拉的砝码。（我还保存着这件小玩意儿。）两个行骗者看着米歇尔用指尖轻轻地捏着夹子往戥子上添砝码，一定不禁偷偷地用胳膊肘儿互相碰了一下。这把戏很快就穿帮了。米歇尔的眼睛里还闪烁着费尔南德的钻石的光芒，用我的名字存在了里昂信贷银行的保险箱里，而朱丽埃特的钻石存的是匿名，他意识到，这些价格昂贵的石头使他受了骗；他当时不好意思再去请自己家族的珠宝商重新做鉴定。然而，他最终还是请珠宝商做了鉴定。钻石是真的（那两个坏蛋没有完全撒谎），但是，钻石商根本不把这种钻石当成钻石，这种钻石是用于工业上切割和磨光坚硬物件的。两个骗子声称米歇尔赎买的价格不算太高，但实际连这个价也不值。“是啊，有什么办法，弄错是难免的。”米歇尔到他们的办公室大吵大闹了一番。他们的办公室在阿拉格大道一幢大楼的六层，里面几乎没有什么家具。米歇尔进门就是一阵大吵大嚷。然而他们靠在椅子靠背上，双手勾在背心的挎梁上，显得很镇静。尽管损失惨重，我们还是在一出滑稽戏里。这件荒唐事直接引发了一场不愉快的事件，但具体情况我几乎一无所知。两个经纪人和他们的受害者都相互警觉起来。两个恶棍“欺骗”了米歇尔，是不是因为有人（难道是朱丽埃特？）知道他的底细？我怀疑。他的记忆力无论再怎么迟钝，还不至于被人利用来进行讹诈，尤其对一个做事太随便的人更不会如此。然而，他们一步一步地引着这个男人上钩，因为他所具有的四年的法律知识，还不足以识破一些合法设置的圈套。米歇尔觉得自己不是他们唯一的玩偶，也不是他们唯一的受害者，不得不继续与他们保持着交往，以便更多地掌握他们的情况。两个骗子为了修补与米歇尔的关系，邀请他一起吃饭。作陪的还有他们的表兄弟米戈。米戈是财政部候补官员，据他们说是秘书。这个大高个儿喜欢挖苦人，又爱喝酒：他喝得高兴了，说的话逼得那两个家伙放声大笑来掩饰。他们吃饭的饭馆叫“猪头”。之所以叫“猪头”饭馆，无疑是为了表示对顾客的敬意，因为饭馆给他们每个人的头上扎着毛巾，一直扎到耳朵上，很像猪头。米戈谈到那天晚上要去找女孩子们。沙路梅起身去撒尿的时候，用胳膊碰了一下身边与他坐在同一条长凳上的女子。米歇尔回来的时候倒在了长沙发上。“我就知道他们都是些恶棍；我一看见他们的吃相，就知道他们是卑鄙下流的家伙。”但是，他陷入了无法摆脱的境地。他从杜加斯特一句干涩的话中得知，西南部地区的那家巴黎银行破产了。米歇尔庆幸的是，他存入这家银行的只是一小部分资本。夸张地说，杜加斯特是个做大买卖的人，他用黑指甲指着模棱两可的印有笺头的文件，以嘲笑的口吻说是有限责任制。他的嘲笑中充满了恨（杜加斯特为什么恨他？）。假如股东提出诉讼，不仅侯爵先生（身为伯爵的米歇尔最近变成了侯爵，就像他当初由一位先生变成了伯爵先生一样）隐匿的所有财产会像两个行骗者的钱一样泡汤，而且还要接受预审法官的审讯。这一次，米歇尔吓瘫了。他就这样完蛋了？他那还是孩子的女儿会怎么样呢？两个残忍的骗子惯于看风使舵，建议给我找一个保护人，以应付突发事变。米歇尔抱怨战争时期的街道灯光暗淡，他说：“上了年纪的人在这样黑暗的夜间行走的确很危险。灾祸会随时发生。”有的人一心想自杀，而他却担心被人暗杀。一天晚上他告诉我，他要叫在英国的克丽斯蒂娜来料理家务。她来了，还是那样温厚天真。米歇尔明明是害怕，却对她说只是有些无聊。他所希望的是让克丽斯蒂娜监护他，在进入情况不明的人家之前，先把她安排在对面咖啡馆的露天座位监视着；在出门的时候，让她坐进停在门前的出租车或马车里（战时的出租车很少），开着计程器等他。他有时也带着我一起出门，不愿意把我一个人留在公寓里，尽管卡米伊严守着房门。恐惧导致了谵妄症。

米歇尔从那次讨厌的业务聚餐上被突然打断的谈话中了解到，现在已经过期的委托使骗子以高利贷的方式将大笔款额贷给一个未成年人。人们嘲笑作为国际金融大亨的父亲，嘲笑因喜欢侍女而遭非议的母亲，嘲笑这个只会挥霍父母财产的傻儿子。首先，米歇尔并不像人们认为的那样感到气愤，因为他本人在四十年的时间里，就是利用这种手法从一个悭吝的母亲那里骗取钱财而生活的。但是，想到他属于一个放高利贷团伙，他仅有的一点儿自信也丧失殆尽了。因为莫利斯知道借债人的名字，是两个骗子告诉他的。他们或许想把所有责任推给米歇尔，或许他们相信，在遇到麻烦的时候，这位年轻人更有办法对付他那个阶层的出资者。在莫利斯初出茅庐的时候，米歇尔见过他几次；还遇到S男爵两三次。他觉得，在这个与自己的社会地位接近的环境中，自己已经堕落了。就像他自己所说，这段“肮脏的经历”导致了S男爵夫人出其不意的来访。

希尔达·S名声不好，她憎恨那些既道貌岸然又伪善的男男女女，这倒让米歇尔对她颇有好感。但是，这个身材高大的女人的外貌让米歇尔厌恶。由著名服装师制作的漂亮连衣裙，穿在她的身上像铁甲；那是冬天，她穿着从大皮货商店购买的兽皮大衣，很像一头母熊；她故意戴了一顶男士大毡帽，盖住了整个脸。这个臃肿肥胖的女人，人们所能看到的，只是她的一双如同西班牙公爵夫人的细腻好看的手和一双小脚。她经常进入神话般的十九号拱门，但在进去之前往往要回头看看是否有人跟踪。但是今天，作为母亲的她劈头盖脸地问道：“先生，是不是因为您的帮助，这个小伙子才在陷阱里越陷越深？难道您不接受这个女孩儿，他是为女孩儿才偷了这一小笔财产的？他到二十五岁就结婚，他了解情况：他不比别人无能，而且比您更知道一个高尚文雅的男人不应该干什么。您像一个傻瓜。把钱交给放高利贷者，能获得百分之三的利息就不错了，因为这是战争借贷。”米歇尔把这笔高利贷给了那两个形迹可疑的经纪人。她认识这两个经纪人，就像她认识的所有人一样。

“夫人，您的儿子既不欠我利息，也不欠我本金。这一小笔款是今天上午签署的，能使他免除所有账目。他什么时候有钱，什么时候还我。”

“我在世的时候不会还给您。”

“您太热爱生活了，夫人，应该祝您长寿。”

“您为什么把这份礼物送给银行？”

“为了使我自己高兴。”他想这么回答。但是，这个辩解是装腔作势。希尔达·S仔细地将票据读了一遍，站起身来，装进了钱包。她下垂的脸颊上滑过一丝微笑。

“我毕竟在范·T夫人家里见过您几次。”

米歇尔又看见了一个年轻健壮善于在沙滩上骑马的女人。十五年的时间已经改变了这个夜游魂勒穆瑞斯般的女人，她的爱好太容易满足了，藐视人的作风也克服了。

但是，她站在门口，没有向他伸出手。太好了。他根本不想与这个皮肤上搽冷霜的女人握手，也不想拥抱她。像往常一样，她让司机呆在我们楼的门外，自己去寻找常来常往的享乐窝，经过一番交锋之后，就更加情欲大发了。

银行也没有送礼。米歇尔收到一张支票，是退给他的本金，但扣除了莫利斯大约在四年以前交的预付款。他想把支票退回去：这一次受益的将不是莫利斯。但由于手头拮据，他留了下来。

米歇尔在寻找朋友。多年以来，他不再出入社交界。战争把上流社会打得分崩离析。而且，这些人！……费尔南不值一提。至于玛丽生前的丈夫保尔，自从他的第二个妻子不同意我的阅读方向，对我施加压力，要亲自看着我与她自己的女儿在圣菲利普–迪鲁尔教堂施坚振礼，米歇尔真的不知道怎么办才好。奥黛特“参军了”。米歇尔惯于沉思，在塞奴斯奇大街走来走去。但从二楼的窗口看到的是一些新面孔，他就全明白了。他又回去问看门人。“先生和夫人走了已经有两年时间了。据说他们去了瑞士德语区。”这个多疑的看门人好像分不清什么是瑞士德语区，什么是德国。

米歇尔终于想起了一个人的名字，或者说是一个战友的名字，起码可以说是一个在几年的动荡时期得到过他支持的朋友的名字，即修道院院长勒米尔。他出生在老贝尔甘，如同北部省所有居民一样，外貌像佛兰芒人，说法语。（他在竞选年代才学佛兰芒语，已经是很晚了。）他为人朴素，具有怜悯心，他故意藐视圣枝主日[①]祈祷；他与梵蒂冈产生了龃龉，因为梵蒂冈不再是利奥十三世时期的梵蒂冈了，然而还鼓动本地区笃信宗教的人们狂热地崇拜这个最神圣的地方；他一生中尽量避免与抱残守缺的政府和议会打交道，但所有这一切都没能改变他的清醒头脑，尽管他的思想还处在十七世纪。“你们在生活中享有的不是民主，而是官僚作风。”他对他的选民说，使选民大吃一惊，“对基督教来说，不反对目前的恐怖战争，就是放弃权利，也就失去了存在的理由。”他在一九一八年如是说。他后来又后悔对过去的敌人惩罚太严厉。这个农民的儿子，先是拥护普世说，本能地与北部省的英国和美国远征军中的新教布道牧师关系密切，像犁地耕田的农民一样，慢慢地然而坚持不懈地走着自己的路。他的“工人花园”受到了雇主的憎恶，因为工人花园不仅是为了让城里的工人呼吸到更新鲜的空气，提供食物，帮助他们分担昂贵的生活费用，而且为他们提供重返土地的场所。长期以来，这位加入

① 复活节前的礼拜天。

了激进的左派政党的反叛者，在康布雷[1]大修道院安静地教拉丁文；现在，当米歇尔来握哈兹布鲁克众议员兼市长的手的时候，这些先生暂时摆脱了政治的混乱局面，去呼吸一点儿维吉尔的富有诗意的空气。母亲大人的管家梅拉妮给米歇尔先生送早点，借机告诉他："怎么样，现在全都真相大白了，修道院院长带着一个妓女到巴黎去了！"说完看他有什么反应。米歇尔只是命令这个老太婆不要再到他的房间里去。米歇尔和勒米尔有许多年没有再见面了，但米歇尔不知道修道院院长刚刚同意了本笃十五世[2]的和平倡议；和平倡议慎重地认为德国永远不会被消灭，并希望看到能用几个地处遥远尽管从长远眼光看虽然有用但更加危险的殖民地换回阿尔萨斯-洛林地区。同样，在此关键时刻，修道院院长勒米尔不比米歇尔更仇视犹太人。

定下了会面后，我们去看他。他住在罗蒙大街，但仍然让人觉得像住在外省一样。一盏旧路灯在一堵灰色的墙上投下暗影，我借着光线看见了室内的装饰。米歇尔长时间滔滔不绝地说着话。修道院院长可能在想，我们在这方面走错了棋是情有可原的。他请求给他三个星期的期限来处理这些文件。

我们按约定时间又来到了他的家中。克丽斯蒂娜坐在下面的马车里等着我们，这倒不是因为米歇尔怕中圈套，是因为这个居民区的路上没有行人，空空荡荡的。我被安排在一个小房间的玻璃门后面。这个房间像一个书橱，放着我会很愿意翻一翻的拉丁文经典著作。我听见了牧师说的所有的话，也许只听见了一部分，但我并没想弄清楚他说的是什么意思。这些乱七八糟的财务上的事使我感到

① Cambrai，法国北部北加莱海峡大区北部省城镇。
② Benedict XV（1854—1922），意大利籍梵蒂冈教皇（1914—1922）。

厌烦。他们后来所谈的内容，都是米歇尔告诉我的：

“就是这么回事！就像您有时预感到的那样，您被卷入了一场骗局之中。这些人靠说谎吃饭。钻石的故事纯粹是开了一个玩笑，为了看看您究竟会陷得多深，您为此付出沉重代价。关于一个未成年人的高利贷贷款，即使这位未成年人出身于法国最富有的家族之一，也是一种犯罪行为，而受害的是你们俩：尤其要拉您下水。您遭受了损失，但是很体面。所谓倒闭的银行，那只是一家皮包银行。S 夫人也做了调查，调查的结果相同。现在，那个自称杜加斯特的人正在监狱里，罪名是在军需物资供应中搞欺诈。他的同伙行动受到管制。非常幸运的是，您三分之二的资本是他用化名存在银行的保险柜的：他本来打算用这笔款搞一种形迹诡秘的勾当，至于是什么勾当，我们暂时不去管。我也把您的资金存入了北方信贷银行，这笔款您可以提出来。”

米歇尔感到头昏脑涨，对牧师表示感谢，还将收回的部分钱款捐助了他所从事的事业。修道院院长莞尔一笑。

“您留着这笔款吧，您需要它，以后要更加小心。”

米歇尔叫我出来向修道院院长告别，并表示感谢。走近修道院院长身边时，他给我留下了深刻印象。他面色苍白，行动迟缓，身材高大，穿着旧长袍，显然是一个永远不顾及会对别人产生什么影响的人。在我的生活中，我遇到过三个给我留下正直印象的男人。对于修道院院长，我就不用多说了。第二个是比利时国王阿尔贝一世。我只是与他擦肩而过。那是一九三〇年或一九三一年，我去比利时解决在办理上述遗产事宜中遇到的麻烦。一天，我去观看法国喜剧院的早场演出，演的是皮兰德娄的喜剧，演得好坏且不说。观众不多。我一个人坐在国王隔壁的包厢里。幕间休息时，我出来得很迟。长廊里的电铃已经响过了。我突然看见国王正与他的副官说话，无意中挡了我的路。国王往旁边一闪，后退了两步，紧靠墙站着，双手微微分开，头轻轻一点，向这位陌生的女人表示致意，让她走过去。仅此而已。但是，这个谦逊的举动贯穿了他的一生。除非是头脑迟钝的人，否则一定会觉得，这个穿着一身黑服装，注重传统礼节的男人，有能力、有勇气、有智慧驱除人们所遭受的痛苦和灾难，以后会连续取得事业的胜利。这可以用但丁的话来形容，他是一个面孔谦恭的人。但是，谦恭是所有行事审慎的人在生活中坚持的立场，不仅仅是一种外表现象。

对第三个人的描述要稍微长一点。那是在美国。一个冬天的夜里，天下着大雪。一列小火车驶进森林中的一个小车站。月台凹凸不平，覆盖着雪。风卷起雪花，一直飘进空车厢里。检票员是个非洲人，在没膝深的灰白色积雪中，直抱怨说他根本不可能将两个提着包裹和沉重行李箱的女人拽上月台。这时有一个男人说：“我把行李提上去。”大风疯狂地吹打着月台。他是唯一与我们乘夜班车同行的男人。他穿着灰色的风雨衣，像一位海军军官。秃脑袋，瘦矮个儿，看上去神情自若。他把两个沉重的箱子和几个包裹提进车厢，放在一个避风雪的角落，然后坐在对面的角落里，从上衣兜里掏出一个电筒，挂在靠背上，又拿出一本书读了起来。他一句话也没说。我想应该过去感谢他。他非常有礼貌地回谢了我，然后继续读他的书。我眼前的这个男人单独在南极洲度过了四个月的黑夜和冬天。有一天，他破例走出地下藏身所，检查我不知道是什么的风速表。他出来以后，发现翻板活门随后自动关上了，又被冰冻冻住了，就用断臂把翻板门打开。他曾经摔断了臂，也是独自一人扛着的。整个冬天都是这样度过。他最近的邻居，即扎营在距离他大约三百英里的男人们，怕他一个人太孤独，或许因为他的答话太简短（他的手拿不住电台的操纵杆），便带着他们的狗吃力地找到了他，在几乎无法通过的大浮冰上将他救出来，因此中断了对南极洲的测绘，同时也中断了只有经过整个冬天才能做出的关于绝对与无限的看法的观察。《孤独》是理查德·柏德[①]海军上将写的一部独特的书，他在书中不间断地描写了他每天的孤独生活，直到像我们当时所听到的狂怒而寂寞的大风刮起的时候才停笔，而男人们对这样的大风是听而不闻的。柏德不善于用词表达，有的地方文字也不流畅，只用了一些含混的说法，就连爱克哈特[②]几乎也无法做到这点，这倒也不奇怪。柏德的日记描写了南极洲半透明的冰层和不被人所了解的积雪。对这个男人来说，成功、事业甚至美国的霸权主义都不是他追求的目标，至少不是他长期追求的目标，因为个性太自我，他属于那些不讨人喜欢的人。后来，在他去世以后，我看见他的一些同事反对记者散布的流言蜚语，执著地捍卫他的回忆。在我遇到他的那个年代，他刚刚放弃了荒山岛的孤独住所，迁入了对那些讨厌鬼来说更难到达的另一个地方。我从来没有运气见到劳伦斯。如果他在世的时候我去克劳兹山，我肯定会听到这个严阵以待的人与他的波翁顿营的同志们像往常那样说着笑话，讨论飞机发电机的优劣，但看到一个不请自来的女人，可能会感到不高兴。我经常自问，柏德是否意识到，他远征南极洲，过着清苦的隐退生活，实际上是为征服并污染一个几乎还是处女地的世界帮了忙；在那个时代，不知道劳伦斯是否能预见被他参与的战斗搞得四分五裂的中东，一方面会成为石油帝国，另一方面死人堆积如山，从而也葬送了自由；他在他的诗中描写了一个被爱着的人的毁灭，呈现在人们面前的是一个可怕的肉体。他可能没有预见到。不管怎样，我在这个缅因州

① Richard Byrd（1888—1957），美国海军少将、探险家，多次率队赴南极考察。
② Eckhart（约 1260—约 1327），多明我会神学家、哲学家。

的暴风雪之夜，有机会结识了这些沉默寡言人物中的一个。

现在我们再回过头来说一说修道院院长勒米尔。我曾经感谢过他，尽管我不太知道感谢他什么。他用拇指在我的前额上画了一个十字。对他来说，我是何许人？一个坠入金钱陷阱而不能自拔的好心男人的女儿？玛丽·德·S的侄女？她是一个圣女，毫无疑问，就是这个圣女，曾经憎恨过一个被天主教右翼称为分立派的教士。也就是那一年，我在昂吉安的森林里遇到了一个陌生先生和一个陌生夫人，他们相信在我身上发现了玛丽女儿的特征。但我不是玛丽的女儿；我也不是费尔南德的女儿。她离现在太遥远了；她太脆弱了，她被遗忘得太久了。我更是让娜的女儿，更是在我出生之后答应照料我的女人的女儿，而米歇尔经历了许多恩恩怨怨，仍然将她奉为一个完美女人的形象。自从我最后一次看见她之后，五年的时间又过去了。她还认识我吗？毫无疑问，她不再想念我了；她有两个儿子。

跛腿修道院院长（他有关节疼痛的毛病）一直把我们送上马车。米歇尔决定，一旦收回他剩余的资产就离开巴黎。大约十年之后，两个朋友在相隔一年的时间里相继去世。他们没有再见过面。我也不相信他们互相通过信。

归途坎坷

在战争爆发的最初几个月，战况变化无常，在转入堑壕战之前，尽管笼罩着恐惧不安的气氛，但人们仍然满腔热情。埃贡和让娜一直抽出一部分时间从事扶贫济世的活动。让娜在桑利[1]附近的一辆救护车上工作，费用由一个路德教协会负担。埃贡开车不像以前那样晃晃悠悠了，他负责将重伤员送往巴黎。有的重伤员在运送的路上就断了气。这种工作使他们觉得起码可以接触一些现实生活。

埃贡很快发现，他有被征兵的危险。在法国组建了一个俄国军团。一个星期以前，第一批征召入伍的人已经在远郊区的一个兵营集训：他们中有大学生、社会党人和居住在帝国周围省份的社团成员，他们也都像埃贡一样不愿意为沙皇打仗。有的人逃跑了。执行组建部队的俄国军士向逃跑者开枪，打死了许多人。报纸没有报道这个消息。

埃贡和让娜离开巴黎去了瑞士。荷兰虽然保持中立，但像一座监狱，很难获准入境，因为荷兰三面被德国包围，剩下的一面就是被占领的比利时。相反，瑞士的空气似乎更洁净，法国和德国的新闻叫嚣与欺骗宣传到达瑞士之后，口气就缓和了。但物质生活却成了问题。德·乐瓦尔夫妇先后在莫尔日和洛桑住了一段时间，接受了一位瑞士朋友提供的住所。这位瑞士朋友是收藏家、音乐迷、工业家和著名的文学艺术资助者，在温特图尔有一座豪华住宅，他提供给德·乐瓦尔夫妇的住所是一处附属建筑。然而，就在冬天即将结束之时，德·乐瓦尔夫妇对这个以奥托·威内尔为中心的由艺术家和作家组成的团体感到厌烦了。这个团体对绘画、音乐和战争的议论无休无止，一会儿说要入侵瑞士，一会儿又说后天就要进行和谈，但这些预测都是错误的。奥托·威内尔对埃贡大力鼎助。战争爆发前夕，他的第一部钢琴伴奏合唱音乐作品《石头的传说》曾经在巴黎上演。尽管人们对它褒贬不一，但这部作品最终使埃贡进入了重要的创新派音乐家的行列。威内尔成功地将这部作品搬上了巴塞尔的舞台，并为埃贡在巴塞尔的专业文化艺术学院谋取了一个音乐教授的位置。因此，他每个星期必须去授两个小时的课。埃贡早已克服了在听众面前神经质怯场的心理，在瑞士的大小城市举办音乐会。他存在巴黎的资金，因为有这位朋友的襄助，终于汇到了自己的手上。让娜父亲留下的遗产结算余额也一笔一笔地拨到了她的户头上。他们开始在当地寻找自己的住所，最终在索洛图恩购置了一幢十八世纪的破败不堪的小楼。

索洛图恩原来是外国驻瑞士大使的官邸所在地，房屋建筑具有启蒙时代的风格。这幢小楼的廊柱，路易十五时代的细木护壁板，仍然保留着法国的风格。废弃的花园很像一座公园。由于西里西亚的安杰勒斯和诺瓦利斯的翻译作品售量有限，让娜为了多赚点钱，根据这两位作者的某些生活片段写成了一部小说。但她缺乏创作才华。小说写得平淡无奇，让娜便一把火焚烧了她的手稿。她后来又以忧伤的笔调撰写了格鲁克和舒伯特的传记，尽管书里面有诋毁德

① Senlis，巴黎北部皮卡第大区瓦兹省城市。

国的章节，巴黎的出版商还是将书稿出版了。在写作过程中，埃贡在音乐词汇方面给了她帮助。她沾沾自喜地说：“这些著作毕竟带来了一小笔收入。”但是，作品用许多页的篇幅叙述启蒙运动时代和浪漫主义时代，而对德意志帝国却只字不提，这已经显得过分了。罗曼·罗兰给她写了一封信，温暖了她的心。在当时，米歇尔非常喜欢罗曼·罗兰的《超乎混战之上》。

在这些年间，埃贡过着无声无息的生活。他创作了一系列钢琴练习曲。这些练习曲短小，是与自己进行的探讨。这样的探讨，不是他自己悄悄地，就是与让娜或别的不认识的什么人进行的。当然，与别人的探讨，无疑也都出自于他的心声。那里有金黄色的果园，潮湿的草丛里生长着蘑菇，散发着诱人的气息；在苔藓下还可以找到未采摘完的浆果，酸溜溜的味道，埃贡和让娜非常喜欢这种环境。然而，在一所很好的学校上学的两个孩子，按照埃贡的说法，变成了瑞士人，他们贪心而活泼的贪吃样子与上面描述的景象形成对比。埃贡的弟弟是近卫军军校的学生，战死于圣彼得堡的最初一次兵变。埃贡偏爱弟弟，他的死使埃贡悲痛的同时，更引起了他对这座已经改变面貌的城市一个美丽冬天的回忆。让娜和他的两个兄弟心地光明地领略了圣彼得堡的戏剧节的气氛，共同度过了一段形影相随的日子。当时上演的是埃贡的第一部芭蕾舞剧《湖畔白马》。白马的轻捷奔驰，表现的与其说的死亡，不如说是奔涌怪谲的不朽精神。这种神秘莫测的剧作内容往往自相矛盾，多年以后才出版，为未来的传记作者提供了一把作传的钥匙，尽管这样的钥匙经常是错误的。至于《世界迷宫》，这只是一个为以后的创造制订的长远计划。

在这个时期，教授这个职位对埃贡对来说是新奇的，他喜欢他的学生，就像喜欢乐器一样，无论好的，平平的还是不好的，只要是第一次，他都喜欢。他每个星期要在巴塞尔逗留两个夜晚。有一次，他徘徊在汹涌奔腾的莱茵河畔，就如同过去在德累斯顿漫步在易北河的码头上，或者散步在巴黎圣母院附近的公园里。他有时候觉得，与一些人的相会，即使不是丰富了知识，也是获得了精神的放松，因此感到很满意。一个面孔，一个形体，都使他不能忘怀，但他并不是特意地去回忆。他也不可能总是回忆得起来。

在瑞士德语区，埃贡和让娜又全力以赴地开始了他们的慈善事业，不过形式已经改变了。在巴塞尔像过去在日内瓦一样，红十字会负责收集生死不明、阵亡或被监禁人员的资料。埃贡和他的妻子懂得多种语言，很适合这种工作。让娜的时间尤其充裕，她每天都抽出一部分时间查对名单，解答有关问题。一天上午，她在一份奥地利的名单上发现了弗朗兹的名字。在伊松佐河第四次战斗以后，弗朗兹就下落不明。她和埃贡都不知道（他们分别向罗马监狱长打听过他的消息，但都没有告诉对方），弗朗兹在意大利参战前不久就被释放，移交给了奥地利当局。他好像又立即被编入了部队。这一次他用的名字、年龄、家庭住址可能都是假的，因为她不能肯定弗朗兹是否有家。部队番号倒有记载。让娜提心吊胆地把名单拿给埃贡看，担心会引起他太多的回忆。

“生死不明……或者阵亡……或者穿着一个战死的意大利士兵的军装隐名埋姓。”

“不要太贬低他，”让娜说，“他也许是英勇地战死的。”

“这有可能，但也不排除与此相反的情况。对我们来说，一切都没有改变。生死不明，差不多等于是死了。我希望一个贪婪的幽灵不要再来敲我们的门。”

“至于我，”让娜说，“我倒希望能回忆起那个与孩子跳鲜花芭蕾舞的年轻人。”

“谢谢。”埃贡把名单还给了让娜。

让娜觉得，这个谢谢说明，埃贡感谢她总是用一点儿温和的态度对待那些让人无法容忍的事情。埃贡回到自己的房间，用钥匙反锁了门，不想让她看出他痛苦的心情。回忆接踵而来。有一件事，他曾经想忘记，但这一次又浮现在他的脑海里。那是他们第一次去西班牙进行的一次愉快的冒险。在阿利坎特[①]附近的一块空旷的沙滩上，弗朗兹竟然裸着身体与年轻的茨冈人一起游泳，还用一小撮可卡因引诱他们。也就是在那个时候，埃贡才知道他吸毒。海岸巡逻警察搜查了他们放在岸边的衣服。警察知道白粉是什么东西。弗朗兹看见警察就感到惊恐万状，企图游水逃跑。警察在一块突出的岩石下面追上了他。几个茨冈人像蜥蜴，钻进悬崖下面的岩石缝里。直到一位宪兵到旅店搜查“嫌疑犯的证件”，埃贡才知道此事。他在警察局的禁闭室见到了弗朗兹。禁闭室里还放着头天晚上吃剩的饭菜，上面落满了苍蝇。弗朗兹的双手被铐着高高地吊起，身上被打得青一块紫一块。在埃贡给警察分发比塞塔[②]的时候，弗朗兹费了好大劲才穿上衣服。小伙子一边以埋怨的口气回答着他的朋友的问话，一边还耸着肩膀，从而落下了耸肩的习惯。埃贡第一次觉得弗朗兹行动诡秘而下流。但是，也有一些行为低下的神灵，有一只神圣的山羊叫埃基潘[③]，还有一个既咬人又舔人的安努比斯[④]。

直到此时此刻，尽管失望甚至心情不佳，对埃贡而言，肉体的乐趣犹如在波浪轻荡而又平静的海上游弋。自从与弗朗兹相识以来，他一直处在深渊的边缘。既有肉体的深渊，也有心灵的深渊，只有

---

① Alicante，西班牙东南部巴伦西亚自治区省份。
② 西班牙货币单位。
③ Aegipan，希腊神话中的羊身鱼尾兽。
④ Anubis，古埃及宗教所崇奉的死者之神，豺头人身，为死者通往阴间引路。

那些不怕眩晕，勇于探索，敢于冒生命危险的人，才会潜入到水底去揭示其奥秘所在。这与埃贡还仍然称为快乐的差距之大，就如同幻想与精神错乱、羽管琴演奏的乐曲与锣鼓齐鸣之间的差距相当。斯巴达伯爵的话语重心长，使埃贡意识到，弗朗兹耽于声色之乐的粗野行为，为了满足其享乐，不仅行窃而且谎话连篇，是由来已久的。弗朗兹的肉体享乐已经达到了令人厌恶的程度，而且他的这种如此下流的选择也让人感到可怕。但是，他的这种选择是从何处开始的呢？现在，埃贡对他的反感，几乎导致了对他的憎恨，这难道不也是一种虚伪？如果这个生死不明的家伙回来，与其说是受欲望驱使，不如说是被冲昏了头脑，他会不会再去找这个卑鄙的朋友呢？如果弗朗兹拖着一个受伤的奇形怪状的身体，跛着脚回来，他该怎么办呢？他不知道。他甚至不知道是否还真的喜欢这个瘦高个儿，肌肉有些松弛，长着女人睫毛的眼神迷离但火气旺盛而又贪欲的小伙子。埃贡想，他是死了，腐烂了，但不能肯定这团暗下来的火是否永远地熄灭了。那天晚上，听到花园里的铃响，他犹犹豫豫地不知道是否应该去开铁栅门，因为他一直担心来者可能就是他的这位朋友，那个昔日的讨厌鬼。

但是，埃贡感到最焦虑不安的还是时间问题。首先，战争并没有把这个用不同形式效忠祖国的波罗的海青年摧垮。俄国在坦嫩贝格[①]的失败，使他失去了与一些远亲、青年时代的同学和朋友的联系。他同让娜回归故里的时候曾经见到过他们。俄国崩溃了，但不能同情俄国人的荒谬行为和贪污腐败。两年以后，“费利克斯”杀了拉斯普京[②]，这对他来说无关紧要的。人们看到，他弟弟的死只是

① Tannenberg，古普鲁士地名，即今波兰斯滕巴尔克，德国于 1914 年在此打败俄国。
② Grigory Yefimovich Rasputin（1869—1916），俄国宫廷佞臣，深得尼古拉二世宠信，干预朝政，被保皇派暗杀。

一个特殊事件。埃贡对家庭从来就没有很强烈的感情。他喜欢音乐，却得不到支持，因此与家庭之间的关系充满了危机，他年轻气盛，便离家出走。后来，他又抱怨家里的人对具有自由思想的让娜太冷淡。随着西方与波罗的海各省通讯联络的减少，他们夫妇也成了生死不明的人物，几乎在地球上消失了。停战以后，随着德国几个旅兵力的入侵，以支持欧洲反对布尔什维克，同时为在东方重新获得在西方失去的势力范围，所以，那里的一切都乱了，就像一部闪着雪花的老电影。当地的人民聚众闹事，反对拥有土地的贵族，但有时候又因担心所产生的后果而迟疑不决；在里加，愤怒的群众把矛头直接指向浑身散发着金钱臭味儿的富有的日耳曼商人。人们时常群情激昂，但当饥肠辘辘的红色近卫军到来的时候，一些可怕场面也随之发生了，冯·威尔茨的突击队所到之处，粮食被洗劫一空。埃贡的驻伯尔尼公使团中的一些瑞典或英国朋友尽可能地向他提供了进行一次旅行的有关情况。自停战以来，尽管从波罗的海到这些动荡不安的地区具有危险性，但由于任何合法的途径和安全措施都不存在，因此也就变得容易了。进行这种冒险的，几乎还只是那些执行秘密使命的人、工商业者、负有双重使命的慈善家或牧师、记者或冒牌记者。埃贡成功地在伦敦和斯堪的纳维亚国家举办了一些音乐会。他随身有各种通行证和签证，其中包括一本使用自己名字的瑞士护照（让娜和他刚刚获得了瑞士国籍），里面注明他是音乐家。还有一本假护照，所填写的是瑞士公民，但职业含糊不清，是做亚麻布生意的。他还有红十字会的一份安全通行证。但由于所处情况不同，安全通行证有时有用，有时也会带来麻烦；最近，有一些被怀疑搞间谍活动的志愿人员被关押在莫斯科。担惊受怕的让娜对此并不惊讶：她可能比丈夫更清楚，他因为不能参与这次世纪性的大冒险而感到痛苦。这冒险不是战争。他们一直厌恶战争。这冒险既有危险，也有有利条件；既有团结，也有友爱，向他们展现的是一个充满刚烈意志的人类世界。埃贡强压住自己的烦躁心情。让娜告诉他这个计划可行，可以使他与亲人重逢，起码可以了解到他们的一些情况。她一直认为，为了生活，就要进行各种尝试，即使冒着生命的危险。他们共同度过了最后一个夜晚，肌肤相磨，泪水盈眶。在决定结婚之前，他们的德累斯顿之夜也是如此。在罗马，那次几乎导致他们关系破裂的丑闻发生之后也是如此。虽然让娜在性生活上将要经受长期的孤独之苦，但她具有自豪感，不会因此受到痛苦的折磨。有多少夫妻，即使关系正常或谐和的夫妻，在共同生活二十年之后，还仍然会经常同床共枕吗？

“我很不忍心把你们三个扔在这里……而且，万一……”

让娜用手指放在他们俩的嘴之间。

“您不在，孩子们可能感到惆怅，但他们现在和将来会有他们自己的生活。至于我，我在这个我们共同生活的房间里，永远不会感到孤独。”

她像所有身处同样境地的女人一样，反反复复地告诉丈夫务必要回来。他以为妻子睡着了（她没有睡），在黎明之前出发，以避免再说一些让人肝肠寸断的告别话。但是，出远门者几乎总是比留在家里的人更多一份活力和期盼。

在经过了几年战争之后重返伦敦、哥本哈根和斯德哥尔摩，给他的印象是生活又重新开始了；而且，他的音乐似乎比以前更得到了听众的理解。他对自身的安全感也增加了。但由海路到奥兰群岛[①]的旅程漫长，而且要一直到达卡累利阿海岸下船，这就更增加了危险性，因为这要依靠当地人士的善意帮助。起初怀着猜疑

① Åland Islands，芬兰西南部的群岛。

心理的乘客，慢慢地相互靠近了，晚上在摇曳的灯光下聊天，表面上看来都是无拘无束的样子。过了奥兰群岛以后，海水中布满了水雷，水雷随着大浮冰漂移，但水雷爆炸的可能无助于人们敞开心扉。到处都是吹牛皮和老生常谈。另一些人的默不作声更让人感兴趣，但不知道他们的沉默是因为没有话可说，还是对其理想主义的计划或阴险的计谋守口如瓶。与埃贡同桌的有一位英国人，也是做亚麻布生意的，就如何通过边防线的问题给埃贡出了一些好点子。不过，这位英国人有些固执己见。埃贡刚下船，就进入了泥炭沼泽地带，趁着春天的暗绿色之夜，摆脱了这位好心人。远处有一排排树干，可以看见有一些快熄灭的灯光。好像是一座旧农庄。还是误入狼口？即使铤而走险，也要勇往直前。但是，开门的是几个上了年纪的妇女和两个男人，从他们讲的方言判断，他们不是亲俄国的。他们本来不想收留外国人过夜，但他们是波罗的海人，同情之心还是有的。埃贡惊奇地发现，这里有一座城堡，是属于——如果这个词用得恰当的话——乐瓦尔家族一个堂兄的。这里共有两座城堡，遭到敌人的两次破坏，现在是一个德国部队的军营，还筑有防护工事。这里距离当时还可以穿越的边境只有十五公里路程。德国人时不时地来这座农庄购买粮食。第二天黎明时分，埃贡跟着农庄的一个农民上了路。他们都背着军用面包。这些面包的价钱相当于一张安全通行证。到了一个悄无声息的地方，这位农庄农民把四个指头插进嘴里，学了一声尖厉的鸟叫。他与哨兵进行了交涉。这里很危险，随时都会招致不知道来自何处的碉堡的火力射击。但是他们幸运得很。埃贡见到了比他年轻二十来岁的堂弟孔拉德。孔拉德青春年少，一脸严肃沉思的孩子气。孔拉德努力回忆着埃贡的面貌，很高兴能有机会与他谈论音乐问题（他了解埃贡的名声）和法国先锋派文学。但根据新闻，事态发生了不利变化。如果英国和法国拒绝给予任何支持，冯·威尔茨将军的游击队将撤出库尔兰地区。战斗在里加周围继续进行着。孔拉德背诵着这份新闻公告，就如同背诵学过的功课。埃贡已经明白，小伙子不喜欢打仗，他没想到要拯救祖国（但是，还有祖国要拯救吗？）。孔拉德呆在那里是为了另一个堂兄弟爱里克。爱里克也是他的战友，他的榜样，他的偶像。爱里克在这个荒僻的地方指挥着三百名士兵，有波罗的海人，也有德国人。埃贡的未知探索会变成一次家族探访吗？爱里克走了进来。他像孔拉德和埃贡一样，也是金黄色头发，蓝眼睛，长脸膛，眉宇间一条威严的细皱纹。他说话口气果断，是一个惯于发号施令的人。

“你来有什么事？”

“来救助我的亲人，如果他们还活着的话。”

“说你是来碰运气，倒不如说你是来冒险。要救助你的亲人，你来得太晚了。你父亲和两个哥哥被农民打死了。带领农民闹事的是一个红色叛乱分子，人倒不愚蠢，他现在是塔林的党头头。你们村的村民抢先分了土地。”

“你肯定？”

“就像了解这个神圣国家的其他事情一样肯定。”

但是，谈话的语气缓和了，不再说脏话了，就如同既然已经来到客厅门口，也就不用再说恭维话了。

“沃依罗诺夫呢？”

“据说完蛋了。”

埃贡把目光从孔拉德身上移开，感到爱里克对所有投向他年轻朋友的目光感到不安。但他似乎回忆起来了，他的堂兄弟有一个姐姐，年龄比他还大。在他们两个家庭经常来往的时候，他还是孩子，应该见过她。“她不在这里了。”孔拉德简短地回答说。这时，爱里克吃完了饭，就走开了。不久，埃贡从一个下等兵的口中得知，姑娘投降了敌人。

这个星期就要撤出克拉托维塞。“老兄，你是来参加撤退仪式的。冯·威尔茨已经命令去救援被围困在多尔帕特的残余部队。如果有可能，随后将通过波兰边境线撤回德国，波兰在全力保卫华沙，以抵御俄国发动的新进攻。等着瞧吧。”

出发的一切准备都做好了。三百名士兵经受了严寒和饥饿的折磨，看来对这次调防感到满意。孔拉德和爱里克在最后时刻不得不将父辈的最后一位老人，普拉斯科维娅姑妈和她的贴身女仆留下了。两位老人都是俄国国籍，几个月以来一直幽居在她们已经失去豪华光泽的卧室里，画着十字进行祈祷。陪埃贡来克拉托维塞的农民答应，如果形势允许，他将两个女人，像背两只装进空袋子里的老兔子似的，带到他的农庄。出发的那一天，埃贡听到有人打开窗子，他转身看见一位身穿衬衫的老太婆，她无疑是被声音惊醒的，迷迷糊糊地看着部队走远了。

他们三天以后到达穆尔瑙郊区（爱里克和孔拉德仍然说着某某地方和某某村庄的名字），来到河水正在上涨的河边。地上到处是泥坑。

“你跟我们一起走，或者一个人去朝圣一堆瓦砾，同样都是危险的。”爱里克说，“对于我们来说……我相信，骰子已经掷出去了。然而你……只要你的肚子里还有一部奏鸣曲或一出清唱剧，你千万别让人在路上把你干掉。”

“但愿上帝保佑。”埃贡说。他突然想起自己已经把路德教抛诸脑后了，便问心无愧地补充说，“如果上帝存在的话。”

埃贡亲热地将他骑的小马还给了一位士官。小马是士官让给他骑的。孔拉德和爱里克也下了马，与他拥抱告别。让他们仨感到惊奇的是，他们都流下了泪水，起码也是热泪盈眶，就像荷马史诗中的英雄人物一样。埃贡走了。

埃贡在到处是水坑的泥地上走了很长时间，有时还得踩着树根才能跨过去。大约到中午，他在草地上遇到了两个农民。那里的水深没膝，农民的牛陷在水里，他们请埃贡帮忙拽上来。埃贡帮了忙，两个农民向他表示感谢，但并没问他是谁，从哪里来。埃贡穿着与自己身份不相符的衣服，又溅满了泥水，完全像一个普普通通的人。他的靴子是在城堡的一个角落里捡的，穿着挤脚，而且又灌满了水。他把靴子和装在靴子里仅存的一张身份证一股脑儿地扔进河里，只保留着已经浸湿的一小张安全通行证，高兴地穿上挂在腰带上的用树皮做的鞋。天气热起来了，四月的黄昏缓缓地临近了。暗淡的天空中布满了云团。他决定在天黑之前去找一处高土坡躺下休息。这里与路只有一行树相隔。他似乎听见从东面传来一阵枪声，但他不能肯定。他睡着了。

由于这里潮湿，他醒来的时候觉得身子僵硬。他走了一会儿才恢复过来。因此，他想当天晚上应该找一个能遮身的更好的地方休息，哪怕是一个在树林里看守捕捉野兽陷阱的猎人或伐木工人的草屋也可以。天开始下起大雨。他觉得白天的时间过得很慢，恐慌不安。他感到孤独寂寞。只有上涨的河水拍打着河岸，哗哗地响。甚至连敌人也踪影全无。大半个被淹没在雾里的太阳，为他指示着方向。但是，走在满是横七竖八的树木的泥水地里，他老是迷失方向，而且也弄不清楚是什么时间。

埃贡来到一个稠密的灌木林时，天还没黑。两棵老树之间有一个护林工的窝棚。他先是听了很长时间动静，然后走过去敲门。但是没有人开门，他就推门走了进去。屋里一片阴暗，空空的，景象凄惨，还散发着人的尸体腐烂的恶臭味儿。他从两个狭小的天窗透进的一丝光线，可以看出没发生过什么暴力，可以判断人不是死于内战。一条宽长凳上铺着一张草垫，上面静静地躺着一位老人。还有一位老年妇女，半蜷缩着身子躺在一床薄被上，一条腿耷拉在地上，好像她还没有爬上床，就死去了。她也许是在临终之前要下床照料老伴儿时咽气的。他们是饿死的？还是得了斑疹伤寒？他们的脖子都很瘦，脸却浮肿着，但这丝毫不能说明什么问题。在埃贡看着两具尸体的时候，一只大老鼠（也许是一只猫，他没看清楚）从老人的裙子里窜出来，钻进一个洞逃走了。埃贡走了出来，随手小心地关上门，但一股臭味儿也随之涌出门外。他又憋住气回到屋里，看了一眼挂在墙上的用铁丝网做的食品柜，拿走了里面唯一能吃的东西，一大块两位老人剩下的黑面包，气味与其他东西也相差无几。他从克拉托维塞带来的食品袋已经空空如也了。他又走出窝棚，关上门，把这块被雨水淋湿的面包在一棵树干的青苔上蹭了好大一会儿工夫。天黑了，应该找个睡觉的地方。窝棚后面还有一个破烂不堪的小棚子，茅草棚顶还在，一部分被窝棚的宽大棚顶遮蔽着。埃贡一下子跳了进去。雨水从棚子顶上往下流着，像一道水帘，地上铺的草全湿了。他找了一个最干的角落躺了下来。

午夜时分，埃贡听见一阵巨大的嘈杂声：声音很有节奏，是一支部队向他走来。他仔细地数着部队的人数，前面最多只有七八个人，正走在狭窄的小路上。再后来他就数不清了，大约总共六百人，后面还跟着一个秩序混乱的骑兵队。有几挺机枪陷在泥里。部队在原地踏着步。埃贡等着他们过去，感到很可怕。命令是用俄语下达的。部队又开始前进，声音渐渐变得模糊不清了。爱里克说过，有一个师的俄国部队要往北调，但这支部队好像也在找去维尔纽斯的路。埃贡等到天亮才重新上路。

突然，意外的事情发生了。有一个人，一个穿着红军旧军衣的拉脱维亚士兵，从部队刚才离开的方向走了过来。他骑着一匹疲惫不堪的小马慢慢地走着。毫无疑问，他是喝醉了，整个身体歪斜在马鞍的一边，眼看着就摔下来的样子。他看见有个陌生人，便开了枪。第一枪打偏了，第二枪擦着埃贡的右肋部飞过去。“对于一个醉汉来说，他已经打得不错了。”埃贡没有多想，一个箭步扑向醉醺醺的骑兵，将他的手腕一掰，把枪夺了下来。骑兵摔在地上，脑袋撞在水边的一块树墩上，整个身子滚进水里。埃贡又把他往水里推了一推，他脸朝下地趴在泥水里。埃贡将手枪扔进深草丛里。他是一个落伍者，还是逃兵？埃贡这时只是想，既然杀人如此容易，死也可能不难。

埃贡抓着浑身流着汗水的小马的缰绳，把小马拽到路边，在一个水流缓慢的地方涉水过了河，来到一片乔木林。乔木林里荆棘丛生，还有一些草地。他好像认识这个地方。那里有两条马车道，一直通向远方。小马摆脱了骑兵的重负，这时缓过了气。埃贡把缰绳搭在马鞍上，小马感到被解放了。他用手把小马往前一推，小马便自由地奔跑起来。埃贡犹豫了片刻，好像是被什么迷住了似的，也沿着这同一条小道往前走去。

埃贡记起来了。然而，这不是沃依罗诺夫。在他的童年时期，沃依罗诺夫有一座雄伟的大公园，周围林木环抱，那里的景色既叫他憎恨，又让他喜爱。这里是他的家乡，这里的一切都是美好的。人们会说，他离开家乡时间太久了，他根本不知道是什么时候离开的，也说不清楚离开了多长时间。那里有一个小屋，从前油漆成白颜色，蜷缩在一块树木稀疏的地方，只有一条小车可以出入的小径通往外部世界。让娜摔下四轮马车受伤以后，埃贡就把她带到这里来，他不愿意看见亲属们对让娜既礼貌又冷淡的态度。一踏上微微摇晃的台阶，他就肯定无疑了。旁边有一个水池，让娜就喜欢听青蛙跳进水里的声音。池中的水声唤起了他的记忆。每天天刚亮，让娜就来坐在一张固定在那里的凳子上。他想起来了，他还情绪激昂地与年轻的医生讨论着政治问题。这是真的，还是在做梦？他似乎觉得，来到这里，不论是地狱之门，还是天堂之路，都不感到可怕。他打开门，门是用插销插着的。屋里光线很亮，几乎是空的，但他知道壁炉在什么地方，还看到一把旧安乐椅。安乐椅上坐着一个男人，胳膊支撑在桌子上。他稀疏的胡须，花白的长发遮住了半个脸。他跳了起来。

“埃贡！我的老弟！”

他拥抱了埃贡。此人是奥东，埃贡童年时期的一个较要好的同学。当让娜住在这个林间小屋的时候，奥东晚上经常陪埃贡去城堡打牌，打完牌以后又把他送到让娜身边。家庭聚会的时候，牌是必须打的。奥东有时一个人去找埃贡，有时还约村里的小伙子一同与他出去玩。埃贡与他们一起在绿色尚存的森林里溜达，又找回了昔日的歌声，一起说笑，打闹。回来的时候，埃贡由于有时喝点儿酒，天气又寒冷，满脸通红，但寒冷的空气很快驱散了他的酒味儿。他们把埃贡送到门口就走了，但还经常出其不意地被让娜叫住，不好意思地进屋吃块点心或再喝一点儿伏特加酒。让娜还记得奥东吗？埃贡本人只是在被他像狗熊似的友好地紧紧抱住的时候，才认出是他。岁月和艰险发生了作用。奥东先坐下去，给客人递过一把白色的小木凳。他说话的声音沙哑。埃贡发现他哭了。

“傻瓜，你不应该到这里来……谢天谢地，我终于又见到你啦……你是不是来找什么东西的？”

他把手放在桌面上。桌子上什么也没有。

“什么都没了。事情发生得很突然，那是在头脑最发热的时候……你的兄弟们都不受欢迎……你也一样，你也不喜欢他们……至于你父亲，他一直卧病在床，他拄着拐杖出去给他们帮忙……他们很尊敬他，但又有什么用……我也一样，我也打过。可是，打得不太重！我相信他没有感觉到我打他……一个人被打倒在地上……因为，你知道，我差不多都是与其他人在一起……否则，你就不会在这里看见我了。”

“我的那些嫂子呢？”

“别担心。女人吗？她们不会有危险。我想她们在里加。要不就在赫尔辛基。至于城堡，我明天带你去看看，还剩下一些残垣断壁。”

奥东用泥炭生了火。他拿来一只锅，倒上奶。从外面传来一声牛哞，说明这里还有一头牛。他煮的不知道是什么汤。煮好以后，他盛了三碗。

“奥尔佳！”

一个大约七岁的小女孩儿从一个类似凹室的地方爬了出来。埃贡还记得这个地方，因为他曾经看见那里有一段楼梯。楼梯太陡，让娜下不去。孩子相貌很丑，又一副很不高兴的样子。埃贡想起来了，奥东大概就是在那一年结的婚。

“你妻子呢？”

“不要提她了。”

他们吃了饭。小女孩儿吃饭的声音很大。吃完饭，她趴在碗上睡着了。奥东将她抱到柜子里。

“柜子里比这里暖和。”

埃贡看着立在墙边的那张什么也没铺的大床。奥东说：

“你就睡在这里。她以前一天到晚都睡在那张床上，腿上绑着绷带。她的腿好了吧？太好了。床垫儿被人偷了，床框上的绳子也松了。我不得不睡在地上。”

他摊开被褥。埃贡不好意思说还没吃饱。奥东拿出一个用破布包着的瓶子，递给埃贡。埃贡没接。

“你不喝了？”

“我是音乐家。喝酒影响演奏。”

“你今天晚上不演奏。而且，”他拍着自己的前额说，“你母亲呢？你还没问我呢。”

“我想，她与别人一起死了。”

“她没死。她在村子里。你明天能看见她。”

奥东一个人喝了两个人的酒。

“我们带着女孩儿一起去城堡。这更像一次家庭聚会。到那里给她一根钓竿儿。以免引起怀疑。”

“那里有强盗吗？”

“不经常有。因为没有东西可抢了。”

第二天早晨，天还蒙蒙亮，他们就起了床。但是，当他们在树林边下船的时候，太阳已经高高地悬挂在天空了。

“奥东，你过去的草屋在什么地方？”

“像其他房子一样，被烧了。我住在你那里，因为总得有人在那里或附近照看萝卜和土豆。有人说我是看庄稼的，不过是为全乡看庄稼的。”

他们来到从前那片草地上。小女孩儿双脚一前一后地跳跃着。走了一刻钟之后，奥东停下脚步。

“就是这里。”

“把他们埋在什么地方啦？”

“就是那里，”他把脚踩在地上说，“你想，没有必要把他们拖到很远的地方去埋。当然，他们被剥光了衣服。”

埃贡机械地抬眼看着奥东。奥东手腕子上戴着一块很漂亮的手表。奥东没有发现埃贡在看着他。

“这些砖是你的，”他说，“还有一些大石头。”

埃贡明白景象为什么似乎全变了。昔日的城堡也变得一片荒凉。这是一座巴罗克风格的宏伟豪华的城堡，就像他在东北欧看到的中间宽的长方形建筑一样。十八世纪的圆形阳台和高大的巴罗克窗子，是以前那种旧的军事堡垒式的城堡所没有的。毫无疑问，这是出于安全的考虑。埃贡这会儿又闻到了从厨房里传出来的烤天鹅肉和鹭鸶的香味儿，看到了被吃进穿着绸缎紧身短上衣的男人大肚子里的牝鹿和狍子，想起了将一对乳房暴露在紧绷的胸衣上方的女人，看见了男男女女呼呼酣睡和做爱的床，想起了那些任人摆布的贴身女仆、男仆和年轻侍从，想起了客人们竞相展示的服装，听见了宣布吃夜宵的刺耳号声，还想到了便壶和茅坑。他还记得几个直系亲属的经历：他姑奶奶多罗泰·德·乐瓦尔是大使夫人，在透明紧身上衣和舞蹈艺术方面是塔莲夫人[①]的竞争对手，后来又成了包括国王和王子在内的光明异端派联谊会的组织者。他还记得，他读过她在督政府时期用法文撰写的一小卷《箴言集》：“有些人仅仅获得了一些光荣、爱情和幸福。”*仅仅获得了一些光荣？*尤其是，一个人生前如果不能增强并施展自己的才华，这是他的命运所决定的。*仅仅获得了一些爱情？*是对别人的爱情？是别人对他的爱情。是获得的全部爱情，是付出的全部爱情。错位的爱情可能是最糟糕的爱情。同样，目前的粗暴、污秽和下流行为，当然不会给他带来什么

① Thérésa Tallien（1773—1835），即希麦公主，在法国督政府推行希腊时装。

幸福，但不知道什么样的快乐才能抵制住这一切诱惑。多罗泰应该了解什么是舞蹈的、神秘主义的（就像让娜）和经常是爱情的快乐。他的思路离开多罗泰，又溯流而上，直到鲁道夫二世[1]的一位常客，此人在布拉格城堡区的地下室耍妖术。是一颗黑心，还是一颗火热的心？他本人是否知道他是什么样的心？而且，在更遥远的年代，还有十二世纪长眠于他自己的大教堂的马格德堡[2]主教……一位圣人……然而，就是这位主教赞成进行童子军远征，他相信上帝会保护这些孩子们，会使孩子们成为天使……

“在令人发指的那一天，是我和妻子把你母亲拖到这里来的，那是大难降临的一天。她手脚乱蹬，好像人们是故意这样粗暴对待她似的。有两个女人帮着她：一个是我的女人，我的女人有时夜里让我同她睡一会儿觉，我还不时地与她交欢，另一个是能使人精神一振的小个子红发女人。”

房子虽然大，但由于住的人多，因此也就显得小了。老男爵夫人，这里叫她米娜，米娜睡在夹层的地板上。与她住在一起的还有两三个患了不治之症的病人和一个刚刚分娩的女人。米娜的一头长发很漂亮。她皮包骨头，假牙没了，因此脸也变了形。他有十年没见到她了。

她睁开模糊的眼睛，看着他，说：

“卡尔……”

卡尔是他大哥的名字。他明白，为什么一提到音乐，就使奥东想起了他母亲：多年以来，她只轻蔑地叫埃贡为“音乐家”。

埃贡告诉少妇，被单被呕吐物弄脏了。她把被单卷成一团，换

---

① Rodolphe Ⅱ（1576—1612），神圣罗马帝国皇帝。

② Magdeburg，德国中东部萨克林–安哈尔特州首府。

了一条干净点儿的。

“这里没有衬衫。而且也很难给她洗澡。”

她好像没有回想起过去的埃贡。她也跪在席子的边沿上，身子靠着他，这时似乎认出了他。

“总还可以给她洗洗澡，让她舒服一些。”

她点了点头。有人给她端来一盆温水，又拿了一件衬衫。他给米娜解开衬衫的纽扣，她一直穿着这件绣着花边的紧身宽下摆的女衬衫，已经穿旧了。她的下身用毛巾裹着，还用被子的一个角遮盖着。她的两只发黄的乳房往下垂着，好像是被孩子吮吸干了似的，然而，米娜的孩子是由奶妈喂养大的，她从来没让孩子吃过自己的奶。埃贡先用湿布将她粗糙的皮肤的每一道皱纹擦净，然后再用干布擦干；他还看见了他出生的那道暗红色的裂口。他用一把剪口不严的剪子，给她剪掉嵌进肉里的手指甲和脚指甲。她低声咕哝了几句（她肯定感到疼），就迷迷糊糊睡着了，还反复地叫着她大儿子的名字。克丽斯丹（对了，她叫克丽斯丹，他怎么会忘记呢？）给她梳理着一头漂亮的白发。奥东在走廊尽头喊道：

“该走了。”

他们站了起来。二十年以前，克丽斯丹只献身给了他一个小时的时间，好像是为了报答他在她陷入困境之时给予的帮助，这时突然用双臂搂住他的脖子，给了他一个情人的吻。在整个旅途中，没有比这样嘴对嘴地热吻更让他与往昔紧密相连了。他又看到了他所经历的艰险，野蛮的老大爷，疑神疑鬼的警察（他们起码认为他可疑），在小城的一家低级咖啡馆的可怕之夜，当非法堕胎婆把她交给他的时候，她已经面无血色，而且还会出血，但不知道孩子是被打掉了，还是已经死去了。拥抱在一起的不是他们，而是他们的年轻时代。

“你应该尽快地离开。许多人见过你，都知道你是谁。拿着！”奥东对他说。

奥东在小屋附近停了下来，把叠好夹在胳膊上的一件粗布长褂递给埃贡。这件衣服又脏又破，比他本人穿的外套还破。是红军军服，或者说是红军穿过的服装。

“你明天穿上。你应该穿得像大家一样……幸亏这件衣服是大尺码。路上会有很多小伙子：有受轻伤的，有正在康复的，有悄悄地回来到地里干一会儿活的，怎么说呢，都是装病的士兵。你穿上这件破衣服，也像他们一样，不会被人看出来。”

他们默默地睡觉了。深夜，奥东撑着双肘。

“你睡啦，兄弟？我应该向你解释一下。你母亲有一个小包，里面装着宝石，用她的衬衫包着。她委托我照管这些宝石，就像人们所说的那样……几个星期以前，我把漂亮的银器放在了安全的地方。你外曾祖父兄弟的银器，当时的皇后也感到羡慕……等时局平静你回来的时候，大家就把这些玩意儿分了。你明天在路上会看到一些镀金汤匙……”

埃贡像是在睡梦之中，对他表示感谢。委托他照管……放在了安全的地方……他又想象着倒在地上的老头儿，而另一个老头儿用手拍打着地，试图博得他人好感。他母亲不是被抬来的，而是被拖来的。还是不要去想这些事吧。

第二天，埃贡很早就作好了出发的准备。他们拥抱告别，但不像来的时候那样亲热了；奥东看着他走了，无疑感到高兴，他没为他少担风险；他已经不再是一位完全乐善好施的人了，但仍然还是他童年时代的那个奥东。埃贡从前与他一起在森林里玩，骑着砍伐的树桩在小河里漂游；天热的时候，他们把衣服挂在树枝上，躺在草坡上打滚，吸着偷来的香烟以驱除蚊子。看护森林的奥东想出了个主意。他说：

“等一会儿。”

奥东从墙上去取下一把巴拉莱卡琴。显然是一把当地土造的琴。

“你像大家一样往南走。要是有人跟你说话，你就给他弹几支曲子。弹曲子比多说话危险小。”

“我不会弹。”埃贡指着这把农民乐器说。

“你是音乐家，你有办法。大约走十五俄里，那里有一家小咖啡馆，里面卖克瓦斯清凉饮料；还有一眼井，没有钱的人就喝井水。你在那里休息一下，那里安全。不要急着赶路：越往南走情况越糟。你最好躲避几天。要是有人要看你的证件，你就说喝醉酒丢了。”

埃贡已经走上了乡间小路。路上长满了野草，到处是泥泞和水坑。他的前后都有军队，但没有人注意他。有两次，来了一些骑马的军官，也没有说什么话，只是招呼他们的同伴赶路。空气闷人；十五俄里的路程差不多走了一天的时间。埃贡坐在一个斜坡上，距离奥东详细告诉他的那间小茅屋不远：是好意还是陷阱？有几个男人在草地上休息。有人叫他。他没有回答，便拨动了巴拉莱卡琴的琴弦。他颤抖着手指，弹了几首童年时期的乡间歌曲；有人不时地闭着嘴哼唱起来。音乐与舞蹈是一家，有人跳起了舞。突然有人喊道：

“不为党唱一首歌？”

埃贡只会弹《国际歌》的曲子，不会词。旋律悠扬而起。

“好，不认识老朋友啦？”

有人从背后拍了一下埃贡的肩膀。埃贡高兴得叫了起来。此人穿着红军军官的军装，是塔林的年轻医生埃利亚·格雷克夫。他给让娜看过病，因此两个人结下了友好的情谊。他们用俄国人的方式互相拥抱，好像世界上只有他们两个人似的。埃利亚心直口快地抢先说：

“我昨天在克丽斯丹家看见了奥东。他都跟我说了。我有事，一个小时以前才出发。你一定会平安无事的，今后我都会陪着你。”

埃利亚把摩托车推下斜坡。他们骑着摩托车一起上了路。埃贡用胳膊紧紧地搂住朋友的胸部，因为道路有点儿颠簸。有点颠簸也没关系，他的朋友身强体壮，不必担心发生意外。

“我们到交叉路口搭乘去南方的增援火车。我们的军队放弃了围攻华沙，已经离开维尔纽斯。现在，法国人和波兰人已经发起了进攻。你知道吗？消息变化很快。”

“是的，有许多事情，农民就是避而不谈。”

“我的头头派我去里加谈判一项久而未决的方案。但是，看着这座城市经常易主，我就猜想它是否真有主人。”

“你相信红军会胜利吗？”

“或者相信红军会失败，这都不重要。不论神圣俄罗斯还是红色俄罗斯，这都一样。只是，我是俄国人。我不是立陶宛人，不是爱沙尼亚人，不是库尔兰人，也不是波罗的海贵族。既然我穿上军装继续行医……让娜怎么样？”

“很好。当然，她这会儿肯定因为担惊受怕而生病了。这是由于我的过错造成的。”

“是因为现在的时局。她还是那么漂亮？对吗？你还一直爱着她？”

“是的……其实……”

“不要说啦……我感觉到了。不要难过。各人有各人的爱法，能怎么爱就怎么爱。没再生孩子？”

“在这种时期有两个孩子，你不觉得已经够了吗？”

“我只是觉得我没结婚很好。”

他们骑着摩托车默默地往前开着，遇到人群时，一直开到他们跟前，他们才让开一条道，像一群受惊的鸡在公路上乱窜。

“埃利亚，昨天晚上奥东告诉你的时候，你是否相信他会帮助我，或者他指望你来帮助我？”

“两种可能都有。他不想抛头露面，但又想救你。不要怪他。你不知道，三年的革命把一个国家搞成了什么样子，而你在这里最多才生活了三个星期。我亲眼看见里加失守，被夺回来，然后又失守了。在旧制度下，大银行家和投机倒把者按照德国的方式大发横财，他们是一些最肮脏的家伙。战争在九条大街上进行：肮脏的恶棍都从耗子洞里钻了出来，叛徒们背叛所有的人，那些只值三文钱的理想主义者根本不能控制这些下流货，也无法制服他们。最坏的还是女人，尤其是妓女。身强力壮的女人穿着破烂不堪的军装，像是出入舞会那样炫耀自己。你知道，她们对那些镶金牙、戴金边眼镜、喝茴香酒、大腹便便的老头儿已经厌倦了；她们多年以来一直忍气吞声。而且，给我们的命令是很艰巨的，我不想再多说了。我们的哥萨克骑兵忍饥挨饿，马也瘦得皮包骨头。为了以儆效尤，竟然枪杀了十几个女孩儿。我还看见一个胖姑娘把裙子撩得高高的，让人打她的小腹。一个牺牲品，不是吗？我太喜欢你了，不忍心向你谈起你的那些波罗的海贵族，但是你都看见了，你的那些喝得酩酊大醉的农民，为了争夺几块烧焦的土地，打得头破血流……而你们的那些好朋友，你们的那些拯救所有人的救命恩人，即在西线战壕里的冯·威尔茨部队，但幸运的是，他们都开小差了……可是谁知道呢？自从波兰人发动攻势以来……人们只能躺在地上哭泣。”

路越来越宽了，天空也越来越辽阔了。许多树被砍光了。他们来到了交叉路口，那里有一个四面透风的棚子。有一辆火车正停在那里，已经挤满了人，但还有人往上挤。埃利亚把摩托车交给一个老巡道工，老巡道工立即将摩托车推到安装着照明灯的小屋，放在一堆空桶后面。

“他是个正直的老头儿。他会照看摩托车，因为我不在的时候他要用。”

还有几节车厢正在往火车上挂，发出刺耳的声响。

“你看，他们用胳膊推，用腿搡，一个劲儿地往里挤，好像都是去赶集的。”

“火车不去集市。去维尔纽斯。”

“维尔纽斯陷落了。去明斯克。”

“也许去基辅。”

“你所关心的，是不是你要知道会在什么地方被人暗害？”

“上车吧，埃贡。机车是战前制造的，火车总是超载（劳驾让我们过去，仁慈的上帝），走走停停，像许多虫子排着队往前爬行。不是掉了一只轮子，就是压断一根枕木，或者松了一截铁轨，也许铁轨上横放着一些木头。遇到这种情况，只好修好了再开，而且还不时地有人下车解大小便，采摘越橘，吃生蘑菇。你到后面的平台上去。像我这样抓住信号灯下面中间的栏杆。千万不要松手……这里颠簸得很厉害，但起码空气还新鲜。不要忘记是第三个站，但临时停车不算，在三百七十五公里处下车。车慢下来的时候，你等我一起下车。”

埃贡的身边好像是一个拉脱维亚士兵，紧紧地挤着他。只听见那个士兵用俄语说：

“不要挨着我，朋友，把烟头扔了。不能吸烟。吸烟对我们俩都很危险。尤其不要倒在我身上，车有时震动得很厉害。”

“是堤坝？是桥？是军火库？”那个好奇的人瞪着大眼睛问。

“反正与你无关。”

火车在树林间飞驰。预料之中的故障发生了。乘客下车在斜坡上溜达了一会，上车的时候，手都发紫了。在停车的时候，从前面车厢里押送苦役的队伍里传来叫声、骂声，有时还有巴拉莱卡琴的琴声。这才使埃贡想起，他的巴拉莱卡琴在半路上扔了。埃利亚用手抓着他的胳膊。他觉得天上的星辰从来没有这么大。

“车减速了。我们在下一站跳下去。但要慢慢地跳。看到有人往下跳，你再跳也不迟。不要让人看出你急着要逃跑的样子。”

他们跳了下来。车停的时间很长；一群掉队的人在等车。喜欢浆果和蘑菇的人都跑到斜坡上。埃利亚和埃贡不慌不忙地爬上了左边的那道斜坡。他们走出几步之后，一片矮树林便遮住了他们。他们尽量不出声。埃利亚走在前面，拉着埃贡的手，进入了长着针刺的灌木林。

“注意千万不要碰着毒蛇。现在是毒蛇交尾的季节，都蜷缩在树枝上。狼不饿的时候不吃人。这里很少有熊。小心别碰上野猪窝。母野猪保护着野猪崽，不会离开窝。不要走得这么快；走快了会疲劳。低着头，但我不相信他们会向我们开枪。最难受的是直着腰走路。”

“你以前来过这里？”

“来过一次，一去一回。这就是人们所说的一条隐蔽的边界。在战争时期，说话更需要保密。再走大约二十分钟有一道壕沟。让我走在前面。拿一根棍；我也有一根。不要碰着任何不熟悉的东西。壕沟对面的荆棘林里有带刺的铁丝网。树枝下面有一道缺口，几乎还没有人从这里走过。”

他们没有表，估计二十分钟过去了。两个人都盲目地往前走着，每向前挪一步，都先要用脚试探一下，以免摔进壕沟里。他们终于小心地走下壕沟，又爬了上去。埃利亚用两根木棍试探着穿过了铁丝网的缺口。在暗绿色的夜里，他们几乎无法看清楚。

“弓着腰，尽量跳得远一点。然后起码要再走一刻钟，不过荆棘林不这么稠密了。我不相信他们会在远处向你开枪。他们希望活捉我们。过了一块长着树丛的宽阔的草地以后，有一座围护着绿篱笆的小庄园，庄园下面就是公路。法国和波兰指挥部正在准备发动进攻。一走出矮树林，你就打开手电筒，贴着草照，贴得越低越好。一、三、二（他有节奏地数着）。你一定要坚持尽快见到当官的。要凶一点儿。如果一切都不如愿……”

埃利亚把一粒药丸塞进埃贡的衣兜里。

“不要马上吃。我回去了。我在这里对你不会再有用了，还可能起反作用。记住吹口哨，说明你越过了障碍，吹得声音要低。替我拥抱让娜。”

他们很快地拥抱了一下。埃贡像杂技演员，一个筋斗翻下了土坡。埃利亚低声地吹着口哨作为回答。埃贡一动不动地听着他的难友悄悄地走远了。埃贡穿着树皮做的鞋，又塞满了树叶，走在地上几乎没有声音。他脚上两次扎了刺，不得不停下来拔掉。一走出矮树林，他做了一个防备的姿势，尽管埃利亚告诉他要放心，他还是提防有人在远处向他开枪。正相反，不知道从什么地方走出十几个人，举着枪围住了他。

“什么人？”

埃贡照实说了。

“库尔兰沃依罗诺夫的埃贡·德·乐瓦尔男爵。我有一个紧急情况要报告司令。请带我去见W将军。”他又用法语重复了一遍，说话的语气表明不是请求，而是命令。这位下士显然也说一点儿法语。

“您的证件？”

“证件对我有什么用，有证件反而会遭红军杀害。有一部分路程，我是藏在一列俄国火车上才来到这里的。”

“男爵先生，”下士原来是银行职员，对他会说法语颇感自豪。他说，“我去给您通报一下。可能需要一些时间，您才会受到接见。您不要怕，与这些人呆在这里，不会有什么事。如果您有一点儿要逃跑的意思，他们就会开抢。”

“谢谢长官，”埃贡很注意抬高他的军衔，说，“等多长时间都没关系，我不会随便走动的。”

下士恭恭敬敬地向他行了一个军礼。但其他士兵不知道他们说了些什么，只听懂了这个穿着俄国破服装的人的名字，不禁用俄语或他们的语言，半开玩笑半凶狠地同他说着话，告诉他对流浪汉和敌人的间谍会采用什么样的刑罚。埃利亚向他告别的时候，他的这位朋友的一片热情和诚意，而且还提到让娜，使埃贡感到非常兴奋，他似乎觉得，活还是死都无所谓。但埃利亚的诚意不能白费。

那位去通报的下士过了大半天才回来。从他的表情看得出来，天平向着好的一头儿倾斜。尊敬占了上风。两位将军正在谋划战事。埃贡首先见到的是 W 将军的助手。掩映在树林里的巴罗克式小旧城堡似乎走出了梦境。埃贡被领路人带着走。还有几个人紧随其后，不过被少尉拦在了一个空房间里，然后把埃贡引到一个小客厅，关上了门。这是一间洛可可式的客厅，里面堆满了家具和箱子。一架无疑走了音的老埃拉尔牌钢琴，告诉埃贡这是个好兆头。一个人相貌聪慧而严肃，身穿上校军装，坐在一张桌子旁边，目不转睛地看着陌生人。他看了一会儿，脸上绽出笑容，站起来，向他伸出了手。

“男爵，在还不知道您的名字之前，我就认出是您。”

“司令，我想我从未被介绍给莱利斯侯爵。”

军官的脸上绽露出绅士般的和蔼可亲的微笑。

“我见过您，听过您的《石头的传说》首演。您的一双手就是您最好的护照。”他看着埃贡的磨出了血的长长的手指，说，“但是，亲爱的朋友，您来这里干什么？波罗的海国家不是度假胜地。”

“我是来找我的亲人的，我知道我这样做很不慎重。他们都死了，是一个老朋友，一个红军军官送我到这里来，越过了这道隐蔽的边境。几个星期之前他来参加谈判的时候就从这里走过。”

“埃利亚·格雷克夫？”侯爵翻开笔记本看了看说。

“我向他保证不说出他的名字。”

“那好吧。老头（我们都这样称呼他，尽管他与我年龄相同）今天晚上很忙，也许只能在明天上午见您。但是，如果您允许，我们就一起在这里吃晚饭。”

“我想，我穿着这身破衣服，真不好意思。”

“我忘了。卡波坛，去把我的衣服拿一件来，总归比您的这件红军粗布褂儿要好。还有拖鞋：他穿得像只猩猩。您慢慢换衣服，我还有一份报告没完成。”

当埃贡换好衣服回来的时候，饭菜已经摆在桌子上了。他刮了脸，梳了头，穿着一件短上衣，好像年轻了十岁。侯爵毫不讳言这一点。

“这里没有好吃的，不过，有酒助兴。”

侯爵继续说着，但话中带着忧伤。

“我还没有向您表示沉痛的哀悼。您是否知道，您在近卫军服役的弟弟，在乌克兰被邓尼金[①]的军队枪杀了？那真是可怕的时代。我不太了解哥塔……”

---

① Anton Ivanovich Denikin（1872—1947），俄国将军，曾参加日俄战争和第一次世界大战。

相反，埃贡了解他。此人是工程师和商人，非常有名，遗憾的是，他的封号只能追溯到查理十世。

“可是，一个伟大的姓氏垮台了，怎么不叫人感到惋惜呢？顺便说一下，如果说我在巴黎见您的时候坐在剧院的前排座位上，那么，起码可以说，我很荣幸被介绍给了德·乐瓦尔男爵夫人。她应邀出席了我的漂亮女友奥黛特·富特格勒举办的古典音乐会的首演。还让我感到高兴的是，我同巴黎最漂亮的女人中的两位坐在一起，并向她们表示了我的敬意。”

“奥黛特还是让娜的远亲表姊妹，她的确很迷人。”

“但德·乐瓦尔夫人简直就是美的化身。我真没想到我会来到玛丽·瓦莱夫斯卡[①]的这个多情的国家！亲爱的，波兰女人使我感到厌倦……您有钱吗？”

“连一个兹罗提[②]和一法郎有没有。”

L 先生从兜里掏出一些波兰小额钞票，都揉皱了，搓成了一团。

“明天用我们的车把您和我们的联络官一起送到华沙。所有的安全通行证他都有。不要客气，不用感谢，这些波兰纸票几乎一文不值……但是，您路过德国时用得着。”

他又小心地从钱夹里抽出三四张法国钞票。

“您到巴黎再还我。每一次兑换一点儿：马克贬值很快。这点儿钱起码够您用到法兰克福或慕尼黑。到慕尼黑或索洛图恩，瑞士当局会给您重发护照。啊！索洛图恩是卡萨诺瓦冒险的城市。但是，到了德国，对那些没有工作的年轻退伍军人不要太仁慈。他们都是粗野的家伙。这些革命者，他们还没有被打败。啊！他们也许会一

① Marie Walewska（1786—1817），波兰贵妇人，拿破仑一世的情妇。
② 波兰货币单位。

直打到柏林。”

“先生们。”

W将军打开了门。侯爵向他介绍了男爵。

“没有怠慢您吧？我们到巴黎再见。L，给我点您的咖啡；我还有很多事情要处理，我向男爵表示歉意。”

“替我问候德·乐瓦尔夫人，”侯爵上尉对埃贡说，“老头儿刚刚出去，请您给我演奏还没有演奏过的二拍或四拍乐曲，这样可以驱除我们的所有烦恼。”

埃贡把颤抖的双手摁在旧钢琴上。他以为自己什么乐曲也不会演奏了，但是，两三个急速的音群骤然而起，既像一声泣诉，又像一首哀歌。侯爵一边叫好，一边走了出去。

音乐家埃贡久久不能入睡。巴黎是一座让人遐想的城市，他更了解的还是巴黎，为时长达十年的一件丑闻被全盘地接受了，但却没有被忘记。

早晨，埃贡闭着眼睛坐车；车不时地走走停停，但这一次停下来，是为了给去前线发动进攻的坦克让路。

在法兰克福，由于铁路工人罢工，耽误了他两天的路程。第二天晚上，他不顾侯爵的忠告，结识了一个新退伍的年轻士兵，他在找工作，不想回波美拉尼亚与守寡的母亲生活在一起，因此希望埃贡帮助他再到农场工作。他父亲在前线牺牲了。

这位小伙子吃饭狼吞虎咽。夜里，埃贡住宿在一座残垣断壁的城市，还在他下榻的低级旅馆给他提供了住的地方。天气炎热。这位德国小伙子把衣服扔在地板上睡着了。埃贡坐在床沿上，看着这位年轻而无可指责的金黄色躯体，五六个月的战争和失业似乎并未在他的身上留下什么痕迹。他只不过是一个年轻人，他不会多思考，也不感到痛苦。但是到了深夜，他被一个噩梦吓醒了，发疯地攥着拳头直捶墙。埃贡制止住了他的大吵大闹，而隔壁的客人直抱怨。他们一起走出了旅馆，来到酒吧里喝一种类似咖啡的饮料。这家酒吧刚才粉刷一新，窗玻璃上还贴着纸条，以防被弄脏。喝完之后，小伙子又要了一小杯烈性酒。这时，有一个普普通通的顾客，一头鬈发，进来坐在一张小桌子旁边。德国小伙子骂了起来。

“你怎么啦？”

“难道你没看到？”

“他没找你的茬儿。”

“没找我的茬儿……这些可恨的英国人，这些莫利斯，这些朱迪，是他们……你知道，要是没有他们，我们就会攻克巴黎，法国人就会孤独无援……他们甚至不敢向柏林进军……我们不是失败者……可是，请等一等。我们会找到一个首领。让皇帝到荷兰吃奶酪去吧。我们会让姑娘生孩子……混蛋，是他们弄得我们挨饿。”

埃贡默默地付了酒钱和咖啡钱，然后走了出去。小伙子在酒吧里继续高谈阔论，但没有任何人理睬他。几个小时以后，火车又启动了。他头天晚上发的电报，在他到达以后才收到。

附记

虽然玛格丽特·尤瑟纳尔在晚年结束了《归途坎坷》一章的写作，但没能完成《何谓永恒》的创作。然而，由于距离她给这部著作画上一个完满的句号还仅差五十余页，因此这对整个作品无关大局。不管怎样，她本人认为这部作品的创作已经达到了一个阶段，她在着手进行《归途坎坷》一章的拟稿之前就希望，即使不能按原定计划完成全部著作，前面已经完成的各章也可以出版。

尽管玛格丽特·尤瑟纳尔没有留下创作计划，但她对知交谈到过她的创作意图，因此，还是可以对尚未完成部分的内容提供了一些详细情况。首先，对她来说重要的是，还要交代一下米歇尔和让娜的结局。他们都死于癌症，去世的时间只相隔几年。同时，她还想整理一下年轻时期的作品，尤其是《新欧律狄刻》。作为结尾，她最后想全面地粗略讲述一下她父亲去世之后几年，尤其第二次世界大战爆发之前在奥地利、意大利和希腊的生活情况。

一九八七年十一月八日，玛格丽特·尤瑟纳尔的脑血管病突然发作。此前，尽管她忍受着剧烈头痛的折磨，但她一直在进行着

《何谓永恒》的创作。就我们所知而言，我们不禁想到她的《北方档案》中一句颇具预感的话："如果时间和精力允许的话，也许我将继续写到一九一四年，写到一九三九年，一直写到笔从我的手里滑落为止。"

伊冯·贝尔尼埃[①]

---

① Yvon Bernier，魁北克人，非常熟悉玛格丽特·尤瑟纳尔；尤瑟纳尔在遗嘱中委托他整理她在美国的档案，并全部移交给哈佛大学图书馆。

图书在版编目（CIP）数据
世界迷宫三部曲．何谓永恒 /（法）玛格丽特·尤瑟纳尔（Marguerite Yourcenar）著；
苏启运译．—上海：上海译文出版社，2019.8（2022.9 重印）
ISBN 978－7－5327－8039－6

Ⅰ.①世… Ⅱ.①玛… ②苏… Ⅲ.①自传体小说—
法国—现代 Ⅳ.①I565.45

中国版本图书馆 CIP 数据核字（2019）第 096357 号

MARGUERITE YOURCENAR
Quoi ? L'Eternité: Le labyrinthe du monde Ⅲ

图字：09-2010-413 号